Les Fureurs de l'été

DU MÊME AUTEUR

AUX ÉDITIONS AUBÉRON

Cycle d'Ogier d'Argouges

Les Lions diffamés
Le Granit et le feu
Les Fleurs d'acier
La Fête écarlate
Les Noces de fer
Le Jour des reines
L'Épervier de feu

Cycle de Tristan de Castelreng

Les Amants de Brignais
Le Poursuivant d'amour
La Couronne et la Tiare
Les Fontaines de sang
Les Fils de Bélial
Le Pas d'armes de Bordeaux
Les Spectres de l'honneur

Cycle de Gui de Clairbois

Les Fureurs de l'été
A paraître :
L'Étrange chevauchée
Les Chemins de la honte
Le Bâtard de Clairbois
Le Champ clos de Montendre
Le Secret sous les armes
Le Bouclier d'Azincourt

Dans la collection *Histoire à l'encre noire*

Les Épées de la nuit
Yolande de Maillebois

CHEZ D'AUTRES ÉDITEURS

Romans
Les Mauvaises routes, *Gallimard, Denoël*
La Femme du boxeur
Les Quatre fers en l'air
Les Dernières foulées, *Rencontre*
Deux Voyageurs pour Avignon, *Rencontre*
Essais
La Foire au muscle, *Éditeurs Français Réunis*
L'Athlète et son destin, *Éditions J.*
Biographie
Le Terrassier de Prague (Emil Zatopek), *Jérôme Martineau*

PIERRE NAUDIN

Les Fureurs de l'été

CYCLE DE GUI DE CLAIRBOIS

◆

Aubéron

Ce livre a été publié
avec l'aide de la Région Aquitaine

ISBN : 2 908650-90-8

A Monsieur le duc Josselin de Rohan,
respectueusement

PROLOGUE

D'un règne à l'autre

Pour résumer le règne de Charles VI du commencement à son terme, un Français « moyen », contemporain du roi, aurait pu en dire :

— La Chevalerie n'a plus de sang, la monarchie n'a plus d'or, la bourgeoisie, complètement obérée, n'a plus confiance en sa valeur et le commun, lui, n'a plus rien.

Lorsque Jean II avait succédé à son père, Philippe VI de Valois, il avait trouvé le trésor malade et la France blafarde. Pour soi-disant vaincre les Goddons, il avait fallu trouver des ressources et des hommes. Les hommes, le ban et l'arrière-ban n'en manquaient point. Pour les ressources, une imposition sur la vente des marchandises ne suffisant pas, on avait renvoyé le règlement des dettes aux calendes grecques et poussé à l'extrême le droit monétaire dit seigneuriage *que le roi prélevait sur les espèces nouvellement mises en circulation et qu'il augmentait à volonté au moyen de l'alliage représentant le taux de ce droit mobile. On avait accru les droits de douane tant à l'exportation qu'à l'importation malgré les doléances des commerçants. Ces droits tant décriés, le monarque avait pris la précaution de les faire agréer par les états généraux qu'il convoquait chaque année. En 1355 avait eu lieu une réunion exceptionnelle : le roi, qui avait à entretenir 30 000 hommes d'armes, avait demandé aux états de pourvoir à cette dépense annuelle évaluée à 5 millions de livres parisis (des milliards de notre temps) et les états, serviles, avaient ordonné une imposition de 8 deniers par livre de toutes les denrées et marchandises vendues, à l'exception des héritages, payables pour le vendeur, y compris les gens d'Église.*

Jean II avait spécifié que tant que durerait l'aide, *il ne lèverait aucun autre subside et mettrait en circulation une monnaie « bonne et stable », à savoir : deniers d'or fin, monnaie* blanche *ou d'argent, monnaie de billon et de cuivre. L'Assemblée avait nommé des commissaires ambulants ou* collecteurs *et trois super-intendants des aides, lesquels, outre deux receveurs, avaient sous leurs ordres un grand nombre de sergents-percepteurs. Jean II, toujours, avait renoncé au droit de saisine ou d'héritage et de mutation, aux convocations d'arrière-ban, aux emprunts forcés. Un an après, l'imposition de 8 deniers ayant été jugée dispendieuse et insuffisante, les états lui avaient substitué une capitation personnelle réglée selon la fortune ou les revenus de chacun.*

Les finances du royaume demeurèrent piteuses. Après Poitiers, la terrible rançon du roi – 3 millions d'écus d'or – avait exigé de nouveaux sacrifices. Convoqués par un dauphin aux abois, les états avaient mis au point d'autres contributions fiscales. L'Église avait payé une décime et demie, la bourgeoisie avait écopé tout en vouant aux gémonies un roi stupide, inconséquent, et ses zélateurs, exacteurs et dilapideurs de deniers publics. De retour en France (1) pour ordonner ses affaires, Jean II avait supprimé les gages exorbitants perçus par les commissaires chargés de lever les subsides. Il avait aboli les péages de grande voirie et décidé d'accueillir les Juifs à condition qu'ils payassent « chèrement » le droit de vivre dans le royaume. Sans remettre le Trésor à flot, ces initiatives consolidèrent ses assises. Las ! un impôt exorbitant fut créé sur le sel. Le commerce et l'industrie furent pressurés. La grogne qui avait contaminé toutes les couches de la société se mua en colère.

Charles, régent du royaume, avait saisi les rênes du pouvoir. Ce valétudinaire à la bonté factice – il aimait à assister à des exécutions et jouissait tout autant de la vue du sang que de celle de l'or –, ce fils avide de pouvoir fit de son mieux. Ce fut en cette période de misère et d'incertitude qu'un chroniqueur, Jean de la Rochetaillade, annonça l'Apocalypse. Si elle ne pointa pas son affreux museau, la France eut à subir mille maux. En effet, subjugués par Étienne Marcel, les Parisiens, bourgeois y compris, se révoltèrent. La Jacquerie ravagea le Beauvaisis. En vingt ans d'une administration sotte, prodigue et corrompue, le fisc était si épuisé que certains cherchèrent le miracle dans la prière.

Tout dévot qu'il fût, Charles savait que les ressources ordinaires et les contributions seigneuriales sur les terres de la Couronne n'avaient point suffi, sous le règne de son père, à équilibrer les charges auxquelles elles étaient affectées ; que les gages de certains officiers du roi n'avaient pas été régulièrement acquittés. Il savait que les terres du domaine royal, distribuées avec une impatience inepte, ne pouvaient plus contribuer aux dépenses de l'hôtel du roi et que l'exercice du droit de prise était devenu excessif. Il savait que les formidables dépenses militaires n'avaient provoqué que des défaites aussi méritées qu'humiliantes.

(1) Le roi fit son entrée (somptueuse) à Paris, le 13 décembre 1360.

Il savait que la monnaie était aussi faible que sa personne. Sous le règne de son père, la valeur nominale du marc d'argent avait varié de 6 livres à 102 livres et jusqu'à dix-huit fois en un an. La royauté était allée jusqu'à leurrer les marchands sur le titre et jusqu'à donner aux officiers des monnaies des mandements tels que celui-ci :

Gardez si cher comme vos honneurs que les marchands ne savent la loy par vous, à peine d'être déclarés pour traîtres.

Toutes les procédures furent stériles. Et certains songèrent à sauver la France en renversant l'héritier de la loi salique. Au centre d'une guerre de succession contre Edouard III, légitime héritier du royaume, ce dessein ne fut qu'une vaine utopie.

La Langue d'Oc en avant

Les états de la Langue d'Oc décidèrent de voter une aide pour l'entretien de 10 000 hommes. Tous les ordres y furent assujettis. Ils réservèrent à des commissaires nommés par eux la levée et l'administration de l'impôt et réclamèrent, pour l'acquitter, des réformes nombreuses. Ils ne briguèrent pas le pouvoir.

Les états de la langue d'Oïl ne crurent à aucune promesse de réforme. Pour la continuation de la guerre contre l'Angleterre et la levée de 30 000 hommes constituant le noyau dur de l'ost, ils demandèrent l'institution d'un grand conseil permanent, choisi dans les états, qui fût souverain sur tous les officiers et pût, ainsi, influencer le gouvernement du royaume. Ils souhaitèrent la création d'un comité militaire, choisi dans les états et chargé « d'ordonner pour le fait de guerre et répondre aux connétables et maréchaux ». *Ils conseillaient de* « guerroyer continuement par mer et par terre le plus efforcément que l'on pourrait et de ne donner trêves ne abstinence aux ennemys, que par leur bon avis et conseil ».

Le dauphin ne se regimba pas, mais au moment où il remettait ses pouvoirs aux états, le roi Jean II signait une trêve, annulait l'ordonnance de son lieutenant de fils et interdisait la levée de l'aide ainsi que la session décidée pour Pâques. Le dauphin fit grise mine. La colère populaire s'enfla (1).

La France apparut comme ingouvernable. Elle se divisa. Les provinces soutinrent le roi, resté populaire en raison d'une sorte de légende qui prétendait qu'à Poitiers, il s'était montré aussi efficace, dans la démolition des Anglais, que le grand Ferré ou Guillaume l'Aloue. Leur obéissance ou leur fidélité résulte du fait qu'elles n'étaient pas tenues d'acquitter l'aide votée par les états.

(1) La première convocation des trois ordres fut faite à Paris pour le 19 mai 1359. A cause des difficultés de communication, l'assemblée se tint seulement le 29 mai.

Les députés se scindèrent. Les sessions interdites par le roi, imposées au dauphin, n'attirèrent qu'un petit nombre de bourgeois stimulés par Étienne Marcel. La présence du roi de Navarre, libéré de sa prison d'Arleux, renforça leur audace et féconda les intrigues. L'alliance de Charles le Mauvais et d'Étienne Marcel à la Jacquerie ne dura qu'un temps. Les tentatives du prévôt des marchands d'obtenir l'appui de l'Étranger pour régner à Paris sur un trône qu'il avait éclaboussé de sang, échouèrent. Un autre fléau se présenta peu après : les Compagnies. Les routiers contraignirent la royauté à composer avec eux dans un pays livré à la famine, à la terreur, et où la peste réapparaissait çà et là.

Charles V s'efforça de régénérer le pays. Il reconstitua le Ponthieu, le Poitou, la Saintonge, l'Angoumois, le Limousin, la Guyenne, le Quercy, le Rouergue, le Périgord, la Bigorre. Cependant, l'Anglais se maintenait à Calais et conservait dans le Midi Bordeaux et Bayonne, d'où il pouvait lancer ses combattants pour de nouvelles opérations sur un pays exsangue. Sa flotte avait Cherbourg pour principal port de guerre. Rien n'était définitivement acquis.

Bien qu'elle parût fragile elle aussi, face à l'ost anglais composé de guerriers émérites commandés par des chefs intelligents et expérimentés, l'armée française, dans son ensemble, comptait 800 000 hommes, de sorte qu'en 1376, Charles V put mettre cinq grandes compagnies en campagne : une en Artois commandée par le duc de Bourgogne, une en Auvergne avec Berry, une en Guyenne avec Anjou, une en Bretagne avec Guesclin. Il s'était réservé le commandement de la cinquième. Complètement détruite à l'Écluse, la marine s'était réhabilitée à La Rochelle. Les victoires de Cocherel, Pont-Vallain et Soubise furent grossies de bouche en bouche, de sorte qu'on oublia Crécy, Poitiers, Brignais.

On disait (mais était-ce vrai ?) que 17 millions dormaient dans une des tours du Louvre. Comme sous les régimes républicains actuels et pour témoigner d'une illusoire prospérité, de grands travaux en trompe-l'œil et trompe-esprit furent entrepris : l'enceinte de Paris fut renforcée ici, agrandie là. Les châteaux furent remis en état – par ceux auxquels on en avait accordé les moyens et ceux qui, dans les guerres, avaient entassé un butin confortable. Les Universités furent agrandies, les savants accueillis. Le roi de Hongrie offrit à Charles V le vicariat d'Arles, le soudan de Babylone lui promit des royaumes et l'Empereur lui apporta lui-même son alliance et celle du roi des Romains.

Il n'empêche que ce paysage paisible et coruscant eût pu être peint en vermillon. Il ne faisait pas oublier la sanglante terreur des routiers et l'exportation de cette terreur en Espagne pour asseoir le

Trastamare, bâtard ignoble et routier lui-même, sur le trône de Pèdre de Castille. Ce tableau ne faisait pas oublier, surtout aux Normands, certains crimes inutiles perpétrés par le roi. Le suzerain idéal décrit par Christine de Pisan ne ressemble pas à ce monarque retors, dépensier, geignard que fut le père de Charles VI et qui lui transmit génétiquement quelques-unes de ses tares, lesquelles furent indubitablement aggravées par celles de son épouse, Jeanne de Bourbon, qui avait des « délires », pour ne pas employer un mot plus précis.

Ce roi faible voulut une monnaie forte. Ce roi souvent injuste voulut une Justice. Ce roi antisémite, qui approuva les crimes de Guesclin contre les Juifs d'Espagne, rappela au pays, pour son profit, les enfants d'Israël. Ce roi couard qui avait fui honteusement à Poitiers fit raser les châteaux qu'il avait fait consolider pour économiser les garnisons. Ce roi qui serrait mollement son sceptre et qui était dans l'incapacité de tenir une épée se mêla d'armement. L'exportation des armures fut interdite. Coup d'épée dans l'eau : les vêtements de fer forgés en France n'étaient pas les meilleurs d'Europe. Il fit venir des armures de Milan. Or, plutôt qu'au combat, elles étaient destinées à la parade. Il importa des chevaux de Pouille et d'Allemagne. Or, son royaume possédait de bons roncins, coursiers et palefrois. Contrairement à l'Angleterre qui disposait d'une armée de métier, ce roi bourgeois voulut une armée nationale. Tous les hommes en état de s'équiper pouvaient être mobilisés. Il n'y aurait plus de distinction humiliante entre la milice féodale, qui seule pouvait combattre montée, et les piétons des communes. Chacun pourrait avoir son cheval de bataille. Les arbalétriers et archers pourraient se mesurer aux yeomen *anglais : le tir à l'arc, longtemps interdit, était rétabli le dimanche et les jours fériés.*

Les rapaces

Que la France fût devenue grande et solide serait énoncer, plutôt qu'un truisme, une absurdité. Elle était toujours vulnérable. Sa richesse apparente, plutôt que de susciter des convoitises extérieures, provoqua des appétences au sein même de la famille royale. Lorsque Charles V, âgé de 44 ans, rendit le dernier soupir à Beauté-sur-Marne, le 16 septembre 1380, son fils et successeur avait 12 ans. Quelques années auparavant, se sachant condamné, le défunt roi avait ramené l'âge de la majorité du dauphin de 21 à 13 ans révolus.

Dès l'annonce du trépas, les oncles de l'enfant accoururent, formidablement heureux d'étouffer le « gringalet » sous leur tutelle.

Les chroniques du temps les appellent « les princes ». *Avant même de prendre le pouvoir, ils étaient renommés en raison de leur existence à grandes guides. Leur « bande des quatre » se composait des oncles paternels et d'un oncle maternel. D'emblée, ils excellèrent à remanier à leur profit les ultimes volontés de Charles V sans souci d'indigner le gouverneur-précepteur du dauphin, Philippe de Maizières.*

Qui étaient-ils ? Les trois frères de Charles V : les ducs d'Anjou, de Bourgogne (Philippe le Hardi : « Père gardez-vous à dextre *(1)* »*) et de Berry, puis le duc de Bourbon, frère de la reine.*

Dans ce quatuor d'hommes cupides, Louis, duc d'Anjou, mérite la première place. Second fils de Jean II le Bon depuis peu apanagé en Anjou-Touraine, cet ex-lieutenant général de Charles V en Languedoc avait été le compagnon de Bertrand Guesclin dont il avait appris les leçons et assimilé les conseils. Qu'on ne s'étonne donc pas qu'il ait été cruel et sans scrupules. Détaché de son maître à agir et à penser mort à Châteauneuf-de-Randon dans des circonstances bizarres (il fut question de poison), il volait, peut-on dire, de ses propres ailes. Ses grosses ambitions se firent jour. Peu intelligent mais perfide, il tenta de s'approprier le pouvoir de vive force. Les trois autres ducs réclamèrent un arbitrage du Parlement qui avait alors à sa tête l'avocat des Marès (Desmarets). La régence d'Anjou fut confirmée et la « garde » de Charles VI confiée à Bourgogne et Bourbon tandis que Berry recevait le gouvernement du Languedoc.

Anjou se hâta de confisquer à son profit le trésor royal caché dans un enfeu du château de Vincennes : 19 millions sans compter la vaisselle d'or et d'argent. Pour accomplir son forfait, il avait menacé de mort Philippe de Savoisy, ex-trésorier du feu roi, s'il ne lui révélait pas l'emplacement de la cache royale. Il y avait, dit-on, un autre trésor à Melun. Il le prit (2).

Au lieu, ces méfaits commis, de se montrer généreux envers le peuple et d'en alléger les charges spectaculairement pour s'attirer sa confiance, le grand détrousseur imposa, pour la première fois dans la collecte des fonds par la monarchie, les menues denrées et la nourriture des pauvres. Des orateurs improvisèrent des protestations. La foule grommela puis hurla, puis s'arma. On s'en prit, comme toujours, aux Juifs et aux collecteurs d'impôts. Pendus ou massacrés, leurs registres furent détruits. Des discussions s'engagèrent entre les quatre oncles du jeune roi. Ces « sires aux fleurs de lis » *constituèrent une association de malfaiteurs puissante, bien décidée à profiter de la vie… alors que celle qu'ils avaient menée jusque-là n'avait été composée que de plaisirs de toutes sortes.*

(1) Mais n'est-ce pas du roman, une enluminure destinée à magnifier une abominable et impardonnable déconfiture ?

(2) Le coffre contenait 32 000 francs or, ce qui méritait le déplacement. Sans la moindre gêne, Louis prit alors le titre de régent et émit aussitôt des documents en cette qualité. Les trois oncles, apparemment, n'exprimèrent aucune plainte : on le disait malade, il suffisait d'attendre.

Louis d'Anjou regarda hors de France, à l'instar d'un aïeul célèbre, Charles, frère de saint Louis, fervent amateur de couronnes. Un Valois selon lui valait un Capétien. Naples, dont Charles avait occupé le trône, fascina le robeur de trésors qui, au-delà, lorgnait sur le Bosphore et le Jourdain. Il eut le cran de se faire portraiturer sur son sceau en roi de Jérusalem flanqué de deux aigles. Bien que privé de la sagesse de Charles V, Louis d'Anjou, futur « roi de Sicile », était comme son frère, amateur de chères et sublimes choses : beaux livres, statues, tableaux. Avenant selon ses contemporains – mais faut-il s'y fier ? – ce profiteur éhonté, chamarré, luxueux et certainement luxurieux recherchait les coupes armoriées, surtout si des lions y figuraient, les tapisseries à la gloire de Charlemagne, Godefroi de Bouillon, Arthur et Lancelot. Jean le Bon avait fondé l'Ordre stupide et onéreux de l'Étoile. Il créa celui de la Croix. L'emblème en était une sorte de croix de Lorraine suspendue par des chaînes au cou d'oiseaux de proie. Il avait pris « Je le doy » *pour devise. Tout était bon pour ce coureur d'aventures aux mains crochues comme des avillons. Imbu de ses prérogatives d'oncle aîné, avide de détourner à son profit les ressources du royaume il abusa son gamin de neveu tout en menant une stérile politique méditerranéenne et levantine. Il avait épousé Marie de Blois – Châtillon.*

Un jouisseur

Jean de Berry que la généalogie place immédiatement après Louis d'Anjou, ne s'intéressait que médiocrement à la politique. En revanche, son goût du luxe et sa passion pour les arts étaient des plus exacerbés. Cet apanagé (1) aimait à s'intituler « Jehan, fils du roy de France, duc de Berry, d'Auvergne, comte de Poitou ». *Son visage était rond, lourd, matois, païen, chargé d'une espèce de sensualité paysanne, avec des yeux globuleux, malicieux, des lèvres minces où le mépris et la condescendance cédaient rarement la place au sourire et à la bienveillance. Intelligent, cupide, jouisseur, son portrait dessiné par Holbein d'après une statue de la cathédrale de Bourges révèle un être moqueur qui se prétend invulnérable. Plus encore qu'Anjou (et*

(1) Dès l'époque des Capétiens directs, les rois avaient donné à leurs fils cadets des *apanages*, c'est-à-dire des fiefs pris dans le domaine royal. En 1380, il existait des apanages datant du règne de saint Louis. La Bourgogne, par exemple. Les Valois s'étaient montrés généreux dans l'attribution de ces privilèges. Ainsi, les principaux apanagistes étaient-ils les fils de Jean II le Bon : les ducs d'Anjou, de Berry et de Bourgogne. Ce dernier, Philippe le Hardi, était le plus ambitieux, le plus fortuné. Il possédait la Bourgogne et la Flandre française en attendant le comté de Flandre et la Franche-Comté qui devaient lui revenir par son mariage avec la fille unique du comte, Marguerite de Male, héritière enviée des Flandres. En attendant, il se devait de prendre, comme ses complices dorés sur tranches, la vie du bon côté.

Gœring dont il avait de faux airs), il avait l'esprit cupide, prompt à distinguer les objets de valeur qu'il entassait dans ses demeures. Vivre, pour lui, c'était thésauriser et gaspiller. Il s'en était donné les moyens. Ses chapeaux s'ornaient de cet or dont il était insatiable. Continuellement engoncé dans des vêtements somptueux, il ne pouvait faire autrement que s'attirer des regards admiratifs. Sa librairie contenait des ouvrages splendides dont les Très riches heures *furent l'ornement. Bien qu'immensément fortuné, il lui advint d'être obéré et d'emprunter au taux de 68 % pour décorer Mehun-sur-Yèvre, ce château de conte de fées, la lugubre tour de Nesle et d'autres logis de moindre importance. Le trépas de Charles V fut pour lui une aubaine. Son successeur n'étant qu'un enfant, il allait lui aussi pouvoir puiser dans les coffres avec une rapacité, une voracité et une impunité qui durent inquiéter Anjou. N'allait-il pas, par tant d'empressement, épuiser à jamais la manne ? Sa devise était :* « le Temps viendra ».

Le temps viendrait où ses abus de toutes sortes déchaîneraient des haines . Le temps viendrait où il n'emporterait pas ses fortunes en Paradis, si toutefois l'accès lui en était accordé.

Le Hardi

Le troisième frère, le plus jeune, Philippe le Hardi, duc de Bourgogne, avait été à bonne école. Son père, Jean II, lui avait légué le duché et Charles V l'avait marié à Marguerite de Male, héritière des Flandres. Il préférait la politique aux arts – sans pour autant les négliger puisqu'il fut un généreux mécène. Froissart a dit de lui qu'il regardait « au loin » *et Christine de Pisan, cette pipelette, qu'il était* « de souverain sens et conseil ». *Religieux, il l'était, et peut-être un peu trop, ce qui ne l'empêchait pas d'avoir les pieds sur terre.* « En lui », *a écrit Joseph Calmette,* « le cosmopolitisme bourguignon déjà naissant se fait jour, bien que ce fils de roi ne cesse, comme ses frères, de se sentir prince du sang de France » (1).

Pour le pouvoir duper, il infantilisa *son neveu qui ne demandait, d'ailleurs, qu'à se complaire dans l'enfance. Comme Philippe VI et Jean le Bon, le jeune roi s'enfonça béatement dans les romans de Chevalerie sans s'apercevoir que retors et dominateur, son oncle le tenait sous sa coupe et prenait pour siens les intérêts du royaume. Possesseur, de par son mariage, des comtés de Flandre, Artois et Rethel, le Hardi souhaitait le trépas de son beau-père Louis de Male. Sa devise en disait long :* « Moult me tarde ». *Ambitieux, cynique, fastueux, cruel, pourvu d'une tête de croquemitaine (yeux de fouine,*

(1) *Chute et relèvement de la France sous Charles VI et Charles VII*, par Joseph Calmette, Hachette, 1945.

nez long, épais et lourd, joues flasques, bouche réduite à une sorte de cicatrice, l'expression d'une fée carabosse vêtue en homme) on peut dire que ce fut lui qui, le premier, enfonça son neveu dans la folie.

Quand, en 1384, il hérita des comtés sus-nommés, il devint l'égal des rois. Aux Pâques 1385, son fils Jean, comte de Nevers, épousa Marguerite, fille aînée du duc de Bavière, sœur d'Isabeau, tandis que Guillaume de Bavière épousait la fille du fastueux Bourguignon. Sur les conseils de cet oncle qui était censé lui vouloir du bien, Charles VI allait obtenir en mariage la puînée du duc Étienne de Wittelsbach et de Taddéa Visconti. Lors de ces arrangements matrimoniaux, Anjou guignait Naples et Berry songeait aux trésors de la « Langue d'Oc ».

Un homme différent

L'oncle maternel de Charles VI, Louis de Bourbon, frère de la défunte reine Jeanne, différait complètement des trois princes aux lis (1). S'il ne montra pas les prétentions de ses compères, bien que l'argent et l'or ne fussent point pour lui dépourvus d'intérêt, il appartenait à cette faction de grands seigneurs qui se considéraient comme des preux et tenaient à « quérir honneur par armes *», devise propre à Jean de Châteaumorand qui portait le pennon ducal et dont les Mémoires ont été sauvegardés par Cabaret d'Orville, auteur de la* Chronique du bon Louis de Bourbon. *Était-il bon ? Qui le pourrait affirmer ? Il usait fréquemment du mot* Allen *(pour tous) et son goût des hauts faits de guerre le conduisit en* Africa. *Il s'illustra au siège de Mahdia, en 1390. Préférant les rigueurs et les risques de la vie militaire aux intrigues de Cour – et quelle Cour ! – il ne fit à Paris que de brèves apparitions de manière à rappeler aux autres coquins ducaux qu'il comptait dans les partages. Rêveur bucolique, il n'attendit pas de blanchir sous le harnois pour couler des jours paisibles au château de Moulins puis au manoir de Montluçon où il mourut en 1410, à l'âge de 76 ans.*

(1) C'était un personnage assez vain. Charles VI rêvait de croisades ? On lui en offrit une destinée surtout à complaire aux Génois. Des croisés franco-anglais mirent le siège devant Mahdia (Tunisie). Mais pourquoi avait-il fallu guerroyer en Méditerranée alors que les Turcs avançaient dans les Balkans, gagnaient les plaines du Danube et menaçaient le Saint-Empire ? Il eût fallu lever une armée et attaquer Bayézid Ier, sultan des Turcs vainqueurs des Serbes à Kosovo. Les Génois avaient souhaité un prince du Sang à la tête de l'ost hétéroclite, excepté Louis de Touraine dont la mauvaise réputation les avait atteints. On leur offrit Louis de Bourbon descendant direct de saint Louis. L'ost se constitua le 1er juillet 1390 à Marseille. Il se trouva que les gens du commandement étaient pour le Pape d'Avignon, l'amiral et les « maronniers » pour celui de Rome, et les guerriers pour l'un ou pour l'autre. A l'instant du départ, comme on ne savait à qui confier la bénédiction des vaisseaux et des « huissiers », on choisit deux prêtres de chaque obédience.

Le siège de la cité de Mahdia, sise dans des lieux escarpés, par une température dessicante, fut une succession d'humiliations.

Les tripatouillages

A la mort de Charles V, on eût pu faire valoir une ordonnance de 1373 sur les conditions de succession en cas de minorité du successeur. Philippe de Bourgogne n'y manqua point. Louis d'Anjou était certes son aîné mais il était, lui, le plus puissant. Les deux princes aux gros appétits allaient-ils s'affronter ? On discuta, transigea. Louis serait régent jusqu'au sacre et la cérémonie aurait lieu le plus tôt possible. Charles VI, une fois couronné, exercerait le pouvoir. La cérémonie eut lieu à Reims, le 4 novembre 1380. Ce jour-là, des querelles de préséances donnèrent à penser que les princes finiraient par se haïr. Plutôt que celle des encens, on flaira, sous les voûtes de la cathédrale, une odeur de guerre civile.

L'enfant-roi voulait régner. Les oncles s'organisèrent. Jean de Berry, le 19 novembre, se fit désintéresser par une grosse prébende : les gouvernements du Languedoc et de la Guyenne passèrent sous sa coupe. Il allait joindre ces provinces au Bourbonnais, au Berry, à l'Auvergne et au Poitou qu'il avait reçus de Charles V. De cette façon, un tiers de la mouvance royale serait à sa merci. Au-delà de tous ces territoires qu'il se promettait de pressurer, le second des trois princes aux lis abandonnait à l'aîné comme au plus jeune les soucis de la politique. Louis présiderait le Conseil et dirigerait l'administration générale. Philippe, très occupé en Bourgogne et en Flandre, accepta ces conventions à condition que Louis eût auprès de lui un conseil de 12 membres. Ainsi le Bourguignon pourrait-il contrôler la puissance et les initiatives de l'Angevin.

Heureusement pour Charles VI, quelques-uns des collaborateurs de son père figuraient au Conseil. Loin d'avoir les prérogatives que le défunt leur avait assignées, ils n'eussent point agi efficacement si les princes avaient formé contre eux un bloc indissociable. Or, ils se déchirèrent.

La connétablie se trouvait sans titulaire depuis la disparition de Guesclin. Contre l'avis du duc d'Anjou, l'office fut conservé et confié, le 28 novembre 1380, à un borgne : Olivier V de Clisson. A la Chancellerie, un candidat du même duc d'Anjou s'était installé depuis le 1er octobre 1380 : Milon de Dormans, évêque de Beauvais. Les autres auxiliaires étaient cantonnés dans des fonctions ordinaires. Cependant, il advenait que leurs avis prévalussent.

On avait évincé Hugues Aubriot, le prévôt de Paris. Erreur grave alors que les populations donnaient des signes d'effervescence. Il avait usé de la manière forte et ses ennemis ne se comptaient plus. Honni des étudiants, en guerre contre l'Université, un incident allait dégénérer, le 24 septembre 1380, aux obsèques du roi. Le recteur, suivi des maîtres de l'Université et des étudiants, voulut s'incorporer au cortège funèbre. Aubriot le lui interdit. Une mêlée s'engagea. Le jour suivant, alors que le cercueil de Charles V était porté de Notre-Dame à Saint-Denis, les mêmes incidents se renouvelèrent. Pour se venger, les universitaires réunirent les détracteurs du prévôt et les poussèrent à l'assaut.

Les gens d'Église furent les instruments principaux de l'affaire : ils accusèrent Aubriot d'hérésie. Un procès d'inquisition soutint le procès civil dont le recteur avait obtenu la direction. Finalement, si l'accusé échappa au bûcher, il dut faire amende honorable, fut dépouillé de ses fonctions et emprisonné (1).

Cette destitution n'arrangea rien : la paix publique était menacée. Se sentant libres, des trublions s'enhardirent, s'assemblèrent devant le palais royal et exigèrent qu'on retirât les impôts. Comme toujours, les malheurs d'un règne commencèrent dans la rue. L'auteur de la Chronique des Quatre premiers Valois *narre succinctement la venue de la foule devant le palais :*

« Et là fut dit à ceulx de Paris que le roy vouloit que toutes sucides cheissent et fussent abatues. Donc crierent tres hautement cil de Paris : « Noel ! Noel ! Planté ! Vive le roy de France ! Montjoye-Saint-Denis » Et à ceste assemblée et criée fut crié : « Aux Juifz ! Aux Juifz ! » et ung de leurs evesques occiz. Mais le roy y envoia hastivement monseigneur le duc de Bourbon, disant que le roy prenoit tout en sa garde tous les Juifz de son royaume. Et par les autres villes du royaume furent mis les Juifz en la sauvegarde du roy. »

Souvent, pour ne pas dire toujours, les malheurs d'une nation commencent par des persécutions antisémites. Il n'est pas inutile d'apprendre qu'avant d'être frappé de démence, Charles VI s'y opposa.

La grande débauche

Sans même porter le deuil de Charles V et sans respect pour son fils dont ils exploitaient la faiblesse, les tristes sires festoyèrent, ripaillèrent, joutèrent, dansèrent, « couchèrent » sans prendre garde aux protestations du peuple. Pourvus d'argent et d'or et sachant comment s'en procurer, les oncles du jeune roi s'en donnèrent à cœur

(1) Aubriot, « *reprins de heresie, de bougrerie, d'estre sodomite et faulx crestien* » fut accusé « *avoir fait plusieurs horribles et abhominables fais, comme de habiter aux femmes bestialment contre nature, d'avoir en compaingnie aux Juifves charnelment, comme d'enfans de Juifs qui avoient esté crestiennés de les rendre aux Juifz comme d'avoir corrompuez femmes, puis avoir fait pendre les maris, pour estre sodomite et non tenant la loy crestienne* ». Soutenu par le roi et les princes, il fut jugé par l'évêque de Paris et l'Université « de *tenir prison chartrée* ». (*Chronique des Quatre premiers Valois*, pages 294-295 - Année 1381).

joie. Le souci de paraître les entraîna dans des dépenses voluptuaires. Ainsi, le duc de Berry, ce gros poussah vaniteux, fit acheter par ses gens 10 000 ventres de martres destinés à la confection de cinq manteaux.

Le duc d'Orléans, tout jeune, frère puîné de Charles VI, voulut une robe susceptible d'éblouir les oncles. La fourrure qu'on employa pour la réussir exigea l'emploi de 2 790 peaux de petit-gris.

Une véritable aberration du goût des riches pour leurs vêtements fit rire les Parisiens avant qu'elle ne les indignât. Plus on était « moulé » dans les tissus de grand prix, plus on était content. Quant aux chaussures, le Pape avait beau anathématiser les poulaines, elles faisaient fureur... chez les riches.

Les femmes usaient de robes simples mais extrêmement chères. Il fallait qu'elles révélassent leur poitrine et qu'elles fussent pourvues de longues queues qu'elles relevaient, pour marcher, sur un de leurs bras plié.

La licence qui existait déjà hors des règnes de Philippe VI et de Jean dit le Bon se développa sous l'impulsion d'Isabeau. Un éminent médiéviste rapporta, concernant les femmes :

Les sourcils sont minces, et pour être dans le ton, les élégantes s'épilent et se rasent. Elles ont la taille cambrée, les hanches très larges et le ventre proéminent. « Par détestable vanité, s'écrie un cordelier en colère, elles font faire leurs robes si basses à la poitrine et si ouvertes sur les épaules qu'on voit bien avant dans leur dos, et si estroites par le faux du corps (la taille) qu'à peine peuvent-elles dedans respirer, et souventefois grandes douleurs y souffrent pour faire le gent corps menu. Et quant aux pieds, elles font faire les souliers si estroits qu'à peine peuvent-elles endurer, et ont souvent les pieds contrefaits, malades et pleins de cors. »

Quant aux hommes, pour ce qui était de l'élégance, ils avaient décroché le pompon :

« En ce temps aussi, les hommes se prindent à vestir plus court qu'ils n'eussent oncques fait, tellement que l'on voit la façon de leurs culs et de leurs génitoires ainsi comme l'on vouloit vestir les singes, qui estoit chose très malhonneste et impudique (1). »

Les soulèvements

Le peuple grondait. Déjà, au terme du règne de Charles V, la pesanteur des impôts avait provoqué des révoltes dans le Midi soumis

(1) Donné par Jacques Castelnau : *la Vie au Moyen Age d'après les contemporains*, Hachette, 1949. A noter que la complète épilation se pratiquait de longue date, excepté chez les gens du commun.

au règne de l'immonde Berry. En Flandre, le commun s'était regimbé contre le duc de Bourgogne (1379). On avait appris que des troubles avaient éclaté en Angleterre, provoqués par le mauvais gouvernement de Richard II et, comme en France, les ambitions des princes de sang royal. Les manants anglais se soulevèrent (1381) et l'agitation traversa la Manche. On voulut revoir Hugues Aubriot condamné au pain de tristesse et à l'eau de douleur. Des révoltes secouèrent Béziers, Amiens, Saint-Quentin, Soissons, Reims, Troyes, Paris et Rouen.

A Rouen, le jour de la Saint-Mathias (24 février 1382), ce fut sous la conduite d'un mercier obèse au surnom de Le Gras, secondé par un chevalier dévoyé, Richard de Ménonval, que les protestations dégénérèrent. Elles prirent un nom : la Hérelle *ou* Harelle, *vieux mot français signifiant* sédition. *Le duc de Bourgogne et le duc d'Anjou emmenèrent leur neveu punir les insurgés. Ils furent pendus peu après qu'on eut décroché la cloche du beffroi qui les aidait à manœuvrer face aux « forces de l'ordre ».*

A Paris, les collecteurs des aides étaient massacrés, les prisons vidées, ce qui permit à Aubriot de s'enfuir à Dijon. Les Maillets *ou* Maillotins *pillèrent les boutiques, exigèrent l'abolition des impôts. Convoqués par les oncles sordides, les représentants des états prirent le parti du peuple. Le régent et ses frères parurent s'émouvoir, mais c'était sur leurs malheurs.*

L'émeute continua (1). Le chaos se développa en Normandie et en Auvergne (les Tuchins*) et la Flandre s'embrasa. La révolte était conduite, à Gand, par le fils de Jacques Van Artevelde, Philippe. Le duc de Bourgogne décida le jeune Charles à participer à une expédition pour restaurer son autorité. Ce fut la victoire de Roosebeke (27-29 novembre 1382), au sud de Bruges où, paraît-il, 25000 Flamands furent tués, les blessés étant égorgés* « non plus que ce fussent chiens ».

Au retour, l'ost de France passa par Courtrai où, le 11 juillet 1302, les chevaliers et les piétons de Philippe le Bel avaient subi une sanglante défaite. Tous les éperons d'or des vaincus avaient été suspendus dans l'église dont ils constellaient les voûtes. On les récupéra pieusement après qu'on eut passé les Courtraisiens au fil de l'épée dans ou hors de leurs maisons que l'on pillait (2).

Il est certain que ce carnage eut une influence des plus mauvaise sur un jeune esprit pour lequel la Chevalerie était tout autre chose.

Après ces hauts faits d'armes, l'ost revint à Paris, le 11 janvier 1383. Jean Desmarets était parvenu à rétablir le calme. Mieux

(1) 1381-1382.

(2) Clisson, Louis de Sancerre et Mouton de Blainville étaient au commandement. Après Courtrai, les gens de Poperinghe furent tous assassinés.

encore : les Parisiens se portèrent en masse au Bourget et à Montmartre, sous la conduite de Jean de Fleury, prévôt des marchands, pour accueillir leur jeune souverain. Il ne les vit ni ne les entendit. Une avant-garde avait abattu les portes de la capitale comme il était d'usage pour une cité conquise. On désarma les hommes avant que de les décapiter. La répression fut sanguinaire : les princes mêlèrent dans les châtiments les émeutiers et ceux qui avaient voulu rétablir l'ordre, en particulier Desmarets. Parce qu'il était trop honnête, Bourgogne et Berry avaient conçu une forte haine à son égard. Il eut le cou tranché au sortir du Châtelet, ainsi que douze notables.

Le chancelier d'Orgement, lui, paradait. Les femmes implorèrent la clémence du roi. Charles VI resta impassible, puis capitula : on libéra les captifs – ou ce qu'il en restait. Alors, on acclama ce mistenflûte dont les cheveux blonds s'ébouriffaient sous la couronne. Et tandis que la terreur ne s'apaisait point, tellement on avait réprimé à tort et à travers, les princes se complurent dans des fêtes prodigieuses de magnificence. On projeta, un soir de beuverie, d'envahir l'Angleterre. On emmena le jeune roi guerroyer en Flandre, en Hollande et l'on voulut en découdre avec le duc de Gueldre.

La Belle et le Bel

Ce fut sur ces entrefaites que les oncles songèrent à marier leur « protégé ». Contre les Anglais, une alliance avec l'Allemagne leur parut indispensable. Charles V s'était rapproché de la maison de Wittelsbach en Bavière. Comme Philippe le Hardi était entré par l'épée en possession de la Flandre, il expliqua aux trois complices qu'il souhaitait, pour affermir la paix de ce comté, que le duc de Bavière, qui était aussi comte de Hainaut, de Hollande, de Zélande et de Frise, devînt son bon voisin tout en devenant également l'allié de la France. En mettant la Bavière de son côté, il contrebalancerait l'alliance qui se dessinait entre le Luxembourg et l'Angleterre depuis que Wenceslas de Luxembourg avait promis sa sœur à Richard II.

Philippe le Hardi choisit la fiancée : Elisabeth de Wittelsbach.

Elle était brune, plutôt petite, avec un visage rond au nez un peu fort. Ses yeux étaient assez grands, sa bouche souriante. Elle avait du charme et on allait lui prêter des charmes. Elle n'était pas encore Isabeau. Était-elle une espèce de paysanne ? Toujours est-il que lors de l'été 1385, elle fut emmenée par un de ses oncles en Hainaut où l'on s'efforça de lui inculquer, avant le français, la frisqueté, autrement dit : l'élégance. Une fois dégrossie – et sans lui avoir enseigné la langue de son futur mari –, on la conduisit à Amiens où, le 14 juillet 1385, Charles VI et Philippe le Hardi l'accueillirent. Elle s'agenouilla devant le roi. Il lui offrit sa main avant de la... détailler. Elle fit quelques pas en arrière, tourna le dos et s'en alla dans son « retrait » comme l'exigeait l'étiquette.

— Par ma foi, s'écria Charles, nous ne voulons autre !

Un délire d'amour le subjuguait. Il avait 16 ans, Isabeau 14. Le duc de Bourgogne se frotta les mains : il allait profiter de cette passion pour gouverner par-dessus son neveu.

Or, le mariage faillit avorter. Il était de tradition, à la Cour de France, de soumettre toute future reine à l'examen des matrones pour s'assurer de sa virginité. La famille d'Isabeau protesta. L'examen n'eut pas lieu.

Isabeau avait-elle été déflorée ?

Cette éventualité n'est pas impossible eu égard au tempérament qu'on lui connaît. On ignore « officiellement » pour quelle raison la jouvencelle n'eût point à subir d'examen prénuptial.

Passons. Notons que le mariage eut lieu le 17 juillet 1385 et que la reine accoucha, le 25 septembre 1386 d'un fils, Charles, qui ne vécut guère. Il se peut que la soudaine passion du roi eût été si paroxysmique qu'il se fût moqué qu'elle fût ou non intègre (1). Elle avait quitté Munich sans hâte d'arriver le 14 juillet à Amiens. On ne sait rien de sa vie « précédente ».

Ce qu'on peut en dire encore, c'est qu'elle avait hérité de sa mère une sensualité débridée. Elle avait, dit-on, des lèvres gourmandes de tout et était experte en œillades. Charles VI se précipita dans le mariage avec la fougue d'un puceau avide de copuler. Son frère Louis d'Orléans, qui fréquentait les bordeaux, eût peut-être bien fait de l'y emmener.

Un roi qui veut régner

L'adolescent voulait régner. Il va de soi que ses oncles tempéraient une volonté qui contrarierait leurs habitudes et préjudicierait leur malefaim d'or qui, jamais, ne parvenait à réplétion. Tandis qu'ils revenaient de Gueldre, début novembre 1388, où ils avaient accompli une de ces expéditions punitives où ils excellaient, Charles manifesta son intention de s'arrêter à Reims. Le cardinal de Laon, Pierre Aycelin de Montagu, semblait les attendre.

Le roi réunit le Grand Conseil dans la salle de l'archevêché. Le cardinal prit la parole pour entamer un ardent – et hardi – panégyrique de Charles. Il exalta sa jeunesse, ses qualités, ses aptitudes à conduire la France vers un grand destin et acheva son

(1) *Intégrité* : virginité à cette époque.

prêche dithyrambique en déclarant qu'un roi devait gouverner seul.

Il invita Charles à prendre la parole. Celui-ci s'exprima sans trop de difficulté, avec une conviction qui déconcerta ses oncles. Il avait cessé d'être une marionnette. Il voulait et il allait régner.

Le Hardi enrageait. Berry, consterné, trépignait, proche de la crise de nerfs. Ils échangeaient des regards. Ils n'allaient pas en rester là. Ils allaient devoir se venger d'un tel affront. Sur qui ?

Quelques jours après cette intrusion du roi dans leurs affaires, le cardinal de Laon mourait empoisonné.

De retour à Paris, Charles VI forma son conseil. Y figurèrent Clisson, La Rivière, Noviant, Gui Chrestien, Arnaud de Corbie, le Bègue de Villaines. « Un conseil de Marmousets », *selon les ducs quasiment évincés.*

De petite noblesse, les conseillers s'engagèrent à assumer l'administration du royaume. Malheureusement, Charles VI avait conservé près de lui le duc de Bourbon et Louis, son frère puîné, duc de Touraine, qui allait devenir duc d'Orléans. De trois ans le cadet du roi, ce godelureau s'affirmait indépendant, sûr de lui, toujours impatient d'obtenir quelque chose. Jusque-là, son goût immense des plaisirs n'avait inquiété personne, surtout pas le roi. De nature frivole, débauchée, il était grand amateur de jouissances, avouant d'ailleurs : « jeue voulentiers aux dez et ayme lez putains. » *Tout Paris le savait.*

Il était plus élégant, plus brillant que son aîné. En 1389, il épousa la Milanaise Valentine Visconti. Son père, Jean-Galéas, avait conquis Milan après avoir fait préalablement empoisonner son oncle, Barnabo, qui y régnait. Or, Barnabo n'était autre que le grand-père d'Isabeau, laquelle n'allait pas tarder à voir dans sa cousine et belle-sœur la fille d'un assassin.

La grande vie

Après les troubles parisiens, sous les suggestions de Berry et d'Anjou, les impôts avaient été augmentés une fois de plus (fouages, gabelles, abaissement d'un treizième à un huitième du droit sur les vins et les boissons). On avait assujetti le pain à la taxe de 12 deniers par livre et la gabelle avait atteint le taux effarant de 20 francs-or par muid. Seuls l'Artois, le Dauphiné, le Poitou et la Saintonge avaient été quelque peu épargnés : ces provinces avaient levé des contributions volontaires. Réjouis par le succès de leur odieux gouvernement, Anjou, Bourgogne et Berry, sous prétexte de faire la guerre, avaient décidé d'accroître les impôts (1385). Le droit de gabelle avait été porté à 40 francs-or par muid, les ecclésiastiques avaient été contraints de payer au roi un demi-décime et au Pape plusieurs, ce qui n'empêcha pas un emprunt obligatoire. Majeur, et pour ne pas trancher dans le vif, Charles VI avait appelé le duc de Bourbon auprès de lui, bien qu'il eût toute confiance en ses Marmousets. Il prit alors des mesures « intenables » : diminution des impôts (qu'il ne maintint point), suppression des prébendes (mais aux protégés de ses oncles succédèrent ceux du Conseil), trêve de trois ans avec les Anglais (qui demeurèrent en France), rétablissement d'un prévôt des marchands (mais ceux-ci durent acquitter de nouvelles taxes). Cependant, le bruit courut que les conditions d'un nouvel essor pour une vie meilleure étaient réalisées. Une sorte de confiance s'instaura... à la Cour. Le climat fut aux bals, aux joutes, aux jeux fréquemment érotiques. Philippe le Hardi retourna dans ses terres pour y ronger son frein.

Isabeau donnait le ton. Elle lança la mode du hennin, des chapeaux en forme de cœur munis de cornes très hautes. Elle exagéra tellement la hauteur de ses coiffures qu'en 1417, on dut rehausser les portes des appartements de Vincennes pour que les dames pussent circuler d'une pièce à l'autre !

Son entrée à la Cour s'était faite sous le double signe du luxe et de la volupté. Avide de divertissements, elle fut servie. Le chroniqueur de Saint-Denis et Juvénal des Ursins se font l'écho de ces liesses.

Lors de son arrivée à Paris, elle avait traversé la Seine sur un pont chamarré. Sur les étoffes figurait un cerf portant un collier et l'écu aux fleurs de lis y était attaqué par des animaux. La mode des faux-visages fit fureur. Toute la Cour porta des masques et ceux-ci permettaient toutes les licences. La nuit de l'arrivée, l'orgie fut gigantesque *(Juvénal des Ursins). Le règne commençait dans l'indécence. On disait que c'était la vieille reine Blanche, veuve de Philippe de Valois, – qui avait jadis épuisé son mari au lit – qui avait présidé la fête.*

Quelques jours plus tard, le roi mena sa femme à Saint-Denis afin qu'elle reçut une consécration royale. La messe terminée, les réjouissances reprirent et des joutes furent organisées pendant deux jours. Le troisième, ce fut encore l'orgie. Lubrica facta sunt, *relate un chroniqueur. Isabeau, masquée, prit part à ces copulations collectives qui ne s'appelaient point encore des* partouzes.

Jean Markale écrit : « Isabeau était enceinte lors des festivités qui accompagnèrent son entrée solennelle à Paris. Ceci explique cela dans la mesure où les rapports extra-conjugaux d'une reine étaient impensables s'il y avait risque de grossesse ultérieure (...) Il semble bien qu'Isabeau de Bavière ait été, ne serait-ce que le temps de sa grossesse où il n'y avait rien à craindre, la compagne de Charles VI dans certaines parties fines que la morale réprouve pour le commun des mortels, mais qui sont toujours de bon ton dans un certain milieu privilégié. »

La royauté se complaisait dans la luxure, la quenouille et s'étoffait : huques dites à l'Italienne, tabards de soie, cotte à chevaucher en mactabas, houppelandes fourrées, pourpoints de nachiz à manches à sac ou déchiquetées, chausses longues ; chez les femmes, apparition du devantier brodé : la pièce à l'estomac. *Des jupes, des robes aux manches transparentes pour laisser voir, après les seins dégagés des encolures, la chair précieuse des bras aux aisselles épilées. Les rapports entre les sexes devenaient différents. Le religieux de Saint-Denis évoque* « les appétits charnels du roi en dehors du mariage ». *Le blondinet libéré de la bande des Quatre se délurait.*

Il était de notiété publique qu'Isabeau avait des liaisons amoureuses avec des hommes de la Cour. Masquée ou non. Et sans doute, entre deux débauches, évoquait-elle ces fêtes de Saint-Denis données en l'honneur des deux fils du duc d'Anjou, Charles et Louis, avant qu'ils ne partissent à la conquête du royaume de Naples.

C'était en 1389. Pour les joutes, les armures avaient été peintes en vert, – la couleur du roi –, les femmes s'étaient cointes en vert. Dans le défilé précédant les passes d'armes, elles marchaient auprès de leur chevalier à cheval, reliées à lui par un ruban vert. Le soir, un grand souper avait réuni tous les participants dans une halle construite au milieu de l'abbaye. On put voir Louis et Isabeau s'éclipser... mais on vit aussi le galant serrer de près Marguerite de Bavière, épouse du fils de Philippe le Hardi qu'on n'appelait pas encore Jean sans Peur. Ce fut la première entrée en scène de cet adolescent de 18 ans, aussi laid que son père, et qui n'avait point besoin que le frère du roi troussât son épouse pour le haïr.

Dans ce programme de festivités plus qu'étranges fut inclus un service funèbre à la mémoire de Guesclin. C'était, dit-on, pour honorer l'esprit de Chevalerie tombé en désuétude !

Pour se remettre les idées en place et oublier qu'il était cocu, le roi décida de voyager. Il s'en alla à Dijon : fêtes. A Lyon : fêtes. En Avignon : fêtes. Là, en présence de l'indispensable Louis d'Orléans, des ducs de Bourgogne et de Berry, il s'entretint avec Clément VII. Il apprit que le Pape de Rome, Urbain VI, venait de mourir. Boniface X le remplaça.

On s'apprêtait à entrer en Langue d'Oc lorsque le roi signifia d'un ton plus décidé qu'à l'ordinaire qu'il voulait être seul, autrement dit que la présence de Philippe le Hardi (frère et complice du duc de Berry) n'était point souhaitable. Il se devait d'enquêter sur la scandaleuse et criminelle gestion du « Berrichon » dans cette province.

D'emblée, il s'aperçut que la population avait été rançonnée outrageusement par l'oncle munificent. Bétissac (ou Bétizac) son trésorier, grand tripoteur de chiffres, fut arrêté. Pour échapper à la justice, il fit accroire qu'il était hérétique. Il ne fit qu'échanger le gibet contre le bûcher. Tandis qu'il se tordait dans les flammes, il hurla :

— Duc de Berry, pourquoi m'avez-vous abandonné ?

C'était un aveu par supplicié interposé.

Le roi confia le gouvernement de la Langue d'Oc à Phœbus, comte de Foix, meurtrier de son fils. Ce n'était certes pas un bon choix.

Il fallut revenir à Paris où Isabeau avait été trop longtemps seule. Seule ? Qui le pouvait affirmer ? La chevauchée reprit en direction du nord.

A Châtillon-sur-Seine, Charles défia son bellâtre de frère à la course :

— Cinq mille livres à celui qui sera le premier dans Paris.

L'insensé !

Ils partirent à bride abattue, et tandis qu'à Troyes, Charles, épuisé peut-être, s'accordait une longue halte, Louis coupait au plus court, atteignait Montereau, montait dans un coche d'eau et descendait la Seine jusqu'à Melun où il ressautait à cheval.

Il fut, de fort loin, le premier à Paris. Isabeau lui fit fête.

Le peuple encore…

Le peuple grondait encore. Pas de pain, pas d'espoir. Et pourtant, ce peuple, il aurait dû être satisfait ! La trêve avec les Goddons n'était-elle pas respectée ? C'était dans la paix qu'il fallait construire un nouveau royaume. Certes, il s'agissait d'une demi-paix : en Bretagne, le duc Jean de Montfort continuait à frapper monnaie sans y faire figurer l'effigie du roi. De plus, ce prince arrogant reconnaissait le Pape de Rome au détriment de celui d'Avignon. En outre, il poursuivait Clisson de sa haine alors qu'ils avaient vécu en excellente accointance en Angleterre puis en Bretagne lorsque le connétable combattait pour les Anglais.

— Amusons-nous ! Réjouissons-nous !

Isabeau enivrait son roi de fêtes incessantes et de divertissements divers. Il avait les Marmousets ? Elle avait pour elle seule six maîtres d'hôtel, deux dames d'honneur, quatre « chambellanes », cinq damoiselles, six prêtres, un nombre extraordinaire de domestiques. Elle ignorait que l'on commençait à la traiter de foraine (étrangère).

Cette intruse avait empli la Cour de chevaliers bavarois. Elle avait offert à l'un d'eux qui s'en était retourné en son pays (peut-être sur ordre) un anneau d'or orné d'un myosotis, ce qui, dans le langage des fleurs signifie : « Ne m'oublie pas ». *Le myosotis, la fleur du* vergiss mein nicht. *Elle s'était entourée d'un bataillon volant de jouvencelles de Munich et d'Ingolstatd qui jacassaient en allemand et avait mandé auprès d'elle son frère Louis qui, à pleines mains, puisait dans le trésor royal.*

Et Charles ?

Son mal faisait des progrès. Il n'était plus tout à fait lui-même ni tout à fait un autre. Son frère, le beau et brillant Orléans, l'observait. Brantôme dit de lui qu'il était « le plus grand desbaucheur de dames de la Cour, et toujours des plus grandes ». *Que de succès en perspective s'il coiffait la couronne ! Comme il le faisait présentement, il recevrait les maris cocus dans une grand-salle ornée des portraits de ses conquêtes, mais au lieu d'être assis dans un faudesteuil, il aurait son séant sur le trône de France. Il dépenserait davantage. Isabeau également. Alors qu'il advenait à son frère Charles d'emprunter au Clergé, lui, Louis, tirerait l'or et l'argent des escarcelles du peuple et s'il se regimbait, eh bien, il agirait comme Bourgogne et Berry !*

Ce pauvre Charles ne méritait pas de régner. Il avait des visions. Comme ce jour, en forêt de Halatte (1) où il avait rencontré un cerf magnifique ayant à son cou un collier d'archal. Il l'avait, soi-disant, fait capturer au filet. Sur le collier on pouvait lire : Caesar hoc mihi donavit *(2). Revenant seul au château de Creil, il avait énarré son aventure. Son entourage s'était extasié. Ou bien, il était fol ou bien, il avait été victime d'une hallucination prodigieuse. Il avait pris un temps son grand cerf pour emblême. Il avait fait graver l'inscription latine sur sa vaisselle. On y voyait un cerf volant portant une couronne en guise de collier.*

Et ce n'était pas tout. Ce pauvre Charles avait fait un rêve où il avait vu un faucon attrapant des hérons et volant si haut que, la tête sur l'oreiller, il n'avait pu ouïr ses appels. Comme il désespérait d'en connaître la signification, il avait vu un cerf muni de six paires d'ailes rattraper l'oiseau pour... Pour quoi ? Il n'en savait rien, Charles. Rien ! Ou il perdait la mémoire ou il perdait l'esprit. C'était d'ailleurs ce que disait Isabeau, la tête sur l'oreiller d'un lit qui n'était point la couche conjugale.

Lors de leur voyage en Langue d'Oc, en frère généreux, Louis avait accablé Charles de plaisirs et de réjouissances. Pour lui complaire, il avait fait en sorte que son aîné fût escorté de 4 000 cavaliers. A leur entrée dans Avignon, le 30 octobre 1389, Charles avait versé des

(1) Aux environs de Senlis, de Creil et à 25-30 km de Pierrefonds, domaine de... Louis d'Orléans.

(2) César me l'a donné.

larmes de bonheur tant la cité avait été pavoisée. Le jour de la Toussaint, ils avaient assisté, fraternellement unis, au couronnement du fils aîné du duc d'Anjou, leur cousin Louis, comme roi de Naples, de Sicile et de Jérusalem. De là, par Nîmes et Montpellier, le cortège avait cheminé vers Toulouse. Le blond comte de Foix, Gaston Phœbus, les avait reçus en son château de Mazères. Des festins, des festins, des festins. On s'empiffrait allègrement. Phœbus avait fait amener devant Charles, destinés au repas, un immense troupeau de moutons, cent bœufs gras, douze chevaux de luxe – qui, eux, avaient été épargnés. Ils étaient tenus par douze vassaux du comté fuxien déguisés en bouviers. On était revenus par la vallée du Rhône, puis par la Saône. Et il y avait eu ce challenge : qui serait le premier à Paris. Quelle joie que celle d'Isabeau, en voyant revenir seul son bien-aimé... beau-frère !

Ah ! certes, il avait fallu, pour couvrir les dépenses, extraire 103 000 francs du trésor de Vincennes. Il avait fallu augmenter les gabelles et recourir à des manigances monétaires. La Maison d'Anjou voulant de l'or pour soutenir ses visées napolitaines, le duc d'Orléans en avait réclamé davantage pour soutenir sur Milan les droits de son épouse, Valentine Visconti... qui n'en avait pas vu la couleur !

Patience ! Charles, un jour, faiblirait ; son cerveau défaillirait. On pouvait même, mine de rien, accélérer son mal.

A Amiens, au mois d'avril 1392, au tout début du Carême, eut lieu une entrevue entre les rois de France et d'Angleterre. Charles VI y fut soudainement pris, écrit Froissart, de « fièvre et chaulde maladie *» : l'épilepsie selon certains, une encéphalite bactérienne selon d'autres. Il en perdit les ongles et les cheveux – ce qui dut déplaire à son épouse. Le jeune monarque auquel Louis d'Orléans avait instillé dans l'esprit la passion des plaisirs et dans le sang, peut-être à Amiens, un énergifiant aux effets pervers, refusa d'abdiquer en faveur d'un quatuor de malandrins avides. La folie allait incuber, sous le crâne royal, du 1er au 5 août 1392. Elle allait durer trente ans pour s'achever le 21 octobre 1422.*

Quand, le 5 février 1392, Isabeau mit au monde un enfant mâle, le bruit courut que chaque fois qu'il avait forniqué avec sa femme, le roi avait vu son mal s'aggraver. Elle était une femme-poison. A chaque accouplement, le venin de la Bavaroise passait dans le sang du roi.

L'Histoire ne dit pas si la reine de France, couchant à droite et à gauche, eut à souffrir de maladies vénériennes. Mais après tout, pourquoi pas ?

PREMIÈRE PARTIE

La nuit de l'attentat

I

— Quel est votre âge, Gui ?

— Dix-neuf ans, messire.

— Vous avez fait merveille ce jour de la Fête-Dieu.

— C'est vous, messire !... Vous avez bellement rompu deux lances sur mon écu. A Dieu ne plaise que j'oublie nos courses et votre domination !... S'il m'advenait, cette nuitée, de perdre la mémoire, mon épaule senestre – qui doit être toute bleue – saurait me rappeler ma défaite.

Un rire tinta que le jeune écuyer détesta parce qu'il le dévaluait. Il n'eût point dû s'en offenser, pourtant. Tout Paris, voire toute la France savait qu'Olivier de Clisson qui, à la mort de Bertrand Guesclin, avait reçu l'épée de connétable, était aussi falourdeur et ruin (1) que son devancier.

« Un Marmouset. Il paraît que ces gens-là sont sages et modestes. Celui-ci fait exception (2). Il est borgne, mais quel coup d'œil ! »

— Notre tierce course fut, à mon avis, la plus digne de vous et de moi, commenta le connétable. Nous avons fait *cournall to cournall* (3), comme disent les Anglais. J'ai peut-être brisé de légitimes espérances... Or, Gui, je puis désormais vous l'avouer : j'ai craint devant vous pour ma réputation.

Était-ce vrai ? Olivier de Clisson alentit la marche de son cheval et s'étonna :

— Vous eussiez dû partir avec Alix d'Apilly, la belle brunette qui

(1) Prétentieux et méchant.

(2) *Marmouset* : fou, favori. On désigna de ce nom les conseillers de Charles V demeurés en fonction sous Charles VI. Les principaux étaient Olivier de Clisson, Bureau de La Rivière, Le Mercier, Arnaud de Cortic. Ils s'étaient appliqués à réformer la justice et à rétablir la prévôté de Paris.

(3) Les rochets (*cournalls* en anglais) étaient des tubes d'acier fixés à l'extrémité des lances de joutes. L'embout français était constitué de trois tétons alors qu'en Angleterre il simulait une sorte de tulipe éclose. Il advenait, mais le fait était rare, que deux rochets se percutent.

était assise près de la duchesse d'Orléans. Cette damoiselle en robe d'écarlate bleu tendre n'avait d'intérêt que pour vous. Pourquoi, diable, m'avez-vous attendu ? Je ne vous ai point vu, au festin. J'étais auprès du duc Louis… Vous devez savoir que nous sommes amis…

— Je vous ai attendu, messire, pour votre bien.

Cette fois, Clisson arrêta le destrier avec lequel il avait fourni toutes ses courses : un noble serviteur gris, à peine pommelé aux cuisses, et dont il avait fait raser la crinière et retrécir la queue. Pour jouter, le connétable n'avait pas jugé bon de le parer d'un houssement à ses couleurs.

— Mon bien ? s'étonna le prud'homme en cillant de son œil unique.

Il semblait agacé par la soudaine outrecuidance de ce jeune écuyer qu'il avait dominé, certes, mais sans faire preuve de cette aisance avec laquelle il avait défait ses autres contendants. Quelque peu gêné de subir de près l'examen d'un chevalier dont la gloire ne lui semblait point usurpée, Gui se souvint une fois encore des heurts du rochet adverse sur sa targe.

« Des commotions comme oncques n'en vit lors de cette fête… Mais c'est vrai, Clisson, tu ne me merveilles pas autant qu'avant nos courses. En éprouvant par trois fois mes courages, tu as, par trois fois, révélé tes faiblesses. Si nos rochets ne s'étaient point atteints, je t'aurais ébahi de prime face. »

Ils avaient passé ce jeudi du Saint-Sacrement (1) à l'Hôtel Saint-Pol où Charles VI avait tenu Cour ouverte et convié ses principaux barons et seigneurs ainsi que leurs dames. La reine et la duchesse de Touraine devenue depuis peu duchesse d'Orléans (2) se prodiguaient en œillades et sourires, et pour les solacier (3) et persévérer en joie, après dîner, dans le clos de la demeure favorite du défunt roi, les chevaliers jeunes et moins jeunes et les écuyers montés sur leurs meilleurs coursiers s'étaient affrontés sous les regards du souverain, de son épouse, des dames et damoiselles. Ces dernières, insatiables, avaient fait en sorte que les courses pussent durer jusqu'au soir. Le mieux joutant qui avait obtenu un grand pentacol d'or décerné par la reine, la duchesse d'Orléans et les hérauts, était Guillaume de Flandre, comte de Namur. Un second prix, une couronne de laurier d'or, avait été remis à Olivier de Clisson pour les trois courses fournies contre un jeune écuyer qui avait consenti à livrer son nom – Gui de la Ferté-Clairbois – lorsque la brunette à la robe bleue le lui avait demandé. Une fois les chevaux livrés aux soins des palefreniers, goujats et bacheliers de petit estoc (4), l'on était allé souper. Ensuite, on avait

(1) Jeudi 13 juin 1392.
(2) Il s'agit d'Isabeau de Bavière et de la belle-sœur du roi, Valentine Visconti.
(3) *Solas* : plaisir, divertissement. *Solacier* : prendre, fournir du plaisir.
(4) De petite extraction.

dansé, bu et carolé jusqu'à une heure après mi-nuit, puis on s'était départi, chacun regagnant son logis dans un Paris endormi où seuls erraient quelques hommes du guet et des chiens en quête de nourriture.

— Vous avez, ce me semble, attendu que je parte, et vous m'avez rejoint sans délibérer.

— Oui, messire.

— Quelles joutes !... Avez-vous vu, sous les grands arbres, la venue de la reine et de Valentine Visconti ?

— Elles chevauchaient des mules blanches...

— J'ai bien cru, en l'aidant à mettre pied à terre, que la reine voulait choir dans mes bras !

— J'étais présent, messire, et j'ai vu...

— Ce que j'ai vu, moi, c'est que la petite Alix d'Apilly vous souriait... abondamment avant que vous ne vous éclipsiez.

— Auprès des écuyers, messire.

— Elle est la fille de Guillaume de la Champagne et demeure...

— Près de Compiègne, messire.

— Ne m'en dites pas davantage, Gui. Je n'ai rien d'un inquisiteur. Ce que je peux vous avouer, moi, c'est que je me suis délecté de vous voir meshaigner le père de la belle... Il va vous en vouloir !

Un rire encore. Gui ne s'en offensa point. Ce n'était pas pour confabuler sur une fête où il avait pu voir, pour la première fois, la reine de France et juger, à la vesprée, d'un état d'ébriété qui la rabaissait au niveau des filles follieuses – encore qu'il dût en exister de sobres – qu'il avait rejoint le connétable. C'était pour le prévenir d'un complot certainement bien apprêté qui, s'il réussissait, s'achèverait par la mort de cet homme dont la renommée s'était ébréchée depuis quelques mois. Après qu'il eut pris congé du roi, raconta sans ambages le borgne le plus célèbre du royaume, il s'en était allé souhaiter la bonne nuit au duc d'Orléans (1) en lui demandant, toutefois, s'il demeurerait à Saint-Paul ou s'il irait chez Poullain, son trésorier, qui demeurait à la Croix-du-Tiroy, assez près de l'hôtel du *Lion d'argent*. Le duc lui avait amiablement répondu : « *Connétable, je ne sais encore lequel je ferai du demeurer ou du retourner. Allez-vous-en : il est meshui (2) l'heure de partir pour vous.* » Sitôt dehors, en la place de l'Hôtel Saint-Pol, Clisson avait retrouvé ses gens et ses chevaux. Gui en avait dénombré huit dont deux porte-flambeaux. Avant qu'ils ne se missent en chemin pour s'engager dans la grande rue Sainte-Catherine, qui conduisait au Temple non loin duquel le connétable avait son hôtel, Gui avait approché Beaubrun, son cheval, de celui de son vainqueur : « *Messire,*

(1) Ex-duc de Touraine, il était Orléans depuis quelque dix jours.
(2) Maintenant.

vous m'avez invité à vous revoir. Si cela vous agrée, j'aimerais en savoir maintenant la raison. – Vous la saurez. Elle vous honorera. Mais vous, Gui, qu'avez-vous à me dire qui vous fasse une tête empesée de je ne sais quoi ? » Maintenant, il fallait en venir au fait :

— Messire, votre existence est menacée.

— Ah ! bon.

— Messire, je vous adjure de ne point vous ébaudir ainsi ! Il est urgent de vous prémunir contre un grand danger si vous tenez à la vie.

— Qui, selon vous, me voudrait occire ?

Dans la lueur mouvante d'un flambeau tenu dans un poing massif, Clisson souriait comme un homme qui se sent puissant, expert en armes : indestructible.

— Pierre de Craon.

Le visage changea. Un intérêt soudain en durcit les traits. Le front parut se fissurer ; des rides profondes s'accrochèrent aux commissures de la bouche ourlée d'un soupçon de moustache. Le regard attentif entre les paupières dessillées d'un œil unique (1), se mit à luire sous l'effet d'une méchanceté que Gui connaissait : c'était celle dont il avait éprouvé les effets en courant une tierce fois contre le connétable.

— Ah ! dit Clisson d'une voix qui se réduisait à un murmure.

Il fit signe à ses gens de rester à l'écart. Ils obtempérèrent. Certains reculèrent sauf le porte-flambeau qui, vieux mais fier sur un roncin bon aux labours, jouissait de prérogatives dévolues sans doute à son ancienneté.

— Recordez-moi tout, Gui, je vous prie. Ce n'est un secret pour personne que Craon m'abomine.

Tout en s'exprimant, Clisson caressait l'encolure de son cheval qui quoaillait (2) comme atteint d'une inquiétude plus puissante encore que celle de son maître. Gui se demanda s'il devait immédiatement parler ou si Clisson se confierait davantage. A vrai dire, ce qu'il savait de ce prud'homme se limitait à quelques entretiens entendus de loin en loin dans les hôtelleries fréquentées par les capitaines et les soudoyers. Le connétable pouvait se prévaloir d'une haute naissance. Son père, Olivier IV avait défendu Vannes pour Charles de Blois (3). Sans qu'il se sentît menacé, il avait accédé à l'invitation de Philippe VI qui le voulait voir jouter à Paris. Pris et conduit aux Halles, il avait été décollé (4). Les uns disaient qu'il était demeuré fidèle à Blois, les autres qu'il était secrètement passé de ce parti à celui de son rival, Jean de Montfort. La cause, controversée, était la suivante :

(1) Clisson avait été éborgné à la bataille d'Auray, le 29 septembre 1364.
(2) Se dit d'un cheval qui remue constamment la queue.
(3) Octobre 1342.
(4) Le 2 août 1343.

Edouard III l'avait fait prisonnier en même temps qu'Hervé de Léon. Il l'avait échangé contre le baron de Stafford, de préférence à Léon. Fils d'Olivier II et d'Isabelle de Craon, le « traître » avait épousé successivement Blanche de Bouvines et Jeanne de Belleville, veuve de Geoffroy de Châteaubriant. Quant à son fils, Olivier V, présentement soucieux, il était né de Jeanne de Belleville. Élevé en Angleterre, il avait été l'époux de Marguerite de Laval puis de Marguerite de Rohan, veuve de Jean de Beaumanoir. Partisan des Goddons, il avait quitté ses compères liés au sort de Jeanne et des Montfort pour traiter avec Charles V qui lui avait restitué la terre de Champtoceaux jadis confisquée à son père (1). Il avait juré fidélité au roi et scellé une alliance avec Guesclin (2) au moment où les Anglais assiégeaient Moncontour. Ils s'étaient déjà liés à Pontorson (3). A la mort du Breton, il avait reçu l'épée de connétable (4). Clisson avait un frère mains-né : Amaury. Réconcilié avec Charles de Blois, ce bataillard avait péri au combat de la Roche-Derrien (5).

— Quel silence ! s'exclama Clisson. Pensez-vous avoir du remords lorsque vous m'aurez recordé tout ce qui désormais m'importe ?... Il n'y a point de délation d'autrui, sachez-le, entre deux chevaliers qui s'estiment.

— Messire, je n'ai point chaussé les éperons.

— Cela viendra.

Se retournant, Clisson interpella un homme :

— Ho ! Juvécourt. Suivez-nous tous d'assez près et la main sur votre arme.

(1) 1367.
(2) Le 26 avril 1371.
(3) Le 2 octobre 1370.
(4) Le 28 novembre 1380. Guesclin était mort le 13 juillet de la même année.
(5) Ce combat eut lieu le 20 juin 1347 « *environ le quarter avant le jour* » (Thomas de Dagworth). Charles de Blois y fut fait prisonnier.

Amaury de Clisson, fils d'Olivier II et d'Isabeau de Craon, s'était réconcilié en 1344 avec Charles de Blois. Dès le 22 février 1342, nommé tuteur et gardien du jeune Jean de Montfort et délégué par Jeanne de Montfort en Angleterre pour y traiter avec Edouard III de la protection du fils de celle-ci, il avait passé plusieurs conventions, le 10 mars, avec le roi d'Angleterre tant au sujet de l'argent nécessaire pour soutenir la guerre en Bretagne qu'au sujet des villes, bourgs, forteresses et ports du duché de Bretagne à livrer au suzerain anglais pour les garnir de troupes. Le 1er mars 1342, Edouard III avait d'ailleurs chargé son clerc, Gautier de Wetewang de régler ces questions. A l'instigation de la comtesse, Amaury de Clisson avait suggéré qu'un mariage eût lieu entre le jeune Montfort et une des filles du roi d'Angleterre qui serait ainsi « *douée de toute la conté de Montfort et du duchié de Bretaigne* » (Jean le Bel). Amaury revint en Bretagne avec l'armée anglaise qui attaqua les troupes de Charles de Blois et de Jeanne de Penthièvre. La comtesse de Montfort était à Hennebont qui fut assiégé. Elle y fit une sortie fameuse. Amaury et les Anglais commandés par Gautier de Masny la secoururent (120 vaisseaux, 300 hommes d'armes, 2 000 archers – 18 octobre 1342).

Il existait un autre Clisson : Garnier, que dom Lobineau (*Histoire de Bretagne*) et dom Morice nomment, on ne sait pourquoi, Gauthier. Il était « *cousin au duc qui mort estoit et cousin à messire Olivier de Clisson et ung des plus hauts barons de Bretaigne* » que Philippe VI avait fait décoller à Paris « *par souspechon de trahison* », le 2 août 1343. Il avait la garde du château de Brest. Sommé par Jean de Montfort de lui livrer la place, il refusa et mourut lors d'un assaut.

Puis, revenant sereinement à l'entretien :

— Allez, Gui !... Dites-moi tout sans crainte aucune.

— Eh bien, commença l'écuyer, je suis arrivé à Paris depuis deux mois avec ma mère...

— Votre père ?

— Gilbert de Clairbois, messire. Il est mort en Lombardie dans une embûche à la suite de laquelle Jean d'Armagnac a succombé (1).

Clisson chassa cette explication d'une main gantée de chevrotin noir. La mort, il y était accoutumé. Une seule chose importait présentement : la sienne.

— Nous avons pris logis chez une taye (2), près du cimetière Saint-Jean, à proximité de l'hôtel où les grands seigneurs de France ont coutume de loger pour y avoir leur aise au retour de quelque bataille. Cet hôtel, vous le savez certainement, est gardé par un concierge. Dès le carême prenant, le sire de Craon y a fait loger des varlets bien à lui, lesquels ont reçu vins et pourvéances. Il a mandé par lettre, au concierge, maître Pierre, d'acheter pour lui des armures, cottes de fer, gantelets, coiffettes d'acier et telles autres choses pour armer quarante compagnons.

Clisson siffla :

— Quarante !

— Lorsqu'il serait pourvu en tout, Craon, mis au fait, enverrait quérir secrètement ces hommes.

— Quarante ! s'exclama Clisson derechef. Je ne sais d'où vous les tenez mais j'apprécie, Gui, ces révélations.

— Un mien cousin est des quarante. Je l'ai fait boire.

— A-t-il voulu que vous en soyez ?

— Certes. J'ai refusé.

— Ce sera peut-être un ennemi.

— J'ai mon honnêteté pour armure.

— Croyez-vous, jeune ami, que ce soit suffisant ?

Gui haussa les épaules tout en se demandant s'il avait eu raison de s'immiscer dans une affaire d'une aussi dangereuse importance. Mais il était lancé : il lui fallait poursuivre. Il le fit presque à voix basse.

— Le sire de Craon était en Anjou dans un châtelet de son héritage quand il décida de vous occire. Les quarante hommes sont venus

(1) Jean d'Armagnac était entré au mois de juillet 1391 en Italie. Il y affronta Jean Hawkwood devant Alexandrie (Piémont), fut battu à plates coutures, victime de son ostentation autant que d'un routier anglais, fin stratège. Il faisait une chaleur terrible. Le comte s'arma « *tout au clair et à l'étroit et de toutes pièces et fit son pennon développer et prit son glaive et dit : Allons voir la ville et escarmoucher. Nous retournerons au dîner.* » L'escarmouche eut lieu. Jacques del Verne en était l'auteur. Une épaisse poussière jaillie du sol gêna les vues et étouffa les haleines. Après la bataille, le comte but à un ruisseau. Sa langue, selon Froissart, devint morte. Il perdit la raison et mourut le lendemain.

(2) Tante. *Tayon* : oncle.

secrètement et couvertement en cet hôtel de Paris. « *Tout ce que vous souhaitez*, leur a-t-il dit, *demandez-le au concierge. Mais ne vous montrez point pour quelque chose qui soit. Je vous donnerai de bons gages.* » Je sais qu'un par un et par toutes les portes de Paris, la nuit ou de bon matin, les conjurés sont arrivés.

— Et Craon ?

— En les fêtes de Pentecôte, il est venu secrètement et s'est bouté en son hôtel. Je sais même, par mon cousin Roland qui un jour fut de garde à la porte, que Craon lui a dit : « *Je te commande, sur les yeux de ta tête à crever, que tu ne mettes céans homme ni femme, ni laisser issir* (1) *aussi si je ne te le commande.* » Évidemment, j'ai exhorté mon cousin à guerpir. Il a refusé car la soudée (2), messire, est bonne. L'épouse du concierge, ses enfants et la chambrière ont été reclus en l'hôtel car je n'ai pas revu Roland. Je me suis dit, observant les fenêtres et voyant un grand remuement, que le jour choisi pour vous occire serait… une nuit. Celle du Saint-Sacrement où nous sommes.

— Pourquoi tant de circonspection ?

— Parce que cette nuit-là, les rues sont vides dès la minuit et que Craon, qui vous connaît bien, a pensé que vous seriez en l'Hôtel Saint-Pol où l'on dit que vous allez fréquemment.

— Holà ! ricana Clisson, d'autres que moi y vont et pour d'autres raisons que des joutes. On y rencontre des gentilfames moult avenantes.

— C'est ce que j'ai vu mes-huy (3) !

Ils n'avançaient plus et leurs chevaux semblaient apprécier ce répit : les courses fournies le long de la barrière les avaient éprouvés, eux aussi.

— Vous me plaisez, Gui. Vous êtes tout d'une pièce à ce qu'il semble… Je ne sais ce qu'il adviendra de vous et de moi cette nuit mais, dès à présent, je vous invite en mon hôtel pour demain soir. J'aurai à dîner monseigneur Orléans, le seigneur de Coucy, messire Jean de Vienne, messire Charles d'Hangiers, le baron d'Ivery et plusieurs autres…

Clisson fit soudain demi-tour. Sa voix tonna :

— Des cavaliers… Demeurez comme nous en selle, éteignez les flambeaux et apprêtez vos armes… Doucement… Larrecineusement (4) !

Des chevaux approchaient. Cent toises, peut-être, les séparaient de Clisson et de ses hommes. Gui vit que le connétable avait tiré un badelaire de son fourreau. Une belle arme, longue et courbe ; une sorte de croissant de lune effilé. D'où tenait-il cette arme ? Savait-il la manier aussi bien qu'un Mahom (5) ?

(1) Sortir.
(2) Solde, paye des gens de guerre.
(3) Aujourd'hui. Nous sommes dans la nuit du 13 au 14 juin 1392.
(4) Furtivement.
(5) Abréviation de Mahomet : Arabe.

— Ce sont eux, messire.

— Attendons, Gui. Il se peut que ce soit le duc d'Orléans… Je sais qu'avant d'aller dormir, il aime à faire un tour dans Paris, bien hourdé (1) comme il se doit à un prince qui s'en va quérir quelque pute…

Il y avait de la moquerie dans ce propos, de sorte que Gui se demanda si les deux hommes étaient en réelle amitié.

Des cavaliers et des piétons apparurent. Aucun feu ne les éclairait. Croyant avoir affaire à quelque gaille (2) du duc, Clisson s'écria :

— Monseigneur, par ma foi, c'est mal fait de me vouloir ébahir et mettre en défense, mais je le vous pardonne car vous êtes jeune ; si ce sont tous revaux (3) et jeux en vous !

La réponse fut un glissement d'épée suivi d'autres. « *Ils défeurrent* (4) », se dit Gui. Et à voix basse :

— Messire Clisson, gardez-vous.

Il s'aperçut qu'il tremblait. Un cri retentit :

— A mort Clisson !… Il vous faut mourir !

— Qui es-tu ? demanda, faussement innocent, le connétable.

— Pierre de Craon, votre ennemi. Il vous faut mourir.

— La raison ? dit Clisson en levant bien haut son badelaire.

« Deux pieds de long, c'est peu pour escremir (5) », songea Gui en tirant son arme du fourreau. « Plaisance, je m'en vais devoir te salir. »

— La raison ! insista Clisson.

Et comme le gentilhomme ne lui répondait point :

— Je vous donne un conseil, Craon : allez-vous-en… Allez-vous-en, vous et vos hommes… Je ne saurais les voir tous, mais par Dieu, ils sont bien une quarantaine !

Il y eut un silence. Et des murmures. Les sicaires s'interrogeaient : « Comment peut-il savoir que nous sommes quarante ? » Chacun d'eux, ébaubi, redoutait qu'il y eut de la trahison dans l'air.

— Vous m'avez tant de fois courroucé, hurla Craon, qu'il vous faut amender.

— Je ne sais pas en quoi je vous ai courroucé.

— Il suffit que moi, je le sache !

Et soudain tourné vers son herpaille (6), Craon exigea, l'épée en main et la voix forte :

— Avant ! J'ai celui que je demande et que je veux avoir !

Les conjurés obéirent tandis que les soudoyers du connétable accouraient à la rescousse de leur chef sans souci de devoir combattre

(1) Escorté.
(2) Plaisanterie.
(3) Ou revel, reviaulx, reviaux : fête, gaieté.
(4) Feurre : fourreau.
(5) Jouer de l'épée, escrimer.
(6) Troupe de mauvaises gens.

à cheval et à un contre cinq. L'un d'eux tomba sous le coup de banderole assené par un brigand (1) dont l'habit gris, plus visible que les autres dans les demi-ténèbres, révélait des lueurs d'acier parmi ses déchirures.

— Saligot ! grommela Gui.

Devait-il l'assaillir ou s'occuper d'un autre ?

— Les occirons-nous tous ? hurla un homme occupé avec le vieux porteur de flambeau.

— Oui ! Oui ! affirma Craon aux prises avec Clisson qui n'avait point abandonné sa monture. Qu'on occise tous ceux qui se mettent en défense !

« Sept », compta Gui. « Sans armure… Quelques passots (2) : quand on s'en va aux joutes, on ne s'arme point pour la guerre. »

Il vit un maufaiteur sauter à terre et se précipiter pour l'affronter.

— Roland !

— Toi !

Sitôt reconnus l'un l'autre, le cousin dévoyé recula.

— Clisson ! hurla-t-il. C'est bien Clisson. *Il* ne nous l'avait pas dit !

« Mensonge ! » enragea Gui tandis que Roland s'escampait à pied, entraînant quelques compères dans sa retraite. « Ceux qui restent avec Craon fournissent des coups sans puissance. Ils font mal ce qu'ils font et c'est tant mieux pour nous ! »

Un homme l'assaillit. L'estoc de Plaisance heurta un plastron de fer. Un coup assené de biais au défaut du colletin. Sang. Un jaillissement. Le blessé hurla et s'enfuit.

« S'ils sont tous ainsi, nous saignerons ce troupeau ! »

Les flambeaux avaient chu, mais la rue commençait à s'illuminer : des fenêtres s'étaient ouvertes et des lanternes y apparaissaient, tendues à bout de bras. Les gens voulaient voir et même s'effrayer avant de regagner leur lit, les couples pour s'enlacer dans d'autres spasmes que ceux de l'amour, les esseulés pour frissonner tout leur soûl en se disant que, décidément, on était, la nuit, bien chez soi.

Gui, que la fuite de son parent avait immédiatement rassuré, se

(1) Homme portant une brigandine (ou brigantine), sorte de pourpoint formé d'un plastron et d'une dossière de plaques de fer se recouvrant comme des tuiles, rivées sous un premier vêtement de toile ou de cuir, recouvert de velours sur lequel apparaissaient les têtes des rivets. L'intérieur de ce corsage était de toile ou de peau. On y voyait les rivures inférieures des rivets maintenus par des rondelles de métal. On recouvrait cette garniture interne d'un tissu ou d'un cuir souple (basane). Les brigantines se laçaient soit sur le devant de la poitrine, soit sur le côté, soit encore dans le dos. Ces vêtements descendaient à mi-cuisse sans brider la taille.

(2) Épée large et courte que portaient surtout les gens de pied. « *La défense étoit petite*, écrit Froissart, *car ils n'étoient que huit et sans nulle armure, et tous entendoient du connétable occire et aterrer, ni messire de Craon ne demandoit autre chose que le connétable mort* (… mais) *quand ils eurent la connoissance que c'étoit le connétable qu'ils assailloient, furent si eshidés* (effrayés) *que, en ferant sur lui ou contre lui, leurs coups n'avoient point de puissance ; et aussi ce qu'ils faisoient, ils le faisoient paoureusement ; car en trahison faisant, nul n'est hardi.* »

tourna en quête d'un adversaire et vit que l'essentiel du combat avait lieu devant l'échoppe d'un fournier déjà debout pour mettre son pain à cuire.

Il vit Clisson chanceler à la suite d'un coup assené sur la tête et se fraya une voie parmi les chevaux et les hommes pour lui porter secours. Bien que ce prud'homme ne lui fût rien, il le devait sauver de cette embûche.

— Place ! hurla-t-il. Vous étiez quarante et n'êtes plus que vingt !

Il mentait à peine. La rue s'était dégagée. Des galops de chevaux révélaient des reculades. Craon les entendait-il ?

Il marcha sur un corps. Évita une épée. Parvint devant le cheval du connétable et aperçut celui-ci. Blessé, il tentait de se mettre debout et se protégeait des horions en agitant son badelaire. Défense dérisoire : des coups portaient, éblouissants sous les pâles lumières. Tant d'hommes pour un seul. Tant d'estocades et de taillants, la plupart inutiles. Bien que borgne, Clisson voyait tout.

Une rage montait des entrailles de Gui jusqu'à sa bouche pleine de hurlements. A la fureur de secourir le connétable se mêlaient des émotions jusqu'alors insoupçonnées. Joie d'atteindre un malandrin, de le voir saigner, de l'entendre crier de fureur et de souffrance. Plaisir de penser que la plaie pouvait être mortelle. Il n'avait jamais ostoié (1), il ne s'était jamais trouvé dans des mêlées. Jusque-là, il avait combattu avec des armes émoussées face à des compères tout aussi précautionneux que lui-même. Certes, il avait prouvé qu'il était bon jouteur. C'était tout. L'angoisse jusqu'ici ne l'avait point hanté. Était-ce bien *cela* qu'il éprouvait présentement ? Cet effrayant souci de recevoir un taillant à la face, à l'épaule, au cou avant que de périr dans des frémissements épouvantables ? Et Clisson ? Angoisse aussi. Crainte qu'il ne fût peut-être mortellement atteint.

Il entrevit Craon, toujours à cheval, l'épée levée, prêt à frapper à la tête. Plaisance monta au-devant de l'arme adverse et la détourna.

Par bonheur, la porte du fournier s'ouvrit. Clisson chut sur le flanc et s'enfonça vers l'intérieur. La plupart des sicaires, à cheval comme leur chef, ne purent entrer, le seuil étant étroit et bas. Il eût suffi de quelques ruades pour que l'huis refermé s'ouvrît, mais les assaillants n'osèrent l'enfoncer de quelque façon que ce fût. D'ailleurs aucun mandement ne leur avait été donné. Certains rangeaient leur lame.

Gui recula sans recevoir un coup. Clisson disparu, l'affaire était close et Craon se sentait envahi par un doute : avait-il réussi ? Par la peur : avait-il échoué ? On allait savoir. Paris, dès l'aube, apprendrait l'échauffourée. Toute la Cour serait informée ! Sans doute, conscient de son avortement, mesurait-il enfin l'absurdité d'un complot dont il s'était ri des conséquences.

(1) Combattu dans l'ost.

Que faire ? Attendre parmi les sept hommes du connétable. Attendre la dispersion de la pendaille (1). Et savoir si Clisson vivait ou trépassait.

— Allons ! Allons ! vociféra Craon, nous en avons assez fait. S'il n'est mort, il mourra du coup à la tête car il a été féru de bon bras !

Derrière leur conduiseur, les malandrins s'éloignèrent, qui à cheval, qui à pied, vers la porte Saint-Antoine toujours ouverte depuis que Clisson, dix ans plus tôt, au retour de la bataille de Roosebeke (2) avait chassé ou meurtri les Maillets (3) apostés dans son ombre. Les hommes, une fois l'enceinte franchie, s'éloigneraient à travers champ – à moins qu'ils n'eussent point reçu leur soudée (4).

Faces suantes dont les yeux semblaient sortir des orbites, les gens du connétable s'interrogèrent du regard.

— Loys est mort, dit l'un d'eux.

— Clisson, s'il vit, le vengera. Pas vrai, Bridoulx ?

— Certes !... Dommage que nous n'ayons pu occire tous ces infâmes. Ils ont laissé trois des leurs sur le pavé.

— Qu'ils pourrissent !

— Allons voir le connétable. Assurons-nous qu'il vit. Nicole, garde les chevaux.

Gui vit l'homme qui semblait commander aux autres se tourner brusquement vers lui :

— Messire, je vous ai vu jouter... Je vous ai vu secourir notre maître. Venez avec nous.

Gui les accompagna dans la boutique du fournier dont l'épouse, agenouillée, étanchait le sang d'une profonde entaille que Clisson portait à la tête.

— Le sang lui couvre le viaire (5), dit Bridoulx, inquiet.

— Est-il mort ?

— Non, Guérard.

— Non, dit la femme. Il est navré de partout.

— Il ne dit mot.

— Assommé... Toi, Nicole, saute sur ton cheval et cours à l'Hôtel Saint-Pol... Il faut que le roi sache tout !

— Bien, Jausselin (6). Je crois que tu te ferais un plaisir de raccourcir Craon.

(1) Ramassis de gens bons à pendre.

(2) Roosebeke ou Westroosebeke, en Flandre occidentale. Les troupes de Charles VI y défirent les Flamands commandés par Philippe d'Artevelde (29 novembre 1382).

(3) *Maillotins*. Parisiens insurgés contre l'oppression fiscale du gouvernement des oncles de Charles VI et ainsi appelés parce qu'ils étaient armés de maillets d'armes pris à l'Arsenal. La répression contre ces mécontents fut sanglante. 300 bourgeois furent mis à mort et la cité de Paris condamnée à verser à la royauté victorieuse une amende de 20 millions de francs.

(4) Solde.

(5) Visage, mais aussi visière d'un bassinet.

(6) Sans doute *Josselin* ou *Jocelin*. Ce nom devint si tristement célèbre qu'il désigna tous les bourreaux.

— Et comment ! Mais avant, je lui trancherais l'escarcelle.

L'homme était grand, large d'épaules. Un visage barbu sous un chaperon où séchaient quelques éclaboussures vermeilles. Ses yeux brillaient de fureur et d'angoisse. Il devait aimer son maître comme un chien de maison et le défendre, le cas échéant, comme un tigre.

« Jausselin », s'étonna Gui. « J'ai ouï ce nom-là. Il n'a pas bonne réputation… Ah ! j'y suis : cet homme est le tranche-tête de l'ost du connétable. »

Un galop dans la rue. Et le silence.

— Faut le mettre nu, dit le fournier.

Le sang répandu sur le dallage de son officine l'emplissait d'une horreur qu'il ne cherchait point à dissimuler.

— Ça coule partout, Euriante, dit-il à une épouse qu'il semblait craindre.

— On n'a pas de sciure. Remue-toi, Béraud, et mets dessus de la farine. On glissera pas.

Le fournier disparut.

— Va-t-il mourir ? interrogea Gui, penché sur cet homme dont les cheveux cendrés (1), maculés de sang, apparaissaient lorsque l'épouse du fournier levait le linge avec lequel elle tentait d'absterger la plaie.

— Non ! Non ! grommela Jausselin. C'est pas possible. Il ne peut pas nous faire ça !

Pour la première fois de sa vie, sans doute, il éprouvait du désespoir. Jusque-là, dans l'ombre du connétable, les choses, pour lui, s'étaient facilement présentées. Il n'était point homme à s'enfermer dans des dilemmes, à s'accabler de doutes sur son existence présente et sur sa destinée. Les autres ne comptaient guère. Seul Clisson importait parce qu'il pensait pour lui. Il ne pouvait se résigner à le voir mort.

— Il vivra, dit la femme. J'en suis acertenée.

— Il aura mal à la tête ! dit son mari de retour avec, à chaque main, une seille emplie de farine.

Autant Euriante était maigre, autant il était gros. Autant elle était acerbe, autant il était avenant. A pétrir la pâte, ses bras s'étaient gonflés de muscles si puissants qu'il eût pu fréquenter les foires pour y lever des chariots ou des boulets de bombardes. Dans son visage rond et glabre, aux cils et sourcils blancs, sa bouche frémissait, alternant les mots et les gémissements.

— Ma fournée ! dit-il. Ma fournée !… J'ai dû laisser mon feu s'éteindre.

— Eh bien, Béraud, tu le rallumeras !

— Quelle histoire ! soupira l'homme en répandant la poudre blanche sur les taches qu'elle rendait ainsi plus répugnantes.

(1) Clisson était né en 1336. Il mourut en 1407. Il avait 56 ans au moment de ces faits.

Gui se demanda s'il était nécessaire qu'il s'attardât. Sa mère l'attendait, anxieuse peut-être. Profitant de l'occasion que lui avait offerte un drapier du quartier Saint-Lazare qui, chevauchant vers Laval, la déposerait à Clairbois, elle devait le quitter à la fin du mois.

« Je reste. »

Plutôt que de chevaucher dans des rues peu sûres encore, mieux valait demeurer dans cette échoppe afin que Clisson le vît lorsqu'il reprendrait connaissance.

« Ne m'a-t-il pas donné à penser qu'il me prendrait à son service ? »

Abandonnant la ferté familiale à Anceaux, son frère ains-né, il était venu à Paris dans l'intention d'y trouver un seigneur qui voulût bien l'accueillir dans sa mesnie. Hardiment, il s'était présenté à l'Hôtel Saint-Pol en excipant d'un cousinage avec le sire de Coucy qu'il ne connaissait que de nom. Admirable plège (1) : les guisarmiers de l'entrée l'avaient laissé passer. Ensuite, son nom écourté – Gui de Clairbois – avait séduit l'assistance tout autant que les courses qu'il avait fournies avec des bonheurs divers avant d'affronter Clisson. Il pressentait que son destin se jouait cette nuit du Saint-Sacrement qui, du jeudi férié, passait au vendredi, un vendredi que Pierre de Craon emploierait à mettre entre Paris et son premier refuge maintes et maintes lieues qui, sans doute, seraient insuffisantes pour le soustraire à la justice du roi.

Et justement, comme il y pensait, Charles VI entrait dans la boutique, vêtu seulement d'une chemise de nuit sur laquelle il avait passé une houppelande de velours bleu qu'une ceinture d'armes maintenait entre-close. Dehors, on entendait des piétinements de sabots et de semelles : hommes d'armes, huissiers, gens de grand et de petit estoc (2) avaient accompagné le souverain. Des torches remuaient, dissolvant çà et là des pans de ténèbres, et l'on entendait des piétinements de plus en plus nombreux.

— Va-t-il mourir, Jausselin ?

Le grand barbu haussa les épaules. Gui se sentit âprement dévisagé avant d'être désigné du doigt à l'attention de Charles VI :

— Sans messire qui l'a secouru, il serait mat. Mais il respire. J'ai bon espoir.

Gui s'était à peine incliné qu'il se sentit serré dans les bras du roi pour une accolade aussi violente qu'incongrue.

— Vous avez jouté contre le connétable !... Je vous reconnais !... Je ne vous avais jamais vu auparavant.

— Sire, je suis nouveau venu à Paris et je n'ai, hélas ! pu mieux faire pour éviter ce meschef dont messire Clisson guérira, j'espère...

(1) Caution.

(2) Race, rang.

J'avais prévenu le connétable de l'embûche qui se préparait. Or, ils étaient quarante et nous n'étions que neuf… dont un a péri.

— Merveilleux !… Il faudra trouver un tabellion ou un trouvère, oui, un trouvère, pour tirer de cette appertise un récit digne d'icelle, de Clisson et de ses gens. Quant à Craon, il s'est condamné.

Enfin, Gui voyait le roi de près : un être pâle tacheté de roux comme la farine que le fournier avait cessé de répandre à l'entour du blessé. Des yeux globuleux, vaguement bleus, mais d'une étrange mobilité, comme pour éviter constamment des ombres maléficieuses. Une bouche épaisse, lourde, sous un nez d'une roseur de personne enrhumée. Ses géniteurs avaient été de grands malades, il l'était aussi. Sa houppelande apparemment gonflée par un début de pimelose (1) laissait entrevoir des brillances d'or et de soie. « Il n'empêche », songea Gui, « qu'il est nu devant le mal. »

Les Valois, depuis leur avènement, passaient pour des dégénérés. Celui-ci ne faisait pas exception à la règle (2). On disait qu'il avait été souffrant au mois d'avril de cette année 1392 : lors d'une entrevue, à Amiens, avec le roi d'Angleterre, il avait été pris d'une *fièvre chaulde* (3). Cette maladie avait été si soudaine et dévorante qu'il en avait perdu les ongles et les cheveux. A son retour de Picardie, il était en bon point et bon état. L'émoi de cette nuitée où son connétable et ami gisait, immobile, en son sang, prenait des dimensions angoissantes chez cet homme dont on disait, à Paris, que sa femme l'épuisait au lit.

— Mes chambellans ! s'écria-t-il. Mes chambellans !

— Nous sommes là, sire.

C'étaient, côte à côte, vêtus eux aussi en hâte, messires Guillaume Martel et Hélion de Lignac que Gui avait entrevus aux joutes.

— Demeurez près de moi : je défaille de courroux et de crainte.

En fait, le roi semblait époumoné. Sa hâte à rejoindre son connétable avait dérangé son souffle et son cœur. Il sentait l'imperceptible ruine de son corps et peut-être, fortuitement, la limite des possibilités que la vie lui concédait. Il eût voulu dormir, sans doute ; oublier ce sang qui sourdait de l'espèce de suaire épais sur lequel son homme lige reposait peut-être à jamais. Un gémissement du blessé le secoua d'un long frisson.

(1) Obésité.

(2) Né le 3 décembre 1368, il avait moins de douze ans lorsqu'il avait succédé à son père, le 16 septembre 1380. Sacré et couronné à Reims le 4 novembre (et non le 25 octobre comme il a été souvent écrit), il mourut le 21 octobre 1422.

(3) Qu'entendait-on par *chaulde malladie* ou *mal caduc* ? Un mal comitial : l'épilepsie. Certains ont penché pour une typhoïde. Le Dr Cabanès (*Les Morts mystérieuses de l'Histoire*, Paris, Albin-Michel, 1930) réfute cette thèse. La première manifestation des troubles psychiques allait avoir lieu au début d'août 1392. Elle éclata le 5 avec un accès de manie aiguë. L'affection devait durer 30 ans.

— Ah ! dit-il, plaintif, une main sur le cœur, je crois… je *vois* qu'il respire et ouvre l'œil.

C'était vrai : Clisson sortait de sa pâmoison.

— Connétable ! Connétable !… Comment vous sentez-vous ?

— Cher sire, petitement et faiblement.

— Qui vous a mis en ce parti ?

Le roi ne se penchait point : c'eût été une attitude indigne d'un monarque.

— Sire, Pierre de Craon et ses complices, traîtreusement et sans nulle défiance.

— Connétable, oncques chose ne fut si comparée comme celle sera, ni si fort amendée. Or, mires et surgiens (1) venez.

Charles VI en avait fait quérir. Il en arrivait de toutes parts. Le roi, leur désigna d'un doigt tremblant le blessé :

— Regardez-moi mon connétable et me dites en quel point il est, car je suis moult dolent de cette navrure à la tête.

— Sire, dit un des médecins, volontiers. Nous l'allons appareiller en tous points à notre devoir.

Parmi les gens qui peuplaient la Cour, ils étaient ceux qui, sous aucun prétexte, ne pouvaient se laisser complètement envahir par la crainte de déplaire, même s'ils se savaient parfois impuissants à guérir des maux internes inconnus et des blessures trop profondes. Gui se demanda combien de chevaliers insensibles et fiers de leurs muscles ces mires avaient soignés, recousus, amputés après quelque heureuse ou malheureuse bataille. Il vivait à l'ère des affrontements terribles et des embûches telles que celle à laquelle il avait pris part. Ce soir, – après quelle rigoureuse mêlée ! – il découvrait la fragilité du guerrier le plus renommé du royaume. S'il avait perdu sa superbe, Clisson restait beau. Il dissimulait son enragerie non point, sans doute, de souffrir, mais d'avoir eu la male chance de laisser Craon s'enfuir. D'un geste olympien, certainement étudié, il voulut apaiser le courroux du roi. Ce faisant, il ne put que grimacer : il avait été navré à une fesse.

— Il faut une table où l'allonger, dit le plus vieux des mires.

Il paraissait excédé. Sans doute regrettait-il le lit douillet d'où on l'avait tiré sans ménagement. Sans doute maudissait-il aussi l'époque confuse et abominable où il achevait sa vie.

— Ah ! là là… fit-il comme s'il souffrait aussi.

Le roi semblait près de perdre patience. Une indignation désormais inavouée le brûlait de la tête aux orteils. L'immobilité lui était interdite.

— Dites-moi déjà, Fréron, y a-t-il péril de mort ?

(1) Chirurgiens.

— Nenni, sire, s'empressa un autre mire, penché. Dans quinze jours, nous vous le rendrons chevauchant (1).

Le roi leva les bras au ciel avant de joindre ses mains tremblantes et comme incertaines sur sa poitrine.

— Dieu en soit loué. Ce sont là de riches nouvelles.

Pour un peu, il eût dansé.

Derechef, Gui se demanda s'il devait demeurer. Il reverrait Clisson. Il suffisait qu'il se rendît à son hôtel pour obtenir de ses nouvelles.

Il recula de deux pas tandis que Charles VI s'adressait au connétable :

— Olivier, pensez à vous et ne vous souciez de rien, car oncques délit ne fut si cher comparé ni amendé sur les traîtres comme il sera. Désormais, la vengeance est mienne.

— Sire, répondit faiblement le connétable, Dieu vous puisse regracier de la bonne visite que vous m'avez faite.

Le roi s'en alla sans un mot de plus. Le connétable parvint à s'asseoir sur un banc apporté par le fournier. Les mires ôtèrent son pourpoint, sa cotte de mailles fines, légère – sans doute sarrasine –, puis sa chemise. Ils bandelèrent, l'un la tête, l'autre le bras dextre à la hauteur de l'épaule, le troisième la main senestre du blessé. Le plus ancien, qui les observait, dit dans sa barbe :

(1) Relatant cet épisode de la vie du connétable, certains historiens superficiels, plus nombreux qu'on ne l'imagine, ont écrit que Clisson était mort à la suite des coups reçus. Il n'en fut rien. Dans un ouvrage consacré aux Illustres chevaliers sous Charles VI, l'un des tout premiers d'entre eux, M. Todière, agrégé de l'Université, maître des conférences d'Histoire au Lycée Saint-Louis, professeur d'Histoire au Lycée impérial de Dijon, officier de l'Instruction Publique raconte, dans la préface de son hagiographie du Maréchal Boucicaut (Paris, Lehubie, 1875) :

Pour écrire cette histoire, j'ai consulté le religieux de Saint-Denis, si riche en détails sur les événements auxquels Boucicaut a pris part ; Froissart dont les Chroniques représentent le plus complètement l'esprit et les mœurs du quatorzième siècle, le poète de la Chevalerie, ce flâneur naïf et facilement amusé de tant de tournois et de fêtes ; Juvénal des Ursins qui raconte avec franchise et naïveté les choses mémorables du règne de Charles VI ; quelques écrivains italiens pour ce qui concerne les affaires de Gênes, et surtout le livre des Faits de Messire Jean le Meingre, dit Boucicaut, *publié en 1620 par Théodore Godefroy, qui le tenait de Machault, sieur de Romaincourt,* etc.

Eh bien, s'il consulta Froissart, cet auteur fut distrait par on ne sait quoi. Jamais le chroniqueur de Valenciennes ne dit que Clisson fut mortellement atteint, ce qui n'empêcha pas M. Todière d'écrire :

Le roi pourvut son nouveau maréchal (Boucicaut) du gouvernement de la ville et du château de Tours (juillet 1392). Il se disposait alors à faire la guerre au duc de Bretagne, qui l'avait mortellement offensé en donnant une retraite en ses états à Pierre de Craon, assassin *du connétable Olivier de Clisson. C'était pour venger la majesté royale outragée dans le premier officier de la Couronne, que Charles avait formé le dessein d'attaquer Jean de Montfort, etc.*

Froissart séjournait en France. Il s'est livré à de véritables reportages sur la vie qu'on y menait alors. Sa prose, s'est améliorée. Ses textes corroborent ceux des autres chroniqueurs.

Cette période de l'Histoire choisie pour le *Cycle de Gui de Clairbois* est extrêmement lourde d'événements. Pour ne pas rendre sa narration fastidieuse, l'auteur ne s'en tiendra qu'à l'essentiel.

— Le roi va mettre au fait le prévôt… Il fait jour. Les gens seront vélocement montés et appareillés afin de poursuivre, par clos et chemins, ce traître de Craon et ses malandrins. Mais où sont-ils partis ? Les quatre souveraines portes de Paris étaient certainement ouvertes puisque ce fut votre volonté, connétable, à votre retour de Roosebeke… Ah ! vous avez cueilli la verge par laquelle vous fûtes frappé, car si les portes avaient été closes et les chaînes levées, jamais Craon n'eût osé accomplir le délit et outrage qu'il fit !

Gui acquiesça et fit un pas vers la porte.

— Demeurez, dit Clisson. J'ai besoin de vous.

— Mais…

— Avez-vous fait aveu à un noble homme ?

— Non, messire. Je ne suis qu'un écuyer venant du Maine où j'ai vécu à l'ombre du donjon de Sainte-Suzanne. Je suis pauvre et…

— Riche d'avenir.

Gui voulut contester cette conclusion trop hâtive. Un geste du connétable le réduisit au silence.

— Je vous prends à mon service.

— Je crois que…

— Acceptez !

Pourquoi tergiverser ?

— Oui, messire.

— En ces jours d'hypocrisies et de faciendes (1), j'ai besoin d'un homme jeune, hardi, fidèle. Il était temps que vous interveniez car sans vous je perdais la vie… bien que j'eusse conservé sur moi un jaseran de mailles fines qui ne me quitte guère depuis que je me sais détesté par certains… Vous êtes l'écuyer que j'espérais.

Gui ne protesta pas : c'eût été faire acte d'une humilité si fausse qu'il se fût soudain amoindri dans l'estime du connétable.

— Craon me croit mat, dit Clisson. Tel que je le connais, il a passé la Seine à Charenton et galope vers Chartres avec quelques fidèles.

— Certes, messire. Les quarante se sont désassemblés dans la rue même où ils vous devaient occire !… Leurs troppelets (2) vont encore se séparer pour faire le moins de montre.

Le connétable se tourna péniblement vers ses fidèles :

— Jausselin, en as-tu reconnu ?

— Oui, messire. Deux : Adam d'Aveluis et Bonables de Tucé.

— Et toi, Bridoulx ?

— Pierre de Treffours.

— Et toi, Juvécourt.

— Jean de Champchevrier… Il a été un des premiers à fuir.

— Et il est chevalier !

(1) Intrigues.
(2) Petites troupes.

Le connétable sourit. Un chevalier s'était escampé ! Il passa sa langue entre ses lèvres comme affriandé par la vengeance qu'il exercerait contre ces hommes – à moins que le roi ne s'en chargeât.

— C'est bien, mes bons amis. En voilà au moins quatre dont la vie, dès demain deviendra difficile (1).

Gui se sentit soudain dévisagé.

— Vous !

— Messire ?

— Vous logerez, en mon hôtel. Êtes-vous fiancé ?

— Non, messire. Il me semble vous l'avoir dit.

— Bien... Si vous avez une autre espèce de séparation en vue, finissez-en ce jour, soyez à moi demain.

« Holà ! » se dit le jeune sire de Clairbois, « je ne tiens pas, mais pas du tout, à aliéner ma liberté pour te complaire ! »

— Je devine ce que vous pensez. Ne craignez rien : vous ne serez point mon chien de garde... Je vous offre de venir en mon hôtel pour vous extraire de votre médiocrité.

C'était la vérité. Elle était cependant rude à entendre.

— Ma mère m'avait compagné à Paris. Elle devait en repartir...

— Après-demain, dimanche, de grand matin. Qu'elle profite que mes hommes ont à faire en Bretagne. Je vous en dirai plus tête à tête.

En effet, les mires s'étaient mis à écouter avec un intérêt certain. Et le fournier, sa femme et d'autres – car sitôt le départ du roi, des curieux étaient entrés dans la boutique.

— Je ferai hourder (2) votre mère par quatre de mes meilleurs hommes. Dites-lui que c'est pour son bien et que je l'exige. Mes gens la viendront quérir en son logis.

Guy s'inclina, ébahi de si promptement obtempérer. Cependant, quelque chose tombait sur lui comme une tristesse. Ou un joug, Une sorte de pressentiment lui disait qu'il s'égarait. Que s'il devait demeurer à Paris, ce serait à son détriment. Et pourtant, sous cette anxiété, un émoi palpitait. Il n'en voulut pas commencer l'analyse, mais ce sentiment avait une raison. Un visage. La suprême beauté qui ne demandait peut-être qu'à devenir l'objet d'un culte dont il eût été le célébrant. Il n'était pas pressé de revoir Alix d'Apilly. Il fallait qu'il s'y préparât. Il la portait en lui comme un fardeau léger dont la présence illuminait son esprit. La conviction qu'elle songeait à lui avec autant de foi qu'il pensait à elle suffisait à enchanter ses faits et gestes.

« Ecuyer de Clisson ! Elle se merveillera. »

(1) Le roi se chargea de punir ces hommes. Leurs biens furent saisis. Charles VI leur accorda, le 22 novembre 1399, des lettres de rémission.

(2) Escorter.

Il se tourna lorsque les mires demandèrent au connétable de se lever pour abaisser ses hauts-de-chausses.

— C'est, dit l'un d'eux, une navrure légère. Vous ne pourrez cependant vous asseoir qu'obliquement.

— Combien de temps ?

— Plus d'une semaine, dit une voix. Qu'en pensez-vous, Fréron ?

— Une quinzaine. La plaie est profonde, mais saine.

Tout l'intérêt de ces hommes de bien devait se porter sur le séant du connétable. Les imaginant, Gui fut tenté de sourire. Voyant, soudain, que quelques curieux demeuraient, subjugués par une curiosité malhonnête, il tira son épée. L'estoc de Plaisance, rouge de sang, désigna le seuil de la boutique.

— Allons, messires, allons, dames, il vous faut issir. Ma lame n'a pas fourni toute sa mesure.

Il fut obéi et ferma l'huis.

— Ne craignez rien pour le retour de votre mère, dit Clisson en se rhabillant. Les hommes qui la compagneront comptent parmi l'élite de ma mesnie. Et la litière de mon épouse a les meilleurs limoniers de Paris. Je sais qu'Isabeau la lui envie (1). Une fois cette dame en sa ferté, mes gars continueront sur Jocelin puis reviendront, leur tâche accomplie. Il faut compter une semaine en litière pour être à Sainte-Suzanne. Je connais le chemin.

La paupière qui occultait l'orbite vide frémit.

— Évidemment, le repas auquel je vous avais convié avec Orléans, Coucy et les autres est remis... Et, merdaille ! j'ai perdu le bandeau que je portais sur l'œil !... Ah ! mon ami, je ne suis pas près d'oublier cette maudite nuit !

— Moi non plus, messire, avoua Gui. J'en frémis encore.

Et c'était vrai.

(1) En cette année 1392, Isabeau de Bavière avait 21 ans, Charles VI, 24. Le mariage royal avait eu lieu le 17 juillet 1385, à l'intigation de Philippe le Hardi, duc de Bourgogne. Le fils de celui-ci, comte de Nevers, futur Jean sans Peur, avait épousé la sœur d'Isabeau, Marguerite de Bavière. C'était une sorte de toile d'araignée qui se tramait pour le plus grand profit de la maison de Bourgogne en Allemagne, entre Wittelsbach et Valois.

Isabeau était-elle belle ? A peine, mais elle était pourvue d'une grâce qu'elle savait rehausser de parures dont la cherté lui importait peu. Parures *que plaisamment récompensoit la deffaute de sa beauté*, dit d'elle l'auteur d'un poème satirique : le *Pastoralet*.

Charles VI était-il beau ? Il le fut éphémèrement. « *Un bel chevalier de corps et de membres bien taillés* », selon le chroniqueur Cabaret d'Orville. Son visage au teint clair était criblé de taches de rousseur, sa chevelure blonde épaisse et soyeuse. Il fut surnommé le Bien-Aimé par antiphrase : son goût du luxe, ses dépenses outrancières et le fait qu'il eût pris pour épouse une pimpesouée le faisaient peu à peu détester. L'absurdité de sa pensée se reflète dans la devise qu'il s'était choisie : *Jamais*.

II

— L'Hôtel Saint-Pol, Mère, est une sorte de cité jonchée de petits hôtels et de belles maisons, toutes pourvues de ce qu'il faut pour vivre. Il y a la chambre du Conseil, la chambre de parade ou de retraite, des chambres où l'on peut ouvrer, consulter des livres… Douze statues d'apôtres ornent la grande chapelle. Celle de la reine, plus petite, est comme enluminée de peintures où l'on voit des arbres, des enfants, des prés où jouent des chiens.

— Et encore ?

— Il y a des bains, des étuves avec des cuves en bois d'Irlande, le tout enluminé aussi… Douze galeries réunissent ces bâtiments. Entre elles, il y a des cours, des préaux, des grands jardins, une ménagerie avec des cages pour les lions, des volières et même un *aquarium*… Sans oublier le champ clos où j'ai jouté contre Clisson (1).

— Je vous en sens fier.

— Me faudrait-il ne point l'être ?

— Je ne sais.

Hedwige de Clairbois se tenait immobile près de la fenêtre, dans l'éternelle attitude de l'ébahissement et de la tristesse : les bras frileusement croisés sur sa gorge encore belle, les mains accrochées à ses épaules et la tête penchée en avant comme pour la réchauffer au souffle de cet enfant qu'elle allait devoir quitter.

— Si vélocement… dit-elle. Nous ne sommes céans que depuis huit semaines et je prenais quelques dispositions pour nous installer au-dessus de ce logis…

— Il est vrai, Mère, que je vous maltraite. L'embûchement que je vous ai conté m'inquiète. Je préfère vous savoir en ségurement à

(1) L'emplacement de l'Hôtel Saint-Pol s'étendait depuis la rue Saint-Antoine jusqu'à la Seine, et depuis la rue Saint-Paul jusqu'aux fossés de l'Arsenal et de la Bastille. C'était une cité dans la ville.

Clairbois qu'angoisseuse là où nous sommes. L'affaire de cette nuit m'a confirmé ce que j'avais ouï çà et là : les gens dévoués au roi sont menacés.

— Mais pourquoi ? On les dit bons, honnêtes…

— Les parents de Charles VI ont les dents longues et un gros appétit d'or et de pouvoir… Il se peut qu'ils aient chargé Craon d'abattre Clisson avant d'autres. Mais il se peut aussi que cet attentat ait une autre raison. On dit que l'Hôtel Saint-Pol est le centre de tout un tas de faciendes (1). On s'aime, on se désaime. On se louange que pour se mieux haïr.

— Et c'est en ce bourbier que vous mettrez les pieds !

Hedwige de Clairbois baissa de nouveau la tête. Lorsqu'elle la releva, ses lèvres et ses joues décolorées consternèrent Gui.

— Ne vous rendez pas malade, Mère. Sur le chemin du retour, rien ne pourra vous advenir de néfaste. Quant à moi, que Clisson m'ait en quelque sorte adopté me conforte sur une destinée que je craignais piteuse. Anceaux, j'en suis sûr, sera heureux de votre retour. Dites-lui de se défier de Roland d'Evron. Il cherche fortune aux dépens de la droiture que je lui ai connue. Je souhaite qu'il ne soit pas repris par les hommes du Prévôt mais je crains, si on en soumet quelques-uns à la question, qu'ils n'apprennent vélocement son nom et son gîte. La fureur du roi paraît redoutable…

Hedwige de Clairbois s'assit sur le faudesteuil à haut dossier qu'elle avait quitté à l'apparition de son fils. Elle ferma les paupières sur des visions que Gui réfuta sans chercher à en connaître la teneur :

— Mère, ne craignez rien… *Ne crains rien !*

Il la tutoyait parfois. C'était depuis longtemps son privilège sur Anceaux. Elle acceptait cette familiarité de son mains-né fils avec un plaisir qu'elle ne lui dissimulait jamais. Cette fois, son visage était rébarbatif :

— Tu es fol ! Tu es revenu au petit matin. Tu n'as pas dormi…

— On veillera sur votre personne. Les gens de Clisson me l'ont dit : le connétable craint une nouvelle insurrection des manants et des bourgeois qui n'en peuvent plus d'être grevés d'impôts. Les ducs de Berry et d'Orléans… voire tous les parents du roi et la reine ne pensent qu'à obérer leurs sujets jusqu'à la ruine. Pourrais-je vous nourrir si vous demeuriez céans !… Oui. Mais pourrais-je vous protéger ? Je ne puis vous en fournir l'assurance. En venant à Paris, je me cherchais un maître. La Providence me l'a montré.

— Ce Clisson a mauvaise réputation. Il est dit fel (2) à l'excès.

— Je n'en disconviens pas : c'est un homme de guerre.

(1) Intrigues.
(2) Cruel.

Elle assise, lui debout, ils se tenaient dans l'embrasure de la fenêtre qui donnait en partie sur la rue Saint-Jean et l'hôtel où Craon avait logé son herpaille (1). Ils s'observaient les yeux dans les yeux, Gui sondant la déception d'une mère très aimée, elle se demandant si cette venue à Paris n'allait pas susciter, dans la vie de son fils, une longue procession d'aventures dommageables à son esprit autant qu'à sa santé. Il devinait qu'elle le sentait soudain vulnérable bien qu'elle connût sa force, sa volonté, son habileté aux armes. Il semblait que sous l'effet de la déception, son visage de femme d'à peine quarante ans se fût amenuisé. La pâleur de ses joues était inhabituelle, presque maladive, et ses prunelles, sous l'effet d'une ombre dans le ciel, s'enténébraient et se mouillaient. Gui, soucieux, se pencha et saisit aux épaules cette femme qu'Anceaux et son épouse, Emma, n'approchaient que très respectueusement :

— Clairbois sans vous serait comme une tête sans âme. Vous en êtes la suzeraine… Lorsque l'envie me prit de venir à Paris, vous avez voulu me compagner. Oh ! je sais : ce n'était pas pour veiller sur moi mais pour voir, sinon visiter une cité méconnue et pour m'aider à y trouver ma place… Eh bien, c'est fait.

Pour cheminer, ils s'étaient fait accompagner par Bouchart et Garnier. Un mulet, Alençon – parce qu'il en était natif – portait l'armure, les vêtements et les vitailles. Le lendemain de leur venue, les deux serviteurs et le mulet étaient repartis pour Clairbois.

Dame Hedwige se leva ; les mains de son fils tombèrent. Regardant au-dehors, elle dit :

— Je partirai… Ermengarde est sortie. A son retour, je lui dirai les dispositions que nous avons prises. Elle sera marrie…

— Je sais.

— Dis à *ton* Clisson que demain matin j'attendrai ses hommes et qu'il me les délègue solides, honnêtes – à ton image !… Bien sûr, j'emmènerai Richéza. Tu n'as aucun besoin d'une jument.

La bouche un instant boudeuse et comme amollie reprit un dessin ferme et l'arc des sourcils soigneusement épilés s'étira, donnant à la physionomie de la dame de Clairbois une expression volontaire que Gui connaissait bien.

— Quitte à me répéter, défie-toi de Clisson. On ne s'allie pas à un homme sur lequel pèse une menace terrible. Te voilà sous le joug. Quelque feutré qu'il te paraisse mes-huy (2), un jour viendra où il te gênera au haterel (3).

Un silence passa entre eux. Les traits lisses d'Hedwige de Clairbois se creusèrent sous l'effet d'une angoisse qu'elle n'essayait plus d'atténuer.

(1) Troupe de mercenaires.
(2) Maintenant.
(3) Cou.

— Ton regard change, mon fils. C'est une autre âme qui vit dans tes yeux : celle qui animait ton père. Un bon chevalier, un seigneur parfait. Sans cette chevalerie et cette perfection qui le poussaient à guerroyer pour de justes causes – à ce qu'il prétendait –, il eût vécu vingt ans de plus, sans doute, car sa santé jamais ne l'avait trahi... Comme lui, tu t'ennuyais à Clairbois. Comme lui, tu voudrais être meilleur... Meilleur en quoi ? Meilleur pourquoi ? Notre belle ferté ne te suffisait plus ?... Non, non ! Ne m'interromps point... En fait, tu me rends service. Je me sentais de la malaisance à Paris. La magnificence de certains quartiers et l'abondance des plaisirs scandaleux qu'on y devine, m'opprimaient autant que la misère des autres et les désirs de justice qui pourrissent au creux des maisons... Si je puis leur donner ce nom. C'est vrai : quand tu m'as demandé de partir, j'ai su que tu me tiendrais le discours que je te tiens aussi. Le peu de ce que m'a dit ta taye (1) Ermengarde rejoint hélas ! cette opinion que des événements funestes se préparent. Le roi est faible. Ses oncles sourdement lui disputent le pouvoir et se concertent pour écarter les Marmousets qui conseillent ce malheureux dont l'épouse couronnée n'est rien d'autre qu'une catau. Tout ceci assemblé fermente. Clisson est de toutes parts menacé. Tu ferais mieux de partir avec moi.

D'un geste soudain, brutal, Hedwige de Clairbois entraîna son fils devant la fenêtre :

— Vois !

Dans la rue, des hommes à cheval et des piétons arrivés des deux extrémités de la voie s'arrêtaient devant l'hôtel où Craon avait tramé son embûche et réuni ses maufaiteurs. Un chevalier et deux sergents pénétrèrent à l'intérieur et réapparurent avec messire Pierre, le concierge, qui ne songeait point à résister. Un enfant le suivait, éploré.

— Je crains qu'ils ne meurent, dit Hedwige de Clairbois. La justice du roi m'effraie (2).

— Si peu que j'aie vu le roi, mère, son enragerie m'a semblé outrancière... Maladive. S'il avait eu Craon devers lui, il l'eût étranglé de ses mains.

— Ton père, bien qu'il les eût servis, méprisait les Valois.

— Clisson n'en est pas un. Il sert moins le roi que la France.

— Après avoir servi l'Angleterre et la Bretagne.

— Certes, Mère. Il est né sur la Grande-Ile, pour ainsi dire. Il y fut éduqué. Dès le jour qu'il opta pour la France, il fit en sorte de la bien servir. Sans doute fit-il de l'ombre à Craon... qui s'est revanché de la façon que je vous ai dite. Je le plains, quant à lui, d'avoir été si sot et

(1) Tante.
(2) Ils moururent décapités. L'enfant avait 14 ans.

J'aimerais bien savoir où il est et ce qu'il trame (1).

— Qu'importe ! murmura Hedwige de Clairbois. Il me semble... Non : je suis acertenée que cet attentat va provoquer des vengeances insatiables.

Elle s'était animée. Un sourire ascétique faisait paraître des dents belles encore entre ses lèvres pâles et frémissantes tandis qu'elle semblait avoir pris un plaisir amer à cette digression aux fondements fragiles mais à laquelle Gui ne pouvait rien opposer. Homme d'action avant que d'être homme de guerre, il pensait et agissait dans une autre sphère que celle de cette femme qui toujours s'était défiée des périls auxquels ses deux fils pouvaient être exposés. Elle eût voulu sans doute s'en prendre à la Chevalerie, la saisir, la griffer sinon l'égratigner avant que son fils n'y entrât ; mais cette divinité sans forme apparente n'était qu'une sorte d'ombre où brillait la sainte croix.

— Pars, dit-elle soudain. Je ne veux plus te voir. Va-t'en trouver ton maître.

(1) Craon et quelques-uns de ses compères avaient galopé jusqu'à Chartres. Sur le coup de huit heures du matin, le fugitif s'arrêta chez le chanoine de la cité pour y déjeuner, renouveler les chevaux et repartir. Constatant qu'il serait impossible de le rejoindre, le prévôt lancé à sa poursuite fit demi-tour et rentra le samedi matin 15 juin à Paris.

Simultanément à la chevauchée du prévôt, le roi avait fait partir de Paris Jean le Barrois des Barres et soixante cavaliers. Ils atteignirent Etampes, se reposèrent et le samedi, au dîner, furent à Chartres « *et ouïrent les vraies nouvelles* ».

Sachant, lui aussi, qu'il n'avait aucune chance de rejoindre Craon, Jean le Barrois des Barres revint à Paris où il fut le dimanche soir.

Cependant, quelques recherches avaient abouti dans un village à 7 lieues de Paris que Froissart ne nomme pas. Deux écuyers et un page de la maison de Craon furent découverts. Amenés à Paris et boutés au Châtelet, ils furent décollés le lundi aux Halles après qu'on leur eut tranché un poing, puis pendus par les pieds et exposés au public.

Le mercredi suivant, le concierge Pierre, 70 ans, subit le même sort avec l'enfant innocent dont il était peut-être l'aïeul. Et vint le tour de l'accueillant chanoine de Chartres. Accusé, mis en prison de l'évêque, on lui retira tous ses biens et bénéfices. Il fut condamné en chartre (cachot, prison) perpétuelle, au pain et à l'eau. « *Ni excusations qu'il montrât ou dît ne lui valut rien.* » Il était, dans sa bonne ville, renommé comme un vaillant prud'homme.

Un procès par contumace fut entrepris contre Pierre de Craon. Tous ses biens furent confisqués, ses maisons rasées, ses meubles remis au trésor du roi, ses terres attribuées au duc d'Orléans et autres courtisans. Le moine anonyme de Saint-Denis rapporte que l'amiral de France, Jean de Vienne, qui avait été chargé de la saisie de la terre de la Ferté-Bernard, se déshonora par une conduite infâme. Après avoir amassé tous les trésors qu'il y trouva, il chassa de leur maison, en chemise, *et après avoir outragé leur pudeur de la manière la plus odieuse*, Jeanne de Châtillon, l'épouse de Pierre, et sa fille « *qui étoit une des plus belles personnes de son temps* ».

Craon était à Sablé lorsqu'il apprit que Clisson n'était point mort « *et n'avoit plaie ni blessure dont, dedans six semaines, il laissât à chevaucher* ». Il devina qu'en France, « *on l'enclorroit de toutes parts* ».

Il chevaucha vers la Bretagne et le château de Suseniot (Suscinio).

Le duc le recueillit et lui dit :

« *Vous êtes un chétif, quand vous n'avez scu occire un homme duquel vous étiez au-dessus.* »

« *Monseigneur, c'est bien diabolique chose : je crois que tous les diables de l'enfer, à qui il est, l'ont gardé et délivré de mes mains, car il y eut sur lui, lancé et jeté, plus de soixante coups que d'épées et de grands couteaux ; et quand il chéy jus de cheval, en bonne vérité, je cuidois qu'il fût mort.* »

Le duc ne se priva pas de disputer son visiteur. Il lui fut aisé de prévoir qu'une guerre (une de plus) éclaterait entre la Bretagne et la France. Il assura son hôte qu'il ne le « vendrait » point.

— Mais…

— Tu vas appartenir à des hommes et des femmes que je n'aime point, d'où qu'ils sortent. Les preux ou soi-disant tels ont leurs martyrs ; ils ont aussi leurs crapules. Avec eux, tu règneras sur les pauvres gens. Il se peut que tu en meurtrisses. Et si tu fais pour ces nobles le sacrifice de ta vie, songe avant de mourir que l'existence n'est pas autre chose qu'un éternel recommencement et qu'il y aura toujours de bonnes âmes, des serviteurs loyaux et des traîtres affreux que tu ne découvriras que trop tard. Songe que la royauté que tu vas défendre avec ton Clisson est peut-être un grand bordeau où tu perdras ton âme et souilleras ton sang.

Cherchant une diversion au courroux et au mésaise évident de sa mère, Gui ouvrit la fenêtre sur une rue vide au bas de laquelle, sagement, Beaubrun l'attendait. La vision de la paisible ferté de Clairbois traversa son cerveau, palpitante des bruits, chants et tintements d'une vie bucolique. Ce n'était point celle à laquelle il aspirait.

— Mère, dit-il d'une voix dolente, je vais selon mon cœur…

— Contre ma volonté.

— Je suis adulte.

— Je n'en suis point ravie.

— Le sang des Clairbois coule en mes veines.

— Nullement !… Celui de ton père, encore que jamais je n'aurais pu penser que tu t'allierais un jour à un seigneur de la guerre… Qui se ressemble s'assemble, dit-on… Ainsi, tu vas batailler dans l'ombre de cet homme. Le roi lui enjoindra d'occire : il occira. Il te dira d'occire, tu ne pourras lui refuser cette preuve de féauté. Un prêtre de chez nous a béni ton épée ; tu la baptisera dans le sang des martyrs.

— Père a pourfendu des ennemis. Je lui ressemble. Du haut du ciel, Père ne maudira point le jour où la sage-femme lui annonça qu'un second fils lui était né.

Une ombre envahit soudain le visage d'Hedwige de Clairbois. Pourquoi semblait-elle blessée par ce propos ? Elle ne regrettait tout de même pas de l'avoir mis au monde ! Elle l'aimait. Il était son préféré.

« On la dirait proche des larmes. »

Il découvrait dans cette attitude il ne savait quoi de louche ; une espèce de repentance. Mais à quel propos ? Surmontant l'état de suspicion où il s'enfonçait, il commença : « Père… » et fut immédiatement interrompu :

— Gilbert s'était fait homme d'armes pour chasser la faim des chaumières, ramener les familles dans l'abondance, leségurement, la joie de vivre. Pour protéger les femmes, les pucelles, les nonnes et

nonnains des viols et des meshaings (1) …
— Il a guerroyé !
— Il se rendait à l'ost seul pour éviter à nos soudoyers et meschins de se faire occire pour rien. Ils étaient si peu nombreux, les pauvres, que c'était autant sagesse qu'égoïsme de les conserver à Clairbois. On l'appelait le chevalier solitaire. Ses connaissances en médecine lui ont permis de soigner les navrés tandis que ses pairs ostoyaient (2) et se faisaient honteusement débriser par leurs ennemis.
Cette fois, Hedwige de Clairbois haussait le ton, et Gui, devant tant de fureur et de haine, sentait l'incrédulité le gagner. Contre qui exerçait-elle cette fureur toute neuve ? Lui, la guerre ou son époux ?
— Apaisez-vous, mère. Sachez que je ne saurais dévoyer mes sentiments et ma personne au service d'une méprisable cause !
Il connaissait l'ardeur des impulsions qui commandaient à ses actes et la difficulté qu'il éprouvait depuis toujours à les modérer. Cette fois, apprenant sa dissemblance avec ce père qu'il avait hissé bien haut dans son esprit, il les tenait en laisse, fermement, cependant que sa mère se montrait sous un jour neuf, insoupçonné : froide, tranchante, autoritaire.
— Porte sur ton écu une tête de mort plutôt que des fasces d'or et de sable (3), puisque ta place est sur les champs de bataille. Tue… Si créer est un acte humain, détruire est une œuvre démoniaque. Si tu crois en Lui de toute ton âme, Dieu te protégera, mais je la sais déjà en perdition, cette âme. Un jour, tu te sentiras abandonné de Lui comme maintenant tu l'es de moi. Tu sentiras ta petitesse dérisoire face à la grandeur divine… Et puis… Mais à quoi bon poursuivre. Va te faire voir chez les Grecs ou te faire valoir chez les Turcs !
Ainsi, la grande déception tournait à la vulgarité !
— Va !… Je remmènerai Richéza avec moi.
Pleurait-elle ? C'étaient plutôt des flammes noires qui palpitaient dans les yeux d'Hedwige de Clairbois. Elle était tout à coup différente. Transfigurée. Hautaine et impitoyable.
— Clairbois vivra sans toi.
Si, entre son âme et celle des pierres il existait une correlation solide, entre sa maternité et l'espèce de dédain qui l'animait maintenant, tout n'était plus que ténèbres et douleur.
— Je vais dès maintenant apprêter mes affaires… Et Richéza, qui sera heureuse, elle aussi, de revoir Clairbois… Quant à toi, va-t'en. Je ne t'ai que trop vu.

(1) Maux, destructions.
(2) Combattre dans l'ost : *ostoier*.
(3) Clairbois se blasonnait : *fascé d'or et de sable au lambel d'azur brochant.*

III

Sitôt dans la rue, Gui se retint de pousser un cri de rage. Comme il venait de le proclamer, il était adulte et libre d'accomplir ses choix, qu'ils fussent ou non pertinents. Sans crainte et sans vergogne, il acceptait d'être un rustique. Perdu dans l'immensité des Grands, il pouvait s'enorgueillir d'avoir accompli, en deux jours à peine, trois rencontres importantes : Clisson, le roi de France et Alix d'Apilly. De quoi satisfaire un désir d'élévation et de bonheur qui n'avait rien de malhonnête.

« Je ne suis point ambitieux », se dit-il. « Je veux seulement... »

Que voulait-il au juste ? Il dut convenir qu'il n'en savait rien. Tout jeune, il avait décidé de se laisser entraîner par la vie tel un fétu tombé dans un ruisseau. Ses vœux de réussite – mais quelle réussite ? – étaient simples. Il semblait que Dieu les eût exaucés dans le trigone auquel il venait de songer. Alors que tant de chevaliers s'efforçaient d'approcher Charles VI, il avait eu le privilège insigne qu'il vînt à lui. Ils avaient échangé quelques mots. Alors que tant d'hommes d'armes voulaient attirer sur leur personne ou leurs appertises l'attention du connétable de France, il allait devenir son écuyer. Alors que de nombreux damoiseaux fortunés s'efforçaient de provoquer l'intérêt, voire l'admiration d'Alix d'Apilly, la pucelle l'avait honoré d'une attention particulière.

Il tapota l'encolure de Beaubrun et eut une pensée pour Richéza, la jument blanche. Ensuite, il sauta en selle, persuadé que sa mère l'observait, penchée à la fenêtre juste au-dessus de lui. Enragerie et lâcheté : il n'osa lever la tête.

Il décida d'attendre la vesprée du lendemain pour venir quérir ses vêtements et son armure. Ermengarde, sans doute, ajouterait ses protestations à celles qu'il venait d'ouïr. Il laisserait passer l'orage.

Il était trop tôt pour qu'il se présentât chez un homme qu'il avait vu inanimé, perdant son sang de plusieurs navrures plus terribles à la vue qu'à la chair. Que faire, sinon chevaucher au pas dans un Paris qui s'animait.

Il commençait à bien connaître la cité et ses rues tantôt suffisamment larges pour que deux chevaux y allassent de front, tantôt si étroites qu'il advenait parfois qu'un étrier touchât un mur ou quelque poutre soutenant un appentis. Il détestait certains quartiers dotés çà et là d'hôtels seigneuriaux hérissés de tourelles et flanqués d'échauguettes, et qui semblaient vivre en accointance plus ou moins serrée avec des masures et des voies pavées, obscures, aux noms révélateurs d'un état d'esprit ou d'une intention plus ou moins perverse : la *rue de la Grande-Truanderie*, celles des *Mauvais-Garçons* et *Mauvaises-Paroles*. Il y avait aussi les rues puantes : *Merderet* et *Brenneuse*. Celles du *Pont-au-Diable, Bertrand-qui-dort, Trop-va-qui-dure* et *des Chats* (que l'on ne voyait guère mais qui, la nuit, coursaient les rats). Sans omettre, et pour cause, celles qui avoisinaient l'Hôtel Saint-Pol : *la Putigneuse* (la pute teigneuse), la *rue Poil-au-Cul* et la *Pute-y-Muse* où, disait-on, une taverne avait réuni un soir les premiers complices de Craon. Plus loin se pressaient les rues commerçantes : drapiers, orfèvres, fourreurs, bonnetiers y tenaient des boutiques où les seuils n'étaient franchis que par des chalandes aux escarcelles aussi replètes que leurs mamelles. Leurs maris avaient noms Digne de Responde, Duchié, Milles-Baillet, administrateur des finances publiques, Bureau de Dampmartin. Aucun danger qu'ils se fussent souciés, eux, des grandes ires parisiennes.

« Les Halles… Je vais faire demi-tour. »

Comme il allait s'éloigner, Gui fit reculer Beaubrun sous un porche pour céder le passage à un troupeau que deux bergers assistés d'un chien noir, aux oreilles flottantes, tout aussi tondu que les bêtes, menaient certainement à Saint-Pol. On y mangeait et buvait dru. Chaque semaine, des brebis, des chèvres, des bœufs prenaient la direction d'un abattoir sis dans le voisinage du vaste Hôtel. Des chiens errants et des chats allaient y espérer des restes de mangeailles (1).

Gui s'aperçut que son errance l'avait rendu plus triste encore que son immédiate séparation d'avec sa mère. Il était atteint par un sentiment d'esseulement aussi fort, aussi désenchanté que lors de sa première rencontre avec Paris. Pis encore : il venait de recommencer, sans l'avoir voulu, son premier itinéraire. Alors qu'ils les avait crues aplanies, toutes les difficultés d'une existence à vivre semblaient l'attendre en des lieux insoupçonnés sans, évidemment, montrer leur forme et, si elles en avaient, leur visage. Si, les jours précédents, il

(1) Les hôtes de Saint-Pol consommaient environ 120 moutons, 16 bœufs, 16 veaux et 12 porcs par semaine, auxquels s'ajoutaient 400 pigeons et autant de volailles. Chaque personne accueillie dans les murs mangeait quatre ou cinq fois plus qu'un Parisien « ordinaire ».

s'était cru pourvu d'une volonté dont il pouvait être fier, il craignait désormais, sous l'empire d'une subordination quotidienne dont il pouvait redouter la rigueur, de perdre la maîtrise de ses actes et de ses pensées. Olivier de Clisson avait une réputation d'homme dur, inflexible, – certainement envers les êtres qu'il estimait trop sensibles. Peut-être s'était-il trop excité à servir un pareil despote. Peut-être avait-il développé avec trop de hâte ses espérances quant à la Chevalerie. Les fondations de ses songes d'enfant n'étaient même pas encore solidement établies que le doute en affaiblissait les assises.

Il y avait Alix. Eût-elle été auprès de lui en ce moment, chevauchant une docile haquenée, qu'il eût cédé à ce besoin d'ostentation qu'il avait éprouvé, dans la lice de Saint-Pol, par-devers le tribunal des dames. Il avait besoin de briller devant cet être d'exception dont l'avant-veille il ignorait la présence. Il la voulait connaître mieux dans ses idées, ses accès de bonne ou de mauvaise humeur, ses secrets ou ses dissimulations, et sans doute un jour ses abandons. Curiosité légitime. Il se remémora comment, à la fin de son ultime course contre Clisson, et alors qu'il frottait son épaule endolorie, elle lui avait livré de loin ses regards et ses lèvres. S'il ignorait toutes les expressions de ce visage d'ange, il se délectait à les imaginer.

* *
*

Sise rue de Paradis, à quelques toises de l'Hôtel Barbette qui révélait aux passants l'immense fortune de Jean de Montagu, grand maître de l'Hôtel du roi, la demeure d'Olivier de Clisson était certainement une des plus belles de Paris. Avec ses murs aux ornements simples et rares, ses échauguettes solides, ses hautes baies à meneaux, elle s'imposait à l'attention par sa beauté froide, austère, à l'image de son propriétaire. On prétendait que par le truchement de cette œuvre de pierre, le connétable avait voulu se montrer l'égal de son proche voisin, Charles VI, grand admirateur du vaste et disparate Hôtel Saint-Pol érigé sous le règne de son père. Gui, tout en cheminant vers le domicile du maître des armées, douta qu'il eût pu nourrir une ambition de cette espèce (1).

— Tout de même, grommela-t-il, jamais je n'aurais pu penser que Mère me congédierait comme elle l'a fait !

Méritait-il tant de courroux de la part d'une femme qu'il n'avait cessé d'admirer, à laquelle il s'était toujours efforcé d'être agréable afin d'obtenir d'elle un sourire d'affection quand ce n'était d'étroite connivence ? Une fièvre violente chauffait son sang et madéfiait sa chair. Aux soubresauts de son âme blessée répondaient les secousses

(1) Le connétable était immensément riche. Butins de guerre et largesses royales, son hôtel avait commencé à sortir de terre en 1370.

de toute sa charpente sous l'effet des spasmes de fureur qui parfois le traversaient. Le terme ou l'insuccès d'un amour prometteur l'eût sans doute moins affligé que cette double fin d'une ferveur maternelle et d'un attachement filial dont il s'était fréquemment merveillé jusqu'à les croire indestructibles. Ils vivraient dorénavant tous les deux avec cette plaie ouverte en leur flanc.

Tandis que Beaubrun se regimbait sous la pression d'un mors trop roide et qui le pouvait blesser aux lèvres, Gui passa devant les deux tourelles aux toits en poivrière qui flanquaient le portail de l'Hôtel Barbette. On disait que la reine Isabeau guignait cette somptueuse résidence et qu'elle se languissait soit au Louvre, soit à Vincennes, soit encore à Saint-Pol. Elle ne pensait qu'aux plaisances de toute sorte. On lui prêtait des amants, particulièrement le duc Louis d'Orléans, mais fallait-il croire ces rumeurs ?

Une impuissante rage envahit le damoiseau :

« *Elle* savait que notre reze (1) à Paris n'avait pour moi d'autre dessein que de me trouver un maître… quelle que fût sa condition. Est-ce ma faute si la Providence m'a conduit à Clisson ? »

La Providence ? Voire. Lorsqu'il avait appris que des joutes réuniraient en l'Hôtel Saint-Pol la Fleur de la Chevalerie parisienne et Clisson en particulier, il avait fait en sorte d'entrer dans l'enceinte par un mensonge et s'était aplati – à quoi bon se le cacher – devant les hérauts et les juges pour avoir l'honneur de courir quelques lances.

« Dieu ! comme la reine est plaisante… Plus brune qu'une nuit sans lune et des cheveux brillants comme l'eau noire au fond d'un puits !… S'il est vrai qu'il est son amant, le duc Louis, à la Cour, doit faire des envieux (2) ! »

(1) Voyage.

(2) Louis de France ou de Valois, duc d'Orléans, fut candidat au trône lorsque la folie frappa Charles VI. Il s'évertua à affirmer sa puissance face aux ducs de Bourgogne et de Berry, ses oncles, en bâtissant des forteresses dans son comté de Valois.

Frère puîné du roi, Louis d'Orléans naquit à Paris en mars 1372 et ses parents lui donnèrent pour parrain Bertrand Guesclin. Fait comte de Beaumont et de Valois trois ans après, il assista, le 27 novembre 1382, à la bataille de Roosebeke où son frère, qui ne commandait point, affronta l'armée des communiers flamands. En 1385, celui-ci tenta de lui faire épouser Marie, fille de Louis 1er le Grand, roi de Hongrie. En vain. Charles VI le maria à Valentine Visconti, fille de Gian Galeas, vicomte de Milan. 450 000 écus d'or fournirent au marié l'espoir sinon la certitude de régner sur la Lombardie.

Charles VI espérait créer un état vassal de la France au nord de la péninsule. Enguerrand VII de Coucy, ambassadeur de France, fut chargé d'obtenir auprès du Pape le consentement nécessaire à la création de ce royaume. Toutes les opérations diplomatiques et guerrières échouèrent.

Par lettres du 4 juin 1392, Charles VI autorisa son frère à échanger le duché de Touraine dont il était titulaire depuis 1386 contre celui d'Orléans. Sitôt la mort de son aîné, Louis affirma ses prétentions. Il passa dès lors sa vie à combattre ses rivaux parmi lesquels Philippe le Hardi qui, tuteur et régent de Charles VI, avait été écarté du pouvoir en 1388. Réapparu en 1392 à la suite de la « défaillance » de Charles VI, il tenta de faire valoir ses droits à la Couronne. En 1402, la rivalité entre les maisons d'Orléans et de Bourgogne atteignit son acmé, d'où une sanglante guerre de succession. Louis d'Orléans fut tué en pleine rue, en 1407, par les spadassins du duc de Bourgogne. (*Lire en annexe ce qu'il faut savoir du « mariage hongrois »*).

Belle, la reine ? La sublimité faite femme ? Non. Cependant, son apparition en France avait provoqué moult liesses plus somptueuses les unes que les autres auxquelles la jeune Bavaroise qui claudiquait un peu n'était point accoutumée. Toutes les nobles dames avaient voulu lui ressembler, asséchant leur fortune pour rivaliser de frisqueté (1) avec elle, et toutes avaient rangé dans leurs armoires leurs tourets, huves et escoffions pour se coiffer du hennin dont la jeune beauté (2) avait une prédilection. Après avoir dénigré cette coiffe, les privilégiées de la Cour s'étaient mises à la porter. Et c'était à qui d'entre elles arborerait avec le plus d'agrément ce grand cône souvent blanc, orné de longs ou petits voiles de satanin, et qui semblait un énorme panais à la pointe levée vers le ciel.

« … sans compter que les hommes sentent se lever le leur sitôt qu'ils sont à un pas de la reine… Mais seul celui du duc d'Orléans lui importe. »

C'était du moins ce qu'on disait jusques au bord des barrières de la lice de l'Hôtel Saint-Pol et plus fréquemment dans le peuple.

Gui mit pied à terre. Sur le seuil de l'Hôtel de Clisson, Jausselin veillait, une main crochetée à sa ceinture, l'autre appuyée sur la poignée d'un badelaire.

« Décidément, ils sont armés comme des Mores !… On m'a toujours dit que cette épée courbe n'était point redoutable. »

Il salua et fut sur le point d'entrer quand le tranche-tête tendit la main en direction d'un bâtiment devant lequel un tas de paille humide, gonflée, attirait toute la gent ailée du ciel parisien.

— L'écurie, messire… Je vois que votre armure est demeurée dans votre ancien gîte. Vous me direz où c'est : j'irai vous la quérir.

Il n'y avait qu'à obéir.

Déjà.

* *
*

— Ah ! vous voilà. C'est bien. Vous êtes ponctuel.

Le connétable semblait satisfait.

La tête ceinte de linges disposés de biais afin d'occulter son orbite vide, vêtu d'un flotternel de lin entrouvert sur les bandelettes protégeant ses blessures, les jambes couvertes de hauts et bas-de-chausses noirs, les pieds serrés dans des sandales qui eussent convenu à un clerc, il était assis de biais dans l'embrasure d'une fenêtre d'où à travers le rougeoiement d'un vitrail, il pouvait observer la venue de ses visiteurs et le va-et-vient de ses varlets et meschins.

(1) Élégance. *Frische* : élégant, d'où *frischeté* ou *frisqueté*.

(2) Fille d'Étienne II, duc de Bavière, née en 1371, elle était devenue reine de France en épousant Charles VI, le 17 juillet 1385, à Amiens.

— Vous n'avez guère perdu de temps, jeune homme. J'aime cela.

Gui s'inclina tout en se refusant à être troublé par cette voix aux inflexions plus sèches que celles dont il avait gardé souvenance. Sous un regard de haut en bas du connétable, il se sentit rapetisser, à moins que l'émoi contre lequel il venait de se défendre n'eût pris à son détriment une vigueur qu'il ne maîtrisait plus. Sans comprendre pourquoi, il songea derechef à sa mère. Peut-être voulait-il extraire des reproches qu'elle lui avait assenés un reste de fureur susceptible de compenser l'humilité provoquée par cet examen dont l'évidente minutie pouvait aboutir à une exclusion.

— Votre mère ? demanda justement le connétable.

« Un seul œil lui suffit pour lire mes pensées ! »

— Elle attendra dès l'aube les hommes qui la hourderont (1).

— Je ne pouvais surseoir à ce départ. Est-elle enfelonnée contre vous ?

— Elle m'a rejeté.

— Elle ne l'eût point fait si un autre que moi vous avait engagé.

Ce n'était pas une question. Gui resta muet.

— Ah ! les femmes, Gui ! Les femmes ! Utiles. Agréables… Agréablement utiles lorsqu'elles cessent de s'acharner à nous astreindre à des agissements contraires à ceux que nous prisons… Lorsqu'elles n'empiètent pas sur les domaines qui sont nôtres.

Olivier de Clisson s'était mis à marcher. Péniblement. Cessant parfois de l'observer, Gui put voir qu'il avait eu accès à une vaste chambre où deux armures, le long d'un mur, semblaient en défier deux autres placées entre deux fenêtres. Des écus – dont celui de connétable (2) – suspendus aux pierres apparentes, des armes alignées ou réunies en faisceaux scintillaient de tout leur acier cependant que la bannière de France éployait ses lis au-dessus d'une targe appartenant au connétable : *de gueules au lion d'argent armé, lampassé et couronné d'or*. Dessous, à même le mur, figurait la devise : *Pour ce qui me plest*.

— Hé oui ! grogna Clisson après avoir sondé le regard de son hôte, la France est au-dessus de moi. C'est ainsi que je le fais sentir à certains visiteurs pour lesquels le destin du royaume est de peu d'importance.

Il allait citer des noms ; il s'abstint et reprit :

— Vous vous plairiez céans, Gui. Ores, je sais que nous n'y pourrons demeurer. Des vents contraires traversent le royaume. Il y aura des jours où nous serons aussi fermes et immobiles que les figures de pierre du grand portail de Notre-Dame, d'autres où nous deviendrons

(1) *Hourder* : escorter.

(2) Le connétable portait pour ornements extérieurs, de chaque côté de son écu, une épée nue, l'estoc en haut, tenue d'une main droite ou dextrochère, armée d'un gantelet sortant d'une nuée.

des girouettes. Ni plus ni moins. Nous devrons par ma foi galoper aval vent.

Robuste à plus de cinquante années, donc, songea Gui, en pleine maturité d'esprit, il semblait que le connétable eût cicatrisé ses blessures et recouvré le sang qu'il avait abondamment versé sur le pavement d'une paneterie.

— Je suis heureux, messire, de vous trouver ainsi. J'avais pensé que vous seriez au lit, souffrant encore de vos navrures.

— J'ai de bons mires. Meilleurs que ceux de notre souverain. Dites-vous que rien n'est plus néfaste qu'un lit : l'homme s'y amollit le corps et la cervelle. Un guerrier de ma trempe se doit de montrer l'exemple... Si ce fournier et son épouse n'avaient point ouvert leur porte lorsque j'ai chu de mon cheval, je serais mort... J'en connais qui s'en réjouiraient... J'ai fait porter à ces braves gens une bourse et leur ai recommandé la prudence car il se peut qu'on les veuille châtier de m'avoir si bellement secouru.

— Craon est loin, messire.

— Il n'y a pas que lui à me vouloir détruire.

Gui observait le connétable sans lui dissimuler son ébahissement de découvrir en lui tant de force cérébrale, tant de vigueur disponible et de stabilité. Un front vaste, têtu ; une bouche goulue d'avaleur d'espace, ferme, sensuelle ; un œil vif, souvent cligné pour donner, semblait-il, plus de pénétration à la vue. Malgré les entaillures plus ou moins profondes faites à sa chair, toute sa personne révélait une fermeté sinon une impétuosité dont Craon, présent, se fût certainement effrayé. Depuis sa désertion de la cause anglaise, l'ascension d'Olivier V de Clisson n'avait cessé d'être régulière. Cependant, malgré l'auréole de la renommée, il semblait qu'il fût un homme simple de goûts, sans autre ambition que de servir au mieux le roi et le royaume. Gui le sentait tellement supérieur à la plupart des chevaliers rencontrés en l'Hôtel Saint-Pol qu'il éprouvait une félicité secrète à avoir été distingué avant que ne se fût produit l'attentat de la rue Sainte-Catherine. Lorsque le connétable s'adressait à lui, il lui semblait obtenir sa pleine valeur tout en apercevant enfin, au-delà de l'origine commune à tous les écuyers, la consécration qui le mènerait à la prud'homie.

— Il faudra, Gui, vous méfier désormais des Grands de ce royaume qui sauront, s'ils ne le savent déjà, que vous êtes à moi. Je vous le dis tout net : le grigneur (1) d'entre eux, c'est Berry, le duc qu'on a surnommé le Camus... Le roi, malgré mes recommandations, se refuse à le considérer comme le scorpion qu'il est... Gardez-vous de lui !

— Mon père, messire, disait qu'il était un homme détestable.

(1) Ou *greigneur, gringnour* : le plus grand.

— Exécrable, en vérité. Il faudrait tout un charreton de mots de cette espèce pour le définir (1).

Clisson parut hésiter, puis se lança :

— C'est un routier commandant à des routiers... Croyez-moi, s'il pouvait empoisonner le roi autrement que de sa présence, il l'eût fait depuis longtemps.

C'était une accusation des plus grave. On devait amplement discuter, à la Cour, du prodigieux dessein de Pierre de Craon et de la non moins prodigieuse fortune du connétable, – une fortune qui ne concernait en rien ses coffres mais sa personne tout aussi solide et verrouillée sur sa vie qu'ils l'étaient sur son or.

Guy se taisait, ne sachant comment témoigner à cet homme de glace et de feu la confiance qui le gagnait.

— Il se peut que Craon me croie ensuairé, immobile à dix pieds sous terre. Et je vous en dirai davantage, Gui : il est certain que Berry était au fait de l'attentat. La dernière fois que nous nous sommes

(1) Il ne faut pas confondre Jean de France, duc de Berry, fils de Charles V mort le 16 septembre 1380 avec Jean de France, duc de Berry dit *le Camus*, frère de Charles V.

Né en 1340 de Jean le Bon et de Bonne de Luxembourg et à demi taré, il se signala par son goût de la magnificence. Il fit construire des châteaux, décorer des églises, amassa les livres. Administrateur impitoyable, ce fut aussi un chef de guerre, une sorte de brigand chamarré qui se complut en compagnie de Guesclin. Un temps gouverneur de Paris, il s'y rendit impopulaire.

Vaincu à Poitiers, otage en Angleterre, il revint en France pour épouser Jeanne, fille du comte d'Armagnac. Gouverneur du Languedoc, il s'y fit haïr. Nommé lieutenant général et pourvu du duché de Berry en échange des comtés du Poitou et de Mâcon, il amassa les pouvoirs et devint une sorte de dictateur.

En 1364, il accompagna son père à Londres. Remis en liberté en 1367, il entra dans l'entourage de Charles V qu'il fréquenta jusqu'à sa mort. Présent au sacre de Charles VI dont il était un des tuteurs, il recouvra peu après la lieutenance générale du Languedoc.

Bataillard acharné, il reprit les villes de Limoges, Poitiers, La Rochelle, Thouars aux Anglais et participa à la bataille de Roosebeke. Charles VI, cet inconscient, lui confia des pouvoirs illimités sur les provinces dont il avait la charge et comme il fallait s'y attendre, sa politique terrorisa les manants, les bourgeois et les paysans.

En 1384, las des exactions de ses routiers, les populations se révoltèrent. Les *Tuchins*, comme naguère les *Jacques*, s'organisèrent en armées et, en Auvergne, s'attaquèrent à tout ce qui symbolisait la royauté. Pour essayer de les vaincre, le duc de Berry fit appel à des routiers anglais (voir annexe).

En 1386, lors de sa descente vers le Midi de la France, Charles VI apprit les excès commis par son oncle. Le roi fit arrêter Bethisac, l'âme damnée du duc et commanda qu'il fût brûlé vif. Berry fut destitué de sa charge et se vengea sur les conseillers de Charles VI : les Marmousets. En 1392, Charles VI restitua ce malandrin dans ses prérogatives.

La folie du roi allait pousser Berry et son frère, Philippe le Hardi, duc de Bourgogne, au sommet des affaires du royaume. Gouverneur de Paris en 1405, Berry prit le parti des Armagnacs lorsque Jean sans Peur, fils de Philippe le Hardi, fit assassiner Louis d'Orléans (1407) pour occuper le trône de France laissé vacant. La guerre éclata entre les deux princes et Berry dut se réfugier à Bourges. En 1412, assiégé par les détenteurs de l'autorité royale, il fut contraint de se rendre. Retiré à Paris en l'Hôtel de Nesle, il mourut le 5 avril 1416, jour des « *Pâsques fleuries* » selon certains, le 15 juin 1416 selon d'autres, d'un « *apostume emprès une oreille, lequel creva par dedans son col et l'estrangla* ». Une otite suppurée, de nature tuberculeuse. On soupçonna pourtant le duc d'avoir été empoisonné par Louis II d'Anjou, roi de Naples.

Deux fils de Charles VI, Charles et Louis, duc de Guyenne, moururent également tuberculeux. Le premier, le 13 janvier 1401, le second, le 18 décembre 1415.

croisés, à Saint-Pol, il se réjouissait de ma prochaine disparition. De cela, je pourrais jurer (1) !

— Messire, qu'allez-vous faire ?

(1) Qui avait tramé ce guet-apens ? Craon seul ? Froissart qui se trouvait alors à Paris fit son enquête (« *je, auteur de cette histoire, fus donc informé que de cette aventure il n'eût rien été s'il voulist* (Berry), *et que trop clairement l'eût brisée et allé au devant, et je vous déclarerai et dirai raison pourquoi et comment, après avoir décrit l'événement.* » Le chroniqueur précise alors que le jour du Saint-Sacrement, un moine familier de Pierre de Craon, était allé trouver le duc de Berry et lui avait révélé en secret :

« *Monseigneur, je vous ouvrirois volontiers aucunes choses qui ne sont pas bien convenables, mais taillées de venir à très povre conclusion, et vous êtes mieux taillé de y pourvoir que nul autrui.* » *Quelle chose avoit dit le duc ?* « *Monseigneur, avoit répondu le clerc, je mets bien en termes que je ne venil point être nommé, et pour obvier au grand meschef et eschever le péril qui peut venir de la matière, je me découvre à vous.* »

Le duc de Berry avait prié son visiteur d'être hardi et de ne rien craindre de lui. Alors, celui-ci de poursuivre :

« *Monseigneur, je me doute trop grandement de messire Pierre de Craon que il me fasse murdrir ni occire monseigneur le connétable car il a amassé en son hôtel en la cimetière Saint-Jean, grand'foison de compagnons ; et les y a tenus couvertement depuis la Pentecôte ; et si il faisoit ce délit, le roi en serait trop grandement courroucé, et trop grand trouble au royaume de France en pourroit avenir ; et pourtant, monseigneur, je le vous remontre, car je même en suis si eshidé que, quoique je sois clerc, secrétaire de monseigneur Pierre de Craon, et que je aie mon serment à lui, je n'ose passer cet outrage : car si vous n'y pourvéez, nul n'y pourvoiera pour le présent ; et de ce que je vous dis et remontre, je vous supplie humblement que il vous en souvienne, si je ne besogne ; car sur l'état où je vois messire Pierre veut persévérer pour éloigner et fuir, je ne veuil plus retourner chez lui.* »

Le duc pria le clerc de demeurer chez lui tout en lui expliquant qu'il était trop tard pour prévenir le roi. Mensonge : le roi fut tenu dans l'ignorance du complot. Berry haïssait Clisson. On peut se demander la raison de cette haine (le rôle que le connétable jouait auprès du roi ?) comme on peut se demander celle de l'aversion homicide de Craon envers l'homme qui commandait aux armées. Froissart narrant à grands traits le prélude du guet-apens raconte que Craon, « *chevalier de France, de la nation d'Anjou et de Bretagne attaché au duc de Touraine* » et fort ami du duc de Bretagne en voulait à Clisson d'être aimé de tous, « *réservé au duc de Bourgogne* »... parce que la duchesse, son épouse, le détestait. Histoires de femmes ? Sans doute. Pour envenimer les choses, Craon révéla à la duchesse de Touraine « *les secrets du dit duc de Touraine* ». Fureur du duc qui, effectivement, aimait à s'entourer d'un parterre de jolies femmes... et l'une d'elles lui avait cédé*. Pour obtenir son silence, le duc lui avait offert 1 000 couronnes d'or que la belle avait refusées « *disant qu'elle n'aimoit pas le duc pour son or ni pour son argent, fors par bonne amour qui a ce l'avoit inclinée, et que Dieu mercy pour or et pour argent, elle ne vendrait pas son honneur.* » Craon avait révélé le nom de la pécheresse à la duchesse d'où une entrevue des deux femmes... sans que le duc n'en sût rien, jusqu'à ce qu'il apprît que Craon l'avait dénoncé. Il alla se plaindre au roi qui prit la décision d'exclure Craon de sa Cour. Prévenu de sa disgrâce par le seigneur de La Rivière et Jean Le Mercier, par Jean de Beuil et le sire d'Erbaus, sénéchal de Touraine, chassé de l'Hôtel de France, de Touraine, de l'Hôtel de la reine de Naples et de Jérusalem, il s'ennuya au point de s'allier au duc de Bretagne pour lui... raconter ses aventures, lequel duc lui dit :

« *Beau cousin, confortez-vous, car tout ce vous a brassé Cliçon.* »

Le duc de Bretagne n'était autre que le descendant du célèbre compétiteur des Penthièvre pour le duché de Bretagne, allié comme jadis son père et sa mère aux Anglais. Et Clisson était passé des Goddons à la France.

Craon se sentit menacé. Il avait trahi son roi. Clisson serait chargé de le justicier. La guerre n'avait pas cessé, en Bretagne. Le duc songeait à attaquer le comte de Penthièvre. Il voulait bien qu'il se nommât Jean et comte de Penthièvre mais il ne pouvait tolérer que des hermines sur sa bannière et écrivit son nom : Jean de Blois ou de Châtillon « *et nulles autres* ».

Un double mariage allait provisoirement apaiser les chicanes. Jean de Bretagne avait un fils de la fille puînée de Clisson et le duc de Bretagne une fille. On les maria. Le roi de France avait une fille et le duc un fils. On les maria.

N'oublions pas que le duc dit de Touraine devint duc d'Orléans à cette époque.

* La reine. On chuchotait qu'elle avait également cédé à Craon !

— Rien. Ce serait une erreur que de montrer ma défiance à Berry, à Bourgogne, à Bourbon et jusqu'à ce gros fornicateur d'Orléans dont l'épouse a fait prendre de mes nouvelles, ce qui ne saurait prouver qu'elle m'a en grande estime... Vous avez, si j'ose dire, approché de loin tous ces gens. Vous les verrez un jour de plus près qu'à Saint-Pol. C'est un étrange vivier que la Cour : les brochets et les murènes y sont aussi nombreux que les carpillons, les filardeaux (1) et les tanches. Et c'est à qui se mordra, se dévorera, feindra d'aimer l'un et l'autre... Oyez, Guy. Faites comme moi : n'ayez aucune liaison qui vous puisse compromettre. Seule la petite Alix d'Apilly semble pure... Mais notre toute jeune reine n'a-t-elle point le même aspect virginal ?

Le connétable s'engageait sur une pente que Gui eût jugée d'une indécence périlleuse s'ils s'étaient trouvés ailleurs que dans cette chambre où tout respirait la force, le hardement et l'honnêteté.

— C'est Louis, c'est Orléans, le frère de notre sire qui ramena cette Isabelle en France. Il est devenu son conseiller à la Cour, son instituteur en moult choses et même, ce qui est plus détestable encore que d'être son amant, son conseiller politique... Hé oui : quand le roi la mécontente, elle élève la voix et lui fait des suggestions dont il tient compte !... Louis, c'est le vice aimable, gracieux. Nous sommes moins en amitié. Les enfants que l'on prête à la reine et au roi...

Clisson s'interrompit. Il en avait trop dit. Il alla s'asseoir d'une fesse sur un faudesteuil, frotta doucement sa poitrine et dans ce mouvement, le pansement qu'il avait au poignet apparut. Un peu de sang sourdait de l'étoffe.

— J'ai le devoir de vous informer de tout ceci. Il ne faut point, où que nous irons, qu'on vous prenne pour un nicet (2). Vous êtes bel homme. La reine peut avoir des sourires engageants... Laissez Orléans la pourvoir en tout. Que les enfants aux Lis soient à l'un ou à l'autre, peu me chaut. Le roi et son bien-aimé frère sont toujours de la Maison de France (3)... Quant à vous, je dirai crûment qui vous êtes :

(1) Jeunes brochets.

(2) Naïf.

(3) Jusqu'en 1392, année du commencement de ce récit, la descendance de Charles VI et d'Isabeau était la suivante :

Charles, né le 25 septembre 1386, mort le 28 décembre suivant.
Jeanne, née le 14 juin 1388, morte en 1390.
Isabelle, née le 9 novembre 1389, morte le 13 septembre 1409.
Jeanne, née le 24 janvier 1391, morte le 27 septembre 1433.
Charles, né le 6 février 1392, mort le 13 janvier 1401.

Vinrent ensuite :

Marie, née en août 1393, probablement le 22, morte le 19 août 1438.
Michelle, née le 12 janvier 1395, morte en 1422.
Louis, né le 22 janvier 1397, mort le 18 décembre 1415.
Jean, né le 31 août 1398, mort le 5 avril 1417.
Catherine, née le 22 octobre 1401, morte en 1438.
Charles, né le 22 février 1403, mort le 22 juillet 1461. Charles VII.
Philippe, né le 10 novembre 1407, mort le même jour. La reine accoucha d'une paire d'enfants. Qui fut l'autre ? Une fille, sans doute, qu'on emmena à Domrémy.

Cette double naissance mit fin aux passions galantes d'Isabeau. Du moins le dit-on.

le fils d'un preux occis en Lombardie en essayant de sauver Jean d'Armagnac… Nul ne vous interrogera. Ces gens sont bien trop occupés de leur œuvres voluptueuses pour se soucier de vous.

En dépit de ces assertions, Gui se sentait en grand état d'inquiétude. Non seulement on l'avait vu porter secours au connétable mais, s'il ne l'était déjà, il allait devenir son écuyer. Clisson avait-il perdu le ou les précédents ?

— Viens, Gui, puisqu'il me faut te tutoyer. Je vais te montrer ton appartement.

Il était austère. L'unique fenêtre donnait sur une courette au milieu de laquelle une litière aux bois dorés, aux rideaux de cuir amarante semblait se mourir d'ennui.

« C'est celle en laquelle mère entrera demain… Il ne m'a pas parlé de son épouse », songea Gui tandis que son regard errait dans la pièce.

Assez basse de plafond, ronde car sise dans une tourelle dont elle occupait l'étage supérieur, cette chambre, sans être somptueuse, eût contenté un prince de passage. Des murs de pierre apparente, un lit simple, haut sur pieds, couvert de flassardes de mollequin safrané (1), une table, une chaise, un bahut et une cheminée. Pour dalles, un échiquier noir et vermillon.

— Lever à l'aube. On mange. Après, on s'exercise dans la grande cour. On mange. Ensuite, on selle un cheval pour galoper à Vincennes et plus loin encore : il faut que les chevaux s'exercisent eux aussi… On revient. On s'exercise. On mange et on se couche… Les étuves sont en bas et la longaigne (2) à l'autre bout du palier… Bien sûr, nous nous accorderons des jours de liberté !

Gui hésita. Depuis l'affaire du fournier, dans quel pétrin s'était-il délibérément fourré ?

— C'est, reconnut Clisson, une existence de Spartiate… sans les infâmes mœurs d'iceux… Cela te convient-il ?

— Évidemment, messire.

— Bien !… Je vais me coucher. Je me dois de guérir de trente coups de lame. Sans les mailles qui me protégeaient et qui ont cédé, je serais mort.

* *
*

Le même jour, en soirée, un messager remit à Gui, destinée au connétable, une invitation au dîner que le duc d'Orléans et son épouse offraient à la reine et au roi le mardi 25 juin.

(1) Tissu pour les vêtements et l'ameublement. *Flassardes* : couvertures.
(2) Couloir menant aux latrines ou porte de celles-ci.

— Tiens, dit Clisson en tendant à son nouvel écuyer le bref dont il avait pris connaissance.

Gui lut et, la mine évasive :

— Est-ce un mandement ou pouvez-vous éviter d'accéder à cette prière… puisque ce mot figure sur ce parchemin ?

— Ce n'est ni une sommation ni une requête flatteuse. Louis d'Orléans souhaite que je me montre au duc de Berry et à tous les losengiers (1) qui tournent autour du roi et me voudraient bien voir mort. La plupart regrettent que l'entreprise de Craon ait échoué. Ce que monseigneur Louis souhaite, c'est vérifier si je suis debout et toujours apte à tenir cette épée de connétable dont tous ces trigauds (2) me priveraient vélocement si par malheur pour moi et pour la France, ils obtenaient le pouvoir.

— Messire, dit Gui en remisant au fourreau la Plaisance avec laquelle il avait exécuté quelques passes d'armes face à Bridoulx, le peu que je l'ai vu, le roi m'est apparu comme un homme sain, lucide, épris de son épouse. Un…

— Erreur !… Sain ? Il ne l'est nullement. Lucide ? Il a de bons moments qui sont peu nombreux. Épris de la belle Isabeau ? Certes. Comment ne pourrait-on pas l'être ?

Cette fois, le connétable riait et cette hilarité dissimulait mal une sorte d'aversion envers la reine.

— Le roi est de santé précaire. L'insatiable Isabeau nous l'use et dessèche. Connaissez-vous la devise de Louis d'Orléans ?

— Non, messire.

« Voilà qu'il cesse de me tutoyer », se dit Gui. « Il a du mal à s'y faire et j'ai du mal, moi, à supporter l'état d'obédience où je suis. »

— Eh bien, sa devise, c'est un bâton noueux avec le mot *de l'envy*. Et il en a, monseigneur, des envies. Non seulement, il souhaite remplacer définitivement son frère dans le lit de la reine, mais il voudrait aussi s'installer sur le trône… Crois-moi, Gui : si notre suzerain mourait, ils s'abutineraient (3) tous, les frères, les cousins, les parents, comme autant de fourmis sur un tranchoir de miel.

Clisson suspendit tout à coup son propos. Il n'avait fourni tant de détails acerbes que pour reculer le moment où il se déciderait.

— Nous irons, dit-il, farouche.

— Moi ?

— Oui… Nous n'aurons pour toute arme qu'une anelace. L'Hôtel d'Orléans n'est guère éloigné d'où nous sommes, de sorte que nous nous y rendrons à pied… Je te pourvoierai en vêtements.

Gui s'inclina.

(1) Flatteurs.
(2) Hypocrites.
(3) Ils partageraient le butin (ou le trésor).

Ils se séparèrent. En chancelant un peu, le connétable piéta vers la petite chapelle où nul ne devait entrer, sauf peut-être son épouse jusqu'alors invisible et son confesseur s'il se pouvait qu'ils en eussent un. Gui remonta dans sa chambre.

Il éprouvait du mésaise. Il comprenait que l'homme qui commandait aux armées fût détesté : il avait des façons nettes et le verbe autoritaire. Il représentait l'élément solide, actif, du pouvoir tout en n'étant que pondération et sagesse. Menacé ? Oui. Le connétable flairait l'approche d'un flot d'événements funestes pour le royaume et pour lui. De quelle nature ? La mort du roi ? Il ne paraissait pas qu'il fût en danger, ni même qu'il s'y sentît. Si Clisson se défiait de l'avenir, c'était qu'il avait eu loisir, sur la Grande Ile puis en France, de méditer les leçons répétées de l'histoire de ces deux peuples et de leurs rois. Il savait que les grandes crises, sinon les grandes défaites – et cela concernait la France – engendraient des hommes, voire des femmes plus farouches dans leurs ambitions et plus luxurieux dans leurs mœurs. Il se flattait d'être l'homme lige du roi et s'honorait de sa féauté. Après avoir servi honnêtement l'Angleterre, il ne tirait aucune gloire, semblait-il, de s'être montré astucieux et héroïque dans les batailles disputées sous la bannière aux Lis. Libéré de la menace que Pierre de Craon avait constituée pour lui, celle qu'incarnaient les oncles et peut-être le frère du roi semblait avoir été, ce matin, trop précise pour qu'il parvînt à réduire et même à contenir les sentiments de dépit et de mépris que ces males gens lui inspiraient. Telle la vapeur trop longtemps retenue dans un chaudron placé sur l'âtre, son ire avait jailli en brisant les conventions : il s'était confié à un inconnu. Certes, il lui devait d'être en vie. Certes, il l'avait en estime. Mais ne regrettait-il pas déjà son imprudence ?

Gui ressentait encore les effets de ce bouillonnement de fureur. Il dut s'avouer qu'il en était exalté. Il révérait Clisson. Si le connétable se déchaînait contre les sicaires de ses ennemis, il embrasserait sa cause. Il ne voulait rien savoir des fureurs qu'il susciterait à son encontre. Il était du bon côté. Lorsque le péril prendrait forme et mauvaiseté – s'il advenait qu'il les prît –, il saurait, comme Clisson, l'affronter. L'homme qui, tout en le tenant en estime, exerçait sur sa personne un ascendant manifeste méritait bien qu'il fût auprès de lui dans l'adversité.

« Il me paraît seul malgré les soudoyers et varlets qui l'entourent. Il ne m'a pas parlé de son épouse… »

Le connétable avait certainement des secrets. Nonobstant tout ce qu'il venait de dire, ils étaient sûrement de peu d'importance.

* *
*

Gui déjeuna seul, servi, dans sa chambre, par un Jausselin aimable mais anxieux. Le tranche-tête n'exprima qu'une recommandation au nouveau venu :

— Veillez sur lui lorsque vous sortirez ensemble.

Et d'ajouter, après l'acquiescement qu'il attendait :

— Je vous regrâcie de ce que vous avez fait contre les démons de Craon. Sans vous, et il le sait, le connétable était perdu.

— Je n'ai fait que mon devoir.

— Votre modestie vous honore, messire. Or, sachez-le : si un jour vous êtes en difficulté, n'atermoyez point pour demander mon aide. Elle vous est acquise depuis cette terrible nuit.

Resté seul et plutôt que d'errer dans les rues, Gui s'allongea sur son lit.

Il n'avait pas l'intention de dormir. Il savait, d'ailleurs, que le sommeil se refuserait à lui. Ce dont il avait besoin, c'était de repos, de sérénité. Sa mère, il en convint, n'avait pas manqué de sapience en lui déconseillant de demeurer dans les pas de Clisson et en le mettant en garde contre les gens qu'il allait fréquenter. Du jour au lendemain, les voies de la providence étant impénétrables, il avait délaissé son cheminement ordinaire pour un périlleux itinéraire. Jusque-là, il n'avait compté que des amis et la vie qu'on menait à Clairbois lui avait paru semblable à celle que les damoiseaux de son âge menaient dans les châtelets et les fertés du Maine. Il s'était même imaginé que la richissime monarchie française savait se montrer généreuse envers ses sujets les plus humbles. Depuis sa venue à Paris, il savait que le pays était pauvre. Les quémands (1) étaient si nombreux à l'entour de l'Hôtel Saint-Pol et de ses semblables qu'il fallait une garde copieuse pour, de temps en temps, les en écarter. Ils grouillaient sur les parvis des églises. Toutes les rues avaient leurs hommes, leurs femmes, leurs enfants chétifs qui tendaient leur main nue, et parfois, au bout d'icelle, une jatte, une écuelle en espérant y voir tomber une piécette qui leur permît d'acheter du pain. De loin en loin, c'était une cervelière, une barbute soigneusement fourbie que l'on présentait à quelque soudoyer de passage. « *L'aumône ! L'aumône, mon gars. Quelques sols et elle est tienne !* » Le mendiant était un ancien bataillard de Poitiers, de Brignais, de Nájera. Il avait perdu un bras, une jambe, un œil, une oreille dans ces inutiles estourmies (2) et la Couronne ne lui en savait aucun gré. Paris empestait la misère. Ensuite de deux mois d'existence à vrai dire médiocres chez la sœur de son père, il allait côtoyer ceux qui méconnaissaient la faim, qui se vêtaient de tissus précieux, buvaient de l'hypocras et mangeaient de la viande. Il ne s'en fût point vanté auprès de ceux qu'il avait laissés à Clairbois.

(1) Mendiants, d'où *quémander*.
(2) Mêlées.

On frappa à la porte et entra. C'était Clisson.

— Non ! Non ! dit le connétable. Reste allongé. Je souffre de mes plaies et ne puis reposer… Parler sera peut-être un baume à ces douleurs qui ne font que me rappeler Craon, sa haine et sa duplicité.

— Je conçois que ces remembrances vous titillent l'esprit et le corps.

— Tu as subi le heurt, toi aussi, quoi que tu en penses. C'était ton premier estour (1). Ton cerveau fut agité tout autant que ton corps. Tu es plus sensible que tu ne le crois. Rassure-toi : ce n'est pas un défaut, même pour un futur chevalier.

Clisson approcha une chaise et s'assit entre le lit et la fenêtre :

— A quoi songeais-tu ?

— A l'état de Paris, partant de la France : une misère vêtue d'or.

— Hélas !

Penché, les bras entre ses cuisses et les mains réunies, Clisson parut se laisser emporter par des sentiments violents qu'il maîtrisait, ainsi, à grand-peine. Gui avait de nouveau devant lui un homme cru et craint dont l'âme rigoureuse, frustrée de quelques unes de ses aspirations, se refusait à reconnaître des réalités bien plus tragiques encore que celles auxquelles d'autres que lui se trouvaient condamnés.

— Il ne t'a guère fallu de temps, Gui, pour juger de l'état des lieux. La royauté vit en grand bobant (2) et la venue de la reine, ses mœurs, son goût effréné des liesses préjudicient non seulement l'assiette du pays mais aussi celle du roi… C'est d'ailleurs pourquoi ses proches ne s'opposent point aux fastes mais les encouragent au contraire.

— Il faudrait…

— Je t'interromps tout de suite : il n'y a rien à faire. *Elle* l'a subjugué. Il y a trois ans, alors qu'on disait le trésor à sec et que les ambassaderies anglaises et françaises discutaient de la paix à Boulogne, Isabeau et Charles eurent l'idée d'un cortège dans Paris (3)

(1) Combat.

(2) Pompe et vanité.

(3) Le dimanche 20 août 1389.

Le roi avait fait son entrée à Paris le 11 novembre 1383. Il ne pouvait la renouveler. Certains Marmousets suggérèrent qu'on y fît entrer la reine en grand bobant. On profiterait de l'occasion pour présenter Valentine Visconti aux Parisiens. Elle était arrivée à la mi-août pour se marier le 17. L'entrée solennelle de la reine fut donc décidée pour le dimanche suivant. Toute la semaine du 22 au 27 devait être une semaine de liesses. La saint-Louis, d'ailleurs, tomberait au milieu des fêtes. La reine, enceinte (elle devait accoucher trois mois plus tard) était vêtue d'une robe de velours bleu semée de lis achetée pour 485 livres à Blanche d'Orléans, fille posthume de Charles IV et de Jeanne d'Evreux. Les princes du sang étaient groupés autour de la litière : Louis de Touraine, Bourbon, Berry, Bourgogne, Pierre de Navarre, comte de Mortain, fils puîné de Charles le Mauvais, Guillaume de Bavière, comte d'Ostrevant, représentant la famille de la reine. Parmi les dames, on pouvait entrevoir les duchesses de Berry, Bourgogne, la comtesse de Nevers (Marguerite de Bavière, épouse du futur Jean sans Peur), la duchesse de Bar (Marie de France, fille du roi Jean II), Madame de Coucy, Mademoiselle d'Harcourt, etc. On avait pris soin de placer en un lieu du passage, un cerf blanc.

réservé à la seule Isabeau. Ce fut… merveilleux. Toutes les dames traveillaient (1) en des basternes attelées à des mules et mulets d'une beauté rare. Seule Valentine Visconti montait un palefroi richement aourné tandis que le duc de Touraine, son volage époux, qui n'était pas encore devenu Orléans, et le duc de Bourbon chevauchaient de part et d'autre de la litière découverte de la reine derrière laquelle venaient les ducs de Berry et de Bourgogne. Il y eut des joutes. Un pas d'armes : le pas de Salhadin où l'on fit tout pour rendre Richard Cœur de Lion déplaisant. On pouvait lire la devise du roi sur l'échafaud des dames : un soleil d'or (2) et des anges vinrent chanter, face à la reine :

Dame enclose entre fleurs et lis
Roïne estes-vous de Paris
De France et de tout le pays
Nous en rallons en Paradis.

Le connétable s'était abstenu de chanter. Il soupira et Gui se demanda s'il avait assisté à cette liesse. Le ton amer employé pour la lui décrire le donnait à penser. Après une grimace qui dénonçait un élancement inattendu, Clisson reprit :

— L'hypocras coulait à flots. Les évêques de Langres, Noyon, Rouen avaient des faces de cenelles (3) qui eussent réjoui le diable s'il les avait pu voir. Moi, j'observais le roi. J'ai vu Berry s'en approcher, lui paroler à l'oreille, longuement. Après quoi Charles battit des mains comme un enfant.

Nouveau silence. Bref et comme exaspéré. Puis le commentateur réintégra la fête :

— Alors que les dames, avant le départ du cortège, allaient s'accorder une pause dans les logis apprêtés à leur intention ; alors que les seigneurs se préparaient à regagner leurs hôtels, le roi pria l'un de ses chambellans, Charles de Savoisy, de l'accompagner en un lieu où ils seraient à l'aise pour endosser des vêtements du commun. « *Pourquoi, sire ?* » demanda Savoisy. « *Nul ne nous reconnaîtra* », dit Charles, « *et nous assisterons au passage de ma femme.* » Savoisy s'indigna d'avoir à jouer un pareil jeu. Mais il se défendait faussement. Le roi se fit exigeant. Bientôt, Savoisy monta sur son cheval et prit le roi en croupe.

Gui crut comprendre ce que Clisson s'était demandé, à savoir si Charles VI ne voulait pas épier son épouse afin d'apprendre qui elle hantait hors de sa présence.

— Ils s'en allèrent vers le Châtelet, reprit Clisson. Ils s'y

(1) *Traveller, traveiller, travailler* : voyager, se déplacer.

(2) La devise du roi fut un soleil d'or. Louis XIV la reprit en y ajoutant *Nec pluribus impar* (non inégal à plusieurs soleils) c'est-à-dire : *Supérieur à tout le monde, au-dessus du reste des hommes.*

(3) Baies de l'aubépine et du houx.

trouvèrent à l'heure où la reine allait passer, où il y avait moult peuple et grande presse. Poussant son cheval, Savoisy se bouta le plus près qu'il pût. Il y avait foison de sergents de tous côtés, à grosses boulaies (1) lesquels, pour défendre de la presse afin qu'on ne lui fît violence, un cerf qu'on avait précédemment présenté à la reine, frappaient bien et fort les curieux. Savoisy obéissant au roi *ou suivant les mandements qu'on lui avait donnés*, persistait à avancer. Et les sergents se mirent à frapper de leurs boulaies le roi et son compagnon. Comment ces hommes au chapel de fer auraient-ils pu reconnaître leur souverain ?

— Le roi aurait pu…

— Se prétendre le roi ?… Qui l'eût cru ? Rien ne justifiait qu'il l'était.

— Alors ? demanda Gui que cette malaventure ne réjouissait point.

— Le roi prit davantage d'horions que Savoisy, compte tenu de sa position sur le cheval. Les épaules, la nuque, le dos.

— Il en eût pu mourir !

Clisson eut un regard et un sourire de triomphe :

— Voilà où je voulais en venir.

— Vit-il la reine ?

— Je ne sais. Je ne sais si la belle Isabeau l'aperçut. Le soir venu, en présence des dames et damoiselles, la chose fut apprise et récitée. L'on commença à farcer et le roi se farça des coups qu'il avait reçus…

— Et le duc de Berry ?

— Je suppose qu'en son hôtel, s'il n'était point occupé avec quelque petite fille, ou plusieurs, il tançait peut-être Savoisy (2).

Il parut à Gui que tout avait été dit. Clisson lui avait relaté les faits d'une voix calme et traînante sans jamais en enfler le débit lors des passages essentiels. Allait-il entendre maintenant des commentaires ? Une mise en garde ? Il ne le semblait pas.

— De grandes liesses, reprit le connétable. Sache que les Parisiens avaient cru gagner les bonnes grâces de la reine et la décider, en lui faisant fête, à accoucher en leur bonne ville. Ils avaient espéré, en lui offrant des milliers de présents et en se montrant gais et généreux, qu'on diminuerait leurs impôts. Il en advint différemment. La reine quitta Paris, la gabelle fut augmentée, on décria encore la monnaie d'argent de douze et quatre deniers qui courait depuis le règne de Charles V avec défense de la passer sous peine de vie. Et comme c'était la monnaie du petit peuple et des mendiants, ils furent, en l'espace de moins de quinze jours, dans l'incapacité d'acheter tout ce qui était nécessaire à leur vie et à leur entretien.

(1) Sortes de bâtons.

(2) Ces faits significatifs de l'inconscience de Charles VI sont rapportés par les *Chroniques de Saint-Denis*.

— Triste liesse à laquelle il m'eût déplu d'assister.

— Pour le peuple, Gui. Pour le peuple seulement, car elle se poursuivit. Une ordonnance nomma *les Chevaliers du Soleil d'or.*

— Ils succédaient à ceux de l'*Etoile* du roi Jean le Bon.

— Certes, et j'en fais partie (1). On nous avait demandé préalablement de peindre un rai de soleil sur nos targes, et nous dûmes nous affronter le mardi 22 août, à trois heures, après dîner, place Sainte-Catherine.

— Le roi dut-il jouter ?

— Berry, Orléans, Bourbon l'y engagèrent, mais quoiqu'il fût armé de toutes pièces, il renonça et même enjoignit à Savoisy de l'aider à quitter ses fers.

— Avait-il deviné ce qui se préparait ?

— Je ne sais… Je ne le crois pas si subtil que toi.

C'était un compliment. On en pouvait sourire. Gui demanda :

— Ces joutes furent-elles belles ?

— Magnifiques en raison des prouesses accomplies autant que par leur durée. Le premier jour, les trente chevaliers du Soleil d'or furent tenus – sauf le roi – de s'illustrer. La chaleur m'incommodant, je ne courus qu'une fois contre un Allemand, Servais de Mirande, et m'éloignait tant la fournaise était forte… Le roi, pourtant à l'ombre, ne la supportait pas. Et Coucy l'observait en méditant sur je ne sais quoi… Malgré le brasier qui tombait sur Paris et qui chauffait les armures de fer, oui, ces joutes furent belles. Les preux du Soleil d'or durent courir contre des chevaliers de haute renommée : Guillaume de Hainaut, comte d'Ostrevant, le sire de Gommognies, messire Jean d'Andreguies, le sire de Chantain, Ancel de Tressignies… Clinquant de Heremes, le duc d'Irlande et Servais de Mirande, que je croyais avoir éprouvé mais qui fut le meilleur.

Olivier de Clisson porta sa dextre à son crâne où un carré d'étoffe rose indiquait une navrure peu profonde, quoiqu'elle eût saigné abondamment lors de l'attentat. Ensuite, il se frotta les flancs avec une douceur prouvant que ses plaies le démangeaient tout en continuant de le cuire. Il bâilla. Il avait dû s'ennuyer à ces joutes.

— Malgré l'herbe, le champ était devenu une poudrière, si bien que le lendemain, deux cents porteurs d'eau vinrent l'arroser. Le jeudi,

(1) D'après l'ordonnance qui leur fut consacrée, les *chevaliers du Soleil d'or* furent 30. Ils joutèrent au champ clos Sainte-Catherine. C'étaient : le duc de Berry, le duc de Bourbon, le comte de la Marche, messire Jaquemart de Bourbon, son frère ; Guillaume de Namur, Olivier de Clisson, Jean de Vienne, Jaqueme de Vienne, seigneur de Pagny, Gui de la Trémoille, Guillaume, son frère, Philippe de Bar, les seigneurs de Rochefort, de Rais, de Beaumanoir, Jean de Barbançon, dit l'Ardennois, le Hazle de Flandre, le seigneur de Coucy-Normand, Jean des Barres, le sire de Nantouillet, les seigneurs de Rochefoucault, de Garencières, Jean Harpedane, le baron d'Ivery, Guillaume Marciel, Regnault de Roye, Geoffroi de Charny, Charles de Hengiers, Guillaume de Lignac et le duc de Bourgogne. Charles VI, malade, s'abstint de fournir une course.

les joutes recommencèrent, et plutôt que d'ouïr le comte de Saint-Pol qui revenait d'Angleterre, le roi, ses frères, oncles, femmes et la Cour revinrent s'asseoir sur les échafauds. Les meilleurs jouteurs furent Regnault de Roye, Boucicaut le Jeune, Regnault de Trye, Guillaume de Namur, Charles des Armoises, le sire de Garancières, le sire de Nantouillet, l'Ardennois de Doustenène… Je ne fis qu'une course et sais-tu contre qui ?

— Berry ? Orléans ? Bourgogne ?

— J'aime que tu ne prennes aucune précaution pour citer ces hommes… Non : j'ai affronté le père de la belle Alix : messire Guillaume de la Champagne, seigneur d'Apilly, qui est à Orléans ce que Craon est au duc de Bretagne.

— Et vous l'avez buqué ?

— Certes ! Il a chu bellement, le cul par terre.

Gui se demanda si le connétable n'allait pas payer cher cet exploit. Si peu qu'il l'eût affronté aux joutes de Saint-Pol, le seigneur d'Apilly lui avait fait l'effet d'un falourdeur (1).

— J'ai couru trois lances contre lui. Je l'ai ébahi de prime face. Il m'a oublié, je présume. Mais pas vous ! Il doit se vouloir venger.

— Certes… Le lendemain, les liesses s'achevèrent et j'en fus heureux. D'ailleurs, des événements moins gais survenaient avec la venue du seigneur de Châteaumorant que Saint-Pol avait précédé. Il montra au roi et à tous ses proches, dont j'étais, le document qui instituait une trêve entre l'Angleterre et nous, trêve scellée, marquée du seing de Richard (2).

— Croyez-vous en une paix définitive ?

Au lieu qu'il fût moqueur, Clisson eut un sourire désabusé :

— Non. Il te faudra ostoyer (3) un jour. N'est-ce pas ta vocation ?

— Évidemment.

Clisson sourit encore mais avec un soupçon de compassion :

— Tu chausseras les éperons. Tu mèneras les hommes. C'est notre destinée. Il nous faut dignement l'accomplir. Le bel avenir appartient à la jeunesse et tu m'en parais le fleuron.

Gui se demanda si le connétable ne s'exagérait pas les qualités de la génération à laquelle il appartenait. Dans la précédente, il eût pu citer vingt noms de preux dignes d'admiration, à commencer par Clisson lui-même.

— Messire, messire, votre encensement me touche mais je ne le mérite point.

En toute bonne foi, il ne s'estimait guère plus doué qu'un autre pour

(1) Prétentieux, orgueilleux.

(2) Ces trêves devaient commencer le 1er août 1389 et s'achever le 16 août 1392. Il s'agit, bien entendu, de Richard II.

(3) Combattre dans l'ost.

le métier des armes à commencer par son frère Anceaux. Leurs forces, étaient les mêmes. Las ! pour le reste, ils différaient en tout. Son aînsné (1), qui ne le devançait que d'un an, se montrait envers lui moins avenant que condescendant. Quant aux chevaliers et gens de Cour qui avaient vécu sous le sceptre de Charles V, on pouvait dire qu'ils avaient profité des biens de l'existence – matériels et spirituels – sans atteindre à cette démesure qui semblait caractériser le règne de Charles VI. Bourgogne, Berry, Orléans, le roi et la reine aimaient l'or, l'argent, les joyaux et les fêtes. Ils concevaient la vie comme une interminable carole. A force de danser, non seulement ils assécheraient le trésor – si ce n'était déjà fait –, mais encore, ils épuiseraient leur santé (2) que la rumeur disait précaire.

— Je te louangerai au roi. Je lui dirai de t'accorder sa confiance. Vois-tu, dans l'ensemble, c'est un homme juste et fragile. Et c'est pourquoi ses parents, oncles et frères, le poussent à cheminer. Ils l'ont incité à visiter la Bourgogne, la Langue d'Oc, Avignon (3). Le Pape Clément l'a reçu bellement et Charles lui a fait la révérence d'un fils de l'Église en lui baisant le pied, la main, la bouche. Puis notre sire s'est arrêté à Montpellier, une cité complètement mise à sac par le duc de Berry et son conseiller et trésorier : Bétissac de Béziers. Pour enivrer Charles, Berry a ordonné des joutes, danses de jour et de nuit. Le roi est demeuré deux semaines dans cette ville malheureuse.

— Qu'a-t-il fait d'autre ?

— Il a fait arrêter Bétissac. Il fut mené en prison pendant que des inquisiteurs fouillaient son hôtel. Il fut confondu par les documents saisis. Il accusa Berry de qui il recevait des injonctions verbales et mandements écrits. Or, Berry, présent, s'écria : « *Bétissac, Bétissac, c'est follement parler.* » C'est Berry qui demanda au roi d'exclure Bétissac des vivants. Et le roi consentit à ce qu'il mourût en hâte. Faute de preuves démontrant sa seule culpabilité, Bétissac fut accusé d'être un boulgre (4). Craignant qu'ils ne fût remis au Pape, Pierre Mespin et le sire de Nantouillet voulurent le sortir de prison. Le geôlier refusa. Le malheureux fut remis au bailli de Béziers qui le fit conduire au bûcher. Je n'étais pas présent, mais je sais que le roi et…

— Berry ?

— Oui, Berry, assistaient d'une fenêtre au châtiment (5) d'un faux coupable.

(1) Aîné.

(2) A cette époque de fêtes continuelles en l'honneur d'Isabeau, on traitait et célébrait le mariage de Louis, fils du duc d'Anjou, avec la fille du roi Pierre d'Aragon. Louis ne craignait pas de s'intituler roi de Naples, de Sicile et de Jérusalem, comte de Provence. Pierre IV d'Aragon était mort le 5 janvier 1387 à Barcelone. Il avait pour successeur son fils don Juan. La fille se nommait Violante.

(3) Le départ eut lieu le 2 septembre. Le roi entra en Avignon le 30 octobre et quitta la cité le 3 novembre de cette année 1389. Son escorte se composait de 4 000 chevaux !

(4) Cathare, hérétique.

(5) Bétissac fut brûlé vif le mercredi avant Noël (20 décembre).

Gui ne sut que dire. Toutes les actions dont il était informé le ramenaient au duc de Berry.

— Puis le roi est parti pour Toulouse. Il y reçut le comte de Foix qui était toujours tête nue, les cheveux épars. Phœbus fit hommage de son comté pour la France... Puis, à Châtel-Neuf-d'Aury (1) eut lieu cette gageure entre les deux frères : Orléans (alors Touraine) et Charles : qui des deux serait le premier à Paris ? L'enjeu était de cinq mille francs. Orléans devança son ains-né de quatre jours un tiers. Isabeau le congratula comme tu l'imagines et Charles arriva épuisé.

Le connétable soupira. Gui se dit qu'il était dévoué au roi plus encore qu'il ne l'avait été à son père. Par ses guerres et ses expériences intérieures, Clisson semblait avoir acquis un sentiment quasi religieux pour cette royauté qu'il servait après avoir servi ses ennemis d'Angleterre et de Bretagne. L'être ondoyant et divers qu'il avait été quelques mois avant de choisir définitivement son camp avait fait place à un homme tout d'une pièce, plus tolérant envers son suzerain, plus acharné contre les oncles et, sans doute, le frère de celui-ci.

— Ce pauvre Charles, que j'aime moult et sers de mon mieux, me semble avoir perdu son temps en Langue d'Oc comme ailleurs (2). Il avait tout pour devenir le roi-chevalier qu'il ne sera point. Sais-tu qu'il était bon jouteur ?

— Non.

— Aux noces de Guillaume de Hainaut avec Marguerite de Bourgogne, à Cambrai, il y a sept ans (3), il jouta et mit à mal un chevalier de Hainaut qui s'appelait Nicole d'Espinoit... Sa force s'est amenuisée mais il monte encore bien à cheval.

Gui fut tenté de demander : « Pour combien de temps ? » Il s'abstint afin de ne pas exaspérer l'inquiétude du connétable. Il le devinait d'esprit ombrageux, chatouilleux sur certains sujets tel que

(1) Castelnaudary.

(2) Le 18 octobre 1389, le Pape Urbain de Rome que l'on disait antipape, mourut. Les Romains le détestaient pour sa tyrannie. Un nouveau souverain pontife, Pierre Tomacelli, fut élu à sa place, le 2 novembre, et prit le nom de Boniface IX. Ni le roi ni ses compagnons ne se soucièrent de cet événement. À Toulouse, en présence de son frère Touraine, du duc de Bourgogne, son oncle, et de plusieurs seigneurs de France et de Gascogne, Charles VI donna à Charles d'Albret, son cousin germain, et à ses descendants, le privilège d'écarteler ses armes qui étaient simplement *de gueules à deux quartiers de France, plein*, sans brisure, « *laquelle chose le seigneur de Labret,* dit Froissart, *tint à riche et à grand don.* » Charles VI avait-il envie de réformer *l'Arbre des batailles* ? Écrit sous le règne de son père, Charles V, seules quatre couleurs étaient reconnues en armoiries : le rouge ou gueules, l'azur, le blanc et le noir – ce qui semble étrange car il manque l'or. François des Fossez et Jean de Bastor, qui écrivirent sous le règne de Richard II d'Angleterre, ajoutèrent une autre couleur : le vert... Sans mentionner le pourpre.

Le voyage royal coûta une fortune si énorme qu'on dut soutirer 103 000 francs au trésor de Vincennes. Pour comble, ayant vu la Maison d'Anjou quémander pour ses visées napolitaines, Orléans voulut qu'on renversât la manne pour soutenir sur Milan les droits de son épouse, Valentine Visconti.

(3) C'était en 1385.

l'avenir du roi et son inconséquence en une Cour où il comptait plus de contendants que de partisans. La mesure, la circonspection et pour mieux dire : la raison qui eût permis à Charles VI de distinguer, dans la cohue des serviteurs de premier plan, ceux qui l'eussent voulu mort et ceux qui tenaient à lui, n'était malheureusement pas inhérente à sa nature. Contrairement à Clisson qui avait du discernement à revendre, sire Charles se laissait glisser, dans une joie de vivre peut-être de surface, vers on ne savait quelle issue comme jadis son grand-père le long du Rhône pour, d'Avignon, regagner Paris en chevauchant le moins possible sur des terres calamiteuses. Et c'était le besoin de poursuivre une partie de sa vie auprès de ce souverain menacé, de même que l'envie d'exorciser les périls qu'il sentait s'amonceler sur sa propre tête qui déterminait Clisson à s'exprimer moins sur le ton de la confidence amicale que sur celui du confessionnal. Lui, Gui, au sortir d'une crise terrible avec sa mère – presque une déception sentimentale – se sentait un besoin d'oubli de lui-même et de sa parenté. Il trouvait son remède et son commencement dans l'intérêt qu'il portait tant au connétable qu'à ses propos. Le destin ou la providence lui avait envoyé, préventivement peut-être, un esprit supérieur, un homme plein de force tant morale que physique, mais aussi une personnalité tourmentée qui, eu égard à des événements composés de ténèbres et de sang, commençait à véritablement se chercher. Au lieu de l'écuyer hardi et imprudent qu'il avait affronté aux joutes et de son défenseur d'une nuit, Clisson devait découvrir une sorte de damoiseau qui ne craignait pas de partager son sort.

— A quoi songes-tu, Gui ?

— Je me disais, si ce n'est trop effronté, que nous avions l'un et l'autre besoin de quelqu'un en qui placer notre confiance et que, pour ce qui me concerne, je l'avais trouvé…

— Moi également.

C'était un aveu. Et plus encore : un compliment.

— Sache, Gui, que je ne manque pas d'amis. Coucy, Boucicaut le Jeune, d'autres encore. Les gens de ma mesnie, hommes et femmes, me sont fidèles. Tu es frais et noble, même si ta noblesse est petite – ce qui n'est pas un signe de démérite. Aurais-tu été un manant que j'aurais pourvu à ton élévation : un mandement de Charles le Cinquième me l'eût permis (1). Tout est pour le mieux.

Le connétable se leva et fit un effort évident pour ne pas toucher à ses plaies.

(1) Si Jean le Bon, par une ordonnance du 26 février 1361, avait accordé à des commissaires délégués dans les provinces, le pouvoir d'anoblir, Charles V, par un mandement délivré le 21 juillet 1368, avait ordonné que les lettres d'anoblissement fussent passées par les gens des comptes qui fixeraient la finance à payer par les impétrants : la noblesse était ainsi mise à prix d'argent et un tarif fut établi pour l'obtenir.

— Il se peut qu'un jour tu te reproches d'avoir déserté ta ferté pour éprouver auprès de moi la crainte et la perplexité du lendemain. Que tu te dises qu'à trop vouloir, avec moi, consolider une royauté malade, tu as en vain dilapidé tes forces. De tes premiers heurts avec une adversité que je ne connais que trop proviendront certainement tes déconvenues et conséquemment tes haines… C'est bien face à l'hôtel de Craon que tu logeais ?

— Au marché Saint-Jean.

— Vers la rue Vieille-du-Temple et la rue de la Verrerie.

— C'est cela, messire.

— Mes hommes y prendront matinalement ta mère. Ce sera sans doute la première fois qu'elle montera en litière… et se privera de messe.

— Oui, messire.

— J'ai des limoniers que l'on m'envie, capables de couvrir entre huit et neuf lieues par jour. Ta mère sera donc rendue chez elle dimanche prochain. Ah ! là là… Comme tu seras menacé autant que moi, j'aime mieux qu'elle s'en aille avant que les calamités ne se manifestent… Lorsque la litière sera de retour, c'est mon épouse qui l'occupera pour revenir au Châtel-Jocelin… Vois-tu, comme cousin du duc de Bretagne, Craon se croyait tout permis. Ce chevalier malicieux est l'homme d'un sabbat dont je te parlerai un jour. Il a le mal pour vocation !

Gui acquiesça. Il n'eût voulu penser qu'à sa mère.

— Il a tout d'abord servi Louis d'Anjou, le frère de Charles V, reprit le connétable. Confiant en son honnêteté, le prince l'envoya en Italie. A Milan et Venise, sa réputation fut ruinée car on l'accusa d'avoir détourné quatre-vingt-dix mille ducats que le seigneur de Milan l'avait chargé de remettre à Louis d'Anjou. Il était en bons termes avec Galéas Visconti, adoncques avec le duc de Touraine, notre Orléans. En juillet, il y a trois ans, il fut de l'ambassaderie de quatre prud'hommes que Louis envoya à la rencontre de Valentine, sa fiancée… Il suivit le roi et son frère en Langue d'Oc et assista à la rencontre d'Avignon entre notre suzerain et Clément VII, puis il partit pour l'Italie. Sa disgrâce à la Cour fut la conséquence d'un voyage que le duc d'Orléans fit à Pavie… Que s'était-il passé ? Une histoire de femme. Ce qui importe c'est que Pierre de Craon appartient à Berry et à Bourgogne. Ils dissuaderont le roi de sévir contre lui. Si Charles persiste dans son désir de me venger, ils feront tout pour l'en empêcher. Le roi, toi, moi et mes hommes seront dès lors menacés. Il te faudra m'obéir !

— Je suivrai vos conseils et vos reproches seront toujours les bienvenus.

Clisson eût pu sourire en présence de tant de sujétion. Il se contenta de hocher la tête. Les nombreuses batailles livrées de trois côtés – France, Angleterre, Bretagne – avaient ruiné en lui-même, semblait-il, les conceptions et les préjugés auxquels il était certain que son jeune disciple tenait encore. Troublé sans le vouloir admettre et déjà séparé de son ancienne vie, Gui s'enflammait dans l'ombre de ce géant de la guerre. Embrasant un reste de prudence, cette impétuosité provoquait en lui une soif d'action qu'il se sentait près d'étancher sans tarder. Il lui semblait plus aisé de se séparer de sa jeunesse prime et des habitudes familiales par le mouvement que par la réflexion. Il savait néanmoins, en son for intérieur, que l'acceptation d'une existence nouvelle, toute fondée qu'elle lui parût, ne pourrait influer sur une humanité qu'il savait tenir uniquement de sa mère.

— Eh bien, dit Clisson en s'approchant de la porte de la chambre, pour que tu sois bien aise lors des jours à venir et prêt à me défendre au besoin, je t'enjoins de dormir. Je vais en faire autant. Mes plaies me cuisent. Je suis trop faible encore pour jeter mon gantelet à la hure de Craon et c'est bien ce qui me courrouce… Mon épouse et une de nos meschines vont me soigner. Il faudra que je te présente ma femme (1)… Allons, dors. Je passerai te prendre et nous irons le prochain mardi faire la nique à tous ceux qui me veulent du mal.

— Soit, murmura Gui, une fois seul. Nous irons faire la nique à moult mauvaises gens.

Parmi tous les visages impurs qu'il se plut à imaginer, un seul rayonnait de santé, de jeunesse : un ovale clair rosi aux pommettes, une longue chevelure brune, une bouche à la fois ferme et mélancolique, un nez droit et mince et des yeux d'un azur sombre imbibé d'ardeur et de lumière…

(1) Le connétable eut deux épouses. Tout d'abord, en 1361, Béatrix de Laval que certains nommèrent Catherine. C'était la fille d'une sœur, elle-même prénommée Béatrix, de Guy de Penthièvre, de Jean de Montfort et du duc Jean III. Sa mère, en 1315, s'était unie à Gui IX, sire de Laval.

Elle était donc la petite-fille du duc de Bretagne Arthur II et cousine germaine de Jean IV et de Jeanne de Penthière, tous deux petits-enfants d'Arthur II.

Vers 1378, Clisson épousa Marguerite de Rohan. Elle était la fille du vicomte Alain VII de Rohan, sœur du vicomte Jean 1er de Rohan et veuve de Jean de Beaumanoir, le héros du Combat des Trente.

De son premier mariage, Olivier de Clisson eut deux filles :

Béatrix, qui épousa Alain VIII vicomte de Rohan, fils de Jean 1er, neveu de Marguerite de Rohan. De cette union naquit Alain IX de Rohan qui épousa, en 1407, Marguerite de Bretagne, fille du duc Jean IV et sœur de Jean V.

La seconde fille fut Marguerite la Boiteuse, épouse de Jean de Blois, comte de Penthièvre. De cette union naquirent six enfants : Olivier Blois-Penthièvre, Jean, Charles, Guillaume, Marguerite, Jeanne.

Clisson n'eut pas d'enfant de son second mariage. Marguerite de Rohan n'en avait pas donné à Jean de Beaumanoir. (D'après Yvonig Gicquel : *Olivier de Clisson*, Jean Picollec édit. Paris 1981).

IV

Les jours suivants, Gui ne vit pas le connétable. Jausselin l'informa qu'il gardait la chambre où son épouse lui prodiguait les soins nécessités par son état.

— N'ont-ils pas fait mander un mire ?

— Marguerite de Rohan le voulait. Il a refusé.

— Que dois-je faire ?

— Clisson demande que tu t'exercises avec nous.

Gui passa ses matinées à affronter, armé d'une épée de bois, Bridoulx, Guérard et Nicole, parfois deux d'entre eux ensemble, et ses après-midi à soigner Beaubrun ou à fourbir quelque pièce de son armure jusqu'à ce que le fer eût l'éclat d'un miroir.

Il s'ennuyait.

Il ne savait s'il devait faire entièrement crédit aux trois hommes avec lesquels il passait d'un estekis (1) à un autre. Bridoulx – la trentaine, blond, grassouillet, morose – était plus habile et matois que le brun Guérard, vingt-cinq ans, grand mais court de bras, ce qui le désavantageait. Nicole était le plus âgé, le plus acharné, le plus enclin à rire de ses défaites en passant une paume sur son crâne rasé afin, sans doute, qu'on ne vît pas ses cheveux blancs.

Jausselin se tenait à l'écart. Pensait-il, lorsqu'il semblait tout absorbé, aux seigneurs qu'il avait décollés à l'incitation de son maître ?

— Ah ! messire Gui, soupira-t-il un matin, cette essoine (2) entre Craon et le connétable ne cesse de me tribouler… Je ne sais quand et comment elle s'achèvera mais je crains pour notre maître.

Gui acquiesça, sans plus, et comme encouragé, Jausselin poursuivit :

(1) Combat surtout d'estoc.
(2) Affaire.

— Tout ça, c'est à cause de l'Isabeau.

— C'est ce que j'ai cru comprendre.

— Ce n'est pas trahir un secret que de dire la raison de cette haine…

— Pourquoi hésites-tu ? S'il te plaît, dis-moi tout.

Le silence d'une fin de matinée ensoleillée parut favoriser un bref examen de conscience. Gui comprit que l'aversion de Jausselin pour Craon dépassait celle du connétable.

— Ben voilà, dit le tranche-tête, tout est parti d'une histoire de potron (1), mais quel potron !… Je n'ose…

— Le potron de la reine. Il y a quelques jours que je m'en suis douté.

Sans paraître étonné par cette confidence, Jausselin continua :

— Louis d'Orléans et Isabeau sont comme cul et chemise depuis leur première rencontre. Or, Pierre de Craon a été, lui aussi, conjoui (2) dans la chambre d'icelle. Pour l'avoir à lui seul, il est allé dénoncer sire Louis à Valentine Visconti, laquelle, très éprise de son époux, lui a pardonné son infidélité… Or, Craon, ce perfide, s'était bien gardé de révéler à la miséricordieuse qu'il partageait le lit de la belle avec Orléans…

— Continue.

— Orléans a chargé Clisson de procéder à une enquête afin de connaître son dénonciateur. Sans peine, le connétable a trouvé Craon. Orléans a obtenu de Charles VI l'autorisation d'exclure celui-ci de la Cour en le soupçonnant, lui aussi, d'avoir profité des bienfaits de la reine.

— Jusque-là, je te suis.

Jausselin frotta son large front, déplaçant ainsi son chaperon de velours verdâtre à la bordure moite et noire de sueur.

— Le roi a signifié son départ à Craon… Avant de s'éloigner, le malebouche apprit de la reine elle-même, qu'il devait son bannissement à Clisson. Il s'en alla en Bretagne d'où il décida que ne pouvant se revancher sur Louis d'Orléans, Clisson paierait pour le duc… Vous connaissez la suite.

Jausselin ponctua sa conclusion d'un petit rire et passa ses paumes sur ses joues rasées au sang, que des gouttes picotaient. Son torse semblait à l'étroit dans son pourpoint de tiretaine safranée dont il avait retroussé les manches. Ses bras poilus, aux muscles saillants, semblaient ceux d'un bateleur. L'orgueil de son physique nuisait à sa débonnaire apparence et si, auprès du connétable, il avait tout d'un chien de garde, il semblait un enfant perdu en dehors de sa présence.

— Quand il sera entièrement remis – et il n'en est pas loin –,

(1) Vulgairement : cul.
(2) Accueilli.

messire Olivier s'en ira en Bretagne. Il ne faut pas être grand clerc pour deviner que Craon gîte auprès du duc Jean de Montfort... Le connétable rendra au malandrin ses trente coups de lame. Ensuite, je le décollerai.

Gui ne sut que dire. Il n'y aurait pas plus d'héroïsme en cet acte de vengeance qu'il n'y en avait eu dans l'assaut de quarante sicaires et d'un seigneur plein d'enragerie envers le connétable de France.

Le tranche-tête savourait déjà, semblait-il, les joies singulières d'une exécution – ou de plusieurs – sur le point de s'accomplir. Gui en fut incommodé. Les jours à venir lui promettaient sans doute quelques déboires : il pouvait dès à présent augurer que le connétable, une fois guéri, chevaucherait vers la Bretagne et qu'il s'y montrerait, envers ses ennemis, d'une sévérité dont, sans effort, il imaginait la démesure.

— Une histoire de cul, dit-il, sans tenir la bride à son langage. Cela vaut-il la peine que l'on s'entre-occise ?

Les traits de Jausselin se durcirent sous l'effet d'une sorte de suspicion : le protégé de Clisson était-il un friquet (1) que la vue du sang effrayait ? Il semblait oublier la nuit de l'attentat.

— Je m'en vais t'accourcir une très longue histoire.

— Soit, accepta Gui sans s'indigner du tutoiement.

— Tout ça aussi, c'est à cause de la Bretagne. Il y a entre Jean IV de Montfort et le connétable une de ces profondes querelles qui, selon le duc, ne se peuvent achever que par une occision. Tout d'abord, il te faut savoir que Clisson est moult riche. Montfort a toujours envié sa fortune. Ce vassal du roi de France – car bien que duc de Bretagne, il l'est –, n'a jamais cessé de regarder vers Londres où, comme Clisson, il a passé sa jeunesse et où il a épousé Marie, une des filles d'Edouard III. Adoncques, protégé des Goddons, il a toujours été mal vu des Valois.

— Cela se conçoit, acquiesça Gui, tout bonnement.

Le regard de Jausselin trahit une espèce de satisfaction.

— Clisson a ostoyé pour les Anglais. Puis il est passé à la Couronne de France, et s'il l'a servie de son mieux, il n'en était pas moins vassal de Jean IV, d'où les désaccords que tu peux imaginer lors desquels ils oubliaient qu'à Londres, jadis, ils avaient été de bons compains.

Gui prit le ton d'une compassion qu'il n'éprouvait pas :

— Une amitié qui tombe en penailles est pire qu'un amour qui s'en va à val-l'eau.

En fait, il n'en savait rien. Sa rupture avec sa mère appartenait à une déception d'une autre espèce et l'amour lui était une chose inconnue.

(1) Freluquet.

— Lorsque, il y a… Laisse-moi nombrer…

Le tranche-tête compta sur ses doigts, non ses victimes, mais les années.

— … vingt-deux ans, messire Olivier acquit le Châtel-Jocelin (1), il s'est engagé à livrer cette forteresse au roi de France si Montfort faisait alliance avec les Anglais. Le tençon entre le duc et lui, son vassal, s'envenima. Ce fut une querelle incessante entrecoupée de réconciliations hypocrites de l'un et de l'autre, et en juin 87, notre maître tomba dans une embûche qu'on appela l'attentat de l'Hermine. Il fut enchartré (2). Jean IV, pour le libérer, exigea une rançon monstrueuse : cent mille francs et des concessions exagérées.

— Je sais cela, dit Gui. Je sais que le connétable faillit mourir.

Jausselin prit une expression satisfaite : au moins, il n'aurait point à narrer cette affaire.

— Délivré, Clisson porta plainte auprès du roi. Ses compagnons Marmousets le soutinrent. Les ducs de Bourgogne et de Berry s'en mêlèrent. Montfort, inquiet, promit de réparer le préjudice commis… et n'en fit rien, si bien que de 88 à maintenant, les mauvais procédés du duc contre le connétable, son vassal, n'ont pas eu de cesse. Pourtant, ayant versé quatre vingt cinq mille francs sur les cent mille, il devait être remboursé. En échange, on disait qu'une fille du roi épouserait le duc Jean IV… Clisson voulait une entrevue… Et c'est alors qu'une nouvelle embûche fut pourpensée en Bretagne.

— Craon ?

— Évidemment. C'est un cousin de Montfort, un grand seigneur pétri de vices ; un sicaire…

— Hélas ! il en existe.

(1) Josselin. Quelques cités portant parfois le même nom, elles seront orthographiées comme jadis.

(2) En juin 1387, à Vannes, lors d'une session des États de Bretagne, Jean IV, tout en mangeant des confitures, invita Clisson, Laval (beau-père du connétable), Beaumanoir, Rohan et quelques autres seigneurs à visiter son château de l'Hermine en voie d'achèvement. Tous le suivirent à cheval. Parvenu au pied d'une tour, Jean IV dit en substance à Clisson :

— Vous vous y connaissez en maçonnerie. Montez là-haut. Vous saurez me dire comment cette tour est édifiée. Si elle est bien bâtie, elle demeurera ainsi. Si elle l'est mal, je suivrai vos conseils.

Clisson monta sans défiance. Sur le palier du premier étage, des hommes se jetèrent sur lui, le désarmèrent et le mirent aux fers.

Sommé de partir, le sire de Laval demeura et protesta contre cette agression indigne. Le sire de Beaumanoir réclama son compère et demanda à le voir. Le duc tira sa dague du fourreau et, l'estoc sur le visage du protestataire, menaça de lui crever un œil afin qu'il ressemblât au connétable.

Beaumanoir fut enfermé au donjon.

Trois fois dans la nuit, le duc commanda que l'on meurtrît Clisson. Trois fois les supplications du sire de Laval, *à genoux*, le sauvèrent.

Dépité, Jean IV manda auprès de lui son homme de confiance, Jean de Bazvalen, et lui enjoignit de commettre le crime. Bazvalen renonça. Le duc, alors, décida de rançonner son « hôte », rançon assortie de la remise des châteaux de Josselin, Blain, Le Guildo, Broons et Jugon.

Enchartré : mis en chartre : prison.

Jausselin épiait à la dérobée, sur le visage de son vis-à-vis, les traces d'une indignation pareille à la sienne. N'ayant point servi le connétable à cette époque – d'ailleurs, il eût été trop jeune –, Gui ne pouvait montrer qu'une espèce d'ébahissement assaisonné, parfois, d'un « Ah ! » de surprise et d'intérêt sincère.

— Il y a belle heurette que Craon songeait à occire le connétable… Te souviens-tu de l'affliction du roi lorsqu'il l'a vu dans le sang ?

— Certes.

— Le roi n'a qu'un cerveau d'enfant.

— Il me paraît malade.

— Il l'est. Le royaume est à sa semblance… Tiens, le voilà.

Clisson s'approchait, ayant au poing, pour affermir ses pas, une vieille épée enrugnie. Ainsi, claudiquant un peu, il avait tout d'un infirme, mais son œil sombre, sous la paupière largement ouverte, démentait cette apparence. S'il se soutenait d'une arme, c'était pour mieux se pénétrer d'une vengeance qu'il lui tardait d'accomplir. Quand serait-ce ? Gui se remémora la scène de l'attentat et se mit à hésiter dans le choix des conjectures. Parce qu'il lui fallait bien dire quelque chose, il se rabattit sur Clisson lui-même.

— Vous êtes, messire, le défenseur du royaume. Et c'est pourquoi j'ai hâte de vous savoir guéri.

— Connétable !… Quand j'en reçus l'épée (1), j'ai bien vu que je consternais les ducs de Berry et de Bourgogne, qui m'ont en détestation. L'un avait proposé Louis de Sancerre, l'autre le sire de Coucy. Le duc d'Anjou qui lui aussi ne m'aima guère, a trouvé trop exagérées les prérogatives de ma charge. Il n'empêche que, dès le commencement de novembre, le 4 – et ma mémoire est bonne –, j'assumais mes fonctions lors du sacre du roi. J'ai servi les mets à table, monté sur un destrier couvert d'or.

— Hé oui ! acquiesça Jausselin avec une simplicité lourde d'admiration.

Gui connaissait cette coutume du service à cheval, mais le fait qu'un destrier eût été houssé du précieux métal lui semblait de la démesure.

— Hé oui : couvert d'or… Ce fut un festin prodigieux.

« Alors que le peuple crève de faim », songea Gui.

— Mais je ne me leurrais point, continuait Clisson. Si j'avais reçu l'épée, c'était que riche, je pourrais subvenir de temps en temps aux dépenses royales. Je pourrais aussi rapprocher… vigoureusement, la Bretagne de la France.

— Et ces prérogatives ? osa Gui sous le regard attentif de Jausselin à la fois satisfait et courroucé d'avoir dû interrompre ses confidences.

(1) L'épée fut offerte à Clisson le 28 novembre 1380.

Droit, les jambes écartées, l'épée tombant d'aplomb entre elles, Clisson qui tenait l'arme par les quillons, avait tout d'un homme prêt à engager un combat.

— Je puis user du droit de grâce en entrant dans une cité où je ne suis jamais allé. Je puis acheter mes vivres au même prix que le roi. Je puis aussi, et c'est là l'important, être vengé du crime de lèse-majesté si l'on attente à ma vie. Moi, Olivier V, je suis l'ombre ou l'armure de notre sire Charles.

C'était dit sans emphase, si naturellement que Gui en resta perplexe. L'évidente hautaineté du connétable se tempérait, parfois, d'un soupçon de modestie.

— Le duc de Bretagne est un sot. Nous avions amorcé (1) un traité de Guérande meilleur que l'ancien. Je l'avais juré et ratifié (2). Il faisait la part belle à Montfort. Certes, il devait l'hommage à la France contre l'Angleterre. Certes, Montfort ne devait employer aucun Anglais à son conseil, mais il pouvait en conserver certains comme officiers de sa Maison. Certes, la jouissance des droits royaux de la France demeurait ce qu'elle était sous le duc Jean III. Certes, Jean IV devait verser au roi deux cent mille francs pour indemnités de guerre, mais il recevait en retour le comté de Montfort-l'Amaury, les seigneuries de Champtoceaux, de Rethel, du Nivernois... J'abrège pour te dire, Gui, que Jean IV s'était déclaré inapte à guerroyer contre les Anglais... Tout était donc pour le mieux sauf que, dans l'occurrence, Jean IV, l'ami d'enfance, ne pouvait plus me considérer comme un féal sujet.

Un sourire. L'œil unique s'illumina sans que Gui pût deviner pour quelle raison. Quant à Jausselin, l'intérêt le clouait sur place et son regard, pourtant rêveur, vivait sans doute maintes scènes d'une époque de sang et de larmes dont il avait peut-être le regret.

Gui n'osait dire un mot. Les rumeurs issues de la terre bretonne traversaient le Maine. Lorsqu'elles aboutissaient à Clairbois, elles étaient comme décolorées.

— L'alliance fut renouvelée en 82 (3) après que le duc eut rendu hommage à Charles VI (4). J'étais allé l'attendre en la marche de France (5) avec le duc de Bourbon et l'amiral Jean de Vienne. Il est revenu par Tours où il a navié (6) jusqu'à Nantes. Je dois dire que Jean IV a fait moult étalage de ses richesses... et que les Anglais furent à ce point mécontents qu'ils contraignirent la seconde femme

(1) Le 4 avril 1381.
(2) Le 23 février. Le texte du premier traité de Guérande figure in-extenso dans l'ouvrage du même auteur, *les Fontaines de sang*, tome 4 du *cycle de Tristan de Castelreng*.
(3) Le 27 février.
(4) Le 27 septembre 1381.
(5) La frontière entre la Bretagne et la France.
(6) Navigué.

du duc, Jeanne Holland (1) à demeurer sur la Grande Ile. Or, à partir de cette époque, Jean IV oublia traités et serments. Certes, certains Bretons ont servi les Lis dans les guerres... en même temps qu'on m'accusait d'avoir trop de sentiment pour Jeanne Holland !

— C'était une sorne, intervint Jausselin, farouche. Une sorne lancée par Charles de Navarre lors d'un séjour en Bretagne (2).

— Bah ! fit Clisson, morose, tout en tapotant de l'estoc de son arme le pavé de la cour, tout cela, c'est du passé. Un passé enfleuri de belles appertises et noirci de loin en loin par des calamités... Je déteste Jean IV. Jamais plus je ne pourrai l'aimer... Quant à Craon, ma vindication (3) sera terrible.

Son œil étincelait de haine et sa dernière phrase s'était muée en un mystérieux soupir. Était-il las de cette discorde ou bien contenait-il péniblement des forces entassées dans l'ombre d'un cœur qui battait sans doute davantage à la guerre que dans le secret d'une alcôve ?

— J'ai grand-hâte de quitter Paris. L'air y pue la misère et la vergogne. Mon épouse me devancera à Jocelin. Je l'avais d'ailleurs annoncé au roi avant que Craon ne m'assaille. Tu me compagneras. Mais patience : j'ai encore quelques tâches... Si le roi ne veut point m'aider, nous partirons tous ensemble en Bretagne. Tu pourras faire un détour pour visiter ta mère.

Gui s'inclina. L'affaire de la rue Sainte-Catherine n'était point close. Les indices d'une grande revanche qui se jouait dans la tête du connétable étaient d'ailleurs si voyants qu'il sentit passer sur son dos un frisson dont il ne put définir la nature.

— Il est possible que Jocelin soit assiégé un jour.

— Mes armes, messire, sont prêtes à l'usage.

— Parfait, écuyer. Nous ferons de la belle ouvrage.

Jausselin semblait se réjouir à l'avance d'avoir quelques têtes à couper.

(1) Belle-fille d'Edouard, prince d'Aquitaine, elle était la fille de Jeanne de Kent et de Thomas Holland. Le fils d'Edouard III était mort « *le jour de la Trinité en l'an de grâce de Notre Seigneur* ». 1376, selon Froissart. Walsingham fixe sa mort au 8 juillet (*octavo die julii*). Peut-être faudrait-il lire *junli* au lieu de *julii*. Cette date s'accorderait alors avec celle de Froissart, le dimanche de la Trinité ayant été, en 1376, le 8 juin.

Edouard III mourut le 21 juin 1377 au manoir de Sheen, à quelques pas de la Tamise. On lui donna, plus tard, le nom de Richmond.

Jeanne Holland ne revint en Bretagne qu'en juin 1382.

(2) Charles de Navarre affirmait avoir surpris les amants. Ce personnage aux cent facettes n'était pas à une calomnie près. Cependant, si amour il y avait, on peut concevoir que Jean IV, prévenu, ait voué une haine impérissable à Clisson. Jeanne étant morte en 1385, ce fut la fille du petit roi de Pampelune que Jean IV épousa en troisièmes noces, le 11 septembre 1386.

On a prétendu également que Jeanne de Navarre n'avait pas été insensible au charme du connétable. Toujours est-il que Jean IV n'ayant jamais eu d'héritiers, Jeanne lui en fournit un, Pierre, le 24 décembre 1389. Ce Pierre, qui fut appelé Jean à sa confirmation, n'améliora pas le caractère de l'irascible duc de Bretagne : ayant épargné Clisson lors de son incarcération dans la tour de l'Hermine, il chargea Pierre de Craon de l'occire. Il est vrai qu'aux motivations politiques s'en joignait une autre, d'ordre plus intime.

(3) Vengeance.

V

— La langueur du soleil couchant me fait du bien. Allons doucettement. Il m'a d'ailleurs semblé que tu traînais les pieds.

Gui n'en disconvint pas. S'il n'avait espéré revoir la brune Alix d'Apilly, le régal (1) auquel Clisson l'emmenait lui eût paru dépourvu d'intérêt. Cependant, c'était vrai : il piétait à contrecœur vers l'hôtel du duc d'Orléans. Le contentement qu'il avait éprouvé en foulant les premiers pavés de la rue n'avait été que l'exhalaison d'une espèce d'orgueil malsain : « *Moi, chez les Grands !* » Maintenant, plutôt que de la plaisance et de la curiosité, une gêne le titillait lorsqu'il songeait aux propos de sa mère. Selon elle, il s'était fourvoyé. Un hobereau de son espèce ne se commettait pas avec des gens qui passaient pour dissolus.

— Ah ! certes, dit Clisson, tu vas être ébloui.

Il n'y avait rien à répondre bien que la repartie eût pu se résumer ainsi : « Jamais je ne me laisserai captiver. Je suis simple comme un gars des champs… que peut-être je n'aurais pas dû quitter. » La belle Alix étant certainement conviée à ce festin, il se délecterait de sa présence plus encore que de nourriture. Son père ne pourrait l'empêcher de s'approcher d'elle.

— Tends l'oreille à tout ce qui se dira.

Gui acquiesça de la tête. Une sorte d'humilité lui interdisait tout propos.

Il essaya de trouver au fond de son mésaise une poussière de force, sinon de hardiesse. Son sang fouettait son cœur, ses tempes le brûlaient. Il eut envie de soulever son chaperon, voire de l'ôter. C'eût été commettre une incongruité.

Les rues n'étaient point vides. Çà et là, des guisarmiers et des vougiers veillaient à la sécurité des Parisiens de passage et des nobles

(1) Fête, repas somptueux.

qui soit à pied, soit à cheval ou en litière, se rendaient à l'Hôtel de Bohême. Après avoir été la propriété des sires de Nesles, de la reine Blanche de Castille et de quelques augustes personnages de la royauté, la vaste demeure avait été offerte par Charles VI à son frère (1) qui, pour son aménagement, avait sans barguigner dissipé des fortunes. On la disait une des plus belles et des plus vastes de la cité.

— Cette opulence est comme une insulte aux manants de Paris, dit Clisson après avoir tapé du pied dans un caillou. Tu vas penser, Gui, que je pourrais en dire autant de mon hôtel, or, moi, je n'ai point l'orgueil de ce que je possède et le peuple sait que je suis toujours prêt à exposer ma vie pour la sauvegarde du royaume. Mais Orléans !... Il change à mesure qu'il prend de l'âge. Si nous avons désormais moins d'amitié l'un pour l'autre, c'est sans doute parce que les oncles, surtout Berry, ont influé sur ses sentiments à mon égard.

— Verrons-nous le roi et la reine ?

— On dit que la reine est enceinte (2). Sa présence dépendra de son humeur. L'humeur du roi dépendra de celle de son épouse. Mais je suis sûr que nous serons examinés par Orléans. S'il prétend m'apprécier, sache qu'il fut le grand ami de Craon. Il le vêtait de ses draps, le menait partout où il allait et lui contait ses secrets.

Clisson s'arrêta. La rue était vide et il en profitait :

— Défie-toi. Certes, tu n'es pas suffisamment noble pour inquiéter les grands mais, si j'ose dire, la mort se porte bien ces temps-ci. J'ai des doutes sur la fin qu'on dit naturelle du jeune comte Louis de Châtillon, fils au comte Louis de Blois... Je vois dans la ruelle de son lit l'ombre du duc de Berry (3). J'ai des doutes sur la mort, qu'on dit

(1) En 1388.

(2) Elle ne l'était pas mais l'avait été de Charles, né le 6 février 1392 (mort le 13 janvier 1401) et elle allait l'être de Marie, née le 22 ou 24 août 1393. Nous sommes le mardi 25 juin 1392.

(3) Louis, comte de Dunois, fils de Guy II de Châtillon et de Marie de Namur, avait épousé Marie, fille du duc de Berry en 1386. Elle était « *douée et assignée sur toute la comté de Blois de 5 000 livres en monnoie de France* », d'une valeur égale à 6 000 florins. Or, à la saint-Jean-Baptiste 1391, le fils du comte Guy s'éloigna du château de Montis appartenant à son père et sis à Blois, pour aller en Hainaut voir sa mère et sa femme. Lorsqu'il fut au château de Beaumont auprès d'elles, il mourut d'un soi-disant chaud et froid, le 15 juillet 1391. Il avait 14 ans. « *Le courroux et destourbier* (trouble) *du père fut grand, car il sentait le duc de Berry outre mesure convoiteux et que, pour accomplir et fournir le douaire à sa fille* », note Froissart, « *il se bouterait en la comté de Blois et en ôterait l'héritier.* » Marie et Bonne, sa sœur, comtesse de Savoie furent veuves car le jeune comte de Savoie mourut, lui aussi, dans des conditions obscures. Il se nommait Amédée VII, dit le Rouge. Il avait épousé Bonne de Berry en décembre 1371. Il eut d'elle Amédée VIII, dit le Pacifique, duc de Savoie ; Bonne, mariée à Louis de Savoie, prince d'Achaïe et Jeanne, femme de Jacques, marquis de Montferrat. Il mourut à Ripaille, le 1er novembre 1391, d'un soi-disant accident de chasse. On soupçonna Othon de Grandson et Amédée, prince de Morée, de l'avoir empoisonné. Grandson s'enfuit en France, puis en Allemagne d'où il revint six ans après.

Enfin, mourut Gaston de Foix, dit Phœbus ou Fébus. Né en 1331, ce prince fastueux et cruel trépassa le 12 août 1391.

A la suite du décès de Louis de Blois, son père et Marie de Namur vendirent le comté de Blois et toutes leurs terres au duc d'Orléans *qui n'était encore que de Touraine.* Cette opération réjouit son frère, Charles VI, et les oncles Berry, Bourgogne et Bourbon.

naturelle, du jeune comte de Savoie… Au festin où tu seras placé loin de moi, observe, si l'on t'offre du vin, s'il a été servi à d'autres. Veille aussi sur ta pitance… Certes, tu n'es point dangereux, mais l'on sait déjà que tu m'as secouru sinon sauvé. Cela suffit pour que tu te sois fait des ennemis.

Ils marchaient lentement, comme embarrassés par leurs vêtements de velours de Gênes, l'un, celui de Clisson, noir du pourpoint aux chausses et heuses de basane cramoisie, l'autre sang-de-dragon pour le pourpoint et complété de chausses mi-partie safran, mi-partie bleu sombre. Leurs chaperons étaient les mêmes, noirs à cornettes. Plutôt que d'avoir ceint leur anelace en verrouil (1), ils la portaient sur le côté, bien en évidence. Provocation et précaution.

— J'espère qu'on te placera entre deux belles.

— Bah !

— Ne simule pas l'indifférence… Je souhaite que tu retrouves Alix, la fleur de la beauté… Son père, – te l'ai-je dit ? – porte *d'azur à trois mains senestres appaumées d'or.* Il est originaire de Normandie. On dit qu'il deviendra sous peu chambellan du duc d'Orléans pour lequel il a déjà accompli diverses missions dont, par ma foi, je ne sais rien. Mais il a servi Berry auparavant, ce qui me le rend suspect. Berry a le bras long ; il se peut qu'au bout de celui d'Apilly on puisse voir parfois un tranchelard.

— Croyez-vous ?

— Ce que je peux te répondre, c'est que si le père est une énigme pour moi, la fille me paraît d'une agréable pureté. J'aimerais mieux la savoir à Compiègne où elle demeure que chez Orléans… Dévoré d'envies que la reine est pourtant toujours disposée à satisfaire, le duc Louis est insatiable. Quand la noblesse fait défaut, il se rabat sur la putasserie. Je ne sais qui a dit de lui qu'il avait le vice aimable. Mais tu sais tout, puisque Jausselin m'a dit qu'il t'avait endités (2).

— Ne peut-on prévenir Alix qu'elle est en danger ?… Si je la vois, puis-je le faire ?

Clisson ne releva point cette question. Il regardait la rue et Gui se mit à la regarder aussi. Des manants passaient, plus nombreux que les bourgeois. Des galopins hâtaient le pas tout en pliant sous le poids d'un bissac. Un chevaucheur survint, criant qu'on lui fît place. Clisson ne se dérangea pas. Le cheval le contourna et lorsque l'homme fut passé, le connétable dit :

— Un suppôt de Berry. Il se nomme Laborde.

— A vous ouïr, on dirait qu'il est un truand.

— Qui, le duc ou Laborde ?

(1) Dans le dos, horizontalement – comme un verrou.
(2) Informé.

La nuit se faufilait dans la rue. Grise et fraîchissante. On voyait s'allumer les étals des échoppes. Glauques lueurs qui gluaient sur le pavé. Une musique aigrelette sortit d'une espèce d'auberge. Un peu sale comme les brillances sur le sol. Gui ne se sentait plus enclin à parler. L'envoûtement de la vesprée où les êtres se raréfiaient – hommes, femmes, enfants, chiens errants – l'enfermait dans une impression de fatigue et de temps perdu. Parfois un rire égratignait le demi-silence. Fille follieuse ? A quoi bon se poser la question. Clisson ne tournait point la tête, insoucieux de savoir s'il suscitait l'intérêt, si on l'avait reconnu. Il semblait qu'il n'eût plus d'idées, plus de fiel à la bouche.

— Ils vont en faire une figure en me voyant *apparemment* sain.

Puis, carrément :

— Je souffre en vérité. Il me semble que les feux de mes plaies se raniment sous l'effet d'une anxiété qui m'est inaccoutumée.

— Il fallait demeurer paisible en votre hôtel.

— Non. Ce me sera une délectation de les voir ahuris, faussement contents ou d'une compassion sincère. Je me sentirai guéri d'en décevoir certains et d'en réjouir d'autres. Tous me croient bien aise d'avoir quitté le duc de Bretagne pour les Valois. Or, je te le dis tout net : il m'advient de me demander, quand je vois ceux que tu vas voir, si je n'ai pas commis la plus belle erreur de ma vie. C'est l'avis de mon épouse. Elle a refusé de me compagner.

Gui demeura coi. Son silence n'incommoda point le connétable : il était dans ses pensées ; il était en Bretagne. Ses brèves confidences à un *inconnu*, plutôt que le gêner, le soulageaient des douleurs que seuls dénonçaient parfois de petits pincements des lèvres.

« Il ne tiendra pas longtemps », se dit Gui. « Il nous faudra prendre congé en hâte. Plutôt que de rassurer ses amis, il les inquiétera davantage. »

Clisson sourit et de sa voix paisible, dépourvue d'intonations :

— Je te présenterai à Marguerite à laquelle il tarde de regagner Jocelin. Elle n'aime ni Paris ni ces soirs interminables où l'on mange sans faim, potaille sans soif, discute sans cesse et qui font, plutôt que dans les estomacs des convives, le bonheur des bouchers, chaircutiers, saucissiers, oyers (1), héroniers et j'en passe… Elle est simple. Quant à moi, je préfère me nourrir d'un bout de lard sur du pain avant une bataille que de gloutonner à en perdre le souffle. Non, Marguerite ne ressemble pas aux dames que tu vas voir… La seule qui mérite attention de ma part, c'est Valentine Visconti, l'épouse du duc… Marguerite l'aime bien…

Marguerite ! Un nom de fleur. Gui l'avait entrevue traversant la

(1) Rôtisseurs d'oies.

cour au milieu de laquelle la litière qu'il avait admirée n'était point réapparue. C'était une femme grande, un peu sèche, mais gracieuse, la démarche rendue plus hardie par une claudication légère. Le regard était sombre et pourtant lumineux lorsqu'elle l'avait aperçu, penché à la fenêtre. Il n'avait osé lui adresser un signe de la main et s'était contenté d'un mouvement de tête auquel elle avait répondu par un sourire – le temps qu'il admirât un visage clair, placide, sous des cheveux bruns abondants ; le temps qu'il évaluât la qualité d'une douceur qui n'était pas feinte et devait tempérer, de temps à autre, la violence d'un mari dont la fortitude atteignait sans doute, dans le paroxysme d'une déception, l'épaisseur impénétrable de son écorce de fer.

— Je crois, Gui, que si elle la rencontre un jour, elle me dira du bien d'Alix.

C'était une amiableté, mais rien ne prouvait que les femmes se verraient et que le jugement de Marguerite de Clisson renforcerait celui de son époux.

— Si ta belle est présente, ne regarde pas qu'elle, et si vous parolez, abstiens-toi, parfois, de lui répondre afin d'ouïr ce qui se dit à l'entour. Il y a des seigneurs, des dames, des bachelettes qui ne peuvent se retenir d'élever la voix afin qu'on les regarde et envie leur vêtement. Pour augmenter l'admiration dont ils se croient l'objet, ils lâchent çà et là quelques propos destinés à faire accroire qu'ils sont dans les secrets des dieux. Certains y ont accès. Leur imprudence n'est pas sans intérêt, du moins en ce qui me concerne.

Et sur le ton le plus calme, où perçaient cependant des échardes :

— J'ai quelques espies à la Cour et aussi quelques amis qui peuvent s'honorer de la fréquentation des Grands. Je sais que l'ère des Marmousets (1) prendra fin dès la seconde ou la tierce défaillance du roi. Je flaire depuis longtemps notre déconfiture et la santé de Charles m'inquiète.

Gui se souvint du visage effrayé de Charles VI lorsqu'il s'était penché, dans la boutique du fournier, au-dessus du connétable. Sa terreur était celle d'un enfant menacé, priant désespérément pour la guérison de son protecteur.

— Croyez-vous que les princes…

Gui se décida sans crainte à poursuivre :

— Le bruit court dans les tavernes que les Grands, comme vous dites, veulent attenter à la vie du roi et qu'ils ont essayé déjà… d'où la faiblesse de notre sire.

(1) Certains dictionnaires, au mot *Marmouset* donnent pour définition : *sculpture grotesque*. Il y en avait, évidemment, un grand nombre au-dehors et au-dedans des églises, sur les chapiteaux des monastères, etc. Cependant, à cette époque, *marmouset* signifiait *favori* ou *fou*. Et c'est bien l'acception de *favori* qui convient en l'occurrence.

— Oui… Comme son père, notre Charles VI a perdu ses cheveux et ses ongles juste après le voyage d'Amiens, en avril… A l'Ascension, il allait mieux… l'histoire s'est comme répétée (1).

— Que voulez-vous dire ?

— Tu le sauras plus tard, mais sache que j'ai de bonnes raisons de leur imposer ma présence. Plus elle les désobligera, plus elle contrariera leurs desseins et plus je serai satisfait !

Existait-il un complot contre le roi ? Gui n'osa le demander de crainte d'être rabroué. Clisson lui tapa familièrement sur l'épaule :

— Allons, soyons fermes et décidés… Je te sens avide de la revoir. Si ton attente se révèle une espérance bretonne (2), rassure-toi : les belles jouvencelles seront nombreuses à l'entour de Valentine Visconti. La plupart ont déjà perdu leur pucelage, mais elles sont expertes en prudoteries. Laisserais-tu passer une occasion ?

Une espérance bretonne ! Oui, songea Gui tout en acquiesçant à la question du connétable. Il reverrait Alix. Il conservait de la pucelle un souvenir imprécis qui, s'il ne la retrouvait pas, finirait par s'évanouir. Clisson, dans la matinée, ne lui avait-il pas révélé son intention de quitter Paris sitôt qu'il serait capable de chevaucher dix lieues sans broncher ? Cette soirée dont il redoutait parfois l'issue n'était point commencée qu'il se demandait quels inconvénients ou déconvenues elle lui réservait.

Le connétable se taisait. Son visage soudain durci révélait soit un effort de mémoire, soit une intention hostile. Mais envers qui et à propos de quoi ? Gui n'osa l'interroger ni sur ses pensées ni sur cet hôtel tout proche, à présent, et dont la rumeur le merveillait du contenant tout en abominant le contenu. Soudain, le visage de sa mère s'imposa une fois encore à sa mémoire. L'aimait-elle toujours en dépit du courroux qui l'avait animée ? Et lui ? Son cœur s'était-il clos tandis

(1) Charles V avait failli mourir empoisonné par ses frères : Louis d'Anjou, Jean de Berry, Philippe de Bourgogne. Au XVe siècle, le chroniqueur Zantfliet attribuait à un empoisonnement commis par ce trio l'état du bras gauche du roi, celui de sa main droite, son hydropisie ainsi que son état cachectique. Les événements qui eurent lieu à Amiens, à la mi-carême de cette année 1392, sont les suivants :

Les représentants de la France et de l'Angleterre devaient se rencontrer dans cette ville pour discuter de la paix. Charles VI était accompagné du duc de Touraine, futur Orléans, des ducs de Berry, de Bourgogne, de Bourbon et des gentilshommes de la Cour (Coucy, Saint-Pol, etc.) tandis que le roi Richard II d'Angleterre avait à ses côtés le duc d'York, Lancastre, Gloucester, Thomas de Percy, le comte de Huntingdon, etc.

Pendant quinze jours, on discuta, mangea et but. Le roi fut « *par incidence en fièvre et chaulde maladie dont il lui fut conseillé de muer en air* ».

Mis en litière, il fut porté à Beauvais, au palais de l'évêque, et entouré de ses redoutables parents : Touraine-Orléans, Berry, Bourgogne.

Comme son père, il n'était vraiment pas en de bonnes mains. Cependant, de retour à Paris, « *environ l'Ascension* » (Froissart), il était « *en bon point et bon état* ».

On peut imaginer les regards que portaient sur lui ses « chers parents » et s'étonner que personne ne l'eût mis en garde contre les agissements de ces prédateurs.

(2) On disait alors que les Bretons attendaient vainement la réapparition du roi Arthus.

qu'il la quittait ? Non ! Non ! A la première occasion, il galoperait vers la Ferté-Clairbois pour la rassurer sur son sort.

— A quoi penses-tu ?

— A ma mère.

— Elle est de retour chez elle depuis longtemps. Elle a couvert une part de sa vie. Songe à la tienne.

— Je ne sais même pas si elle serait heureuse, maintenant, que je chausse les éperons.

— Patiente… Bertrand de Bricquebec a été armé chevalier à plus de cinquante ans… Et dis-moi : qu'est-ce que ça nous donne, la Chevalerie ? Des éperons dorés, de l'orgueil, la révérence des gens d'Église et le mépris du commun. La grande chance, pour un écuyer, c'est d'être adoubé pour fait d'armes soit par un guerrier glorieux et même le roi sur un champ de bataille – ce qui est rare –, soit en quelque château où les frais de cérémonie seront à la charge de ton parrain. Puis, marié ou non, il te faudra partir pour l'ost d'un cœur léger. Plutôt que de voir de l'or à tes pieds, tu y verras du sang… Celui de tes ennemis, bien sûr. Alors, écuyer, si l'on t'a vu en meurtrir quelques uns, tu recevras la colée.

Ils s'immobilisèrent devant un grand portail ouvert de part et d'autre duquel veillaient quatre picquenaires en livrée aux armes de leur maître : *de France au lambel de trois pendants d'argent.* Les invités indifférents s'insinuaient entre eux. Sous les chapels s'échangeaient des regards divers : les uns, concupiscents, dénudant certaines dames, les autres moqueurs s'attardant sur la plupart des hommes dont la frisqueté (1) atteignait au grotesque : souliers aux poulaines si longues qu'il fallait un fil d'or tressé, noué au genou, pour en maintenir levée la pointe effilée ; pourpoints dégageant le nombril et révélant ainsi des abdomens poilus, du plus répugnant effet ; chausses aux tijuels (2) de différentes couleurs ; chaperons en crêtes dont l'extrémité balayait les fesses tellement moulées par les étoffes qu'on eût pu croire tous ces hommes revenant de Sodome où s'apprêtant à s'y rendre. Les femmes et les jouvencelles prolongeaient leur tête souriante d'un hennin. Toutes s'étaient cointes de leur mieux, ce qui, pour Gui, signifiait fort mal. C'était un concert de robes pimpelorées, aux manches gironnées ou à crevet (3), aux fassets (4) révélant plus de poitrines opulentes que charmeuses ; aux gonelles fendues impudemment sur le côté, toutes parfilées d'or et assorties de fanfeluces et pertintailles de grand prix.

— Vois-tu cette effleurée (5) parée comme une châsse ? Craon en

(1) Élégance.
(2) Jambes d'un bas, d'un caleçon (braies).
(3) Lacet.
(4) Corsages.
(5) Qui a perdu sa fraîcheur.

a profité un temps… Je ne te dirai pas son nom… Et cette autre dont les pleureuses (1) pourraient balayer cette cour… et cette bachelette (2) : sa robe de diaspres (3) ne lui a pas coûté cher : on lui connaît trois amants dont deux Juifs.

Gui feignait de regarder, mais ses yeux ne cessaient de chercher Alix d'Apilly dans une cohue où des falots s'allumaient comme pour rehausser l'éclat des vêtements que le grouillement commençait à confondre ainsi que les cris et les rires.

— Nous y voilà.

Dans une cour de vastes dimensions, l'on se congratulait et s'embrassait, heureux de participer à une liesse que l'on savait éphémère mais qui se renouvellerait ailleurs, lors d'une prochaine vesprée, selon le bon vouloir de quelque riche gentilhomme soucieux d'égayer son ennui. La présomption de tous ces gens ne rendait que plus émouvants le port gracieux et l'ajustement sobre et seyant d'une donzelle brune, seule dans l'embrasure d'une porte et comme effrayée de devoir côtoyer ces hôtes resplendissants occupés à confabuler avant de pénétrer dans des lieux d'où sourdait une musique mièvre dont les guiternes et les citoles semblaient se disputer l'avantage.

— Ne dirait-on pas qu'elle t'attend ? Qu'elle savait que tu viendrais ce mardi ?

La pucelle portait une robe de mollequin (4) grenat simple, légère, serrée à la taille par une ceinture de fils d'orfroi tressés. Fi du hennin : elle arborait un petit frontal d'argent adorné d'émaux champlevés, taillés en losanges rouges et verts, duquel tombait un court voile d'yraigne qui, plutôt que d'atténuer leur éclat, rendait pleine justice à ses longues tresses roulées en templières et maintenues contre ses oreilles par un lacis de fils d'archal.

— Un cou de cygne, commenta le connétable. Et fier sous un pentacol des plus humble eu égard à ceux que je vois à l'entour. Des mamelettes qui ne se doivent toucher qu'avec moult respect. Grandes jambes… Elle te plaît ?

Gui n'osa répondre. Messire Olivier s'était exprimé sur le ton de la confidence en même temps qu'en homme d'expérience. Sa voix, à propos des seins de la jouvencelle, avait pris des inflexions graves, qu'on eût dites suscitées par l'envie. L'émoi de Gui s'alourdit d'une défiance envers le connétable, bien qu'il ne vît en lui ni un émule ni un détracteur du sexe féminin, particulièrement des donzelles. Cependant, la rencontre qu'il avait imaginée avec joie lui parut, dans

(1) Vastes et longues manches.

(2) Jouvencelle.

(3) Soie brochée, à fleurs, arrivée en France, de Perse, par Alexandrie. Si les humbles se vêtaient de haillons, les nobles se livraient à des compétitions vestimentaires fastueuses. La reine ne se gênait point pour combiner ostensiblement le luxe et secrètement la luxure.

(4) Mousseline de coton.

ses prémices, plus fertile en déceptions qu'en promesses d'avenir.

— Elle me plaît, dit-il sur un ton de défi.

La main du connétable s'appesantit sur une épaule qui ne fléchit point.

— Apilly est tout dévoué au duc. Il n'était pas grand-chose ; il est devenu quelqu'un. Sa fille me paraît avoir du regret de cette élévation. Elle me semble d'une simplesse digne d'éloges. Or, sache-le avant de te lancer dans l'aventure : tu es à mon service et quoi qu'on dise ou pense, Orléans me paraît être tombé dans l'obédience de Berry. Je sais qu'Apilly va de l'un à l'autre. Adoncques, Gui, qu'il nous faut nous en méfier d'autant plus que nous l'avons meshaigné à la joute... Viens, ne fais point trop attention à *elle* : ainsi se gonflera son désir de te parler... L'important est qu'elle te sache présent et qu'elle t'ait souri...

— Je ne l'ai pas vue me...

— Tu n'as pas de bons yeux... Allons, bien que vous vous connaissiez, je ferai en sorte qu'elle te soit présentée comme il convient. Si monseigneur Louis, tout comme ce coquin de Berry, peut espérer me perdre, son épouse, Valentine Visconti, sans être une grande amie, me traite avec des égards qui ne me paraissent point hypocrites...

Réflexion faite, le connétable ajouta :

— Il se peut cependant qu'elle soit absente. On la dit en petite santé depuis l'an dernier où elle eut un accouchement difficile (1). Avançons. Et ne te détourne pas pour regarder la belle : tu pourrais trébucher et choir sur le pavement. C'en serait fini de l'intérêt qu'elle te porte.

Toujours cette affabilité contrariée par une aigreur dépourvue d'intention méchante. Gui commençait à s'y faire. Son épaule contre celle du connétable, il entra dans le saint des saints sans oser se retourner bien qu'il eût senti sur sa nuque l'attouchement d'un regard.

(1) Né en 1391 à l'Hôtel Saint-Pol, Charles d'Orléans était le fils de Louis de France (ou d'Orléans) et de Valentine Visconti. Pourvu du duché d'Angoulême, il épousa, le 24 juin 1406, Isabelle de France, douairière d'Angleterre. Elle mourut en couches le 13 septembre 1409. Après l'assassinat de son père par les Bourguignons et le décès de sa mère, il se retrouva, à l'âge de 17 ans, à la tête du duché d'Orléans.

En 1409, le traité de Chartres avec le duc de Bourgogne annula les plaintes qu'il avait formulées auprès de la justice royale pour punir les auteurs du meurtre de son père ; cependant, la guerre revenant, Charles devint le chef des Armagnacs en épousant Bonne, la fille de Bernard VII d'Armagnac (1410). Il confia le commandement de ses troupes à son frère Philippe, comte des Vertus, qu'il nomma lieutenant général. L'affrontement des deux armées eut lieu en 1411 sous les murs de Paris. Après plusieurs actions violentes comme le pillage de l'abbaye de Saint-Denis, le duc fut déclaré rebelle et ennemi de l'état par Isabeau de Bavière, régente du royaume. Celle-ci, qui s'était unie aux Bourguignons pour conserver son pouvoir, signa un traité de réconciliation le 29 janvier 1414.

Débarqué en Artois, Henry V d'Angleterre écrasa les Armagnacs à Azincourt, le 25 octobre 1415. Armé chevalier la veille du désastre, Charles d'Orléans fut capturé ainsi que Jean II de Boucicaut. Tous deux furent conduits à Londres.

* *
*

Lent et digne, sinon hautain, Clisson salua çà et là des seigneurs et preudefames apparemment trop occupés à deviser pour convier auprès d'eux un homme dont peut-être ils s'entretenaient. Gui s'étonna que Louis d'Orléans et son épouse n'eussent point accueilli, sur le seuil de leur demeure, tous ces nobles et gros bourgeois qui certainement les encensaient entre deux médisances. Il se sentait devenir triste sans raison, à moins qu'il y en eût une. Elle consistait à se dire qu'il était étranger à ce monde dénaturé, sentencieux et frivole auquel le connétable feignait d'appartenir physiquement tout en se gardant d'y fourvoyer son âme.

Il se sentit empoigné fermement au-dessus du coude.

— Avance. Avant d'entrer, allons près de cette fenêtre, là-bas, et assistons au commencement de ce mystère où Dieu ne paraîtra pas. Point n'est besoin d'être sur le parvis de Notre-Dame pour voir se nouer et dénouer les brigues et les faciendes (1) des hommes, les cordelles (2) des femmes et des jouvencelles de grande et petite importance et, évidemment, la naissance d'amours éternelles ou non…

« Dit-il cela pour moi ? » s'interrogea Gui que l'apparat déployé devant lui rendait soupçonneux en toute chose.

Considérant une demi-douzaine de jeunettes qui s'étaient sensiblement approchées du connétable, l'envie le prit d'aller au centre de la cour et d'y attendre, peut-être en vain, la plus attrayante d'entre-elles. Celles qu'il voyait n'avaient sans doute ni la pureté ni l'innocence qu'elles affectaient en se demandant qui était ce nouveau venu dans l'intimité du duc et de la duchesse. Était-il un parent de Clisson ? Par exemple son nieps (3) ? Un nouvel écuyer que certaines avaient entrevu aux joutes de Saint-Pol ? Mais alors sorti d'où ? Il devinait, aux sourires qu'elles lui adressaient, de vilains petits désirs, des démangeaisons ventrales dont elles guériraient aisément, sans doute, dans le commerce d'un autre.

— Personne, messire, ne vous a demandé des nouvelles de votre santé.

— Ma présence les trouble. Je l'espérais. Si l'un des hommes s'approchait pour me dire : « *Comment allez-vous après ce déplorable enchas* (4) *?* » tous les autres s'empresseraient autour de nous. Sans doute attendent-ils qu'Orléans m'interroge… Admire leurs regards obliques. Je pressens leurs chuchotis : « *Où a-t-il été navré ?…*

(1) et (2) Intrigues.
(3) Neveu.
(4) Combat.

Souffre-t-il ? Il a eu tôt fait de s'en remettre. » Ils ne sauraient deviner que certaines navrures me cuisent et que j'ai envie de repartir. N'as-tu pas observé qu'ils sont tous réjouis, ce soir, même le petit Juif, là-bas… et que je fais figure de *perturbator* ?

— Certes !

— Le vent tourne, dit encore Clisson d'une voix de feutre. Et pour qu'il tourne ainsi, c'est que la santé du roi se dégrade. Son frère et ses oncles sont au fait de l'évolution de tous ses mésaises. Je sais qu'il n'est pas bien. De petites frayeurs lui traversent l'esprit. Il craint les araignes, les mouches, et cherche dans les cieux des signes d'espérance… Va-t-il venir ce soir ? Je ne sais, mais ce dont je suis sûr, c'est qu'Isabeau sera présente. Je viens d'entrevoir un de ses hommes liges…

De qui s'agissait-il ? Gui se souvint de la venue de la reine et de Valentine Visconti sous les ombrages de l'Hôtel Saint-Pol. Cet homme lige était-il le chevalier barbu qui tenait l'une des hampes du dais sous lequel s'avançaient les deux femmes ? Il avait entendu un nom : Savoisy. Quelles étaient ses attributions lorsqu'il ne protégeait pas les têtes couronnées du soleil ?

Le connétable eut un soupir où l'ennui le disputait à la fatigue :

— Tu vas voir de près un palais enchanté : celliers, échansonnerie, panneterie, fruiterie, salserie, épicerie, bouteillerie. Il y a céans des charbonniers pour chauffer les chambres, des dizaines de cuisiniers pour apprêter des mets savoureux, des rôtisseurs pour leur donner la parure et l'éclat. Des lieux où l'on prépare l'hypocras… Une maréchaussie, une fourrière, une pelleterie… Tapisserie, lingerie, lexiverie… Quantité de commodités incluses dans les basses-cours… Viens.

Jouant des coudes, ils s'engagèrent sous un porche où la nuit commençait à jeter des poignées d'ombre. Devant eux, haussant le ton, la foule s'éparpillait dans une seconde cour où, de multiples pharillons, jaillissaient des flammes et de courtes fumées blondes.

— Tu ne verras pas les immenses appartements de Valentine : chambre de parade, garde-robe, cabinets, chapelle. Tout y brille des feux de l'or et de l'argent… Mon épouse m'accompagnait lors de cette visite…

— De l'or à grand'foison… et les bonnes gens de Paris n'ont jamais été aussi malheureux.

— Je n'en disconviens pas. Nous sommes plusieurs à avoir exhorté le roi à réduire les impôts… Nous n'y sommes pas parvenus.

— La reine…

— C'est l'ennemie de tout ce qui est simple, mesuré. Elle aime à éblouir, voire qu'on l'éblouisse… Et crois-moi, pour ce qui concerne l'or : notre hôte lui aussi, n'en a jamais assez (1)... Vois, parmi les hennins, près de la simple coiffette de la jeune Alix.

Gui obéit et sourcilla en apercevant au-dessus du crâne d'une dame, une sorte d'échafaud en carton doré dont les cheveux amassés en rouleau circulaire dissimulaient le fondement.

— C'est la coiffure à l'atour de gibet. Celle qui la porte est une carogne dont l'époux périt sur la hart.

— Les gens ne s'ébaudissent point quand ils la voient ?

— Secrètement puisque décrier la dame serait offenser Valentine et conséquemment le prince... Ta belle, dans ce cloaque doré, me paraît une sainte, et sans te prendre pour un saint, elle te considère sans doute comme un nouveau Lancelot, un autre Perceval.

Gui courba le front sous la louange. Il y avait plusieurs années qu'il recherchait l'âme sœur. Jamais il ne l'avait entraperçue parmi les pucelles de Sainte-Suzanne, Evron ou Sillé-le-Guillaume. Il l'imaginait vêtue de blanc, sans autre ornement que son regard avec,

(1) Outre les grands et somptueux appartements de Valentine Visconti, ceux de Louis, immenses, comportaient une salle, une chambre de parade, une seconde chambre, une garde-robe, des cabinets, une chapelle. Les croisées étaient hautes de 13 pieds et demi, larges de 4 et demi. Les chambres de parade avaient 8 toises et 2 pieds et demi de longueur, les autres 6 et 3 de large, le tout éclairé de croisées longues, étroites et fermées en fil d'archal avec un treillis de fer percé, des lambris et plafonds en bois d'Irlande, de la même façon qu'au Louvre.

La chambre du duc était tendue de draps d'or à roses, bordés de velours vermeil ; celle de la duchesse de satanin vermeil bordé d'arbalètes qui figuraient dans sa devise ; celle du duc en drap d'or brodé de moulins.

On pouvait voir, en traversant ces lieux, dix tapisseries de haute lisse, l'une représentant les sept vertus et les sept vices, une autre de Charlemagne, une autre de saint Louis. On pouvait voir aussi des coussins de drap d'or, 24 carreaux de cuir d'Aragon vermeil et 4 tapis du même cuir à mettre en chambre, sur le sol, en été.

La princesse aimait à s'asseoir sur une chaise dite de chambre de quatre membrures peintes en vermeil, dont le siège et les *accoutouères* étaient garnis de cuir cordouan vermeil, ouvré et cherché (brodé) à soleil, oiseaux et autres devises, garni de franges de soie et cloués de clous en laiton.

« *J'ai vu* », écrit Sauval (*Histoire et recherches des Antiquités de la ville de Paris*) « *un grand vase d'argent massif en forme de table carrée, posé et assis sur quatre satyres aussi d'argent, pour mettre dragées et confitures. Un bel écrin de bois couvert de cordouan vermeil, ferré de clous et bandé de fin laiton doré, fermant à clé.* »

Les lits étaient d'une somptuosité à couper le souffle. Où qu'on allât, c'était une débauche de dorures et de draps merveilleux.

Les enfants du duc recevaient des livres de prix, particulièrement aux étrennes.

En 1388, 400 francs or furent payés pour des draps offerts par Charles VI et la reine.

En 1402, 100 livres tournois furent comptés à Jean de Taienne, orfèvre, pour six tasses d'argent données en étrennes à Jacques de Poschin, écuyer du duc.

Valentine offrit au sire de la Trémoille un hanap et une aiguière d'or et à Isabeau, qu'elle détestait, un tableau d'or à l'image de saint Jean garni de neuf balais (rubis), d'un saphir et 21 perles.

Jean de Luxembourg reçut un tableau d'or à un Dieu de pitié garni de perles.

Enfin, en 1394, on remit à la duchesse d'Orléans, pour ses *estraines*, un fermaillet (agrafe) d'or garni d'un rubis et de 6 grosses perles. Le roi reçut 3 paires de patenôtres (chapelets) pour ses filles et deux gros diamants pour les ducs de Bourgogne et de Berry.

Le pays pleurait misère. Et pour être juste, il faut insister sur la fortune de Clisson. Elle était opulente sinon colossale : des milliards en francs actuels. Il aimait lui aussi les beaux châteaux et les beaux meubles, mais ses goûts et ceux de sa seconde épouse semblent avoir été plus raffinés.

derrière elle, une prodigieuse champagne couronnée d'un châtelet à l'éclat de cristal. Sornette ? Certes, mais elle l'aidait à vivre. En Alix, il avait vu se préciser les traits de sa créature. Il avait reconnu le port imperceptiblement hautain de sa tête. Le corps imaginaire de l'*autre* avait pris, dès l'apparition de la jouvencelle aux joutes de Saint-Pol, une vérité singulière cependant que la réalité d'une présence miraculeuse changeait le cours de son existence. N'ayant jamais ouï la voix de l'inconnue, il lui avait prêté des tons flûtés. Avant qu'il courût ses dernières lances, il l'avait vue s'approcher de Beaubrun, souriante mais inquiète : « *Messire, puissent mes vœux vous soutenir.* » Alors, malgré son épaule sans doute bleuie par les horions, et pour lui complaire, il avait embrassé l'écu (1) puis il était entré en champ. Il y avait fait de son mieux tant devant Apilly que devant l'homme auquel il appartenait désormais.

— Tiens, dit le connétable, voilà notre divine Valentine et, comble de bonheur, elle piète vers nous.

C'était une femme blonde, d'aspect solide, aux yeux verts sous des sourcils épais. Elle était vêtue d'une robe d'yraigne pourpre brochée d'or, étoffe rarissime dont on disait qu'elle semblait un brouillard. Dessous, afin qu'on n'entrevît point ses formes, elle portait une lingerie moins transparente. L'encolure de son vêtement, parfilée d'or, était largement ouverte, de sorte qu'on voyait à demi sa poitrine généreuse sans qu'elle parût soucieuse du jugement qu'on en pouvait avoir. Pour affirmer son désaccord avec la reine, elle n'arborait pas un hennin mais un escoffion de velours sang-de-dragon dont les bourrelets piquetés de pachées (2) et de perles scintillaient avec une sorte d'insolence.

— Clisson ! s'écria-t-elle familièrement. Comme je suis bien aise de vous voir en bonne santé. Dieu est bon !

Heureuse, elle l'était vraiment ou bien elle excellait dans l'art de mentir (3).

— J'avais craint que ce fredain (4) de Craon ne vous ait meurtri et quand j'ai su ce qui vous était advenu de par lui, j'ai prié, prié… Ah ! quel homme horrible que ce démon.

— Est-ce bien l'avis, dame, de votre époux ?

— Comment pourriez-vous en douter ?… Il paraît qu'un châtiment

(1) *Embrasser l'écu* : passer son bras dans les énarmes.

(2) Émeraudes.

(3) Valentine Visconti passait pour une femme perspicace et influente. Elle était détestée par la duchesse de Bourgogne et se montra seule capable de dominer le roi fou. Isabeau en était jalouse bien qu'elle la trompât avec son mari. D'ailleurs, entre la reine et Valentine s'était opérée une sorte de vendetta : Valentine était la fille de Jean-Galéas Visconti qui avait supplanté et fait assassiner, à Milan, son oncle Bernabo, grand-père de la reine de France. Jean-Galéas maniait le poison et s'adonnait à la magie. Une rumeur circulait selon laquelle sa fille était une sorcière qui avait envoûté Charles VI. Elle dut quitter la Cour en 1396.

(4) Scélérat.

se prépare. Le roi y tient. Il n'a sans doute pas jugé bon de vous en enditter (1), mais cela ne saurait tarder. Je crois d'ailleurs que la façon de punir votre ennemi sera bientôt décidée… Charles, en effet, veut chevaucher vers la Bretagne. Il suppose que Craon vit auprès de Montfort, à Susenion (2).

Le connétable s'inclina juste au moment où passait la jeune Alix d'Apilly qui se méprit, croyant la marque de courtoisie à elle seule destinée. Elle s'immobilisa et se courba devant la princesse.

— Oh ! venez près de nous, Alix, exigea doucettement dame Valentine. Venez… Vous êtes toute nouvelle et ne connaissez personne.

La jouvencelle s'approcha, les pouces et les index pincés au niveau de ses cuisses afin de soulever sa robe pour avoir le pas plus ferme. Gui n'osa croiser son regard.

— Le connétable Olivier de Clisson, ma belle.

— J'en ai ouï parler, princesse, abondamment… et l'ai vu jouter.

Était-ce un compliment ? Une remarque simplette ? La pucelle avait fait une génuflexion sans que le connétable eût protesté pour tant d'honneur.

— Mon nouvel écuyer : Gui de Clairbois. A peine arrivé à Paris, il m'a secouru lors de l'attentat contre ma personne. Je suis son débiteur depuis cette nuitée.

Nouvelle génuflexion. Gui s'inclina, la main sur le cœur, avec une cérémonie dont il fut le premier ébahi.

— Damoiselle… dit-il d'une voix qu'il avait souhaitée douce et ferme mais qui frémissait un peu.

Que dire ensuite ? Rien. Il avait l'esprit vide. Ils étaient l'un et l'autre troublés par cette rencontre, cet échange de gestes plutôt que de propos.

— Vous avez moult bien jouté, à Saint-Pol, dit enfin la jouvencelle.

— Effectivement ! renchérit la princesse. Louis fut ébloui par la façon dont vous avez couru contre le connétable… Vous a-t-on narré, jeune homme, les armes que Pierre de Courtenay, l'Anglais, est venu faire contre le sire de la Trémoille ?

— Non, dame…

— Il faudra, Clisson, que vous lui en parliez.

Puis, tournée derechef vers le disciple du connétable qu'elle parut vouloir étreindre :

— Et des joutes de Saint-Inghelbert où se distinguèrent Regnault de Roye, Boucicaut et le sire de Saint Pry ?

— Non, dame, je ne sais rien d'icelles.

— Clisson ! Clisson ! s'étonna la princesse. Vous seriez impardonnable de ne pas les lui conter… Sachez, jeune homme, que

(1) Informer.
(2) Ou *Suseniot* : Suscinio.

ces passes d'armes durèrent trente jours (1). Des chevaliers de grand mérite y prirent part… Quand était-ce, Clisson ?

— Peu après la trêve de la Linghen (2), princesse…

— Et celles de Saint-Denis (3) !

On commençait à les observer avec un intérêt qui ne cessait de croître. Bientôt, toute la Cour serait informée que le jeune contendant des joutes de l'Hôtel Saint-Pol était devenu l'écuyer du plus célèbre des Marmousets. On saurait, également, si ce n'était fait, qu'il l'avait secouru contre la truanderie de Craon.

— Gui est de grand estoc (4), affirma le connétable. Un jour, il méritera les éperons et je les lui chausserai moi-même.

Alix souriait. Gui se demanda si son père appartenait à la Fleur de la Chevalerie ou s'il n'était, comme Gilbert de Clairbois, qu'un chevalier méritoire. Quelle tristesse si elle se révélait de très haute naissance ! Elle ne serait alors pour lui que le désaveu du bonheur, l'illusion des sentiments et des sens. Une fée de passage insaisissable en ses mains charnelles, une lumière qui l'aurait éphémèrement ébloui pour s'éteindre aux souffles d'une disparité invincible. Enfermés présentement dans deux regards trop attentifs, ils tramaient l'un de l'autre des portraits inachevés. L'énigme de leurs caractères demeurait entière. Allaient-ils devoir se quitter maintenant ou les laisserait-on, après s'être devinés, s'informer de leurs goûts et de leurs espérances ?

— Le père d'Alix, dit la princesse, est un bon et loyal serviteur de mon époux.

Gui trouva le mot *serviteur* offensant, mais Alix n'en avait pas pris ombrage. Quant à Clisson, impassible, il s'informait :

— Sera-t-il présent ce soir ?

Sa voix s'était comme assouplie pour dissimuler, sans doute, une inimitié perceptible à son seul écuyer.

— Qui ?… Louis ? Évidemment.

— Je voulais, noble dame, parler du père de damoiselle Alix.

— Ah ! bien… Voici plus d'une semaine, Louis l'a envoyé chez Berry pour je ne sais quelle raison. La connaissez-vous, m'amie ?

(1) Il faudrait *un livre* pour décrire ces joutes extraordinaires qui durèrent effectivement tout un mois. L'entrée en lice eut lieu le 21 mai 1390.

(2) Lolinghen ou Leulinghen. Une trêve y avait été conclue (14 mai-18 juin 1389) pour trois ans entre la France et l'Angleterre.

(3) Les cérémonies chevaleresques débutèrent le 1er mai 1384. On appliqua les usages des chevaliers d'aventure : les jouteurs étaient dépourvus d'ornements. Ils n'avaient pour tout bagage qu'une couverture pliée, fixée au troussequin de leur selle. On adouba Louis et Charles d'Anjou. Les joutes opposèrent 22 chevaliers le premier jour, 22 écuyers le deuxième, et le troisième réunit tous les compétiteurs. Quatre princes du Sang se mirent en évidence : Louis de Touraine, Jean de Nevers, Pierre de Navarre, Henri de Bar. Clisson était présent. Le protocole avait été bouleversé : les princesses avaient côtoyé des bourgeoises. Puisqu'il est ci-dessus question de Leulinghen, qu'on sache qu'une première conférence y avait eu lieu en février-mars 1386.

(4) Race, lignée.

— Non, dame. Je le vois si peu…

Immobile et tout en se livrant à l'examen furtif de la jouvencelle, Gui savourait le privilège exquis de réentendre cette voix pure, plus émouvante encore qu'il ne l'avait imaginée. Touché par l'attention que la protégée de Valentine Visconti lui portait, sans crainte d'être désavouée, il ne pouvait retenir sur ses lèvres un sourire qui devait paraître niais au connétable et à la princesse. Mais qu'importait ! Il éprouvait un sentiment composé d'une sorte d'attendrissement, de respect, d'ébahissement et d'orgueil à l'idée d'avoir suscité un intérêt dont il ne doutait pas qu'il deviendrait aussi fort qu'il l'avait souhaité dès qu'il avait entrevu cette beauté simple et modeste parmi la damerie de l'Hôtel Saint-Pol. Si, depuis le départ de sa mère, son cœur endolori s'était comme asséché, quel changement, quelle bienheureuse liesse tout à coup ! Il se sentait plus solide, l'esprit porté vers des dispositions nouvelles, les muscles doués d'une ardeur qui n'avait nul besoin de se confirmer dans quelque redoutable épreuve. Sur le visage dont il avait craint parfois d'oublier les traits et la carnation, il lui semblait entrevoir, le concernant, de brèves interrogations qui ne tardaient jamais à se transmuter en certitudes. Il recevait des yeux d'un bleu tirant sur l'émeraude des scintillements d'admiration et peut-être mieux encore : de fugaces lueurs de désir. Il ignorait à quelles sources s'abreuvaient les pensées de la belle, mais ce qu'il en distinguait rafraîchissait son âme.

Alors, puisqu'il en était ainsi, pourquoi ressentait-il dans sa poitrine comme un pincement d'anxiété ? Pourquoi, en deçà d'une sensation émerveillée, craignait-il d'entrevoir une ombre ? « Trop beau pour être vrai », lui soufflaient ses voix intérieures. Il n'existait aucun remède à cette incrédulité. D'ailleurs, il suffisait d'un regard ou d'un sourire de la pucelle pour que son mal-être disparût. C'était hélas ! pour se régénérer.

— Laissons-les se mieux connaître, dit Valentine Visconti au connétable. J'ai à vous entretenir de quelques faits d'importance.

Clisson, docile, se laissa entraîner vers l'intérieur de l'hôtel.

— Suivons-les, proposa Gui à sa compagne.

Ils entrèrent et s'immobilisèrent le long d'un mur, à proximité d'un escalier accédant à l'échafaud dévolu aux musiciens, lesquels venaient de déposer leurs instruments afin de se désaltérer.

— Quelle joie de vous revoir !

— Elle est partagée, messire, dit Alix les yeux baissés, les joues soudainement rosies.

Auprès d'eux, les invités passaient, jeunes et vieux, richement vêtus et atournés. Si les femmes gloussaient parfois du seul plaisir de se montrer, les hommes arboraient sur leur physionomie la satisfaction d'avoir été distingués par elles ou par quelque substitut de leurs hôtes. Après un ou deux pas supplémentaires, ils trouvaient l'exacte mesure du sourire tantôt avenant, tantôt extasié adapté aux usages et qui différait encore lorsqu'ils s'approchaient de quelques invités connus pour les saluer avec plus ou moins de cérémonie.

— Tous font partie de la même famille, qui est moins celle des nobles que de la richesse, chuchota Gui. Sous leur écorce bien fourbie, je flaire…

— Quoi ?

Il regarda la jouvencelle. Devait-il avoir toute confiance en elle ?

— Je vous le dirai plus tard.

L'amas des corps grossissait ; les voix également : « *Quelle plaisance de vous revoir ! – Votre époux n'est point avec voux ? – Et votre mère ? – Venez : le duc vous saura bon gré d'être présente.* » Le bruissement, aussi, des compliments, des présentations ; le chapelet des baisers sonores. Les « *Oh !* » et les « *Ah !* », les froissements de robes, les tressaillements parce que des doigts s'étaient égarés sur une hanche, une croupe ; ailleurs, sans que ces audaces parussent, pour la plupart, indécentes. Sans doute certaines gentilfames ne toléraient point ces privautés. Elles devaient être rares. La plupart les admettaient comme autant de compliments inavoués verbalement. Chez certaines, à un âge difficile, c'était comme une invitation à quitter tout d'abord par l'esprit ce monde en réduction pour accomplir en quelque chambre close les rites charnels, païens et sacrés. Quant aux jeunes, petites esclaves, déjà, d'une communauté dissolue, leurs rougeurs dénonçaient des envies dont Alix n'était heureusement pas atteinte. Sous des regards et des sourires de Circés, elles attendaient qu'un bel Ulysse rendît leurs souhaits tangibles. Elles songeaient éloquemment à choisir leurs amours comme autant d'accessoires utiles à leur élévation. Sœurs de Narcisse, à moins que ce fût de la reine, toutes voulaient mirer dans l'eau triste et glacée de leur vanité une beauté qu'elles croyaient inaltérable. Offusquée par leur présence et gênée qu'elles la regardassent, les unes avec envie, les autres sans lui dissimuler une moquerie teintée de mépris, la jouvencelle s'efforçait d'ignorer ces bachelettes. Gui la rassura :

— Ne croyez surtout pas que vous leur ressemblez ! Ce ne sont, la plupart, que des filles follieuses parées d'or et d'argent.

Alix se tourna vers les musiciens. Ils venaient de rempoigner qui sa citole, qui sa guiterne, qui son psaltérion. Gui leur trouva des faces de malandrins. Sans doute étaient-ils présents pour épier les invités plutôt que d'ajouter des airs de danses à leurs propos et rires.

— Ne demeurons pas ici. Bientôt, la frainte (1) qu'ils feront couvrira nos voix.

(1) Bruit, vacarme.

Derechef la main dans la main, pleins d'une grave incertitude, ils avancèrent vers le fond de la salle. Ils n'avaient aucun guide ou ami. Gui se demanda si, sachant son père présent, Alix aurait saisi sa dextre aussi promptement et avec autant de force. On eût dit qu'elle craignait de le perdre à jamais, qu'elle avait envie de fuir ces gens parce qu'elle les connaissait et savait de quoi ils étaient capables. Des hommes, des femmes lui souriaient avec un air de connivence malicieuse. S'adressaient-ils à elle ou, par-delà sa personne, à son père ? Elle feignait de les ignorer comme elle ignorait les *bonsoir* qui flottaient autour d'elle. A cette litanie se mêlaient des senteurs qui se voulaient captivantes et semblaient contraires à ses goûts. L'ensemble de ces odeurs se composait probablement d'encens de Perse et d'Arabie aggravé par celle du rusma (1) employé par toutes celles qui refusaient de soumettre leurs pilosités au fil du rasoir.

— Il me semble parfois qu'on ne regarde que nous… que vous.

— Vous vous méprenez.

Gui ne se sentit point enclin à contester cette repartie. Depuis son entrée dans la cour auprès de Clisson, depuis sa rencontre avec la jouvencelle, il surprenait dans les regards posés sur lui plus encore que sur sa compagne une curiosité qui, lourde ou légère, lui devenait désagréable. Alix, de la part des hommes, surtout, n'échappait point à cette inquisition. Un couple passa. Deux regards étrangement admiratifs. Gui sentit sur lui, pénétrant comme une estocade, celui de la femme. Alix eut sur elle celui de son compagnon et se détourna, lâchant ainsi la main de Gui.

— Vivement les faux-visages (2), ricana l'homme.

Irrité par ce double examen, Gui reprit la senestre de la pucelle.

— Savez-vous pourquoi il a dit cela ? demanda-t-elle.

Mieux valait feindre d'être sourd que d'ouïr la confirmation de ce qui se disait à Paris chez les humbles et les petits bourgeois.

— Oui, dit-il enfin. Je sais que lorsque la liesse atteint sa plénitude, tous ces gens, excepté ceux que la licence effraie et qui s'en sont allés, mettent de faux-visages pour…

Il n'osa continuer, mais il pensait : « forniquer à leur aise ». Son soudain silence et l'air attentif d'Alix fortifièrent sa conviction que la jouvencelle n'ignorait rien de ce qu'il savait.

— Et ensuite ? dit-elle, la voix teintée d'une espèce d'angoisse.

— Ensuite ? C'est l'*orgia* romaine, la bacchanale et il paraît que la reine n'est pas…

Il avait baissé la voix, et ses lèvres touchaient presque la templière dont Alix avait paré son oreille. Il s'était gardé d'achever sa

(1) Poudre épilatoire d'origine turque.
(2) Masques.

phrase. Au mot *reine,* pourtant murmuré, deux ou trois regards s'étaient posés sur lui.

— Vous haïssez ces gens ?

Alix l'avait entraîné dans un angle, près d'une statue de chevalier barbu vêtu de mailles. Charlemagne, peut-être. Mais qu'importait.

— Vous haïssez ces gens ?

Derechef la pucelle renouvelait sa question. Cette fois avec une espèce d'angoisse.

— Je les méprise. La monarchie n'a nul besoin de ressusciter Rome dans ce qu'elle eut de plus corrompu. Qu'elle prenne aux Romains ce qui fit leur gloire : des armées puissantes et comme invincibles, l'audace des centurions, la qualité de leurs artistes, mais qu'elle rejette tout ce qui composa les faiblesses des empereurs et leur cruauté.

Alix l'écoutait-elle ? Il ne le semblait pas. Imaginait-elle ce que pouvaient être ces égarements « à la française » ?

— Croyez-vous que j'aie pris part à ces… choses ?

Elle avait pâli. Ses lèvres tremblaient. L'avait-il offensée ? Pensait-elle qu'il l'avait imaginée, un faux-visage sur sa figure d'ange, et se prêtant à tout ce que leurs propos suggéraient ?

— Non, dit-il. Vous ne pouvez abdiquer la pureté que je loue en vous. Je vous sais incapable de vous inclure ou de demeurer dans ces sombres liesses. Sans l'espoir de vous retrouver ce soir, je serais demeuré en l'hôtel de Clisson.

Elle n'osait le regarder. On eût dit qu'il l'avait blessée, outragée. Il s'imagina sur Beaubrun, Alix devant lui, cheveux au vent. Pour elle, il saurait être un preux de la meilleure espèce. Il se surprit encore à enfermer dans sa mémoire, comme en fraude, quelques physionomies dont aucune ne lui convenait, sauf peut-être celle d'un chevalier d'âge mûr qu'il venait d'entendre nommer Bègue de Villaines. Une belle tête de guerrier dont le rire fréquent ne parvenait pas à subjuguer l'âpreté des propos.

— Il y a trop de présomption, trop de gaieté autour de moi, dit-il. C'est pourquoi, m'amie, vous me voyez aigri. Je dois passer pour un rustique… et par ma foi, j'en suis heureux.

Alix acquiesça. Qui était-elle ? Dans un Paris soucieux et misérable où sauf chez les gens fortunés, la gaieté semblait proscrite, quelle place s'était-elle attribuée ? Riche du fait de sa parenté, savait-elle qu'il existait des pauvres ? Plus il la connaissait, plus il percevait en elle maints signes d'une difficulté à vivre ce qu'elle vivait. Plus il la regardait, plus il lui découvrait des sentiments de doute, voire, depuis un moment, d'insécurité. On eût dit que le couple en peine de faux-visages lui avait jeté un sort. Elle avait feint de ne point connaître ces gens mais il n'était point dupe : elle avait d'inavouables raisons de les détester. Étaient-ils des amis de son père ? Ses froncements de sourcils révélaient une lutte sourde mais obstinée entre de sombres remembrances et des intuitions amères et ténébreuses. A quelle espèce appartenaient ces craintes qui lentement progressaient vers l'angoisse ?

— Oyez, dit-elle sans dissimuler un net soulagement – comme au sortir d'un mortel danger –, on nous appelle... Rejoignons cette bonne Valentine.

* *
*

Fût-ce à l'instigation de Dieu ou d'Éros ? Subtile ou bienveillante, la duchesse d'Orléans avait fait en sorte que les deux jeunes gens fussent placés, à table, l'un près de l'autre. Alix eut à sa gauche un vieillard blanchi sous le harnois et qui bredouillait : Pierre, dit le Bègue de Villaines, et Gui une jeune dame vêtue de velours vert tendre qui se présenta comme l'épouse de Jean II de Boucicaut (1) et fut trop occupée par les mets qu'elle savourait avec une lenteur calculée pour entamer un dialogue. Il en fut heureux. Au moins pouvait-il s'entretenir sans contrainte avec sa voisine à laquelle un vieillard chenu ne prêtait qu'une attention distraite. Pierre de Villaines avait d'ailleurs, face à lui, presque à l'extrémité de la table, un quinquagénaire glabre, d'aspect austère sous une aumusse de basane dont le cuir s'était comme retanné de vieillesse. Petit, regard de fouine sous un front bosselé jusqu'à des sourcils blancs, épais et courts ; grand nez de flaireur d'odeurs et peut-être de scandales ; une bouche si mince que close, immobile, on eût dit une cicatrice. Il ne cessait d'observer les convives, particulièrement le roi fort peu disert et dont les gestes brefs révélaient des nerfs tendus à se rompre. Vêtue de blanc, coiffée d'un hennin adorné de voiles diaphanes, la reine aux yeux lourds de songes, observait moins son écuelle d'or que le duc d'Orléans, tout proche qui, se sachant épié par son épouse, se penchait vers un évêque replet, la tête rubiconde calottée de grenat. Gui ne se soucia point d'en connaître le nom.

— Qui est cet homme à l'aumusse ? demanda-t-il à sa voisine.

D'un index léger à l'ongle rose, Alix caressa le suage (2) de son écuelle :

(1) Jean II le Meingre de Boucicaut, qui allait devenir aussi célèbre que son père, avait été armé chevalier à Roosebeke (1382) alors qu'il était âgé de seize ans. Ses armes étaient *d'argent à l'aigle éployée de gueules* ; celles de son épouse, Antoinette de Beaufort-Touraine, *d'argent à la bande d'azur accompagnée de six roses de gueules*.

Jean II aimait le vert tendre ou vert gai. Réalisant le dessein de son père, il fonda l'Ordre de la dame blanche à l'écu vert. Cet ordre était destiné à défendre les femmes et les filles des chevaliers en l'absence de leurs maris ou de leurs pères.

(2) Petit ourlet sur le bord d'une écuelle ou d'un plat.

— Jean Froissart (1). C'est, à ce que m'a dit la princesse, un grand conteur d'histoires. Avant de venir en France, il a servi la reine Philippe d'Angleterre… Sa voix, que je viens d'ouïr, est celle d'un chapelain à confesse.

— Sa bouche cesse de tembler quand elle s'enhardit vers son gobelet. Il trouve le vin bon. Il a moult parolé de la Grande Ile et du roi Richard II.

Cillements de paupières, inflexions chaudes, Alix révéla :

— Il est prolixe au sujet des liesses qu'on donne sur la Grande Ile et les joutes en lesquelles s'opposent des chevaliers renommés.

— Il est vrai que celles qu'on fait à Windesore ou Westmoustier sont, paraît-il, merveilleuses.

— Aimeriez-vous y prendre part ?

— Je ne sais…

Un silence vint se glisser parmi la rumeur des mots et les modulations d'une flûte : sur un échafaud enfleuri, autre que celui de l'entrée, une menestrandie jouait un air léger, qui eût pu se danser, mais les convives ne s'en souciaient guère.

— Vous devriez jouter contre nos ennemis. J'aimerais vous voir les vaincre.

— Je ne suis point encore suffisamment expert, damoiselle, pour nourrir cette ambition… même si j'avais la volonté de vous complaire. Je porte encore sur mon épaule senestre la marque des coups orbes (2) que j'ai reçus contre mon écu.

— J'aime vos armes, messires. Parce qu'elles sont simples : *fascé d'or et de sable au lambel d'azur brochant…* Vous voyez : je m'en souviens !

Leurs voisins semblaient mettre une discrétion bienveillante à ne troubler ni leur propos ni, plus rares, leurs silences. Il leur semblait que la musique, toute feutrée qu'elle fût, interceptait leurs paroles, et les ménestriers qui peut-être les observaient du haut de leur perchoir mettaient une sorte de connivence à leur jouer une musique tendre,

(1) Natif de Valenciennes, vers 1335, le chroniqueur était âgé de 57 ans. Valenciennes était alors en Hainaut, une petite nation indépendante. Froissart était donc un Hainuier, non pas un Français. On ne sait rien de précis sur sa famille et sur sa jeunesse. Il dut avoir une enfance heureuse, peut-être dissipée. Pendant des années passées à la Cour d'Angleterre, il s'adonna à la poésie : c'était sa charge. Enfin, après avoir quelque peu plagié Jean le Bel, né à Liège (1290-1370), il se lança dans la rédaction de ses chroniques, monument de la vie des Français et des Anglais au XIVe siècle. Il ne se soucia jamais de l'existence des humbles. Le monde chevaleresque fut sa vraie patrie. Bien que l'héroïsme des chevaliers fût souvent vain et parfois stupide, il émerveilla ce clerc qui ne comprit jamais rien aux aspirations du peuple. Il ne s'intéressa pas non plus à la vie administrative, commerciale, industrielle. Il fut une espèce d'enlumineur de son siècle. Il peignit des tableaux très divers : grandes batailles, joutes, tournois, fêtes de Cour, repas merveilleux à la lumière des torches. Il sut rapporter, en véritable journaliste, les dialogues de ses hôtes et leurs descriptions des événements civils et militaires. S'il remania sans cesse des chroniques emplies de morceaux de bravoure, ce fut à la demande de ses interlocuteurs occasionnels. Il mourut sans doute peu après 1404.

(2) Coups qui meurtrissent sans entamer les chairs.

mélancolique, entre deux ronronnements de tambourins. Parfois, les tremblements de la citole évoquaient la brise des hivers doux et immaculés, les modulations d'une flûte faisaient songer aux frémissements longs et lents des rivières, l'été, entre des berges ombreuses pailletées des ors du soleil. Gui éprouvait un pur bien-être. Cet état de grâce le chatouillait au plus profond de son corps tandis qu'à fleur de peau, il n'était que béatitude et frissons agréables. Dès qu'il se tournait vers Alix, son regard soudain attendri se chargeait de respect et d'étonnement. Pour réponse, entre les paupières clignées, des prunelles emplies de mystère s'illuminaient de gratitude.

« Pourquoi ? » se demandait-il.

Avait-elle déjà deviné combien il tenait à elle ?

— Vous me paraissez triste et comme esseulée.

Il semblait qu'elle maîtrisait quelques confidences et rougissait à l'idée d'en livrer une seule à ce convive dont elle ne savait rien, sinon qu'il était bon jouteur et que sa mine lui plaisait comme la sienne lui avait plu.

— Regrettez-vous votre châtelet ? Languissez-vous de lui à Paris ?

Elle hésita et porta son gobelet d'argent à ses lèvres. Une gorgée d'un vin doux et velouté comme sa voix. Mais elle restait circonspecte. Lui aurait-elle répondu spontanément s'il avait été un homme curial (1), membre influent ou non, dévoyé ou non, de cette Cour où tout se savait sans doute, sans qu'on eût besoin de chercher à savoir ; où chaque personne avait son portrait achevé, son caractère défini, sa réputation sinon sa légende parfaitement établie ? Alix était encore trop énigmatique pour qu'il obtînt, des seules variations de sa physionomie, la révélation de son caractère. Sa voix précise, même lors d'un murmure, ne pouvait travestir un tempérament opposé à la langueur simulée des femmes présentes au festin. Le rose de ses joues ne devait rien aux fards et l'émail bleu-vert de ses yeux brillait si intensément qu'on l'eût pu croire mouillé de larmes.

— Je ne sais rien de vous, dit-elle sans regret.

— Je puis vous retourner ce qui semble un reproche.

Cette double ignorance avait pour le moment un charme d'une exquisité précieuse. Sans en avoir délibéré, ils savaient combien ils différaient de la plupart des convives qu'ils devinaient anxieux d'apprendre sur d'autres et de cent façons détournées, ce qu'ils n'eussent pas dû savoir. Aucune de leurs pensées, aucun de leurs goûts, rien de leur façon de se mouvoir dans l'existence n'était pour eux de notoriété publique. Au milieu de l'agitation et des gaietés franches ou faciles, leurs silences formaient une espèce de chœur. Ils chantaient sourdement leur bonheur d'être ensemble.

(1) Homme de cour.

— J'ai quitté Apilly à regret. Je déteste Paris et les gens qui frayent à l'entour de moi. J'ai trouvé céans une existence bien différente – à l'opposé – de celle que j'avais imaginée… et même souhaitée.

— Comme moi.

— Je déteste la vie de ces femmes… Molle sinon voluptueuse, frivole sinon dissolue. Comment pourrais-je en tirer des satisfactions intimes ? J'ai parfois honte de ce que je suis parmi toutes celles qui ne sont… que ce qu'elles sont.

— Des…

— Ne dites point ce mot. Sachez que je le pense.

En ce moment, elle regardait la reine. Par-dessus l'épaule de son époux égaré dans une conversation avec le duc de Berry, la brune Isabeau semblait loin, très loin de ce repas apparemment gai mais fastidieux comme une messe.

— Les hommes… commença Gui.

— Ils ne me paraissent apprécier, chez toutes ces dames, que les agréments de la chair et les satisfactions qu'ils en peuvent obtenir sans guère de difficultés.

C'était là un langage d'adulte chez une pucelle que les gens de Cour, tous caractères confondus, devaient considérer comme une pimprenelle.

— Votre père…

Alix cessa de mâcher la cuisse de geline (1) qu'un serviteur vêtu de blanc avait déposée avec grand soin dans son écuelle, entourée d'une auréole de lentilles.

— Ah ! mon père… Il est fidèle au duc d'Orléans qui lui a promis d'en faire son chambellan… Il a l'appui du duc de Berry. Il trouve de l'agrément à cette vie, du plaisir à ces voisinages prometteurs, enluminés comme autant de beaux livres. La facilité des liaisons qui se nouent et se dénouent sous ses yeux doit lui donner des démangeaisons d'entrailles… Il n'aime que lui-même, si vous voulez tout savoir. Il m'a fait venir dans l'intention de me trouver un époux.

— Un époux !

En fait, cet aveu n'ébahissait point Gui. Il avait soupçonné Apilly de ce dessein. Il en obtenait confirmation par sa fille.

— Pourquoi ne revenez-vous pas chez vous ? Votre mère…

— Elle n'est plus.

Guy fut tenté d'avouer combien il avait contrarié la sienne en demeurant, justement, à Paris, au service du connétable. Il s'étonna de sa réserve puisqu'il semblait qu'Alix s'apprêtait à lui livrer désormais une part de ses espérances et de ses inquiétudes. Dans l'entourage de Louis d'Orléans, elle était menacée de jour comme de nuit tant la

(1) Poulet.

licence était permise. Le prince volage ne dissimulait rien de ses infidélités. Il disposait, disait-on, d'une aisance incongrue pour certains, impudente pour d'autres, merveilleuse selon ses admirateurs, à tromper son épouse tout en continuant de lui prodiguer les marques d'un attachement inlassable dans et hors de leurs draps dorés. Friande de ces hommages tout autant, peut-être, que la reine, Valentine Visconti semblait en apprécier la fréquence sans vouloir admettre, d'après Clisson, qu'il s'agissait de compensations dépourvues d'amour, voire de bonté d'âme. Il advenait que le duc organisât en son hôtel, outre des régals comme celui auquel il avait, ce soir, convié ses amis, des solas autrement plus plaisants, ornés de femmes d'une autre espèce que celles qu'il observait de loin en loin à sa table et aux autres, et qu'il y eut des ménestrieux, bateleurs, jungleresses, montreurs d'oiseaux et d'ours. Ces liesses achevées répandaient à l'aurore, sur le pavé de Paris, un troupeau de gens chancelants, aux vêtements plus ou moins déclos, et bêlant des chants immondes qui sans doute parvenaient jusqu'à l'oreiller de la duchesse sans qu'on apprît vraiment comment elle avait passé la nuit. Pensant à ces priapées tout en observant sa voisine, Gui fut tenté de l'adjurer de regagner Apilly.

— Vous me semblez soudain soucieux à l'extrême.

— Partez, m'amie... Revenez en votre vrai domicile. Reprenez sans tarder le chemin de Compiègne.

— Seule ?

— Vous savez qu'en ce cas je vous compagnerai.

Elle baissa la tête. S'ils avaient été seuls, il l'eût prise par l'épaule.

— Je le voudrais mais ne le puis. Mon père n'y consentirait pas.

Elle se remit à mordiller sa cuisse de geline. Elle avait de petites dents perlières, des lèvres ni minces ni grosses – parfaites. Il ne pouvait qu'admirer ses façons souples, dépourvues de mièvreté, la lenteur gracieuse avec laquelle elle portait son gobelet à sa bouche pour n'absorber, toujours, qu'une gorgée de vin. Il se dit que tout comme lui, elle supportait difficilement le frein, que toute contrainte lui faisait l'effet d'une punition imméritée et qu'elle devait détester, parfois, un père autoritaire.

— Viendra-t-il tout de même, ce soir ?

— Non. Il est absent depuis la nuit où l'on assaillit le connétable. Mais je vous en conjure, ne trouvez rien de suspect dans cette concordance.

— Comment le pourrais-je ?... Où logez-vous ?

Alix sourit bien que cette curiosité eût semblé ranimer dans sa mémoire une dépendance désagréable.

— Dans une chambre de cet hôtel. Elle est pourvue d'un verrou.

Cette précision qui se voulait rassurante révélait du même coup une menace latente. Se sachant comprise et approuvée, la jouvencelle s'abandonna davantage :

— Je me demande, où que l'on soit, si la sécurité existe… Si les verrous ne se violent pas.

Tristan la contempla furtivement. Le visage. Les mamelettes. Il imagina le reste tandis qu'il lui semblait qu'une volonté autre que la sienne, ferme, irrésistible, les allait entraîner dans une cruelle mésaventure où personne, pas même Dieu, ne les viendrait secourir. Pour quelle raison ? Comment se prémunir contre cette adversité sans nom et sans forme ?

Il fut tenté de saisir la petite main occupée à pétrir un morceau de pain. Elle était nue. Nudité des doigts. Nudité du corps sous quelques lingeries qu'il se plut à imaginer légères. Il n'avait jamais connu jusque-là qu'Héluis, la fille d'un boquillon (1) de Sainte-Suzanne, de dix ans plus âgée que lui. Pour elle, seule la fornication comptait. Son corps d'adolescent plus ardent que son cœur s'était rassasié de voluptés ordinaires. Ce soir, le véritable amour s'incarnait dans Alix. Le verbe aimer occupait dans son être une place laissée vacante depuis l'absence de sa mère. Chaque fois qu'il se tournait vers la pucelle, c'était pour se merveiller de sa charnalité. Son souffle devenait court, sa poitrine s'embrasait. Un désir fait d'orgueil et de témérité se dilatait en lui de la soustraire à tous les dangers, à toutes les peurs – fussent-elles illusoires – ainsi qu'à toutes sortes de conquêtes puisque certains regards de femmes, tournés vers elle, ne laissaient pas d'être éloquents. Il sentit son sang lui monter aux joues tandis qu'il murmurait, les lèvres à l'abri de son gobelet vide :

— Disposez de moi, m'amie. Vous avez deviné que je vous appartiens.

— Je vous en sais bon gré. Bientôt, nous nous séparerons. Lorsqu'il sera de retour, je vous présenterai à mon père… Il vous pardonnera de l'avoir affronté en lice…

« Voire », songea Gui. « Il m'en veut, j'en suis sûr, de l'avoir meshaigné. »

Les paupières basses et la bouche pincée, Alix imaginait-elle cette rencontre aussi importante pour elle que pour lui ? Gui soupira. Comme cette main toute proche de la sienne semblait attendre le geste qu'il n'osait accomplir ! Il ne savait trop ce qui le retenait. Soit une sorte de pusillanimité où le respect le disputait à la crainte d'être désavoué, soit l'inconvénient d'être méjugé par des convives dont les regards s'attardaient parfois sur eux dans l'attente d'un indice révélateur d'une passion prête à éclore.

(1) Bûcheron.

— Si, m'amie, j'en avais le courage…

— N'en doutez point : je sais ce que vous me diriez.

Ils étaient seuls à leur bout de table, seuls dans la haie des convives rieurs et dont les propos feutrés n'empêchaient certainement pas qu'ils fussent hardis. Seuls dans la fragile félicité qu'ils avaient tramée mot à mot, regard après regard, sourire après sourire. Ils voyaient à peine, entre les mouvements et penchements des têtes, le prince Louis éloquemment tourné vers la reine aux rires incessants, trop aigus et comme insincères, et la mine ulcérée de Valentine Visconti. Et c'était à peine s'ils se souciaient du roi dissertant d'abondance avec Olivier de Clisson. En fait, ils ne voyaient qu'eux-mêmes et parfois le clerc-historien toujours occupé à décrire les joutes de Windesore et de Westmoustiers.

— Ah ! dit tout à coup Pierre de Villaines à messire Froissart, j'étais pré… pré… présent au banquet du sacre… Au moment de s'a… s'a… s'attabler, Anjou et Bourgogne se sont bou… bou… bouteculés pour prendre place à la dextre de Charles VI. Bourgogne l'a emporté ainsi que l'exigeait la… la… la coutume (1). Même à …à table, sa sa… devise : « *Il …il me tarde* » paraît appropriée…

Sous le regard réprobateur d'un vieillard, Philippe le Hardi, tendait vers un échanson un hanap à peine asséché.

— Philippe de Mézières, jeune homme. Le précepteur du roi.

Et comme le vieux chevalier s'était tourné vers lui, Gui songea, tout en acquiesçant avec une courtoisie digne d'un homme curial :

« J'ai couvert du chemin. »

Plutôt que de marcher, il avait fait un bond. Le jeune hobereau de la Ferté-Clairbois soupait en compagnie des Grands, ébahi d'y faire bonne figure, certainement grâce à la présence d'Alix. Cet état de dépendance et la surveillance de ses propos, de ses gestes et jusqu'à ses regards lui donnait parfois du mésaise. Après les sensations fiévreuses d'un bonheur convoité, obtenu et délecté, il éprouvait de loin en loin une sorte de gêne imprégnée de lassitude. Bien qu'il consacrât sa promotion, il déplorait d'être de ce repas des favorisés d'un règne où l'or et l'argent tenaient lieu d'Evangiles, les festins de sainte-Cène et la luxure de grand-messe. Tous ces bien-chanceux occultaient les désagréments du Pouvoir par des réjouissances dont les

(1) Louis, duc d'Anjou, né en 1339, second fils de Jean le Bon, s'était parjuré alors qu'il était en otagerie à Calais. Depuis 1380, il était désigné comme héritier de Jeanne de Naples. Avant de mourir, en 1384, il avait fait main basse sur le trésor du Louvre. Beau prince, d'une éloquence rare, il était l'époux de la belle Marie de Blois. Il aimait le faste. L'énumération des diamants et pierreries d'*une couronne* achetée en 1374 remplit 62 pages d'inventaire. Les ustensiles de sa cuisine étaient d'argent. Pour assouvir ses besoins, il pillait et faisait piller. Cette boulimie de l'or et des gemmes n'avait d'égale que son ambition. La chance de Charles V fut que les intérêts de ce frère âpre au gain eussent coïncidé avec les siens. Ce fut lui qui, en 1370, proposa la nomination de Guesclin au Grand Conseil.

plaisirs de la table ne constituaient qu'un préambule mineur à leurs débordements.

« Clisson ne m'a rien défendu mais tout recommandé. Il ne vérifie pas si je lui fais honneur. »

Il se pencha vers sa voisine :

— Pensez-vous comme moi que nous perdons notre temps ?

— Nous le dilapidons.

— Voyez !... Partout on se congratule. Pourquoi pas nous ? Nous obtiendrions, ce faisant, droit de cité... Levons comme eux nos gobelets d'argent que le vin transforme en calices, mais n'en avalons point la lie.

Il riait. L'effet de sa tristesse, peut-être. Ou du vin. Il n'en avait pas mésusé. Alors, pourquoi cet état d'esprit fait de clartés, de ténèbres et d'incertitudes ?

— Si nous pouvions être loin... murmura-t-il.

Qu'eussent-ils fait ? En essayant d'étreindre chastement la pucelle, il eût usé de compliments tendres après avoir préalablement rendu hommage à sa beauté, celle-ci constituant, pour Alix, une menace latente, une épée de Damoclès suspendue au-dessus de sa sombre chevelure sans que peut-être elle s'en doutât. Il se refusait à vouloir percer les menus faits de son passé. Il n'osait s'enquérir sur sa mère et doutait de l'honnêteté de son père puisqu'il appartenait à ce grand dépensier d'Orléans. Sa première crainte avait été que la jouvencelle fût très au-dessus de lui par sa naissance et qu'elle eût, pour ce qui composait son passé d'écuyer de condition mineure, ce regard distrait des enfants bien nés pour les choses insignifiantes. Eh bien, non. Elle différait, comme le jour de la nuit, des nobles dames et damoiselles qui, parmi les hommes, alternaient leurs visages rieurs, leurs robes somptueuses, leurs joyaux rutilants de rubis, de béryl, et leurs pentacols et frontaux où la nacre le disputait à l'agate et l'améthyste au saphir. Grosses aux seins comme des bissacs demi-vides ou pleins à craquer, maigres aux renflements imperceptibles. Une belle sur sept ou huit. Et encore !... Leur nudité. Imaginer leur nudité !... Non. Déjà, le vin ou l'hypocras chauffait leur sang et embrasait leur cervelle. Certaines exhalaient sans doute un assent (1) qui, mêlé à celui de l'eau de rose ou de chèvrefeuille – ou plutôt désaccordé d'avec lui – devait incommoder leurs voisins à moins qu'il ne les excitât.

— A quoi pensez-vous, Gui ?

Bonheur d'ouïr son prénom dit par de si belles lèvres.

— Je me disais que nous ne sommes pas des leurs.

Levant la tête, il s'aperçut qu'il l'avait gardée longtemps baissée, ne

(1) Odeur.

voyant alternativement que le blanc froissé, confus, du tablier (1) et le fond de son écuelle où un serviteur suivi de l'écuyer tranchant avait déposé des rissoles de chair de poisson ceintes de champignons et fromage accommodé en cheveux – on eût dit des extrémités de poireaux.

— Je songeais, moi aussi, que nous différons de ces gens.

Alix considérait comme lui, après les flamboiements des regards de la reine pour le duc d'Orléans, la vivacité de nombreuses mains portant des hanaps à des bouches sans cesse altérées et l'immobilité de certaines autres, serrées et posées de chant, pareilles de loin, à de petits beffrois assiégeant une écuelle.

— Il faudrait partir. Respirer l'air pur.

— Hélas ! aucun subterfuge. Voyez, Gui, les chevaliers, là-bas, à la dextre de Clisson... Et ces damoiseaux. Si je les intéresse, à n'en point douter, ils vous envient et par conséquent vous détestent.

— Peu me chaut... Quand je suis près de vous...

— Holà ! Holà ! chuchota en riant la pucelle, ne me dites pas de ces médiocrités qui sont le fait des amants sans cervelle... Regardez-les tous... Hommes, gentilsfames... Ils se gavent comme les jantes (2). Mais les jantes, on les y oblige...

Gui tendit l'oreille car la petite bouche d'Alix se penchait vers lui pour certainement, un commentaire.

— Tous se sourient, et plus ils se sourient, plus ils se détestent.

— Je m'en suis douté dès mon premier pas céans.

— Le duc Louis ne dissimule pas la joie qu'il a éprouvée de devenir Orléans après avoir été Touraine (3).

— Il voudrait régner.

— Partout... même en Bretagne et en Bigorre, en Foix, en Béarn (4). Je ne cesse, messire, d'ouïr les desseins qu'il proclame à tous vents.

— Ne craignez pas de m'appeler Gui.

— Volontiers, si vous me dites Alix.

Sous le voile qui parachevait son frontal et lui caressait les joues, la

(1) Nappe.

(2) Oies.

(3) Froissart : « *Il fut fait un échange de terres et de pays au profit, grandement, du duc de Touraine, car il résigna en la main du roi, son frère, la duché de Touraine et toutes les appendances ; et tantôt lui rendit le roi et donna en don et en hommage la duché d'Orléans, qui mieux valait que les quatre en la forme et manière que le duc Philippe d'Orléans l'avoit anciennement tenu. Si nommerons d'ores-en-avant le duc qui fut Touraine duc d'Orléans* (4 juin 1392) ».

(4) Fébus ou Phœbus avait négocié secrètement avec Charles VI. Leurs entretiens débouchèrent sur un accord du 5 janvier 1390, acte dont les clauses ne furent connues qu'en 1391 : Fébus obtenait la jouissance viagère du comté de Bigorre ainsi qu'une somme de 100 000 francs or. En contrepartie, le roi recevait l'assurance d'hériter du comté de Foix, de la vicomté de Béarn et de toutes leurs dépendances à la disparition de leur propriétaire. Le 12 août 1391, Fébus mourait à Riom, près d'Orthez, au retour d'une chasse à l'ours.

pucelle avait rougi. Gui se dit qu'aucune autre coiffe que celle qu'elle arborait n'eût pu mieux mettre en évidence cet air de langueur qui l'avait troublé sitôt que ses regards l'avaient distinguée, sur l'échafaud de Saint-Pol. Alix leva sur lui des yeux tout ennuagés d'incertitude. Il comprit qu'un obstacle pouvait ou allait les désunir irrémédiablement, aussi fortuit qu'infranchissable. Il avait cru pouvoir accéder au bonheur ; il semblait qu'il allait s'effriter dans les petites mains qu'il eût aimé couvrir de baisers.

— Il… je veux dire mon père me voudrait marier à l'un de ses amis.

— Qui ?… Je le connais peut-être.

— Colinet de Blandy.

— Je ne l'ai jamais vu… Il est vrai qu'hormis les seigneurs du Maine…

Ce fut elle qui toucha sa dextre pour, sans doute, le rassurer. Il sentit son sang lui monter aux joues tandis que d'une voix pensive, en rougissant aussi, Alix ajoutait :

— Colinet de Blandy, qui vit au châtelet de cette cité, est le chambellan de Guillaume IV de Melun, comte de Tancarville, propriétaire des lieux, lequel Guillaume est lui-même chambellan du roi… Vous le voyez, ma liberté est moult incertaine… J'aimerais disposer de moi-même. Je ne l'ai jamais pu. J'y serais parvenue si ma mère n'était morte. Ce soir, si mon père était présent, il aurait fait en sorte que nous soyons séparés car il sait… je veux dire : il devine qu'il y a entre nous une grande attirance.

— Nos sentiments sont… les mêmes.

Disant cela, Gui avait épié sur le visage soudain pâle, les reflets des émois qu'Alix n'osait plus lui dissimuler. L'expression des traits de la jouvencelle changeait constamment, jusqu'aux feux de ses yeux qui semblaient revivre, à l'intérieur d'elle-même, une scène qui l'avait, elle aussi, désarçonnée :

— Vous avez buqué mon père sur la lice de Saint-Pol.

— C'est lui qui a voulu courir contre moi avant que je n'eusse affronté le connétable. On dirait qu'il m'a cherché dès qu'il a vu que nous nous intéressions l'un à l'autre… A la joute, il n'existe point d'arrangements… Si j'avais su qu'il s'agissait de votre père, ma lance, en ma main, eût été moins efficace… pour l'amour de vous.

Il n'osa regarder Alix et se passionna pour le morceau de pain qu'elle serrait entre ses doigts aux ongles d'un rose à peine plus prononcé que sa chair.

— Clisson ne m'en veut point de l'avoir ébranlé… C'est un preux.

Alix ne s'offensa pas d'une comparaison sans malice. Elle dit simplement, tournée vers le roi, la reine, Louis d'Orléans et le connétable :

— Le grand Marmouset nous observe.

Sans doute préjugeait-elle, comme son père et parce qu'il détestait le connétable, des qualités de celui-ci. Au risque de la mécontenter, Gui s'ébahit :

— Oh !… Il n'est pas bon de médire ainsi. Ces trois courses que j'ai menées contre Clisson auraient pu détruire à chacun notre honneur. Elles nous ont merveillés l'un l'autre… et je suis désormais l'un de ses hommes liges.

Il ne put s'empêcher de froncer les sourcils tout en poursuivant :

— Après cet attentat contre lui, je devine le connétable en grand danger… Il a plus de détracteurs qu'il ne l'imagine et porte en lui, à son insu, le dépôt de haines d'autant plus redoutables qu'elles sont obscures. Il flaire ses adversaires mais ne les voit pas tous. Cet homme et ce pays – le nôtre – si longtemps triboulés par les guerres contre les Anglais, les Bretons, les routiers et les querelles internes ont besoin d'une paix durable.

Voilà qu'il s'égarait dans la politique !

Il se tut d'autant plus promptement que messire Froissart épiait ses propos tout en feignant d'acquiescer à ceux du Bègue de Villaines.

— Ah ! dit-il, l'entremets.

Quittant la ménestrandie et descendant entre les tables, un cornemuseur s'était mis à jouer dès l'apparition de quatre jongleurs armés d'une épée, effaçant des miaulements de son instrument les discussions, les ris et les tintements de vaisselle. Les convives s'étaient à peu près tous figés, la mine soudain triste ou recueillie sans que la vue des épées y fut pour quelque chose : on avait étouffé leurs propos, muselé leurs confidences et médisances. Allaient-ils pouvoir en recouvrer le fil ?

— La danse de l'épée, murmura Gui en cessant de contempler sa voisine pour s'intéresser aux premiers sauts de carpe d'un garçon jeune, habillé de rouge, la tête enfermée dans une cagole de bourreau. Vous connaissez ?

— Oui, dit Alix. J'ai déjà vu ces hommes. Le prince les emploie à toutes sortes de choses…

— Ils feignent maintenant de s'entre-tuer !… Aimez-vous ces sortes de simulateurs. A la guerre, peut-être périraient-ils dès les premiers échanges.

— Je détesterais que vous dussiez partir pour l'ost.

— Je vous en sais bon gré.

Gui ne disposait d'aucun moyen tangible pour prouver à sa voisine jusqu'à quel niveau l'affection qu'il lui portait tourmentait son cœur et son âme. Comme il s'efforçait de garder le silence, sa main senestre, un moment inutile, tomba sur sa cuisse et y demeura immobile et comme inutile. Alix se pencha de côté. Il s'en fallut de peu pour que leurs épaules ne se touchassent. Tandis que des doigts agiles effleuraient la main abandonnée, la pucelle chuchota – et c'était, adouci, presque un gémissement :

— Laissons faire le temps. Dieu est bon…

Il acquiesça, bien qu'il réprouvât ce propos. Il ne croyait pas plus à la bénignité du temps qu'à la sollicitude divine.

— Je vous aimerai tout mon viage (1).

Il ne manquait ni d'audace ni de sincérité. Il s'aperçut que Clisson avait cessé d'observer les jongleurs et craignit qu'il ne lui reprochât plus tard son indifférence à leurs feints coups d'estoc et de taille. Or, il vivait dans un autre monde. L'amour le pénétrait au plus fin de ses veines tandis qu'il recevait sur son oreille, telle la chatouille d'un duvet tombé des nues, l'haleine paisible d'Alix.

— Il faudra bien, dit-il, que nous soyons heureux.

Elle n'osa, du sien, investir un regard dans lequel, sans doute, elle craignait de trouver de l'inquiétude, mais sa main serra plus fort celle qu'elle avait audacieusement saisie.

— Heureux, répéta-t-elle d'une voix presque fanée.

Ses yeux se perdirent bien au-delà des voûtes comme si elle y cherchait quelqu'un.

— Nous serons heureux, m'amie, parce que nous le voulons. Heureux d'une autre façon que le sont ces gens pour lesquels le bonheur consiste en tout ce que nous réprouvons.

Le murmure confus des rires étouffés, des conversations oiseuses pour la plupart et des tintements de vaisselle ne cessait d'augmenter. Autour des tables où les femmes belles ou non se croyaient des enchanteresses, des hommes, parfois, se levaient pour coqueliner auprès d'une autre que leur épouse. Des regards s'échangeaient : aux lueurs concupiscentes des uns répondaient les brillances veloutées des autres sous la voilette frémissante des cils. Au milieu des tablées où les mets s'empilaient en pyramides, gerbes et couronnes chatoyantes, l'argenterie prenait souvent l'éclat d'un heaume dans une immobile mêlée. Vingt, trente couleurs s'assemblaient et dissociaient : bleu clair ou bleu de nuit des pourpoints que des étincelles de sauce poivrade criblaient çà et là ; rose et grenat, safran et sang-de-dragon des manches en barbes d'écrevisse ; mactabas des corselets et des épaules bouffantes comme des gigots dorés ; poivrières tronquées de camocas mauve, gris, vert ; éminences pointues des hennins adornés d'un brouillard de satanin où s'égarait parfois une main lente ou lasse. Toute cette engeance noble, immobile ou non, faisait assaut de compliments, propositions, rires, blandices. Et tout autant que Gui

(1) Je vous aimerai toute ma vie.

pouvait en juger, Alix avec un intérêt peut-être supérieur au sien observait cette assemblée où les gens connus d'elle-même et de son père ne manquaient point.

— Je voudrais être loin.

— Moi également… Oh ! si vous saviez combien, parfois, j'envie les manants et manantes…

Tout, plutôt que de la flatter, offensait l'attention d'Alix. Sous leurs habits flamboyants et indécents tellement ils les serraient de près, gentilshommes et gentilfames, dans la gaieté qui les agitait sans trêve, s'apparentaient sous les mêmes traits enjoués en deçà desquels apparaissaient leurs vices quand ce n'était leur déclin. Et le roi semblait composé de la même argile poisseuse et sorti du même moule.

— Ce sont ces gens-là qui parlent au nom de la France !

— Il paraît, dit Alix, qu'à Londres, c'est pareil.

Gui eut un geste étroit mais significatif – du moins pour sa voisine : il balançait tous ces festoyeurs par-dessus son épaule, à commencer par cette femme, assise entre deux gros mangeurs qui pouvaient être le duc de Berry et Savoisy, l'ami du roi, et leur montrait un sein dont de ses doigts elle attisait le mamelon.

— Des monstres à leur façon.

Il les avait vus dans l'honnête clarté des lices. Il lui était aisé d'imaginer leurs gestes et leurs propos dans les ténèbres des vestibules et les velours des alcôves. Les femmes, surtout, lui donnaient du mésaise, à commencer par la reine, cette Minerve aux rires pointus, aux mouvements tantôt secs, tantôt languissants et qui, faisant fi de son mari, envoyait des œillades bienveillantes, à moins qu'elles ne fussent énamourées, à ses voisins les plus proches parmi lesquels le duc d'Orléans donnait de la voix et buvait à outrance.

— Si seulement nous pouvions partir !

— Impossible, murmura tristement Alix. Ne vous laissez plus reprendre dans de tels rets, *même pour me revoir*. Ces gens ont des mœurs terribles… Il faut un grand, un immense courage à Valentine Visconti pour costier parfois la reine qui la hait.

L'épouse du duc d'Orléans conversait avec un homme d'environ vingt-cinq ans, au visage glabre, sain et solide, et qui semblait d'un esprit distingué. Gui lui porta plus d'intérêt qu'aux autres sans bien trouver pour quelle raison.

— Qui est-il ?

— Le fils du maréchal Jean le Meingre… Boucicaut (1).

— Il a l'air digne de son père.

(1) Le maréchal de Boucicaut mourut le 15 mai 1372. Ce fut une haute et saine figure des serviteurs de la royauté.

— Il l'est, d'après ce que je sais. Alors que tous ces gens, devant nous, ne songent qu'à s'enrichir, Jean le Meingre se contente de gérer son avoir. On raconte que n'ayant rien vendu de l'héritage de ses ancêtres ni agrandi celui-ci, il a répondu à ceux qui l'encourageaient à l'augmenter : « *Mon avoir suffira à mes enfants s'ils sont vertueux ; il sera trop considérable s'ils ne le sont pas.* » Voilà, n'est-ce pas, de belles paroles.

— Vraiment !… Le connétable et messire Boucicaut se lèvent…

— Ils vont échanger quelques mots hors de la frainte (1).

— Ils s'ennuient céans l'un autant que l'autre.

— Mon père ne les aime guère.

Gui fut tenté de dire : « Cela ne m'étonne point. » Peu à peu, sans raison très précise, il se mettait à détester Guillaume de la Champagne, seigneur d'Apilly.

* *
*

Les mets avaient été séparés d'entre-mets : montreurs d'oies, d'ours, de singes et de chiens ; jongleurs et jungleresses, cracheurs de feu, lutteurs musculeux dont les simagrées, avant qu'ils ne s'empoignassent, avaient suscité les rires de la reine tandis que son époux frongniait (2), décidé, semblait-il, à provoquer un esclandre. On en était à l'issue de table et se délectait d'une desserte de poires, coings, merises et gaufres lorsqu'une galopade fit cesser la musique tandis que le roi se dressait, pâle et tremblant, armé de son couteau et de sa cuiller.

— On vient ! dit-il plaintivement comme s'il était menacé.

Pâle sous son galeron de bièvre (3) frangé d'argent, il semblait redouter qu'on ne le ravît pour l'entraîner en des lieux où il serait immolé à grands éclats de voix – tels que ceux de son frère Louis et de la rieuse Isabeau, tous deux réjouis d'une frayeur qui, sous le regard attentif de Clisson, contagionnait le duc de Berry.

— Le pauvre… dit Alix.

Le roi était vêtu d'un pourpoint d'écarlate bleue semé de lis, le faux-du-corps (4) serré par une épaisse ceinture d'un tissu chatoyant où se lisait, brodé aux fils d'or, le mot *espérance* sur lequel tombait d'aplomb le dernier anneau d'une triple chaîne du même métal. A ses poings tintaient des bracelets semés de diamants. Il aimait à les secouer pour les entendre bruire.

(1) Bruit, vacarme.
(2) *Frongnier* : s'agiter.
(3) Castor.
(4) Partie où le corps s'amincit, entre la poitrine et les hanches.

— Ils viennent !… Défions-nous, messires et mesdames !

Il y eut des murmures, les uns de dénégation pour rassurer le roi, les autres faits de commentaires interrompus de « *chut ! chut !* » entre lesquels percèrent quelques rires.

— On dirait qu'il est… soûl, dit Alix à mi-voix.

— On l'appelle le Bien-Aimé, chuchota Gui. Je suppose pourtant qu'il se croit détesté. Ce n'est pas lui qu'on craint mais sa santé… Voyez comme Berry l'observe… On dirait par ma foi qu'il espère un orage.

— On vient, cria le roi… Messires gardez-moi (1) !

Il s'était assis, tenant toujours, la lame et la petite louche en l'air, son couteau et sa cuiller.

— Savez-vous, Alix, ce qu'on dit d'un homme qui tient, à table, les ustensiles à manger de cette façon ?… Eh bien, l'on dit de lui qu'il s'en va à Bouvines.

— Pourquoi ?

— Je ne sais, mais c'est ainsi… Peut-être, en vérité, parce que la victoire fut l'œuvre de gens du commun sachant se tenir à table mieux qu'à cheval.

Le roi ne bougeait plus. Ne s'effrayait plus. Il attendait, l'esprit creux et le regard vide. Louis d'Orléans souriait à la reine. Valentine Visconti fronçait les sourcils et pinçait les lèvres, élargissant ainsi une bouche qu'elle avait belle. Jean de Berry semblait inquiet. Sous son chaperon noir aux cornettes courtes et repoussées sur le devant, sa grosse face rougeaude, immobile, n'avait de vivant que le regard. Il le portait sur le roi et sur son neveu Orléans avec, semblait-il, une espèce de crainte avant que d'observer la porte par laquelle, fatalement, les chevaucheurs entreraient. Gui lui trouva des yeux ternes de poisson mort, globuleux comme ceux des chèvres.

— Le duc de Berry semble malade. Mais malade de quoi ?

Alix demeura silencieuse, épiant elle aussi le prince dont un sourire vite résorbé venait d'animer la figure. Une femme, près de lui – la sienne peut-être – tournait de sa main dextre, lentement, le gros anneau qui cerclait son médius senestre et semblait attendre, elle aussi, les apparitions que redoutait le roi.

Il n'y en eut qu'une : un homme décoiffé, vêtu d'une brigantine de velours tout aussi cramoisi que l'était Berry. Il portait l'épée au côté. Il avait hésité sur le seuil et Alix avait étouffé un « Oh ! » de stupéfaction et de crainte.

(1) Ce roi dégénéré se distinguait par une intelligence restreinte. Une consanguinité répétée dans des ascendances déficientes l'avait pourvu de cette tare. Son esprit paresseux, « égaré », ne se pouvait fixer sur rien. L'inconsistance de sa pensée se reflétait dans sa devise : *Jamais*. Sa vie tout entière composée de fêtes et de plaisirs aggrava sa lourde hérédité. Son oncle, Bourgogne blâmait l'existence déréglée de cet être irrécupérable. Cependant, c'était lui qui avait manigancé son mariage avec la volage Isabeau, sachant pertinemment qu'il commettait une erreur d'où il tirerait bénéfice.

— Père, dit-elle. Je ne l'ai jamais vu dans cet état.

Et plus bas encore :

— Il ne faut pas qu'il nous voie ensemble.

— Il est trop subverti (1) pour cela.

Comme un pli sévère s'était formé entre les yeux de la jouvencelle, Gui eut la conviction qu'elle craignait son père bien au-delà de ce qu'il avait soupçonné. Lui-même observait Berry et Apilly debout, immobiles à quelques pas de la table, comme soudain apparentés dans une même turpitude. Tout proche, mais assis, ébahi par l'irruption de son homme lige et l'espèce de subordination qui le liait à son oncle, Louis d'Orléans s'indignait d'être tenu à l'écart d'un entretien dont, sans en rien savoir, il mesurait l'importance. Le roi, d'un regard froid, interrogeait la reine, et celle-ci Valentine Visconti qui feignait de ne la point voir. Alix, dont la main avait repris sa liberté, semblait prête à oublier une intimité d'autant plus émouvante qu'elle n'en était qu'à son prologue.

— Pardonnez-moi, messire…

— Ne vous triboulez pas. Vous saurez tout bientôt, m'amie, sur l'absence de votre père et les raisons de celle-ci. Et ne m'appelez plus messire !

Gui se sentait singulièrement concerné par l'intérêt qu'Alix consacrait à ces deux hommes qu'une collusion peut-être éphémère contraignait à des chuchotis. Berry, qui semblait maîtriser péniblement une déception furibonde, reprochait au sire d'Apilly quelque chose. Une énormité. Mais de quelle espèce ? Le fautif semblait se défendre et se répandre en excuses. Le duc leva les bras ; ceux du père d'Alix tombèrent, mous et las, et ce geste exprimait de la consternation.

— J'en enditterai (2) Louis ! tonna soudain Berry.

Le duc d'Orléans parut rassuré. Isabeau lui dit quelques mots. Ils reprirent leur couteau et leur dialogue tandis que Charles VI paraissait s'endormir.

— J'ai peur, dit Alix.

— Clisson m'a paru plus attentif encore qu'Orléans à tout ce qui s'est passé… et ce Froissart aussi. Quant au reste des convives, seule la bonne chère et leurs menus propos les requièrent.

— Votre père est désavoué.

Il fallait renoncer à saisir une petite main qui semblait froide. Prendre son temps pour rassurer une âme en peine avec les mêmes paroles qu'auparavant. C'en était fini des confidences chastes et frivoles qui eussent pu alléger maints soucis.

(1) Bouleversé.
(2) Enditter : informer.

— Il me semble que je le connais mal… Je découvre en lui, ce soir, quelque chose… d'obscur.

« De servile », songea Gui.

— Il a perdu sa netteté.

« Et son honnêteté, peut-être, car servir le duc de Berry, c'est se corrompre ! »

— Pensez-vous qu'il ait commis quelque… Ah ! je ne sais comment dire.

— Ne dites rien… Dans ce pays naufragé qui est nôtre, rien n'est plus parfait, même chez les gens sans défaut. Des hauteurs où le roi et la reine planent, comment sauraient-ils ce qui se passe en bas ?… Ces grands qui nous gouvernent ont leurs essoinnes (1). Votre père, sans doute, a eu accès à l'une d'elles…

— Clisson tend l'oreille.

— Le fait de n'avoir qu'un œil a sans doute développé son ouïe.

Eh bien, non : Alix ne souriait pas. Et justement le connétable semblait avoir tout compris. Gui sentit son regard sur lui et se demanda pourquoi.

— Voilà, dit Alix, qu'ils se séparent. Berry s'attable et ne répond rien à la question de sa femme. Il paraît courroucé. Mon père s'éloigne et courbe le dos… comme un fautif…

— Le duc Louis l'appelle mais il fait le sourd.

— Il ne m'a point vue… Il n'a vu personne d'autre que Jean de Berry.

— C'est vrai, acquiesça Gui. Il semble en proie à un grand repentir pour une amise (2) que Berry lui a reprochée… Le duc Louis le saisit par sa manche.

— Il lui dit : « *Plus tard, messire* », et s'en va.

Alix n'en était guère apaisée pour autant.

— Vit-il chez le duc ?

— Non, Gui. Il s'est hôtelé (3) rue Barbette.

Il semblait qu'un nuage obscur s'était interposé entre eux. Par quels mots, quelle contenance parviendraient-ils à le dissiper ? Berry mangeait sans se soucier du duc d'Orléans qui, plutôt que de l'interroger sur une visite incongrue, confabulait avec la reine alors que son frère couronné bâillait, bâillait encore et tendait son hanap à un échanson auquel Isabeau intimait un ordre.

Le hanap fut empli et même déborda.

« Elle le veut voir saoul pour avoir sa nuit bien à elle », devina Gui tandis qu'Alix touchait du sien son coude.

— Je crains que mon père ne soit d'une humeur terrible… Qu'il ne

(1) Affaires.
(2) Faute.
(3) Logé à l'hôtel.

se libère sur moi de sa déconvenue. Il est parfois d'une forcennerie… effrayante.

Déjà, elle était subjuguée et se demandait sans doute comment échapper à l'ascendant de l'homme qui l'empeurait encore, bien qu'il fut loin. Penché vers elle, mais à peine, Gui la considérait avec plus d'anxiété que de tendresse, comme une enfant qu'il n'eût osé prendre dans ses bras afin de la rassurer et dont il eût baisé le front brûlant sous lequel couvait sans doute un feu qu'il se sentait incapable d'éteindre. Il s'aperçut qu'il ne savait presque rien du repas et des gens qu'il avait rassemblés.

— Nous allons devoir bientôt nous séparer, dit-il. Quand et où pourrons-nous nous revoir ?

Alix eut un haussement d'épaules et sa bouche se pinça dans une expression d'incertitude.

— Sans vous, je n'aurais trouvé aucun intérêt à ce repas.

C'était un alibiforain (1). Gui n'en fut point marri. Elle était si belle !

— Pour moi, dit-il, ce repas m'a édifié sur maintes choses, mais c'est bien vous, m'amie, qui m'avez enchanté… Sitôt que votre père est entré, il m'a semblé qu'un malheur pénétrait céans.

— C'est aussi ce que j'ai songé.

Satisfaits l'un de l'autre, ils se dévisagèrent. Le réciproque sentiment qu'ils n'osaient encore appeler d'un nom trop usé les avait comme sauvegardés de l'espèce de boue dorée que composaient tous ces riches convives, compagnons et compagnes de plaisir du roi, de la reine, des ducs et de leurs fidèles. Ils avaient évité de trop parler de *l'autre entourage* : celui qui se composait de petites gens malheureuses comme d'ailleurs, sans doute, leurs voisins et voisines.

— Il paraît que le duc de Bourbon est céans ?

— Là-bas… Ce gros dont le pourpoint ouvert montre… ses poils.

— Il me fait l'effet…

— De ce qui est, mais parlons d'autre chose.

Les joutes de l'esprit, les passions belliqueuses, les médisances aussi n'étaient point de leur goût. Peu à peu, le visage d'Alix avait recouvré sa fraîcheur, son buste si tentateur sa grâce.

— Je ferai en sorte de vous revoir vélocement, dit-elle. Mais… voici que le connétable se lève et vous fait signe. Rejoignez-le, Gui, et n'ayez point l'air d'être déçu de me quitter. Il ne faut surtout pas que les gens s'imaginent…

Il obéit, baisa la petite main nue, satinée, offerte à ses lèvres et s'éloigna sans se retourner.

* *
*

(1) Réponse « à côté ».

Après les constellations vestimentaires entrevues en l'hôtel d'Orléans, la nuit parut à Gui sombre et chargée d'orage. Il faisait frais. Clisson grommela contre cette fraîcheur. Il sentait, dit-il, son dos glacé d'une sueur que sa chemise et son pourpoint n'absorbaient pas.

— Tu viens de faire tes débuts dans ce qu'on appelle la grande noblesse. Qu'en dis-tu ?

— Elle n'a rien de beau, de noble… et de grand.

— Tu peux ajouter qu'elle est dépravée bien que tu ne l'aies pas vue dans ses œuvres.

Le connétable se mit à rire de ce rire un peu sec et enchardonné que Gui commençait à connaître.

— Que s'est-il passé, messire, selon vous, lorsque Guillaume de la Champagne a interrompu le festin ?

La rue était obscure : la plupart des pots à feu s'étaient vidés de leurs flammes. Clisson dégaina de moitié son tranchelard et, la voix basse :

— Défie-toi toujours des ténèbres. Elles sont le royaume de la pendaille. Je ne suis pas en état de prouver ma force à quiconque nous chercherait noise. Quant à ce qui s'est passé cette nuitée, il est patent que quelque chose de laid a provisoirement lié Berry et Apilly. Reste à savoir si le duc Louis était consentant. Je n'en suis pas certain. J'ai ouï le mot *erreur*, puis *funeste*. Mais quelle erreur funeste et à propos de quoi ou de qui ? Je le saurai demain… c'est-à-dire dans la matinée de ce mercredi (1) dont l'aube est sur le point d'apparaître.

Gui resta coi. L'inquiétude qu'il éprouvait depuis l'apparition du sire d'Apilly subsistait et même s'amplifiait sans qu'il en découvrît la raison. A ce trouble se mêlaient les débris de la gêne plus ou moins vergogneuse – selon ce qu'il avait fait, vu et deviné – d'avoir partagé la mangerie d'une noblesse qui, pour haute qu'elle fût, ne l'ébahissait point. La présence bienfaisante d'Alix lui avait fait supporter un mésaise tout d'abord pesant, puis léger ; son absence, à présent, l'aggravait.

— En entrant comme un fol, Apilly a écourté la fête. Nul n'a songé à caroler !… Aimes-tu la danse ?

— Petitement.

— Cela t'aurait bien plu, cependant, d'offrir ton bras à la pimprenelle.

— Évidemment.

— Réponds-moi, Gui, sans ambages. Aimerais-tu à fréquenter ces personnes ?

— Je salirais mon nom en leur compagnie. Mon âme également et peut-être mon corps.

(1) Mercredi 26 juin 1392.

La richesse et l'impudicité de ces gens, l'effronterie ou l'orgueil de leurs vêtements et la volupté maladive qui suintait si éloquemment de leurs visages et de leurs poses n'avaient cessé de l'incommoder sans qu'Alix, apparemment, s'en fût doutée. Le roi lui avait fait pitié. Il n'était en vérité qu'une bête outrancièrement parée dans un troupeau trop occupé de vivre le présent pour songer à l'avenir et à la destinée du royaume. Si la « maladie » de Charles VI ne cessait de se trahir dans la plupart de ses gestes souvent mous et parfois exacerbés, reprenait-il, dans son sommeil, sa consistance humaine ? Dormait-il maintenant ? Pendant ce temps, auprès d'Isabeau, Orléans distillait-il de la séduction et ciselait-il des phrases nonchalantes qui, après des silences légers occupés à des tâtonnements, faisaient germer le désir dans les entrailles de la reine ? Se tordait-elle voluptueusement comme un pampre dans une chambre sans miroirs afin d'échapper au spectacle de sa bassesse ?... Et Alix, la virginale Alix ? Avait-elle regagné son lit après avoir poussé le verrou de son huis ?

A quoi bon se questionner sur leur prochaine rencontre. D'ailleurs, Clisson alentissait son pas.

— Je les ai ébahis ! Ceux qui m'avaient cru mort m'ont revu bien vivant. En vérité, je déborde de vigueur.

Gui en douta, bien qu'il trouvât le connétable gai, hardi, capable de sauvegarder la veuve et l'orphelin pourvu qu'ils l'en suppliassent, et le royaume si c'était le désir du roi. L'aigreur foncière de sa nature s'était adoucie.

— Nous voilà rendus, dit-il en prenant son écuyer par l'épaule. Dors sans trop laisser galoper ton imagination... Demain, ou plutôt ce matin, éveille-toi de bonne heure. Il nous faut savoir ce qui s'est passé. Au détriment de qui et pourquoi.

Ils étaient parvenus devant l'hôtel du connétable. Clisson demanda, tandis qu'ils s'engageaient sous la voûte d'entrée où le grand et blond Guérard veillait :

— As-tu remarqué, compère, que ma demeure est sise rue de Paradis ?

— Oui, messire.

— Alors, oublie le purgatoire où nous sommes allés.

— C'est mon intention.

Gui, cependant, subissait encore l'influence amollissante d'une sorte de monde où l'on forçait le merveilleux – un merveilleux à ses yeux dérisoire. Il avait été frappé tantôt par l'aisance d'Alix à en supporter les dorures, tantôt par sa répugnance affirmée lorsqu'elle observait certains convives dont on eût dit qu'elle connaissait les vices. Comme lui, elle était venue contre son gré à ce festin. Son père l'y avait obligée. Lorsqu'il avait quitté la jouvencelle, elle semblait moins lasse qu'abandonnée dans un cloaque étincelant dont elle redoutait les miasmes.

— Je ne me sens invincible qu'à Jocelin où les hommes qui hourdaient ta mère vont arriver bientôt. Rien n'est plus lent qu'une litière.

Gui acquiesça.

— Huit lieues par jour, mais mes limoniers peuvent aller jusqu'à neuf. Mes hommes savent où trouver des hôtelleries pour la nuit et, tout au long du chemin, des granges bien pourvues en fourrage. A cheval, on peut couvrir la distance du Mans à Paris en moins de trois jours pleins en prenant, évidemment, des chevaux frais dans des relais de connaissance... Mes hommes ont de quoi payer. Juvécourt, qui les mène, a toute ma confiance.

Clisson s'assit à moitié sur un des montoirs de son seuil :

— Assieds-toi en face... Bien... Sache-le : sitôt que je le pourrai, nous quitterons Paris. Je ne suis à l'aise que dans mes hauts murs. Il me plaît que tu connaisses Jocelin.

Il aimait son château, son enceinte épaisse, les lignes puissantes des courtines, les fenêtres élancées, disposées en files régulières et dont des moutiers eussent pu revendiquer les arcatures en plein cintre. On était cependant loin, à Jocelin, de la maçonnerie de l'hôtel parisien si parfaitement agréable aux regards. A l'apparat parfois subtil succédait l'ampleur du solide. Aucune parenté. Jocelin n'était pas une tanière comme certains châtelets que l'on apercevait sur les chemins de Bretagne et dans celle-ci, mais un édifice trapu et pur, non point aménagé pour des réceptions et des liesses, mais construit pour défier le temps, les éléments et les hommes.

— Tu verras !... Une fois en ségurement dans ces chaingles (1), tu oublieras tout... même ta jeune beauté !

Gui s'insurgea contre cette prédiction. Assombris par les reflets du flambeau de Guérard qui s'approchait, les yeux du connétable exprimaient une sorte de moquerie – à moins que de révéler involontairement une infinie pitié. Mais en ce dernier cas, pourquoi ?

— Il est temps pour vous deux de dormir, grommela Guérard en élevant haut son flambeau.

Il était temps, en effet. Gui, anxieux et las, regagna sa chambre.

(1) Une fois en sécurité dans cette enceinte.

VI

Gui entra dans l'armerie où Olivier de Clisson, qui l'avait fait mander par Jausselin, achevait de frotter l'épée royale dont seul il assumait l'entretien. Le coup d'œil admiratif qu'il jetait d'ordinaire sur les armes, les bannières et les armures du chef des armées ne suscita, ce matin-là, de la part de celui-ci, qu'un sourire où Gui crut discerner plus de commisération que de bienveillance. Il ne se soucia point de cette étrangeté. Après tout, il pouvait se méprendre.

— J'ai de mauvaises nouvelles, dit le connétable.

Il remit l'épée dans son fourreau fleurdelisé. Sa voix parut à Gui légèrement tremblée.

— Juvécourt, que tu ne connais guère, te dira... Jausselin qui a des amis parmi les falotiers (1) de Berry vient de me fournir confirmation de ce que m'a rapporté mon soudoyer.

Clisson hésitait. Gui se demanda si le connétable avait tout à la fois l'esprit et le corps dispos après le festin de la veille.

— Le roi ?

— Non. Il s'agit de ta mère.

Au ton soudain feutré, empreint de compassion, Gui crut comprendre la suite.

— Mère ?... Que lui est-il advenu ?

Sous le linge froissé qui bandelait son crâne, le visage du connétable changea d'expression. De mobiles et avenants, ses traits se figèrent.

— Déviée (2), dit-il sans précaution.

Accablé par cette révélation autant que par la sérénité de son vis-à-vis maintenant debout, immobile et comme empêtré dans un brutal et déplaisant mésaise, Gui n'osa poser la moindre question. Il eût voulu

(1) Hommes chargés du luminaire. Porte-falots.
(2) Morte.

pouvoir résister « en homme » à la douleur. Au contraire, il se sentait emporté dans un torrent d'émois d'autant plus violents qu'il n'en avait jamais subi le flux terrible et délétère.

— Une erreur, Gui… Une faute… Nous la vengerons.

— Comment, messire ? Ma mère se trouvait sous la protection des meilleurs de vos hommes… Quatre ! Comment est-elle morte et pourquoi ?

L'inconcevable montait, grondait en lui mêlé à une irritation furibonde envers Clisson, envers ses soudoyers, envers la méchanceté du sort. Il savait qu'il ne pouvait présentement appeler Dieu à son aide, ni d'ailleurs personne : un grand pan de sa vie venait de s'écrouler.

— Qu'ai-je donc commis de répréhensible pour qu'un tel malheur me frappe ?

Il avait sa dextre sur son front de sorte que si des larmes affleuraient ses paupières, le connétable ne les pouvait voir. Que dire ainsi ? Ce deuil l'étouffait. Dépassant les limites des souffrances ordinaires, quelle qu'en fût la gravité, il entraînait irrévocablement ses plus avides espérances dans un abîme sans fond : revoir sa mère, se réconcilier avec elle, la consoler de l'affliction dans laquelle il l'avait laissée. Pourquoi ? Pourquoi elle et lui ? Par quel décret de la fatalité Hedwige de Clairbois avait-elle cessé de vivre ?

— Pourquoi ? demanda-t-il cette fois à voix basse.

Il éprouvait jusqu'à l'angoisse le sentiment d'une faiblesse inique, incurable, que Clisson, homme violent et réputé cruel, devait condamner.

— Un crime, Gui… Un crime irrémissible… Une embûche… Elle n'était pas destinée à ta mère mais à ma femme… La méprise est due à la litière dans laquelle elle travellait (1).

Le connétable fit quelques pas, s'immobilisa devant une de ses armures et parut la prendre pour confidente :

— Juvécourt !

Le sergent d'armes apparut aussitôt, ce qui laissait supposer qu'il n'avait rien perdu de ce qui s'était dit. Sa présence ne sortit point Gui de sa stupeur.

— Raconte, exigea Clisson.

Et à Gui :

— Quatre hommes veillaient sur ta mère : lui, Coquiot, Le Moël et Mauboussin. Juvécourt est revenu cette nuit peu de temps après nous… Ses compères sont morts. Il a pu s'échapper, mais il a perdu des heures, d'où son retard à me prévenir… Berry a su tout avant nous. Et Orléans, bien sûr !

(1) *Traveller* : voyager.

C'était une allusion à la présence inopinée d'Apilly au repas. La justification d'une inquiétude partagée avec Alix.

— Dis-lui tout, Juvécourt.

Gui s'intéressa enfin à l'homme que le connétable honorait d'une espèce d'amitié dont la rudesse, peut-être, garantissait la longévité. Grand, vigoureux, au sommet de la maturité, tout en lui révélait, outre une obéissance assidue, une force tellement sollicitée depuis longtemps qu'il l'exerçait avec une sorte de nonchalance, au détriment de toute volonté de réflexion.

— Ben voilà : ça s'est passé, ma foi, près de chez vous : à moins d'une demi-lieue de Saint-Denis-d'Orques. La litière de dame Clisson, occupée par votre mère, s'engageait dans un chemin entre un pré aux herbes hautes et le seuil d'une forêt quand des malandrins nous sont tombés dessus. Ils étaient une douzaine… J'ai reconnu Apilly qui s'est toujours tenu à l'écart et n'a rien dit… En fait, ils voulaient se saisir de la dame de Clisson et l'emmener en otagerie… Mais votre mère, messire Gui, s'est démenée comme une tigresse pendant que mes compains, qui la voulaient protéger, tombaient un à un… Sachant que tout était perdu, je me suis enfui et mis à recueillette (1)… Plus tard, je suis revenu… La dame de Clairbois était dans la litière. Sa tête débordait de la portière… Elle avait été égorgée.

Juvécourt, la rage au cœur, se mit à marcher d'un pas pesant :

— Je n'ai rien pu pour sauver votre mère… Si j'ai fui plutôt que de mourir sur place, c'était pour devenir le témoin de cet attentat ; c'était pour prévenir le connétable et vous-même. Il sait, tout comme moi, que les Marmousets sont menacés par Berry et ses parents… Il sait que sa vie est en danger, mais il ne pensait pas, comme moi, que le duc s'en prendrait à son épouse. Voilà… J'ajoute que l'agression eut lieu dans la nuitée de samedi à dimanche. Le temps que je revienne…

C'était un commentaire d'une brièveté lumineuse. Comme Gui ne disait mot, Juvécourt s'imagina qu'il lui en voulait, ce en quoi il se méprenait.

— Ne me détestez point, messire. Je puis vous montrer les plaies que j'ai à l'épaule, à la hanche et à la cuisse… Car je me suis battu avant de… m'éloigner.

Le verbe *fuir* n'eût pas franchi les lèvres du soudoyer. Il reprit, cette fois à l'intention du connétable vers lequel il s'était tourné :

— Ne m'en veuillez point, monseigneur. Vous savez comme moi d'où vient le mal… Sans qu'elle soit ouvertement déclarée, la guerre des ducs contre les Marmousets est engagée tant le roi qui les soutient décline. Tout semble bon pour les affaiblir, vous en particulier qui commandez aux hommes d'armes.

(1) Mis à l'abri.

— Le roi lorsqu'il est seul est sage et clairvoyant.

— Qui sait, monseigneur ? Ce n'est pas à moi de vous dire combien il est sous influence, surtout quand son épouse lui dicte astucieusement ses volontés, lesquelles sont souvent celles de Louis d'Orléans… Le venin coule partout, même chez le duc Louis qui se prétend votre ami. Une haine sourde ou avérée pourrit les cœurs. Proches de la joie et du plaisir qui circulent en la Cour, il y a du dépit, du défi, de la vindication (1). Partout, mais surtout à l'entour du trône, on commence à maudire les conseillers du roi. Et je vous le répète, monseigneur : la malédiction est particulièrement sur vous qui êtes le garant des armées de France et le protecteur d'un roi simplet. Plutôt que de s'en prendre à vous, on a tenté un mouvement sur votre épouse. On vous aurait rançonné pour sa délivrance si la pauvre dame de Clairbois n'avait occupé sa place. Morte, elle ne pourrait témoigner de rien… Demain, vous pouvez choir, déchoir et perdre cette épée plus glorieuse que toutes celles qui brillent en ces murs.

— Tu ne m'apprends rien.

Juvécourt eut un mouvement de recul. Ses bras qui n'avaient cessé de remuer, retombèrent contre son corps. Il savait qu'il venait de prophétiser à bon escient et que le connétable lui en savait bon gré. Il se tourna vers la victime d'une sanglante méprise :

— Dieu m'est témoin, messire Gui, que nous avons tout fait pour assurer la défense de votre mère.

— Je n'en doute point. Mon âme saigne, mon cœur est comme déchiré. C'est tout ce que je puis dire.

Clisson fit un pas. Gui sentit sur son épaule senestre la préhension d'une main lourde d'une compassion qu'il estima inutile.

— Je conçois ta douleur et la prends en partage. J'avais cru faire preuve de prudence et de circonspection en mettant quatre de mes hommes à l'entour de ta mère. Ma méprise est énorme. Pardonne-moi comme tu pardonnes, j'espère, à Juvécourt.

Gui considéra l'homme d'armes, puis Clisson, et inversement, avec une attention si vive qu'ils frémirent. Leurs regards différemment s'abaissèrent. Étaient-ils aussi humbles qu'ils voulaient le lui faire accroire ?

— Je n'ai rien à vous pardonner. Vous avez fait de votre mieux l'un et l'autre… Je me souviens d'Apilly… Ma première course en l'Hôtel Saint-Pol. Sous des dehors séduisants a-t-il l'esprit d'un guette-chemin ?

— Hé ! Hé ! fit Clisson. Orléans n'a cessé de m'en dire du bien. Or, il passe pour pauvre dans un monde riche, adoncques il est vénal. Berry a dû l'emprunter au frère du roi, et comme il ne nous aime

(1) Vengeance.

point, mon épouse et moi, il s'est trouvé sur le chemin qui par Le Mans et Laval mène à Jocelin.

— Il n'a pas tiré l'épée, insista Juvécourt. Il s'est tenu loin de l'embûche. Faut dire que ce chemin conduit aussi à Sainte-Suzanne, partant à la Ferté-Clairbois.

— C'est une étrangeté mineure. Apilly sait-il que tu l'as vu ?

— J'en doute.

— Bien qu'il se soit abstenu de verser le sang, il est aussi coupable que les coquins de son herpaille (1). Je lui parlerai…

— Non, messire, intervint Gui. Le temps venu, je le justicierai.

Hedwige de la Ferté-Clairbois morte pour rien. Méprise ! Ce que de tout temps il avait connu d'elle, c'était sa douceur extrême. Hormis le dernier, cuisant, désespérant, il n'avait d'elle que des souvenirs agréables. Il n'avait jamais rien oublié d'un passé bienheureux dont certains faits, soudain, encombraient son esprit. Mais était-ce le moment de songer au passé ? Clisson le considérait avec une compassion dont, certainement, ce guerrier n'avait point coutume. Sous ce regard où la pitié s'effaçait devant une haine dont seul le connétable savait contre qui elle s'exerçait, Gui sentit augmenter sa douleur.

— Pauvre dame, dit le connétable.

Sans doute s'étonnait-il que la miséricorde de Dieu se fût exercée sur sa femme au détriment d'une autre tout aussi belle, sans doute, moins riche assurément et vouée à un châtiment qu'elle ne méritait pas davantage que Marguerite de Clisson.

— Les saligots ! gronda Gui.

Son esprit s'était comme décillé (2). Ballotté entre l'inutile forcennerie et le funèbre ébahissement, il se cherchait, outre des mots, un équilibre. Ses oreilles étaient emplies de cris, de crépitations de lames, de râles et de hennissements de chevaux apeurés. Cette haine soudain accumulée dans son cœur ne disposait d'aucun exutoire.

— Laisse faire le temps, dit le connétable.

— Je vous aiderai, promit Juvécourt. Je dois venger mes amis… Quand j'ai su que je pouvais revenir sur mes pas, j'ai ensépulturé votre mère entre quatre arbres que j'ai marqués au pied… Quatre chênes à l'écorce tendre…

Il se tourna vers Clisson :

— Nos morts sont sous des pierres…

Puis à Gui, familièrement – il était son aîné de vingt ans :

— Sans doute voudras-tu donner à ta mère une sépulture plus convenable… J'ai fait de mon mieux.

(1) Troupe de vauriens.

(2) Orthographe des XIIIe et XIVe siècles, plus normale que le dessiller actuel.

Privé d'assentiment, Juvécourt poursuivit :

— C'était Coquiot qui menait les limoniers de la litière. J'ai endossé sa livrée. C'était la moins tachée de sang. Heureusement que les deux chevaux étaient demeurés entre les limons !... Ils ont robé tous les autres, même, Gui, la jument si belle et docile... Je crois que ta mère l'appelait Richéza.

Gui se sentait au bord de la forcennerie. Pas plus que le connétable, Juvécourt ne comprenait qu'il eût dû se taire. Certes, ils ne pouvaient deviner, ces hommes forts, combien il avait besoin de silence. Son cœur semblait tranché en trois. Le deuil de sa mère, l'amour qu'il vouait à Alix, la haine qu'il éprouvait désormais envers son père, même si l'orgueilleux Apilly n'avait fourni aucun coup d'épée. Ses paupières lui semblaient désormais si lourdes, si mouillées qu'il se détourna des deux guerriers tellement attentifs à sa géhenne qu'il commençait à s'irriter d'une pitié qu'il imaginait peu épaisse : c'étaient des bataillards accoutumés au sang.

— Pardon, leur dit-il en marchant vers l'huis pour regagner sa chambre. J'apprécie votre compassion... Même si elle ne peut remédier à ma peine.

* *
*

Une fièvre imprévue le tint couché tout l'après-midi. Cette mort violente avait ébranlé un esprit et un corps dont, après avoir cru en leur solidité, il pouvait évaluer la faiblesse. La fin tragique de sa mère était venue grossir le désarroi consécutif au souper chez les Orléans tout en lui confirmant, s'il en était besoin, que sa répugnance envers les princes et leurs satellites était fondée. Hedwige de Clairbois l'avait prévenu qu'il ne gagnerait rien à leur fréquentation. La plaie consécutive à leur discorde s'était rouverte. Il doutait que le temps parvînt à l'en guérir.

Il ne cessait d'imaginer la frayeur de cette femme lors de l'embûche. Le fait qu'elle eût compris sa mort inéluctable avant qu'elle ne la reçût l'emplissait d'une horreur telle qu'il s'imaginait non seulement auprès d'elle, mais qu'il éprouvait ses affres. Une question absurde le lancinait : qu'eût-il fait à la place de Juvécourt ? Rien de mieux que ce serviteur aux fonctions redoutables.

Immobile, les yeux clos, il se remémora quelques scènes de sa prime jeunesse où pour ainsi dire à l'ombre de la dame de Clairbois, il soupesait dans ses jeux avec Anceaux les ressources dont ses muscles et son esprit disposaient. Ces images colorées autant que fugitives augmentèrent la détresse d'une âme endolorie, tout aussi bien encline au désespoir qu'à la fureur. Il eût hurlé de temps à autre s'il l'avait osé.

— Même si je dois perdre Alix et encourir sa détestation, je me vengerai sur son père !

Alors qu'on n'était pas loin de la remontée (1), il reçut une visite inattendue : Marguerite de Rohan franchit le seuil de sa chambre sans en avoir toqué l'huis.

— Messire, permettez…

Elle s'interrompit. Il n'avait rien à lui permettre. Il était chez elle.

Elle s'approcha du lit en boitillant un peu. Bien qu'elle eût quelque cinquante ans, elle était belle, certainement avenante, ce qui compensait la rigueur d'un mari que les guerres n'avaient cessé d'endurcir. Une intuition soudaine poussa Gui à penser qu'elle serait pour lui une sorte de mère de transition, en tout cas une dame à laquelle il pourrait se confier sans crainte.

— J'ai appris le trépas qui vous emmaladit. Et, messire, j'en suis moult doulousée.

Elle lui donnait du messire !

Elle s'assit sans façon au pied du lit, ce dont Gui lui sut bon gré : ne supportant aucun vêtement, il était nu dans les draps. Sous des cheveux blonds-blancs, la connétablesse avait un visage un peu maigre dont la gravité de ses pensées accusait les traits. Des yeux fendus comme ceux des biches, noirs, clairs et mouvants d'où un regard indéchiffrable. Une bouche large, sévère, et une voix d'une autorité paisible. Une expression à la fois pensive et décidée que l'on disait particulière aux Bretonnes. Cette grande dame, Beaumanoir l'avait étreinte avant que ce fût Clisson.

— Vous avez mouillé votre oreiller.

— Je n'en ai point honte.

— Vous pleurez… C'est que vous étiez un bon fils… Et vous devez vous sentir bien seul.

L'était-il vraiment ? Gui revit Alix telle qu'il l'avait quittée : anxieuse et comme désespérée, l'âme tout embrasée – comme la sienne – du feu mystérieux de l'amour. Lorsqu'elle saurait ce qui s'était passé, elle ne pourrait être que triboulée (2). Souhaitant le rencontrer pour le consoler, elle courberait sa tête d'ange faite pour les baisers et les couronnes de fleurs.

— Dame, nous nous étions quittés, Mère et moi, après un tençon dont j'ai regret. Elle voulait que je revienne en notre ferté, je voulais demeurer auprès de votre époux… Elle ne me considérait plus comme son fils.

(1) Le coucher du soleil.
(2) Tourmentée.

Gui sentit sa dextre effleurée par des doigts aux extrémités glacées.

— Croyez-moi, enfant que vous êtes : c'étaient là des faussetés. Une vraie mère ne saurait renier son fils. Je crois même qu'au moment où le malheur s'est abattu sur elle, cette gentilfame a lutté désespérément pour protéger sa vie mais aussi pour vous revoir et peut-être vous demander pardon de sa rudesse.

La gorge nouée, Gui s'interdit d'imaginer cette lutte. Depuis qu'il en avait été informé, il l'avait trop reconstituée. De vingt façons. Devant l'épouse de Clisson dont la miséricorde n'était pas feinte, une seule question s'imposait à lui : qu'aurait-il fait contre les agresseurs s'il s'était trouvé parmi les hommes du connétable ? Aurait-il galopé sus à Apilly pour l'occire ? Aurait-il songé qu'en le saignant à blanc, il encourrait le mépris d'Alix ?

Lorsqu'il avait éprouvé trop pesamment le fardeau de son deuil, – avant l'apparition de la dame de Clisson – il avait cherché vainement l'antidote à une désespérance qui l'accablait davantage que, naguère, la perte de son père. Gilbert de Clairbois était mort à l'ost, en chevalier, peut-être en héros. L'anxiété de ce trépas, il l'avait éprouvée à l'instant même où s'était abattue sur son cou la main gantée de cuir et de fer qui lui administrait « pour rire » la paumée (1). Il s'était réjoui de cette consécration simulée : « *Père, je serai un chevalier digne de votre estoc* (2) *!* » Le sire de Clairbois avait caressé les cheveux d'Anceaux, il avait baisé son épouse aux lèvres et s'en était allé au galop vers son destin, emmenant cinq hommes. Seul Bouchart était revenu pour annoncer que le maître dormait sous un sol étranger parmi tous les infortunés d'une guerre qui, comme la plupart d'entre elles, n'avait apporté à la France que la vergogne et la déconvenue.

Qu'il fût mort l'épée en main, soit. Mais Hedwige de Clairbois ? Elle n'attendait rien d'autre de la vie que de savourer languissamment la beauté des jours que Dieu lui accordait et d'attendre peut-être en vain la venue d'un enfant d'Emma. Et elle avait été occise effréamment !

— Je sais que si je vous dis que mon époux est triste et qu'il enrage, vous souffrirez mêmement.

Gui acquiesça. Point de panacée. Nulle guérison possible. Les remembrances d'une parfaite vie de famille n'étaient point de celles qui guérissaient mais de celles qui tisonnaient la douleur quand elles ne la changeaient en un vertige de ressentiments hélas ! impossibles à satisfaire. Toutes les intentions de vengeance qui s'assemblaient et se désemmêlaient dans son esprit ne pouvaient s'évader de la prison de son crâne pour se matérialiser en coups d'estoc et de taille.

(1) Violent coup de poing sur la nuque par lequel on faisait d'un homme d'armes un chevalier.

(2) Race.

— J'enrage, dame, et vous sais bon gré d'être là. Je veux savoir les noms des trigauds (1) qui ont tramé cette embûche et goûter la volupté de les étendre à mes pieds.

— Mon époux vous les obtiendra. Juvécourt dit qu'ils étaient treize. Hélas, vous ne pourrez châtier les instigateurs de ce crime.

— Par ma foi, madame, je sais bien qu'ils sont trop haut placés. Que ma mère ait été confondue avec vous n'est point ce qui m'afflige. Non, et je vous en fais serment. Ce qui m'enrage, c'est que je ne puis m'abstraire d'une réalité sanglante et de voir et toujours voir ma mère à la renverse et la gorge tranchée.

— Je comprends, dit Marguerite de Rohan soudain debout.

Elle avait perçu un pas. Le connétable entra et ne s'étonna point de trouver son épouse en présence d'un homme dont les épaules nues débordaient du drap et de la couverture tant il s'était remué en parlant.

— J'imagine ce que tu endures.

— Peut-être êtes-vous loin de la réalité, dit dame Marguerite.

— Il se peut, mon épouse. Vous me dites souvent que je suis un cœur sec. Eh bien, sachez-le : j'ai de la peine pour Gui.

Et tourné vers son écuyer :

— J'avais, pour hourder (2) ta mère, choisi les meilleurs de mes hommes. Je n'ai jamais douté de sa revenue en sa ferté. Après l'échec de l'attentat de Craon contre moi, mes ennemis voulaient me priver de ma femme, soit par son occision, soit pour me la restituer contre une rançon énorme… Je conçois leur ébahissement quand ils découvrirent leur méprise… Berry ne doit pas désenrager. Quant à Apilly, j'imagine l'admonestation qu'il a reçue. Je vais envoyer deux hommes et deux autres limoniers rechercher la litière. Juvécourt l'a confiée à des hurons dont la maison est voisine du lieu de l'agression.

La nuque de Gui retomba sur l'oreiller dont la moiteur lui déplut.

— Il me semble que j'aie perdu ma force au moment où je la voudrais sentir déculpée.

— Tu t'enivres de desseins sanglants dont tu sais qu'ils sont présentement illusoires.

La dame de Clisson fit un pas en arrière, puis plusieurs, dans l'intention de disparaître. Son époux la retint par la main :

— Vous n'êtes pas de trop, m'amie. C'est vous qui peut-être devriez gésir en lieu et place de la dame de Clairbois.

Gui se demanda si le connétable régnait sur sa femme en despote ou si c'était elle qui amollissait, de temps en temps, un caractère de granit. En fait, avec un époux toujours en guerre, comme le précédent, la dame de Clisson pouvait passer des jours et des nuits agréables. Elle

(1) *Trigaud* : qui n'agit pas franchement.
(2) Escorter.

semblait présentement se résigner à demeurer dans une chambre où, après la sérénité qu'elle y avait introduite, son mari apportait son regret, sa sollicitude et sa turbulente amertume. Le connétable désigna la fenêtre, sachant ce qu'il y avait eu en-dessous :

— Ma litière avait mon écu sur ses flancs. On ne pouvait ignorer qu'elle m'appartenait. Quant aux agresseurs, ayant manqué leur coup, ils se tairont. Il se peut aussi que Berry les fasse occire pour s'assurer de leur silence.

La dame de Clisson s'autorisa quelques mots :

— On ne saura rien, vraiment, Olivier ?

Sans laisser à son épouse le soin de développer sa pensée, Clisson prit le mors aux dents :

— Je vous l'ai dit vingt fois ! Ni Berry ni les autres ne se vanteront de cet échec.

Après une accalmie, la dureté dont le connétable était pétri semblait tout à coup rénovée. Eût-il eu son épée au côté qu'il l'eût tapotée comme un animal familier prêt à mordre.

— La mère de Gui…

— Juvécourt nous mènera où elle repose. Je la ferai exhumer par mes hommes. Son corps reposera en la Ferté-Clairbois. J'y veillerai !

— Bien, dit dame Marguerite. Je vous en sais bon gré et messire Gui également.

Son sein soulevé par quelque incertitude gonflait la soie brune de son fasset. Son visage se tendait vers le « malade », compatissant et lourd d'une compassion qui ne fit qu'agacer son époux :

— Votre pitié lui va droit au cœur. Mais Gui est un homme et qui mieux est : un homme de guerre. Ne le ménagez point trop. Il se doit d'être fort… Quant à moi, je me dois d'accroître ma prudence. Ce qui me promet, Marguerite, de ces vigilances (1) dont j'ai horreur.

Marguerite de Rohan s'éloigna. Soulagé de ce départ, le connétable regarda les longs rideaux gris, demi-clos, qui obombraient la chambre, l'armure dont un brassard scintillait aux feux du soleil couchant ; Plaisance nue auprès de son fourreau, le coffre de cuir clouté de cuivre sur le couvercle duquel le grand heaume de joute de Gilbert de Clairbois avoisinait la targe aux couleurs guillochées par les rochets adverses. Gui s'attendit à un commentaire sentencieux sur les joutes ou sur la guerre.

— Une logette monastique, Gui, et j'aime cela.

Et soudain, fermement, l'éloquence impérieuse :

— Tu souffres. C'est une souffrance funeste… Je comprends cette branle (2) qui t'a mis ainsi. Tu te sens seul, incompris de mon épouse, de moi et sûrement de Dieu. Ton cerveau et ton cœur hurlent à la mort.

(1) Insomnies.
(2) Commotion.

Tu te dis : « *Comment la venger ?* » Tu regardes cette lame que tu as mise nue exprès pour qu'elle t'inspire et tu te vois sans doute estiquant Apilly, puisqu'il est le seul que tu puisses affronter… Eh bien, je te dis, moi : « *Remets à plus tard le châtiment qu'il mérite* », encore qu'il ait agi sur mandement du Camus et qu'il ait commis une odieuse erreur. Plais-toi à imaginer le jour de la justice mais ne fais rien pour l'avancer. Il viendra de lui-même. Tu le sais aussi bien que moi : avec un roi fragile, une catau débordante de vices, un frère avide de jouir et des oncles excités de pouvoir et faisant tout pour y accéder le plus tôt possible, il n'est pas bon de te mettre en valeur. Ils ont tous Apilly en estime. Ils se vengeraient sur toi de sa perte. Tu pourrais aussi engrosser sa fille pour les déshonorer tous deux. Je t'en sais incapable, et si tu l'étais, ce serait au tour d'Apilly de se vouloir revancher.

Le connétable s'assit à l'emplacement où sa femme avait laissé son empreinte :

— Dieu perd son pouvoir quand des satans se manifestent. Le ciel, au-dessus de nous, est moins noir de la nuit qui le gagne que de calamités en gésine. Parfois, je me plais à rêver que le roi est lucide, vigoureux ; qu'il voit et sait tout et prend contre les félons des dispositions salutaires à tous. Qu'une aurore apparaîtra, plus lumineuse que celles que nous connaissons. Que la France sera grande, invincible, respectée puisque c'est sa destinée… Que la justice divine pourvoiera, s'il le faut, aux carences de la justice royale…

« Tout cela est bel et bien », songea Gui. « Il n'empêche que ma mère est morte pour crime… d'innocence. Que si la haine ne remplace pas l'amour que je nourrissais pour Alix, je me dois désormais d'ignorer sa présence. Rien ne pourra me guérir de cette ulcère (1). A peine éclose, la fleur d'une passion qui merveillait ma vie s'enracine dans un fumier. »

Il n'osait imaginer les sentiments qu'avait éprouvés sa mère avant d'être occise. Comme elle avait dû le détester avant de rendre l'âme ! C'était lui qui avait insisté pour qu'elle le suivît à Paris. C'était lui qui avait fait en sorte qu'elle s'en revînt auprès d'Anceaux et d'Emma. C'était lui qui avait tranché le lien qui les unissait depuis sa naissance. Il ne pouvait trouver présentement, dans leurs communs souvenirs, le refuge qui l'eût apaisé. Le passé lui semblait désormais interdit, le présent inutile et l'avenir fertile en déceptions et dangers. Clisson se pencha, l'œil exorbité par une curiosité dépourvue, cette fois, de compassion :

— La haine flamboie au-dessus de ton front comme le glaive d'un archange. Il te faut t'assagir. Apilly n'est pas n'importe qui et les

(1) Le mot, alors, était féminin.

malandrins qui sont à Berry ou peut-être à un autre savent manier une arme.

Le connétable semblait prendre un certain plaisir à amoindrir une forcennerie qui devrait attendre pour s'exprimer. Il se fût comporté différemment si, au lieu d'Hedwige de Clairbois, son épouse eût été occise. Alors que les idées qu'il hésitait à développer s'évaporaient sitôt sorties de sa bouche, celles de Gui, robustes et comme palpables, convergeaient toujours et encore vers un seul dessein : la vengeance. Comment allait-il se détacher d'Alix ? Lui fournirait-il la vraie raison d'une froideur soudaine ou bien lui dirait-il qu'il s'était trompé sur les sentiments qu'il lui portait ?

Il se leva, se drapa du pelisson de camocas bleu que Clisson lui avait offert le jour même de son entrée en son hôtel et s'en alla devant son armure moins pour la contempler que pour se dire qu'elle était son amie, sa protectrice. Le connétable ne disait mot. Il l'examinait. Bien qu'il en eût porté plusieurs, il l'eût volontiers acquise.

— Elle est robuste. J'ai vu qu'elle te seyait à merveille.

Quelle joie lorsqu'il l'avait endossée chez Norbert, l'armurier de Sainte-Suzanne qui la lui avait forgée, fourbie, relimée (1), essayée au moins vingt fois. Les premiers temps, sa simple vue, sur son appui de chêne, l'avait plongé dans une sorte d'extase. Leur face à face avait été à peu de chose près ce qu'il eût été s'il s'était vu dans un grand miroir. Il la savait solide comme lui, souple comme lui et peut-être invincible. Ce vêtement vide était un autre lui-même. Sous l'écu protecteur qui atténuait les coups, il avait résisté à la pression des rochets adverses, particulièrement à ceux de Clisson.

— Souviens-toi que tu as ébahi de prime face Apilly à Saint-Pol. Tu prendras ainsi ta vindication en patience.

— Je n'aurais garde de l'oublier. Je connais ses armes par cœur : *d'azur à trois mains senestres appaumées d'or*. Il aura, le temps venu, la mienne… la dextre, sur sa face !… Le héraut de Saint-Pol l'avait annoncé comme le féal serviteur du duc Louis… Je l'ai buqué avec une forcennerie qu'il ne me soupçonnait pas… tout comme vous, messire. Or, s'il est encore furibond contre moi, vous ne l'êtes point !

C'était de la présomption. Clisson souriait d'un sourire froid, ascétique, de sorte que son visage échappait à cette expression de hautaineté que Gui lui connaissait. Son œil – l'éclat de l'eau et la bleuité du ciel – cillait avec une malice qui semblait ressortir à celle du lion figurant sur ses armes.

— Considère, Gui, que pour la vengeance, tu te trouves en situation de jeûne. En affermissant ton esprit dans les intentions de revanche, tu continueras d'affermir tes muscles. Apilly devrait se

(1) Polie soigneusement.

couvrir la tête de cendres et faire amende honorable pour cet homicide infâme. Un jour, tu couvriras la tienne de ce bassinet et buqueras définitivement ton ennemi.

D'un index terminé par un ongle taillé en pointe – la griffe de son lion – le connétable touchait la visière d'une défense de tête façonnée en demi-globe, et dont la brillance semblait le merveiller. Cherchant une diversion au malaise de son protégé, il ouvrit la fenêtre. En bas, la vacuité de la cour imposait le souvenir de la litière.

— Juvécourt, dit Clisson, m'a décrit son état. Les colonnes soutenant le toit ont été rompues. Les volets de cuir violemment arrachés, rien ne subsiste aux fenêtrons, que les tringles, lesquelles avaient été tirées hors de la caisse et de ce fait tordues. Il y avait, sur les limons, des taches et criblures noirâtres. Ta mère, ils l'ont tirée hors après avoir tué mes hommes. Ils n'ont point voulu ouïr ses protestations… Ils ont navré mon limonier à l'encolure… Le meilleur cheval que je possédais de cette espèce. Heureusement, il guérira : Juvécourt a fait tout ce qu'il pouvait. Les chevaux des mes morts ont disparu ; mais que ces linfars (1) prennent garde : je saurai les reconnaître.

Une rumeur confuse ceignait cette cour enfermée dans le silence et la clarté de deux flambeaux allumés vis-à-vis, l'un au-dessus de la voûte menant à la chapelle, l'autre entre deux baies étroites et basses défendues par une grille derrière laquelle Clisson enfermait son or et son argenterie.

— Ces cris, murmura Gui. Ceux de Mère… Je n'y étais pas mais ils persistent dans mes oreilles.

On eût dit qu'ils ressuscitaient, brisant les conventions établies selon lesquelles ce qui était mort était mort, ce qui s'était tu ne pouvait hurler. Et tout ce que Gui, à l'entour, percevait de la vie de Paris, feutrée en raison du crépuscule, tout devenait sans importance.

— J'ai parfois, moi aussi, au fond de mes oreilles, les cris de mes ennemis et de mes compains lors des batailles…

Gui serra les poings. Rage, impatience ; amour aussi. Il eût aimé voir paraître Alix, la serrer dans ses bras, lui dire qu'il demeurait épris d'elle et que la cruauté de son père cessait d'exister quand il songeait à sa beauté, à sa bonté.

Des larmes tremblèrent sur ses cils. Cette souffrance aiguë qui avait suivi sa séparation d'avec sa mère et qui s'était résorbée dans les tâches de sa nouvelle existence deviendrait une tumeur dont il ne guérirait point. Il en oubliait la présence d'un homme – et quel homme ! – respectueux de son deuil plus encore que de son chagrin et peut-être incapable, quoi qu'il eût dit, d'en sonder la profondeur.

(1) Hommes particulièrement mauvais.

Penché à la fenêtre, le regard égaré sur un toit où un moineau tardif venait de se poser, le connétable dit enfin :

— Mes quatre hommes étaient de bons escrémiseurs. Juvécourt a dû fuir, ce dont il n'avait point coutume. Il a reconnu Laborde, Veyrat le bien nommé, Oudart et c'est tout. Je te les montrerai. Ce sont des suppôts de Berry… mais le troisième appartient à Apilly, adoncques à Orléans… Nous commencerons par eux, proprement… Je dis *nous* car mon épouse devait être leur victime… Nous prendrons notre temps et frapperons bel et bien.

— Je serai, jusqu'à ce que ces hommes meurent, le restaurier (1) de ma mère. Avant de les occire, il importe que je sache le nom des autres… Apilly couronnera ma vengeance… Et je vous sais bon gré de vouloir y participer.

Les larmes de Gui s'étaient taries. Il se sentait les yeux secs, brûlants. Un instant, l'extraordinaire beauté d'Alix en vint ternir et humecter l'éclat.

— Tu penses à elle… L'aimes-tu à ce point ? demanda Clisson plus curieux qu'inquiet.

— Cela n'aura été qu'un amour éphémère.

— Qui sait ?

Un soupir comme un linge léger qui se froisse et tombe.

— Elle n'est pas responsable de la félonie de son père. Et moi, si j'étais toi…

Gui derechef regarda son armure comme pour la prendre à témoin de propos qu'il devinait ultimes.

— Si vous étiez à ma place ?

La réponse tonna, sèche, déconcertante :

— Eh bien, je l'enlèverais…

Le connétable était prêt à partir. Une idée lui vint à l'esprit :

— Veux-tu souper entre ma femme et moi ?

Gui sourcilla. Ainsi, il était admis, accepté, reconnu ! Mais il était trop las pour se tenir à table.

— Je vous sais bon gré de la faveur que vous m'accordez, dit-il, mais je suis las, destourbé (2). Ma compagnie vous serait désagréable.

— Eh bien, une autre fois, dit Clisson presque gaiement. Je te ferai porter ton repas par Lisette.

C'était la meschine la plus laide de l'hôtel. Elle devait avoir le double de son âge. Et puis, il n'avait point besoin d'être consolé !

* *
*

(1) Vengeur. Celui qui restaure.
(2) Troublé.

Cette nuit-là, Gui fut sujet d'un songe bienheureux dont, à son réveil, il parvint à se remémorer l'entièreté des détails.

Comme il s'était assoupi sous un chêne – un centenaire excru (1) de la forêt de Clairbois –, Alix lui était apparue, les cheveux déployés au vent, vêtue d'une robe aussi légère que la brume des matins chauds et qui la révélait toute. Un coquelicot fleurissait entre ses lèvres. L'ombre d'une couronne de roses ne pouvait travestir cet air dolent qui était chez elle l'expression d'une méditation profonde. Ses prunelles étaient si lumineuses qu'elles avaient laissé couler des larmes. Sa démarche avait la grâce délicieuse qu'il lui connaissait, à laquelle s'ajoutait, pour l'embellir davantage, la charmante pudeur d'une virginité qu'il s'était promis de conquérir, dessein auquel il avait renoncé peut-être éphémèrement. Sa beauté rayonnait comme une étoile exquise et ses pieds nus foulaient une herbe drue et tiède, aussi pure que l'améthyste de Honguerie qu'Hedwige de Clairbois portait à son index.

« Oye », avait-elle dit, « tu es celui que j'aime et aimerai toujours. Ta chevalerie est noble, contrairement à celle de mon père dont tu connais mon opinion à son égard. Si tu l'épargnes, je serai tienne. Si tu l'occis, je te comprendrai, ce qui ne me retiendra pas de te haïr. Mon souhait est que tu laisses faire le temps et les hommes, et agir Dieu. Alors, j'honorerai ton nom et ta mesnie. Je serai la mère de tes enfants, la garante de ton foyer, celle à qui tu pourras tout dire sans crainte aucune… Mais avant, tu t'en iras loin de moi. Tu subiras une probation qui te paraîtra imméritée mais qui ouvrira la voie à notre bonheur. »

Il s'était éveillé trempé d'angoisse et sur une impression d'inachevé. Que signifiait cette espèce de prophétie ? Alix avait-elle été informée de l'attentat de Saint-Denis d'Orques ? Savait-elle ou ignorait-elle l'homicide qui avait été commis sous les yeux d'un père impassible et qui s'était probablement vendu à Berry ?

On était le jeudi 27 juin. Les effluves des arbres qui verdoyaient à l'entour de l'Hôtel de Clisson submergeaient parfois les odeurs de mangeaille exhalées par les cuisines aux baies décloses. Dehors, à l'orgie des senteurs aussi fortes que désagréables, répondaient les chants indécents d'une compagnie d'escholiers et les roulements d'une charrette transportant peut-être du bois de chauffe pour une étuverie voisine.

Gui s'ablutionna, se vêtit et descendit dans la rue après avoir prié Jausselin de prévenir Olivier de Clisson que, dérogeant à la règle, il se rendait à Notre-Dame afin d'y prier pour le repos de l'âme de sa mère.

D'un bon pas, il s'achemina vers l'église-cathédrale. Tandis qu'il foulait le pavé gras du jet des pots de chambre nocturnes et çà et là

(1) Se dit d'un arbre qui pousse en dehors d'une forêt, mais sur un sol qui en dépend.

retenait sa respiration, il se demanda, une fois de plus depuis qu'il y vivait, si Paris comblait les espérances qui l'avaient hanté, adolescent, jusqu'à ce qu'il en eût franchi l'enceinte. Il aurait dû se répondre négativement. Il ne l'osa. Il avançait, l'épée au côté, parmi l'agitation molle encore des matins paisibles. Son ombre projetée successivement sur un mur, une porte, une fenêtre, un étal, se jouait d'elle-même et semblait quelquefois renoncer à l'accompagner. Les ténèbres des hautes maisons l'absorbaient, le soleil la ressuscitait et la puanteur devenait de plus en plus lourde. Les manants qui passaient, caquetant, y paraissaient insensibles.

Une odeur d'écurie lui remit en mémoire un fait auquel il n'avait point encore songé : sa mère aurait dû confier Richéza aux bons soins d'Ermengarde. Il eût conduit la haquenée chez Clisson. Jausselin lui eût trouvé une parclose dans le vaste local où Beaubrun semblait à l'aise. Il devait considérer Richéza comme perdue.

« Dans la journée, j'irai chez ma taye (1) lui annoncer la mort de Mère… Bien sûr, je dois m'attendre à des pleurs et des hurlements… Je les supporterai. »

Enclose de maisons hautes et robustes, Notre-Dame étouffait entre ses contreforts. Envahi par des fidèles et des quémands (2), le seuil baignait dans une sorte d'ombre nocturne cependant qu'au-dessus des têtes – chaperons, escoffions et hennins – la grave et savante ordonnance des figures de pierre sommeillait encore dans son immobilité minérale. Aucun regard fervent ne montait jusqu'aux saints et aux saintes, apôtres, reines et rois du ciel et de la terre. Ils n'abaissaient point leurs yeux écarquillés sur le peuple de croyants assidus ou non et dont les rites allaient s'accomplir dans leur dos après avoir commencé sous leurs pieds.

Formant une espèce de chaîne d'échines courbées et négligeant les mains tendues, les fidèles entraient : hommes et femmes soulevant leurs robes, soudoyers ôtant leur aumusse ou leur chapel de fer, prêtres en rupture de paroisse, commerçants soucieux de se purifier l'âme avant d'ouvrir leur boutique.

Gui les suivit, considérant d'un œil terne les sinuosités et cassures des vêtements tourmentés sur des corps qui ne se devinaient qu'à peine et n'osant consacrer son attention aux femmes, toutes tristes et comme punies pour on ne savait quel méfait. D'emblée, il fut ébahi de s'être mépris sur ses prévisions : la vaste nef n'avait reçu en ses flancs qu'une quarantaine de personnes. Si hautes, si grandioses étaient ses proportions qu'à l'inverse du dimanche, elle avait un air de vacuité qui semblait accroître sa fraîcheur. On ne pouvait que frissonner dans

(1) Tante. *Tayon* : oncle.
(2) Mendiants.

cette immensité destinée au divin mystère. Elle semblait vibrer sous une voix, craquer sous un pas et attendre une seule venue. Des lueurs d'or tombaient des plafonniers de bronze, d'autres, une multitude, montaient à l'assaut des voûtes et s'y diluaient dans la pénombre des nervures où la pierre se creusait, se ramifiait, s'effilait, emportée vers le zénith jusqu'à ce qu'elle atteignît le prodigieux couvercle du coffre.

« Où va-t-elle à la messe ?… Vient-elle ici ?… Je ne l'y ai jamais vue ».

Prisonniers de la châsse grandiose, deux pigeons tournoyaient comme aspirés vers les hauteurs. Cela sentait l'encens, le musc et le cinabre plus encore que le dimanche où l'odeur des Parisiens l'emportait sur celle des exhalaisons sacrées. A la satiété des richesses encloses dans la nef répondait l'avidité des chrétiens en quête d'une hostie, d'un signe de croix et d'une bénédiction.

Gui trempa son index dans l'un des bénitiers. Alors qu'il se signait, il perçut, à senestre, une présence désagréable. L'homme qui l'observait de loin lui était connu. Grand, le cheveu brun débordant d'un chaperon gris, le visage rond, les yeux sombres, le sourire ambigu au-dessus d'un menton ferme mais un peu trop haut pour ne pas trahir de l'orgueil, il était reconnaissable entre mille.

« Apilly !… Vêtu bourgeoisement : surcot de cuir noir comme son âme, parsemé de bossettes d'argent. Il a ceint une épée. Bougre !… Je ne puis voir ses éperons mais je suis sûr qu'ils sont gros et d'une belle dorure. »

Il eût pu marcher sur le chevalier et, n'ayant point de gants, lui jeter sa main au visage. Il préféra feindre l'indifférence : Notre-Dame était un lieu d'amour, non de haine.

Il avait le choix des chapelles. L'une d'elles, particulièrement éclairée, attira ses regards. Petite, intime et chaleureuse, plus apte au recueillement que ses voisines, elle formait un sanctuaire selon ses goûts. Point de cierges mais une profusion de fluettes chandelles dont la jonchée éclaboussait de fleurs tremblotantes les murs gris et les dos de deux vieillards et d'une fillette agenouillés devant une Vierge à l'enfant au visage compassé, un peu rouge, comme si les feux destinés à la magnifier l'incommodaient autant que les psalmodies assourdies d'un service divin en son commencement.

Gui demeura longtemps les bras croisés sur sa poitrine, les yeux clos sur des larmes, sourd ou presque aux litanies, aux toux, aux *Amen* énoncés par l'officiant et ses ouailles. Il ne pouvait prier comme il l'aurait voulu. Aucun prêtre ne pourrait intercéder pour qu'il éprouvât de nouveau le bonheur d'avoir une mère, même s'ils s'étaient quittés irés l'un contre l'autre, même si leur dissension menaçait d'être définitive. « *Le bonheur n'est pas en ce monde* », disait parfois la défunte. L'avait-elle trouvé au Ciel ?

Il tressaillit. Une ombre. Une voix qui se voulait basse et dolente. L'homme entraperçu était là, le sourcil froncé, la lèvre boudeuse :

— Messire, en vérité je vous attendais… Je sais que vous savez… Je tenais à vous présenter mes excuses bien que ce mot soit faible eu égard à ce que j'éprouve.

— Ah ?

— Par une cruelle méprise et en dépit de mes recommandations, mes gens, qui devaient procéder sans violence à l'enlèvement d'une dame…

— Ne m'embrenez (1) pas, messire. Je suis venu céans pour évoquer ma mère et prier la Vierge et le roi des Cieux de l'accueillir en leur sein. Votre présence auprès de moi est une offense à sa mémoire. Je n'aurais pas dû avoir à vous le dire… Et veuillez me répondre : croyez-vous que c'eût été une belle et noble action de réussir sur une autre dame que ma mère, le forfait que vous avez perpétré ?

Sa question, il le savait, n'encourageait pas la réplique, mais Apilly appartenait à la race des entêtés. Nul doute que le regret, voire le repentir, le mordait aux tripes.

— Vous le savez, il faut obéir à ceux qui…

— Taratata, messire. Dieu, dans sa bonté ou sa miséricorde, nous a fait don d'une conscience. Celle-ci nous permet de différencier les bonnes choses des mauvaises, les crimes des bienfaits… La dame était l'épouse du connétable, messire, lequel avait offert sa litière à ma mère et quatre de ses hommes afin qu'elle pût regagner sa demeure sans crainte aucune… Je sais qui a ourdi ce complot…

— Si vous le connaissez, ne dites point son nom !

— Ah ! oui ?

— C'est un conseil…

— Un conseil d'ami, sans doute ?

Gui se sentait capable d'ironie bien que l'envie le démangeât d'empoigner le tranche-lard qu'il portait en verrouil sur ses reins et d'en menacer – seulement d'en menacer – l'intrus.

— Laissez-moi, dit-il, haussant le ton. Vous avez devant vous trois personnes en prière. Veuillez avoir du respect pour elles si vous n'en avez pas pour moi.

La fureur le fouettait au cœur. Il se sentait le visage rouge. Il baissa la voix :

— Même si vous ne l'avez pas saignée vous-même, vous avez pris la vie de ma mère. Un jour viendra, béni entre tous, où je prendrai la vôtre. Laissez-moi : ce saint lieu n'est point fait pour la haine, mais sachez qu'elle bout en moi comme une eau sale dans un chaudron.

(1) Couvrir de bren : matière fécale.

Il s'éloignait. Une main ferme le saisit au-dessus du coude. Un rire équivoque tinta :

— Holà ! jeune ennemi, vous oubliez ma fille.

— Eh bien, toi, gronda Gui, tu ne manques pas d'audace !

Le dédain qu'il laissait tomber sur Apilly ne descendait pas des sommets de sa douleur mais de l'aversion qui l'avait saisi dès que ses yeux s'étaient posés sur lui lors des joutes de Saint-Pol. Le suppôt du duc d'Orléans, subjugué par le duc de Berry, n'eût-il pas tué sa mère qu'il l'eût cependant considéré comme un chevalier sans mérite, même en le sachant père d'Alix.

— Oyez, messire Gui, ce que j'ai à vous confier.

— Vous en avez assez dit. Je suis triste ; vous resplendissez de vie. Votre présence exaspère mon deuil.

— Ma fille m'a dit du bien de vous et je suis prêt à la croire.

— Je ne la verrai certainement plus, messire, mais au cas où nos chemins se croiseraient encore, je lui dirai qui vous êtes sans crainte hélas ! de la navrer.

Apilly s'éloigna, furibond. Gui leva son regard vers la Vierge au visage rose comme il l'eût fait pour le témoin d'une querelle d'où il sortait plus accablé que lorsqu'il l'avait entamée. « Dire que cet homme a une fille si belle ! » Jamais elle ne serait un frein à sa vengeance. Et comme il l'évoquait avec une particulière ferveur, l'envie le prit, à la fois sérieuse et puérile, de proposer à la Sainte la protection de la jouvencelle.

« Je ne suis qu'un pécheur ». Il se signa. « Faites en sorte qu'Alix soit heureuse. Elle mérite le bonheur que j'avais espéré lui offrir. Un autre y pourvoira qu'elle épousera selon son cœur vidé de ma présence. »

Jamais il n'était parvenu à la voir aussi nettement dans ses pensées. Ah ! combien il souhaitait que l'homme qui, avec elle, assumerait les prérogatives de l'intimité nuptiale pût lui faire oublier ce premier chagrin d'amour et verser sur ce cœur meurtri le baume d'une tendresse constante. Combien il lui souhaitait une présence attentionnée, fidèle, aimante ! Or, se pouvait-il qu'à Paris ou ailleurs un homme, un chevalier, possédât ces vertus ?

Immobile, il avait joint ses mains et ses doigts s'étaient enclavés les uns les autres. Il les rapprochait à s'en faire mal, espérant que l'image de pierre lui fournirait une réponse éloquente sur son devenir, réponse venue de l'intérieur de lui-même ou du mouvement d'un proche accompagné d'un mot dont lui seul eût compris le sens. Il ne perçut aucun signe et tandis que les vieillards et la fillette se signaient et partaient, son attente lui parut aussi désespérée que stérile.

Il sortit mécontent d'avoir préféré le souvenir d'Alix à celui de sa mère. Il ne jeta aucun regard sur les saints du portail, tout occupé qu'il se trouvait à s'assurer qu'il était bien seul et pouvait avancer sans crainte de revoir Guillaume de la Champagne. Les mendiants, toujours présents, lui tendirent leur paume noire ou leur sébile comme à tous ceux qui s'éloignaient, l'âme désaltérée, ou qui entraient assoiffés de pardon ou de sérénité. Des chapelets d'enfants couraient çà et là en braillant des jurons et blasphèmes. Leurs hurlements étouffaient les pleurnicheries de quelques fillettes en penailles qui, elles aussi, tendaient la main et proposaient effrontément leur corps aux gens de bonne mine. Des femmes serrées d'un peu trop près protestaient. Sur toutes ces rumeurs, ces cris, ces mouvements, les corneilles versaient leurs criailleries. Jailli du haut des tours leur vol ténébreux et groupé s'effilochait jusqu'à ce qu'elles eussent trouvé des reposoirs sur les toits des maisons toutes proches.

— Gui !

Il se tourna. C'était bien *elle*. Après Apilly, sa fille. Autant il était fier, autant elle était humble.

— Je viens de voir votre père…

— Je sais. Je pense qu'il vous a guetté de quelque endroit proche de la demeure du connétable… sans savoir que je l'avais suivi depuis son hôtel car je me doutais qu'il aurait grand-hâte de vous présenter…

— Vous savez que ma mère a été occise… et pourquoi ?

— Le duc Louis s'en est entretenu avec son épouse quand le festin où nous étions s'est achevé… Je suis… J'ai de la peine… Je veux dire que je partage votre affliction…

— Je vous en sais bon gré.

La jouvencelle semblait aussi douloureusement atteinte que si Hedwige de Clairbois avait été une parente des plus aimée. Ses yeux brillaient de cette flamme humide qu'il leur avait connue lorsqu'elle lui avait fait l'aveu du sentiment qui la liait à lui. Quant à sa tristesse, plutôt que de nuire à l'harmonie de ses traits, elle en soulignait la netteté, la pureté et comme toujours l'innocence.

Gui, tout d'abord, ne sut que dire. La précarité d'une union ardemment souhaitée le confinait dans un douloureux dilemme : cette jouvencelle, il la connaissait à peine. Ils se connaissaient à peine. Leur amour étant déjà menacé, ne valait-il pas mieux qu'il y renonçât ?

— Vous êtes belle, Alix, et votre compassion me plaît.

La robe de tiretaine blanche, de coupe sévère, dont elle s'était vêtue devait appartenir soit à sa chambrière, soit à quelque meschine. Ainsi, espérait-elle se mêler au peuple sans qu'il s'aperçût de sa noblesse. Or, sa beauté la désignait à l'attention de tous, même celle des enfants qui lui tendaient la main en pleurnichant.

— Défiez-vous-en, dit-il en désignant la petite escarcelle en peau de daim qu'elle portait à sa ceinture, suspendue à une tresse de cordelettes brunes. Ces larrons et larronnes vous dépouillent en un éclair et guerpissent plus vélocement qu'un cheval au galop.

Elle ne souriait pas comme elle en avait coutume. Il essaya de l'égayer :

— Je suis passé devant l'Hôtel d'Orléans. M'eussiez-vous appelé de votre fenêtre, si elle s'ouvre sur la rue, que des ailes me seraient poussées afin que je vous rejoigne.

Elle baissa la tête en feignant d'ajuster la coiffette de feutre vert tendre à laquelle s'assujettissait une crêpeline de soie qui maintenait contre ses oreilles ses cheveux toujours roulés en templières. Furtive, elle demanda :

— Croyez-vous que Père puisse nous voir ?

Il hocha la tête. Son père ! Aucun sourire ne pouvait travestir chez cet homme une hautaineté cruelle et pernicieuse.

— Il y a peu, devant lui, j'avais décidé de vous éviter.

— Oh !

— Il verrait d'un très mauvais œil l'am… notre amitié réciproque.

Alix baissa les yeux. Un souffle anima ses lèvres :

— Je me suis dit la même chose, mais…

Un moment, ils ne furent ni l'un ni l'autre enclins à parler. Au milieu de l'agitation des croyants, leur silence était pareil à une ombre tiède et indolente figée sous les lueurs plus chaudes du soleil. Et cette ombre où flottait un soupçon de cantique issu du portail grand ouvert, les isolait et réconfortait.

— J'aimerais vous consoler… Vous dire, Gui, ce que je me suis dit… Que votre mère est au bleu paradis et qu'elle veillera sur vous plus encore que naguère.

Sans que ces mots l'y eussent apparemment contraint, Gui se souvint fugacement du jeune ambitieux qu'il était juste avant d'entreprendre le funeste voyage à Paris. Il croyait tellement en sa force et en son habileté aux armes qu'il avait tout d'abord, avant de l'accepter, refusé la compagnie de Bouchart et Garnier lesquels, bien qu'occupés d'ordinaire aux travaux des champs, savaient manier les armes. Il croyait en ses ressources physiques plus encore qu'en sa force de caractère. Qu'il les eût employées lors de l'attentat contre Olivier de Clisson et qu'elles n'eussent pu lui permettre de secourir sa mère accroissait en lui une sorte de repentance. Or, qu'eût-il fait s'il s'était trouvé à Saint-Denis-d'Orques, parmi les hommes de Juvécourt ? Aurait-il succombé ? Pris la fuite ? Non, bien sûr. Couru jusqu'à Guillaume de la Champagne pour l'occire ?

— Votre mère, Gui, s'est sacrifiée pour une noble dame.

— Sacrifiée ?… Nullement, m'amie. On l'a occise… égorgée sous les regards de votre père.

Alix se mit à marcher. Craignait-elle de prolonger un entretien qui n'eût fait qu'accroître cette douleur que Gui s'interdisait de donner en spectacle ? Un écuyer au service du connétable ne pouvait se montrer ni « tendre » ni sensible au malheur.

— Vous le savez, m'amie : je ne puis châtier l'instigateur de ce meurtre. Il n'est pas votre père et gouverne peu ou prou dans l'ombre du trône.

— On ne peut rien contre Jean de Berry. Père a certainement été forcé de lui obéir… avec l'assentiment de Louis d'Orléans.

— Alors, efforcez-vous d'apprendre pourquoi !

Qu'il l'apprît ou non, rien ne serait changé.

— Sauriez-vous pardonner ?… Sauriez-vous si je vous en priais ?

Gui se regimba. L'amour ne pouvait annihiler sa volonté de revanche. En l'assouvissant, il serait digne non seulement de lui-même mais également de sa mère. Ah ! certes, ce serait outre le coup porté au seigneur d'Apilly, une blessure inguérissable infligée à une jouvencelle admirée. Leurs tendres liens se rompraient, mais du moins le trépas d'Apilly contribuerait-il à soulager un cœur de la haine qui l'empesait.

— Je ne sais, Alix, ce que je dois vous répondre. Tous les hommes de bien vous diraient que je me dois venger. Y renoncer parce que je suis amouré de vous serait déchoir, passer pour un peureux non seulement envers moi-même, mais aussi envers le connétable, ses gens, son épouse et au-delà tous ceux qui savent et sauront… Je serais également un couard aux yeux votre père même s'il n'est point pour moi un chevalier dans l'acception du mot.

Ils marchaient. Peu leur importait où ils allaient. Alix acquiesçait de la tête. Une sorte de lippe incurvait ses lèvres et la clarté de la Seine toute proche nimbait son pur profil d'un rayonnement quasi sacré. Ah ! pourquoi, par la force des choses, devait-il lui expliquer ses raisons de défier son père et l'obligation dans laquelle il se trouvait de l'occire ou de perdre la vie en l'affrontant. Un mot brûlait ses lèvres. Il l'exprima presque sèchement :

— L'honneur…

— Je sais.

Elle lui prit le bras, le lâcha, le reprit. Il n'osa lui révéler combien sa présence adoucissait sa détresse, combien il redoutait qu'elle le quittât en hâte. Une fois seul, le mal s'acharnerait derechef sur son âme et des parcelles de son cœur s'accrocheraient aux ronces d'un passé qui s'endeuillait aussi.

Ils avançaient, serrés l'un contre l'autre sans que Gui osât passer son bras sur l'épaule de la jouvencelle. Ils se retournaient parfois, alternativement, pour vérifier s'ils n'étaient pas suivis. Paris, le long de la berge de la Seine qu'ils foulaient d'un pas lent, leur semblait différent de celui du quartier sur lequel Notre-Dame imposait sa lourde et haute présence. La nonchalance du fleuve se mêlait à la vivacité des gens vaquant à leur tâche de toujours, les uns en groupes, les autres en couples ou solitaires. Il semblait qu'un accord tacite poussait ces Parisiens à la quiétude, à moins que ce ne fut à la consternation. Ils piétaient, certains les bras ballants, d'autres chargés de paniers, bissacs, bourriches ou menant des charretons tirés par une mule ou un âne et dont les ridelles révélaient des trosses de paille plutôt que des amas de légumes.

— Rien qui se puisse manger, et cependant, Paris a faim.

— Je sais, dit Alix, et j'en suis dolente.

— Nul ne s'inquiétera de votre absence ?

— La duchesse sait que j'aime à me sentir libre. Elle m'a recommandé la prudence… Sa seule inquiétude, c'est que son époux ait envie de moi. Mais soyez sans crainte : il a trop à faire avec la reine et je suis la fille d'un de ses bons serviteurs. Dans quelque temps, mon père sera sans doute chambellan.

— De qui ? Berry ou Orléans ?

— Orléans, bien sûr, le prince des…

— Bacchanales.

Alix ne parut point incommodée par une acerbité dont elle comprenait l'origine. C'était sans doute pour avoir vu ou entrevu tous les instincts humains se dilater dans cet état de joyeuseté qu'était la vie de Cour qu'elle ne s'offusquait plus de certaines malices de langage. Si elle avait souvent surpris çà et là des gestes impurs, en prélude à certaines soirées qu'elle avait promptement désertées, elle avait découvert aussi le plaisir frelaté des possessions hâtives ou incomplètes, le tout aspergé de musique afin que l'on dansât pour s'assoupir l'âme. En de telles occurrences, la carole et autres mouvements harmonieux devaient prendre un soudain caractère de sérénité religieuse provoqué par des éloignements et des rapprochements longs ou brefs dans le climat sensuel des sons tandis que les mains parlaient un langage secret en se joignant et déprenant, impuissantes à obtenir sur le moment ce qu'elles souhaitaient toucher, touchoter ou saisir.

— Votre père est-il de ces fêtes que le prince excelle à concevoir ?

La jouvencelle hésita. Son regard s'éloigna du visage de Gui.

— N'y étant pas moi-même, je ne saurais clairement vous répondre… mais il se peut qu'il y soit si le prince le lui demande.

Alix avait subitement rougi. Gui s'interdit de la questionner davantage. Ils parvenaient devant le Louvre. Hommes, femmes, enfants s'agitaient autant que devant Notre-Dame sous la surveillance de quelques hommes d'armes débonnaires que la chaleur déjà forte incommodait. Au milieu des tours portières éblouissantes de blancheur, les huis entrouverts semblaient accueillir moins de seigneurs et bourgeois, dames et demandeurs de toute sorte que lors du précédent règne. Ces portes, Gilbert de la Ferté-Clairbois les avait franchies quelques semaines avant de rejoindre l'ost. Lui vivant, Apilly eût senti sur sa poitrine ou son col l'estoc et le tranchant de Rolande, son épée.

— Vous y pensez encore.

Gui ne put qu'acquiescer en silence. S'ils avaient été tous deux au même instant à Notre-Dame, en l'absence d'Apilly, ils eussent contemplé les mêmes saints, le même Christ, la même Vierge. Les fresques, tentures et pierres les auraient comme protégés de tout. Ils se seraient senti plus liés encore qu'ils ne l'étaient maintenant. Leurs âmes se seraient mariées dans une même prière. C'eût été un moment solennel et divin. Et ils étaient là, devant ce qu'on pouvait nommer un palais que Charles VI ne fréquentait guère.

— On dit que la reine déteste le Louvre.

— Parce qu'il n'a pas été conçu pour des vuiseuses (1).

— On lui prête…

— Des amants ? On ne lui en prête pas : on lui en donne.

— Le connétable vous a-t-il confié des choses importantes ?

— Non, mais la rumeur est abondante. On plaint le roi et déteste son épouse. Certains la traitent de Messaline.

— Tant d'hommes que cela ?

Gui songea : « Si son cul pouvait parler, on l'entendrait d'ici réclamer sa pitance. » Et regrettant son aigreur :

— Voyez comme ces gens sont tristes et mal vêtus. La richesse fleurit à la Cour, la misère s'étale devant nous comme une sécheresse et le désespoir comme un malade à l'abandon… Le soleil ne réchauffe point ces enfants et ces vieillards de la froidure de cet hiver. Venez…

Ils marchèrent encore. Les quelques mots qu'ils avaient échangés avaient assombri leur plaisir d'être ensemble. Le charme de cette matinée bien entamée n'avait plus de prise sur eux. L'existence soudain leur paraissait cruelle pour d'autres, mais ils se partageaient une autre cruauté.

— Il ne faut pas nous séparer, dit Alix. Rien ne doit nous séparer.

Gui se dit que lorsqu'il la contemplait ainsi, son visage lumineux seulement marqué d'un pli sévère entre les yeux, nul être, nul mot, nul événement ne pouvait la distraire des résolutions qu'elle avait prises. Il se raidissait de la même façon bien que sous la houlette de Clisson, il dût se plier à une volonté qui s'exerçait sur toute la mesnie du

(1) Choses futiles, vicieuses.

connétable, de Jausselin jusqu'à la dernière des meschines.

— Nous nous accordons, Gui, n'est-ce pas ?

— En vérité…

Allaient-ils se découvrir parfois des différences, voire des oppositions qui mettraient en péril cette unité de vues et de sentiments qui le merveillait ? Quelles désagréables malaventures leur réservait l'avenir, qu'ils le partageassent ensemble ou non ?

— La princesse a moult choses à faire, moult visites à rendre, si bien que je ne la vois guère. Garsinde, la chambrière qu'elle a choisie pour mon service, est jeune et rusée, de sorte que notre accointance nous permet de nous protéger. Et vous me connaîtriez bien mal si vous supposiez que je porte quelque intérêt aux gens qui peu ou prou m'entourent et trouvent excusables leurs… mœurs.

— Je n'ai jamais pensé que vous étiez des leurs même quand je vous ai vue, à Saint-Pol, sur l'échafaud des dames. Vous ne pouviez appartenir à cette damerie dont vous étiez pour moi la suzeraine !

Une roseur teinta les joues de la pucelle. Gui eût aimé les effleurer de ses lèvres, ouïr contre son oreille un petit soupir languissant. Il se demanda s'il n'était pas plus fait qu'elle à l'idée d'un mariage décidé dans leur cœur. Il se devait d'y renoncer par honnêteté pure et simple.

Alix s'immobilisa. Il reçut son regard dans le sien, pénétrant et triste.

— Chaque jour qui passe m'oblige à regretter la demeure où je suis née, où j'ai grandi. J'ai chu des hauteurs où je croyais me tenir dans cette Cour que vous avez, vous aussi, en horreur. C'est un nid de faciendes (1) dont je n'apprends de ci de là que des bribes. Or, leur nombre est tel que j'en suis rassasiée. C'est un cloaque, en vérité, composé de toutes sortes de tentations, de vilenies, de cautelles (2). Il n'est question que de voluptés, de malveillances, d'or et d'argent. Tous les propos que je puis ouïr sont composés de promesses captieuses, de serments troubles, de propositions séduisantes.

— Partez !

— Père s'y oppose. On dirait quelquefois que je suis son otage.

— Je puis vous aider… si vous décidez de fuir.

— Il nous rejoindrait. Et d'ailleurs, où irions-nous ?

Elle était d'un esprit trop clair, songea Gui, vaincu, pour accepter une proposition aussi déraisonnable même s'il avait su où la mener. Elle le savait depuis peu au service du connétable. Comment cet homme occupé des menaces dont il était l'objet eût-il pu prendre quelque intérêt à leur sort ? Même s'il détestait Apilly.

— Tous les parents du roi, dit-il, ont des pratiques de tire-laine.

(1) Intrigues.
(2) Ruses.

Sans posséder les fortunes qu'ils guignent, ils se bâtissent déjà un avenir plus somptueux encore que le présent où ils vivent. Leur cervelle n'est autre qu'une escarcelle vide. Point de conscience. L'affection et la loyauté que le frère devrait à son frère le roi et les oncles à leur neveu sont une gêne dont ils se sont dépêtrés depuis longtemps. La Cour où vous êtes tombée est jonchée d'immondices. C'est du moins ce que dit Clisson.

Ils avaient cheminé jusqu'au Temple. Le trouvant lugubre, Gui s'en détourna et désigna les passants :

— Nous ne sommes plus au Louvre mais regardez ces gens. Plus que leur bouche, leurs haillons crient misère. A l'inverse des ducs et des nobles que nous avons vus au festin, ils n'ont aucune espérance et leur seule ambition, c'est de parvenir à manger pour vivre un jour, une semaine, un mois de plus.

— Il me plaît que vous me teniez de nouveau ce discours… Vous êtes bon.

Ils marchaient lentement, se subjuguant l'un l'autre et se dévisageant parfois pour se rassurer sur l'état de leurs sentiments. Soudain, alors qu'ils passaient sous un arbre dont l'ombre versait une sorte de nuit sur leur couple, Gui se sentit enlacé par des bras fermes et tremblants.

— Je ne veux pas vous perdre… Si votre mère nous voit, je veux qu'elle nous bénisse et protège… J'aimerais… oui, j'aimerais que vous épargniez mon père, même s'il est ce qu'il est et si je le déteste.

Alix pleurait maintenant, toute secouée contre cette poitrine sous laquelle battait un cœur aussi blessé que le sien.

— Je ne sais que penser, m'amie.

Ils se regardèrent insatisfaits et pourtant accordés. Leur attachement leur semblait si fort, si indestructible qu'ils se sentaient au-delà des abjections d'un règne, capables de se sauvegarder l'un l'autre des passions ténébreuses. Gui caressa une épaule dont il ne sentait pas la chair.

— Attendons, ma douce. La vie ou Dieu nous guidera.

Il embrassa la jouvencelle dans une étreinte ferme, étroite et qu'il eût voulue pourtant douce. Celle-ci, le buste fléchi, la tête abandonnée sur une épaule solide, éprouvait en cet instant – il percevait les battements de son cœur – les délices d'une passion dont elle concevait comme lui l'ardeur et l'immensité. Elle reprenait courage : un jour de paix et de mansuétude viendrait où son père ferait amende honorable à moins que son chevalier servant pardonnât pour l'amour d'elle.

Une grâce tombait sur eux, fragile, douce, régénérante. Autant que la jouvencelle, Gui se sentait prêt à tout pour s'unir à elle dans une paix limpide. « *Enlève-la* », lui avait suggéré Clisson. Il y songerait.

Une cloche sonna, puis une autre. Il était donc midi. Déjà !

Il reçut sur ses lèvres un baiser bref, et déjà, sur un « *au revoir* » haletant, Alix fuyait dans un vif bruissement de robe.

Il resta seul, indécis et malheureux, perdu au cœur d'une ville chaude et frayant sa voie parmi des rues envahies jusqu'au-delà des toits par des cris, grincements d'essieux, fracas de jantes tandis que sur le haut du pavé des bouteculades projetaient les gens contre les murs au passage de chevaucheurs en armes.

Il se rendit au domicile d'Ermengarde. Elle était absente. Possesseur d'une clé, il vérifia si Jausselin n'avait rien oublié dans sa chambre lorsqu'il était venu quérir ses vêtements et son armure. Il n'osa pénétrer dans celle que sa mère avait occupée. Comme il sortait, pour fermer l'huis, il se heurta à la voisine de sa parente :

— Dame Odile, prévenez ma taye que ma mère est morte. Je reviendrai lui dire comment.

Ni trop belle ni trop laide, il savait qu'il n'était pas indifférent à cette veuve. Aussi se hâta-t-il de prendre le large.

L'après-midi touchait à son terme lorsqu'il regagna l'hôtel de Clisson. Agité de sentiments contraires – l'amour, la haine, l'ennui né de l'oisiveté –, il avait erré sur les bords de Seine, poussé son cheminement jusqu'à Ivry sans jamais être tenté de revenir en arrière. La chaleur ne l'incommodait pas. Il lui avait plu de marcher sans but, de se sustenter d'un bout de pain et de lard achetés au sortir de Paris, et de se désaltérer d'une chopine de cervoise dans une échoppe en lisière du fleuve alors qu'il revenait sur ses pas. Ainsi faisant, il avait retardé le moment où, dans sa chambre, il subirait la solitude comme une punition à sa mélancolie.

Il se morigéna : puisque Alix lui avait révélé son amour, pourquoi demeurait-il si maussade ? Pourquoi sentait-il le plaisir de l'avoir rencontrée se muer en tristesse ? Jamais son esprit n'avait distillé tant de pensées informes. Jamais son désir de vengeance n'avait été sur le point de devenir velléité. Bientôt, chez Olivier de Clisson, il réintégrerait une autre vie. Il advenait qu'il n'en ressentît plus la nécessité.

Lorsqu'il franchit le seuil de l'hôtel, ce fut en se demandant si sa longue absence avait mécontenté le connétable. Jamais plus, sans doute, le grand guerrier ne le convierait à sa table. Mais à quoi bon se tribouler : il ne lui déplaisait point de partager les repas avec l'ensemble des soudoyers.

Quelques femmes confabulaient dans la première cour. Meschines, lavandières, cuisinières. Clisson ne les lui avait pas présentées. Ni Jausselin. Il ignorait les noms des palefreniers et des hommes de peine qui le saluaient avec une condescendance à laquelle il répondait pareillement. Ce jour avait si mal, puis si bien commencé qu'il attendait de sa continuation un événement bon ou décevant pour vider son esprit de toute sa grisaille. Si Clisson l'accueillait aimablement et tenait à converser en sa compagnie, il laisserait s'éteindre ses rêves en ne se préoccupant que des propos du connétable : variations sur la guerre contre l'Angleterre, sur la façon de gagner des batailles, sur les événements d'une Cour où la lubricité empirait chaque jour, sur le minimum de rigueur qu'on eût pu exiger à l'entour d'un trône objet de maintes convoitises. Il avait su tout ce qu'il fallait savoir sur le traité de paix entre la France et sa rivale ; il avait appris l'essentiel sur la dernière entrée dans Paris du roi et de la reine et sur la procession en grand bobant lors de laquelle, à la suite d'une idée folle dont il avait eu l'initiative, Charles VI avait failli se faire assommer, voire occire. Aujourd'hui plus que les autres jours, il s'apercevait combien il détestait sa solitude. Il avait besoin d'une présence, sans savoir laquelle l'eût satisfait. Anceaux et Emma lui manquaient. Il n'osait se demander si Clairbois était plus que jamais nécessaire à sa vie et si, en préférant l'aventure des armes à la vie agreste, il avait commis un choix judicieux. En fait – il y revenait –, il portait dans son cœur boursouflé de fureur et de haine l'amour fervent d'Alix. Cependant l'image de la pucelle s'altérait sitôt qu'il songeait à l'innocente victime des suppôts du duc de Berry.

* *
*

Lorsqu'il eut pénétré dans sa chambre, Gui remarqua d'emblée la sombre mine du connétable. Contrairement à l'accoutumée, Olivier de Clisson portait une robe de futaine noire, de coupe grossière – de celles dont il devait se vêtir le soir aux armées avant le repos des armes et des âmes. Sa ceinture de chevalerie le ceignait, composée de têtes de lions d'or alternant entre trois maillons losangés sauf à l'emplacement des attaches de la bélière (1). C'était à n'en point douter, une tenue intermédiaire entre le bon goût d'un homme occupé chez lui à jouir de ses aises et la nécessité, pour le guerrier qu'il était, d'un départ imminent en campagne. Cette robe enlevée, les sous-vêtements de bourras endossés et enjambés, le maître des armées eût pu enjoindre à Jausselin de lui passer son armure. Il paraissait agité.

— La vindication (2) va commencer.

Comme Gui voulait lui demander : « Laquelle : la vôtre ou la mienne ? » le connétable le dissuada d'émettre le moindre mot :

(1) Courroie de cuir à laquelle on suspendait l'épée.
(2) Vengeance.

— Pas la tienne. Elle peut attendre. Celle qui me concerne. Assieds-toi.

Tristan s'assit au pied de son lit en demandant, prêt à servir :

— Est-ce pour ce soir ? Craon n'est tout de même pas revenu à Paris !

— Le roi a décidé d'un reze (1) en Bretagne. Il y exigera de Jean IV, une fois rendu, la restitution du malandrin. Évidemment, le duc la lui refusera. Si l'affaire s'envenime, il se peut qu'il y ait une guerre.

Cette fois, Clisson avait roidi son dos, levé le menton et croisé les bras sur sa poitrine. Sa voix s'était chargée d'inflexions nettes. Le mot *guerre* avait certainement pour lui la même signifiance que le mot *Dieu* pour un clerc. Cependant, outre cette force que sa stature de guerrier dégageait, une sorte de dépit ébouillantait son sang. Il avait, semblait-il, envisagé avec plaisir ce cheminement punitif jusqu'en Bretagne. Or, il semblait qu'il eût été déçu, voire scandalisé. Mais par quoi ?

— Le roi, en me faisant porter la nouvelle en ton absence, m'a signifié que ma présence n'était point souhaitée.

— Ah ! fit Gui, derechef ébahi.

— Je suis donc allé le voir. J'ai dû menacer les gardes qui m'interrompaient le passage… J'ai vu Charles. Il m'a dit qu'il craignait que je ne commette un acte de fureur… ou que j'exprime à Jean IV irrespectueusement le courroux qui me hante depuis l'embûche où j'ai failli périr.

Gui acquiesça. Il partageait l'indignation du connétable dont la violence réfrénée lui interdisait toute parole.

— Bien entendu, j'ai refusé d'obéir. Charles est dans une disposition d'esprit différente que celle que tu lui as connue la nuit de l'agression. Mon ire à son égard l'a rendu conciliant malgré la présence de Berry qui était près de lui comme un méchant fantôme. Je me suis hissé au-dessus des convenances pour leur dire nûment ce que j'avais sur le cœur.

Clisson soupira, soudain animé par un débat intime. Gui se demanda ce que les trois hommes avaient pu se dire. Maintes choses, certainement, pour démêler cette sombre discussion.

— Charles était pâle et tremblant. Quand je te dis *tremblant*, je veux dire essané (2). Il m'a offert une main fiévreuse et sa parole fut… débridée. Il passait du présent à l'avenir sans nulle cognition. Il citait Jean IV de Montfort, Orléans, sa femme et des faits anciens que Berry avait oubliés ; moi de même. Il avait peur, me dit-il, debout et à

(1) Voyage, expédition.
(2) Excité, hors de sens.

l'oreille, sans préciser de quoi, de qui et pourquoi. Il me parut, à plusieurs reprises, qu'il n'existait plus rien de notre mutuelle confiance. J'en devins nerveux, moi aussi, et pressé tout à coup de revenir céans. « *Je ne puis vous emmener* », répéta-t-il. « *On me le défend* ! » et de réitérer comme je ne sais quelle antienne. En fait, j'ai craint parfois qu'il ne se répandît en pleurs.

— Qui, *on* ? demanda Gui.

— Son frère, mais certainement Berry, le Hardi et Bourbon. Tous contre moi. Et peut-être Isabeau à laquelle il obéit comme un chien couchant. J'ai plaidé.

Clisson reprit son souffle. La scène qu'il avait vécue lui apparaissait dans toute son acuité terrible et dérisoire. Il se hâtait de dissiper les ombres qui l'avaient obscurci pour en extraire et rapporter des images plus nettes.

— J'ai plaidé, te dis-je. Charles s'écria soudain : « *Non, ce n'est pas parce que tu es connétable de France que tu peux t'immiscer dans les arcanes de mon royaume.* » Il avait pour un temps oublié Craon ! Il parlait, parlait, intarissable et ni Berry ni moi ne le pouvions plus comprendre. Puis il m'a dit, enfin las comme s'il avait couvert une lieue à la course : « *Je t'aime bien. Tu viendras.* » Berry poussa un « *Oh !* » d'indignation. Je suis sorti en hâte dans la crainte que le roi ne change d'avis, presque heureux de quitter ce… ce fol dont le discours, sous l'effet de son ire envers moi, n'avait été qu'une succession de contradictions, un fatras de mots sans consistance. Je vergognais (1) de lui. Et je te le dis tout net : tout est à craindre de ce pauvre Charles.

Derechef, Clisson souffla comme pour expulser de sa mémoire l'acte d'hostilité qu'il avait subi d'un suzerain qui s'était toujours montré envers lui d'une amitié à ce point solide qu'elle avait agglutiné à l'entour de sa personne des envieux et surtout des ennemis.

— Je sens couver un événement malheureux… Un forfait… De quelle espèce ? Quand ? Comment ? Je crois qu'aucun astronomien ne pourrait en définir la nature et prédire le moment – jour ou nuit – où ce que je crains se produira. C'est pourquoi il me fallait être de ce voyage malgré des navrures qui me cuisent encore.

— Le roi ne s'est-il pas servi de ce prétexte pour vous refuser de le hourder (2) ?

— Non. C'est Berry qui s'y est référé. J'ai balayé de la main cet argument.

Gui, d'un abaissement du menton, approuva ce mouvement d'humeur.

(1) J'avais honte de lui.
(2) Escorter.

— J'ai attendu ta venue. Fi de l'humiliation que j'ai subie. Je suis quasiment prêt… Évidemment, tu me compagneras et veilleras sur la personne royale. Je ne sais quand nous partirons. Je t'ai fourni des vêtements. Sauf pour le bourras nécessaire au port de l'armure, tu prendras des chemises légères car je suis acertené qu'il fera chaud. As-tu remarqué que la chaleur ne cesse d'empirer depuis quelques jours ?… Pendant que j'y suis : tu ne boiras qu'à bon escient et de l'eau qui soit pure. Crains le poison. Garde-toi à dextre, senestre, devant, derrière. Puisque j'ai des ennemis, ils seront tiens. Je chevaucherai parmi la noblesse et toi, fréquemment, parmi l'écuyerie… Que cela ne t'empêche pas de me rejoindre plusieurs fois par jour.

— Soyez sûr que je vous obéirai.

— Il se peut – qui sait ? – qu'il y ait quelques dames. Laisse-les à leurs séductions : que tu tombes dans les bras d'une baronnesse, d'une bannerette, voire d'une chevaleresse et tu te ferais honnir – ce qui peut-être une satisfaction –, mais meurtrir, ce qui serait dommage.

— Et Apilly ?

— Si tu penses à sa fille, elle restera chez les Orléans et ce sera tant mieux pour elle. Quant à son père, j'ignore s'il sera de cette chevauchée. Il va de soi que si nous passons par Saint-Denis-d'Orques, Juvécourt et quelques uns de mes hommes s'occuperont du corps de ta mère et l'emporteront à Clairbois.

— Je les y suivrai.

— J'y consens. Je n'aime point les cimetières.

Gui voulut protester. Il n'en eut pas le temps.

— Ce sera un cheminement plus proche de la procession que d'une avancée pour la guerre. Dis-toi que nous partirons affronter le duc de Bretagne. Je prendrai Jausselin et dix hommes avec moi et te fournirai un compagnon pour lequel je nourris une confiance extrême : Marcelin Galabert.

— L'ai-je déjà rencontré ?… Céans, hormis Jausselin, Juvécourt et quelques autres, je ne connais véritablement personne.

— Ne t'en plains pas : plus on hante de gens, plus ils dévorent notre temps, donc notre vie. Galabert connaît la Sainte Bible comme personne. Sans l'être, il est têtu comme un Breton. C'est un homme indépendant, un mélange de maturité et de jeunesse. Il sait tenir une épée. Il manie l'arc avec bonheur. Il sera céans quand nous serons prêts à partir. As-tu vérifié les fers de ton cheval ?

— Ce matin même.

— Décidément, je ne puis te prendre en défaut !

Le connétable en enrageait presque. Mais il rit comme soulagé des nombreux soucis amassés au cours de la journée. Enfin, redevenu sérieux sinon inquiet, il demanda :

— Cette jouvencelle ?… Réponds-moi sans détour : l'as-tu revue ?
— Oui, à Notre-Dame, après un tençon (1) avec son père.
— Tu l'as menacé ?
— Certes. Menacé de venger la mort de ma mère.
— C'est donc ton premier ennemi.
— En effet.
— Ne t'en fais point d'autres car celui-ci est redoutable… Et j'en suis marri pour toi car jamais il ne t'acceptera pour gendre.

Gui acquiesça. Il se sentait superbe de force et de tranquillité. Quand il aurait estoqué Apilly, Alix serait délivrée de l'espèce de servitude craintive où elle vivait.

— Tu ferais mieux d'enlever ta belle, suggéra Clisson pour la seconde fois. Et si tu veux… je veux dire : si tu réussis, eh bien, je me chargerai de la mettre en lieu sûr.

« Tout cela est bien beau », songea Gui. « Il se pourrait toutefois qu'Alix refuse et me déteste pour lui suggérer cette aventure. »

— On verra, dit-il sombrement.
— On verra, répéta le connétable.

Il fit deux pas et s'immobilisa, le visage durci par de secrètes pensées. Plutôt que de se sentir écrasé par une superstition d'autorité, Gui laissa franchement paraître son inquiétude :

— Je me défie du sire de la Champagne. Je vois en lui un chevalier félon qui, pour réussir son existence, serait prêt à dévoyer sa fille.
— Hélas ! soupira Clisson.

Une fois encore, l'affreuse tuerie de Saint-Denis-d'Orques leur revint en mémoire. Il eût suffi d'un mot, voire d'une tape sur l'épaule pour rassurer un écuyer condamné pour longtemps à un deuil cruel. Le connétable s'abstint de toute preuve de sollicitude.

— Pour les jours à venir, tu veilleras, toi aussi, sur le roi. Si quelque événement te paraît suspect, tu m'en feras part. Je ne sais encore quand nous quitterons Paris. Sans doute au commencement de juillet. Après que Berry le lui eut suggéré, le roi a décidé de faire une première halte chez Montagu… Ainsi, Orléans, Berry et quelques autres malebouches pourront évaluer la fortune d'un Marmouset qu'ils détestent. Certes, Montagu est riche, mais il a que je sache enrichi le trésor… Ouvre l'œil et dis-moi tout. Sache aussi qu'en ton absence, mon épouse est repartie pour Jocelin dans une seconde litière avec six hommes à l'entour… Et pour conclure : ne perds pas ton temps à errer en ville.

Des images s'imposèrent à l'esprit de Gui :

« Demain, après-demain, il faut que je la voie. Je l'embrasserai. Je la baiserai aux lèvres. Je lui dirai… »

(1) Querelle.

Quoi ? Même si la bonne chance le mettait en présence d'Alix, il ne pourrait rien lui promettre, et c'était ce qui l'affligeait le plus.

* *
*

Un été, désagréablement lumineux, chaud et lourd. Gui s'accommodait désagréablement d'une oisiveté fastidieuse dans une moiteur qui picotait son corps, le pénétrait, l'amollissait. Clisson semblait absent. Était-il à Saint-Pol ? L'hôtel ombreux et comme vide distillait de l'ennui. Les chevaux eux-mêmes ne se manifestaient pas.

« Que vais-je devenir ? » s'interrogeait Gui, l'âme éteinte.

Il advenait qu'il regrettât Clairbois et la fraîcheur de ses forêts.

Le samedi 29, dans l'après-midi, il sortit tout en réprouvant une impulsion déraisonnable.

Il lui tardait parfois d'abandonner Paris. Ensuite, il regrettait de le devoir quitter pour une durée incertaine. Alix toujours réelle occupait ses pensées. Il ne pouvait formuler un dessein sans qu'elle y fût présente.

Se fiant aux propos comme aux silences de la pucelle ainsi qu'aux expressions de sa physionomie, il avait perçu chez elle des difficultés à s'épancher, un sentiment d'espérance, un autre d'insécurité ; une lutte serrée entre l'esprit et les désirs, un remords obstiné peut-être. Le mal de vivre d'Alix s'était insinué dans le sien déjà enténébré par la mort de sa mère. Sitôt qu'il l'avait vue, il avait deviné qu'il la devait aider, protéger. Mais comment ? Il ne pouvait accéder à son monde. Davantage encore qu'avant leur rencontre, il pataugeait dans le doute, la crainte, la solitude et la perplexité. Pourquoi, pour être heureux, ne la fuyait-il pas ?

— Qu'il fait chaud !

Les deux premiers tiers de juin avaient été brûlants. Le dernier se révélait étouffant et l'on pouvait craindre, en juillet, l'embrasement d'un ciel immensément bleu. Sitôt qu'il leur était possible de se rafraîchir, les Parisiens gagnaient les bords de Seine. Ce samedi, aussi nombreux sans doute que la veille, des manants se trempaient dans le fleuve, certains en chemise, d'autres dévêtus, sans souci d'être observés et désavoués. La plupart des femmes se détournaient de ces nudités diverses emperlées de gouttelettes que les audacieux, plutôt que de se sécher et couvrir, laissaient s'évaporer au soleil. Les bourgeois enrageaient. Les clercs se signaient et certains, sans doute, grommelaient des anathèmes.

— Je commence à honnir ce quartier Notre-Dame.

Gui, tout en l'arpentant, ne faisait qu'y épuiser son ennui. La joie bruyante des baigneurs tout proches développait sa mélancolie.

— Je pars, décida-t-il pour couper court à son mésaise.

A la clarté du jour, il préféra soudain la pénombre de l'hôtel de Clisson ; à la foule enfiévrée, sa solitude ; aux nageurs ruisselants d'eau certainement impure l'humidité d'un corps qu'il offrirait, nu, dès son retour, à la fraîcheur de sa chambre.

Alix ne s'était pas rendue à Notre-Dame. Il avait espéré l'entrevoir dans les lieux où ils avaient erré. Parce qu'elles étaient obscures – le soleil ne pouvant illuminer leurs infinis détours –, il piéta dans les petites rues où les voix des commerçants tissaient une liturgie criarde à peine interrompue à certains carrefours peuplés çà et là par des archers du guet.

Dans les boutiques et les échoppes, on vendait peu. Les légumes manquaient et les fruits attiraient les mouches plus encore que les clients. Depuis l'apparition des Valois, la royauté avait réduit à rien la monnaie. La régence du frère et des oncles de Charles VI avait porté le coup de grâce à la cité puis, par-delà, au pays tout entier, et l'on se demandait si, après la Jacquerie et le Tuchinat, les Maillets et autres rébellions, une tempête nouvelle n'allait pas souffler qui pousserait les foules excitées dans les rues, les places, les hôtels somptueux et substituerait à l'hypocrite sérénité de Paris le hourvari de la dévastation.

L'accoutumance à l'obscurité fit paraître à Gui plus blanc qu'il ne l'était l'Hôtel Saint-Pol. Il hâta le pas, ayant entendu en deçà des murs des rires d'homme et de femme occupés à des jeux qui ne pouvaient être les échecs mais celui du jardin madame ou celui des Valentin.

— Un bordeau, murmura-t-il. Un immense bordeau. Et la maquerelle, c'est…

Une crainte le saisit, froide et vertigineuse.

— Pourvu qu'Alix reste en dehors de ces males gens !

* *
*

Marcelin Galabert parut en l'hôtel de Clisson dans la soirée. Le connétable reçut à bras ouverts cet ancien quartenier (1) qui avait élu domicile rue des Étuves (2) après y avoir exercé son métier. C'était un homme de quarante ans aux yeux sombres, à la barbe drue et la moustache rare. Il eût certainement passé pour un hospitalier s'il avait porté un blanc manteau plutôt qu'un flotternel de lin grisâtre. Grand,

(1) Officier municipal proposé à la surveillance d'un quartier.

(2) La rue des Étuves, allant de la rue Saint-Martin à la rue Beaubourg, était réputée pour abriter plusieurs établissements de bains uniquement destinés aux femmes. La maison où le plus célèbre de ces bains avait pignon sur rue portait le nom de *Lion d'argent*. D'après Sauval (*Antiquités de Paris*) ces étuves existaient encore en 1578. Faut-il ajouter que certaines étaient des lupanars très fréquentés ?

efflanqué comme un bateleur, il n'avait ni la complexion du guerrier que Gui s'était attendu à rencontrer ni, semblait-il, la ténacité, la rigueur et l'impétuosité appréciées du connétable. Mais fallait-il se fier à son apparence ? A le détailler obliquement afin de ne point lui déplaire, Gui vit un front haut, une bouche épaisse, une espèce de sécheresse dans le regard autant que dans le port du menton. La voix était basse mais claire, le sourire de biais. A lui seul, l'accueil d'Olivier de Clisson révélait que l'homme possédait les aptitudes d'un bataillard. Quant à Galabert, attaché à la fortune du maître des armées, il l'allait suivre sans peut-être savoir où il irait et ce à quoi il devrait s'employer.

— Marcelin, je te présente Gui de Clairbois, mon nouvel écuyer.

Gui s'inclina. Le nouveau venu resta roide, immobile. Seule sa bouche remua :

— Je crois qu'il pense, messire Clisson, que je suis de la roture. Vrai ?

— Non, se défendit Gui sans aigreur. Vous avez été plus prompt à me considérer que je ne l'ai été vous concernant. Si vous mouvez l'épée aussi vélocement que vont vos regards, je conçois que le connétable vous ait en estime.

Sous les poils de la moustache, la bouche en cul de poule émit un sifflement.

— Eh bien, fit Clisson, te voilà informé sur notre jeune compère.

Observant toujours Galabert, Gui le trouva d'une nature indéfinissable. C'était assurément à la force du poignet et à grands coups de lame que cet homme, comme Jausselin, s'était haussé dans la considération du connétable. Nonobstant, et au contraire du tranche-tête, il s'efforçait de se montrer d'une simplicité de gentilhomme gardant çà et là sans doute dans son langage quelques mots et quelques lenteurs d'une origine plébéienne qu'il n'avait jamais reniée.

— Puis-je lui dire, Marcelin ? demanda le connétable.

— Je n'y vois aucune objection.

— Eh bien, dit Clisson en se tournant vers Gui, Marcelin était clerc. Il venait de recevoir la tonsure quand Dieu ou le diable a placé une belle veuve sur son chemin. Il avait donc le choix : Dieu ou la déesse. Il n'a pas atermoyé. Le reste est sans importance.

— Sans importance, acquiesça Galabert.

Observant l'homme une dernière fois avec une acuité qui n'offensa point celui-ci, Gui se dit qu'il se forgerait au fil des jours une opinion définitive sur un tel personnage.

— Ce jeune loup auquel je dois la vie est moult amoureux.

— Messire, dit Galabert, rien n'est plus beau que l'amour. Pas vrai ?

Gui se sentit examiné avec une attention nouvelle sans discerner si les regards de Galabert étaient empreints de pitié ou d'une sorte d'insolence. Clisson mit un terme à son dilemme.

— Ton cheval est en bas, Marcelin ?

— Oui, ainsi que tout mon harnois.

— Bien.

— Après ce qui s'est passé à votre endroit, irons-nous guerroyer en Bretagne ? C'est ce qui se dit dans les rues.

— Nous irons sans doute, dit Clisson. C'est pourquoi je t'ai fait mander par Jausselin. Notre jeune ami fera ses armes contre l'ost de Jean IV.

Gui s'inclina. Il n'avait d'autre ambition que d'améliorer son état. Écuyer c'était bien. Chevalier et adoubé par Clisson, ce serait mieux.

— Quand partons-nous ? s'enquit Galabert sans manifester d'impatience.

Le connétable eut un geste d'incertitude. Accoutumé à prendre des décisions froides, hâtives, il se sentait réduit à peu de chose : un témoin dans les consultations des oncles et des neveux. Alors qu'ils patrocinaient dans l'incohérence, lui seul, sans doute, considérait sereinement l'avenir.

— Il y a longtemps, dit-il, que nous devrions cheminer. Juin va s'achever. Nous sommes toujours immobiles… ou presque.

— Les ducs ne se sentent pas menacés, dit Galabert. Et puis, vous le savez : excepté le roi, ces gens-là ne vous aiment guère.

— Tu veux dire qu'ils me haïssent.

Sans doute le connétable se demandait-il comment demeurer un chef si cette haine lui était complaisamment montrée. Une échéance arrivait. De quelle espèce ? Il se trouvait pris entre l'obsession d'un passé glorieux dont il ne pouvait plus extraire des raisons d'être intraitable et l'annonce d'un avenir qui pourrait aboutir à une déchéance. Seule la guerre en Bretagne pouvait le rétablir ou le fortifier dans sa fonction. Seule la victoire pouvait le revigorer *en même temps que le roi*.

— J'irai trouver Charles. Les vegiles qui gardent sa porte me laisseront passer. Je lui parlerai seul à seul. J'émettrai mes conditions. Elles seront définitives. Nous avons perdu assez de temps. Il faudra bien qu'il se soumette !

C'était une conclusion rude et une conjecture hardie. Jamais le roi n'obéirait à son connétable. A moins qu'il ne voulût contrarier ses oncles.

— Faites au mieux, messire, dit Galabert.

« Il a dit : *seul à seul* », songea Gui. « Il peut sans doute réussir et faire en sorte que nous cessions d'être immobiles. »

* *
*

Gui ne quitta pas l'hôtel. A quoi bon sortir. S'il devait enfin partir pour la Bretagne, une rencontre avec Alix rendrait pénible une séparation qu'il sentait se préciser tant il commençait à connaître Clisson. La rhétorique du connétable prévaudrait sur des atermoiements et des arguments insufflés aux oreilles du roi par son frère et leurs oncles. L'humeur du maître des armées avait atteint, en quelques jours, un tel niveau d'enragerie que même présents à ce contempt (1), les oncles et Orléans en demeureraient bouche bée.

Au milieu de la nuit, sans façons, précédés chacun d'une chandelle dont ils protégeaient la flamme du creux de leur main, Galabert et Jausselin le tirèrent du sommeil.

— Il y a du nouveau ?

— Certes ! ricana Jausselin, penché. Clisson a vaincu les ducs et décidé le roi. Nous l'avions accompagné jusqu'au seuil de l'Hôtel Saint-Pol.

— Il aurai pu me…

— Console-toi, Gui. Dis-toi que la décision est prise.

Gui s'assit et, adossé à son oreiller :

— Posez vos pigous (2) sur le linteau de la cheminée… Approchez !

— Ce qu'on sait, dit Galabert, c'est que le connétable va fournir au roi quatre-vingt mille francs pour l'aider à faire la guerre (3) et que l'ost est convoqué au Mans pour le 15 juillet.

— C'est donc pour bientôt !

Gui se demanda tout à coup si le connétable pourrait aisément supporter les inconvénients d'un aussi long voyage. Il le savait solide et décidé ; cependant, la chaleur devenait intolérable. Il n'osa révéler son inquiétude à ses compagnons de crainte de les voir s'ébaudir.

— Est-ce tout ? demanda-t-il simplement.

— Non, dit Jausselin en lui tapotant l'épaule comme pour l'encourager à ouïr la suite. Afin d'isoler le duc de Bretagne, le roi a envoyé quatre chevaucheurs porter en hâte des lettres closes aux nobles bretons.

— Qui, en l'occurrence ?

— Les chevaucheurs ? interrogea Galabert. On les connaît bien, Jausselin et moi : Philippot Martin, Thomas Garaut, Jean d'Airsoles et Jean Germain.

(1) Débat.
(2) Chandeliers.
(3) *Comptes d'Arnoul Boucher*, trésorier des guerres de Charles VI (1390-1392). On verra plus loin ce qu'il en advint.

— Quant aux prud'hommes bretons, ajouta Jausselin, ils sont trop nombreux pour qu'on te les cite (1).

Le connétable apparut, la démarche lente, le chef toujours couvert d'un bandage dont la base dissimulait son infirmité. Plus ses ennemis avaient cru que la vie publique, close devant ses pas, le contraindrait à un retrait sur lui-même et à la reprise d'une vie quiète auprès d'une épouse qui s'en était allée sans doute craintivement en Bretagne, plus il s'était voulu important. Il avait moins souffert de ses blessures que de l'incertitude d'un châtiment qu'il voulait accomplir lui-même. Cette nuit, fort de l'approbation du roi, il se sentait renaître aux activités politiques sans que son visage, nimbé de l'or frémissant des chandelles, ne laissât rien paraître de sa jubilation.

— Les ducs étaient présents, dit-il. Quelle bataille !

« J'imagine », songea Gui qu'un bâillement tourmentait.

— Berry et Bourgogne doivent être encore en leur félonie (2). Moi, Clisson, j'ai ressuscité devant eux !

Un seul lien – mais quel lien sacré ! – subsistait entre sa personne et les événements du royaume : la guerre. Que celui-ci vînt à se rompre, il ne serait alors qu'un prud'homme riche, mais ordinaire, ce à quoi il se refusait. Par son attitude droite, fidèle, courageuse, il provoquerait encore, nécessairement, des rancœurs et des haines. Son inimitié envers Berry et Bourgogne, ses soupçons sinon son enragerie à l'égard de Louis d'Orléans obnubilaient son esprit, empoisonnant certainement ses pensées. Nulle désillusion, désormais, chez ce guerrier au tempérament de granit ; seulement une espérance : détruire le hutin de la rue Sainte-Catherine.

— Je ne puis, dit-il, vous préciser le jour de notre départ, mais il ne saurait tarder. J'ai trouvé, auprès du roi et des ducs, Arnoul Boucher, le trésorier des guerres. Comme j'ai promis à sire Charles de l'aider, j'ai remis à Boucher des lettres destinées à ma femme afin qu'elle lui remette certaine somme pour que le roi soit à l'aise. En partant ce matin ou demain, Boucher et Morice Mauvinet qui l'accompagnera, seront au Mans dans quatre jours. Ils y feront ce que le roi leur a commandé auprès des capitaines qui, selon la coutume, doivent attendre la soudée (3). Le lendemain, Boucher partira pour Jocelin. J'ai appris que la nuit même de la vilenie de Craon à mon égard, Charles s'est résigné à puiser dans le trésor de France. Il a fait transporter au château de Vincennes une boete ou *petit retrait* dont il porte seul la clé. Il y avait dedans cent mille francs. Ils ont été placés

(1) Les seigneurs de Poligny, de Penhoët, de Quintin, de Gargoulay, du Chastel, de Malestroit, de Châteaubriant, de Montauban, de Montfort, de la Hunaudaie, de Matignon ; les vicomtes de Rohan et du Fou, Jean le Vayer et Gui de Rochefort (*Comptes d'Arnoul Boucher)*.

(2) Doivent demeurer en colère.

(3) Paye (solde) des gens de guerre.

sous bonne garde à la Tournelle (1). Arnoul Boucher va en mettre en bouteille (2).

— A qui a-t-il confié ce… ce… commença Jausselin en quête d'un mot approprié.

— Ce pactole ? suggéra Gui.

— Si tu veux, concéda le tranche-tête dépité de son ignorance.

Clisson sourit et son œil unique cilla malicieusement :

— Les bouteilles ont été remises à Jean Le Lorrain et Jean de Fresnes ainsi qu'à leurs varlets montés sur quatre chevaux (3). Arnoul Boucher devra donc gagner Le Mans avec son clerc : Pierre de Canteleu le Jeune (4), Mauvinet, des voituriers, soixante hommes et dix archers. Un chevaucheur, Jean de Rochefort, les devancera. Il a mission d'annoncer à l'ost l'arrivée du Trésorier des guerres et surtout celle du maréchal de Boucicaut. Mon ami Jean le Meingre peut être satisfait. A vrai dire, et pour le moment, il me remplace avec mon assentiment (5).

— Et nous, nous partons quand ? demanda Galabert.

(1) Avant de partir pour Le Mans, le roi en tira 20 000 F « *pour bailler à Arnoul Boucher* », son trésorier des guerres. Celui-ci fit enfermer la somme dans trois paires de bouteilles : « *Le XIIIe jour de juing, le roy fut au dit lieu du Boys de Vincennes et… fist oster du dit retrait Cm francs et furent remis les dix Cm francs en la Tournelle où sont les aumoires de joyaux, et fut baillée la grosse clef de la dite Tournelle au dit Jehan de Chanteprime qui a la charge du dit argent pour ce osté du dit retrait… Item furent prins de ladite somme, du commandement du roy, par ledit Chanteprime, en la présence de moy, J. Crete, le XVe jour de juillet en suivant IIII xx XII, pour bailler à Arnoul Boucher, trésorier des guerres, pour le mandement que le roy a fait au Mans audit XVe jour de juillet, par lettre dudit Chanteprime, donnée le XVe jour de juillet, l'an dessous dit : XXm francs.* (Archives nationales. Parchemin intitulé : *l'estat de la finance du roy, notre sire, depuis qu'il vint au gouvernement de son royaume*).

(2) « *Pour trois paires de bouteilles achetées par le dit trésorier pour porter en icelles XXm francs tournois en escuz, ordonnez par le roy porter par le dit trésorier de Paris au Mans, pour le paiement des gens d'armes illeuc mandez par le dit seigneur pour aler en certain voiaige qu'il entendait faire au mois de juing (juillet) CCCIIII xx XII, IIII francs tournois » (Comptes d'Arnoul Boucher).* Le mot *bouteille* doit être pris dans le sens d'outre, *uter.* Le mot *retrait* ou *retret* désignait un cabinet de travail. En l'occurrence, Charles VI et ses proches devaient appeler cette *boete* (boîte) *le petit retrait.* Rien n'a été changé à l'orthographe des noms propres.

(3) « *Jean Le Lorrain pour avoir mené et conduit lui et son valet, montez de deux chevaux, la somme de vingt mille francs d'or, lesquelz ledit trésorier* (Arnoul Boucher) *a amené de Paris au Mans, pour le paiement des gens d'armes, archiers et arbalestriers,* etc. *Jean de Fresnes, pour avoir pareillement conduit lui et son valet montez de deux chevaux la somme de XXm francs d'or que ledit trésorier a amené de Paris au Mans, pour le paiement des gens d'armes, archiers et arbalestriers,* etc. » (*Comptes d'Arnoul Boucher.)*

(4) « Pierre de Canteleu le Jeune, clerc du dit trésorier, pour IIII jours qu'il a vacquez en alant de Paris au Mans, après son dit maistre, porter certain argent pour le veaige que le roy faisait au dit lieu, c'est assavoir les XXIIe, XXIIIe et XXVe jours de juillet CCCIIII xx et XII à raison de II francs de gaiges par jour : VIII francs tournois » (*Comptes d'Arnoul Boucher*).

(5) Jean le Meingre, maréchal de France comme son père (depuis le 23 décembre 1391) était bien considéré de tous. Le roi n'avait pas hésité à lui donner « *grande charge de gens d'armes, c'est assavoir six cents hommes d'armes soubs luy, dont ils furent joyeux d'estre soubs tel capitaine. Et pour le grand amour que les gentils-hommes avoient à luy et la grande opinion que ils avoient de sa bonté, furent plus d'autres quatre cents hommes d'armes, qui, oultre la susdicte charge, se veindrent mettre soubs luy et s'en tenoient bien honorés.* »

Par mandement du 13 juillet 1392, Charles VI donna 1 000 francs à « *monsr Jehan le Meingre, dict Boucicaut, maréchal de France* » pour « *lui aider à faire le voyage du Mans. Jehan de Rochefort, chevaucheur du roi* », se rendit de Paris au Mans pour annoncer « *aux gens d'armes et arbalestriers* » qui devaient y être réunis le 15 juillet, que le maréchal Boucicaut et Arnoul Boucher venaient « *au dit lieu* ». (*Comptes d'Arnoul Boucher.*)

Ces faits sont signalés dans le *Livre des faicts du mareschal de Boucicaut,* dans la Collection des *Mémoires relatifs à l'Histoire de France*, par Petitot, tome VI, page 439.

Le connétable haussa une épaule et grimaça.

— Tout dépend de la santé du roi. Elle n'est point bonne. Les ducs le titillent de conseils pernicieux. Ils ne veulent point – et pour cause ! – que l'on châtie leur compère Pierre de Craon !

— Il le faut pourtant bien !

Juvécourt venait d'entrer dans la chambre. Son intrusion, tête basse, ne mécontenta personne. Du connétable au dernier des palefreniers, l'on savait qu'il ne dormait guère. Chaque nuit, sa mémoire l'entraînait sur le chemin de Saint-Denis-d'Orques.

« Pourquoi avoir choisi ce lieu ? » se demanda Gui tout à coup. « Les guette-chemin d'Apilly auraient pu assaillir la litière dans les campagnes de Mont-le-Héry, Chastres (1), Chartres, Nogent-le-Rotrou et même juste avant ou juste après Le Mans… Qui les a informés que l'épouse de Clisson allait quitter Paris ? Qui leur a suggéré que Saint-Denis-d'Orques, au creux d'une forêt, était l'endroit le meilleur pour réussir une embûche ? »

Un nom lui vint à l'esprit : Roland d'Evron. Il était possible que le « bon cousin » eût émis cette proposition à son Maître. S'il avait manqué de vaillance lors de l'attentat de la rue Sainte-Catherine, il pouvait en avoir trouvé pour solliciter et obtenir une audience auprès de Jean de Berry et s'attirer sa bienveillance. En cette conjecture peut-être aventurée, il était encore plus coupable que Guillaume de la Champagne.

« Dire que j'ai eu, rue Sainte-Catherine, ce malandrin au bout de mon épée ! »

D'un revers de main, Olivier de Clisson fit choir les vêtements de son écuyer amassés sur une escabelle. Une fois assis, il s'accorda un temps de réflexion puis, les paumes contre ses joues et la voix lasse :

— Boucicaut, si ce n'est fait, va emmener sa compagnie. Il la commande en tant que chevalier banneret… ce qui me paraît un signe d'humilité de gros mérite. Je l'ai vu deux fois depuis l'attentat.

Le connétable ne révéla rien du lieu de ces rencontres.

— Évidemment, le maréchal se défie lui aussi de mes ennemis.

Et comme Jausselin s'apprêtait peut-être à contester ce jugement :

— S'il se montre trop ouvertement pour moi, on brisera sa renommée. Mieux vaut pour lui qu'il ménage les ducs. Il doit mener au Mans neuf chevaliers bacheliers et quinze écuyers. Son frère Geoffrey sera présent lui aussi (2).

— Le roi s'éparpille, grommela Jausselin avec une sorte de lassitude qui n'était point dans sa nature. On dit que présentement il s'occupe de ses chiens de chasse. Il les a confiés, en vue de sa prochaine absence, à son maître veneur, Philippe de Courguilleroy.

(1) Montlhéry et Arpajon.

(2) Boucicaut l'aîné fit une montre de sa compagnie le 18 juillet au Mans. Son puîné (dit aussi Boucicaut, chevalier) en fit une le 1er août. Il y avait sur les rangs, devant les piétons, un chevalier bachelier et six écuyers.

Un varlet de sa Maison m'a dit qu'il faisait confectionner des malles pour le transport de ses vêtements et ceux de son frère (1).

— Des malles ! Des habits ! s'exclama Galabert. Il faudrait des armures et des épées puissantes, et non pas des épingles et des ciseaux de giponniers !

Cette ire fut sans effet sur le connétable. Il partageait l'indignation de son serviteur mais, contrairement à celui-ci, il la pouvait maîtriser.

— La frisqueté (2) de certains hommes, dit-il, n'est point un inconvénient au port de l'armure. Cependant, à aimer la parure autant que leurs femmes ou leurs maîtresses, ils ont perdu leur vigueur (3) et, je le crains aussi : leur ose (4). Bientôt, s'ils continuent à s'efféminer, on ne trouvera de vrais hommes, adoncques de vrais combattants, que dans le peuple.

Et comme Galabert, Jausselin, Juvécourt et Gui acquiesçaient :

— Pauvres de nous, mes amis ! Berry et Bourgogne, pour le moment, ne songent point aux parures. Ce souci-là leur reviendra ensuite…

— Ensuite de quoi ? s'inquiéta Jausselin.

— Tu le verras bien !

Clisson n'ignorait rien des maux du pays et des vuiseuses (5) de la monarchie. Depuis que la reine régnait davantage que le roi, les fêtes s'étaient multipliées et perverties. Isabeau, approuvée plutôt que décriée par les ducs, – Louis d'Orléans en particulier – laissait vaguer son imagination. Charles VI acquiesçait. Leurs intimes battaient des mains. Sans doute, cette ébullition des mœurs de la Cour, ce goût indécent et démesuré de la parure rendaient-ils plus aigu, chez le

(1) Le roi possédait 98 chiens courants, 8 limiers et 30 lévriers : « *pour le cerf du roy… avec XL que lévriers que mastins de la chambre dudit seigneur et monsr d'Orléans envoiés du commandement du dit seigneur, à messire Philippe de Courguilleroy, pour iceul garder et gouverner avec les chiens de la venerye, avec VI vallès (valets) pour eulx garder, quand le roy, notre dit seigneur, parti pour aler au voiage de Mans, tous ensemble à Dampmartin-en-Brye, pour chacier pour ledit seigneur les cerfs en la forêt de Crécy et en Brye… par l'espace de XLIX jours à compter du XIIIIe jour de juillet l'an mil CCCIIII xx et XII jusques au premier jour de septembre ensuivant.* » (Bibl. nationale, manuscrit 11204, fol 5, selon l'abbé Ambroise Ledru, 1897). On voit que Charles VI comptait sur une « guerre éclair » pour venger son connétable. Quant aux vêtements, on trouve, dans les comptes de l'Argenterie, cette mention : « *A Pheliset de Compens, drapier demourant à Paris, pour IIII aulnes de drap vert de Rouen, achetées de lui le XXIIIIe jour de juillet l'an mil CCCIIII xx et douze et baillées à Jehan Mauduict, tailleur et varlet de chambre du roy notre sire, pour faire mallettes pour mettre et porter les robes et garnements du dit seigneur et de monsr le duc d'Orléans, au prix de XX sols parisis l'aulne, valent IIII livres parisis. – Au dit Pheliset de Compens, pour XVI aulnes d'escarlate vermeille d'Angleterre… achetées de lui le dit jour et baillées à Guillaume Clémence, tailleur de robes et varlet de chambre du roy, notre sire, pour faire deux manteaulx et deux cottes hardies pour ledit seigneur et pour monsr le duc d'Orléans, à entrées en bonnes villes, pour ce, au prix de cincq sols l'aulne, valent IIII xx III livres IIII sols parisis.* » *Comptes de l'Argenterie, fol 16.* Orléans, richissime, se faisait entretenir par son aîné. Avaient-ils, en l'occurrence, besoin de se « toiletter » ?

(2) Élégance.

(3) Le mot virilité n'existait pas.

(4) Audace.

(5) Choses futiles et vicieuses.

connétable, un sentiment de menace et de solitude. On le disait richissime. Il se savait entouré d'envieux auxquels, pourtant, l'or ne manquait pas.

— J'espère, dit-il, que le roi, demain, ne détruira pas ce qu'il a décidé… J'espère que si sa femme lui suggère une liesse, il sera capable d'y renoncer pour se conduire tout simplement en homme et non pas en nicet. Plus tôt nous guerpirons, plus tôt il se soustraira aux influences pernicieuses.

Clisson savait, tout comme Gui désormais, que la féodalité se décomposait et que sa « tête », la royauté, commençait à se pourrir dans des liesses que le défunt Charles V eût extirpées des mœurs curiales. Les prêtres vitupéraient en chaire, mais la chair et ses plaisances condamnait l'Église à de vains sermons : le roi faisait le sourd et la reine feignait de ne rien comprendre au français, qu'il fût ou non d'usage ecclésiastique. Présentement, plutôt que de donner l'exemple d'une austérité toute militaire, le roi songeait à quérir des étoffes !

— Je crains que nous ne voyions jamais Charles et Louis vêtus et houssés dessus leurs armures, et tout parés de leurs pleines armes.

— Ils ne s'adouberont qu'au retour de Bretagne pour chevaucher dans les rues de Paris.

Clisson, soudain debout, félicita Gui d'un clin d'œil.

— Toi, dit-il, tu commences à comprendre les choses.

Ce fut le mot de la fin. Les hommes saisirent leurs chandeliers et quittèrent la chambre. Clisson referma la porte promptement.

* *
*

On n'en finirait donc avec les jours brûlants et maussades ? Des copeaux de feu tombaient des nuées. Quand donc s'apaiserait cette fournaise ?

A chaque vesprée, le connétable s'était rendu à l'Hôtel Saint-Pol accompagné de Jausselin et de Trinquier, un archer qui semblait avoir participé à toutes ses batailles. Ils en étaient revenus tardivement. Ni Gui ni Galabert n'osaient les questionner.

« Enfin », songeaient-ils, « des décisions sont prises. Nous les connaîtrons le moment venu. »

Ce moment vint. Le lundi 1er juillet, après ce qui semblait avoir été une nuit d'insomnie, Clisson, la paupière gonflée, mais l'œil vif, réunit ses hommes dans son armerie.

— Voilà, déclara-t-il sans préambule. C'est pour demain.

Tous acquiescèrent.

— Soit, dit Galabert. Mais quand ? De bon matin ?

— L'après-midi.

— Par ce temps !... Les armures, si certains s'en couvrent, vont fondre et les cervelles en dedans.

— Hé oui, Marcelin ! Le roi obéissant aux ducs, en a décidé ainsi.

— Ils veulent qu'il rôtisse... et nous avec !

Clisson acquiesça. Gui craignit de s'être exprimé trop durement. Jausselin le secourut en disant avec une espèce de vivacité joyeuse que s'il le fallait, on chevaucherait nu. Personne ne fut enclin à rire.

— Le roi aura ses nerfs, dit Jausselin, lugubre.

Le connétable, d'un mouvement du cou, félicita son tranche-tête.

— Hélas ! dit-il, simplement.

Gui sentit chez le grand guerrier, jouxtant des turbulences obscures, une résignation qu'il s'acharnait à combattre. Il y avait deux hommes en lui, désormais : le restorier (1) de la rue Sainte-Catherine, iré chaque jour davantage contre Pierre de Craon, et le connétable qui devrait affronter, outre l'armée de Jean IV de Montfort, la fallace (2), pour ne pas dire la haine, des oncles et du frère du roi.

Il fut décidé que tous les serviteurs resteraient en l'hôtel. Le plus âgé, qui avait guerroyé avec le connétable, ferait office d'huissier.

— Je devine, dit Clisson, les intentions qui vont envahir les crânes de mes ennemis : entrer dans ma demeure en force, la piller, y mettre le feu. Or, ils n'oseront point.

— Pourquoi ? interrogea Gui alors qu'en compagnie du connétable il traversait la cour où une litière en mauvais état n'avait point encore recouvré sa place.

— *Pourquoi ?* m'as-tu demandé, dit tout à coup Clisson après avoir sans doute, lui aussi, songé à la litière. Parce que plus les malandrins sont nombreux, plus ils sont d'avis contraires, ce qui les rend couards.

— Ceux qui ont occis ma mère ne l'étaient point.

Olivier de Clisson parut peiné. Un soupir bref s'exhala de sa poitrine :

— Un chevalier les commandait, qu'ils savaient dépendre d'un duc ou de plusieurs. La récompense devait être bonne. Après l'erreur qu'ils ont commise, ils n'ont certainement touché que des miettes... Quant à toi, après ce qu'Apilly t'a fait, c'est ton droit de suborner sa fille.

Gui baissa la tête. Il y songeait davantage encore que Clisson ne le supposait.

(1) Le vengeur. Celui qui restaure.
(2) Fourberie.

DEUXIÈME PARTIE

Un roi sous le soleil

I

Divers bruits et des hennissements éveillèrent Gui avant l'aube. Il descendit en hâte aux étuves qu'il trouva vides – mais on l'y avait précédé. Il s'ablutionna tout en se félicitant d'être passé chez un barbier la veille au soir.

De retour dans sa chambre, il se vêtit de tissus légers. Son armure avait été enfardelée puis déposée dans un des deux chariots qu'Olivier de Clisson avait confié à ses hommes, une vingtaine, les autres étant demeurés en son château de Jocelin pour repousser toute entreprise en défaveur de sa mesnie (1).

Sitôt prêt, il se pencha à la fenêtre.

Dans la cour, le connétable, Galabert et Jausselin conseillaient ou admonestaient des soudoyers porteurs de sacs et de besaces, de récipients et ustensiles de cuisine. Il quitta la chambre et les rejoignit.

Les préparatifs s'achevèrent en fin de matinée.

— Occupe-toi de mes deux roncins, Gui, décida le connétable.

— Deux seuls ?

— Oui, mais n'aie crainte : mon destrier et mon palefroi nous suivront. Je les ai soignés et apprêtés moi-même. Lorsque nous serons à Rennes, mes deux palefreniers et quelques hommes les mèneront à Jocelin.

Les chevaux du connétable disposaient d'une écurie particulière. Gui les brossa, vérifia leurs fers et s'occupa de Beaubrun qu'il trouva dispos et frais et dont il souhaita qu'il souffrît de la chaleur le moins possible. Ensuite, à table pour le dernier repas pris en l'hôtel, il lui parut qu'Olivier de Clisson ne sentait plus ses cicatrices. Sa voix aux sonorités rêches, parfois pointues, vibrait intensément. Après avoir été

(1) Les biens, la propriété y compris ceux qui y vivent.

contre son gré ou non l'homme curial (1) du festin de Louis d'Orléans, Gui découvrait, non sans plaisance, un chef de guerre accoutumé à être obéi. Tout au long de la matinée, Jausselin et Galabert s'étaient employés à satisfaire une kyrielle d'exigences proférées toutefois d'un ton différent de celui destiné aux archers, guisarmiers et vougiers tous montés, à en juger par les nombreux piétinements des chevaux assemblés dans la cour d'entrée.

— Allez ceindre votre épée, Clairbois. Si vous en connaissez, saluez les meschins et meschines qui veilleront sur cet hôtel. Nous partons pour Saint-Pol.

Le vouvoiement mit Gui en défiance. Clisson, soudain, était-il de mauvaise humeur ? A l'idée de quitter son hôtel ? Pensait-il ne plus le revoir ?

Dans sa chambre aux draps pliés au pied du lit, Gui se ceignit de Plaisance, passa dans son dos, maintenu par sa guige, son écu armorié et descendit dans la cour où Beaubrun sellé, l'attendait.

Galabert le rejoignit alors qu'il vérifiait, sous le ventre du cheval, la tension d'une sangle qui avait fait son temps mais qu'il ne voulait changer pour le moment : sa sellerie était un présent de son père.

— Sois quiet, marmonna lentement le défroqué. Clisson s'émeut toujours quand il part pour la guerre. Le roi, sans doute, va nous faire attendre : les derniers soubresauts dans les bras de la belle.

Gui se sentit examiné des épaules aux hanches et du front au menton. Il n'eut point le temps de se regimber.

— Ne te fie pas à l'aspect de Gui, Marcelin, recommanda Clisson en apparaissant. Il est de ceux dont la lame déteste le feurre (2). Tout feu tout flamme : aux joutes de Saint-Pol, il m'a proprement résisté.

— Dommage que je n'aie pu assister à cette appertise (3).

Il y avait de l'ironie dans ce regret. Le connétable s'empressa d'y remédier :

— Tu n'aurais pas fait mieux que lui lorsqu'il m'a protégé, rue Sainte-Catherine.

Galabert acquiesça. Il savait tout ce qu'il voulait savoir.

— Mon cheval est sellé, dit-il. Le reste est dans le charroi. Qui veillera sur nos fourniments ?

— Trinquier, Juvécourt et leurs compères.

— Cela va nous changer de chevaucher avec le roi et moult prud'hommes.

Galabert devait mépriser la noblesse. S'il ne connaissait rien aux ténébreux mystères de la politique, il avait depuis longtemps choisi le cénacle des Marmousets et la compagnie de son essentiel défenseur

(1) Homme de Cour.
(2) Fourreau.
(3) Prouesse.

pour assurer son existence. Peut-être se disait-il que la puissance féodale, si elle existait encore, personnifiée par un souverain malade, serait un jour dépréciée autant que la monnaie qui circulait en ville et qu'un seul homme pouvait sauver la royauté : Olivier V de Clisson.

— Tu veilleras sur Clairbois, Marcelin, recommanda le connétable en s'approchant d'un cheval pommelé que Gui n'avait cessé d'admirer lorsqu'il lui donnait des soins.

— Je veillerai dessus comme un père.

— C'est bien ce que je te demande.

Cette fois, Gui se regimba :

— Je ne saurais jamais accepter un tuteur. Ne vous ai-je pas promis, messire Olivier, de vous offrir à vous et aux vôtres toute la vaillance et l'intérêt dont je suis capable, toute la forcennerie et l'astuce que Dieu et mes parents m'ont léguées ?

Clisson et Galabert se regardèrent puis sourirent avec une bienveillance non feinte.

— Cesse de t'enfelonner, dit Clisson, comme une donzelle qu'on a touchée un peu trop éloquemment. Pense à mériter ta soudée. Le prix de notre intervention devrait atteindre deux cent mille livres (1), car contrairement aux usages de l'ost où l'on serre les cordons de l'escarcelle, on va les ouvrir largement pour le roi, son frère, les oncles, les compains dorés du tortil (2) aux éperons que la plupart, d'ailleurs, n'ont jamais mérités.

Le courroux l'emportant sur la raison, le connétable parlait haut, le ton âpre et le geste bref, en bataillard accoutumé à s'exprimer devant des guerriers nombreux et obéissants. Dans la pénombre d'une écurie désormais sans chevaux, son visage osseux, froid et décidé, prenait l'aspect qu'il devait avoir en présence de l'ennemi. L'unique perle de son regard scintillait, aussi vive et mobile que l'œil d'un vautour à l'aguet dans son aire.

— Si rien ne va comme il convient, j'ouvrirai ma grande goule.

Les mâchoires, soudain, se serrèrent. Gui pensa : « Il peut encore casser des noix… Il se gratte vigoureusement le front comme pour en faire jaillir une idée. » Et cette idée perça sous la forme d'un commandement :

— Sortons lentement. Montons à cheval dans la rue, et que Dieu nous garde.

Gui saisit la bride de Beaubrun. Il se laissa devancer par le connétable et son cheval et par Galabert, la mine attristée sous son chaperon noir à cornette.

— Qui portera, messire, votre bannière ?

(1) En réalité 150 000 livres.

(2) *Blason* : cercle d'or gemmé, rebordé plus fortement en haut qu'en bas et autour duquel est passé en spirale un collier de perles.

— Pourquoi pas Gui ? Qu'en penses-tu Marcelin ?

— Pourquoi pas. Nouvel écuyer en remplacement de Loïc, trépassé, le voilà promu gonfanonier. Que lui réservez-vous à bref délai, messire. Les éperons ?

— Et si c'était ? interrogea presque sèchement le connétable. Y verrais-tu une objection ?

— Évidemment non ! protesta Galabert d'une voix sirupeuse.

— Alors, va chercher mon signal. Jausselin l'a en garde. Veille, Gui, sur son cheval.

« Ce défroqué ne m'aime point », songea Gui.

Levant la tête au risque de laisser choir son chaperon, il aperçut deux meschines immobiles et soucieuses à la fenêtre d'une chambre. Il n'avait fait que les entrevoir. Il fut ébahi qu'elles eussent décidé, d'un commun accord, de lui adresser un baiser de la main. Elles avaient au moins le double de son âge. Il leur répondit de même lorsqu'il fut assuré que Clisson ne le voyait point.

* *
*

En l'absence de l'antique oriflamme, disparue on ne savait où et quand (1), Gui s'était attendu à empoigner une bannière aux fleurs de lis. Il reçut celle du connétable, en satanin rouge sur laquelle le lion d'argent couronné d'or et à la queue fourchue figurait dans une rosace à six lobes tout autour de laquelle courait une bordure de couronnes et de M (2).

Clisson sortit le premier dans la rue.

— Viens, dit-il, avançons. Mon roncin semble heureux de revenir en Bretagne.

Gui obéit. Le cheval pommelé avait franchi trois ou quatre toises lorsque le connétable se retourna. Jausselin et Galabert suivaient. Il leur désigna son hôtel :

— Vous souvenez-vous de ce que c'était quand j'ai acheté ce terrain rue de Chaume (3) ?

(1) Voir annexe IX.

(2) Ce M gothique figurait sur la plupart des objets possédés par Clisson dès 1370. Il ne peut être le monogramme de Marguerite de Rohan épousée bien plus tard ou le symbole de *Miséricorde*, nom attribué par les Parisiens à son hôtel au retour de Roosebeke, alors que Clisson était intervenu auprès du roi pour qu'il pardonnât aux Maillotins qui, en 1382, après le sac de l'Hôtel de Ville et de l'Arsenal, s'étaient emparés de quantité de maillets plombés. Certes, le connétable les avait matés. Le sang avait coulé. Il trouvait qu'il fallait apaiser une révolte pour ne pas en provoquer d'autres. Une pièce frappée en Angleterre au temps de sa jeunesse (1359) reproduit les armes de Clisson citées dans le texte. Au revers figurait une croix fleurdelisée cantonnée de quatre lions et portant la légende : *Maria Gratia Plena*.

(3) Le roi avait financièrement participé à l'érection de l'hôtel en versant à Clisson des sommes considérables, notamment le 10 novembre 1370 et le 15 août 1371.

— Comment donc ! dit Jausselin.

Clisson laissa piéter sa monture et regarda droit devant lui pour qu'on ne vît pas son visage :

— Eh bien, mes amis, dites-vous que si nous perdons notre partie contre le duc de Bretagne qui soutient l'abominable Craon, je ne suis pas certain de retrouver cette merveille.

— Bah ! fit Galabert. Qui voulez-vous que…

— Berry. Il aimerait posséder ce bien… et les autres. Plus ma vie passe et s'achève, plus je fais des envieux. Depuis que Craon et Jean IV ont décidé ma mort, j'ai devant moi Berry qui la souhaite aussi. Le duc de Bretagne regrette de ne m'avoir pas meurtri lorsqu'il me tenait en son château de l'Hermine. Je sais qu'il a offert cent mille francs à Craon s'il m'occisait… Craon, l'infâme qui voulut faire en sorte que l'héritage de Gui de Blois ne revînt pas, par droit de succession d'hoirie (1), à Jean de Blois, comte de Penthièvre, mais au duc de Touraine, maintenant d'Orléans, lequel chevauchera parmi nous, ce qui fera verser des larmes à qui vous savez !

— Qui d'autre sera présent ? demanda Galabert.

— Berry, évidemment ! Il aurait pu s'abstenir, mais non. Il a si hypocritement travaillé le roi que Charles lui a dit en ma présence : « *Bel oncle, Craon est, vous le savez, en Bretagne. Nous voulons y aller avec vous.* » Aussitôt le bel oncle a fait la révérence : « *Il nous faut avoir notre beau-frère de Bourgogne en notre compagnie.* » Et le roi, ce grand nicet : « *Nous l'aurons. Nous irons en Bretagne en très grand arroi. Nous y verrons le duc, bel oncle. Jean IV est orgueilleux et présomptueux mais nous le mettrons à raison.* » Je lisais dans le cœur de Berry. Il pensait le contraire de ces propos. Il a été décidé que nous cheminerons en Anjou pour faire abattre et détruire les châteaux que Craon y détient puis qu'on passerait en Bretagne. Le bel hôtel que ce malandrin possédait près du cimetière Saint-Jean va être mis en pièces. Ce sera bientôt une ruine.

— Dommage, dit Galabert. De telles merveilles devraient être sauvegardées.

— Je sais. Mieux vaudrait qu'elles soient arsées (2) ou détruites par les guerres que par la vindication d'un seul homme en furie. Je parle du roi, bien sûr, car moi, à sa place, j'aurais respecté ces pierres…

— Pour vous les approprier.

C'était l'opinion de Jausselin. Gui ne put qu'y souscrire en silence.

— La guerre ! s'exclama Clisson comme si elle venait soudain de lui être annoncée par quelque invisible archange. Après celle que nous

(1) Héritage.
(2) Brûlées, incendiées.

allons livrer en Bretagne, sans doute nous faudra-t-il aller en Béarn. L'évêque de Noyon et le sire de La Rivière sont revenus de Foix… Les Fuxéens regrettent Phœbus et n'aiment point le roi de France qui les veut enjuguer plus solidement que ne le fît leur comte. N'importe : par le poison ou le fer acéré, il faut bien mourir un jour.

— Certes, approuva Galabert, mais que ce soit le plus tard possible.

Gui n'osa l'approuver. Il était peu enclin à parler. Tout d'abord, il avait savouré l'honneur de porter la bannière du connétable ; maintenant, il éprouvait une sorte d'amertume légère liée au fait qu'à la bataille, ce privilège se convertirait en désavantage avant que ce ne fût en frayeur. Il n'existait aucun cas où les porteurs de gonfanons et bannières avaient été épargnés dans la presse. C'était sur eux tout d'abord que se précipitaient les ennemis. Une enseigne conquise ou abattue laissait augurer la victoire. Il fallait donc la défendre avec acharnement. Or, comment agir avec une seule main, un seul bras quand on était au centre d'une meute d'hommes acharnés à la prise de cet étendard et à la mort de son possesseur ?

Bien qu'il ne portât point son armure de fer, il se sentait pesant et oppressé. L'état de ses poumons entre lesquels son cœur battait à grands bonds l'inquiéta. Que serait-ce dans une mêlée ! Les vomirait-il par petits morceaux ?

— La mort, dit tout à coup Clisson en tapotant l'encolure de son cheval qui s'était effrayé du passage d'un rat devant ses jambes. La mort le plus tard possible. Je me dois venger de tant d'affronts et vilenies qu'il me faut encore un vaste intervalle entre maintenant et le jour où l'on me mettra en terre (1).

— Combien serons-nous ? s'inquiéta Jausselin.

— Vingt, trente mille… Nous le saurons au Mans. Quelques jours après l'attentat de Craon, le roi a chargé le comte d'Ostrevant (2) de le rejoindre avec trois cents lances. On s'est préparé à le recevoir puis on lui a envoyé un chevaucheur pour lui dire de ne point bouger. Qui donc l'a recusé ? Bourgogne ou Berry ?

« Où allons-nous ? » s'interrogea Gui. « Cette rue mène à l'Hôtel Saint-Pol. Mais ensuite ? »

Ne connaissant qu'imparfaitement Paris – ou plutôt les trois villes

(1) Clisson avait fait son testament. De son premier mariage avec Béatrix de Laval, il avait deux filles. La première, Béatrix, avait épousé Alain VIII, vicomte de Rohan, fils de Jean 1er, neveu de Marguerite de Rohan (sa seconde femme). La seconde, Marguerite, dite la Boiteuse, épouse de Jean de Blois, comte de Penthièvre, dit Jean de Bretagne. Elle avait versé 26 000 francs (d'alors) au duc d'Irlande pour qu'il délivrât son père d'une prison anglaise.

L'héritage du connétable, évalué à 1 700 000 francs, était convoité par les insatiables Berry et Bourgogne. Ils prétendaient que le « marmouset » avait puisé dans le trésor royal. En vérité, ils eussent pu lui fournir des leçons de haut vol et de grivèlerie.

(2) Guillaume de Hainaut.

qui le composaient : la Cité, l'Université, la ville basse –, il se demanda par quelle porte on sortirait de l'enceinte. La plupart de ces grands et petits postils (1) avaient été alternativement murés et démurés selon les fortunes et les infortunes des Parisiens. Une chose était certaine : il allait abandonner pendant quelques mois cette cité dont, Ermengarde, chez laquelle il n'avait pas osé se rendre une seconde fois, affirmait qu'elle avait cent clochers – églises, chapelles, hôpitaux et couvents – quatre mille tavernes et quatre mille mendiants – sabouleux, francs-mitons, quémands pleurant la caristade, galfretiers en quête d'un mauvais coup (2). Selon l'ains-née sœur de son père, l'existence à Paris se résumait en deux mots : *disette* et *pou-d'acquet*. Toutefois, en ce commencement d'été lumineux et brûlant comme un foyer de forge, il y avait, faute de beurre, des fruits en grosses quantités.

Gui tenait fermement la bannière tout en se demandant, parfois, s'il ne s'en lasserait pas. Il posait la douille ferrée de son extrémité soit sur son cou-de-pied, soit sur la grille de l'étrier où l'espace était étroit, ce qui accroissait la difficulté. Encore heureux qu'elle n'eût pas d'arestuel (3) : le port en eût été rendu impossible.

Entre la hampe et sa paume couverte de basane, son sang le démangeait. Il hésitait à se retourner, moins encore à observer Clisson et ses deux fidèles. Quant à la procession qui les suivait, il en imaginait l'ordonnance et les hommes à cheval qui la composaient. Le peu qu'il les eût entrevus, il les savait armés de toutes pièces, les mailles, les plates (4) et les armes soignées et fourbies. Les essieux du charroi grinçaient leur litanie.

« Oui, nous nous rendons à Saint-Pol. Le roi doit nous y attendre. »

Charles VI attendait, en effet, vêtu en bourgeois sauf que son pourpoint de soie d'un bleu sombre, presque noir, était semé des lis de France ainsi que son chaperon gris travaillé en crête de coq.

Les chevaux du roi, de ses parents et des prud'hommes agréés dans sa suite avaient été apprêtés. Houssés de la tête à la queue, comme pour une joute, il était à craindre qu'ainsi parés la chaleur ne leur fût insupportable. Des pages qui seraient du voyage et des palefreniers en livrée les maintenaient à l'écart.

Cette assemblée qui se distinguait par ses éclats de voix et la richesse de ses vêtements avait réuni sur son pourtour maints curieux dont le nombre ne cessait d'augmenter. Des archers et des guisarmiers

(1) Portes des cités.

(2) Mendiants qui sollicitaient la charité publique en se mettant un morceau de savon dans la bouche, ce qui leur permettait d'écumer comme les épileptiques, mendiants qui feignaient d'être malades, mendiants pleurant l'aumône, va-nu-pieds.

(3) Sorte de fer de lance qui pouvait être utilisé au combat.

(4) Pièces d'armure.

les empêchaient d'avancer. Quiconque essayait se trouvait refoulé à coups de hampe, voire menacé d'une épée. Clisson, toujours immobile sur son cheval, considérait de son œil vif, avec une sorte de mépris, les oscillations des armes tout en essayant d'ouïr les propos qui, parfois, émanaient des deux foules : celle de la Cour et celle du peuple. Qu'allait-il faire ? Quitter sa selle ? Laisser les rênes à Jausselin afin d'aller saluer le roi, la reine, les Grands et leurs épouses toutes réjouies, apparemment, d'être présentes comme au prélude d'une fête ensuite duquel elles seraient pour longtemps affranchies des contraintes du mariage. Orléans pérorait avec Berry. Complices ? Gui l'eût juré. A proximité, un mince sourire sur son visage triste, Valentine Visconti observait ce grouillement d'hommes dont certains, déjà, étincelaient dans une armure que le soleil transformerait en chaudron avant même qu'ils eussent chevauché une lieue. Parfois, son regard montait pour s'égarer parmi les pennons et les bannières, les aciers des armes d'hast et l'azur du ciel vide du moindre oiseau. Quand il redescendait, c'était pour se jeter sur son époux, proche d'Isabeau et d'un roi qui tressautait, le visage béat, les yeux mi-clos en regardant partout et en ne voyant rien.

— Messires !... Messires !... Il est temps... Isabeau, m'amie, il nous faut nous quitter.

— Je sais, Charles... Je sais...

On ne pouvait nier que la reine fût belle. Belle d'une vénusté ambiguë et languide qui ne devait cesser qu'avec la chute de ses vêtements. Alors, sans doute se déchaînait-elle comme l'orage après une bonace. Avec ses yeux sombres et, sous un hennin de petite taille, ses cheveux tressés, son sourire était d'une affabilité qu'on voyait à certaines images pieuses. Souhaitait-elle incarner non point la royauté toute puissante mais la majesté de la femme éternelle ? Bien qu'elle fût celle qu'on disait, elle avait parfois, parce qu'elle s'y efforçait, un air si virginal qu'on eût pu la prendre pour une nonne en rupture de couvent. Hommes, femmes, pages à peine sortis de l'enfance prime et que les sens tout neufs chatouillaient, guignaient d'un regard énamouré cette fée qui avait instauré à la Cour, en compagnie de ses satellites, des mœurs sardanapalesques.

Comme Clisson s'était approché pour le complimenter : « C'est bien, tu tiens noblement ma bannière », Gui s'enquit :

— Cette femme grosse, derrière la reine, est-ce bien la duchesse de Berry ?

— C'est Jeanne, en effet. Sache qu'elle me déteste.

Point énorme encore, mais rose et bien en chair, elle s'était coiffée d'un escoffion dont les sombres bourrelets, sur le velours vermeil du couvre-chef, faisaient songer à quelques pouces de boudin décrochés de l'étal d'un boucher. Elle portait la même robe criblée d'or qu'au festin de l'hôtel d'Orléans et le satanin vert du vêtement mettait en évidence, sur son abondante poitrine, les gros anneaux d'un pentacol qui eût pu servir à maintenir un chien vigoureux près de sa niche. Parfois, de préférence à son époux, il l'avait observée – tout comme Alix. Elle mangeait sans façon, buvait souvent et l'on voyait son double menton frémir à chaque gorgée de vin ou d'hypocras. Elle n'était pas, comme sa proche voisine, une créature aux gestes mesurés, souvent délicats. Elle semblait véritablement une boutiquière en goguette et comme son mari, elle avait l'air malicieux, soupçonneux, les yeux troubles, la bouche molle, les épaules rebondies mais tombantes, à croire que le fardeau de la richesse finirait par l'écraser.

Bien qu'il se fût intéressé à la duchesse davantage qu'aux autres dames, du fait de l'importance physique de son personnage, Gui ne prêtait aux gens de toute espèce qu'une attention des plus brève. Aucun homme, aucune femme de la noblesse et du peuple ne lui paraissait mériter un intérêt plus développé que celui qu'il avait consacré à la reine. Il regrettait à peine d'être contraint de la juger comme une fille du commun installée tant par calcul que par inadvertance en un sommet immérité. Elle y dispersait à loisir, sur une France blafarde et plaintive, l'éclat de ses joyaux et les criblures de ses rires. Il l'imaginait, ce midi, dans des dispositions d'esprit qui ne concernaient ni le roi ni le duc d'Orléans, puisqu'ils allaient s'éloigner d'elle. Leur absence ne l'affligeait point : la Cour abondait en écuyers disponibles.

Il la voulut observer davantage ; or, quelques gentilsfames firent un pas vers le duc Louis.

« Elles en sont folles et l'Isabeau n'est point jalouse. »

Il avait déjà lu, dans les prunelles des femmes, les sentiments les plus divers : l'envie de s'abandonner, la maussaderie de n'être point convoitée, l'espérance de séduire, le mépris des voisines, l'amour inavoué d'une pusillanime pour un prud'homme qu'une autre souhaitait s'approprier. Il avait vu aussi, dans les repas de fête à Sainte-Suzanne, l'aversion dissimulée sous les perles glissant d'une paupière, les frémissements des lèvres trahissant des sanglots à grand mal retenus et, dans certains cas, les rires et postures sous lesquels grondaient les ires les plus furibondes issues d'un cœur blessé. Ce qui l'ébahissait, ce mardi, c'était la joie unanime de tous ces nobles sans noblesse d'âme, l'outrecuidance de leur bonheur – s'il pouvait employer ce mot pour exprimer l'espèce de connivence charnelle qui les liait plus ou moins. Les donzelles ne manquaient point. Et ce fut en-deçà de leur bruissant essaim qu'il reconnut Alix.

« Elle est venue dans l'espérance de me voir. »

Auprès de Valentine Visconti qu'elle venait de rejoindre, la pucelle semblait, dans une robe blanche, légère, une nymphe dont le visage au gracieux ovale exprimait peut-être du déplaisir. Aussi bruns que ceux de la souveraine, mais lumineux, ses cheveux s'éployaient sur ses épaules comme une longue aumusse de soie. Sûre d'elle, et pour tenter de l'entrevoir dans le grouillement des chevaliers et des piétons, elle recula, se jucha sur un montoir et, penchée, chercha, chercha et le reconnut enfin pour lui délivrer d'un sourire le message dont il connaissait la teneur.

Impossible de l'atteindre. Impossible de lui parler. Impossible de lui lancer un baiser de la main. Dans cette foule que grossissaient les manants et manantes et où s'égaraient des enfants chercheurs de larcins, ils se sentaient l'un et l'autre en grand état de solitude. N'importe ! La grâce inattendue et ô combien souhaitée d'entrevoir Alix apportait à Gui l'heureuse certitude que leur amour tenait bon. Tant que se poursuivrait le cheminement vers la Bretagne et tant que durerait la guerre souhaitée par le roi et peut-être désapprouvée par les chevaliers présents et ceux qui, au Mans, contenaient l'impatience des hommes d'armes, il conserverait au fond de sa mémoire l'image de ce visage aimant, de ces cheveux retenus par un frontal d'une simplicité plébéienne et sur lesquels le soleil jetait ses feux. Quatre toises les séparaient. Il n'eût pas frissonné davantage sous son pourpoint s'il l'avait tenue dans ses bras.

Galabert et Jausselin s'étaient approchés. Le cliquetis des armes et des harnois, les fléchissements des vouges, guisarmes, épieux et piques les intéressaient davantage que les échanges muets de deux amoureux. Alix écarta ses bras juste ce qu'il fallait pour qu'il comprît son regret de ne pouvoir l'atteindre. Au contraire de toutes les donzelles, elle ne riait pas. Il l'eût félicitée de cette réserve s'il avait pu, lui aussi, accomplir un geste, mais sa senestre serrait les rênes de Beaubrun et sa dextre la bannière. Clisson le rejoignit et sobre le prévint :

— Apilly est présent… là-bas, près de Bourbon avec lequel il s'entretient. C'est un homme qui veut être bien avec tout le monde, ce qui est la meilleure façon d'être déprécié par tous.

Gui acquiesça sans rien révéler de sa contrariété.

« S'il surveille sa fille, il ne saura rien. S'il m'épie, il sera dans l'ignorance des promesses que nous avons échangées. »

Par la grâce de son imagination, leurs baisers inaccomplis devenaient plus délicieux encore que ceux qu'un vent aussi léger qu'une haleine dispersait sur leurs joues et leurs lèvres. Cependant, pour un peu, il lui eût crié trois mots. Ils avaient pourtant tellement servi qu'ils semblaient privés de leur sens. Issus d'un cœur neuf tel que le sien, meurtri par un deuil et palpitant d'une espérance peut-être vaine, ils prenaient pour lui valeur de pacte éternel.

Bien que la bannière de Clisson eût dû provoquer son intérêt, Apilly semblait ne pas l'avoir vu. Il s'entretenait désormais avec les ducs d'Orléans et de Berry. Aucun d'eux ne souriait.

— Apilly, grommela le connétable, disparaîtra dans la foule. Je crois pouvoir prédire qu'il m'évitera. Il sait que je suis informé sur tout. Je pourrais l'aller trouver et lui jeter mon gant au visage. Je préfère l'ignorer.

— C'est parler sagement.

— Sagement !... Non, Gui. La sagesse serait de l'aller trouver pour lui dire, nez à nez : « Vous avez voulu procéder à l'enlèvement de ma femme. Dégainez, je vous prie, et que le meilleur vainque. » Orléans m'en voudrait de le priver de son homme lige, Berry chercherait à se venger de la perte d'un sicaire d'occasion... Tu vois, rien n'est simple.

— C'est à moi que revient la faveur de l'occire.

— Tu es dans ton droit. Pour le moment, laisse-le baigner dans son repentir – s'il est toutefois capable d'en éprouver.

Ensuite d'un soupir, Clisson observant le roi, se permit un commentaire :

— Le pauvre !... Vois : son chaperon a glissé. Il n'a plus guère de cheveux et si tu pouvais l'approcher, tu verrais que ses ongles sont en mauvais état.

— Vous préféreriez que ce soient ses oncles.

Un sourire frémit sur des lèvres pincées.

— Tu l'as dit.

— On devrait partir, se permit Jausselin. La chaleur gagne.

L'œil attentif du connétable effleura la reine, le roi, Orléans de retour auprès d'Isabeau, et les gens de Cour, tout en se fixant sur Alix :

— Les adieux commencent.

Courtisans, courtisanes cernant la reine d'un quintuple cordon de têtes et d'épaules, les uns face à elle, les autres lui tournant le dos, commençaient à étreindre les chevaliers qui seraient du reze (1) en Bretagne. Tous les partants parlaient haut, d'une voix conquérante, et bien que la guerre fût au bout du voyage, il n'y avait aucun pleur mais des sourires épanouis. La reine riait, riait tout en baisant son époux au front. Sous ses parures excessives, Gui lui trouva la sombre attirance des choses fatales, orageuses sinon mortelles.

Louis d'Orléans observait sa belle-sœur sans compassion, en se demandant peut-être quel privilégié allait le suppléer. Déjà distante,

(1) Expédition, voyage.

Valentine Visconti se confiait au duc de Bourgogne, ce qui fit dire à Clisson :

— Est-il avec elle hardi en toute occasion ?

Plus l'on s'embrassait, plus on se congratulait sur ce ton tout ensemble suffisant et enjoué que Gui détestait.

— Prenez grand soin de vous, Charles !

La reine d'une main lourde de joyaux saluait son époux qui venait de monter en selle. Voix de femme nullement inquiète et que des relents de Germanie desservaient alors qu'elle voulait exprimer de la crainte et de l'affection. Sevré de toutes ces prévenances dont la plupart fleuraient l'hypocrisie, Gui ne leur trouvait qu'un fort accent de liesse que seul, sans doute, le connétable décelait aussi.

— Modérez-le, Louis !

Le beau Louis ! Louis le séducteur ! Louis le fornicateur qui s'en allait au petit trot, sans se retourner, auprès d'un frère dont il enviait le trône après s'être approprié le lit.

— Elle ne se modérera point, elle, laissa tomber Clisson. Ni d'ailleurs le duc Louis : il a dû se faire apprêter quelques putains dans toutes les cités où nous ferons halte (1). Pauvres de nous et du roi !... Allons, mes compères, guerpissons... Toi, Gui, passe en tête.

Puis, sans doute un froid sourire aux lèvres :

— Et tiens-moi ce gonfanon aussi fermement que tu tiendrais ton braquemart si tu avais nue, devant toi, la damoiselle d'Apilly.

Gui voulut se retourner.

— Non, dit Clisson. Elle a disparu.

C'était certainement vrai.

Résigné, Gui regarda devant lui l'étincelant moutonnement des heaumes, bassinets, cervelières et coiffettes de mailles ; ensuite, plus haut, la constellation des armes d'hast.

— Que va-t-elle devenir ? s'interrogea-t-il tout bas.

L'abjection des créatures qui peuplaient la Cour l'inquiéta soudain plus encore que la guerre.

(1) « *Le duc d'Orléans était un galand* », écrit Brantôme, « *et trafiquoit de toute frette comme un bon marchand et marinier* ». Dans l'un de ses *Contes drôlatiques,* Balzac révèle tout crûment :

« *Ce feut le premier qui conçeut d'avoir des relays de femmes, en sorte que, alors qu'il alla de Paris à Bourdeaux, trouvoyt tousjours, au desseller de sa monture, ung bon repas et ung lit garny de jolies doubleures de chemises...* »

Quant à Isabeau de Bavière, les Parisiens, dès l'époque décrite ci-dessus, l'avaient surnommée *la grande gaure*. D'elle on disait et écrivait : « *Tous lui étaient bons, même les valets d'écurie.* » Lorsqu'elle avait épousé Charles VI, à quatorze ans, on l'avait obligée d'abord à « *être regardée et avisée toute nue par les dames pour savoir si elle* (était) *propre et formée pour avoir des enfants* (Froissart). » Ses parents avaient refusé. On peut donc en conclure qu'ils avaient des doutes sur la virginité de leur fille.

II

Au sortir de Paris, laissant Charles VI et ses éminents protecteurs entamer la première lieue de l'itinéraire probablement choisi par le duc d'Orléans avec l'assentiment des oncles, Gui se réfugia dans ses pensées. L'essentiel, toujours, en était Alix. Il eût souhaité se confier. Il eût aimé qu'on le rassurât sur la continuité de cette passion. Il s'apercevait, non sans tristesse, qu'il n'avait aucun ami.

Avant qu'il ne les eût précédés, il avait eu loisir d'observer Jausselin et Galabert. Suscitée par les propos impertinents du connétable, leur gaieté signifiait qu'ils n'avaient rien perdu, eux aussi, des œillades qu'il avait échangées avec la jouvencelle. Il s'était empressé de les devancer. « *Tu la reverras !* » lui avait lancé au passage le tranche-tête. Perplexe, il se demandait si cette exhortation à la patience avait pour origine la bienveillance ou la moquerie.

S'il était heureux qu'Alix fût venue assister à son départ plutôt qu'à celui de son père, sa déception de s'en éloigner pour longtemps n'en prenait que plus d'épaisseur. A l'entour de lui, maintenant, rien ne le pouvait rassurer sur son devenir ni, par conséquent, sur celui de la pucelle. Où pouvait-elle être maintenant ? Quelles étaient ses pensées ? Pleurait-elle leur séparation en quelque endroit solitaire ? Il avait beau se poser ces questions – ce qui revenait à dilater ses regrets de l'avoir quittée –, il ne pouvait échapper à d'autres anxiétés. Serait-il contraint d'affronter le sire d'Apilly si celui-ci se manifestait aussi exécrablement qu'à Notre-Dame ? Et cette guerre, quel en serait l'aspect ? Reviendrait-il blessé de Bretagne s'il ne succombait pas au combat ? Peut-être, après tout, enchaînait-il des idées erronées sur le comportement d'Alix. Bien qu'elle fût forte de caractère, elle évoluait dans un monde pourri. Elle pouvait s'y perdre…

« Je suis fou… On ne peut aimer ainsi ! »

Cette navrure poignante en son cœur attestait du contraire. Il était parcouru de sensations qui, tout en l'édifiant sur l'exactitude et la plénitude de ses sentiments lui faisaient percevoir, en cette *inconnue* – il en savait si peu sur sa vie – une sorte de mystère. Son charme avait la fragilité des fleurs d'automne qu'une averse emperlait avant qu'un coup de vent ne les vînt briser. Elle lui apparaissait dans un rayonnement composé d'ombres pâles et de clartés indécises. Pour lui encore, elle n'était point *nette*. Il fallait qu'il la connût mieux avant de la connaître toute.

A l'entour de Beaubrun, les chevaux marchaient, amblaient, et c'était avec une espèce de joie qu'ils foulaient le pavé d'une voie bordée çà et là de chênes et de fayards. Au sentiment de plaisance qui se dégageait de leur piétinement, de leurs hennissements, de leurs hochements de tête s'opposait le sérieux des hommes qui les montaient. Leurs visages dégagés du bord de leur chaperon et les profils entrevus sous la visière déclose du bassinet révélaient des expressions de malaisance à l'état brut. Parmi ces guerriers en instance déjà de prouver leur bachelerie (1), il n'était plus maître de sa volonté. Il dépendait des vouloirs des autres. Non seulement de ceux du roi et de ses conseillers mais surtout de ceux de Clisson lequel, sans abrocher son cheval, s'en était allé au galop rejoindre les prud'hommes réunis derrière Charles VI, Orléans, Berry et un petit seigneur en cotte hardie vermeille qui pouvait être Regnaut Fréron, un de ses médecins, ou son fou : Haincelicoq.

— Tu t'ennuies, Gui, dit Jausselin.

Ce n'était pas une question. Ennui ? Non. Dans cet embryon d'armée, il ne s'appartenait plus. Il n'était rien qu'un chiffre dans un nombre. A Clairbois, il n'avait cessé d'être lui-même ; à Paris également ; désormais tous ses actes seraient subordonnés aux décisions de quelques hommes dont les dissentiments lui paraissaient incurables. Nonobstant l'expérience de Clisson, il craignait que les choix les plus funestes ne fussent constamment adoptés par les ducs pour déplaire au connétable.

« Obéir… J'obéirai sans doute avec plaisir si je pressens que c'est pour vaincre. Mais si je flaire la déconvenue ? »

Tour à tour mélancolique et serein, Gui se sentait dépouillé de quelque chose. Quelque chose qui avait un nom : la volonté. Parmi les écuyers mêlés à la procession guerrière, combien y avait-il de jeunes de son espèce livrés à cette sensation de puissance en marche et dont le cœur s'exaspérait d'émoi à l'idée non seulement qu'ils étaient remarqués par le peuple rangé sur le haut du pavé, mais aussi qu'ils vivaient sous la contrainte et que si la guerre se décidait en Bretagne, ils pouvaient y mourir dans des tourments épouvantables ? Cinquante ?

(1) Vaillance.

Cent ? Davantage ? Comme lui sans doute, abandonnant leur femme, leur fiancée ou leur bonne amie, ils édifiaient chimériquement une existence d'espérances comblées, de désirs satisfaits, de joies simples et licites – plus profondes que les fondements d'un avenir qui pourrait s'anéantir de taillant en taillant, d'estocade en estocade parce qu'un sycophante de Jean IV de Bretagne avait tenté d'occire le connétable de France.

— Où allons-nous ? questionna un chevalier qui, à l'instar d'Olivier de Clisson, se portait vers l'avant.

— Souper et coucher chez Montagu (1), dit Jausselin. C'est la rumeur qui circulait à Saint-Pol. Le roi va l'emmener avec ses gens d'armes.

L'homme considéra la bannière, fit : « Ah ! » et alentit le pas de son roncin :

— Montagu ? Je croyais que les princes maudissaient ce Marmouset.

— C'est vrai, mais le roi l'apprécie. Et présentement, c'est Charles qui gouverne.

— Où gîte-t-il, ce Montagu ?... Eh ! gonfanonier, je te parle.

— Je ne saurais vous dire, messire, où est sa demeure. Je suis nouveau...

— Nouveau !... Et tu portes, écuyer, la bannière du connétable !

La voix était vive. Haineuse ? On pouvait se le demander.

— Si nous nous arrêtons déjà, dit le chevalier, nous ne sommes pas près d'être en Bretagne.

— Vous dites vrai, monseigneur, approuva Galabert, mais il convient de ménager le roi qui ne va pas très fort... selon la reine et son homme à tout faire...

Le défroqué laissa un espace volontaire entre le verbe et un nom composé que Gui entendait pour la première fois :

— Bois-Bourdon.

— Ah ! Ah !

Le chevalier riait. Il disparut sur un chapelet de « *Ah ! Ah !* » dont l'irrespect déconcerta Gui. Bientôt, une injonction retentit, hurlée à pleine gorge. Jausselin commenta :

— Quel homme !... Il sait tout de la Cour sans trop y être convié.

(1) Jean de Montagu, vidame de Laonnois, seigneur de Montagu-en-Laye et de Marcoussis, allait être pendu au gibet de Montfaucon le jeudi 17 octobre 1409 et dépendu de nuit le mardi 17 septembre 1412.

En ce mois de juillet 1392, le roi « *ordonna aler avec lui à son mandement ou voiage qu'il faisoit quand il fut au Mans, et lui ordonna faire mener et porter avec lui et en sa compaignie certaines besougnes d'icellui seigneur, par lesquelles plus seurement mener, il prist... grand compaignies de gens d'armes, lesquels firent tout le chemin à ses frais et despens* (etc.) » – Froissart –. Le roi lui fit verser 2 000 francs. (*Comptes d'Arnoul Boucher*). Également au Mans, un Robert de Montagu, chevalier bachelier, fit montre de sa compagnie, le 30 juillet. Elle était composée de 9 écuyers (Dom Morice : *Histoire de la Bretagne, Preuves*).

— Qui est-ce ? demanda Gui.
— Le comte de Namur. Il est en retard.
— Sera le premier à table, dit Galabert. Vous verrez… ou plutôt vous ne verrez rien car le Marmouset nous recevra sur l'herbe de ses champs.

Après qu'ils eurent musé en chemin, le roi et ses compagnons entrèrent chez Montagu au soleil resconsant (1). Il avait fallu s'arrêter de loin en loin pour permettre à Charles VI de boire et de « souffler ». Chaque halte avait permis au souverain de se répandre en longues quérimonies (2) sur la chaleur, la cruauté de Pierre de Craon, la duplicité de Jean IV de Bretagne. Il n'en sortait pas. Quelquefois, il regrettait que la réunion de ses satellites se fût faite en l'hôtel Saint-Pol – comme si ce lieu et les gens qui avaient assisté à son départ, plutôt que de l'aider à s'éloigner d'un cœur serein, avaient enténébré son cerveau d'un mauvais présage.

— On aurait dû se rescouser (3) à Notre-Dame après avoir ouï une bonne messe. N'est-ce pas, Clisson ?… Mais dites-moi… Où est l'armée ?

— Vous la verrez le temps venu, monseigneur. Au Mans, vous le savez bien. Au Mans…

Gui, Jausselin, Galabert et quelques hommes se réunirent près d'un boqueteau, à proximité d'un ruisseau où les chevaux, y compris le destrier et le palefroi du connétable, s'abreuvèrent. Trinquier, fut chargé de la surveillance des deux chariots emplis d'armes et de vivres. Clisson vint les trouver pour leur enjoindre familièrement de ménager les vitailles et surtout le vin. La responsabilité du partage incombant à l'écuyer, Gui s'en déchargea en priant Galabert de répartir les aliments – après avoir obtenu l'accord de Jausselin.

Il souffrait du poignet et plus encore du cou-de-pied dextre. Le fait d'avoir à tenir la bannière le lendemain ne laissait pas de lui déplaire. Jausselin dit : « J'ai compris » et s'éloigna. Lorsqu'il revint, il tenait un étrier dont, au-delà de la branche, la grille se prolongeait d'un palet de fer à la bordure surélevée où le culot ferré de l'enseigne pourrait s'encastrer.

— Où as-tu trouvé cette merveille ?
— A la maréchalerie. Rassure-toi : ce n'est pas un larcin mais un don d'Andriet, le fèvre de Montagu que je connais depuis longtemps.
— Tu me sauves…
— La vie ? Non : je sauve ton pied et ton honneur. Quand on va comme nous allons, derrière le roi, rien n'est plus mauvais, pour un porte-hanste (4) – bannière, estranière (5), gonfanon et j'en passe –

(1) Couchant.
(2) Plaintes.
(3) Se réunir.
(4) Hampe, manche.
(5) Drapeau.

que de laisser choir son instrument. Le roi est sensible aux bruits. Il paraît qu'il a peur du tonnerre… Si la bannière tombe, son porteur déchoit. Je ne veux pas que ça t'arrive.

Gui haussa les sourcils :

— Je croyais que comme Galabert, vous ne m'aviez pas en odeur de sainteté.

— Erreur : tu as sauvé le connétable.

Certes, cela expliquait la bienveillance de Jausselin. Était-ce tout ? Non : le tranche-tête mûrissait sa réponse.

— Mieux vaut, dit-il, être tancé, moqué, houssepigné que loué sans de bonnes raisons. C'est la meilleure façon pour faire d'un garçon un homme et d'un écuyer un chevalier.

On apprit qu'un souper réunissait, outre le roi, le duc d'Orléans, le comte de Namur, le seigneur de Coucy, le connétable et quelques autres hauts personnages.

— Et Bourgogne ? demanda Gui. Et Bourbon ?

— Ils sont absents. On ne sait s'ils viendront. Ils réprouvaient ce reze en Bretagne.

— Berry ?

— Il s'est absenté… lui aussi.

— Il était pourtant à Paris !

— Il doit nous rejoindre (1).

— Quand et où ?

— Dieu seul le sait, grommela Juvécourt en s'allongeant dans l'herbe.

— A moins, dit Jausselin, que ce ne soit le diable.

* *
*

Bien que le souper chez les Montagu se fût prolongé tard dans la nuit, Charles VI était debout de bon matin, vêtu d'un pourpoint de camocas blanc et de chausses bleu de France enfoncées dans des heuses noires dont le cuir vigoureusement frotté scintillait. Le roi souriait au soleil encore rouge tout en se demandant s'il devait se coiffer d'un chaperon dont le bord s'était quelque peu noirci sous l'effet des sueurs de la veille.

— Il a de la fièvre, dit Clisson à ses compagnons prêts, comme lui, au départ.

L'œil du connétable brilla sous son unique sourcil, l'autre ayant été emporté avec la prunelle dextre dont une œillère de cuir, nouée sur la nuque, dissimulait l'orbite vide.

(1) Sous un prétexte inconnu, le duc s'était attardé. On ignore ce qui motiva son retard, mais on peut dire qu'il rejoignit le roi fort opportunément.

Et de confier sans chercher à dissimuler une tristesse qui ne surprit que Gui :

— Il a trouvé, hier, les sauces trop poivrées. Certes, il n'a rien dit à Montagu, mais comme j'étais à son côté, il m'a fait cette confidence. Il a donc bu en conséquence. Moult bu. Si les oncles avaient été présents, j'aurais pensé qu'ils étaient pour quelque chose dans cet assoiffement singulier. Le roi tient bien le vin… Bien mieux que son royaume.

— Il y avait son frère, suggéra Galabert.

— En effet, le beau Louis en était tout proche. Or, notre coquardeau jouxtait la dame Montagu… qui ne s'en est point laissé conter. J'ai surveillé les mains de Louis. J'ai observé l'échanson.

— Mais pas les queux aux cuisines, se permit Jausselin. Il se peut qu'un serviteur de Montagu…

L'attention de Gui ne cessait de croître. Au cours de ce voyage punitif, le connétable et ses vieux compagnons soupçonnaient-ils les oncles de vouloir attenter à la vie du roi ? Ils avaient gouverné la France. Mal. Charles VI avait éconduit Berry et Bourgogne pour ne conserver que le duc de Bourbon à son conseil. On ne pouvait se venger par un homicide d'une exclusion dont les bourgeois et les manants s'étaient réjouis plus encore que les Marmousets : Clisson, Montagu, le Bègue de Villaines, Bureau de La Rivière, Le Mercier, De Noviant et d'autres.

Restait le duc d'Orléans, vingt ans, fornicateur insatiable dont tout Paris savait qu'il enfourchait la reine excepté, peut-être, le roi. Gui se dit qu'il l'abominait. Si le « beau Louis » n'avait pas personnellement dépêché Apilly sur le chemin du Mans à Laval, il l'avait volontiers prêté au duc de Berry, son tayon (1) et Hedwige de Clairbois était morte. Certes, c'était une erreur commise sur une personne sans malice. Mais la dame de Clisson n'était-elle pas, elle aussi, une innocente qu'on avait voulu, d'une façon ou d'une autre, pour un temps ou définitivement, soustraire à l'affection de son époux ?

— Je crois, dit-il, qu'une sourde accointance unit les ducs au mains-né frère du roi.

— C'est le trépas de ta mère qui me l'a fait découvrir. Plus que jamais, je veille sur ma personne et sur celle de Charles. Louis est un…

Clisson s'abstint de préciser sa pensée. Quant à Gui, il avait oscillé entre *satrape* et *mécréant*. Lors du repas en son hôtel, le prince lui était apparu ainsi, et pareillement sans doute à messire Froissart qui l'observait attentivement comme un être à la hautaineté frivole, aussi remuant que son frère ains-né, mais d'un sang plus pur. Ses oncles lui

(1) Oncle.

portaient moins d'attention qu'à Charles VI, hormis Philippe de Bourgogne, plus laid qu'une gargouille de Notre-Dame, et qui lui lançait des regards féroces lorsqu'il s'adressait à son épouse, assez laide, et qui devait souffrir la géhenne en accédant aux envies d'un homme aussi répugnant.

— Je doute, dit Clisson, que les serviteurs de Montagu soient différents de leur maître, lequel sert parfaitement le roi.

— Voire, dit Jausselin. Le bruit court qu'il en met plein ses huches.

Le connétable poursuivit, impassible :

— Orléans se verrait bien le cul sur le trône et les mains dans des huches pleines… ce qui ne l'empêcherait point de les en retirer pour étreindre et foutre quelques belles dames dont il a moult désir. L'attentat de Craon le laisse indifférent. Il ne reproche même pas à ce falourdeur (1) d'avoir plongé dans les coffres du duc d'Anjou, en Italie. Jaloux, ah ! oui, parce qu'il enfournait les femmes mieux et plus souvent qu'il ne les enfournait lui-même, Craon a accusé Louis d'être un sorcier. Le jeune duc devrait donc se réjouir d'aller avec nous châtier ce malandrin qu'il soupçonne de l'avoir remplacé, parfois, auprès d'Isabeau… Eh bien, non : il est d'humeur peccante. Est-il marri d'avoir quitté…

— La Visconti ?

— Nenni, Jausselin. L'*autre* ! Peut-être qu'il fantasie (2) et voit en ce petit matin l'Isabeau assise sur l'esponde (3) de son lit, repue, tandis qu'un beau gars, rassasié lui aussi, gît dans les draps.

« Que fait Alix en ce bordeau ? » s'interrogea Gui. L'anxiété ne le rongeait point trop : Valentine Visconti passait pour la seule femme honnête de la Cour. Mais les viols n'y étaient sûrement pas tous connus et punis.

— Et Berry et Philippe le Hardi ? Ils devraient être parmi nous !

Clisson se tourna vers son écuyer, et presque à voix basse, bien qu'il ne craignît pas d'être entendu :

— Le duc de Bourgogne n'a jamais dissimulé son opposition à ce cheminement vers la Bretagne et sa condamnation de la vengeance que le roi veut y exercer contre Craon et le duc Jean IV de Montfort, son protecteur. Il a entraîné Berry dans sa réprobation. Je suis certain qu'ils vilipendent Craon, non point parce qu'il a fui, mais parce qu'il n'a point réussi mon meurtre.

L'œil du connétable eut une lueur fugitive qui pouvait passer pour une approbation.

— Hé oui !… Ils répugnent à assister au châtiment d'un homme dont ils ont machiné l'action.

(1) Prétentieux.
(2) *Fantasier* : imaginer.
(3) Le bord d'un lit.

— Craon doit être loin, désormais.

— Certes ! Qu'il soit proche ou lointain, il est le grand ami de Jean de Bretagne, lequel est mon ennemi. Lequel déteste le roi depuis qu'il m'a fait connétable. « *Et les ducs ?* » diras-tu. Crois-moi : Berry et Bourgogne nous rejoindront le plus tard possible et parce qu'ils ne peuvent faire autrement.

Galabert, qui s'était absenté jusqu'aux chevaux, revint en tenant au frein le grand roncin du connétable.

— Messire, dit-il, le roi vous espère. Et dans l'attente, il accorde des rémissions (1).

Le matin de pourpre et d'or éveillé par les coqs éclaboussa la prunelle du connétable. « Allons-y », fit-il d'un geste cependant que l'Éternel s'annonçait au clocher d'une église.

* *
*

On prit le chemin de Saint-Germain-en-Laye.

Déjà il faisait chaud. La journée serait rude. A travers les troncs des arbres et les façades de quelques maisons se dressait un écran d'émeraude. Au terme de quel labyrinthe brûlant et touffu atteindraient-ils leur but ? Les chevaliers et les écuyers parmi lesquels se faufilaient hardiment des piétons avançaient dans la confusion, les cris, les rires. Au-dessus, le soleil poursuivait sa montée tandis que ses brûlures augmentaient pour s'atténuer sous les feuillages. S'il faisait ce même temps tout au long du chemin jusqu'à Rennes ou quelque autre cité, des hommes tomberaient. Clapotements, tintements de lormeries. Pas de femmes pour rire ou caqueter, soit dans la procession, soit sur les bas-côtés, mais des piailleries d'oiseaux sans doute heureux de réchauffer leurs plumes après un printemps peu amène.

On avançait. Certaines bannières aux flammes argentées semblaient répercuter les bruits davantage que la lumière. Pas de vent pour lécher la sueur. Les chevaux, paisibles, piétaient docilement. Une sorte de quiétude surplombait la ramée. On s'en délectait peu ou prou. Au-dessus du glauque jaillissement des fougères et des ronciers, attirées par les mûres bonnes à grappiller, bourdonnaient des mouches et des guêpes aux dards moins pernicieux que ceux des sagettes et des carreaux.

Un homme précédait le cortège. Ses yeux fouillaient à distance la herse blanc-gris des arbres. On voyait sur son dos de satanin bleu la pénombre de sa sueur. Parfois, éloignant un insecte, sa main gantée

(1) Pendant toute cette expédition, Charles VI trouva toujours l'occasion d'en accorder. Il en date une de « *Villers, le IIe jour de juillet* », donc sur le chemin de Paris à la demeure de Montagu.

semblait violemment rejeter l'honneur qui lui avait été accordé d'aller de l'avant pour ouvrir la voie au roi.

— Apilly, dit Clisson.

Gui acquiesça. Il regardait devant, lui aussi, et parfois sur le côté dextre où la Seine tardait à se montrer. Ni Galabert ni Jausselin ne parlaient. Le roi chevauchait auprès de son frère. Leurs ombres et celles de leurs chevaux s'éparpillaient sous les arbres.

Le fleuve apparut, étrangement rétréci par le lointain. Rien ne se mirait dans sa rive embuissonnée d'où ça et là se dégageaient à mi-corps quelques arbrisseaux inclinés comme songeusement vers l'onde.

Louis d'Orléans galopa tout à coup vers un chemin côtier.

— Viens-tu ? cria-t-il à son frère. Rejoins-moi.

L'injonction resta sans effet. Le prince dégaina comme pour aller châtier un ennemi à l'affût dans les herbes. Depuis le départ de Paris, Gui avait pu voir cinq ou six fois cette épée aux quillons et à la prise d'or surmontée d'un pommeau d'ivoire en forme d'œuf, habillé de frettes et d'ornements d'argent, et surhaussé d'un gland d'or. Quant au fourreau dont le cuir se constellait de petites fleurs de lis, trois viroles endiamantées y scintillaient.

— *Il* a bien fait de ne pas le suivre, commenta Jausselin. Par ce temps, il n'est guère d'usage de s'échauffer. Le soleil suffit.

— Le beau Louis doit être déçu, dit Galabert. Voulait-il épuiser le roi ?

Clisson hocha la tête. La sueur mouillait son front et coulait sous son œillère. Il eût pu se mêler aux prud'hommes. Il n'en éprouvait pas la nécessité.

— Je vois avec joie, dit-il, que Charles n'a rien oublié de leur retour d'Avignon, voici trois ans. Le bel Orléans n'avait cessé de le titiller avec des : « *sur un long chemin, je te vaincrai à la course*. » Et Charles a proposé à son mains-né cet absurde randon de Châtillon-sur-Seine à Paris. Évidemment le chaperon devança la couronne : Louis humilia le roi. Sa gageure avait eu deux raisons.

— Lesquelles, messire ? demanda Gui.

— La première consistait à épuiser Charles. La seconde a un nom que tu peux deviner.

Le connétable eut un mouvement du menton :

— Vois, Gui !… Apilly rejoint Louis comme un chien son maître. T'ai-je dit que c'est un Normand ? Sa sœur, Marguerite de la Champagne, est mariée à Philippe d'Argouges, un Cotentinais dont le châtelet, Gratot, fut hanté naguère par Ogier d'Argouges, l'ancien champion de Philippe le Sixième. Crois-moi, ce Philippe n'a pas l'estoc de ce preux. Ni Apilly !… Sa fille redime les malefaçons de ce caractère. Et quand je dis malefaçons !… Les mains de ce coquin ont cessé d'être nettes (1) !

Gui ne sut qu'approuver. Il portait Alix en son cœur. Tout ce qu'elle était – visage, corps, voix et propos – répondait à ses espérances et satisfaisait son besoin d'être aimé. Ce sentiment de dévotion dont il était comme le vivant tabernacle contenait cependant quelque chose d'incertain qui s'apparentait à de la peur. La pucelle avait fait irruption dans son existence comme une tempête un jour de beau temps. Elle en avait balayé le quotidien pour ne laisser subsister que l'avenir : les semaines, les mois et les années à vivre jusqu'alors enfouis dans une ombre impénétrable qu'elle dissiperait si par bonheur elle était sienne. Il lui devait aussi de se sentir un homme propre dans la sentine de la Cour – tout en s'inquiétant qu'elle dût y séjourner et s'y mouvoir ne fût-ce que le temps de la traversée d'une salle où d'un jardin. S'il redoutait parfois qu'une nuit un homme – pourquoi pas Orléans ? – s'introduisît dans sa chambre, il se plaisait à la parer d'une vigueur d'amazone.

— Je n'ai qu'un œil, dit Olivier de Clisson, mais il sait percer les crânes et les cœurs. Je sais à qui tu penses. Il suffit que je voie ton regard en-dessous et tes lèvres boudeuses… Hé oui, nous nous éloignons. Comme toi, je préférerais piéter dans les rues de Beautreillis, des Lions ou de la Cerisaie et même dans les ruelles des jardins Saint-Pol… La belle me paraît armée pour se défendre… Et Orléans est avec nous !

— Vous avez bien raison : vous voyez clair en moi !

— Je vois aussi que ma bannière commence à te peser. Demain, Juvécourt s'en chargera.

Tandis qu'ils cheminaient en silence, ils reçurent confirmation, par un écuyer du seigneur de Coucy, qu'on souperait le soir à Saint-Germain-en-Laye. Il était probable qu'on y resterait quelques jours : les médecins qui, la veille, avaient examiné le roi l'avaient trouvé « *pas bien ferme de santé* ». Il les avait admonestés, affirmant qu'il était en meilleur point que jamais. Cependant, ils avaient insisté pour que les haltes fussent longues de façon qu'il se trouvât en la bataille possesseur de tous ses moyens.

— Qui sont ces mires ? interrogea Gui.

— La plupart, sache-le, sont aux ducs (2).

La voix d'Olivier de Clisson avait changé de registre. Plus sombre, plus acerbe, elle signifiait qu'il n'accordait sa confiance à aucun de ces praticiens.

(1) *Notice historique sur l'arrondissement de Bayeux au XVe siècle,* page 58 : les armes de Guillaume de la Champagne, seigneur d'Apilly, étaient *d'azur à trois mains senestres appaumées d'or*.

(2) Leurs noms sont connus par les *Comptes d'Arnoul Boucher*. C'étaient Regnaut Fréron, Jean Durant, Mahieu Regnault, Jean de Monanteuil, Thomas de Voyenne, Guillaume Touzé (ou Le Touzé), chanoine du Mans.

— Charles s'est rendu à leur avis. On restera quelques jours dans certaines cités afin de se préparer à la guerre.

— La guerre ! soupira Jausselin.

— Nous ne la ferons point, si cela peut te rassurer. Jean de Bretagne, tel que je le connais, refusera de croiser le fer avec le roi. Au Mans nous attend une grande armée. Quelque vaillants qu'ils soient, les Bretons refuseront de se battre à un contre quatre… J'ajoute que le duché a trop souffert de la France pour que ce vieux trigaud (1) de Montfort soit tenté d'y faire couler le sang. La guerre, il fallait l'entreprendre l'an dernier (2). Quant au roi, il va exiger que Craon lui soit remis. Or, vous vous en doutez, ce maufaiteur est loin.

— Où pensez-vous qu'il soit ? demanda Gui.

— Il est capable d'aller en Bordeaux, en Espagne ou en Angleterre… voire chez le Pape.

— Celui de Rome ou celui d'Avignon ?

— Qu'en sais-je !… Mais je vous garantis que si je le retrouve, j'ai beau n'avoir qu'un œil, je crèverai les siens !

On atteignit Saint-Germain-en-Laye après avoir cheminé dans une forêt dont l'ombre avait rafraîchi et rasséréné les hommes. Ils étaient désormais une centaine et l'on s'attendait à ce que ce nombre fût augmenté lors des traversées des cités importantes. Comme dans le pré de Jean de Montagu, les soudoyers veillèrent sur le charroi du connétable, s'occupèrent des quatre limoniers et des chevaux – y compris Beaubrun – tandis que messire Olivier s'en allait rejoindre le roi et ses compagnons.

Galabert et Jausselin se chargèrent de la nourriture. Gui s'en alla rôder parmi les chariots et les pavillons promptement dressés, entre lesquels, parfois, commençaient à flamber des feux à cuire la mangeaille. Tous, des seigneurs aux piétons, s'entretenaient de la santé du roi auprès de ceux qui l'avaient approché. Charles supportait mal la chaleur. L'éclat du soleil l'irritait. Le nom de « l'Isabeau » s'entendait parfois, enchâssé de quelques rires, lesquels cessaient dès l'approche de « l'écuyer de Clisson » dont on se méfiait sans raison. Gui s'en ouvrit à ses compères.

(1) Hypocrite, retors.

(2) Charles VI avait quitté Paris le 17 octobre 1391. Il était arrivé à Tours le 10 novembre pour essayer de mettre un terme à la sourde querelle entre la royauté française et le duc de Montfort. Celui-ci était arrivé à Tours fin décembre. Il avait consenti à faire la paix avec Clisson et Penthièvre. Un mariage avait été décidé entre le fils aîné du duc de Bretagne et Jeanne de France, fille puînée de Charles VI, qui était âgée d'un an. Le duc voulait continuer de frapper monnaie, d'exiger l'hommage de ses vassaux. Il refusa la justice du roi et l'appel au Parlement de Paris. Charles regagna la Cour en février 1392. Il n'avait essuyé que des échecs. Le 15 mars suivant, il partit pour Amiens et rencontra Richard II en présence de Léon d'Arménie qui s'inquiétait de l'avance des Turcs dans les Balkans. Les Anglais exigèrent des concessions impossibles, en particulier le paiement de ce qui subsistait de la rançon du roi Jean, la jonction du Poitou à la Guyenne, etc. Charles VI ne subissait que des échecs.

— Bah ! fit Galabert, notre maître n'est pas aimé par tout le monde. Des hypocrites lui font risette, ce qui ne les empêche pas de le détester.

— S'ils sont de bons sujets du roi, ils ne peuvent que se rallier au connétable et servir notre suzerain de leur mieux. Louis d'Orléans, lui…

— Oh ! celui-là… soupira Jausselin. Celui-là, messire…

Le *messire* déplut à Gui. Plutôt que de le hausser dans la considération des deux hommes, il lui semblait qu'il le rabaissait. Comme il s'asseyait dans l'herbe auprès du tranche-tête occupé à entamer une miche de pain, Galabert renoua le fil de ses pensées :

— Orléans me paraît pire que Berry, Bourbon et Bourgogne. A toi aussi, hein, Jausselin ?

Tête basse, à proximité de ses genoux relevés, le tranche-tête bascula son corps en avant, en arrière, puis tendit à Gui sa part de pain :

— Il y a belle heurette que ce friquet (1) de Louis guigne le trône et s'efforce de donner des idées malsaines au roi. Il y a des événements qui ont troublé le connétable… Te souviens-tu, Galabert, de cette sorte de fable du cerf dix cors que je vais résumer pour notre ami Gui ?

L'*ami* s'inclina tant parce qu'il était reconnaissant du dernier mot prononcé par le tranche-tête que de la portion de lard qu'il recevait.

— Vas-y ! dit Juvécourt, j'en ai ouï parler un petit…

— Un jour, – et ma foi, il n'y a guère – le roi s'en fut chasser en forêt de Halatte. Les veneurs et les breniers (2) le laissèrent seul avec Orléans et ses gens, sous prétexte de courre je ne sais quelle bête. Or, à peine étaient-ils partis que Charles vit devant lui un cerf dix cors qui se laissa approcher et prendre au filet par Louis et ses compagnons, subitement revenus… Une bête plus docile qu'une haquenée… Elle portait au cou un collier d'archal. Comme elle ne se regimbait pas, Charles s'approcha et lut sur le collier, en latin, *César me l'a donné*. Il devint fou de joie. Il a fait relâcher le cerf qui s'en est allé, paisible. Et de retour à Paris, il a fait graver sur sa vaisselle d'or, *César me l'a donné*.

— Et alors ? demanda Gui.

— Et alors ? L'entourage du roi s'ébahit. On cria au prodige et certains, comme Berry et Bourgogne, à l'illusion sinon à la démence. Charles, lui, s'esliesçait (3). C'était son aïeul, Philippe le Bel, qui lui avait montré son soutien par le truchement du cerf. Ne s'était-il pas

(1) Freluquet.
(2) Valets de chiens.
(3) Se réjouissait, se mettait en liesse.

merveillé jadis de sa rencontre avec un dix cors portant un signe alors qu'il chassait à l'orée de cette même forêt (1) ?

— Il aurait pu se dire que c'était un signe… mortel.

— Non, Gui. Il a pensé que son aïeul le roi de fer, par-delà le temps, lui transmettait sa force.

— Et alors ? s'enquit Galabert.

— Alors ?… Eh bien, voilà ce que m'a confié le connétable.

Le tranche-tête avala une bouchée de lard et tendit sa dextre vers une chopine.

— Pierrefonds appartient à Louis. La vaste forêt qui compose ce domaine ne jouxte pas la fortêt de Halatte, mais elle n'en est sise qu'à quatre lieues. Autant dire qu'elle en est voisine car en certains endroits, on dirait qu'elles vont se mêler… A Pierrefonds, Louis possède des cerfs, particulièrement des estelaires (2)…

— Et alors ? demanda Gui, affriandé par les propos de Jausselin plus encore que par la geline (3) ou le chapon rôti qu'il apercevait dans un bissac grand ouvert.

— Alors, on a trouvé ce jour-là, entre Saint-Vaast-de-Longpont et Saintines, un chariot abandonné… Ce chariot supportait une cage… Une de celles qu'on utilisait à Saint-Pol, du temps de Charles V, pour apporter des animaux sauvages… Il paraît que la nuit, des gens sont venus quérir ce fardier… Ma main au feu qu'il a réintégré je ne sais quelle demeure de Pierrefonds.

Il y eut un silence. Gui se demanda si le tranche-tête n'avait point exagéré quelques coïncidences.

— Le roi aime à chasser, dit Galabert. Personne n'a vu le pentacol de ce cerf miraculeux. C'est dommage : on y aurait trouvé, certainement, la griffe ou le poinçon du joaillier. On aurait pu l'interroger. C'est tout de même étrange qu'Orléans et ses hommes aient laissé repartir le dix cors !

— Hé oui, dit Jausselin. Si l'on avait voulu aggraver la… le… la maladie du roi, on ne s'y serait pas mieux pris.

(1) C'était en novembre 1314, peu avant la mort du roi. Philippe IV était allé chasser, pour les uns, en forêt de Byère (près de Fontainebleau), pour les autres *vers Senlitz*. Un accident aux conséquences néfastes se serait produit : Philippe aurait été démonté par une bête sauvage. La *Chronique normande*, qui situe l'événement à Fontainebleau, relate la rencontre avec un sanglier. Jean de Nouelles, qui penche pour Senlis, met aussi un sanglier en cause. Or, Senlis, à cette époque, était en partie enveloppé par la forêt de Halatte.

Jean de Saint-Victor, contemporain de l'événement, prétend que le roi serait tombé malade à Pontoise. En fait, il se peut que le roi ait été victime de cet accident de chasse dont la mort fut la conséquence, mais il est plus vraisemblable qu'il succomba à une maladie à propos de laquelle maints avis ont été exprimés sans qu'il en résulte une conclusion nette. Toujours est-il qu'une rumeur naquit, s'enfla et devint « merveilleuse » : le roi avait rencontré, en chassant, un cerf magnifique entre les bois duquel scintillait une médaille ou un miroir. Ébloui par cet objet et la beauté de l'animal, Philippe IV aurait chu de son cheval. Cette fable frappa les imaginations (et certainement celle de Charles VI enfant) et on alla jusqu'à y voir une revanche des Templiers que le roi avait exterminés – Jacques de Molay en particulier !

(2) Cerfs domestiqués utilisés pour attirer leurs congénères sauvages.

(3) Poulet.

Gui acquiesça. Et se permit une seule question :

— Qu'en pense le connétable ?

— Ah ! fit Jausselin. Je n'en sais pas plus que vous. Néanmoins, c'est à partir de cette journée qu'il s'est lié d'amitié avec le duc Louis. Une amitié désormais malade.

— On ne peut se fier à aucun des ducs, conclut Galabert.

Derechef, il y eut un silence. Et Gui, encore une fois, ne trouva rien à dire. Galabert, quant à lui, n'était point satisfait :

— Le roi devrait s'abstenir de chasser.

— Il aime à galoper en forêt, dit Jausselin. Ça le revigore, mais on dit que chaque fois que ses chasses sont mauvaises, il est pris d'accès de fureur terribles. On lui prête l'intention de réformer toute la vénerie, à commencer par les veneurs qu'il veut vêtir de vert pour le courre du cerf. Fauconniers, furetiers, perdriseurs, oiseleurs, louvetiers, archers, valets de chiens, tous auront des livrées différentes (1).

Une ombre fit se retourner Gui. C'était Clisson. Il avait écouté de loin avant de s'approcher.

— Vous êtes à l'écart, dit-il, et c'est fort bien. Cependant, parolez moins haut. Ce sera meilleur pour votre sécurité. Oyez ce que je vais vous dire…

Le connétable fit encore un pas. Sa main ferme empoigna la geline rôtie avec la célérité du faucon happant une proie vivante. Il arracha une cuisse et tout en mâchant :

— Un jour, le roi s'égara dans la forêt de Bouconne, proche de Toulouse. C'était il y a douze ans et Charles avait… douze ans. On ne sait comment il perdit ses compagnons… ou comment ils le perdirent…

Clisson, sciemment, s'arrêta. Galabert se permit une remarque :

— Douze ans n'est point un âge pour chasser.

— Il allait régner, les autres non. Vous saisissez ?

« J'ai compris », songea Gui.

Clisson hocha la tête avec l'indulgence qu'un aîné pouvait accorder des enfants têtus et turbulents.

— Tandis qu'il errait sous les arbres, évitant les halliers d'où pouvait sortir une bête noire ou plusieurs, Charles fit vœu que s'il parvenait à échapper aux périls qu'il devinait, il offrirait le prix de son cheval à la chapelle Notre-Dame de Bonne-Espérance en l'église des Carmes. Il ne sortit de la forêt qu'à la nuit, s'acquitta de son vœu le

(1) Fou de chasse, le roi voulait transformer celle-ci en exhibitions de costumes. Il n'admettait pas d'être ridiculisé par un gibier qu'il traquait et croyait prendre jusqu'à ce qu'il parvînt à s'enfuir. Ainsi, au rapport même de Du Tillet dans son *Recueil des rois de France*, Guillaume de Gamaches se vit ôter l'office de Grand Veneur parce que plus d'une fois il l'avait exposé, par son peu d'habileté, à l'affront de manquer la bête. Le titre vacant revint à Loïs d'Orguechin, le 17 janvier 1414.

lendemain et fonda un ordre de Chevalerie du nom de Notre-Dame-de-l'Espérance… On cite en preuve, et je puis en attester, la peinture qu'on peut voir sur la muraille du cloître des Carmes, auprès de la chapelle Notre-Dame de l'Espérance. Le roi y est représenté, grandeur nature, sur son roncin noir. Il s'incline devant une image de la Vierge. Sept seigneurs sont auprès de lui, tous à pied, tous armés hormis la tête. Ils portent des cottes d'armes armoriées. Les noms figurent en bas, mais l'on m'a dit qu'on n'en pouvait plus lire que cinq puisque deux ont été grattés… Adoncques, on voit le duc de Bourbon, Pierre de Navarre, Henri de Bar…

Le connétable s'interrompit et reprit d'une voix qui semblait un ricanement :

— Moi… Oui, je figure parmi ces gens et je les devance (1).

— Pourquoi ?

— Pourquoi, Gui ? Parce que c'est moi qui partit à la recherche de Charles. Je n'étais pas auprès d'eux lorsqu'ils le perdirent. L'hôtelier chez lequel nous avions avalé une soupe avant de partir en forêt était venu me prévenir qu'un palefrenier avait trouvé mon cheval dessanglé. Tu n'étais pas avec moi, Jausselin, ce jour-là…

Le tranche-tête acquiesça en silence. Sa large face maussade, sous l'impulsion de la curiosité, ne révélait rien de ses pensées. Sans qu'il en ait eu connaissance avant ce jour, il semblait qu'il devinait l'épilogue de cette histoire. Clisson se baissa pour lui tapoter l'épaule. Il eût accompli le même geste affectueux si Jausselin avait été un chien fidèle.

— J'ai bien compris, mes compères, que quelqu'un ou quelques uns avaient voulu que je m'attarde. Lorsque j'ai rejoint les chasseurs – qui ne s'étaient point entourés d'hommes de pied –, Charles avait disparu à la ressuite d'une biche… C'est du moins ce qu'ils me dirent.

— Quel est le cinquième homme peint sur le mur ?

— Comment, Gui, tu ne l'as pas deviné ? s'étonna le connétable.

— Messire, je sais que je *brûlerais* si j'avançais le nom de Louis, duc de Touraine, qui n'était pas encore Orléans… Il était jeune, fort jeune, mais il savait déjà ce qu'il voulait.

— Bourbon le dissuada de rechercher son frère, disant que Charles se sortirait seul d'affaire et que c'était pour un roi un excellent exercice.

(1) Donné par Juvénal des Ursins (*Histoire de Charles VI*, sous l'année 1380) et confirmé par Dom Vaissette (*Histoire du Languedoc*, tome 4, sous l'année 1389). Il convient de noter cette similitude : Charles VII n'était encore que dauphin quand il fut attiré à la chasse en forêt de Villeneuve-Saint-Georges par le duc de Bourgogne dont le dessein était de l'enlever, ce qui ne put être exécuté. Que serait-il advenu du royaume de France si Charles VI s'était *perdu* en forêt et si l'on avait retrouvé son corps dévoré par des « bêtes » ? Les oncles, princes des Lis, disposaient auprès d'eux d'un remplaçant plus maniable et décidé à leur complaire pourvu qu'ils lui ouvrissent les coffres.

Derechef, Olivier de Clisson ricana. Il jeta au loin l'os qu'il avait rongé puis reprit d'une voix qu'il souhaitait peut-être mystérieuse, comme s'il se racontait à lui-même une histoire où les illusions se mêlaient inégalement aux réalités :

— Il avait déjà de bons poumons, Louis !... Vous savez qu'il excelle à souffler dans un cor (1)... Eh bien, cette fois-là, il l'avait oublié.

— Les autres aussi ?

— Oui, Juvécourt : les autres aussi. Arguant qu'ils partaient chercher des secours, Louis et Bourbon s'en allèrent. Évidemment, nous ne les revîmes pas.

Le connétable jeta un regard à l'entour. Tout autant que les feux tirant souvent mal, les conversations des hommes crépitaient, parfois entrecoupées de rires. Des odeurs montaient : chairs cuites et fumées. Gui posa une question dont il était certain de détenir la réponse :

— Qui étaient, messire, les deux seigneurs invisibles sur le mur ?... Bourgogne et Anjou, n'est-ce pas ?

— Tout juste... Je vois que tu commences à comprendre les choses... Le fond de cette peinture est chargé de loups, de sangliers et autres bêtes sauvages. En haut, il y a une manière de frise où sont peints des anges qui portent en leurs mains des banderoles sur lesquelles est écrit trois fois le mot *Espérance*... Les autres, eux, avaient ce mot-là écrit dans leur tête. Il y est gravé à jamais.

Le connétable parut apprécier le silence imposé par son récit. Gui fut tenté de regretter son uniforme existence à Clairbois, loin, très loin des faciendes (2) d'une Cour où le roi lui-même ne figurait pas comme un parangon de dignité humaine. Il vit Clisson s'éloigner sans un mot et s'étonna une fois de plus que cet homme se fût si aisément remis des navrures dont ses chairs conserveraient à jamais les cicatrices. Devait-il l'admirer ou lui devoir simplement du respect ? Il advenait au connétable de parler de lui sans artifice, mais sans rien divulguer de ses pensées les plus nettes, essentielles à sa conduite. Il veillait sur le roi autant qu'il le pouvait. Qu'un malheur frappât ce dernier, l'on verrait aussitôt – puisqu'Alençon n'était plus – Orléans, Bourgogne, Bourbon et Berry purger la Cour de sa présence. A qui donc reviendrait l'épée de connétable ?

* *
*

(1) Dans le *Miroir de Phœbus des déduits* (jeux) *de la chasse des bêtes sauvages et des oyseaux de proie*, Gaston de Foix cite Philippe de Bourgogne comme un *très-habile chasseur* et le duc Louis d'Orléans reçoit des compliments pour *ses manières de chasser et de corner à l'usage de France*.

(2) Intrigues.

Si chaude était la nuit qu'on s'endormit dans l'herbe. On se préparait à repartir dès l'aube du lendemain lorsqu'on apprit que les médecins du roi avaient adjuré celui-ci de prolonger sa halte. Une sorte de résignation s'empara des hommes : ce n'était pas ainsi qu'on allait à la guerre. Si le duc de Bretagne était informé de cette mésavenance, il s'ébaudirait et pourrait rassurer ses guerriers.

Le temps incitait aux repas champêtres. On dressa des tables dans un pré, on jeta sur les plateaux des draps pris en ville et tandis qu'on embrochait sur de grandes hastes des moutons et des volailles, des avitailleurs apportèrent de Saint-Germain du vin à pleins tonneaux, du pain, des pâtés et des tourtes, des boudins, rissoles de poisson et autres mets copieux ainsi que maintes issues de table telles que des pommes, cerises, confitures ; des gaufres et galettes au miel. Les bourgeois, échevins, édiles de toute sorte et les manants mis à contribution « offraient » évidemment au roi et à ses compagnons ces merveilles savoureuses. Certains même leur proposaient des gîtes agréables. La plupart des femmes, pucelles et enfants resteraient enfermés en des lieux inviolables.

La boisson – vin et hypocras – eut raison de l'espèce de roideur dans laquelle les prud'hommes s'étaient jusque-là maintenus. On était réservé ? On devint gaillard. On se disait frugal ? On gloutonna. On était dignement vêtu ? On se dépenailla. Les hommes montrèrent aux rares curieux et curieuses des poitrines et dos velus – ou épilés –, parfois plus encore ; et l'on se mit à patrociner de tout et de rien autant que des commères au lavoir.

Gui ne fut point admis à ces régals improvisés où Olivier de Clisson supportait du mieux qu'il le pouvait la compagnie de fesse-pinte d'autant plus assoiffés que la boisson, gratuite, coulait à discrétion. Jamais, disait-il, morose, il ne ferait partie de ces hommes à l'esprit fumeux, dépourvu de la moindre once de foi, excepté lorsqu'ils s'agenouillaient à l'église.

Ce voisinage démontait Gui. Les rires répercutés de bouche en bouche auxquels se joignaient parfois les crécelles des servantes Saint-Germanoises tâtonnées au passage, l'indisposaient autant que Galabert, Jausselin et les soudoyers du connétable qui demeuraient « dans leur coin » et dont les entretiens se faisaient à voix basse, comme s'ils complotaient. Sans paraître l'observer attentivement, eux aussi épiaient le roi qui, merveille, semblait échapper à cette gaieté peut-être insincère. Quant à Olivier de Clisson, chaque fois qu'il le pouvait, il surveillait sire Charles et s'adressait à lui avec une familiarité mesurée. L'espèce de compassion qu'il témoignait à cet homme jeune, d'esprit fragile, dont la pénurie d'amour envenimait la mélancolie, ne le rendait à Gui que plus admiratif.

— Charles est comme un chien étruffé (1), confia-t-il un soir à son gonfanonier qu'il venait de trouver en bord de Seine où nonchalant, rênes en main, il promenait Beaubrun. Je crois qu'il regrette d'avoir désobéi aux semonces de son mains-né et de ses oncles. Ils étaient contre ce reze (2) en Bretagne.

— Sont-ils tous les amis du duc Jean de Montfort ?

— Étant mes ennemis, ils le sont forcément. Permets donc que je rie de ces amitiés-là. On ne peut me reprocher d'avoir incité le roi à partir si loin pour châtier mon agresseur. Je ne lui ai rien demandé. Sa fureur envers Craon n'est pas éteinte. Ce que je crains, c'est qu'on la veuille étouffer d'une façon ou d'une autre. Nous verrons bien !

Sans regret de s'être épanché, le connétable flatta l'encolure de Beaubrun et passa une main légère sur ses naseaux qui retenaient encore quelques gouttes d'eau :

— Tu as un beau coursier. J'en ai perdu quelques uns dans les batailles. Je vais t'éplapourdir, mais j'en porte le deuil. Combats à pied. Les Espagnols s'égarent lorsqu'ils prétendent : *muerto el cavallo, perdido l'hombre d'armas.* C'est, en vérité, tout le contraire !

Gui voulut s'exprimer. Il ne le put : Clisson n'en avait pas fini.

— C'est à pied que tu manœuvres le mieux ton épée. Saute à terre dès que tu le peux. Ton cheval fuira la bataille et tu le reverras lorsqu'elle sera gagnée. Car il faut que tu te dises, quelles qu'en soient les calamités, que tu seras du côté des vainqueurs.

— Le serons-nous en Bretagne ?

— Tels que nous y allons, je doute qu'on y parvienne.

Le connétable s'éloigna, soucieux ni plus ni moins que d'ordinaire.

Les jours passèrent, eux aussi inchangés. Des seigneurs et des soudoyers s'éparpillèrent à l'entour de Saint-Germain, qui à cheval, qui à pied après avoir demandé de bon matin, aux plus proches conseillers ou médecins du roi, si le départ était décidé pour la journée. Ils revenaient le soir sans qu'on apprît où ils étaient allés, mais on sut que dans la champagne à l'entour, il y avait eu quelques viols et maintes roberies.

On voyait peu Charles VI. Dans son pavillon de coutil d'azur semé de lis, il jouait, disait-on, aux échecs et aux tables (3) avec qui le voulait affronter chez les nobles hommes. Entre deux parties, il dormait puis allait s'attabler sous les arbres, mangeait et buvait sous l'œil insondable de ses médecins. Nul n'en savait les noms. Il les appelait « *maîtres* ».

Il avait été question de demeurer trois jours à l'arrêt. Le quatrième, on était toujours là. Clisson, impassible, abandonnait fréquemment

(1) Dont la cuisse est atrophiée.
(2) Expédition.
(3) Sorte de jeu de jacquet.

ses pairs pour rejoindre ses gens. Après qu'il fut allé s'informer de la santé de ses chevaux et de l'état d'esprit des garçons (1), il revenait auprès de ceux qu'il appelait familièrement ses compères. Que faire, sinon évoquer le passé. Le connétable y excellait autant que son tranche-tête. Peu à peu, à les écouter, Gui prenait des leçons d'histoire. Il apprit ainsi que deux ans plus tôt, les chevaliers de France et d'Angleterre, sous le commandement du duc de Bourbon, avaient aidé les Génois en Barbarie (2).

— J'y étais, dit Galabert. On a assiégé la forte cité d'Affrique (3). On était nombreux. Il avait fallu vingt-six galées et deux cents vaisseaux pour nous déposer sur l'autre bord de la mer... S'il fallait revenir chez les Mores, je refuserais.

— Pourquoi ? demanda Gui.

— Si tu vas un jour dans ces pays, tu l'apprendras toi-même... Mais tu peux aller à Gênes. On y a pour dix francs un cheval qui en vaut soixante à Paris. C'est le prix que j'ai payé pour celui que je monte. Je l'ai appelé Grimod. Grimaldi, c'est trop long... Il ne manquait plus que vous là-bas, messire.

Le connétable se récria :

— J'en ai assez fait. Les Anglais, les Bretons, les routiers.

— On dirait qu'ils s'assagissent.

La remarque venait de Jausselin. Il ajouta que si l'Angleterre cessait de titiller la France, les gens de guerre seraient en chômage.

— C'est vrai, approuva Galabert. Aimerigot Marcel (4) a été pris. Perrot le Bernois, le capitaine de Chalucet, a été pris. Olim Barbe, d'Ouzac en Auvergne, a été pris... Il en reste quelques uns et des compagnies réduites. Bientôt, ils se mangeront entre eux.

Gui en doutait. Il s'abstint d'intervenir mais songea qu'il existait à la Cour des gens qui eussent pu s'inclure dans les pendailles de malandrins dont souffrait encore le royaume. Galabert que seul Clisson appelait parfois par son petit nom, ne dissimula point le mépris qu'il nourrissait pour les Bretons. Selon lui, il ne fallait avoir ni foi ni loi pour demeurer sous la dépendance de Jean IV de Montfort. Gui s'étonna que le connétable l'eût laissé dire.

— Marcelin ! Marcelin ! fit-il seulement.

Et Galabert devint muet.

Gui se demanda ce qu'il devait en penser. Un front haut, une bouche large à demi mangée par la moustache et la barbe, une espèce de sécheresse tant dans le regard noir que dans le geste, tout, chez cet

(1) Combattants subalternes.
(2) Tunisie.
(3) Ville maritime du royaume de Tunis.
(4) Ou Marchès. Pris à la Roche-de-Vendais, « *un fort chastel des marches de Rouergue* » par le vicomte de Meaux, il fut mené à Paris, décapité puis écartelé le 12 juillet 1391, « *chacun des quartiers mis et levé sur un estache aux quatre souveraines portes de Paris* ».

homme, annonçait les aptitudes naturelles qui avaient incité Clisson à requérir son service. Bien que sa mise fut négligée, on sentait au premier regard ses origines patriciennes. Attaché de loin en loin à la fortune du premier meneur d'hommes du royaume, mais non pareil à Jausselin qui le servait en permanence, il s'efforçait de feindre une origine plébéienne en insérant dans son langage quelques mots et verbes, quelques lenteurs de diction empruntés à ceux du tranche-tête. L'observant furtivement, Gui se dit qu'il eût pu « tomber plus mal » en fait de compagnon et qu'il se forgerait sur ledit Galabert, au cours des jours à venir, une opinion définitive.

— Le pays, dit-il, va être purgé de sa vermine par le bas. Le sera-t-il par le haut ?

Jausselin eut une moue dubitative. Exécutant, exécuteur, il n'éprouvait guère de sentiments. L'angoisse, le remords, la pitié ne logeaient point dans son crâne.

— Que de mauvaises têtes je couperais, dit-il, si j'en obtenais permission !

— Par qui commencerais-tu ? s'enquit le connétable.

— Guillaume de Hainaut, messire. Il eut l'audace d'aller jouter à Londres où il fut accueilli bellement.

— C'est vrai. Je t'ai narré cela. C'était il y a deux ans, le dimanche après la saint-Michel. Des joutes merveilleuses à ce qu'on dit. Le comte d'Ostrevant, marié à la fille du duc de Bourgogne, a scandalisé le roi, son frère, ses oncles. Mais ils ont oublié cette espèce de trahison… Peut-être était-il allé à Londres pour une bonne cause puisque c'est peu après, à la Chandeleur, que les Anglais sont venus à Paris débattre de la paix (1).

Cette indulgence surprit Gui. Clisson n'était donc pas aussi rude et intraitable qu'il l'avait imaginé ?

— Il n'est plus le même, dit Jausselin sitôt que le connétable se fut éloigné.

Comme si Galabert connaissait la raison de ce changement d'humeur

(1) A la Chandeleur de l'année 1390, des chevaliers anglais vinrent en France pour y discuter de la paix. Thomas de Percy les conduisait. Ils plurent grandement au roi, au duc de Bourgogne, aux membres du Conseil, mais déplurent à certains, spécialement à ceux qui aidaient à soutenir le Pape d'Avignon, « *car* » selon les chroniques, « *ils voyaient bien que par ces nouvelles et traités que l'on entamait, où le roi s'inclinait, entre le roi de France et le roi d'Angleterre se retardait le voyage qui devait être entrepris par les François pour détruire* (!) *à Rome, le Pape Boniface et les cardinaux et ramener à la croyance et soumission du Pape Clément d'Avignon.* » Il y avait parmi les Anglais un ancien routier de France, Robert Briquet. Il y avait aussi Louis de Clifford, d'excellente renommée. Ils restèrent six jours, logés à la Croix-du-Tiroi en l'hôtel du *Chastel-Fétu*. Les débats étaient dirigés par Pierre de Villiers, alors souverain-maître de l'Hôtel du roi.

Ces entretiens furent stériles. Quelques mois après, le 24 août, à Alcalá de Henares, mourait Jean de Castille, victime d'une chute de cheval. Il avait 32 ans. Son fils Jean, âgé de 11 ans et 5 jours lui succéda. Puis ce fut l'aventure de Jean d'Armagnac en Lombardie où il était entré en juillet 1391. Son adversaire, Hawkwood, formé à l'école des routiers, était un guerrier émérite. La sœur de Jean d'Armagnac, Béatrix, avait épousé Charles Visconti, fils de Barnabo.

et comme s'il attendait de lui un assentiment, le tranche-tête s'était tourné vers son compère.

— Oui, il n'est plus pareil. Mais il redeviendra comme avant si nous gagnons en Bretagne.

Gui se permit une incursion dans cet échange.

— Pourquoi a-t-il changé ? Pouvez-vous m'éclairer ?

D'un regard, les deux hommes se consultèrent. Jausselin se pencha :

— Tu sais des choses que nous t'avons apprises. Tu connais la façon dont le connétable s'est fait prendre par Jean de Montfort dans la tour de son châtelet de l'Hermine et comment il a failli se faire occire par le duc de Bretagne. Tu sais que sans l'intervention du sire de Laval et surtout celle de Beaumanoir, il aurait été occis… Il n'a pas digéré cette imprudence. Il se reproche de s'être fait prendre aussi bêtement. Il sait que, nombreux, des chevaliers, voire des amis, se sont ébaudis de cette male aventure. Il en souffre. Il en souffrira jusqu'à sa mort.

— Il a… péché par excès de confiance.

— Certes ! Certes !… Mais un connétable de France ne peut se faire appréhender que dans une bataille.

— Il n'a commis aucune faute. C'est le duc de Bretagne qui devrait vergogner (1) de sa déloyauté.

— Tu vois, damoiseau, les choses comme Galabert et moi les voyons. Ajoute à cette humiliation qu'il dut accompagner le roi dans des guerres qui lui déplaisaient : la Flandre pour complaire au Hardi et où le prince invita notre friquet (2) couronné à voir couper vingt-quatre têtes de bourgeois innocents… Roosebeke… Et puis, on lui demanda d'être prêt pour une expédition en Angleterre… Quelque chose d'immense qu'il désavoua parce qu'il n'y croyait pas.

— Il enragea, dit Galabert, de devoir assister à certains préparatifs.

— Ce devait être une invasion comme oncques n'en vit (3), mais

(1) Avoir honte.

(2) Freluquet.

(3) La démesure était au rendez-vous dans un pays sans ressources. On groupa 1287 bateaux de façon à embarquer 150 000 hommes, 50 000 chevaux, de l'artillerie et des munitions et, évidemment, des vivres. 72 vaisseaux continrent les éléments préfabriqués d'une cité en bois pouvant se bâtir et se démonter au gré des avancées militaires : une réalisation audacieuse, gloire de la charpenterie française.

Mauvais présage : le rassemblement de la flotte et des troupes devait avoir lieu à l'Écluse. Chacun s'y rendit à petites journées. Le roi attendit à Arras que ses hommes liges arrivassent. Ils vinrent lentement car ils mettaient à sac les régions qu'ils traversaient à l'avant de leurs troupes. On viola – évidemment –, vola, rançonna. Les semaines passèrent. Comme lors de l'immense défaite navale de 1340, on avait enchaîné les nefs, les hourques et les huissiers les uns aux autres. Les coques se frottèrent. Le vent se leva. La mer devint forte. Le duc de Berry envoyait des messages : « *Je viens. J'arrive* » et s'attardait, devinant que l'affaire profiterait à son frère Philippe. Une tempête se leva. On vit se disjoindre cette armada dispendieuse. On décida de réduire les troupes à 10 000 hommes, partant de Normandie, sous la direction du connétable de Clisson, de Jean de Vienne, du comte de Saint-Pol, du sire de Coucy. Jean IV de Bretagne empêcha ce projet. Invitant Clisson dans son fief, ce fut pour l'incarcérer dans la tour de l'Hermine.

qui pouvait devenir un échec énorme. Or, Clisson commit l'erreur de la tour de l'Hermine. Jamais il n'aurait dû faire confiance à Montfort. Alors… Je le lui dis, Jausselin ?

Le tranche-tête acquiesça tristement.

— Alors, reprit Galabert, pour conserver son honneur et comme l'exigeait sa foi, messire Olivier, honteux de s'être laissé prendre et d'avoir dû abandonner les hommes destinés à l'Angleterre et qu'il devait commander, s'en alla présenter au roi, à genoux, son épée de connétable. Charles, magnanime, refusa de la lui reprendre. Il l'aida à se relever et lui promit de le venger de l'affront qu'il avait subi. Or, tu le sais, ni Berry ni Bourgogne ne sont des admirateurs de notre maître. Ils ont trouvé que la mansuétude du roi ne se justifiait point. Ils n'ont pas admis que, pour la première fois, sire Charles se soit comporté en suzerain et qu'il n'ait consulté personne pour agir comme il l'a fait.

— Bien que réhabilité, le connétable a vu son crédit baisser dans l'estime que lui portaient les gens d'armes. Il sait que le roi a annulé le débarquement en Angleterre pour éviter qu'il n'en perde le commandement.

— Et puis, renchérit Galabert, il y a eu cette affaire contre le duc de Gueldre.

— J'en ai ouï parler.

— C'est tout simple, Gui. Tout simple.

Gui ne s'étonna point d'être appelé familièrement par son prénom. Se pouvait-il qu'il fût maintenant apprécié par ces deux hommes rudes ainsi qu'il l'avait souhaité ?

— Ce jeune duc, reprit Galabert, était en guerre contre la duchesse de Brabant, à propos de quelques terres qu'ils se disputaient sur les marches de la Meuse. Il ne pardonnait pas à Philippe le Hardi l'aide qu'il apportait à son adversaire, tante du Bourguignon. Courroucé, il avait fait hommage au roi d'Angleterre qui, en retour, lui donna une pension. Plutôt que d'en rester là, le jeune coq a envoyé une lettre à Charles : « *A toi, Charles, qui te prétends roi de France.* » Edouard III avait ainsi interpellé Philippe VI. On a rassemblé un grand ost qu'on dit de cent mille hommes alors que l'outrecuidant n'avait à lui que quelques centaines de soudoyers. Le roi de France a voulu mener l'armée. Le jeune duc s'est jeté aux pieds de Charles pour qu'il lui pardonne. Et le roi pardonna.

— Clisson était-il près de lui ?

— Non… C'était en octobre, je crois. Pluie et vent. Les chariots s'embourbèrent. Des hommes et des chevaux furent emportés au passage des gués. Des pillards venus des Allemagnes assaillirent les charrois distancés. Le roi perdit sa vaisselle d'or.

— Quelle idée d'en emporter dans un reze pareil !… Une écuelle en étain… voire en fer…

— Il est le roi, Gui, et sa femme lui a donné de fâcheuses coutumes. De toute façon, c'est au retour de la Gueldre que Charles s'est arrêté à Reims et qu'il a pris le pouvoir. C'est là que Clisson a vu sa renommée repartir vers le haut. Mais il ne peut se guérir de l'espèce de disgrâce qu'il ne doit qu'à lui-même. Il sait que les Marmousets vont être évincés du Conseil et peut-être punis d'être ce qu'ils sont : presque tous honnêtes. Il sait que l'on en veut à la santé du roi. Il a beau observer ceux qui le voudraient voir périr, il ne peut rien pour préserver ce jeune fou.

Le mot était lâché. Jausselin ne le regretta point.

— Que faire ? interrogea Gui.

— Rien. Les princes ne manquent ni de cavillation (1) ni de convines (2) entre eux, et le roi le sait. Ils ont des alliés obscurs. Clisson fait de son mieux et quand ils sont seuls, Charles et lui, eh bien, il le conseille. Mais je vais te dire, Gui : Berry et Bourgogne ont grand-hâte de saisir le pouvoir. Le roi sait qu'ils en veulent à sa vie. Pour vivre sainement, il les devrait occire.

— S'ils nous rejoignent, ce sera pour parfaire…

— Quoi ? demanda Gui car le tranche-tête hésitait.

— Pour parfaire l'ouvrage qu'ils ont commencé. Mais lequel des deux versera ou fera verser le poison qui attentera soit sur la vie, soit sur la raison du roi ?

(1) Ruse.
(2) Arrangements.

III

Le mercredi 17 juillet, le roi obtint de ses médecins le consentement de partir pour Paris.

— Ce n'est pas ainsi que nous gagnerons la Bretagne, déclara Clisson, furibond.

— Se languit-il de la reine ? questionna Jausselin que ce retournement laissait indifférent. Craint-il, en arrivant subrepticement, de trouver quelqu'un dans son lit ?

— Non, dit le connétable. Il prépare la guerre à sa façon, nullement à la mienne. Et il se laisse circonvenir.

— Par qui ? demanda Gui.

Il commençait à détester son oisiveté. Loin de lui l'impatience de guerroyer, mais il voulait voir du pays et peut-être passer à proximité de la Ferté-Clairbois.

— Par qui ? Par le beau Louis, bien sûr. Vendredi dernier (1), il lui a donné, à sa demande, l'artillerie dont il disposait, excepté celle de Montargis, en échange de toute l'artillerie du duché de Touraine, qui appartenait à Louis (2). Il se rend à Paris pour mander à tous les justiciers, sénéchaux, baillis, prévôts, vicomtes, maires, capitaines, châtelains, gouverneurs et gardes des bonnes villes, châteaux et forteresses du royaume, de laisser prendre par Robert Foucher, son bien-aimé maître et charpentier général (3) tous les engins de guerre nécessaires pour sa campagne.

— Il pouvait accomplir ce mandement de Saint-Germain ! Il ne

(1) Vendredi 12 juillet 1392.

(2) *Cartulaire de la Chambre des comptes de Blois*. Le dimanche 14 juillet, le roi avait accordé des lettres de rémission à un certain André Douchet dont on ignore quel acte répréhensible il avait commis. Louis d'Orléans, répétons-le, avait été duc de Touraine.

(3) Robert Foucher, sergent d'armes et charpentier général du roi, avait un sceau *à l'écu portant deux haches en sautoir accompagnées de deux fleurs de lis, l'une en chef, l'autre en pointe* (B.N. *Titres scellés de Clairambault*). Il était bien temps de penser aux engins de guerre ! Clisson, apparemment, était évincé du commandement.

manque ni de médecins ni de tabellions ni, surtout, de chevaucheurs.

Un sourire anima le visage du connétable. Triste. Il savait son activité politique assez décousue. Quant à son importance en tant que chef de guerre, il semblait qu'elle se fût émoussée. A force de perfidies, les ducs avaient-ils provoqué la suspicion, les atermoiements, voire l'inimitié du roi ? Gui se dit que c'était une chose impossible. Le seul vrai soutien de Charles VI, c'était Clisson. Personne d'autre.

— Les médecins sont partagés (1). Regnault Fréron déconseille au roi ce voyage, mais Jean Durant, qui est à Philippe le Hardi, ne s'y oppose point… au contraire. Mathieu Regnault, qui est au duc d'Orléans, est en accord, bien sûr, avec Durant.

— Évidemment ! dit Galabert. Ce chanoine est un mou. Il marche comme un battant de cloche : *ding, dong, ding, dong…*

Nul ne rit. Clisson reprit, la voix moins ferme et l'œil las :

— Thomas de Voyenne, qui est au comte de Nevers, penche pour le voyage à Paris et se propose de compagner le roi.

— Eussiez-vous, messire, voulu vous joindre à lui ?

— Certes non, Gui. D'ailleurs, pour le moment, nous ne savons que nous dire. J'aurais aimé que nous cheminions résolument vers la Bretagne. Il le sait. Il est gêné de deviner mon decevement.

Existait-il, entre les deux hommes, un divorce intérieur ? Un événement – mais de quelle espèce ? – pourrait-il les réconcilier s'ils étaient vraiment « en froid » ? Si le roi devait s'affranchir de quelqu'un, ce n'était point de son connétable !

— Sire Charles va galoper surtout pour chevaucher sa femme, grommela Jausselin. Elle va l'épuiser. Emmènera-t-il son frère avec lui ?

— Je ne sais, dit Clisson. Voyenne m'a dit, au sortir du logis du roi : « *Il n'est pas bien ferme de santé* », mais Charles est obstiné. Il a continuellement à cœur de ne rien laisser paraître de son état pour encourager ses gens à la confiance. Une fois à Paris, il se propose de stimuler ses deux oncles qui, ayant fait leur mandement à regret, ne sont pas encore apparus (2).

— Ils viendront, affirma Jausselin. Pour ça, oui : ils viendront !

— Dès lors, dit froidement Clisson, il nous faudra veiller sur Charles davantage que ses médecins.

Jausselin émit un grognement. Gui se garda d'interroger le connétable.

— Ils n'oseront tout de même pas… commença Galabert.

— Ils oseront, Marcelin. Tant qu'ils ne sont pas parmi nous, je ne

(1) Lire en fin de volume, l'annexe consacrée à ces hommes.
(2) Froissart s'est étonné de cette absence.

crains rien… ou presque rien pour Charles. S'il voit ses oncles à Paris, ils lui feront risette pendant que quelque mire obscur, tout au fond d'une de leurs caves, surveillera, dans une retorte (1), l'ébullition d'un certain liquide ou pilera au creux d'un mortier des graines et matières que nous ne pouvons concevoir.

— En tout cas, grommela Jausselin, l'ost est au Mans ou près d'y être. Les capitaines vont nous attendre et c'est, par ma foi, comme si nous refusions de les rejoindre (2).

— Hélas ! soupira Clisson.

Il s'éloigna. Il tapotait parfois son épée comme pour la consoler d'être inutile.

* *
*

Précédant une douzaine de seigneurs et d'écuyers auxquels Clisson feignit de se désintéresser, le roi partit pour Paris.

— Et voilà, soupira dédaigneusement le connétable, des fatigues qui vont s'ajouter à d'autres.

L'allusion se passait du moindre commentaire. Tous les nobles présents à Saint-Germain-en-Laye savaient à quoi le roi allait employer ses nuits et sans doute une partie de ses journées s'il prolongeait longtemps son absence. Les varlets, palefreniers, arbalétriers et archers voués à toutes sortes de tâches se livraient, eux aussi, à des suppositions joyeuses sans en interrompre le cours au passage de l'homme qui, provisoirement, ne les pouvait commander. Certains le respectaient ; d'autres, croyant le lui dissimuler sous des courbettes et des sourires, nourrissaient un inaltérable ressentiment envers ce Breton que leurs pères et quelquefois eux-mêmes avaient affronté lorsqu'il servait les desseins du roi d'Angleterre et du prince d'Aquitaine.

— Messire Olivier semble éteint, confia peu après le départ du roi, Jausselin à Gui et à Galabert. Bah ! il ne fait qu'attendre le moment où il prendra feu et flamme.

Ce n'était qu'un vœu : celui d'un serviteur attaché au destin d'un maître vénéré. Que celui-ci tombât, et Jausselin cherrait aussi promptement que ces têtes auxquelles, à la satisfaction de Gui, il se gardait de toute allusion, si bien qu'il semblait un sergent d'armes ordinaire.

Après deux jours d'absence, le roi revint à la nuit dans une floraison de flambeaux et des gerbes d'exclamations sur la signification desquelles Galabert s'interrogea :

(1) Cornue.
(2) L'ost avait été convoqué pour le 15 juillet au Mans.

— Sont-ils heureux de le voir revenir sain et sauf ou expriment-ils leur satisfaction de rechevaucher vers le Ponant ?

— L'essentiel, dit Clisson au retour de sa visite à Charles VI, est que nous repartions.

— Comment est-il ? demanda Gui.

— Las comme un jeune marié.

Dès l'aube du lendemain, on démonta les trefs, les pavillons et les aucubes ; on prépara les montures et entassa dans les chariots les fourniments dont on avait eu l'usage : plateaux des tables, tréteaux, broches et hastes, chaudrons, ustensiles de cuisine, vêtements et armes fourbies et refourbies pour tuer au moins le temps.

On s'éloigna lentement, pesamment. Nul n'était disposé à parler. On n'entendait que le clapotement des fers des chevaux mêlé aux grincements des essieux de charrettes. Il faisait chaud. L'hiver avait été féroce ; il semblait que l'été, en attisant sans trêve sa fournaise, tenait à redimer les rigueurs du froid et de la neige.

On franchit la Seine en un lieu dont Gui ne se soucia point. Il sut qu'on prenait le chemin de Chartres et que le pays serait plat, sans arbres. Comme il cheminait loin derrière, entre Galabert et Jausselin, il apprit par une rumeur que le duc de Bourbon avait rejoint ses neveux. C'était une fausseté. On sut ensuite qu'on ferait halte à Auneau. C'était une vérité.

— C'est tout près de Chartres, dit Jausselin. Il y a là un fort châtelet qui appartient au seigneur de La Rivière. Il est chevalier banneret et tient cette chevance (1) de son épouse. Premier chambellan du roi, c'est un ami du connétable. Il a instamment demandé à sire Charles d'aller punir Craon et le duc de Bretagne, ce qui sans doute lui vaut la rancune des ducs... Et c'est peut-être pour cela que messire Bourbon ne se montre pas encore, hein, Galabert ?

— Si le gîte est bon et le couvert généreux, il faut s'attendre à ce que nous reperdions du temps !

Une fois rendus, ils cessèrent de voir Olivier de Clisson. Celui-ci était en si bonne accointance avec le maître des lieux qu'ils avaient dû s'enclore dans quelque salle où nul ne pourrait ouïr leurs propos sur une expédition qui commençait bien mal. On sut que Perrette, la fille ains-née du plus influent des Marmousets, avait bellement accueilli le connétable et le roi et que ce dernier semblait dolent et agité surtout en présence de son frère (2).

(1) Le domaine, la propriété. Auneau, Eure-et-Loir, est situé à 20 km à l'est de Chartres.

(2) Jean, dit Bureau de La Rivière, premier chambellan de Charles V et de Charles VI logeait fréquemment au château que son épouse, Marguerite, dame d'Auneau et de Rochefort-en-Yvelines, lui avait apporté en mariage. Selon les *Comptes d'Arnoul Boucher*, il recevait 500 francs mensuels. Perrette, la fille aînée du couple, devint l'épouse de Gui IV, seigneur de la Roche-Guyon, qui mourut à Azincourt. Elle cessa de vivre en 1475. Sa sœur puînée avait été mariée en 1392. Les La Rivière avaient également un fils : Jacques. Il fut trouvé mort au Châtelet. On fit courir le bruit qu'il s'était suicidé en se frappant la tête d'une pinte pleine de vin. C'était le 10 juin 1413, vigile de la Pentecôte.

Le connétable apparut le second jour. Le roi, dit-il, son mains-né et lui-même avaient été merveilleusement conjouis (1). Or, cet accueil l'inquiétait :

— Ils mangent, boivent, bondissent d'une jubilation à une autre. Tout comme moi, Bureau sait que ses jours de quiétude sont comptés. Haincelicoq, le fou du roi, doit s'être rangé du côté des ducs. J'ai vu comment il envisageait notre hôte : ses yeux chassieux débordaient de haine et de tigrerie. Ce regard doit être le même quand, subrepticement, il se pose sur moi.

Le cortège du roi se rafraîchit trois jours. On quitta Auneau dans les rires et les salutations hypocrites. Il fallait atteindre Chartres dont le frère de Jean de Montagu était évêque. Ce fut fait.

— Décidément, commenta Clisson, les Marmousets sont à l'honneur. Après Bureau de La Rivière, Montagu… Il est vrai par prélat interposé !

— Où allez-vous loger ?

— Je demeure avec vous.

— Le roi ?

— Au palais de l'évêque avec Orléans.

— Ne pensez-vous pas que… commença Gui.

— J'imagine ce que tu as en tête. Nul ne sera présent pour surveiller les vins, hypocras et mangeailles. J'ai adjuré Charles d'être sobre. C'est hélas ! tout ce que je puis faire. L'évêque, lui, se tourmente pour les Marmousets. Il m'a demandé si son frère était menacé (2). Je l'ai rassuré de mon mieux… Bref : j'ai menti… Il faut savoir mentir lorsque c'est nécessaire.

— Et le roi ? demanda Gui.

— Ah ! le roi… soupira Clisson d'une voix blanche. Nous verrons demain quelle sera sa mine et nous en tirerons les leçons.

Il tendit la main vers l'extrémité d'un champ vide encore de tout logement :

— Il y a là-bas une ferme que je connais bien. Nous allons nous y rendre. Galabert, dis à nos gens de nous suivre avec mes chevaux et le charroi.

(1) Accueillis.

(2) Jean de Montagu (ou Montaigu), grand maître de l'Hôtel du roi, fut pris « *le lundy septiesme jour d'octobre* (1409) » au ressentiment de Jean sans Peur, fils de Philippe le Hardi. Mis au petit Châtelet par Pierre des Essarts, prévôt de Paris, il fut mené au supplice « *le dix-septiesme jour du mois d'octobre, jeudy* », selon le *Journal d'un bourgeois de Paris*. Pour la circonstance, le condamné était vêtu de sa livrée : houppelande de blanc et de rouge, chaperon de même, une chausse blanche, l'autre rouge. Ses talons étaient ornés de ses éperons dorés. Ses mains étaient liées par-devant, une croix de bois fixée entre elles. On l'avait assis haut en charrette. Celle-ci était précédée de deux trompettes. Lorsque le célèbre bourreau, Capeluche, lui eut coupé la tête aux Halles, on l'alla pendre au gibet de Paris tel qu'il était allé à l'échafaud. Il ne fut dépendu que le 17 septembre 1412 et sa dépouille – ou ce qu'il en restait – menée aux Célestins de Marcoussis, qu'il avait fondés. Pierre des Essarts connut le même sort le 1er juillet 1413. Le *meurtre* de Montagu fut attribué à Berry davantage qu'à Jean sans Peur (complément de la note en page 189).

On partit vers cette habitation toute en longueur, excepté les granges et les étables surmontées de galetas et fourragères. Le connétable y fut accueilli courtoisement. Ses hommes, invités à coucher dans le foin, se virent offrir un plantureux repas. Dès qu'il l'eut consommé, Gui retrouva l'odeur et le mœlleux du fourrage. Il s'endormit sitôt qu'il eut clos ses paupières.

* *
*

Il s'éveilla vers la mi-nuit. Une lune d'argent enfiévrait les étoiles. Elles frémissaient en chatoyant et sans doute annonçaient-elles un prochain jour de chaleur. Des ténèbres livrées à d'impures odeurs, des chants montaient, également impurs. Un vent tiède, aux longs frissons moites, ondulait. De-ci, de-là, devant des pavillons indistincts, des feux à cuire expiraient en brasillant et soufflant au ciel des fumées poudreuses.

« Que ferons-nous demain ? Resterons-nous ? Partirons-nous ? Bourbon est arrivé, mais que font les deux autres ? Je m'ennuie et flaire du malheur. »

Sans que son assujettissement au connétable lui pesât – au contraire –, Gui croyait deviner qu'il ne trouverait point dans ce voyage décousu l'occasion d'accomplir ses devoirs envers le maître des armées comme envers le royaume.

— Pisse un coup et va te recoucher, lui conseilla Galabert accroupetonné contre la roue d'un chariot.

— Pourquoi ne dormez-vous pas ?

— J'aime à lire dans les astres, ce qui ne peut se faire en plein jour.

Un soupir s'exhala d'un visage invisible.

— Et ce que j'y vois ne m'esliesce (1) pas.

Gui rejoignit son lit rustique.

Il se leva quand le soleil se fut montré. Il saisit sur le seuil illuminé de la grange l'étrille et la brosse qu'il y avait déposées la veille. Comme chaque jour, il soignerait son cheval avant de procéder à sa toilette.

Immobile sous le chêne au tronc duquel il était attaché, Beaubrun lui fit un accueil mitigé. Les mouvements nerveux de ses jambes révélèrent son désir de les dégourdir.

— N'aie crainte, mon tout beau : je te satisferai.

C'était un bon compagnon. Natif de Sainte-Suzanne, il était un peu long de corsage, ce qui le rendait parfois mou dans son rein. Il y avait en lui de la fierté sinon de la noblesse.

(1) *Esliescer* : Réjouir, mettre en liesse.

— Et puis, tu ne peux pas tout avoir. Tu sais, courant à la barrière, bouter tout comme moi les jouteurs déplaisants.

Lorsqu'il l'avait amené à la Ferté-Clairbois, Anceaux n'avait pas manqué de se livrer à une inspection scrupuleuse : « *Pas assez de boyau... Il est vrai qu'il est levretté... Tu ne craindras pas que son ventre le gêne pour galoper.* » Clairbois, Anceaux, Emma... Il ne savait quand il les reverrait et comment il leur annoncerait la funèbre erreur des guette-chemin de Guillaume de la Champagne.

Songer au père lui remit la fille en mémoire. Souffrait-il de leur séparation ? Certes ; moins toutefois qu'il ne l'avait prévu. Qui des deux avait spontanément choisi l'autre ? C'était bien de lui cette question à laquelle il ne pouvait répondre. Ce qu'il savait, en revanche, c'était qu'Alix était plus riche que lui.

Il lui avait plu. En raison de son habileté aux joutes ? Sans doute puisque mis en parangon avec d'autres en des lieux et circonstances ordinaires, elle eût certainement négligé sa présence. Il n'était ni beau ni laid. On pouvait dire d'Anceaux : « *Il ressemble à sa mère.* » Lui, le mains-né, ne ressemblait à personne. Si Gilbert, son père, était brun, il était blond. Si son père avait un grand nez, il en avait un petit. Si son géniteur avait les yeux noirs, les siens étaient d'un bleu sombre qu'Hedwige de Clairbois comparait à un ciel d'orage.

« Oublie donc tout cela et garde-toi de trop déifier Alix. Rien n'est fait entre vous. Tu t'es haussé jusqu'à elle. Elle dit t'amourer. Elle l'affirme avec une douceur qui témoigne de bonnes façons et te fait augurer une vie agréable... dans la supposition d'un mariage. Or, c'est folie d'y penser. Tu détestes Apilly, il te déteste aussi ! »

Dans le cours brûlant et maussade d'une chevauchée dont il subissait l'influence, il se devait de faire la part des menaces qui ne cessaient de le troubler depuis qu'il servait Olivier de Clisson. Ces craintes-là ne se trouvaient ni rétrécies ni allégées au seul nom de la jouvencelle. Soucié de loin en loin par les propos du connétable, il flairait dans l'air une conspiration. Le grand guerrier devait-il en être la victime ? Avant ou après le roi ?

Lorsqu'il eut étrillé, pansé, abreuvé Beaubrun, il résista au désir de le seller pour galoper dans les champs : il se pouvait que Clisson le fît chercher. Le jour était levé, froid et vermeil à l'est : on allait vivre encore une journée pénible.

— Où vous-êtes-vous lavés ? demanda-t-il à Bridoulx et Nicole, deux bataillards de la rue Sainte-Catherine.

Il ne les avait guère approchés depuis l'attentat. Ils se saluaient de loin sans que le connétable eût érigé entre eux le moindre obstacle.

— Il y a une rivière pas bien loin, dit Nicole, un bras levé.

Brun, l'œil clair d'un brillant métallique, les lèvres tendues sur un visage rond aux oreilles hautes et décollées, il devait avoir trente ans.

— Vous avez besoin de vous rère (1), dit-il. Je suis à l'occasion barbier.

— Soit !... Je t'appellerai lorsque je serai propre.

— Où que vous alliez, recommanda Bridoulx, soyez prudent. On ne nous aime point... Serviteurs d'un Marmouset, c'est comme si nous en étions aussi.

Grand, carré d'épaules, la face plate, sanguine, il cillait des paupières bien qu'il offrît au soleil son dos musculeux et pelu.

— Les chevaux d'abord, dit-il à son compère, puis cette roue à réparer. Ensuite, on mettra notre livrée. Clisson veut qu'on soit bien vêtus à cause de la venue des ducs.

Lui aussi ne pensait rien de bon des princes.

— Sire Charles, ajouta-t-il, va ouïr la messe en l'église cathédrale. Paraît qu'il veut voir l'armure qu'il y a déposée après son retour de Roosebeke... Il dit – c'est le connétable qui vient de nous enditter (2) –, il dit que sa contemplation lui fournira des forces... Nicole et moi, on n'y croit point... et messire Clisson pas davantage.

Gui hocha la tête. Si la vision de ce harnois plain (3) pouvait stimuler le roi, tant mieux. Il doutait cependant que la contemplation de cette écorce de fer produisît chez Charles VI une espèce de guérison en lui remémorant le temps où sa santé semblait parfaite. Bien qu'il ne l'eût qu'entraperçu depuis Paris, il avait senti chez le roi des poussées de mélancolie qui oblitéraient sa volonté de vivre. Charles, sixième du nom, n'était point inapte à régner ; on faisait en sorte qu'il le fût. Il n'était point gêné de fournir des mandements ; il devinait qu'ils seraient sans effet. Peut-être, au fond de lui-même, se sachant exposé à des adversités perverses contre lesquelles il n'osait sévir moins par couardise que par « esprit de famille », était-il de ces êtres que chatouillait agréablement l'idée même de leur médiocrité. Il n'était qu'un Valois, rejeton faible et comme résigné d'une lignée corrompue.

« Pauvre de lui ! » songea Gui. « Que la Providence l'aide. »

* *
*

Propre et rasé de près, il s'en alla dans Chartres après avoir prié Nicole et Bridoulx de veiller sur Beaubrun. Olivier de Clisson ne s'était pas montré. Il était peu probable qu'il dormît encore. Sans doute était-il allé en ville pour assister, en la cathédrale, à la première ou seconde messe.

(1) Raser.
(2) Informer.
(3) Armure complète.

— J'y vais aussi.

Des rues obscures l'y conduisirent. Il découvrit le flanc d'un monument qu'il trouva massif et élancé, puissant, et dont, soudainement apparue, une flèche sévère et gracile pointée vers le ciel n'avait rien à envier à celle de la Sainte-Chapelle du bord de Seine. Il s'étonna de l'épaisseur des contreforts dont les jaillissements semblaient vouloir comprimer l'édifice comme pour en étouffer la teneur. Le grand portail d'entrée ne l'immobilisa point, mais les statues-piliers retinrent son attention. Son regard s'égara parmi ces hommes et ces femmes aux lèvres pincées, aux yeux saillants qui l'observaient sans le voir et dont l'impassible ironie révélait des caractères impétueux, voire des hautainetés incompatibles avec la miséricorde divine. Hommes drapés dans leur rectitude immense, femmes aux robes précieusement plissées, ces saintes, ces prophètes, ces apôtres barbus ou non, aux petites têtes juchées sur des corps presque sans épaules, n'étaient pas sans parenté avec ceux de Paris. Il pouvait même reconnaître, outre la Vierge et sainte Anne, Gabriel, Théodore, Samuel, Salomon, tous alignés comme pour une montre : une pierre multiple, une foule – ou presque – dont il lui était permis d'assister à l'éveil minéral sous les premiers effleurements du soleil.

Bien que les huis monumentaux fussent ouverts, il n'entra pas. Il n'était guère d'humeur à contempler le Christ ni même à prier, ne fût-ce que pour le repos de l'âme de sa mère. Sa solitude lui plaisait. Il l'eût perturbée en y introduisant Dieu, les saints et les saintes.

Il allait s'éloigner quand des cris retentirent à l'intérieur du sanctuaire. Il reconnut la voix : c'était celle du roi. Une vocifération pointue et cependant éplorée.

Il s'approcha d'un vantail et d'un bond pénétra dans le sanctuaire.

La nef était sombre bien que quelques cierges et des buissons de chandelles fussent allumés. Devant une chapelle proche du chœur, deux hommes se faisaient face : le roi et son frère.

— Partons !... Plutôt que de venir céans, tu aurais été mieux inspiré de dormir. Il faut te ménager dans l'état où tu te trouves.

— C'est l'état où tu me mets avec l'aide des autres !

— Cesse de proférer des sornes !... Tu disposais de la journée pour venir te recueillir devant ces restes.

— Ces restes !... Tu parles avec mépris des harnois de ceux qui m'ont précédé : Philippe le Bel et notre père Charles... Ces restes sont les dépouilles de deux grands souverains !... Vois ce bassinet, ce camail de notre aïeul !... Et ce gambison, ces gantelets, ces jambières que notre père a portés !

Il y eut un rire léger : Louis d'Orléans prenait en pitié son frère.

— Ils ont vécu, Charles. Le passé ne comple plus. Seuls importent le présent et l'avenir. Ces *ex voto suscepto* ne signifient rien. Ils ne comptent pas plus que les figures de pierre qui nous regardent.

— Dieu nous voit ! Je suis sûr qu'Il m'assiste ! Je suis sûr qu'Il te juge !

La nef semblait vide. Prêtres et Chartrains, les premiers témoins de cette querelle s'en étaient allés, à moins qu'ils n'eussent trouvé dans l'ombre dense à souhait un précieux refuge. Gui tendait l'oreille. Les deux frères n'élevaient plus la voix mais sous les voûtes austères, celles-ci portaient haut. Parfois, tel un truand pourpensant une mauvaise action, Orléans regardait de toutes parts et reprenait le fil de ses admonitions.

— Viens, sortons. Sois digne sitôt dehors… Tu es le roi !

Charles VI dépassa d'un pas sûr la chapelle. En vue de la suivante, il hurla de douleur et de désespérance :

— Mon armure de fer !… Elle n'y est plus !

— Quelle armure ?

— Allons, Louis, ne fais pas l'innocent : celle que je suis venu déposer moi-même, céans, après notre retour de Roosebeke !

— Je ne t'ai pas hourdé (1) jusqu'à Chartres.

— Tes préférences sont à Paris !

— Que veux-tu dire ?

— Tu le sais bien… Qu'en as-tu fait ?

— De qui ?

— De l'armure !

— Je n'y ai point touché. Je n'en ai pas demandé le retrait !… Adresse-toi à l'évêque, aux clercs… aux saints !… Songe que…

— C'est surtout à l'avenir que tu songes, toi !… Je n'ignore rien, malfaisant, de tes basses manœuvres et de ceux qui te soutiennent. Et si je ne me retenais, je ferais comme l'autre jour !

Gui vit Louis d'Orléans se pencher vers son frère et lui tendre une joue.

— Ose encore une fois, Charles !… Ose donc, mais sache qu'il t'en cuira (2) !

On eût dit une querelle d'enfants poussés en graine. Et l'armure ? Pourquoi l'avait-on retirée de la chapelle où le roi l'avait fait exposer ? Dans quelle intention l'y avait-il mise ? Roosebeke avait été une

(1) Escorté, accompagné.

(2) Quelques jours avant cette scène, alors que Charles VI récitait un livre d'heures en son oratoire, il se leva brusquement pour gifler Louis d'Orléans, présent parmi quelques intimes. Cette « jouée » ne fut certainement pas donnée pour des raisons politiques.

Quant aux *ex-voto*, ils sont toujours en place à la cathédrale de Chartres. Le bassinet de Philippe le Bel qui, dit-on, fut déposé après la bataille de Mons-en-Pevèle est de loin postérieur à celle-ci. Quant à l'armure de Charles VI, on ignore ce qu'elle devint, mais son absence perturba le roi. Il est possible qu'elle ait été retirée sciemment dans le but de produire sur le « moral » du malheureux un effet déplorable.

boucherie. Clisson lui-même y avait pris part. Était-ce pour se faire pardonner que Charles VI, alors tout jeune, avait accompli ce dépôt ?

Les deux frères semblaient près d'en venir aux mains.

— Je sais que tu veux le trône !

— Tu es fou !... Fou à lier !

— Je sais que tu me trahis.

— Avec qui ?

— Tu le sais bien !

Gui, penché en avant, imaginait les deux hommes, l'un et l'autre la face empourprée, les paupières cillantes et la bouche serrée, parfois, sur des vérités imprononçables. Il crut les entendre haleter. Ils eussent échangé des horions si un clerc n'était apparu, sortant d'une petite porte latérale. Après avoir percé un vitrail, une lance ensoleillée teinta de rouge le pourpoint noir du roi. D'autres verres colorés frémirent, s'éclairèrent et parurent stimuler l'émouvante senteur des encens. Les fumées des suifs, des cires et des mèches s'assemblèrent, montèrent, s'épanouirent et incitèrent les disputeurs à la modération.

« Ce clerc... Une robe de bure en penailles... Il m'a semblé bénir Louis au passage, puis il a disparu. Plus rien : évaporé, à moins qu'il ne se soit aplati sur le sol ! »

— Que me reproches-tu ? Vas-tu enfin parler.

— Ton ambition, Louis. Ton amour de l'or. Ton amour des femmes – toutes, quelles qu'elles soient. Ton désir de me voir en état de gisant... Oh ! tu m'honorerais, alors, d'autant plus vigoureusement que tu me déshonores vivant. Mais méfie-toi. Le poison appelle le couteau. La mauvaiseté la justice. La mort lente que tu me souhaites attirera sur toi une fin violente... Trente gouttes, trente sicaires. Pour Clisson, ils étaient quarante. Je dis trente car tu ne le vaux point.

Louis d'Orléans fit quelques pas vers le portail.

— Demeure ! hurla Charles VI.

Mais son puîné refusait d'obéir.

Gui n'eut que le temps de se jeter sur le parvis tout en se demandant si le prince, qui s'était retiré de lui-même, ne l'avait pas entrevu.

Il se hâta vers une rue. La chaîne qui l'avait interdite aux passants pour la nuit gisait, décrochée, roulée en plets sur un côté. Il savait ce qu'elle signifiait, mais il fallait qu'il disparût.

La voie était étroite. Une ruelle plutôt, bordée d'hôtels équivoques comme il en avait vus rue Pute-y-Muse, rue Putigneuse et ailleurs.

Une course le fit se retourner. Des pas de femme. Un appel : « Ho, toi ! » Il fit front.

— Bien ! Je t'ai vu partir... Moi aussi, j'étais présente. J'ai ouï leur tençon (1)... Avant que le second entre, il s'était entretenu avec un

(1) Querelle.

gros homme qui n'est point un bourgeois de Chartres. Ça, je peux l'affirmer car j'en vois passer…

— Dans ton lit ?

— Oui. Et après ? Vas-tu me jeter la pierre ?

— Non.

Elle était jeune, blonde, le visage beau, la bouche et le regard effrontés. Une succession de calamités l'avait, comme tant d'autres, jetée sur le pavé. Elle dit encore d'une voix précipitée comme si elle-même avait perçu quelque menace :

— Ça va te paraître vergogneux, sans doute… Chaque matin, quand l'église est vide, je vais m'y laver l'esprit en souhaitant que la grâce divine nettoie aussi mon corps.

Gui voulut s'éloigner. La fuite lui fut impossible : une main froide, agile, venait de happer son poignet.

— Dieu, dit-il sans intention de se dégager, Dieu te sait sûrement bon gré de fréquenter Sa Maison. Je suis persuadé qu'Il sait ouïr ta contrition et qu'Il t'absout et pardonne.

— Tu crois ?… Je veux dire : tu en es sûr ?

— Je n'en doute point.

Des yeux d'azur aussi étincelants que des émaux. Mieux que de plates formules, ils exprimaient, sous le frémissement des longs cils, un grand besoin de compassion. Outre la nécessité d'un respect peut-être immérité envers cette « fille », Gui se sentait enclin à partager avec elle une anxiété qui ne le quittait pas depuis l'esclandre dont il avait été le témoin attentif et indigné.

« Je préviendrai Clisson dès que je le verrai. »

Oublier ? Impossible même en effleurant cette chair inconnue nettoyée matineusement du péché.

Tandis qu'un nom brûlait sa mémoire, des lambeaux de serments affaiblis par l'éloignement se consumaient. Depuis qu'il servait le connétable, il vivait dans un ambigu de haine, de défiance, de lassitudes constamment renouvelées et d'oisivetés sans cesse accrues. Quels réconforts contre cette malaisance qui le pénétrait de jour en jour davantage et contre laquelle il ne détenait aucun remède ? Ce matin, il n'était plus seul.

— Viens… J'ai besoin de te parler… Soyons amis.

— L'amitié, oui, j'y suis enclin…

— Et le reste ?

— Non.

Elle rit. Elle dégageait un charme rude et piquant. Il l'avait tout d'abord méprisée. L'avait-il comprise ? La comprenait-il mieux depuis qu'il sondait de loin en loin son regard ? Pour faire ce qu'elle faisait, il avait fallu qu'elle eût subi la géhenne. Les filles de son espèce ne hantaient point les rues par plaisir de se corrompre.

— Ne joue pas au gars pudique… Ça te va mal. Tu es venu avec les autres, ceux qui, à ce qu'on dit, vont guerroyer en Bretagne ?

— Oui.

— Les filles sont en émoi. C'est la manne… Il paraît même qu'Orléans les veut visiter.

La main serrait toujours le poignet de Gui. Moins fort. Il sentit des doigts s'insérer entre les siens. Fins et tièdes, il les conserva.

— Si tu viens, je te dirai tout ce que je sais.

Que pouvait-elle savoir qu'il me sût point ?

— Sur le…

— Sur le roi et celui que j'ai pris pour son frère.

— C'était bien Louis d'Orléans.

La main se serra. La parole se fit moins douce, mais plaintive et peut-être complice.

— Suis-moi… Ne t'attarde pas. Je pense qu'il t'a vu partir, mais tu lui as montré ton dos… Ah ! certes, tu es coiffé d'un chaperon vermeil qu'il pourrait reconnaître. Je t'en donnerai un autre… Viens !

Gui se laissa mener. Elle dit :

— C'est pas loin.

Il y avait des femmes sur le seuil d'un hôtel. Demi-nues. L'une d'elles annonça :

— V'la la plus belle et la plus pieuse ! Alors, Jésus t'a encore absolue de tes péchés ?

— L'écoute pas, mon beau, dit la pécheresse. Elle est jalouse, présomptueuse. C'est elle qui devrait aller redimer ses coulpes où tu sais.

L'espèce de connivence, de complicité voire d'intimité qui les liait ne cessait d'ébahir Gui.

— Mon nom, c'est Anceline.

La bouche souriait dans l'ombre comme une fleur noire au cœur perlé. Anceline, un beau nom. Gui n'osa exprimer un compliment. Sans doute, main dans la main, devait-il passer, aux regards des femmes apostées de loin en loin, pour un puceau doublé d'un indécis. Leur opinion ne comptait point. Il se laissait mener parce que sa compagne savait quelque chose. Sur quoi ? Sur qui ? De plus, elle l'éloignait sans doute d'un péril.

Anceline le lâcha. Elle poussa une porte d'un coup de hanche. Un escalier se présenta où brûlait un pot à feu. Les murs étaient blancs, mais gris, presque noirs, à hauteur d'épaule. Les marches en bois branlaient et craquaient.

Une autre porte. Elle s'ouvrait, évidemment, sur une chambre. Un falot pendillait à un plafond poutré. Il y avait un bahut dans un angle et dessus, triomphale, une cage d'osier, large et haute, et dedans un corbeau.

— Il n'a plus qu'une aile, dit Anceline. Je l'ai trouvé ça fait un an. Pas ici. A Paris… J'étais mariée. Léon est mort. Oui, j'étais de Paris.

— Pourquoi n'y es-tu pas restée ? Mariée, tu devais…

— Je vais pas tout te conter. Léon était chandelier. Chez les chandeliers de Paris, la veuve se voit interdire d'épouser un homme hors du métier de son défunt. Or, celui qui me voulait courtiser était gros, laid, puant.

— Je ne savais pas…

— Tu me parais ne pas savoir grand-chose. En tout cas, moi, je suis partie. J'ai perdu peu à peu mes écus… et j'en suis là.

— Tu pourrais…

— Quoi ? Remonter la pente ? Me tendrais-tu la main pour me tirer jusqu'à toi ?… Ah ! tu vois : tu mets ta dextre devant ta bouche pour en cacher la grimace !

Il avait fait ce geste mais se défendit d'avoir grimacé. Face à elle, il se sentait d'une médiocrité incurable. Qu'allait-il faire ? Feindre de… l'aimer ? La raison prohibait un pareil simulacre. Alix l'avait incité à des songeries où les sentiments amoureux s'embellissaient à l'infini. Il plaignait Anceline. Peut-on feindre d'aimer une femme qu'on plaint ?

Elle s'était approchée d'une étroite fenêtre. Elle l'entrouvit et observa la rue où l'on entendait des rires d'hommes.

— Il ne t'a pas suivi, dit-elle. Ce beau prince ne me plaît point. Monterait-il jusqu'ici que ce serait en pure perte.

— Explique-moi comment tout cela s'est passé.

— Je viens de te le dire.

Le corbeau sautillait dans sa cage. Anceline prit une poignée de grains dans une jatte et les répandit à travers les barreaux, par le haut. L'oiseau se mit à les piocher, comme heureux de la petite musique qu'il répandait dans la pièce.

— Oui, dit Anceline, j'ai compris.

Elle délaça le col de sa robe, un vêtement de futaine grise, propre, aux manches en forme de pleureuses (1). Elle allait lentement – comme son récit :

— Charles est arrivé le premier. A pied. Quelqu'un l'accompagnait : un borgne qu'il appela, je crois, Olivier. Cet homme voulut demeurer près de lui, mais il s'indigna. Il a dit qu'il voulait être seul devant les reliques de son père. Alors l'autre est parti en lui recommandant la prudence… Et Charles était à peine arrivé devant les reliques – il avait joint ses mains – que l'autre, le beau garçon, est survenu. Charles

(1) Manches extrêmement larges.

lui a reproché d'être détesté de lui… Et… et le roi s'est mis à hurler… Une fois, une seule. C'est alors que derrière le pilier où je m'étais mussée, je t'ai vu entrer.

Gui savait maintenant qu'il resterait un long moment dans la chambre. Anceline s'était dénudée. Assise sur l'esponde (1) du lit, elle lui présentait son dos.

— Quelles reliques ? dit-il, penché en avant. Tu dois le savoir toi qui fréquentes ces lieux. Ils en ont parlé, mais toi, tu les connais.

— Il y a dans une sorte de petite alcôve une coiffe de fer…

— Un bassinet ?

— C'est ça… Dessous, un camail, dessous encore ce que j'ai entendu nommer un haubergeon. Il paraît que ces choses sont là pour satisfaire un vœu de Philippe le Beau… A côté, il y a la brigandine, le pourpoint et les jambières de fer du père de sire Charles… On voit aussi la moitié de ses gantelets. Tu comprends pourquoi le roi leur a rendu visite ?

— Oui, dit Tristan. Pour que la contemplation de ces ajustements lui procure des forces. Mais dis-moi, Anceline, ce bourgeois dont tu m'as parlé ?

La jeune femme se retourna et se leva, se montrant toute. Sur le moment, cette nudité révélée n'intéressa point Gui. Qui pouvait être cet homme ?

— Tout ce que je peux te dire, c'est qu'il est gros, laid : une tête ronde comme une vessie de porc… Un petit nez, une grande bouche dont le bas pendille…

— Berry… murmura Gui.

— Es-tu satisfait ?… Oui ?… Alors, viens. Je mérite instamment que tu m'aimes ou fasse semblant.

Il hésitait. Dans un geste de pudeur effrayée, elle s'enquit :

— Tu es marié ?

— Non.

— Fiancé ?

Il eût pu répondre : « Pas encore », mais c'eût été mentir. Alors il remua négativement la tête.

— Tu n'as donc pas à craindre de remords !

Pour elle, tout était simple. Pour lui aussi. Depuis le temps qu'il vivait dans un état de continence que certains moines eux-mêmes n'eussent pas accepté, il méritait un écart de conduite.

— Attends, dit Anceline, il ne faut pas qu'il voie.

Elle ouvrit le bahut, en tira une touaille qu'elle déplia et disposa sur la cage. L'oiseau fit entendre un croassement rauque. Ses griffes raclèrent le plancher, puis il s'accommoda de l'obscurité.

(1) Bord.

— Comment l'as-tu appelé ?

Brusquement Anceline fut tout près. Ses yeux brillaient davantage. « Quels yeux ! » songea Gui. Comment ne s'était-il pas aperçu jusque-là qu'elle avait un visage et un corps dont n'importe quel homme eût pu s'éprendre ? Il la regardait, immobile et triste de la savoir ce qu'elle était. Ils étaient l'un et l'autre dépositaires d'une sorte de secret : la dispute entre deux frères les plus haut placés dans le royaume et la présence d'un tiers plus redoutable encore que le puissant et hypocrite Orléans.

— Je l'ai appelé *Amour*... L'Amour... Il est sombre comme lui...

— Mais l'amour n'est pas noir !

— Qu'est-ce que tu en sais ?... Sitôt que je t'ai vu, j'ai su.

— Quoi ?

— Que tu es amoureux d'un amour sans espoir.

Sans espoir ? Gui faillit récuser cette opinion.

— C'est peut-être vrai, dit-il honnêtement tandis qu'elle se saisissait du chaperon rouge et le jetait sur le dessus d'une huche.

— Approche.

Elle se mit à tirer les aiguillettes de l'encolure du pourpoint qu'il avait entrouvert, sa toilette accomplie, afin que Nicole pût le raser à son aise. Le vêtement tomba, puis les heuses, les chausses, les braies.

— Tu vois bien que tu en as envie, dit-elle, le regard bas et les bras croisés afin de s'interdire un geste.

Elle s'exprimait d'un ton las et sérieux qui, à lui seul, fournit à Gui plus de courage qu'il n'en avait éprouvé jusque-là.

Il s'approcha, les mains tendues. Elle recula :

— Ne reste pas devant la fenêtre. Même avec un rideau, le soleil va donner. On nous verrait au travers. Il y a un mot pour dire ça...

— La transparence.

— Tu en as, toi aussi. Je lis dans tes pensées... Ça me fait du bien.

Il s'était approché à la toucher par la moitié du corps. Il voyait ainsi les deux rides sévères des sourcils froncés, le bleu profond, ardent, des prunelles ; la bouche amère levée vers la sienne dans l'attente d'un touchement qui ne venait pas.

Anceline semblait ébahie et, d'une certaine façon, heureuse. Sans doute était-elle lasse des hommes qui, d'ordinaire, l'accompagnaient pour assouvir une envie prompte et futile, une sorte de démangeaison des entrailles. Tout en exauçant ses vœux par sa célérité, elle l'indignait en tant que femme – une femme qui se savait belle encore. Une fois entrée dans son refuge, elle guettait sans doute avec un sourire las, dégoûté, l'inévitable moment où nue, les gestes du client deviendraient vifs, fébriles, impurs sur un corps dont elle avait bonne raison d'être fière. Certains à l'esprit dédaigneux, mais la sachant cependant utile, songeaient qu'elle avait sa tare comme tout breuvage bon à consommer avait sa lie. Et cette tare, c'était à la fois ce métier ignoble et bienfaisant. Aucun ne s'enivrait de son corps, sauf peut-être des malades et des contrefaits. Aucun ne la respectait. Elle n'était point pour eux une promesse de bonheur, même fugitif. En fait, songea tout à coup Gui, dans les jeux de la Cour, à Saint-Pol ou ailleurs, le visage nu ou couvert d'un écran protecteur, Anceline eût été dans un monde qui ne différait du sien que par la vanité des individus, la hauteur de leur condition et sans doute l'abjection de leur lubricité.

— A quoi tu penses ?

Il songeait qu'il valait mieux être rattaché à l'existence par le désir d'amour que d'en être désenchanté par l'excès.

— Je pense que je pourrais t'aimer, dit-il sans trop de compassion.

— D'un amour vrai si je n'étais ce que je suis ?

— Hum, hum…

Il n'osa plus parler tandis qu'elle lui offrait une bouche sincère dont il serait, s'il la baisait, l'unique privilégié. Il ne savait quelle femme avait murmuré près de lui, à Saint-Pol et peut-être à son intention, que les baisers n'étaient autres que les sceaux de l'amour. C'était avant qu'il eût fourni sa première course contre Apilly, avant qu'il eût découvert Alix dans la damerie attentive. Ces propos ne pouvaient appartenir à la reine bien qu'elle se fût trouvée toute proche de lui… La reine ! C'était en un lieu précis de sa personne que Charles VI, lorsqu'il s'absentait – et même lorsqu'il était présent – aurait dû apposer son grand sceau à moins que ce ne fût un verrou.

— Je ne sais pas ton nom… Garde-le pour une autre. Viens sur le lit…

Anceline s'exprimait mélancoliquement, comme si des parcelles de son cœur s'étaient accrochées à des remembrances de jeunesse. Des amours décevantes, un mariage obscur alors qu'elle méritait un chaud rayonnement.

Elle s'allongea. Il la regarda, refusant de penser à *l'autre*. Nue. Par la simplicité de sa pose et la souriante audace avec laquelle elle se transcendait en gisante, elle agissait comme il l'avait souhaité. Il y avait de la limpidité en elle ; de la fraîcheur. L'esprit, le rose de la chair, la clarté du regard. Nulle résignation. Il n'osait la toucher. Elle était devenue comme un objet fragile.

Quand il la rejoignit, elle rougit faiblement ; lui certainement davantage. Le moment était beau et pour l'un et pour l'autre, chargé de convoitise et de retenue, de pusillanimité peut-être.

— Tu es belle…

Un abîme les séparait dont la profondeur leur importait peu. Leur innocence était la même. Il toucha un sein dur et lisse, une hanche ferme, une brume légère sous un nombril d'enfant. Il ne s'excitait point, la contemplation et la bénignité du regard suppléant à tout mouvement ordinaire. Ce qu'il se délectait à admirer, c'étaient les signes d'une charnalité tous empreints d'une vigueur que l'abandon rendait plus souples et harmonieux. Après ses yeux, ses mains parcoururent cette énigme vivante des genoux aux cuisses, au ventre à peine moins renflé qu'une pavoisienne (1), heureux de sentir sous sa paume le grain serré d'une chair dont après tant d'autres il eût pu aisément se rapaître, ce qu'il s'interdisait comme un sacrilège.

Elle n'osait poser une main sur lui – où que ce fût. Elle en avait envie, pourtant, il le savait.

Quand, repentant de la faire languir, il usa de plus d'audace et fit ce qu'elle attendait, un frisson la parcourut. Elle le saisit à pleins bras, au torse, et d'une contorsion le riva dans son corps.

Elle fermait les yeux, souriait d'un air un tantinet absent ou satisfait, et sans doute était-elle ainsi lorsqu'elle allait s'agenouiller dans l'église cathédrale. Ses mouvements avaient la lenteur des prières. Étaient-ils nouveaux pour elle et sublimés par une découverte inopinée ?

Gui vit qu'elle cherchait ses lèvres. Elle les trouva pour un baiser chaste et léger, un effleurement qu'elle savait d'avance éphémère. Elle le savoura, une fois achevé, de sa langue. Elle avait sans doute, il y avait longtemps, prolongé plaisamment des méditations hardies, cherchant à deviner quels frémissements obscurs, quelles sensations miraculeuses récompensaient des amants accolés. Avec d'autres, peut-être eût-elle parlé. Avec lui, elle se recueillait bien que son corps ne cessât d'onduler et son cœur de s'émouvoir.

— Encore, dit-elle, les lèvres tendues.

Elles étaient humides et son être flamboyait cependant que Gui sentait se réverbérer en lui un plaisir fait de crispations à la fois denses et puissantes et des modulations dont la langueur se transmutait en un double soupir.

— Tu m'as…

— Ne dis rien.

— J'ai… On dirait que tu m'as dépucelée.

Il rit tout en se rhabillant. Il lui avait dispensé, simplement, plus de bonheur qu'elle n'en avait souhaité. Elle lui en avait donné tout autant. C'eût été une méchanceté de penser qu'ils étaient quittes. Après les vagues du plaisir, ils étaient l'un et l'autre comme une eau paisible bien que leurs cœurs, battant sans doute avec une égalité singulière, fussent encore agités dans leur poitrine.

(1) Petit bouclier rond, légèrement bombé.

Anceline se tourna pour essuyer le calice d'où le contentement s'était perdu. Puis d'une voix qui s'étiolait :

— On ne se reverra plus sans doute.

— Je crains que non.

— J'aimerais mourir maintenant.

Lui faisant soudain face, elle s'indigna :

— Lâche cette escarcelle !... Veux-tu m'offenser après m'avoir... honorée ?

— Non, mais...

— Tu m'as donné de l'or. Je veux pas de tes billons.

Il se garda d'insister.

Il se sentait à la fois penaud et comblé. Fier de vivre alors qu'elle parlait de mort. Il lui coûtait, justement, de quitter ces beaux bras ivoirins, ces seins petits, adolescents, qui bourgeonnaient encore, ces hanches et ce ventre faits pour la maternité, et qui n'en subissaient que les prodromes. Et de quelle espèce ! Il lui coûtait d'abandonner à d'autres tout ce qui, chez cette fée d'un matin, convenait à des fêtes charnelles dont elle n'était qu'un malheureux substitut.

— Tu vas devoir me quitter vélocement, sans quoi...

— Sans quoi ?

— Sans quoi, je pleurerai. Je ne veux pas que ce soit devant toi.

Brusquement, elle remit sa robe dont elle renoua l'encolure.

— Tu m'as assez vue.

Il aurait pu la prendre dans ses bras. Il y renonça de crainte de susciter des larmes, mais il était soudain d'une tristesse poignante, la gorge écrasée par une espèce de remords. Les mots lui manquaient. La volupté satisfaite ne se résorbait ni dans son corps ni dans son cœur. Elle vivait en lui avec une luminosité singulière. Il eût dû se sentir content, l'esprit, comme les yeux, dessillé devant la réalité d'une vie à poursuivre tant bien que mal. Quelque chose de noir alourdissait son sang : Anceline l'aimait. Les preuves qu'elle lui en avait fournies dans un abandon des plus chaste alors que la fête de leurs sens eût pu se parer de tant d'astuces, lui inspiraient, à son égard, une espèce de déférence.

— Oye (1), dit-elle. Ce seront mes derniers mots : le roi est menacé.

— Tu ne m'apprends rien.

— Ce que le duc et le bourgeois qui s'en est allé se disaient, c'est que quelque chose se produira pour l'effrayer.

— Sais-tu où ? En quel lieu ?

— Dans une forêt.

— Quelque chose de quelle espèce ?

(1) Écoute.

— Si je le savais, je te le dirais. Il paraît qu'une influence néfaste pourrait faire du roi je ne sais quoi.

« Si Clisson était auprès de nous, il saurait peut-être !... Il prendrait les devants. »

Un morne désespoir s'immisça en Gui. Ce n'était pas qu'il eût du respect pour ce souverain jeune et dissolu. Cocu de surcroît. L'idée seule d'un complot lui donnait la nausée. Si le connétable en avait eu la possibilité, il eût adjuré les chevaliers de son espèce, sains de corps et d'esprit, de se grouper autour du *malade* afin que nul ennemi ne l'atteignît. Or, un tel appel, un tél événement ne se pouvait accomplir. Une embûche allait se commettre dans une forêt. Laquelle ?

— Mes amis et moi veilleront sur sire Charles. Tu fais bien de m'avoir prévenu... Cela confirme ce dont nous nous doutions... Cela t'honore !

Anceline baissa la tête. Elle la releva, le courage revenu, pour regarder son vis-à-vis dans les yeux. Malgré son abjecte expérience, elle avait conservé au tréfonds de sa personne quelque chose de pudique et d'enfantin. Elle lui apparaissait dans une clarté qui était, simplement, le nimbe soyeux et ténébreux de sa chevelure. En fait, elle dégageait de la bonté comme la lanterne, au-dessus d'elle, répandait, le temps venu, de la lumière – une clarté suave, indécise, à son image.

— Pour en finir, dit-elle et puisque ça me revient en mémoire... Tu as vu le clerc qui traversait la nef ?

— Oui... Peu de temps, mais je sais qu'il était barbu, échevelé, vêtu d'une bure en penailles... Il a déguerpi au plus fort de la querelle des deux frères...

— C'est bien ça.

— Il avait l'air d'un routier en rupture de Compagnie. Je ne l'ai jamais pris pour un homme de Dieu, mais il est vrai que je puis me méprendre.

Anceline eut un sourire qu'il commençait à connaître, fait de tristesse et d'une sorte de mansuétude.

— Avant qu'il entre pour prier, il était avec eux. Je veux dire auprès d'Orléans et de l'homme à la face de lune.

— Berry.

— Je l'ai suivi larrecineusement (1). Tu as raison : il est plus proche du malandrin que du moine.

— Le roi l'a vu ?

— Non.

— Pas plus qu'il n'a vu Berry ?

— Non. La face de lune s'est éclipsée vélocement.

(1) Furtivement.

Gui savait tout. Il eût aimé s'approcher d'Anceline. Alors, il l'eût embrassée. Il devait se résigner à de sobres adieux pour ne point céder à un nouvel accès de convoitise.

— Tu es chevalier ?

Lorsqu'elle était jeunette, Anceline avait nourri le dessein le plus hardi, le plus ardent de la plupart des jouvencelles : épouser un prud'homme. Il allait la décevoir :

— Je ne suis qu'écuyer. Le gonfanonier du connétable.

— Tu en es digne… J'aimerais savoir ton nom.

— Gui.

— Tu le portes, ma foi, aussi bien qu'un grand arbre. J'en achèterai au marché… Le regardant, je penserai à toi… Tiens, prends ce chaperon noir, là, sur l'escabelle. Il est mien. Lorsque tu le mettras, tu te souviendras…

Ameline s'approcha de la cage au corbeau. D'un mouvement preste, elle découvrit la grande geôle d'osier. L'oiseau mutilé pépia, libéré des ténèbres. Elle conserva la touaille dans sa main, sans doute pour sécher ses pleurs sitôt qu'elle serait seule.

— Pars, dit-elle d'une voix qui se cherchait un soupçon de fermeté. Va-t'en mais pense à moi si tu te sens triste. Je l'ai bien mérité. Pas vrai ?

— Il ne suffira pas que je sois triste pour que je pense à toi.

Leur tête à tête agonisait.

— Si tu tiens à la vie du roi, méfie-toi en traversant la grande forêt qui, après le Mans, s'en va vers Angers ou Laval. Cet océan d'arbres, on l'appelle la forêt de Longaunay. *Ils* en ont parlé.

— Chez nous, à Sainte-Suzanne, on la nomme la Grande Charnie.

— Ah !

Ils avaient déjà le cœur frileux. Ils cherchaient à gagner du temps. Cela en valait-il la peine ?

— Je ne sais trop pourquoi mais j'aime ce nom-là. Il a quelque chose de… féminin… de charnel.

— C'est vrai, dit Anceline, les yeux clos.

— Quand j'étais un jouvenceau qui fantasiait la vie et qu'on prononçait *la Grande Charnie* en ma présence, j'imaginais une femme belle, mystérieuse et… voluptueuse.

— Tu aurais dû devenir trouvère.

Il n'existait entre eux rien de contradictoire. Un accord inopiné, d'une parfaite richesse, les immobilisait, fiévreux, anxieux et dolents. Et pourtant, une infranchissable distance les séparait, qui s'aggraverait encore. Ils se sentaient incapables de s'embrasser. Gui sut que ce fantôme hanterait ses nuits solitaires. Et que le sien, sans doute, rendrait la vie d'Anceline sombre et désespérée.

Brusquement, sa pensée amorça un autre cours :

— Garde-toi bien, dit-il, la main posée sur le poussoir du verrou.

Sans trop savoir pourquoi, il sentit au-dessus d'eux les ombres turbulentes des ducs et de leurs sicaires. Et, coiffé de noir, il partit sans un adieu en laissant la porte déclose.

* *
*

« Et si Alix en avait fait autant ? » se dit-il tandis qu'il s'éloignait de la rue aux chaînes que le soleil, à pleins jets de clartés, semblait vouloir ennoblir.

Lui eût-il pardonné une semblable déloyauté ?

Il ne put se répondre affirmativement.

Il était heureux. Non : soulagé. Il venait de vivre des moments agréables. Cependant, un doute le tourmentait à la façon d'une petite douleur : la crainte que, par une espèce de réciprocité diabolique, Alix, elle aussi, eût cédé à une tentation. Fallait-il, en cette occurrence imaginaire, la condamner ?

« Non !... Si je m'accorde des excuses, si je me pardonne, je me dois aussi de l'absoudre... D'ailleurs, il ne peut y avoir trahison. Nous ne sommes pas encore fiancés... si par bonne chance nous pouvons l'être un jour. Nous sommes loin d'être mariés. Nous n'avons encore rien fait ! »

Qu'allait-il penser ! Une abstinence d'homme pouvait-elle se comparer à une abstinence de femme ?

— Je n'ai aucun remords, murmura-t-il entre ses dents alors qu'il passait, pour rejoindre le connétable, devant les deux chariots de son bagage. Aucun !

Puis il s'immobilisa, stupéfait. Le fait que cette idée lui fût venue signifiait qu'il en éprouvait.

IV

Le duc de Berry et Louis II de Bourbon, comte de la Marche, arrivèrent dans la matinée du samedi 20 juillet.

« C'était bien cette face ronde qu'Anceline a entrevue », songea Gui en assistant aux démonstrations d'affection du roi et de ses oncles. Et de se poser des questions. Pourquoi, s'il était à Chartres depuis un jour ou deux, Jean de Berry avait-il différé sa venue ? Où avait-il logé ? Si c'était auprès de ses hommes liges et des guerriers qui l'accompagnaient, en quel champ, parmi quels boqueteaux s'étaient-ils établis ? Avaient-ils attendu Bourbon ? Avaient-ils, tous, chevauché de conserve ? De toute façon, quelle sorte de faciende (1) ourdissaient-ils au détriment de leur neveu ?

Il avait aperçu Clisson proche du roi lorsque celui-ci avait accueilli sa parenté. Il ne le vit plus de la journée – une journée où il fut tenté de retrouver Anceline. Tout bien considéré, il préféra perdre son temps à somnoler sous le chêne où Beaubrun échappait aux brûlures d'un soleil qui commençait à dessécher les herbes, les buissons et, au-dessus, les feuillages.

Le duc de Bourgogne survint dans la soirée. Afin d'expliquer son apparition tardive, il allégua qu'il avait voulu chevaucher « à la fraîche ». Il précédait une compagnie d'une soixantaine d'hommes. Il l'avait vue grossir de lieue en lieue, ce dont il s'était réjoui, ajouta-t-il, bien que son sourire ne fût, sur sa face éminemment funèbre, qu'une sorte de cicatrice récente et superficielle.

La joie du roi parut à Gui exagérée. Elle s'accrut lorsque Louis d'Orléans et les oncles l'informèrent que compte tenu des guerriers qui arrivaient au Mans, auxquels il convenait d'ajouter ceux qui l'attendaient sur la marche de Bretagne, l'ost serait fort de quarante mille hommes. Était-ce la vérité ? Charles VI en trépigna de plaisir

(1) Intrigue.

sous l'œil anxieux sinon réprobateur de son connétable.

— Avez-vous ouï, Olivier, ce que mon oncle Bourgogne vient de m'annoncer ?

— Oui, sire.

Sans s'informer de l'opinion du seul homme dont l'inaltérable fidélité semblait à Gui plus précieuse au roi que l'hypocrite bienveillance de ses parents et de ses médecins, Charles VI tendit une main tremblante en direction du chemin qu'il avait parcouru :

— Jamais je ne reviendrai à Paris…

— Mais ton épouse t'y attend, mon frère ! insinua Louis d'Orléans.

Sa voix n'était qu'un sirop de guimauve et sa dextre, posée sur l'épaule de son ains-né, se voulait tout à la fois apaisante et protectrice. Charles VI s'en dégagea :

— Je ne reviendrai jamais à Paris tant que je n'aurai pas mis à raison le duc de Bretagne qui déjà, moult fois, m'a donné si grand-peine et travail ! Il faudra qu'il me cède Craon ou alors…

— Allons ! Allons ! mon neveu, ne vous triboulez point !

— Jean a raison, mon nieps (1). Chaque chose en son temps.

— Mais j'ai hâte ! J'ai hâte ! Et plus tôt j'en aurai terminé, plus tôt je reverrai… Paris !

Quelque éloigné qu'il fût du roi et de sa parenté, Gui les pouvait entendre. Il voyait aussi, moins distinctement qu'il ne l'eût voulu, les visages du frère et des oncles. L'inquiétude qui lui entrait dans le corps ne devait guère différer de celle de Clisson. Il était évident que les riches parents et leur beau nieps fidèle, Louis l'impétueux, souhaitaient que la double punition de Craon et de son protecteur présumé ne fût point administrée. Sans crainte d'erreur, il pouvait imaginer ce qu'ils s'étaient dit en secret : « *Ce que Charles veut nous répugne. Un tel esprit de vengeance ne se justifie aucunement puisque Clisson n'est pas mort. On dit qu'il se plaint d'une navrure au flanc. Celles qu'il reçut ailleurs étaient certainement bénignes puisqu'il peut chevaucher.* » Le connétable les observait. Il connaissait leur détestation et n'ignorait pas qu'elle égalait celle du duc de Bretagne. Il s'en riait, heureux d'être aussi souvent que possible auprès de Charles VI et de révéler à ses ennemis derrière lesquels venait de s'immobiliser Apilly, un visage d'autant plus déterminé que le roi venait de l'appeler « mon ami ».

— Chaque jour, notre sire me réitère sa confiance, dit-il, la nuit venue, à Juvécourt, Jausselin et Gui, au retour d'une berge de l'Eure dans le flot de laquelle ils étaient allés se plonger pour se soustraire un long moment à la chaleur.

(1) Neveu.

Et le connétable d'ajouter d'une voix ferme et maussade :

— Si Charles mourait en chemin, j'en connais qui s'ébaudiraient. Le pauvre ! C'est maintenant, à vingt lieues de sa bonne ville, qu'il veut que le peuple y soit heureux ! Il sent que l'orage gronde. Il a hâte de châtier Montfort et Craon pour se donner de l'importance et revenir vélocement à Paris afin d'y jouir de son... sceptre la nuit et empoigner, le jour, sa main de Justice en faveur des manants. Dans le même temps que sa haine envers le duc de Bretagne et son complice grossit, sa bienveillance à l'égard des humbles forcit. Il a grand-volonté de régner, mais sans doute est-il trop tard. Il soupçonne le danger que nous connaissons. Alors, il s'excite, il veut bien faire et vitement. Il m'a confié qu'il ne dormait guère parce qu'il sentait à l'entour du lit d'Isabeau il ne savait quels incubes.

A cet endroit de son propos, Clisson s'autorisa un sourire. Or, c'était un sourire de pitié. Il poursuivit sur un ton moins acide :

— En cheminant vers la Bretagne, il s'apaise ou s'enfelonne. Il en veut à Bourgogne et Berry de s'être opposés à ce reze (1). En fait, leur désaccord prouve qu'ils sont prêts à pardonner à Craon... Las ! ils n'ont point leur mot à dire en l'occurrence. L'offensé, le navré, c'est moi... et c'est pourquoi, dans la crainte d'un tençon (2) entre eux et moi, Charles s'inquiète. Il parle de chasser ses médecins pour n'en conserver que deux : Mahieu Regnault que lui a recommandé son frère, et Regnault Fréron, en lequel j'ai confiance. Ils lui ont conseillé de suivre les préceptes de saint Augustin qui préconisait le bain pour dissiper les feux du corps et les inquiétudes de l'esprit, mais il a refusé d'aller se tremper dans l'Eure... Les oncles l'ont moult adjuré de prendre l'eau. Ils veulent, prétendent-ils, modérer ses ardeurs... en se disant, lorsqu'ils sont seuls, qu'il serait bon qu'elles augmentent !

Après avoir ainsi soulagé son esprit, le connétable partit, satisfait, rejoindre les Grands.

— Je flaire quelque chose, grommela Jausselin, mais je ne saurais vous dire quoi.

* *
*

Le roi, son frère, ses oncles et leurs fidèles quittèrent Chartres le lendemain. On avait attendu Berry, Bourgogne et Bourbon une semaine. Gui avait utilisé de loin en loin celle-ci en errances et songeries maussades. Il s'était exercisé à plusieurs reprises avec Jausselin, Galabert, Bridoulx et Nicole, parfois sous le regard attentif

(1) Voyage.
(2) Querelle.

du connétable. Il avait pris des bains dans l'Eure, soigné son cheval, fourbi son armure, dormi de loin en loin sous son chêne et songé à l'absente lorsqu'il apercevait Guillaume de la Champagne.

On s'était éloignés peu avant midi. Depuis, on progressait gravement. La chaleur n'était pour rien dans cette allure processionnelle que Jausselin comparait à celle instituée par le clergé lors de toutes sortes d'obsèques. Imposé par les ducs qui préconisaient la modération, ce cheminement dont le tranche-tête vitupérait la lenteur permettait, disait-on, à maints barons et à leurs piétons de rejoindre la suite royale en évitant, pour l'atteindre, les lassitudes inséparables d'une marche forcée. A l'appui de cet argument on signalait, à l'arrière, la venue de compagnies peu fournies en provenance de l'Artois, du Beauvaisis, Vermandois, Picardie. Or, selon Clisson, toutes avaient bellement supporté la chaleur. C'était donc pour une raison différente que l'on musait au soleil.

— Le roi est furibond, confia Jausselin à ses compagnons sitôt après la traversée de Montlandon, à huit lieues de Chartres. Il souhaitait faire une courte halte en ce village mais Berry a voulu qu'on poursuive jusqu'à Nogent-le-Rotrou. Clisson a dit au duc que les arbres étaient rares, le soleil rude et le roi fatigué. Il le fallait ménager. Berry n'a rien voulu savoir. Bourgogne et Orléans ont été de son avis. J'étais tout près. Orléans a dit : « *Nous ne sommes qu'à trois lieues de Nogent-le-Rotrou. Le roi se rafraîchira au château.* » Je peux vous assurer, mes compères, que Charles se consume les sangs à l'idée que ses parents font la loi. Ils prétendent s'employer à son bonheur, mais il n'est pas... Il n'est pas fou !... Clisson trouve toujours quelques mots pour le rassurer ; or, je crains que ses exhortations ne soient sans effet... Tu sourcilles !... A quoi penses-tu ?

Invité brusquement à livrer ses pensées, Gui consentit à les révéler telles quelles :

— Ce sont les oncles et le frère qui précèdent le roi... et nous tous. Je pense qu'ils alentissent exprès le mouvement afin de provoquer l'humeur de notre sire. Nous allons moins vélocement qu'un loudier à sa charrue. Et je me demande...

— Quoi ? fit le tranche-tête comme s'il s'apprêtait à mordre dans la réponse.

— Je me demande si ces bons, ces excellents parents n'ont point l'ambition et la cordelle (1) de contrarier notre entreprise. Tisonné sans trêve par la fureur et la déception, le roi deviendra aussi intenable qu'un cheval qui se desraye (2). Alors...

(1) Volonté.
(2) Qui devient ingouvernable.

Comme Gui hésitait et se reprochait d'imaginer le pire, Galabert montra quelque peu d'impatience :

— Alors quoi ?

La moquerie semblait affleurer sa bouche. Gui n'en fit point cas.

— Eh bien, dit-il, le jugeant trop las, les parents feront du roi leur dauphin. Il retournera en enfance... Et je crois qu'on fera tout pour l'y maintenir.

— C'est pousser au galop ton imagination, commenta Jausselin, mais je dois dire, tout bien pesé, que tu n'es pas à courte vue. Qu'il existe un complot contre la santé du roi ? Clisson lui-même en est persuadé. Parce qu'il approche sire Charles. Mais toi ? Comment extirpes-tu tout cela de ta tête ?

Pas plus que les confidences d'Anceline, Gui n'osa révéler ce qu'il avait vu et entendu lors de son aguet à Notre-Dame de Chartres. Il en informerait le connétable. Se posant la question : « *Quand ?* » Il s'avoua qu'il n'en savait rien.

— De toute façon, dit-il, à s'attarder ainsi jour après jour, il se passera quelque chose.

— Quoi, *quelque chose* ? demanda un homme qui semblait s'être intéressé de loin à la discussion sans en comprendre l'essentiel.

Gui releva la tête. L'indiscret devait avoir trente ans. C'était un brun au visage rond, glabre. D'épais sourcils, une bouche large, gloutonne ; des dents robustes, un menton vaste et proéminent.

— Messire, commença Gui, paisible, permettez-moi de vous dire que vous vous mêlez de ce qui ne vous concerne pas.

— La santé du roi... dont vous parlez si bellement, me regarde autant que vous tous.

Gui s'inclina sans cérémonie : « Qui est ce malgracieux ? » Il s'en voulut d'avoir, pour un intrus, à préciser sa pensée :

— Je vous sais bon gré, dit-il, de montrer envers le roi la même sollicitude que nous autres. J'espère que comme nous vous trouvez notre avancée singulièrement décevante. Au guidement de gens qui ne souffrent de rien, nous gambions (1) plutôt que de nous hâter. Sans avoir encore guerroyé, mais en me référant à ce que l'on m'a enseigné, je crois que ce n'est pas en musant que l'on va contrevenger un crime... Il paraît que les ducs semblent peu pressés d'affronter Craon et que le frère de notre sire bien-aimé est un modèle d'attemprance (2). Le soleil est, dit-on, néfaste pour le roi... Mais alors, pourquoi allons-nous à ce train de fainéants dans une campagne dépourvue de grands arbres à défaut d'une forêt ? Si le soleil...

— Je sais, messire. Je sais : le soleil n'est point recommandé au roi

(1) *Gambier* : se promener.

(2) Modération.

ni à nous-mêmes tant il est brûlant cet été. Mais je puis vous dire que Charles VI le supporte à merveille… Êtes-vous rassuré ?

Le ton était moqueur. Gui faillit répondre négativement. Toutefois, l'impertinent lui en imposait. Il se pouvait que, pareillement au père d'Alix, il appartînt soit à Orléans soit à Berry. Mieux valait user de circonspection que d'audace :

— Je suis rassuré, messire.

C'était une réponse sèche. Ce faisant, Gui vit que l'homme était vêtu aussi bellement que s'il se rendait à la Cour : flotternel de soie blanche, chausses certainement bicolores : un tijuel (1) rouge sang l'autre peut-être vert. Des heuses aux courtes poulaines.

« Eh bien, il doit avoir quelque difficulté pour enfiler ses étriers ! »

— Sachez qui je suis, jeune homme, et souvenez-vous-en !

« Il devient effronté. Galabert s'ébaudit en silence et Jausselin le voudrait bien voir sous le tranchant de son épée. »

— Je sais qui vous êtes, dit enfin Galabert. Vous êtes le bâtard de Polignac, chevalier de Guyenne.

— Et lui ? demanda du doigt l'importun.

— Gui de la Ferté-Clairbois, messire, annonça Jausselin. L'écuyer du connétable de France.

— Ah ! bon.

L'outrecuidant s'en alla. Gui se permit un soupir par lequel il exprimait son soulagement et son déplaisir d'avoir dû l'affronter en maîtrisant son enragerie. Il n'osa demander à ses compères si ce Polignac avait ouï ses propos depuis leur commencement et, dans l'affirmative, l'usage qu'il en pourrait faire. S'il aimait le roi, ses craintes étaient vaines, mais s'il appartenait à Berry, Bourgogne, Bourbon ou Orléans, une querelle était à craindre que le connétable pourrait lui reprocher. Galabert le rassura :

— Ne te noircis pas le sang pour si peu. Ce Polignac est un présomptueux. Bien qu'ils se croient, chacun séparément, les truchements de Charles, les ducs ne règnent pas encore. Si ce malheur devait advenir, Clisson, si j'ose dire, saurait prendre les devants pour protéger nos arrières !

* *
*

Le jour déclinait lorsqu'on atteignit Nogent-le-Rotrou. La rumeur courut qu'un accueil avenant était réservé au roi et à sa suite. Du champ où Gui et les hommes du connétable s'étaient réunis, on pouvait admirer un donjon colossal en partie démantelé.

(1) « Jambe » des chausses.

— On dirait celui de Sainte-Suzanne. Qui a commis ce sacrilège ? Les Goddons ?

— Non, Gui : les Français sur mandement de Charles V.

Et Galabert d'ajouter de cette voix quelque peu sifflante qu'il employait lorsque ses nerfs le démangeaient :

— C'est moins un sacrilège qu'un crime (1). La France a quelquefois des ennemis en son sein. Ils sont artificieux. Je leur préfère les Anglais !

Jausselin approuva d'un penchement de tête.

— On n'a guère vu le connétable, mes-huy (2). Ça veut dire que le roi a souffert… Je vais aller rôder chez les Grands. J'espère vous en rapporter quelque chose.

— On va manger, dit Galabert.

— Plus tard ! Plus tard, Marcelin !

Le tranche-tête s'éloigna sans hâte. Au passage, il tapota la cuisse de son cheval et disparut dans la cohue des capitaines et des soudoyers qui renonçaient à déployer leurs tentes puisque l'enceinte du château franchie, le bruit avait couru d'un départ hâtif dès l'aube du lendemain.

— Je vais voir mon cheval et ceux de sire Olivier, décida Gui. Même si je sue toute l'eau de mon corps, j'aime mieux me mouvoir que de rester immobile.

— Tu as raison, dit Galabert.

Le charroi avait été placé à l'ombre d'un mur. Beaubrun, encore sellé, frottait ses naseaux dans l'herbe. Quelqu'un avait pris soin de nouer une touaille humide sur sa tête ainsi qu'aux chevaux du connétable.

— Qui a eu cette idée ?

— Lui, dit Bridoulx. C'est pour… dissuader les mouches.

Il désignait Guérard, un cranequinier (3) au visage triste, aux yeux vifs, à la nonchalance certainement affectée.

— Je te regracie, ami… Mais je dois le libérer pour retirer sa selle et ses lormeries.

Et comme le soudoyer l'y aidait :

— Que penses-tu de notre cheminement ?

Après un bref débat intime et consultation de ses voisins, Guérard, qui portait sur sa tête un mouchoir noué aux quatre coins, consentit à fournir son avis :

(1) Le donjon fut en partie démantelé en 1378. Nogent-le-Rotrou avait été conquis par les Anglais et rendu à la France par le traité de Brétigny-les-Chartres. Nogent devait son surnom et son origine féodale aux Rotrou. Particulièrement à Geoffroy IV qui entreprit la construction de la forteresse et à Rotrou III le Grand (1100-1144) qui combattit les Mores en Espagne aux côtés de Rodrigo Diaz de Bivar. Alphonse le Batailleur, pour honorer son courage, lui fit don de la moitié de Saragosse (1188).

(2) Aujourd'hui.

(3) Arbalétrier à cheval.

— Je pense que le duc de Bretagne nous donne à faire moult peine et travail. Il a toujours été dur et chaud contre la couronne de France, qui jamais parfaitement ne l'aima, prisa et honora. Et si le comte de Flandre, son cousin, n'eût été, et la dame de Bourgogne qui toujours l'a porté et porte encore, l'eût-on de grand temps détruit. Depuis que le sire de Clisson devint Français, Jean IV ne le peut plus aimer.

— Ce maudit duc a toujours soutenu Pierre de Craon à l'encontre du roi et de son connétable… Pas vrai ?

Dans l'attente d'un acquiescement, Bridoulx s'était tourné vers Nicole. Celui-ci se contenta d'un grognement qui pouvait être un oui.

— Bah ! dit Guérard en déposant la selle de Gui contre la roue d'un chariot. On sait que l'épouse du duc de Bourgogne est pour Montfort contre Clisson. Pour Louis d'Orléans, qui la dut chatouiller, contre la Visconti…

— On dit qu'elle est crueuse et héoit (1) Clisson depuis toujours, dit Juvécourt, qui s'était approché.

— Et la reine ?… L'a-t-elle en détestation, elle aussi ?

— Ça, on peut pas le savoir, dit Nicole en frottant son crâne ras, qu'il protégeait d'un galeron toute la journée.

Les chevaux les entouraient. Le chariot contenant les fourniments de guerre et tout le nécessaire à un bon logement les protégeait des curieux.

— Nous, dit Bridoulx, on suit Clisson et Clisson suit le roi. Laissons-les convenir de ce qui est bon. Pour le moment, sire Charles a tellement la vengeance au cœur qu'il mettra le duc à raison.

Gui posa une question qui le travaillait depuis Chartres :

— Pensez-vous que tous ceux qui chevauchent avec nous sont des ennemis du duc de Bretagne ?

— Nenni ! s'exclama Guérard. Qui l'oserait prétendre ? Et on peut bien voir aucuns signes car on ne fait nuit et jour que conseiller, et tout pour rompre et briser ce voyage. Et en a le roi telle merveille que à peine peut-il avoir bien et santé. Nous allons en Maine si lentement que je ne saurais vous dire, messire, quand nous y parviendrons.

— A tous, je vous sais bon gré de votre franc-parler. En attendant ma revenue, prenez soin de mon cheval.

Gui s'éloigna. Le doute n'existait plus : on savait même chez les varlets que le roi perdait la santé et s'indignait qu'on s'attardât en de longues haltes. Il ne régnait pas : il subissait. Clisson se devinait trop d'adversaires pour lui venir franchement en aide. Sans doute le connétable savait-il pourquoi Marguerite de Flandre – et de Bourgogne –, l'épouse de Philippe le Hardi, le détestait. Cette question posée à Jausselin ne suscita qu'une réponse malaisée :

(1) La duchesse était cruelle et haïssait Clisson.

— Bourgogne et sa carogne abominent tout ce qui touche de près au trône comme s'il devait un jour leur appartenir. Si vous aviez été présent au festin du sacre, vous auriez vu le duc d'Anjou prêt à tirer l'épée contre Bourgogne. Chacun voulait s'asseoir à la dextre du nouveau roi.

— Qui l'a emporté ?

— Ce fut une querelle acharnée. Ils ont échangé à voix basse des propos dignes de la truanderie. Alors, on s'en est remis aux règles en usage dans les cérémonies. Et Bourgogne est sorti vainqueur de cette joute.

— Et qu'a fait Louis d'Anjou ?

— J'ai dû te dire qu'il s'est vengé sur le trésor du Louvre et que son épouse, Marie de Blois, n'eut pas à se plaindre. Elle aimait les joyaux ? Il lui en fournit moult brassées… Une seule couronne de la duchesse est tellement parée que l'inventaire, à ce qu'on dit, tient en soixante-deux pages (1). Et je vais te dire : heureusement qu'Anjou est mort (2). Il était pire que les deux autres ducs… C'est un bienfait qu'il ne chemine pas, ces jours-ci, avec nos conduiseurs. Tous les joailliers dont il verrait les enseignes recevraient sa visite, si bien que depuis Chartres, il aurait empli un chariot !

Jausselin exagérait. Il ajouta, maussade :

— L'argent fait défaut partout, excepté chez les riches. Il n'y a que deux choses dont ils sont friands : l'or et les pierreries… Ça ne se mange point. Je ne sais pas l'effet que ça fait d'en regarder grand'foison… Crois-tu que ceux qui nous mènent se soucient de Jean de Montfort ?… Non. Ils calculent ce qu'ils vont pouvoir amasser en Bretagne si nous y faisons la guerre.

La guerre… Gui se retint d'avouer qu'il n'y croyait plus. La plupart des prud'hommes parmi lesquels il chevauchait manquaient d'âme. Toute tentative de leur réimposer le goût du châtiment qui seul animait encore Clisson leur eût paru vaine et absurde. Ils cheminaient parce que c'était la volonté du roi. Parce qu'ils ne voulaient pas qu'on les prît pour des couards. Le grand malaise qu'ils exsudaient depuis Paris, mais surtout depuis Chartres, révélait leur impuissance à se créer un sentiment commun de guerriers, une vigueur doublée d'un goût de conquête.

— Si les hommes qui nous attendent au Mans ressemblent à ceux qui nous entourent… commença Jausselin.

Il eût pu ajouter : « Je n'ai jamais vu ça. » Il dit simplement :

— Nous sommes tous malades sans que le soleil puisse être complètement accusé. Nous sommes tous contaminés par le roi et sa

(1) Cet achat fut fait en 1374.
(2) En 1384.

famille. Je flaire une sorte de… une sorte de déluge. Il nous emportera je ne sais où, mais sûrement pas à la victoire !

— Il nous faut encore espérer. Messire Olivier doit nous voir et nous savoir confiants… ne serait-ce qu'en lui-même.

— J'ai pu l'approcher. Il m'a dit que Charles n'allait pas bien. Les nerfs plutôt que la santé… Puis j'ai entrevu le roi. Ses oncles étaient là, circonstans (1). Un agneau parmi des loups… Un agneau dont Clisson serait le berger. Et les loups les veulent dévorer l'un et l'autre.

Jausselin frotta son front embué d'une sueur qui suintait à travers ses sourcils.

— Ils ont voulu que le roi accorde une rémission à un malandrin de la pire espèce. Il n'est même pas du pays, mais de Rouen… Prisonnier tout de même à Nogent-le-Rotrou (2).

— Le roi perd son temps à cause d'un coquin, commenta Galabert qui, un seau à la main, s'en allait chercher de l'eau pour abreuver son cheval et ceux du connétable.

— Ce coquin trouvera un bel emploi chez les ducs !

Jausselin avait murmuré cette opinion. Ses compagnons acquiescèrent. La déception descendait en eux à petits coups. Rien n'était plus éloigné d'eux, présentement, que ce duché de Bretagne où un duc devait s'ébaudir d'un cheminement digne d'un limaçon. Gui ne savait que dire. Galabert et Jausselin, eux, se retenaient d'exhiber des fureurs que le connétable eût sans doute désapprouvées.

— On ne galopera pas sus aux Bretons. C'est pas ton avis, à toi ?

Trinquier, interpellé, s'arrêta. Il tenait son cheval à la bride. Gui les avait vus clopiner l'un et l'autre, l'archer par lassitude, le roncin sans doute en raison d'un fer décloué.

— Oh ! moi, j'obéis. Pour le moment, mon cheval peut pas galoper.

— On dit que les Bretons nous attendent avec moult bombardes.

Trinquier chassa cette information d'une main :

— Elles pèteront pas plus fort que mon Flori, et mes sagettes iront plus loin que leurs boulets.

Gui sourit, ébahi par tant de confiance. Il s'était parfois imaginé galopant dans une plaine surchauffée, une lance ou Plaisance au poing. Laissant les hommes converser, il rejoignit Beaubrun et lui caressa l'encolure.

— Des bombardes !… Mais nous ne les verrons pas. Cela vaut peut-être mieux pour nous deux.

* *
*

(1) Entourant.

(2) « *Rogier le Jeune, de la paroisse Saint-Godard de Rouen* » était poursuivi pour un crime commis sur la personne d'une « *fillette nommée Pauline, chambrière* ». Il s'était paraît-il rendu de lui-même, « *prisonnier ès prisons de Nogent-le-Rotrou* » sachant qu'il ne pourrait manquer d'être gracié par Charles VI. Il avait donc été prévenu de l'itinéraire adopté par le roi.

On repartit le lendemain, quand la messe matinale eut été dite, pour s'immobiliser après quatre lieues d'un cheminement que Gui avait trouvé désespérément lent.

— La Ferté-Bernard, dit Clisson près de lui. Les rois de France et d'Angleterre y ont eu plusieurs entrevues.

Gui se retint de bâiller.

— Je m'en vais voir ce qu'ils veulent faire.

Le connétable disparut. Jausselin tapota l'épaule de Gui :

— Tu es las… Cette montée sous le soleil dès la sortie de Nogent-le-Rotrou… On y avait de belles vues sur l'Huisne.

— Mais sans pouvoir s'y tremper !

— La vallée…

— Elle aurait dû être fraîche. Un bouillon d'air chaud. J'ai bien cru, moult fois, que le roi allait choir de son cheval.

Jausselin désigna un château en cours de démolition :

— Quel dommage !… Ça a été la volonté de Charles VI.

— Pourquoi ?

— Si je le savais, je te le dirais… Oye ! Le roi et Orléans se disputent.

Charles VI et son frère s'encoléraient autant l'un que l'autre sans que les ducs intervinssent. Tous deux avaient les nerfs à fleur de peau. Une fois de plus, songea Gui, Charles défiait sans crainte aucune un Louis insatisfait, humble et suppliant :

— Mon frère ! Mon roi !… Je te le demande en grâce !

Soudain, Charles s'apaisa et sourit :

— C'était ma volonté que l'on détruisît cette forteresse, mais, puisque tu m'en adjures, va dire aux manouvriers qu'ils cessent… et reconstruisent.

Sans exprimer la moindre gratitude, Orléans partit au galop. Les oncles congratulèrent leur neveu couronné pour sa mansuétude (1).

Et l'on repartit.

On chemina jusqu'à Connerré, dans un vallon arrosé par le Dué. Quelques hommes et leurs chevaux se trempèrent avec délices dans des eaux teintes du bleu d'un ciel surchauffé sous les regards réprobateurs des oncles et des neveux qui décidèrent de ne point s'attarder pour gagner Pont-de-Gennes.

— C'est loin ? demanda Gui à Jausselin.

— Six lieues. Ce sera, je crois, la dernière halte avant Le Mans.

Le village accroché à la rive droite de l'Huisne, en-dessous de

(1) Le 7 septembre 1392, de Creil où il était en « convalescence », Charles VI se souvint de cet épisode de son voyage : « *Charles,* etc… *comme en allant au dit lieu du Mans et aussi en retournant, ayant veu les ville et chastel de la Ferté-Bernard et la démolicion qui a esté faicte audit chastel, et nous ait notre frère supplié et requis qu'il nous plaise que ledit chastel ne soit pas démoli* » etc. (La *Province du Maine*, 1896, p. 356).

Montfort-le-Rotrou, faisait partie du domaine de la famille d'Harcourt (1) et possédait un prieuré de religieuses.

— Le roi ne va tout de même pas y loger ? se demanda Gui, à haute voix.

— Non, certes, ricana Galabert. Mais l'idée ne déplairait point à son frère.

— Il y a des Harcourt qui nous attendent au Mans, tint à préciser Olivier de Clisson qui ne quittait guère l'entourage de Charles VI. Notre sire a voulu cet arrêt et, ma foi, les oncles, qui sont las, l'ont accepté. Il fait beau. Il est inutile de monter les tentes. Nous partirons demain dès l'aube crevant.

Tandis que le roi, son puîné, les ducs et leurs hommes liges gagnaient lentement les maisons groupées autour de l'église paroissiale, les chevaliers de moindre importance se répandirent dans les champs et sous les arbres proches de l'Huisne où certains abreuvèrent leurs chevaux avant de s'y laver. Le soir tombait. Bien qu'on n'eût guère échangé de paroles en chemin, on n'était point enclin à converser. Nul n'osait parler de Charles VI, ni émettre un pronostic sur les prochains cheminements. Il fallait se laisser aller.

— Il va mal, confia Bridoulx à ses compères alors que, feignant d'aller rejoindre le connétable, il s'était aventuré à quelques toises du roi. Il souffre des feux du ciel. Si j'étais lui, je n'avancerais plus, mais les oncles et le frère ne lui intiment plus de renoncer. Il est si proche du Mans qu'il doit poursuivre, ne serait-ce que pour rassurer l'ost dont les capitaines s'impatientent.

Ni Galabert ni Jausselin ni Gui ne surent où le roi logeait. Clisson, le lendemain, ne les informa point sur ce détail. Les trois hommes en conclurent que le roi avait demandé l'hospitalité aux religieuses et couché dans un cloître autour duquel, de bon matin, Juvécourt s'en était allé prudemment rôder.

La seule concession que le connétable consentit à ses fidèles fut imprégnée d'une sourde colère :

— Alors qu'il aurait fallu le laisser en paix, il a dû recevoir des quémandeurs. Il a même accordé une nouvelle rémission à un meurtrier (2) !

Des meurtres, le connétable en avait commis. Ce n'était pas l'acte

(1) Plusieurs membres de la famille d'Harcourt firent partie de la chevauchée du Mans. En particulier Jean, comte d'Harcourt et d'Aumale, vicomte de Châtellerault, *double banneret*. Il allait faire sa montre au Mans le 28 juillet avec trois autres chevaliers bannerets, 6 chevaliers bacheliers et 14 écuyers. Il y avait aussi Philippe d'Harcourt, chevalier banneret. Il fit, lui, sa montre le 22 juillet avec 5 écuyers de sa compagnie. Ce chevalier était seigneur de Bonnétable. Sa postérité se termina avec deux filles, Jeanne et Gabrièle d'Harcourt mariées successivement à Charles de Coesmes, baron de Lucé.

(2) La rémission concernait le bâtard de Saint-Pierre. Il avait participé avec Cardin Bruidel, au meurtre de Guillaume du Fresne, en la cité du Houlme, « *près de la prioré de Boudeville-en-Caux* ».

du roi qui le triboulait mais le temps qu'il avait dilapidé en menus faits plutôt que de prendre un repos réparateur.

— Préparez-vous, dit-il, car nous partons orains (1).

Et Clisson s'en alla rejoindre les grands hommes non sans avoir complimenté Gui pour les soins donnés à son cheval gourmé, sellé, prêt à partir.

Du Pont-de-Gennes au Mans, il y avait cinq lieues. On était le mardi 23 juillet, un jour des plus ordinaire, selon Jausselin. On passa par Montfort, Fâtines (2), Parence (3), le hameau de la Fontaine-Saint-Martin (4), la Croix-de-Pierre et devant l'abbaye de Saint-Vincent, dans le for-bourg nord du Mans (5).

Le roi signifia d'un geste qu'il fallait s'arrêter. Allait-il se changer pour pénétrer en grand bobant (6) dans la ville ? Gui, qui s'attendait à devoir passer des vêtements propres, n'eut pas à faire demi-tour pour les tirer du chariot où ils jouxtaient son armure : on entrerait au Mans sans plus de façons que des bourgeois ordinaires. Toutefois, Charles VI disposa ses compagnons comme bon lui semblait, sans souci du cérémonial en usage à la Cour. Clisson le suivrait de près. Ses oncles viendraient ensuite. Ils devanceraient son frère Louis, lequel se regimba comme il fallait s'y attendre avant de se soumettre. Les chevaliers et écuyers de peu, archers, cranequiniers, et les gens du charroi suivraient ; ceux du roi et des tayons (7) précéderaient les autres.

Gui demeura entre Jausselin et Galabert. Il s'y sentait bien. Ils ne parlaient qu'à bon escient. S'ils respectaient ses méditations lorsqu'ils présumaient à qui elles étaient consacrées, ils savaient adroitement l'affranchir de ses silences dès qu'ils le sentaient enclin à se livrer à quelques confidences sur sa jeunesse prime, ses parents et Clairbois dont il ne cessait de s'approcher. En revanche, ils parlaient peu de leurs guerres. Il eût trouvé présomptueux et vain de tenter d'en apprendre davantage que ce qu'ils lui narraient. Leur conversation s'élargissait et s'éclairait lorsqu'ils prenaient pour sujet les aventures du connétable. Ils projetaient sur la vie de leur maître et ami une lumière à la fois élémentaire et prodigieuse. Il était leur dieu, et c'était pourquoi la place que le roi venait de lui accorder dans ce qui serait

(1) Immédiatement.

(2) Canton de Montfort-le-Rotrou.

(3) A l'embouchure de la Vive-Parence dans l'Huisne.

(4) Hameau sur l'ancienne route du Mans à Montfort.

(5) Le 23 juin 1354, le roi Jean II le Bon avait concédé aux religieux de Saint-Vincent du Mans le droit de fortifier leur abbaye et de l'entourer de larges douves et de fossés. Ils pouvaient, en outre, créer un chemin mettant en communication celui de la Croix-de-Pierre avec celui de Coulaines « *quoddam iter publicum quod ab itinere pavato de Cruce lapidea ad iter pavatum de Colaines* ».

(6) En grande pompe.

(7) Oncles.

une sorte de procession de gens de guerre les émouvait et comblait d'aise.

— Tu vois qu'il n'est pas en disgrâce ! dit Galabert à Jausselin.

— Certes !… Le courroux des ducs doit être terrible.

— Un peu plus, un peu moins… Davantage que messire Olivier, c'est le roi qui les intéresse, n'est-ce pas ?

Après cette intrusion dans un dialogue dont il n'était point exclu, Gui demanda :

— Mais où sont les mires ?

— A l'arrière, dit Jausselin, son pouce pointé vers le bout du chemin. Il paraît que leur vue rend sire Charles malade.

— Leur vue ? interrogea Gui, ou les remèdes que certains lui administrent ?

— Les deux sans doute, dit Galabert. Mais prenez garde…

Ce n'était pas une invite à se taire. Le roi venait de talonner son cheval. Il ne restait plus qu'à le suivre.

— A quoi penses-tu ? s'enquit Jausselin lorsque les chevaux eurent piété pendant quelques toises.

— Je pensais, révéla Gui, malgracieux à force de déceptions, que tout me devient fastidieux.

— Je ne vois pas, dit le tranche-tête, ce que Dieu vient faire là-dedans !

* *
*

Les premiers guerriers, ceux du Maine et des contrées circonvoisines, s'étaient réunis au Mans dès la seconde semaine de juillet. Les autres s'étaient contentés d'y venir le dimanche 14, veille de la convocation de l'ost. Tous s'étaient éparpillés dans les champs et jusqu'au seuil des forêts lointaines. Pavillons des seigneurs, trefs des écuyers, aucubes des hommes d'armes assemblés à perte de vue réunissaient autour de leurs bannières des combattants de toute sorte, des chevaux eux aussi parfaitement différents et d'humeurs diverses. Alignées aux râteliers, prêtes à l'emploi, des armes d'hast, sur lesquelles le soleil versait des lueurs d'argent ou de nacre, attendaient d'être saisies pour s'enduire de vermillon.

— Ils sont tellement qu'on ne voit pas la Sarthe !

— Hé oui, Marcelin. Il faudra pourtant que nous nous trouvions un fief éphémère auprès d'elle. Pour nous y tremper…

— Et pour abreuver les chevaux, acheva Gui. Je vois qu'on nous attendait !

On avait prévenu les chevaliers de l'imminente venue du roi.

Groupés de part et d'autre de la voie qu'il devait emprunter, la plupart hurlaient et gesticulaient bien avant que Charles VI ne fût passé devant eux. Derrière, réunis de front trois par trois, les rares prud'hommes du Beauvaisis, de l'Artois, Vendômois, Picardie, Normandie récoltés en cours de chemin saluaient, plus encore que leurs pairs, les Manceaux et les Mancelles qui s'étaient glissés parmi eux.

— Charles a recouvré de la vigueur, dit Jausselin.

— Dommage qu'il ne puisse mêler cette liesse à son vin de table.

Gui fut approuvé d'une œillade, et comme Beaubrun, docile en dépit du charivari, piétait sereinement, son intérêt fut consacré à ces chevaliers et ces écuyers de grand et petit estoch (1) dont ses compagnons lui citaient les noms, la plupart inconnus de lui, et desquels il n'entrevoyait qu'un visage sous des cheveux hurlupés et des chaperons poudreux :

— Jean de Craon, seigneur de La Suze, un parent de *l'autre* (2).

— Philippe d'Harcourt (3).

— Guillaume Paynel (4) seigneur de Hambye : un Normand.

— Gui de la Faucille.

— Gilles de Quatrebarbes… qui est glabre.

Tous riaient, heureux de voir le roi et de prendre enfin le chemin de Bretagne. La guerre était leur domaine, leur patrie, leur exutoire. Leurs inquiétudes se dissipaient : le roi les avait rejoints. Le roi les allait mener à la victoire. S'ils devaient mourir, eh bien, ce ne serait pas dans le désespoir mais dans l'honneur. Ils s'influençaient les uns les autres, les yeux ouverts nullement sur leur destinée mais sur ce jeune roi enchaperonné de noir comme s'il portait déjà le deuil de son esprit. Bien qu'il voulût « faire ses preuves », Gui trouva leur entrain exagéré sinon absurde.

— Il n'a même pas fait déployer sa bannière ! s'étonna tout à coup Jausselin.

(1) Race, rang social.

(2) Chevalier banneret, il était au Mans avec un chevalier bachelier et huit écuyers.

(3) Seigneur de Bonnétable, chevalier banneret.

(4) Chevalier banneret, il avait avec lui deux chevaliers bacheliers et sept écuyers.

Il y avait aussi :

Foulques Riboul, seigneur d'Assé, chevalier banneret et sept écuyers. Jean Aménard, Brisegaud d'Aron, Jean d'Arquené, Macé Baraton, Hue du Bellay, Jean Bourreau, Guillaume de Broussin, Hue de Chahanay, Payen de Chaource, Brisegaut de Coesmes, Jean Daillon, Robert de la Ferrière, Ambroise de la Feuillée, Guillaume de Montécler, Jean de Montgeroul, Guillaume Morin, Guillaume d'Orange, Guillaume des Prez, Jean des Roches, Guillaume de Sillé, Jean de Tucé, Gui de Vallée, Jean de Vendôme et Gui de Ver, chevaliers bacheliers ; Jean d'Andigné, Jean Auvé, Raoul de Cordouan, Jean de La Haye, seigneur de Clairvaux ; Jean Espervier, Tristan de La Jaille, Guillaume Le Maire, Renaud de Montejean, Guillaume de Neuvillette en compagnie d'Ambroise de Loré et de Fouquet de Courtavel, Olivier de Prez, Fouquet, Huet et Jean de Saint-Berthevin, Guillaume de Souligné et Guillaume de Tucé, tous écuyers. (*Comptes d'Arnoul Boucher*. Montres publiées par Dom Morice : *Histoire de Bretagne* et *Titres scellés de Clairambault*, selon l'enquête de l'abbé Ambroise Ledru dans *La Province du Maine, 1887*).

— Guillaume des Bordes, son garde-oriflamme, n'en a pas reçu mandement. Il chemine derrière nous avec Hurtin d'Aumont et Morice Mauvinet (1).

— Apilly devrait être auprès d'eux.

Gui l'avait perdu de vue. Peut-être, à la demande des ducs, avait-il abandonné la chevauchée depuis quelques jours. Dans quel dessein ? Il fallait, pour se rassurer, décider qu'il ne pouvait nuire ni au roi ni à son connétable.

— On n'a pas entrevu Boucicaut (2).

— Il doit être au château en compagnie des Grands.

Gui se laissait mener entre les doubles parois d'hommes toujours hurlant, toujours remuants dont certains tendaient une main vers le roi comme s'ils eussent voulu toucher, lors d'une procession, une statue du Christ soutenue à dos d'hommes.

— Où allons-nous loger ?

— Sans doute au château.

— Sais-tu, Marcelin, où il se trouve ?

— Je ne suis venu que deux fois au Mans. Je crois que maintenant, nous sommes dans le for-bourg Saint-Vincent. Devant, à senestre, c'est ce qu'on appelle le Mont-Barbet. Il paraît que c'est Guillaume le Conquérant qui a fortifié ce lieu au-dessus du vallon du Merdreau. A dextre, nous sommes passés devant l'abbaye de Saint-Vincent. Plus loin en bas, c'est la rivière Sarthe. Il y a des moulins que nous ne voyons pas (3).

— Tout est garni de défenses de pierre.

— Les routiers, Gui, les routiers, dit Jausselin. Ils sont partout (4).

Le chemin suivit la crête d'un coteau. Gui entrevit des maisons et des jardins suspendus presque à-pic au-dessus de la Sarthe. Une grande bâtisse apparut. Il lut sur l'enseigne : *Hostellerie de la Cauchie* (5).

— Je dormirai bien là, confia Jausselin à ses compagnons.

— Tu seras peut-être mieux ailleurs.

— J'en doute, les amis, j'en doute. Nous allons devoir monter notre tref et, qui sait ? le pavillon du connétable. Je crains qu'il ne veuille se commettre avec certains prud'hommes qu'il déteste.

(1) Chevaliers, chambellans du roi. Maurice Mauvinet avait épousé Marie de Craon, fille de Guillaume II de Craon et de Jeanne de Montbazon. Elle était la nièce de Pierre de Craon, l'auteur de l'attentat de la rue Sainte-Catherine.

(2) La montre (revue) des hommes du maréchal avait eu lieu le jeudi 18 juillet de cette année 1392.

(3) Les moulins de Saint-Gervais.

(4) Ils semaient la terreur dans la campagne de Coulaines, robaient les bœufs, les chevaux, les moutons que les Manceaux menaient boire dans la Sarthe. Le 5 décembre 1377, pour résister à ces malandrins, un accord était intervenu entre Gontier, l'évêque du Mans, et le chapitre de Saint-Julien.

(5) Ou *cauchée, cauchié* : levée de terre, chaussée, chemin pavé.

Le chemin descendit, tout à coup vide d'hommes d'armes sur ses bords. Il ne restait que quelques manants.

— Quand le roi est passé, ils nous tendent le poing ! s'étonna Gui en retenant Beaubrun qui glissait sur certains pavés.

— Et ils nous injurient, Gui. Sais-tu pourquoi ?... Parce que nos hommes d'armes ne se sont pas conduits autrement que des routiers... Mais regarde devant, que vois-tu ?

— Un donjon et une tour.

— La tour Orbrindelle ! lança une femme.

Ni jeune ni vieille, ni belle ni laide. Gui la remercia d'un geste. Ensuite il caressa l'encolure de son cheval :

— Mon beau, tu n'en as plus pour longtemps.

Le roi entrait dans la cité. Allait-on y demeurer quelques jours ou partir en hâte pour la Bretagne ?

* *
*

En deçà des murailles, une foule attendait. Des cris s'élevèrent et se confondirent : « *Vive le roi ! – Longue vie ! – Noël ! Noël !* » Gui ne vit de part et d'autre de la chaussée que des manants et des bourgeois dont la liesse augmenta lorsque les cloches des églises se mirent à sonner à herle (1), effrayant le peuple des coulons et des corneilles locataires de ces hauts lieux. Leur vol épais assombrit un moment la clarté du jour et plutôt que de le tempérer, le bruissement de leurs ailes s'ajouta au charivari des Manceaux. Charles VI salua d'une main haut levée avant de pousser son cheval dans des rues où il fallut parfois progresser à la queue leu leu tant l'affluence était nombreuse sans personne pour la contenir.

— On pourrait occire aisément le roi !

— Certes, Gui, mais le meurtrier serait aussitôt pris. Livré au prévôt, il révélerait de qui il tenait ses commandements.

— Si Charles doit mourir, dit Jausselin en se portant au niveau de Gui, sans crainte de gêner Beaubrun, ce sera par le poison.

— Taisez-vous ! leur intima Galabert. Je sais que ça hurle partout, mais ça n'est pas une raison pour parlurer ainsi !

— Je ne vois pas le connétable.

— T'inquiète pas, Gui : il est à sa place *et il veille*.

Il semblait que tous les citadins avaient abandonné leur foyer pour acclamer le roi. Certains, penchés aux fenêtres, lui jetaient des fleurs où lui présentaient un enfançon, au risque de le lâcher sur les têtes, en bas. D'autres les avaient juchés sur leurs épaules. Gui ne pouvait voir

(1) A toute volée.

comment Charles VI ressentait les témoignages de cette ferveur à laquelle, pour sa part, il ne s'était point attendu. Les acclamait-on parce qu'ils apparaissaient comme autant de défenseurs de la royauté ou parce qu'ils allaient à la guerre ? Nullement accoutumé à cette frénésie populaire, il était à la fois heureux et irrité par ces cris, ces vociférations qui peut-être faisaient écho à ceux des malheureux détroussés, voire occis par des hommes d'armes pareils en tout point à ces routiers que Jausselin avait évoqués récemment. Il valait mieux ne penser à rien, pas même à une bien-aimée demeurée en l'hôtel de Valentine Visconti, laquelle devait régner d'une main et d'une voix légères sur sa mesnie en l'absence de son époux. Vivre, pour le moment, c'était « suivre le mouvement ».

Ce mouvement cessa devant la cathédrale Saint-Julien dont le roi était chanoine. Le parvis fut envahi par les « pèlerins de Bretagne », selon Jausselin, et cela devant une foule contenue par des vougiers et des guisarmiers dont les livrées étaient aux armes du maréchal Boucicaut : *d'argent à l'aigle éployée de gueules*. Hissé sur ses étriers, Gui vit devant le grand portail un évêque entouré de son chapitre et, certainement, de tout son clergé.

— On n'est pas près de manger et de se reposer, marmonna Galabert.

Le roi mit pied à terre. Les ducs en firent autant. Clisson parut vouloir demeurer en selle, puis se résigna. Les autres prud'hommes, indécis comme lui, et qu'une messe n'intéressait guère, finirent par se soumettre aux usages. Des piétons mansois qui sans doute avaient été prévus pour cet office, s'occupèrent des chevaux. La foule murmura : les cris dont elle avait été prodigue semblaient l'avoir époumonée.

— Va falloir attendre, dit Jausselin. Si c'est une vraie messe, on n'est pas près de voir notre pain quotidien et le vin qui nous est si cher !

Avant de s'enfoncer sous la grand-voûte, l'évêque (1) bénit ses ouailles, y compris les guerriers de Boucicaut. Derrière le chanoine couronné sur lequel, en hâte, un clerc venait de poser un surplis et une chape d'or, derrière les oncles, Clisson et les chevaliers de leur suite, le prélat entra dans le saint lieu (2).

Jausselin abandonna son cheval à ses compagnons.

— Où vas-tu ? s'étonna Galabert.

— Fureter aux abords du parvis. Je saurai peut-être le sort qu'on nous réserve.

Sa moisson fut maigre.

(1) L'évêque du Mans était alors Pierre de Savoisy et les chanoines, maître Pierre de Forges archidiacre de Château-du-Loir ; Jean Becquet « *maistre escole* » de Saint-Julien ; Macé d'Auvergne, Jean de Souvré, Jean Susanne ; Michel Farias ; Jean Le Bennier ; Guillaume de La Rousière ; Pierre Pouderoux ; Thibault Fournier ; Brient Prieur, chantre.

(2) Dans le don et amortissement de la terre de Connerré en faveur du chapitre du Mans (avril 1407), on lit : « *Charles, par la grâce de Dieu, roi de France... Pour la grant dévotion que nous avons au glorieux monsieur sainct Julien du Mans et à son église... de laquelle nous sommes chanoine...* » (Bilard : *Analyse des documents historiques des archives de la Sarthe.*)

— Le roi, dit-il, logera au château, les seigneurs en la cité… tout au mieux quand ils le pourront, et les gens d'armes dont nous sommes devront s'espandre sur le pays… que l'on dit bon et gras et bien logeant pour des hommes comme nous.

— Et Clisson, notre maître ?

Jausselin eut un geste d'ignorance :

— Le sergent auquel je me suis adressé n'a pas su me répondre. Le roi étant accueilli au château, et les oncles pareillement, messire Olivier y sera convié, je crois. Nous monterons quand même son pavillon et nous en profiterons s'il loge ailleurs.

Tout était dit.

* *
*

Sis à l'extrémité nord de la cité, sous la colline Saint-Vincent, le château se composait essentiellement d'un gros donjon cylindrique, l'Orbrindelle, et de quelques bâtiments à calefourchies sur une vieille enceinte dont on disait qu'elle allait être renforcée de deux tours. L'Orbrindelle était protégée du côté Saint-Vincent par des fossés, des douves et une barrière. Un chevalier bachelier, Brisegaud de Coesmes, gouvernait l'ensemble ainsi que la cité pour le comte du Maine. Il avait succédé à Jean de Champagne à la suite d'une intervention de la duchesse d'Anjou (1). Grâce à un palefrenier disert, Gui apprit que ce prud'homme avait employé la matinée de ce mercredi 24 juillet à une montre. Il regrettait son impatience. L'eût-il retardée d'un jour que le roi l'eût honorée de sa présence (2).

(1) « *Mardi, XXIIe jour de novembre 1384, scellé au segneur de Coesmes la capitainerie de gens d'armes en le conté du Mans ; et prent pour cest office par mois XXX livres tournois et se paie sur l'aide qui pour ce se liève. – Ce jour, scellée au dit sire de Coesmes, la capitainerie de la Tour et de la ville du Mans ; et en met-on hors un chevalier nommé J. de Champagne, et est aus gages ascoutumés, et fist serment à Madame la duchesse d'Anjou.* – Dimanche 27 novembre : *Retenu en conseiller de Madame pour messire Brisegault, sire de Coesmes* – Mercredi 30 novembre. *Messire Jehan de Champagne, chevalier, rendi à Madame le serement qu'il avoit fait à elle pour la garde de la ville et cité du Mans et de la Tour, et Madame l'en quitta ». Journal de Jean le Fèvre, évêque de Chartres.* » Le 10 juin 1386, Jean Louvel est en procès au Parlement contre la reine de Jérusalem, duchesse d'Anjou, Brisegaud de Coesmes, chevalier, capitaine du Mans, et les religieux de Beaulieu » *occasions refectionis certe partis cujusdam muri supra ripariam Sarte apud Cenom, in vico dicto la Tannerie situati* ». Arch. nat.

Mardi 5 mars 1387 : « *Je vins à Mans où je trouve messire Guy de Laval. Merquedi ensuivant, à la requeste de messire Guy, je demouré. Le seigneur de Lendein, messire Juhel d'Avaugor me visitèrent, en disant que au chasteaulx de Pomain et de Meinne faloit reparacions. Je leur dis que à Madame d'Anjou le rapporteroie. Le seigneur de Coesmes me parla de la reparacion de la Tour du Mans, qui en a grand mestier, et aussi de ses gages* (comme capitaine) » Journal de Jean Le Fèvre.

(2) Lors de la montre du mercredi 24 juillet 1392, Brisegaud de Coesmes avait sous ses ordres les dix écuyers suivants : Charles de Coesmes (son fils), Jehan d'Auteville, Guillaume Choeneau, Jehan de Lignon, Gillet de Laleu, Jehan de Mesangy, Jehan Fouques, Jehan Le Briart, Pierre Carreau et Yvon Daron (B.N.) *Titres scellés de Clairambault* et dom Morice (*Histoire de Bretagne*).

Les hommes d'Olivier de Clisson s'étaient attribués, à proximité du château, en bordure d'un chemin planté de chênes, un emplacement pour leurs deux chariots jouxtant un espace assez vaste destiné aux chevaux. On dresserait à quelques pas le pavillon du connétable et un tref que les guetteurs occuperaient successivement la nuit. Il faudrait protéger le fourniment, veiller sur les bêtes – particulièrement sur le palefroi et le coursier de sire Olivier –, et se défier des curieux qui viendraient de loin, tourner autour du feu uniquement destiné à cuire une mangeaille pour le moment absente.

Bridoulx et Nicole se vêtirent de leur mieux, prirent chacun une besace et, pourvus en deniers par Jausselin, partirent en ville après avoir recommandé à Juvécourt, Guérard et Trinquier de veiller sur le charroi. Les trois soudoyers s'enquirent, auprès de Galabert, de la venue des hommes d'armes de Clisson. Où que leurs regards eussent porté, ils n'avaient vu aucune bannière, aucun pennon témoignant de leur présence.

— Ils doivent être en chemin, dit Galabert en accompagnant son propos d'un geste évasif.

— Ils ne viendront point, affirma Jausselin. S'ils avaient dû venir, ils auraient été présents au Mans avant le lundi quinze. Sire Olivier, qui craint pour ses châtelets, leur a sûrement dit de demeurer en iceux et d'ouvrir l'œil : Jean de Montfort et Craon pourraient vouloir les conquérir par haine et gros appétit de territoire.

— Tu crois, dit Juvécourt, que Craon est en Bretagne ?

— A vrai dire, je n'en sais rien, mais j'ai dans le charroi une hache toute neuve…

Gui observa la multitude des hommes d'armes, des chevaux, des trefs et des abris de toile et de cuir entre lesquels s'allumaient des feux. Tourné vers les chênes, il vit que certains avaient été amputés de leurs branches basses. Il ne permettrait pas qu'on touchât aux autres.

— Nous avons une bonne place, dit-il.

— Certes ! approuva Galabert. As-tu vu, quand nous l'avons occupée, passer des soudoyers du château ?… Non !…

— Tu dors debout, écuyer ! ricana Jausselin. S'ils n'avaient pas vu la bannière du connétable que j'ai plantée en premier, ils nous auraient sommés de déloger… Reste à savoir combien de temps nous allons séjourner.

— Cela dépendra de la santé du roi.

— Tu l'as dit ! Je vais aller au château. Je porterai à sire Olivier le bouge (1) où sont ses vêtements de nuit et ce qu'il faut pour sa toilette. J'irai le rère (2) demain de bon matin. Nous mangerons quand je

(1) Sorte de valise.
(2) Raser.

reviendrai… car j'espère que nos compères auront trouvé en ville de quoi se mettre sous la dent !

— Et bien que nous en ayons, de quoi dessécher notre gorge, ajouta, de loin, Galabert.

Et plus haut, un doigt pointé vers les chariots :

— Guérard, Trinquier, prenez des seaux… et nous aussi, Gui. Il convient, à défaut d'une fontaine, d'aller quérir de l'eau pour nos chevaux. La Sarthe est toute proche, heureusement pour nous !

* *
*

Lorsque les chevaux eurent été pourvus en eau et nourriture par Jacquemin qui, de halte en halte, s'était révélé un parfait fourrageur ; lorsque les hommes eurent mangé du pain, du bacon, du lard et bu un vin tiré d'un baril acheté à Chartres, Gui, l'épée prudemment ceinte, annonça qu'il allait visiter la cité. Il avait besoin d'être seul ; un besoin d'autant plus absolu qu'il ne reposait sur rien – à moins qu'il ne voulût simplement se délasser pour remédier à la fatigue de longues journées de selle.

— S'il y a un bordeau, lui recommanda Jausselin, je te conseille pas d'y entrer : avec tous les gars qui passent entre leurs mains…

— Tu veux dire entre leurs nasches (1), intervint Galabert.

— … tu nous reviendrais avec une chaude lance que tu ne pourrais pas mettre dans le charroi !

Indifférent aux rires qui l'accompagnaient, Gui s'éloigna sans hâte. « Des esprits simples », songea-t-il « et non des simples d'esprit. » Si le connétable s'en accommodait, pourquoi pas lui ?

Il était assez tard. Une ombre légère envahissait les rues que des lanternes dissipaient de loin en loin, assaillies par des essaims de moucherons. Il musa devant des étals éclairés aux chandelles sans être tenté d'acheter quelques fruits. Il dépassa des soudoyers et des porteurs de passot (2) qui semblaient être des capitaines et se souvint qu'on avait annoncé la venue des hommes de Louis d'Orléans. Il y avait aussi des brigandiniers porteurs d'épieux, des cranequiniers, des genétaires barbus, une targette (3) en main, une demi-lance de l'autre. On disait que ces Lombards et ces Gascons montaient des chevaux terribles, accoutumés à tourner en courant autour des gens de peu afin d'augmenter leur effroi. Outre l'emploi de ces mercenaires, le frère du roi avait voulu emmener des canons. D'après Clisson et sur ses conseils, Charles VI avait refuté cette proposition. De tels engins

(1) Fesses.
(2) Épée large et courte.
(3) Petit bouclier.

eussent retardé l'avance des hommes. Or, on ne cessait de s'attarder.

Gui croisa des amoureux, mains jointes, et qui alentissaient leur errance pour un baiser léger. Il le leur envia.

« Que devient-elle ? »

Une charrette passa, tirée par un limonier accoutumé à piéter dans des rues aussi étroites qu'à Paris.

Sans qu'il se crût pourtant une mine hautaine, sous le chaperon d'Anceline, on l'observait avec une sorte de mépris. L'influence de la vesprée assombrissait son esprit à la fois trop vide d'une présence fervente et trop plein d'inquiétudes nées des tribulations du roi. Comme le connétable, il croyait de moins en moins à la guerre. Lucide et fréquemment égaré dans les événements, il n'avait jamais éprouvé avec autant de force et de pesanteur la conviction de dilapider son temps.

Il épuisa sa maussaderie en broussant (1) sur la berge déserte de la Sarthe. La nuit tombait lorsqu'il décida de revenir près de ses compagnons pour connaître, s'il les avait visités, les dispositions d'Olivier de Clisson. Tête basse et tout en tapotant le fourreau de Plaisance, il s'engagea sur un sentier sableux, hautement taluté qui, bordé de grands arbres, menait droit à la tour Orbrindelle. Les feuillages y versaient une ombre drue qu'une lune pâle encore ne pouvait alléger. Tout en avançant lentement afin de ne pas heurter un invisible obstacle, il entendit des voix et s'arrêta. Deux hommes conversaient, qu'il reconnut aussitôt :

« Orléans et Apilly... Se croyant seuls, ils jabotent comme des bourgeois au marché ! »

Prudent, Gui s'assit dans l'herbe, le dos appuyé à un arbre dans l'ombre duquel il se confondit. Point n'était besoin qu'il tendît l'oreille : les deux hommes, certainement immobiles, assis peut-être, eux aussi, devisaient sans crainte aucune :

— Il va plus mal ?

— La fièvre, Apilly, est tenace.

— Les médecins pourraient...

— Ne me parlez pas d'eux, je vous prie.

— Pauvre sire !

— Allons, allons !... Faites des vœux dans le bon sens. Je laisse à mon oncle Berry toutes les décisions. Il sait des choses que j'ignore et sa mémoire est en quelque sorte infaillible. Hier, seul à seul, il m'a énarré un fait que je vous donne tel que je l'ai reçu... C'est à propos de Pedro le Cruel et cela remonte à trente ans...

— Ce n'est pas si lointain.

— Comme le roi de Castille marchait sur Nájera pour affronter

(1) *Brousser* : marcher sans s'occuper du chemin.

Henri de Trastamare qui avait mandé à ses hommes d'occire tous les Juifs de cette ville, un vieillard en penailles retint son cheval à l'entrée d'un village du nom d'Azofra… On apprit plus tard que c'était un prêtre venu de Santo-Domingo de la Calzada. « *Sire !* » cria-t-il, « *méfie-toi !… Saint Dominique m'ordonne que, si vous ne vous amendez point, votre frère vous occira de sa main* ! (1) » On dit qu'après cette prophétie, le roi de Castille devint comme fou… s'il ne le fut pas vraiment…

— Est-ce à dire ? demanda, inquiet, le sire d'Apilly.

— Rien, dit d'une voix soupirante Louis d'Orléans. Priez pour Charles, ami, si vous en avez le temps et le courage… Et venez : si le roi ne mange rien, moi, j'ai faim !

Gui entendit alors, sur le ton du reproche aimable :

— Allons !… Cessez de vous titiller comme vous le faites. Je sais tout comme vous que nous passerons peut-être sur les lieux où cette malheureuse a péri… Si j'avais su ce qu'il tramait, je ne vous aurais point recommandé à mon oncle Berry. Abstenez-vous de me dire que le regret vous hante. Je ne vous croirai pas.

Gui s'aperçut que son dos s'était glacé : la sueur due à la chaleur de la nuit, mais aussi celle qu'il devait aux révélations dont il avait été l'auditeur involontaire. Chartres n'était pas si loin pour qu'il eût oublié tout ce qu'il avait vu et entendu hors et dans la cathédrale. Les ultimes confidences d'Anceline quant à un attentat perpétré par Louis d'Orléans et Berry – avec l'assentiment ou la feinte indifférence de Philippe le Hardi – se confirmaient.

« Les tigres montrent leurs crocs avant qu'ils ne rugissent. Il me faut prévenir le connétable sitôt que l'occasion se présentera. »

Une fois debout, Gui vérifia s'il était bien seul. Ensuite, d'un pas qu'il n'osa précipiter, il partit rejoindre ses compagnons.

* *
*

L'armée ignorait quand elle repartirait. Chaque matin, les barons grands et petits allaient s'informer de la santé de sire Charles. La réponse ne variait point : le pauvre ne pouvait chevaucher tant il était fiévreux. On rapportait ce que les médecins disaient à son frère et à ses oncles : « *On fait le roi traveller* (2) *mais certainement il ne le devrait point faire. Le repos lui convient mieux que la chevauchée, car*

(1) Prosper Mérimée raconte cet « incident » dans son ouvrage : *Histoire de Don Pèdre Ier, roi de Castille* (Paris, 1848). L'invasion de la Castille par le Trastamare commença au milieu du mois de mars 1360. Le prétendant à la Couronne, après avoir fait massacrer les Juifs de Nájera, s'avança jusqu'à Pancorbo. A la vue de l'armée du roi légitime, don Henri prit la fuite. Pèdre se porta, de Burgos, sur Briviesca et Miranda et s'établit à Azofra. Irrité par les prédictions du prêtre, il le fit brûler vif devant les gens du village.

(2) Ne pas confondre : Voyager (ou *traveiller*) et *travailler* (fatiguer).

depuis qu'il s'est départi d'Amiens (1) *où les parlements furent, il ne fut en si bon état comme il l'était au devant.* » Le bruit circulait que les princes des Lis n'avaient cure de cette appréciation.

— Ils l'adjurent de renoncer, confia Olivier de Clisson à Gui, après la première messe du samedi 27 juillet à la cathédrale Saint-Julien. Charles sait que sa mauvaise santé n'est qu'un prétexte et qu'on le pourrait guérir en le laissant vivre à sa façon. Ce que veulent ces malandrins huppés, c'est protéger Craon, même s'il a échoué lors de l'attentat où tu m'as sauvé.

— Non, messire, protesta Gui doucement. Je n'étais pas seul. J'ai accompli mon devoir envers vous avec Jausselin et d'autres. J'ai pris part à une action pour laquelle je vous avais prévenu.

Pourquoi éprouvait-il une sensation de gêne ? Parce que les ennemis du connétable et du roi le considéraient désormais comme un adversaire ? Il manquait de preuves suffisantes pour l'affirmer.

— Soit, dit Clisson. J'aime ta modestie car je sais qu'elle n'est pas feinte et que tu dis toujours ce que tu penses.

Ils quittaient l'énorme vaisseau dont le chœur et les treize chapelles rayonnantes leur avaient paru d'une importance extraordinaire. La forêt des piliers et des nervures et la fraîcheur qu'elles dispensaient les avait rassérénés. Après avoir jeté un regard aux statues d'apôtres longues et rigides du portail, ils s'engagèrent dans une rue qui les mena jusqu'à l'église Notre-Dame, dépendante d'une abbaye de Bénédictins fondée par saint Bernard. Sur le parvis, Berry et Bourgogne semblaient attendre quelqu'un.

— Ils sont matinaux.

— Ils n'ont pas eu à cuver le vin ou l'hypocras de l'Hôtel Saint-

(1) Au mois d'avril 1392, et plus précisément à la mi-carême, eut lieu une rencontre entre Charles VI *bien portant* et Richard II, qui s'était rendu à Amiens avec une escorte de 1 200 cavaliers parmi lesquels figuraient les Fleurs de la Chevalerie anglaise : les ducs de Gloucester, de Lancastre et d'York, les comtes de Huntingdon et de Derby, Thomas de Percy, l'évêque de Durham et l'évêque de Londres. La fille du seigneur de Coucy, mariée au roi d'Irlande et dite « *madame d'Irlande* », les accompagnait.

Charles VI avait auprès de lui le duc de Berry ; Louis, duc de Touraine, sur le point de devenir Orléans ; le duc de Bourgogne, le duc de Bourbon, les sires de Coucy et de Saint-Pol, etc. On vit, au moment de la rencontre, le dauphin d'Auvergne, qui, du temps de sa captivité en Angleterre, s'était entiché de Lancastre (« *ils s'entre-aimaient* », insiste Froissart) accueillir son « ami » avec « *grande signifiance d'amour* ».

Le duc de Touraine s'éclipsa pour revenir au palais de l'évêque où logeait le roi. Qu'allait-il y faire ? Toujours est-il que Charles fut pris *pour la première fois* de « *fièvre et chaulde maladie* ». On le soigna. Il perdit ses cheveux et ses ongles comme son père lors d'un complot qui fut déjoué mais lui empoisonna le sang. On emporta le roi en litière à Beauvais où il fut logé au palais de l'évêque sous la surveillance (!) de Berry et Bourgogne (le duc Louis d'Orléans devait, à Paris, consoler la reine Isabeau). Les ducs demeurèrent auprès de leur neveu jusqu'à Pâques où ils le firent transférer à Gisors… pour qu'il y pût chasser en forêt (et y rencontrer un cerf ?). La surveillance du malade s'accrut *alors qu'il allait mieux*. Le dauphin d'Auvergne, dévoué aux Anglais, et Bernard d'Armagnac s'en chargèrent. C'est « *environ l'Ascension que retourna le roi de France à Paris en bon état* ». Cette rémission n'allait point durer. Et pour cause…

Pol… et je me demande ce qu'y complotent désormais les femmes privées de la plupart des hommes. Il ne subsiste que les vieux et les jouvenceaux. Imagine l'affliction de la reine !

Au contraire du connétable dont la curiosité ne paraissait guère intense à ce sujet, Gui se soucia subitement d'Alix. Que faisait-elle en ce moment précis où il la sentait toute proche, dévorée des mêmes incertitudes que celles qui perturbaient ses jours et ses nuits ? Debout à la fenêtre de sa chambre évidemment verrouillée, touchant la vitre de son front et rejetant parfois une mèche de cheveux hasardée sur sa joue, pensait-elle à leurs amours ou à la journée qu'elle allait devoir vivre ? Elle n'osait comme lui prévoir quoi que ce fût ni même se confier à Valentine Visconti dont l'amitié pourtant semblait sincère. Comme chaque matin, par la force de son caractère, elle érigeait autour d'elle un mur infranchissable aux souillures de toute sorte.

— Reculons, dit Clisson. Nous avons bien fait d'aller nous recueillir avant eux. Ils ont préféré une église modeste à la grosse tourte de pierre d'où nous sortons. Je me demande ce que ces deux-là préparent. Tout autant que le luminaire de leurs liesses, les noirceurs des ténèbres font partie de leur vie.

— Si j'osais… commença Gui, prudemment.

— Eh bien, ose !

— Pour ce qui est des complots… Apilly et Orléans parolaient l'autre soir sans deviner, évidemment, que quelqu'un – moi – pouvait ouïr leurs propos. Ils pourpensent un attentat.

— Contre moi ?… Non, tu m'en aurais avisé… Vas-y !

Gui rapporta ce qu'il avait entendu. Le récit concernant Pedro le Cruel et l'ermite d'Azofra suscita l'attention du connétable.

— J'ai pensé à quelque chose de cette espèce. J'avais imaginé, en pleine forêt, l'apparition d'un cerf avec, entre ses bois, un joyau miraculeux… J'ai pu, un moment, approcher Charles seul à seul. Il m'a dit : « *Je me trouve en meilleur point en chevauchant et travellant que en séjournant. Qui me conseille autrement n'est pas à ma plaisance et ne m'aime pas bien.* » Tous les jours, plutôt que de se reposer, il est en parlures jusqu'à none et même davantage. Il veut être au milieu du conseil afin que nul ne puisse mettre un empêchement à la continuité de notre voyage.

— Il a peut-être tort de s'obstiner ainsi.

— Qui sait ? Sur la proposition de ses oncles, il a envoyé quatre chevaliers devers le duc de Bretagne afin de révéler à celui-ci ses intentions et celles de son conseil. Ils doivent dire à Montfort que trop grandement il se forfaisait et était forfait en soutenant chez lui un ennemi du roi et du royaume. Ils lui diront qu'il pourrait s'amender en livrant Pierre de Craon à la justice royale. Alors, on éviterait de causer des dommages envers lui et son pays. Or, c'est une tête dure...

Gui s'enchantait de se savoir, en compagnie du connétable, aussi parfaitement simple, dispos, naturel. Il avait trouvé un maître qui ne régnait point sur son esprit enclin à s'émanciper de maintes contraintes en particulier, il l'avait malheureusement prouvé, celles qui ressortissaient à la vie de famille.

— Qui sont les envoyés du roi ? Avez-vous confiance en eux ?

— Si je les connais !

Le connétable avait parlé bas, dans l'ombre du porche où Gui s'était laissé entraîner. Sans doute en raison de l'obscurité, sa voix y avait pris plus de force et d'ampleur.

— Je ne fais plus confiance à personne. Le roi décide. Les oncles parlent plus fort. Il y a, en chemin, Regnault de Roye, le sire de Garancières, le sire de Châtel-Morant, messire Taupin de Cantemerle, châtelain de Gisors. Ils sont partis hourdés de quarante lances. Ils devaient cheminer par Angiers (1) puis, de là, parvenir à Nantes (2)... où paraît-il séjourne Jean de Montfort en compagnie d'Enguerrand de Coucy et de Gui de la Trémoille, qui sont à nous (3).

— Qui savait que le comte était à Nantes ?

— Berry, Bourbon, Bourgogne... Tu l'avais deviné, je présume.

— Certes... Quand nos chevaliers reviendront-ils, selon vous ?

— Je ne sais. Le duc de Bretagne peut les retenir longtemps. Là-bas, la chère est bonne, le vin se laisse boire, les femmes sont belles. Le roi et *les autres* attendent impatiemment leur revenue. On dit présentement au Mans que la reine d'Aragon, Yolande de Bar, cousine germaine du roi de France, tient en prison, en la cité de Barcelone, un chevalier que ni elle ni ses gens ne connaissent et qui ne se veut point nommer. On suppose que c'est Pierre de Craon. Yolande a écrit au roi une lettre qu'un chevaucheur parti de Paris lui a remise... La reine d'Aragon lui dit que le cinquième jour de juillet, ce chevalier en bon état et arroi est venu à Barcelone en instance de passer la mer. Il a loué et retenu bien et cher une nave pour aller, disait-il, à Naples. Elle ajoute qu'elle a fait garder les ports et passages et les entrées et issues de son royaume et que nul chevalier ne peut y entrer ou en sortir. Elle suppose que son prisonnier est Pierre de Craon et qu'il n'aura nulle délivrance jusqu'au jour où le roi de France lui dira ce qu'il en est.

(1) Angers.

(2) Selon Froissart, Jean IV de Montfort leur fit très bonne chère et les assura qu'il ne savait où se trouvait Pierre de Craon. Il tint à dire aux messagers qu'il héoit (haïssait) Clisson de tout son cœur « *et lui ferait une guerre mortelle de toute sa puissance* », qu'il le mettrait à mort de nuit ou de jour, là où il le trouverait et le rencontrerait. Quand les envoyés du roi eurent passé un jour à Nantes, ils prirent congé. Il n'est pas certain qu'ils se hâtèrent pour revenir au Mans.

(3) Enguerrand de Coucy et Gui de la Trémoille furent gratifiés, par lettres du 25 août 1392, le premier de 500 francs, le second de 300 francs pour les frais qu'ils avaient supportés « *en alant et demourant devers monsieur le duc de Bretagne.* » *Comptes d'Arnoul Boucher.*

— Comment pourrait-il reconnaître Craon de si loin ?

— Tu poses la bonne question et je ne saurais comment y répondre. Ce qui est sûr, c'est que la lettre de dame Yolande de Bar est datée de Perpignan, le neuvième jour du mois de juillet. Elle a pris soin de préciser : *reine d'Aragon et de Maiogres, dame de Sardane* (1) et la suscription de la cousine germaine de Charles portait : *A notre très-redouté seigneur, le roi de France*. Ces nouvelles ont amodéré et adouci le cœur du roi et de plusieurs.

— Les ducs ont dû faire grise mine.

— Ils firent en sorte qu'on fût sur le point de rompre le voyage, mais ceux de ma partie ont dit que ces nouvelles étaient faites à la main (2), et tout pour briser la volonté du roi.

— Cette lettre serait-elle un faux ?

— Je n'en sais rien… Ceux qui sont pour moi affirment – sans preuve, je le reconnais – que Craon est en Bretagne.

Et le connétable d'ajouter :

— Ces quelques lignes, eh bien, le roi n'en tint pas compte. « *A tout le moins* », dit Bourgogne à Charles, « *pour apaiser ma nièce d'Aragon et pour délivrer le chevalier qui pris est, s'il n'est point coupable, veuillez envoyer quelqu'un à Barcelone. Ensuite, nous aviserons.* » Mais le roi a bien compris que ce serait du temps inutilement perdu pour l'accomplissement de sa vengeance… et que la volonté de Berry et Bourgogne c'était, en amenuisant son courroux, de faire échec à son dessein.

— Il n'est donc pas si fol homme qu'on le dit.

Clisson hocha dubitativement la tête. Si tous ces retards l'irritaient autant sinon plus que le roi, il n'en laissait rien paraître. Sans doute, lors des conseils innombrables et vains, se taisait-il de crainte qu'on ne le rabrouât par des : « *C'est à cause de vous que nous en sommes là* » ou des : « *Vous n'avez aucun droit à la parole. Vous n'êtes que le truchement de nos décisions.* » Il devait souffrir d'être en permanente disgrâce et d'être tenu pour premier responsable de l'état de santé de son suzerain.

— En vérité, Gui, si la raison du roi chancelle, sa volonté reste droite et de bon aplomb. Montfort le craint. Charles sait, par un espie que je ne connais pas, que le duc de Bretagne a fait renforcer ses cités et châteaux : Vannes, Quimperlé, Dol, l'Hermine – un mauvais lieu pour moi –, Susceniot… Il a ameuté ses barons fidèles, dont il n'est pas si sûr qu'il le prétend. « *Si le roi entre chez nous* », leur a-t-il dit, « *je verrai quels sont mes amis et mes ennemis.* » Il craint des défections.

(1) Majorque, Sardaigne.
(2) Sans doute « faites exprès », dans le texte de Froissart.

Soudain, empoignant Gui au gras du bras, le connétable se tourna vers le parvis de l'église. Berry et Bourgogne saluaient un homme qui, malheureusement, ne leur montrait que son dos avant de disparaître avec les ducs dans les profondeurs de la nef.

— As-tu vu ? Cet homme vient d'ailleurs.

— Je n'ai fait qu'entrevoir une barbe grise.

— On aurait dit un pauvre hère endimanché.

— Il ressemble à une sorte de clerc que j'ai vu à Chartres.

— Par Dieu, Gui, ce n'est pas un moine, j'en jurerais. Sa façon de parler en remuant ses mains me fait songer…

Le connétable s'interrompit. Il semblait qu'il eût fait une rencontre extraordinaire. Ses desseins en paraissaient bouleversés. Avait-il, si peu qu'il l'eût aperçu, reconnu ce passant de nulle part ?

— Je dois me méprendre, et pourtant l'acuité de mon œil s'est développée si étrangement qu'il me paraît parfois y voir davantage qu'avec deux. Batailler ainsi n'a jamais été un inconvénient susceptible de me faire occire.

L'ombre grise de l'église répandait au-dessus d'eux une fraîcheur qui incitait au recueillement. A moins d'une toise, le soleil versait ses braises. Il semblait que le pavement allait fondre. Le connétable consulta les saints du portail comme aveuglés, eux aussi, par la réverbération du parvis. Leurs faces outragées par les rigueurs du temps semblaient toutes imprégnées d'une anxiété aussi pesante que celle du borgne le plus fameux de France.

— Partons, dit-il. Il ne serait pas bon qu'ils sachent que nous les avons observés.

Ils revinrent lentement vers la tour Orbrindelle. Lorsqu'ils furent en vue de la multitude éparpillée dans les champs, Clisson demanda :

— Combien crois-tu qu'ils sont ?

— Je ne sais, messire. C'est la première fois que je vois autant d'hommes.

— Il y a là tous ceux des montres du Mans et de la Ferté-Bernard. Et des centaines de chevaux, pour ne pas dire des milliers… Il y a quelques semaines, cette contemplation m'eût réconforté. Désormais, elle m'inquiète : si le roi était contraint de renoncer, quelle inutile assemblée !… Alors, combien ?

Gui eut un geste d'ignorance, mais on l'interrogeait, il devait fournir une réponse. Peu importait qu'elle fût erronée :

— Deux mille.

— Si tu multipliais par deux, peut-être serais-tu proche du nombre. Ce qui m'ennuie, vois-tu, c'est qu'on ait déplacé tant de guerriers pour les plonger dans l'oisiveté qui est, comme tu le sais, mère de tous les vices. Je ne te dissimulerai pas que les Manceaux nous ont en détestation. Plus une armée est grande, plus elle devient malfaisante (1). Seuls les hommes de Boucicaut savent se conduire. Je ne te parle pas des miens que nous rejoindrons un jour.

Ensuite d'un soupir où Gui décela moins de lassitude que d'amertume, le connétable ajouta :

— Aurais-je dû rester à Paris ? Devrais-je dès maintenant partir pour Jocelin (2). Il advient que je me sente inutile.

— Vos navrures…

— Elles sont cicatrisées. Je n'ai pas eu besoin, moi, de tous ces mires dont Charles aime à s'entourer… Tu vois ma ceinture… Je ne suis pas armé. Personne, au Mans, n'oserait attenter à ma vie. En revanche, tu fais bien de ceindre ton épée. J'en connais un que tu courrouces.

(1) D'après les *Comptes d'Arnoul Boucher*, il y aurait eu au minimum au Mans : 7 chevaliers « doubles bannerets », 27 chevaliers bannerets, 425 chevaliers bacheliers, 3237 écuyers, 307 archers, 359 arbalétriers avec 12 connétables (ou plus précisément, chefs de connétablie-compagnie) et 7 capitaines, soit un total de 4 381 hommes.

Parmi ces guerriers, on distinguait le maréchal de Boucicaut, le comte d'Alençon ; Philippe d'Artois, comte d'Eu ; Jean de Bourbon, comte de la Marche ; Charles de Trie, comte de Dampmartin ; Olivier Guesclin, comte de Longueville, frère du défunt connétable (*) ; Jean, comte d'Harcourt et d'Aumale ; Pierre de Navarre, « *chevaliers, doubles bannerets* » ; Hutin d'Aumont, chevalier, chambellan du roi ; Hue de Beausault ; Guillaume des Bordes, « *garde de l'oriflambe du roi* » ; Bureau de La Rivière ; Enguerrand, sire de Coucy, comte de Soissons, mari d'Isabelle, fille aînée d'Edouard III d'Angleterre ; Robert d'Estouteville ; Jean de La Ferté ; Gui VI de la Trémoille, seigneur de Sully ; Charles d'Albret ; Jean de l'Ile-Bouchard ; Hervé Le Coich ; Gui Mallet, seigneur de Graville ; Hervé de Mauny, sire de Torigny ; Guillaume, vicomte de Melun ; Elhion de Neillac ; Guillaume Paynel, seigneur de Hambye ; Walleran de Rayneval ; Jean de Roye ; Guillaume de Tournebu ; l'amiral Jean de Vienne ; Pierre, dit le Bègue de Villaines ; Louis, duc de Bavière, écuyer, qui avait amené avec lui un chevalier banneret et 19 écuyers certainement bavarois, et Gilles de Mailly, chevalier bachelier. Il faut citer les Manceaux ou Angevins suivants : Jean d'Aché ; Gobert de Brée ; Guillaume de Courceriers le Jeune ; Baudouin d'Espagne ; Jean d'Ingrande ; Philippe de La Haye ; Guichard de La Jaille ; Pierre Le Porc ; Etienne de Mangé ; Olivier du Mesnil, chevaliers bacheliers ; Guillaume Affagard ; Jean de Beaumont ; Michel de Cleraunay ; Guillaume et Robert de La Chapelle ; Guillaume de La Ferrière ; Colas Le Clerc et Tribouillart de Souday, écuyers. Sans oublier Maurice Mauvinet, chambellan du roi.

(*) D'après sa montre passée au Mans le 25 juillet, le frère de Bertrand avait dans sa compagnie 4 écuyers : Guillaume Guesclin, Robert Guesclin, Olivier Guesclin et Jean de Fresne.

Faute de pouvoir s'exprimer contre les Bretons, la brutalité de certains hommes d'armes s'exerça soit sur place, soit lors de leur retour du Mans. Une scène calamiteuse, inracontable, eut pour cadre l'*ostel du curé* de la Chapelle-Vendômoise. Il y eut les crimes commis par Josseran Gachet « *escuier* » à Savigny-en-Basay ; par Regnault, bâtard de Saint-Marc, écuyer, « *maréchal* » de Guillaume de Layre, chevalier chambellan du roi ; par Monin « *bastart de Musigny et Olivier Piedevache, cirurgien* » ; par Geoffroy de Clarissay « *nez du pays de Normandie* » et par Guillemin de Lesclat « *qui, au retour du Mans, tua un compagnon en une taverne à l'enseigne de la Teste-Noire, en la rue Saint-Martin à Paris* ». On était parti paisibles, on revenait enragés, de sorte que le 2 septembre 1392, le Chapitre de l'Eglise de Paris se plaignit d'être grièvement foulé (maltraité, opprimé, blessé) par les gens d'armes « *à cause de la guerre* ».

La Guerre ! Charles VI y songeait parfois au Mans, lorsqu'il ne s'occupait point de choses à vrai dire inutiles, comme, par exemple, de donner dès le 24 juillet, jour de son arrivée, par lettres, à son « *amé et féal maistre Jehan Barrau* », son procureur en la sénéchaussée de Nîmes, une maison en ladite ville, laquelle lui venait par testament de « *feu maistre Cyeffroy Paumier* », son conseiller et avocat en la sénéchaussée de Beaucaire et de Nîmes.

L'on pourrait sous-titrer cette expédition en Bretagne par *A la recherche du temps perdu*.

(2) Josselin.

— Il nous a quittés quelque temps.

— Une sombre besogne, certainement, pour les ducs… Peu importe !… Ce que je te propose, puisque nous sommes à l'arrêt pour de longs jours, c'est d'aller visiter ta famille.

— Je comptais le faire, messire, lorsque nous serions passés à proximité de Sainte-Suzanne.

D'un nouveau soupir, Clisson exprima une incertitude mêlée à une fureur profonde, mais qu'il savait dominer. Gui n'osa l'interroger. La déception qu'il lut dans le regard du connétable – violente, mais tenue en bride – était une révélation. Quelque chose de nouveau s'éveilla en lui, quelque chose qui le liait à cet homme lié, lui, à la France. Il n'était plus présentement, un homme d'armes de grand renom mais la France en chair et en os. Non pas celle du roi, ni celle des ducs prêts à la dépecer si l'occasion leur en était fournie, mais la vraie France, la forte, l'indestructible. En ce 27 juillet, l'homme à l'épée sacrée ne ressemblait en rien à celui de Paris. Il se savait contesté, supplanté. Sans doute avait-il espéré que la guerre contre Montfort serait sa dernière. Or, rien n'était moins certain.

— Je ne sais si nous prendrons le chemin de Rennes en passant, bien sûr, par Laval. De là, nous pourrions gagner Suseniot (1) où sans doute Craon, s'il n'y est déjà, trouvera refuge.

— C'est le plus court chemin.

— Certes, Gui… Mais l'on suggère au roi de se rendre à Nantes en passant par Angiers… Le roi est un esprit faible. Le temps qu'il ait tranché lui prendra quelques jours. Demain dimanche (2), pars avant l'aube. Tu auras quelques dix lieues à couvrir. Va embrasser les tiens. S'ils ne le savent, enditte-les (3) de la mort de ta mère. Fais en sorte de revenir mardi.

— La voie ne me paraît pas sûre. Des soudoyers de l'ost peuvent s'être convertis en guette-chemin. Je n'ai pas peur, mais…

— Ta crainte est permise. Je conserve Galabert et les autres… Pars avec Juvécourt et Jausselin qui n'a présentement aucun ouvrage. Il acceptera de te hourder… Il le fera de bon cœur.

Gui se demanda si le tranche-tête avait bon cœur et même s'il en avait un. Or, cet homme-là était un bataillard de la meilleure – ou de la pire – espèce. Il ne pouvait souhaiter mieux que ces deux compagnons pour cheminer vers la Ferté-Clairbois.

— Soit, dit-il, mardi, je serai de retour au Mans.

(1) Ou *Suscenion* : Suscinio.
(2) 28 juillet 1392.
(3) *Enditter* : informer.

V

Quand, après un bain sommaire dans la Sarthe, Gui revint, nu, au logement du connétable, trois hommes l'attendaient : Jausselin, Juvécourt et Trinquier, tous le torse pris dans une cotte-hardie sang-de-dragon aux armes du connétable.

— Sire Olivier a voulu qu'il nous compagne, expliqua le tranche-tête en désignant du doigt Trinquier. Il dit que trois, c'est mieux que deux.

C'était une évidence tellement manifeste que Gui douta que Clisson l'eût énoncée. Trinquier, petit, carré, glabre et rieur passait pour un soudoyer habile. Gui accepta d'emblée sa présence. Il se vêtit en hâte. Quittant le pavillon du connétable où Galabert dormait, il exprima une déception des plus légère :

— Entre vous trois, habillés comme je suis, les gens vont me prendre pour un prisonnier que vous menez chez le connétable.

— J'aimerais bien t'y emmener, déclara le tranche-tête. Cela signifierait que nous serions en paix. N'oublie pas ton épée, selle ton cheval et partons… Mais pourquoi, bon sang, n'as-tu pas mis ta cotte-hardie ?

— Ma parenté prendait pour de la présomption ou une frisqueté (1) déshonnête le fait que je sois vêtu comme vous l'êtes. Ce sont des gens simples, trop simples, qui ne se vêtent bien que pour la Fête-Dieu.

— Tu ne leur ressembles pas, dit Jausselin. Ma parole, tu tiens ta vie d'un autre père !

Gui fut tenté d'émettre une protestation, mais Trinquier commanda « En selle » ce qui parut mécontenter Jausselin :

— Ma parole, archer, tu te prends pour un chef !

Il souriait. Toujours une mystérieuse grimace qui mettait de biais sa

(1) Élégance.

banlèvre (1) et Gui se demanda si sa face avait cet aspect mi-satisfait mi-répugné lorsqu'il tranchait des cols.

Ils franchirent l'enceinte de la cité alors que le soleil se levait, invisible, mais si vermeil qu'il ensanglantait le ciel à travers le treillis des arbres. Il faisait froid, signe de beau temps. La chaleur de midi serait terrible. Les chevaux piéteraient comme dans du sable sur le chemin de terre qui, bientôt, succéderait au pavement où leurs sabots jouaient la musique à laquelle, depuis Paris, Gui s'accoutumait assez mal. *Clip clop, clip clop.* Ni Trinquier ni Jausselin ni Juvécourt n'avaient envie de parler. S'il n'avait craint de provoquer des rires, Gui eût souventefois cheminé les yeux clos.

Ce n'était pas qu'il fût las. Ce qui l'engourdissait jour après jour, c'étaient ces marches indécises, ces alentissements incompréhensibles, ces arrêts empreints d'incertitude qui semblaient annoncer la ruine des desseins du roi, partant les espérances de son connétable. De ces déconvenues naissait pour lui, modeste écuyer, le désir de ne penser à rien, de manger, de dormir, de soigner son cheval et d'attendre. Quoi ? Il ne le savait. La guerre, c'était la précipitation de deux ennemis l'un vers l'autre, le heurt de leurs armes, les succès ou les revers d'une bataille. Le duc de Bretagne, immobile quelque part, attendait la venue d'une armée qui ne pourrait être que fragile lorsque ses guerriers seraient en vue… De quelle cité ? Angiers ? Nantes ? Rennes ? Quoi d'autre ? Et Alix, là-dedans ?

« Elle m'espère et prie pour que je lui revienne. »

Fonder leur vie en dehors des usages avec l'idée de la rendre ainsi meilleure, plus vraie et plus durable, c'était confier leur avenir à la Providence. Leur amour ainsi réalisé se trouverait renforcé par la certitude d'un bonheur différent de celui des autres, un bonheur créé par eux et non par les conventions établies pour la plupart des couples. Jamais le sentiment qui en formait l'assise ne se fissurerait sous les coups des adversités de toute sorte.

A midi, Jausselin décida de mettre pied à terre. Trinquier tira de la besace liée à son troussequin de selle du pain, du pâté, une chopine close à la cire. Juvécourt abreuva les chevaux à une petite mare ombreuse, à moitié pleine, mais dont l'eau semblait saine. Ensuite, ils mangèrent sur l'herbe sans trouver un sujet dont ils eussent pu conférer. A quoi bon, songeaient-ils, discuter des decevements (2) du connétable.

Ils repartirent alors que le soleil amorçait sa descente et Jausselin estima qu'ils avaient couvert la moitié du chemin. Gui acquiesça. Ils étaient passés par Chauffour, Coulans-sur-Gée et c'était après

(1) Tour de la bouche.
(2) Déceptions.

Chassillé qu'ils avaient interrompu leur chevauchée. Il leur restait à passer par Joué-en-Charnie, Saint-Denis d'Orques et à obliquer, de là, vers Sainte-Suzanne.

Le chaud du ciel n'avait point cessé. Les chevaux, depuis Paris, avaient eu le temps de s'adapter aux fureurs d'un été dont l'inclémence affectait les hommes.

— Laissons-nous aller, dit Jausselin, sans quoi nous fondrons au soleil.

— Moi, dit Trinquier, maussade, je préférerais fondre sur le duc de Bretagne.

— Et toi, Gui ? questionna Jausselin.

— Je pense à la sépulture où ma mère repose.

— Crains rien, dit Juvécourt. Nous nous en approchons ; je vais t'y emmener.

* *
*

En fin d'après-midi, la forêt semblait toujours étouffer sous le baldaquin d'un ciel bleu foncé auquel il ne manquait qu'une jonchée de lis avant les semailles nocturnes. La ramée tempérait à peine la chaleur. Piétant dans un sentier dévoré d'ombres et d'herbes, après que les chevaux eurent été confiés à Trinquier, Gui se souvint du temps, proche encore, de Clairbois. Chaque année, entre deux averses de septembre, il accompagnait frère Evrard en ces lieux. Le prêcheur en soutane blanche, au vaste chapel de feutre noir, connaissait les lieux fertiles en champignons. S'il ignorait encore pourquoi le dominicain s'était fixé à Clairbois, il connaissait les raisons qui l'y avaient maintenu : le bon air, la bonne chère et des gens pieux qui l'aimaient bien. Prédicateur général – ce qui l'autorisait à prêcher n'importe où –, il ne s'absentait que pour participer aux élections internes de l'ordre de saint Dominique. C'était frère Evrard qui l'avait perfectionné dans la lecture et l'écriture. Le saint homme ne se contentait pas de récolter les champignons ; il recherchait les plantes médicinales : on ne souffrait guère, à Clairbois, des maux qui accablaient les gens des terres et des cités voisines.

« Parfois, Mère venait avec nous… Un jour, nous nous sommes assis sous ces arbres. »

Dame Hedwige craignait les serpents et autres bêtes forestières. Sans doute, si le deuil qui venait d'enténébrer sa vie n'avait été qu'un mauvais songe, eût-il quitté maintenant ses compagnons pour galoper jusqu'à la demeure familiale afin d'obtenir son pardon. Anceaux, en les voyant s'étreindre, eût montré de l'irritation. Comme toujours. Il s'estimait moins aimé sans pour autant chercher la raison de cette préférence. Et pourtant !... Ne savait-il pas qu'il était hypocrite, emporté ? Frère Evrard avait renoncé à façonner ce caractère. Homme d'armes ? Jamais. Il avait l'esprit d'un loudier (1). Et encore d'un loudier malveillant. La pauvre Emma devait fréquemment se mordre les doigts de l'avoir épousé.

— A quoi penses-tu ?

— A ma famille, Jausselin. A ma famille... Parce que j'en suis désormais tout proche. J'ai rompu en quelque sorte avec elle. Mère s'est courroucée lorsque je lui ai annoncé...

— Que tu entrais au service de messire Olivier ?

— Oui... Si elle était vivante, elle m'aurait pardonné.

— Mais tu ne regrettes rien ? demanda Juvécourt.

— Non, en ce qui me concerne.

— N'aie aucun remords... Nous sommes tous dans les mains de Dieu. Jamais nous ne saurons où Il nous mène.

— A la mort, c'est évident.

Ils se turent. Les herbes frottaient leurs heuses. Un petit vent soufflait et la lune enfin présente s'écaillait sur l'eau triste d'une mare. On voyait clair et certainement pour longtemps.

— Le connétable est soucieux, dit Jausselin. Il s'attend à je ne sais quoi.

Gui acquiesça. Parmi les gens qui pensaient et agissaient, Clisson, sous aucun prétexte, ne devait distraire une attention sans relâche accrochée à la destinée du roi. Cet homme que d'aucuns considéraient comme un intrus dans sa propre armée pourrait-il longtemps « couver » Charles le Sixième ?

— Penses-tu que tes parents ont appris le meurtre de ta mère ?

— Non, sans doute.

— Tu vas donc le leur annoncer. Je pourrais te compagner. J'en ai été témoin.

— On verra...

— C'est là, dit Juvécourt en s'immobilisant.

Il désignait à leur dextre une sorte de montjoie (2) enchâssée dans une couronne de fougères dont aucune n'avait souffert du soleil. Le tertre était composé, à sa base, de gros quartiers de rocs qui allaient en s'amenuisant vers le haut. Quelques graines avaient germé çà et là. Gui arracha les brins verts encore fragiles sans remuer la moindre pierre.

— Je n'avais rien pour creuser une fosse, expliqua Juvécourt sur le ton d'une excuse. Comme tu l'as pu voir, ce pays est un pays de

(1) Paysan.

(2) Monceau de pierres destiné à marquer les chemins ou à rappeler un événement important. Ancienne bannière qui réglait la marche de l'armée.

roches que le gel casse en hiver. Lorsque j'ai porté ta pauvre mère jusque-là, c'était le petit matin. J'ai pris mon temps. Je crois que j'ai fait le bon choix. Si j'étais toi, je la laisserais reposer en ce lieu.

Gui ne sut que dire. Aucun chagrin ne le dominait. Ce qui le subjuguait, c'était, envers Apilly, une sorte de vouloir grandissime, non de meurtre mais d'humiliation.

— Je voudrais qu'il ait honte… Une vergogne abjecte, même s'il n'a fourni aucun coup.

Bien qu'il eût une famille, un maître, des compagnons et un amour, une sensation de solitude naissait en lui. Il se sentait suffisamment fort pour la supporter, pour s'élever de lui-même au-dessus des épreuves de son existence présente et future, et tellement épris d'Alix qu'il saurait se frayer, au milieu de l'agitation universelle, des temps d'arrêt, de méditation et d'amour. Devant le gros et inviolable sépulcre de pierre – car un jour la forêt l'engloutirait –, la navrure dont il avait souffert se rouvrait, mais il s'interdit de fournir à ses compagnons le spectacle d'une faiblesse à la fois indigne et insigne.

— Tu l'aimais ?

L'amour… Jausselin pouvait-il savoir ce que c'était ?

— Je la… J'avais pour elle une révérence infinie. Il m'a souventefois semblé qu'elle me préférait à mon ains-né frère. Je n'ai jamais su pourquoi et ce sont des questions qui ne se posent point. Quand nous nous sommes quittés, à Paris, après l'attentat contre le connétable, j'ai craint que nulle puissance au monde ne puisse plus plus nous réunir.

Un soupir dégonfla la poitrine de Gui.

— Elle m'imaginait sur les champs de bataille. Les épées, les lances… les bombardes. Elle se disait que la mort me cueillerait et c'est elle qu'elle a cueillie. Moi, je me serais cru amoindri de refuser de servir le connétable. J'ai sacrifié ma mère à mes ambitions.

— Ne grossis pas ton remords.

Gui le savait : Juvécourt ne lui témoignait aucune sollicitude. Chez cet être simple, rugueux, abrupt, le cœur était aussi petit que le cerveau. Ce jour d'hui, il eût préféré le silence complet aux quelques interlocutions du soudoyer. Or, c'était à cet homme qu'il devait de savoir que sa mère reposait en paix dans un lieu plus plaisant qu'un cimetière.

— Je ne sais que penser de mon frère. Je redoute son émoi et sa détresse.

Anceaux n'avait pas dit grand-chose lorsqu'ils étaient, la défunte et lui, partis pour Paris. Seuls, ce qui était une ose (1). Alors qu'ils montaient à cheval sans grand bagage, ni Emma ni son mari ne

(1) Audace.

s'étaient émus pour lui, Gui, le mains-né. Seule l'absence d'une femme qu'elle vénérait affligeait Emma.

« Peut-être m'ont-ils moins aimé que je me l'imaginais. Peut-être ne m'ont-ils *jamais* aimé. »

Gui retournait et retournait ces pensées tout en suivant ses compères. Il avançait derrière le tranche-tête, d'un pas inégal, mais silencieux, sur le tapis d'herbes. Méditatifs, inquiets sans savoir pourquoi, il leur tardait de quitter le couvert des arbres pour retrouver davantage de clarté. Juvécourt se baissa et ramassa quelque chose.

— Une moquette (1)... Mes compains gisent un peu plus loin que ta mère... On peut dire qu'ils vont dormir parmi des animaux que j'aime bien : cerfs, chevreuils, sangliers...

— Sur une table, en tranches ou en copieuses portions...

— Non ! Non !... Sous la ramée. Ils sont beaux à voir vivre.

Juvécourt semblait parler pour ne rien dire ou pour se montrer meilleur qu'il ne l'était. Soudain la voix de Jausselin parut s'enténébrer :

— Tu aurais pu vivre en paix. Tu as souhaité une vie ardente, hardie, tumultueuse ; l'effroi des batailles, la frayeur des mêlées où tu prendras conscience de ta vigueur... Tu te sens en bonne ou parfaite communion avec nous, mais nous sommes différents de toi. En guerre, tu ne nous reconnaîtras point. En fin de bataille, victorieux, non plus... Nous sommes en vérité des monstres. Je coupe les têtes. Juvécourt se réjouit de trespercer des corps. Clisson fait trancher des bras, des jambes aux vaincus. Galabert et les autres...

— Assez !

Gui ne voulait plus rien ouïr.

C'était vrai qu'il avait l'air d'un tendre parmi les gens du connétable.

S'il existait des puceaux pour l'amour, il en existait pour la guerre. Il ne pouvait considérer l'échauffourée de la rue Sainte-Catherine comme un dépucelage guerrier. C'était, en somme, l'équivalent d'un simple attouchement dans l'amour – ou dans la haine. Certes, il avait tout à apprendre. Il apprendrait. Sans souhaiter ni la poesté (2) ni la renommée, il fallait qu'il fût *quelqu'un*, autrement dit : un nom que l'on connaît et que l'on répète.

— Tu t'y feras. Ton cœur s'affermira autant qu'un acier qu'on martelle.

Gui ne répondit point. Allait-il *aimer* cette guerre en Bretagne ? A l'inverse : la passion de la paix allait-elle devenir son tourment ? Maintenant que le sentier s'était élargi, il marchait au coude à coude

(1) Fumée (fiente) du chevreuil.
(2) Puissance.

avec Jausselin, tandis que Juvécourt les précédait. Il ne se sentait plus seigneurié (1) par ces présences lourdes, sûres d'elles.

— Que vas-tu faire ? Tes parents ne savent rien. Quand vas-tu le leur dire ? Es-tu proche ou lointain de ta maison natale ?

— Une lieue, Jausselin, m'en sépare.

— Alors, si j'étais roi, j'attendrais que nous soyons en présence d'une hôtellerie. Tourné vers nous, je dirais : « *Attendez-moi céans. Je repasserai vous prendre.* » Et j'irais à Clairbois en ménageant Beaubrun.

Gui ne révéla pas qu'il y avait songé.

— Je connais le *Chêne vert* à Blandouet. Avez-vous de l'argent pour…

— Cela nous concerne. Clisson est généreux. Tu le sais, et tu sais aussi que rien ne va au Mans comme il l'avait souhaité. Comment savoir ce qui s'y passera demain ? Bien que les Bretons de Montfort soient certainement prévenus de notre approche, je crains…

— Un embûchement ? suggéra Gui en saisissant la bride de Beaubrun que Trinquier lui présentait.

— Non, mon compère. Quelque chose d'autre. Hier soir, j'ai entrevu les ducs assemblés en cordelle (2). Allons au *Chêne vert*. Sitôt rendus, tu nous quitteras pour aller chez les tiens. Dis-toi que notre maître serait heureux de nous voir reparaître plus tôt que prévu. Ses guerriers sont loin, et par ma foi, malgré les amis qu'il compte à l'ost, il se sent seul.

C'était certainement bien pensé. Gui s'inclina.

* *
*

— Hâte-toi, Beaubrun, sans forcer tes dons. Admire, ami, cette contrée où nous avons piété, galopé, sans jamais nous départir du plaisir d'être ensemble !

Pour l'avoir emprunté mainte et mainte fois, Gui considérait le chemin comme sien. Il en savait les montées, les courbes et les creux, jusqu'aux moindres fissures où les eaux de pluie, toujours longues à disparaître, mêlaient le bleu du ciel au sinople des arbres. Ce soir, cette voie lui semblait nouvelle. Sans doute son émoi et son deuil raffermi par cette chevauchée en pays connu étaient-ils cause de cette illusion. Plus il approchait de Clairbois, plus il se livrait à des suppositions sur l'accueil qu'il y recevrait, et plus il concevait des doutes sur la nécessité de revoir inopinément la grande et solide Maison et tous ceux, parents ou non, qui avaient composé sa famille.

(1) Dominé.
(2) Intrigue.

Après les feux du jour, le pays recouvrait ses aises. Le soleil près de disparaître répandait à profusion son sang. Sa clarté ruisselait sur les cimes crépues et refluait plus haut, dans l'immensité où des nuages longs et maigres, d'un rose charnel, s'immobilisaient pour la nuit. Toute cette magnificence vaste et paisible semblait se déployer pour lui, silencieuse et comme lasse d'avoir été poussée à un paroxysme de chaufferie dont il redoutait les conséquences non pour lui mais pour le roi. Se pourrait-il demain, lundi 29, que le ciel maintenant serein, mais qui, depuis des jours s'abreuvait de lumière, poursuivît ses ardeurs et ses éblouissements ? Il avait aperçu Charles VI la veille, peu après qu'Olivier de Clisson l'eut quitté. Entre Berry et Bourgogne attentifs comme des fauves à l'aguet, le roi vidait à la goulée une chopine d'eau ou de vin offerte par ses « bons oncles ». Il avait le teint rouge, l'œil triste et dilaté d'avoir regardé tout un jour l'amorce d'une voie qui n'en finissait pas d'aboutir. S'il semblait moins recru que le bruit en courait, il était à coup sûr assoiffé d'autre chose que d'une boisson fraîche. Mais de quoi ?

— Va, Beaubrun !... Tu vas revoir ton écurie sans y entrer. Je te ferai donner un moreau de cévade (1).

En vagues tumultueuses, les souvenances de Gui montaient du fond de sa mémoire. Des pensées touchantes et confuses se mêlaient à la quiète harmonie des terres et des arbres, aux ultimes rayonnements de leurs couleurs vivifiées par les derniers flamboiements du jour. Sous des sourcils froncés, ses regards hésitaient parfois entre la beauté du pays alanguie çà et là dans des brumes naissantes et la blondeur du chemin où certaines pierres se paraient de reflets nacrés. Depuis qu'il avait quitté l'ost, il se sentait heureux, isolé de l'emprise des hommes, dans un lieu quasiment saint qui, en cette vesprée, obtenait de la nature quelques enchantements à lui seul destinés. Il eût aimé pouvoir marcher, perdre son temps, jouir de la tombée du soleil, cueillir dans ses prunelles les clartés transmutées en coquelicots dont se paraient les prés, les boqueteaux, les livrées de terre (2) qu'il avait défrichées, les champs qu'il avait biloqués (3) et dont il avait contemplé les enrues (4) avec une satisfaction grave, intime, puisque son ains-né ne l'en louangeait jamais – ce qui ne le consternait point de la part d'un homme toujours peu ou prou maussade et qui semblait constamment insatisfait de lui-même et des autres.

— On approche !... Ils seront ébahis de me voir.

Les herbes et les feuilles exhalaient dans l'air encore tiède, outre

(1) *Moreau* : sac qu'on attachait sous la bouche des chevaux de somme afin qu'ils pussent manger en route. *Cévade* : avoine.

(2) Portions de terre qui produisaient une livre de revenu.

(3) *Biloquer* : labourer profondément.

(4) *Enrues* : larges sillons.

leur odeur, l'influence apaisante des lieux qu'en sa jeunesse prime, il avait inlassablement fréquentés. Son esprit ressentait les bienfaits d'autrefois tandis que ses regards, comme pour s'y désaltérer, se perdaient dans les fougères et les pâtures où Beaubrun aimait à séjourner. Afin qu'il les vît, lui aussi, il l'avait, avant de partir pour Clairbois, soulagé de ses orbières.

— Oye !... On entend comme avant le chant des grillets... Nous arrivons.

Il allait donc revoir Anceaux dont la réserve craquerait en apprenant la mort de leur mère. Autant que frère Evrard, Emma s'efforcerait de le consoler. Il verrait aussi Bouchart et Garnier, les inséparables qui avaient survécu à l'embûche lombarde tendue par les routiers de Jean Hawkwood, et dans laquelle Gilbert de Clairbois avait péri. Il verrait autour de la table du souper, Hugonin le roux, Caponnel le blond, Collinet et Alard, les bruns, âgés de seize à vingt ans. Il embrasserait les meschines : Belissent, l'épouse de Collinet, Yde, celle de Caponnel, et Alaïs, qui avait une chambre à elle seule et se disait hostile au mariage sans pour cela refuser des visites. Il verrait...

— Nous y sommes, dit-il quand il fut en vue des ultimes prairies qui précédaient la ferté de trois ou quatre cents toises.

Ses yeux s'écarquillèrent.

A dextre, dans un champ depuis longtemps consacré au froment, les ablais (1) n'étaient point engrangés. Un orage eût pu détruire la récolte. A senestre, une terre avait été labourée peu profondément. Les sillons, à peine droits, se couvraient d'herbes. C'était lui, Gui, qui depuis ses enfances avait pris soin de ces terres, Anceaux se réservant la vigne, le fourrage, la maréchalerie. Était-ce parce que c'étaient *ses* terres ? Il y avait aux abords de la ferté un relâchement de mauvais augure.

« Et si la nuit ne tombait pas, j'aurais peut-être vu autre chose. »

L'enceinte – bois et pierre – demeurait inchangée. Sans même qu'il eût dépassé les vantaux entre-clos de la grande entrée, Gui fut saisi d'une sorte de crainte à laquelle se mêlait le plaisir de revoir les dépendances assidûment fréquentées telles que l'échansonnerie, l'étable, l'écurie et comme planté en leur centre, le logis familial d'une simplicité monastique.

Il recouvra la senteur d'herbes et de fourrage à laquelle se mêlait la puanteur d'un gros tas de fumier entre l'étable et le logis.

« Mère ne l'aurait point toléré. Ni d'ailleurs Père lorsqu'il était présent. »

Comme naguère, il vit aux fenêtres de ce qu'on appelait « la demeure », les rectangles dorés de la grand-salle où devaient brûler

(1) Blés coupés non rentrés.

dix chandelles. Leurs lueurs se répandaient et morcelaient sur le jus du fumier en paillettes lugubres. Rien, non rien ne démentait la répugnance de l'endroit. Tous les murs semblaient assombris à leur base. La vesprée ajoutait à la honte des bâtiments cet air mourant que prenaient les choses lorsque l'action des vivants s'avilissait dans le délaissement.

« Anceaux, Emma et les autres devraient-ils, pour œuvrer en ces lieux, être commandés comme des serfs ? »

L'illusion des bonheurs passés se dissipa. Clairbois parut à Gui moins un vaste reliquaire qu'une métairie sans âme vouée à la disparition. Seules les grandes ombres des granges nées de la chute d'un soleil furieusement vermeil, allongées, étirées sur le sol, demeuraient fidèles à ce qu'elles étaient naguère.

« Si elle était là !... »

Or, elle n'y était plus. En revanche, Roland d'Evron traversait la cour. Roland qui avait fui lors de l'attentat contre Clisson. Fui le premier pour trouver refuge à Clairbois ? Certes non : il avait, précisément à Evron, un domicile convenable.

— Nous allons acheter des chiens. Nos oies ne suffisent pas à donner l'alarme. Elles dorment à ce qu'il semble... Elles n'ont point annoncé ta venue.

Il parlait comme l'eût fait un propriétaire, et il n'était rien, *rien de rien* en ces lieux.

— Nous ne pensions pas que tu viendrais.

— Je puis venir quand cela me plaît. Je suis chez moi céans.

— Voire.

— Que signifie ?

— *Voire*, te dis-je. Mais ce n'est pas à moi de t'éclaircir l'esprit.

Gui mit pied à terre et avança, proche de Roland, laissant Beaubrun libre d'aller, comme autrefois, sur le seuil de l'écurie.

— Roland, que fais-tu à Clairbois ?

— J'ai pris ta place. Y vois-tu à redire ?

Gui s'arrêta et, le dos contre la roue d'un chartil (1) qu'on aurait dû ranger dans la remise plutôt que de le laisser à l'abandon depuis des jours, sinon des semaines :

— Je sais que tu étais menacé. Je t'ai vu t'escamper dès que l'assaut fut donné contre Clisson. Je ne me suis pas inquiété du lieu où tu allais. L'essentiel, c'était que tu te sauves à temps... Quant à ma place, quand tu l'as prise, elle était vide du fait de mon absence, mais non point vacante, à ce que tu sembles croire avec l'assentiment d'Anceaux. Elle me revient et restera mienne par droit de hoirie.

— Je l'occupe à présent et y demeurerai.

(1) Longue charrette à foin.

— Décidément, tu déraisonnes. Ores, je ne suis pas ici pour tenir contre les tiens des discours aussi vains qu'incongrus. Je suis venu pour saluer Anceaux, son épouse et les autres, tous les autres, pour leur faire part d'une sombre nouvelle.

— Ils savent.

— Ils savent quoi ?

— Que dame Hedwige est morte.

Cette fois, Gui éprouva sur son crâne un coup pareil à un horion. Tandis qu'il s'en approchait, il avait imaginé son arrivée à Clairbois et la douloureuse stupéfaction d'Anceaux, d'Emma, de frère Evrard, des meschins et meschines. Le branle (1) était pour lui : ils savaient. Il avait été devancé. Par qui sinon par Roland. Or, si Roland *savait*, n'était-ce pas parce qu'il avait pris part à l'embûche perpétrée contre Marguerite de Rohan-Clisson ? …N'était-ce pas parce qu'il avait vu, le crime consommé, la méprise dont Apilly était le premier responsable ?

— Ils savent… Soit. Qui le leur a appris ?

La pensée de Roland parut s'attarder loin de Clairbois ; sur les lieux de l'assaut, peut-être.

— Un homme est passé. Il connaissait Hedwige et avait vu son corps abandonné.

« Menteur !… Le corps, Juvécourt s'en est chargé sitôt qu'il s'est senti hors de danger. »

— Ce corps, êtes-vous allés le chercher ?

— Certes. Une fois sur les lieux, il avait disparu.

« Il ne me demande rien. Il sait que j'appartiens désormais à Clisson, adoncques, le saligot, que je sais tout. »

— L'homme vous a-t-il emmenés pour vous montrer où reposait Mère ?

— Oui.

— Tu le connaissais ?

— Non.

« Ta voix tremble, Roland. Tu sais pourtant mentir ! »

— Et tu vivais à Clairbois depuis quand ?

— Je venais d'y arriver. J'y suis demeuré. C'est clair. Qu'en dis-tu ?

— Tu es apparu à Clairbois le jour même… le soir même de l'embûchement ! Dis-moi la vérité. Est-ce avant ou après ?

— Je ne suis point forcé de te répondre. Et je ne te dirai rien… Je pense que j'ai eu tort de te révéler à l'avance l'attentat de la rue Sainte-Catherine… et de t'inviter à être des nôtres. C'est toi qui as prévenu le connétable.

(1) La commotion.

— C'est moi… J'aurais pu te dénoncer si j'étais de ton espèce. Mais tu peux dormir tout ton saoul. Tu le sais ! Sache cependant que je hais les attentats quels qu'ils soient. Que faisais-tu le soir où périt Mère ?

— Sitôt appris la nouvelle, nous sommes partis, Anceaux, moi et… l'homme. Partis au galop.

— Ce porteur de mauvaise nouvelle, tu ne le connaissais point. Et comme par hasard, il est venu à Clairbois pour y publier : « *Dame Hedwige est morte. Suivez-moi jusqu'à son corps !* » Me prends-tu pour un nicet (1) ?… Je crois, en vérité, que cet homme était *lui aussi* de l'attentat de la rue Sainte-Catherine *et de l'autre* où périt ma mère. Tu le connais.

Gui fut certain que Roland, à bout de nerfs, allait lui répondre affirmativement. Le *oui* qu'il espérait ne franchit point ses lèvres, mais le mouvement de celles-ci fut un assentiment.

« Il en était. Sa cuidançon (2) augmente à chacune de ses réponses. Peu importe comment il fut sur les lieux le soir du meurtre. L'important est qu'il y était. »

Autant la confusion du malandrin augmentait, autant la sérénité de Gui gagnait en force. Il éprouvait l'étrange impression, non seulement que Roland avait usurpé sa place avec l'approbation d'Anceaux, mais encore qu'un jour ou l'autre, sa vie serait menacée par ces deux complices.

— Parle-moi de ce sicaire… car c'en est un. Sais-tu où il vit ? Connais-tu son nom ?… Il prétendait connaître Mère ?… Allons donc ! Elle ne fréquentait que des gens honnêtes.

Il sentit la haine naître dans l'esprit et le cœur de Roland.

— Laisse-moi en paix, Gui. Je ne te dirai rien de plus. Pour qui te prends-tu ? Pour un inquisiteur ?… En ce qui concerne nos péchés, céans, frère Evrard nous suffit !

— Si ce charitable dominicain pouvait ouïr ta confession à propos de ce que tu sais et que je devine, sa bonne âme serait soudain enténébrée !

— C'est pourquoi je la lui épargnerai.

« Il se sent fort, soudain. Je devrai me méfier en quittant la ferté. Il n'est pas à un meurtre près et bien que j'en doute, il s'est peut-être fait quelques amis sur place. »

Gui savait que déjà il n'était plus chez lui. Son plaisir de revoir les lieux qu'il avait hantés, chéris, évoqués soit à Paris, soit au cours de ses cheminements s'en trouvait comme fatigué. Jamais, pourtant, il ne s'était senti dans un pareil état de supériorité non seulement à l'égard

(1) Naïf, niais.
(2) Inquiétude.

de Roland, mais bientôt face à son frère. Son mépris se confondait avec sa hâte de partir et de se jeter, tête baissée, dans la guerre – si toutefois elle avait lieu. Il fallait maintenant qu'il vît Anceaux. Il pouvait imaginer sa froideur. Elle participait d'un vice intérieur dont il n'avait jamais discerné l'origine. Persuadé qu'il l'apprendrait bientôt, il défia Roland d'un ultime regard :

— Après la rue Sainte-Catherine, tu t'es mussé dans Paris. Peut-être chez Berry, Bourgogne, Orléans ou... Apilly. Tu as suivi les malandrins que ce dernier commandait pour prendre la dame de Clisson en otagerie... Tu m'as presque tout révélé... Je suis certain qu'un jour tu m'en diras davantage.

Quelle que fût la violence de son courroux, il ne pouvait soupçonner Roland d'avoir porté à sa malheureuse mère le coup fatal, mais il regrettait que Juvécourt ne fût point à son côté. Il eût sans doute reconnu, parmi les agresseurs d'Hedwige de Clairbois, ce grand gars au visage de lune dont le crâne était aussi net et poli qu'un galet de rivière.

— Garde-toi désormais de croiser mon chemin.

— Anceaux t'en dira tout autant !

La voix était allègre. Quelque chose s'était tramé. Le déplaisir de Gui se changea de nouveau en crainte, – une crainte dont, jusqu'ici, il n'avait point encore évalué la purulence. Il vit passer, tout proches, Bouchart et Garnier. Plutôt que de marcher à sa rencontre, la main tendue, ils contournèrent le logis après lui avoir lancé un regard si bref qu'il n'en put deviner la signification. D'ailleurs, la nuit tombait, dissimulant peu à peu les hommes et les choses.

« Et si c'était *lui* ? » pensa Gui, derechef.

Il n'avait jamais rien éprouvé d'autre, envers Roland, qu'une sorte d'intérêt léger dépourvu du moindre germe d'amitié. Leur cousinage se réduisait à ce mot. Tout ce qu'il en savait, c'était qu'il était le fils unique de la seconde sœur de Gilbert de Clairbois : Roberte, laquelle était veuve d'un hobereau, Archambaut d'Evron, mort sans combattre. L'aînée, Ermengarde, veuve d'un drapier, Raoul Ferrière, avait, elle, choisi de vivre à Paris.

Certain qu'il avait été vu du dedans – et par son frère –, il poussa le gros huis de chêne sans faire usage du heurtoir, – une dextre gantée de mailles dont les doigts serraient une bille de la grosseur d'un œuf. Anceaux qui, peut-être avait collé son oreille au bois pour percevoir quelques bribes d'une discussion qui tournait à l'aigre, fit un bond de côté si prompt qu'il donna de la hanche sur la pierre d'évier.

— Pardonne... Je n'ai pas cru devoir annoncer mon entrée puisqu'il me semblait t'avoir entrevu à l'aguet derrière la fenêtre.

Puis, tourné vers Roland, Gui s'enquit :

— Que fait-il céans alors que son gîte est à Evron ?... Il m'a reçu comme un propriétaire.

— Je l'ai pris avec moi. Est-il oui ou non de la famille ?

La voix était sévère, presque solennelle, et le regard exprimait une sorte d'aversion. Gui, sans trop d'ébahissement, découvrait un frère à la fois différent et pareil à lui-même : un mâle brun, robuste, charnu plus que musculeux. Le visage poilu de quatre ou cinq jours était dominé par des yeux pâles entre lesquels bouffissait un nez vermillonné sous l'effet du soleil – à moins que ce ne fût du vin abondamment liché. Sous les grosses lèvres et les poils en friche, on pouvait deviner un menton en galoche, mais la hardiesse qu'il révélait d'ordinaire n'y était plus. Assez mal vêtu de futaine par le haut, de houseaux de cuir sale par le bas et d'escafignons (1) troués à leurs extrémités, Anceaux, vestimentairement, était toujours le même. Seul son esprit avait changé. Il possédait un haubergeon, une cervelière et une épée afin de prouver qu'il était fils de noble homme, donc prud'homme lui-même. Il ne les avait portés qu'une fois, lors d'une procession en l'honneur de saint Haduin, à Evron, pour complaire à un géniteur qui sans doute, s'il ne le méprisait, le considérait comme un couard. Anceaux n'était en fait qu'un ahanier (2).

Pour la première fois, Gui s'étonna que ce frère qui différait de lui en toute chose, eût été conçu par une Hedwige intelligente, belle et gracieuse, et un chevalier méritoire. Près de cet ains-né qui le traitait en importun, Emma, sortie de l'ombre, était une créature de petite taille, humble et légère, dont les yeux d'un bleu profond, sous la frange des cheveux blonds, exprimaient un reproche impénétrable.

— Tu n'accueillerais pas plus mal un forain (3).

— Il est vrai. Qui te dit que tu n'en es pas un ?

— Trêve de sornes, mon ains-né. J'étais venu t'annoncer le trépas de notre mère...

— De *ma* mère.

Anceaux jouait avec des mots et des expressions dont Gui commençait à s'irriter.

— Elle est morte dans une embûche...

— Cesse. Nous le savions. J'ai vu que Roland t'enditait (4).

— Depuis quand le sais-tu ?

— Le... le lendemain sans doute après l'agression.

« Adoncques », songea Gui, « Roland y a participé. Feignons d'être naïf. »

— Soit : je venais t'annoncer son trépas. Je sais où il eut lieu et tu

(1) Chaussures légères de cuir ou de toile.
(2) Paysan.
(3) Étranger.
(4) *Enditter* : informer.

le sais aussi. Un bel et bon endroit pour accomplir un forfait de cette espèce. Les malicieux avaient été moult bien instruits !

Gui n'osa interpeller Roland immobile et comme étranger à tout ce qui concernait l'attentat. Cessant de l'observer, il affronta Anceaux :

— Sais-tu où est sa tombe ?

— Non. Elle ne m'aimait point. Qu'elle repose en paix.

C'était inattendu d'indifférence ou de méchanceté, contraire à tout ce que l'on pouvait inférer en pareille occurrence. Anceaux croisa les bras et leva le menton, dégageant sous la barbe un cou maigre et tendineux « aussi pâle que son cul », songea Gui dont la sérénité fondait à mesure que l'exécration d'Anceaux se convertissait en fureur.

— Le temps est venu, Gui, où je me dois de te révéler ce que je sais depuis moult longues années et que Roland m'a fait confirmer par sa mère, laquelle m'a visité il y a un mois.

— Vas-y.

Gui se sentait une aptitude nouvelle à tout supporter.

— Tu n'as jamais été un Clairbois. Tu n'as jamais été le fils de ma mère et de mon père... En vérité, tu n'es qu'un je ne sais qui... Un je ne sais quoi.

Bien qu'il se fût attendu à tout, cette révélation proférée d'un ton uni pourfendit le cœur de Gui. Il ne se sentit pas la force de la combattre.

— Eh oui, j'ai le devoir de t'annoncer enfin, devant nous tous dont tu es venu troubler la vesprée, que tu es un étranger à Clairbois. Si frère Evrard était présent, il confirmerait mes dires.

Sous la courtoisie affectée flambait la détestation la plus âpre. Un silence glacé enveloppa Gui tandis qu'Anceaux, les yeux clignés, observait son ennemi dans l'attente d'un mouvement, un cri, un rire de dénégation dont il était privé. L'image de sa « mère » hantait le cerveau de Gui. Soit, Hedwige de Clairbois n'avait engendré qu'un fils. Elle restait tout de même celle à laquelle un orphelin ou un bâtard devait tout. Celle qui avait fait de lui ce qu'il était. Les qualités dont il se savait pourvu, il les tenait de cette femme et non de sa vraie génitrice. Jour après jour, cette marâtre – s'il pouvait l'appeler ainsi – avait veillé à ce qu'il devînt à l'image d'un fils dont elle voulait être satisfaite sans jamais nuire à un Anceaux qui sans doute la décevait et se rongeait de haine et de jalousie. Elle lui avait inculqué à lui, Gui, le sens de l'honneur, de l'honnêteté, de la fidélité, de la justice. Comme elle avait dû souffrir lors de leur rupture, à Paris !

— Je te dois toutes mes misères.

— Non, Anceaux. Non !... Mère était un modèle d'équité. Mère...

— Que ce mot ne sorte plus de ta bouche !

— Tu ne pourrais m'en empêcher… Mais soit : Hedwige de Clairbois était une femme droite, bonne et juste.

— Rien que pour toi.

Cette fois, Gui lâcha la bride à son ressentiment :

— Parce que tu rejetais sa bonté. Parce que tu la fuyais quand tu ne la méprisais pas !

— C'est pas avec des vuiseuses (1) qu'on devient un homme.

— Si c'est pour devenir un homme à ta semblance, en effet.

Gui sentait son ire affleurer l'enragerie. Pendant quelque vingt ans, aucun différend ne l'avait opposé à Anceaux. Souvent, il avait songé : « On s'entend difficilement. Montre-toi débonnaire. » Ainsi, celui qu'il croyait son mains-né n'avait cessé de le détester en secret. Sous des façons qu'il imaginait rudes, mais fraternelles, un mal sournois prospérait. Maintenant, après tant de soirs et de midis où, à table, ils étaient assis face à face, ils se retrouvaient debout aux endroits mêmes où ils avaient mille et mille fois partagé le pain et le vin. Leur intimité – fausse pour ce qui concernait Anceaux – s'était rompue devant deux témoins : Emma et Roland. Les propos familiers étaient devenus haineux de la part d'Anceaux, désabusés pour un *frère* dont l'existence s'achevait sans le moindre saignement. Ce tête-à-tête serait sans avenir – du moins pour ce qui concernait Anceaux. Qu'importaient dès lors les mots les moins vifs : la tempête soufflait. Gui sentait sa vie quitter son assise et s'essorer vers des lendemains menaçants, parsemés peut-être de satisfactions sans nom, sans nombre et sans profit pour son caractère.

— Tu n'es même pas un bâtard d'elle ou de Père, mais un enfant trouvé.

Gui contourna posément la table, saisit Anceaux par son col et amena son visage près du sien :

— Soit, je suis un trouvé, mais j'existe. Je suis ce que je suis parce qu'une femme et un homme bons voulurent qu'il en soit ainsi, et du plus loin qu'il me souvienne, je ne t'ai fait le moindre tort. Mais dis m'en plus.

Anceaux se fût frotté les mains s'il l'avait osé. D'une voix unie, mais où Gui discernait des brisures, il demanda :

— Tu savais que Mère était Hongrèse (2) ?

— Je sais que sa famille avait pour nom Baráth. J'étais jeunet quand elle me l'a dit. Elle savait parfois m'énarrer son pays et ses villes…

Anceaux n'avait point eu ce privilège, aussi rejeta-t-il, d'une main, cette révélation.

(1) Choses frivoles, vicieuses.

(2) *Hongre, Honguerien, Hongrie* : Hongrois.

— Père a fait quatre fois le voyage de Bude pour le roi de France et la Maison d'Anjou, notre voisine (1). Il a connu *ta mère* à Budapest en 1357. Elle était parmi les familiers de la régente, Elisabeth de Lokietek. Les rapports étaient si bons entre le royaume, les Angevins et la Honguerie qu'elle fut parmi les meilleurs sujets qu'Elisabeth envoyait à Paris pour les nourrir de nos us et coutumes. Elle ne revit pas son pays, contrairement à Père, puisque celui-ci l'épousa et qu'elle se mit à aimer Clairbois (2).

— Il est vrai qu'elle aimait Clairbois. J'aurais aimé qu'elle m'aime aussi.

« Il s'égare », songea Gui. « Nous quittons la Honguerie. Pour aller où ? »

Fût-ce la fierté d'un cœur longuement offensé dans une affection profonde ou le fait qu'il pouvait enfin se soulager d'un abaissement qui lui avait toujours coûté ? Anceaux insista :

— J'aimais Mère même si elle t'accordait la préférence.

Vrai ou faux, Gui rejeta cet aveu :

— Je n'ai jamais pensé que tu pouvais souffrir car je te croyais et te crois encore insensible à certains tourments de l'esprit. Je me disais naguère que l'avantage que Mère m'accordait tenait au fait que j'étais plus jeune et moins solide, moins fumeux (3) que toi.

En s'exprimant, il se félicitait de rompre sous peu l'attachement fallacieux que ce « frère » lui avait témoigné de loin en loin dans ce qu'il eût pu nommer ses bons moments. Ce mépris tantôt franc, tantôt imperceptible d'un ains-né envers un enfant trouvé – où et quand ? –

(1) De par sa situation, la vicomté du Maine jouxtait à l'ouest, la Bretagne, au nord, la Normandie, au sud l'Anjou.

(2) A cette époque (1357), Giannino Guccio, prétendant au trône de France, se trouvait à Bude, en Hongrie, pour solliciter le soutien de son « cousin », Louis le Grand. Le roi de Hongrie envoya des ambassadeurs en France pour connaître la vérité sur cette affaire que Maurice Druon a racontée en détail dans ses *Rois maudits*. A leur retour, les messagers jurèrent « *sur Dieu et la Sainte couronne* » pour donner foi à leur affirmation attestant que Giannino Guccio avait dit la vérité.

La tante de Louis le Grand, roi de Hongrie (1342-1382), Clémence, qui avait épousé Louis X le Hutin, avait accouché d'un fils peu après la mort de son époux. Ce fut autour de lui que se tramèrent maintes intrigues et qu'il y eut peut-être une substitution d'enfant. Clémence, pour soustraire le nouveau-né à une mort quasi certaine, aurait mis à sa place le cadavre d'un enfant mort-né. Le fils légitime, Giannino Guccio, aurait été mis en sûreté.

Louis le Grand conféra au prétendant un sauf-conduit qui lui permit l'accès des grandes villes italiennes où l'on commençait à l'appeler couramment *Re Giannino*. En 1360, il recruta des adeptes en Avignon afin de consolider les titres qu'il prétendait avoir au trône, mais, écrit Asztrik Gabriel dans l'ouvrage cité en annexe, « *il lui manqua une volonté ferme, des intentions nettes, une force suffisante pour s'affranchir de tous les obstacles ; aussi ses adversaires s'en débarrassèrent-ils rapidement. On a l'impression que Louis d'Anjou, qui jusque-là l'avait appuyé, agit avec une parfaite bonne foi.* »

Des négociations entre Paris et Bude commencèrent en 1384, et au mois d'avril de l'année suivante, Louis d'Orléans et Marie de Hongrie se marièrent par procuration devant Guillaume, évêque de Györ, partisan de l'antipape d'Avignon. Or, ce fut Sigismond de Luxembourg qui, par un coup de force, épousa Marie. (Voir Annexe I : *Le mariage hongrois de Louis d'Orléans*.)

(3) Violent.

lui semblait indu. S'il avait supplanté Anceaux dans le cœur d'une mère, c'était qu'il le méritait au détriment de celui-ci. C'était qu'elle l'avait voulu ainsi pour des raisons qui n'appartenaient qu'à elle.

— Il faudra que tu m'apportes la preuve que je ne suis point un Clairbois.

— Je la trouverai, n'aie crainte. Frère Evrard, qui est absent, te confirmera mes dires. Il t'aime bien, lui aussi. Il ne saurait se parjurer.

Une preuve verbale. Il devait en exister d'autres. Anceaux certainement les cherchait encore. Il ne lui suffisait pas d'éliminer un frère, il eût aimé pouvoir l'anéantir. Gui se raidit contre l'émoi qui l'envahissait moins parce qu'il évoquait désespérément la disparue que parce qu'il se savait dépris d'une parenté qui le libérait des contraintes familiales en lesquelles il avait longtemps cru. Encore, si Anceaux s'était montré courtois dans son accueil, s'il avait, en lui révélant la vérité, accepté de reprendre avec lui leurs habitudes et le ton de leurs anciens propos… Non ! mieux valait qu'il en fût ainsi.

— J'ai détesté Mère pour les soins qu'elle t'apportait. Je l'ai honnie lorsqu'elle a décidé de te suivre à Paris.

— Pour y demeurer un ou deux mois !… Je n'ai jamais eu, quant à moi, assez d'amour pour elle.

— Évidemment !… Tu la tutoyais.

— Rarement… Mon *tu* était un hommage plus respectueux que mon *vous*.

Gui se résignait non seulement à la séparation, mais à l'oubli, – s'il était possible. Il avait quitté Clairbois. Il avait peu après revêtu l'armure de fer pour se dévouer à un noble homme, le plus grand qui fût en France après le roi et les ducs. Jamais plus il n'entamerait contre Anceaux une de ces parties d'échecs où celui-ci triomphait souvent parce qu'il faisait en sorte de passer pour un étourdi ; jamais plus il ne verrait Emma lui sourire avec cette bénignité, voire cette admiration au sujet desquelles il s'était parfois interrogé ; jamais plus ils ne choqueraient leurs gobelets à la santé de leur mère, d'une récolte ou de la nouvelle année.

« Je n'aurais pas dû venir. »

Gui redoutait l'imminent instant de l'adieu. Anceaux s'apprêtait à lui signifier son congé avec une jubilation dont il lui était désagréable d'imaginer la teneur en rancune et en satisfaction. Avant que la porte de Clairbois se refermât sur lui, il condamna celle de son cœur :

— Comme tu te révèles !… Je plains *nos deux parents* de t'avoir engendré.

Ce qui avait toujours manqué à ce « frère », c'était un soupçon de douceur, cette générosité de mouvements et de propos qui distinguait l'homme véritable de la bête humaine. A voix basse et sans présumer d'un miracle, Gui suggéra, tandis qu'il s'adossait au mur :

— Nous pourrions aller là où elle repose. Nous réconcilier devant elle…

Il s'admonesta aussitôt : il ne devait sous aucun prétexte, pas même celui de la réconciliation, révéler où gisait la dame de Clairbois.

— Non ! tonna Anceaux. Non ! Jamais !

Emma et Roland, toujours immobiles et silencieux, tressaillirent.

— Il est vrai que Roland m'a dit que le corps avait disparu… Mais, Anceaux, mais, Roland, l'avez-vous bien cherché ?

— Oui.

La réponse était sèche. Anceaux en remercia son allié. Il semblait que tout eût été dit, consommé.

« N'ajoute rien », s'adjura Gui, « ou il te mésarriverait (1). »

Plus il demeurait dans cette salle dont il connaissait les meubles et les recoins, plus il comprenait qu'Anceaux eût été jaloux de lui ; cependant, qu'Hedwige de Clairbois eût été réprouvée pour un surplus d'amour dont il n'avait jamais essayé d'inverser la tendance dépassait sa compréhension.

— Les morts ont besoin de respect. Tu te vantes que dame Hedwige ait été ta mère ? Honore-la. Cherche son corps…

— Jamais !

C'était une réponse infâme – et rassurante. Gui trouva un regard qui s'éloignait du sien.

— On aurait souvent dit que tu la fuyais… Elle te parlait ? Tu hochais la tête sans jamais livrer tes sentiments… excepté, parfois, ta picrochole (2). Si elle était revenue saine et sauve, tu aurais continué d'agir comme devant tout en feignant de temps en temps un amour filial *que tu n'as jamais éprouvé.* Elle l'avait senti. C'était pourquoi elle m'accordait sa préférence.

En fait, cette période de la vie de deux soi-disant frères, Anceaux l'avait parcourure en égoïste. Toutes ses actions et ses dédains se ramenaient à ce motif. Il voulait tout pour lui. L'amour et maintenant la Ferté. Gui songea qu'au contraire de ce dépiteux, il s'était toujours montré d'humeur égale. Anceaux ruminait des pensées terre à terre, il voulait, lui, le « trouvé » s'élever dans le respect de lui-même et des autres.

— Si *elle* était revenue, j'aurais commencé à l'aimer puisque tu n'aurais pas été entre nous pour me rober ce qui me revenait !

— L'amour ne se morcelle pas. Il sait se jouer des hypocrisies.

Entouré de la haine de Roland et d'Anceaux, Gui ne pouvait se tolérer une faiblesse. Cette espèce de proscription dirigée contre lui, plutôt que de l'affaiblir, ranimait ses forces.

(1) « ou ta générosité ou ta droiture trouverait une issue fatale. »
(2) Humeur noire.

— Pars ! dit Anceaux. Ne tarde point.

Ce qui lui avait manqué, à ce fils par le sang, c'était une sorte d'étreinte spirituelle, un intérêt constant, des propos souventefois chaleureux, des regards et des silences admiratifs. C'était, au-delà d'une douceur vraie, l'orgueil de songer qu'Hedwige de Clairbois pensait : « *C'est mon vrai fils* » et pourquoi pas : « *Mon fils chéri.* » Pour lui, Gui, cet amour d'une mère en quelque sorte usurpée avait été un viatique aussi puissant qu'une fraternité dont il s'apercevait avec une sorte d'horreur qu'elle n'avait jamais existé.

— Depuis quand sais-tu qu'aucun lien ne nous assemble ?

— Presque dix ans.

Gui ne trouva plus aucun mot pour contrester (1) à ce malebouche qui si longtemps avait partagé sa vie jusqu'à connaître ses aspirations, ses joies, ses désenchantements.

— Je sais par Roland que tu appartiens au connétable. Sache que cela ne nous fait ni chaud ni froid.

— Voire !... Vous vitupérez ma bonne chance... Eh bien, oui, je suis le gonfanonier d'Olivier de Clisson. Y trouvez-vous une objection ?

Il n'était plus, pour Anceaux et Roland, un ennemi désarçonné par une vérité brutale, mais un écuyer au service de la force, à la solde d'un connétable et par conséquent du roi, et cette ascension les devait hérisser. Déjà, il se sentait honni, gêné par un passé qui le possédait autant qu'Anceaux et dont il refusait pourtant de se débarrasser comme d'un vêtement hors d'usage, mais auquel il avait tenu et tenait encore.

— Tu n'as plus rien à faire à Clairbois. Si l'envie m'en prenait, je pourrais t'en faire exclure par mes hommes !

Gui se raidit de toutes ses forces comme à la suite d'une estocade au cœur.

— Rien ne prouve que tes hommes t'obéiraient. Ils furent aussi les miens et m'ont apprécié.

— C'est vrai... Mais tu ne tiens pas leur destinée dans tes mains. Moi si !

— *Tu n'oserais pas !... Je te honnirais pour cela !*

Ce n'était pas une voix. C'était un cri. Celui d'Emma.

Gui se retint d'approuver l'épouse d'un homme qui se préparait à régner sur Clairbois en despote. Elle lui avait toujours paru simple et secrète, sagace et naïve. Grâce à son intrusion dans ce qu'il ne pouvait appeler une querelle de famille, il s'apercevait qu'Emma l'avait aimé et l'aimait encore davantage qu'il ne l'avait pensé. Aimé d'une amitié profonde. Elle n'était point un parangon de beauté. Son visage, son

(1) S'opposer, résister.

corps étaient aussi simples que son esprit. Il découvrait soudain en elle une infinité de nuances incompatibles avec le caractère abrupt d'Anceaux. « La pauvre ! » Il ne pouvait rien pour elle.

Roland s'approcha du seuil, comme excédé par ce qu'il voyait et entendait.

— Tu as raison, dit Anceaux. Va donc voir si notre homme a tout ce qu'il désire.

« Quel homme ? » se demanda Gui, une fois la porte close.

Exclu désormais de Clairbois, peu importait l'identité de celui qu'Anceaux recevait et qui devait occuper, voisine de l'écurie, une des chambres réservées à l'usage des amis et des voyageurs en peine de gîte et de couvert. Cependant, lorsque le cousin d'Evron fut sorti, son esprit s'éclaira sur un point précis concernant le trépas d'Hedwige de Clairbois :

« Si Roland, qui était sûrement dans l'embûche, a vu que la dame à la litière était sa taye (1), pourquoi n'a-t-il pas averti ses compères qu'il y avait méprise ? »

La réponse était double et si cruelle qu'il n'osa la formuler.

— Finissons-en, dit-il. Que sais-tu vraiment sur ma naissance ?

— Rien, sinon qu'un jour Père t'a apporté à Clairbois. Tu n'avais pas un an et moi j'en avais deux.

Anceaux assembla péniblement ses idées sous le regard craintif de son épouse.

— Elle t'a tout de suite adopté, selon Roberte, la mère de Roland.

— Soit… Elle ne t'a pas délaissé pour autant. Elle était bonne et juste.

— C'est toi qui le dis.

Emma s'éloigna, sans doute pour aller pleurer dans sa chambre. Roland survint. Son absence avait été des plus courte. Sans doute se réjouissait-il de voir évincer un cousin qu'il avait, lui aussi, toujours méprisé. Sans doute se disait-il que débarrassé d'un faux mains-né, dans l'occurrence où Anceaux mourrait, la Ferté-Clairbois serait bonne à prendre puisque, apparemment, Emma semblait bréhaigne.

— Tu sais tout, Gui. Tu n'as plus qu'à partir.

Le souffle roide, oppressé d'Anceaux laissait pressentir la fin d'une collation (2) qui l'avait épuisé.

— Nous nous sommes tout dit.

— Non, murmura Gui. Il me faudra, mon bon frère, en savoir davantage.

Une rougeur tomba sur la face d'Anceaux. Vergogne ou fureur d'avoir devant lui un homme impassible. Gui se sentait observé

(1) Tante.
(2) Entretien.

comme jamais encore, percé lorsque des paupières vacillantes laissaient passer une lueur.

— Je te quitte et te laisse avec ton homme lige.

Roland, dévisagé, tressaillit. Un mouvement du menton de son compère interrompit un geste vers la prise d'une anelace.

— Sache-le, Roland : ce frère que je perds, ce complice que tu gagnes n'a rien compris à tes desseins. Son esprit est trop enténébré par ma présence. J'espère que la lumière un jour y jaillira. Quant à toi, après celle de la rue Sainte-Catherine, je n'aurais jamais pensé que tu pourrais être, une nuit, à l'aguet sur le chemin du Mans à Laval, à Saint-Denis d'Orques ou tout proche. Le coup fait – puisses-tu ne l'avoir pas porté – il t'était aisé de venir à Clairbois.

— Pour dire autant de sornes, il te faudrait des preuves. Or, tu n'en as aucune.

Roland souriait. Anceaux passait de la fureur à la crainte.

— Va-t'en, dit-il. Rassure-toi : malgré tes suspicions, je t'accorde la vie.

Gui marcha jusqu'au seuil de l'écurie. Beaubrun l'y attendait et dans son ombre, Emma :

— Viens… Fais comme si tu vérifiais la ventrière de ton cheval… Sache-le : le soir de l'attentat, ils ont ramené trois chevaux et Richéza, la jument d'Hedwige… S'ils savaient ce que je te dis…

— Ils ne t'occiraient pas, tout de même !

Elle le tira par sa ceinture. Les ténèbres du seuil les enveloppèrent.

— Baise-moi. Je veux conserver de toi la remembrance d'un baiser.

Les lèvres de Gui s'appuyèrent sur une bouche tendre. Après une succession de déceptions cruelles, c'était un événement exquis autant qu'inattendu de se savoir, à Clairbois, aimé sinon admiré. Il avait toujours cru qu'Emma était simplette, à demi effacée parce qu'elle vivait une vie sans couleurs, sans émoi d'aucune sorte dans l'ombre épaisse d'Anceaux. Il découvrait une femme hardie qui, s'il l'avait épousée, lui aurait fourni peut-être jusqu'à satiété cette certitude d'abandon et de jouissance qui semblait l'apanage des époux heureux, et certainement aussi cette confiance qu'il n'avait point toujours obtenue de sa *mère* lorsqu'elle le devinait indécis sur la façon dont il devait se conduire. « *Tu es un homme à présent. Décide.* » Emma lui eût-elle cédé s'il avait accompli le geste du commencement ou révélé sans barguigner son désir d'elle ? Oui, oh ! oui : elle le lui démontrait ce soir. Il regretta qu'un moment non pas de folie, mais d'abrupte affection ne les eût pas unis. Anceaux méritait tout, y compris l'adultère.

— Tu m'amourais en secret, dit-il en détachant ses lèvres d'une bouche humide et fiévreuse.

— Oui… Je te savais trop haut pour moi… Je ne suis qu'une manante d'Evron que la mère de Roland, complice de la mienne, a jetée dans les bras d'Anceaux avec l'assentiment de ton père… le chevalier… J'avais seize ans, un âge où l'on ne peut et ne sait se défendre.

— Il me faut te quitter. Si Anceaux nous voyait…

— Je sais… J'avais moult envie de me serrer contre toi…

En s'écartant de cette poitrine contre laquelle elle s'était si fort serrée, Emma souleva sa gonne et se jeta de nouveau contre celui qu'elle avait toujours appelé *Parent* :

— Touche-moi… Je veux conserver en mémoire, et puisque nous ne pouvons mieux faire, le souvenir de tes doigts sur… Fais-moi ce plaisir… J'y mettrai mes mains, parfois, en souvenance de toi. J'imaginerai ce que nous aurions pu faire…

Gui se contenta d'effleurer une toison qu'il imagina brune, fournie, et contraignit Emma, frémissante, à laisser choir son vêtement.

— Reste un moment de plus. Je ne t'ai pas tout dit.

Voulait-elle, en le retenant, qu'il la tâtonnât encore, ou bien lui réservait-elle une nouvelle révélation ? Il avait hâte de s'éloigner, nullement par crainte d'un danger dont il ne flairait pas la menace, mais pour éviter à Emma quelque représaille répugnante s'ils étaient découverts. Il eût certes pu la suborner en hâte sur la paille toute proche. Il se fut déshonoré en la précipitant dans des regrets immérités.

— Parle, dit-il aussi doucement que possible.

Elle lui offrit ses lèvres et n'obtint rien. Alors, baissant la tête et comme repentie :

— Quand il a su, par Roland, la mort de dame Hedwige, Anceaux a entraîné celui-ci dans la cour. Ils se sont esseulés pour parler à leur aise… Puis ils sont revenus et sont partis à cheval… Ils étaient bien dépiteux à leur retour. Ils avaient décidé de ne pas dire un mot… Ils ont ouvert les coffres après avoir forcé les serrures. Les bahuts, eux aussi, ont été forcés. J'ai deviné qu'ils étaient à la recherche d'actes, de cédules, de parchemins qui te concernaient : ta naissance, ton adoption, les donations de Gilbert de Clairbois à son épouse et à ses enfants… Rien… Le lendemain, ils sont allés à Sainte-Suzanne chez le notaire, Raoul Segré. D'après ce que j'ai pu ouïr, l'oreille contre les portes, le tabellion, à moins qu'il n'ait menti, ne sait rien des intentions de tes parents, car pour moi, adopté ou non, tu demeures leur fils.

Cette conviction satisfit Gui. Emma souhaitait un baiser ; il le lui accorda et révéla, sincère :

— Mère t'aimait bien. Tu sais ce qu'elle pensait d'Anceaux…

Un regard brilla. D'un index lent et tremblant, Gui essuya une larme, puis une autre.

— Ni Anceaux ni Roland ne peuvent prétendre que tu es une sorte d'orphelin, mais en vérité, ce que je sais par les vieux meschins de la ferté, c'est qu'un jour, après une longue absence, Gilbert de Clairbois est arrivé avec un enfançon trouvé en Normandie.

— Moi.

Emma acquiesça. Il la prit dans ses bras, ébahi par l'attirance que sa soudaine charnalité, découverte dans l'ombre d'un repoussoir – l'écurie mal entretenue –, exerçait fortuitement sur lui.

— Alors, un jour, j'ai osé demander à frère Evrard ce qu'il savait. Il m'a dit que tu étais sûrement le fils du chevalier Gilbert. Il m'a fait jurer de n'en parler à personne, et je tiendrai mon serment…

— Je te regracie de me révéler cette… vérité. Elle me console du reste.

— Seulement, ajouta Emma, s'ils ne peuvent pas prétendre que tu est un enfant trouvé, puisqu'ils ne possèdent aucun document sur ta naissance et une adoption à laquelle ils croient tout comme moi, ils savent que frère Evrard sera tenu de dire la vérité. C'est sa caution leur sauvegarde.

— Et où est-il, notre clerc, cette vesprée ?

— A Sainte-Suzanne. On l'a fait mander pour demeurer au chevet de Norbert, l'armurier…

— Celui qui a forgé mon harnois !… Il va mourir ?

— On le craint… De ce temps, il s'est baigné dans un étang… Il a été pris de convulsions… Il paraît qu'il a le corps tout tordu et que le souffle lui manque.

« Norbert ! » songea Gui. « Deux ans qu'il a forgé mon habit de fer. Pauvre homme. »

— Tu devrais attendre le retour de frère Evrard.

— Non, Emma. Non… Et tu devrais t'en aller. Ils vont se mettre à ta recherche. Il ne faut pas que…

Un baiser abrégea l'admonition de Gui. Il le subit plutôt que d'y participer.

— Et cet homme ? dit-il en repoussant doucement l'audacieuse.

Cette fois, il en était complètement détaché. Détaché d'elle, détaché, partant, de Clairbois, en complète rupture avec sa vie antérieure.

— Ah ! cet homme… Je n'ai fait que l'entrevoir.

— Comment est-il ? J'ai cru comprendre qu'on le traitait avec des égards.

Emma inclina son cou dans le sens d'une approbation.

— Il est arrivé à Clairbois le lendemain matin qui suivit la mort de notre dame. Il m'a semblé que Roland le connaissait depuis longtemps. Il lui a fait un si bon accueil qu'on aurait dit que tout avait été convenu à l'avance. Il me paraît avoir dans les quarante ans. Il est barbu… Des poils blancs, mal peigné… Il était bien mis et portait une besace… Il n'est pas venu pour rien.

— Pourquoi, Emma, dis-tu cela ?

— Parce que Roland et lui doivent aller s'aposter un de ces matins… Je ne sais quand…

— Où ?

— Je crois savoir que c'est près d'un gué.

— Pourquoi ?

Tout en posant la question, Gui s'administra la réponse :

— Pour attendre le passage du roi ?

— C'est ce que j'ai cru comprendre.

— Un homme et Roland, c'est trop peu pour l'occire. D'ailleurs notre suzerain est magnifiquement hourdé (1). Où as-tu appris tout cela ?

— Avant-hier… Ils étaient derrière un des contreforts de l'échansonnerie. Je venais de donner du grain aux gelines et de la mouture aux jantes (2) et aux canards… Je repartais. Quand j'ai su que c'étaient *eux*, je suis revenue sur mes pas… Ils me croyaient loin. Je ne sais ce qu'ils pourpensent. A table, ils ne se sont jamais rien dit, à cause d'Anceaux et de moi. Ça, je l'ai compris.

— Je le comprends aussi. Cet homme, à qui te fait-il songer ?

— A l'un des patriarches qu'on voit aux portails de l'église d'Evron. Barbu et maigre comme un pilier.

Les longs cheveux d'Emma flottaient au vent du soir. Elle s'exprimait avec aplomb, les bras croisés sur ses seins en pomme et son cœur jeune, prêt à tous les élans. Gui admira sa taille cambrée enjuponnée de gris et de nuit, son immobilité empreinte de noblesse, ses prunelles brillantes d'une tendre animalité.

« Elle était bonne à prendre et je n'en savais rien ! »

Regrettait-il que l'occasion ne lui en eût point été fournie ?

« Oui, maintenant qu'Anceaux s'est découvert. Non, lorsque je le considérais comme un frère. »

— Dommage, Emma… Jamais je ne t'oublierai.

— Oye encore, dit-elle. Richéza est à l'écurie. Elle a tout vu, elle. Dommage qu'elle ne puisse parler… Elle attend dame Hedwige. N'aie crainte : je la soigne… Elle serait peut-être heureuse de te voir… Elle serait rassurée.

— C'est impossible, Emma. Que t'ont-ils dit pour justifier son retour ?

— Qu'elle piétait sur le chemin de Saint-Denis-d'Orques.

(1) Escorté.
(2) Oies.

— Quand ils t'ont dit cette énormité, tu les as crus ?

— Non.

Chaussant promptement l'étrier, Gui se jucha en selle.

— Méfie-toi, Emma, on vient. Enfonce-toi dans l'écurie et sors par la petite porte de derrière après t'être assurée qu'il ne s'y trouve personne.

Déjà, elle avait disparu, mais un sanglot la dénonça.

Beaubrun allait au pas. Les ayant reconnus, le cheval s'arrêta au-delà du seuil de la ferté, entre Bouchart et Garnier.

— Fallait bien un jour ou l'autre que vous sachiez la vérité, bredouilla Garnier.

Puis avec une espèce de hargne qui concernait Roland et Anceaux plus, sans doute, que les malencontreux hasards de la vie :

— Or, çà, messire : ils sont unis comme l'eau et le poisson, mais il est sûr que vous êtes fils de messire Gilbert… Notre ouïe est fine… et nous, on était dans le petit cellier d'où on apprend tout pourvu qu'on ait l'oreille contre le mur.

— Quand on vous a vu arriver, dit Bouchart, on s'est doutés qu'il y aurait un tençon (1) entre vous et votre ains-né. Il y a belle heurette qu'il vous jalousait.

— Et détestait !

Ces deux-là avaient suivi Gilbert de Clairbois dans ses tribulations à l'ost. Ils connaissaient l'odeur et le goût des batailles. L'horreur aussi. Avec leurs têtes rondes, glabres, leurs yeux comme élargis par les surveillances qu'ils avaient longuement exercées à l'entour de leur seigneur et de leur personne, on eût dit deux bâtards de hiboux.

— On était sûrs qu'Anceaux vous infligerait une déconvenue, mais faut vous dire qu'il ne sait rien sur votre naissance, dit Bouchart. Même pas d'où vous venez.

— Alors, mes bons amis, qui pourrait m'éclairer ?

Garnier tendit un bras vers Sainte-Suzanne :

— Frère Evrard sait tout, car il a certainement ouï Gilbert de Clairbois en confession. Il n'est pas tard encore : notre saint homme est au chevet de Norbert…

— Je sais.

— Alors, reprit Garnier, son visage bourru soudain encré d'une obscurité légère, comme il faut battre le fer quand il est chaud, moi, à votre place, j'irais là-haut… Vous savez où trouver le logis de Norbert.

Le conseil était bon. Gui s'inclina. Au moins, cette nuit de déception et de fureur ne serait pas complètement perdue.

— A Dieu, les gars ! Je reviendrai céans, soyez-en sûrs.

Il partit au trot vers Sainte-Suzanne où tremblaient quelques feux au-dessus du donjon.

(1) Querelle.

* *
*

La lune épanouie couchait sur le sol une ombre de centaure. Elle se dissolvait dans les pâles ténèbres des arbres, selon le serpentement du chemin. Le bruit mat des sabots débucha une hermine. Beaubrun amorça une incartade et reprit son pas large et comme joyeux.

« Demain », songea Gui, « je serai hodé (1), mais je saurai tout. »

Il avait parfois parcouru de nuit cet itinéraire. Pour retrouver Héluis. Elle l'attendait près de l'Église. Elle sautait en croupe et Beaubrun, sitôt franchie la porte du guichet, les menait à pas lents vers le Camp des Anglais. Il ne voyait plus l'Erve et ses scintillements. Il sentait la main de la jouvencelle quitter la boucle de son ceinturon pour l'attoucher plus bas, et ils descendaient vers Beugi où les Goddons de Guillaume le Conquérant avaient installé leur logement lorsqu'ils avaient assiégé Sainte-Suzanne (2).

« Trois ans de siège ! Il ne m'en a pas tant fallu pour culebuter Héluis ! »

Elle aimait à s'offrir dans l'herbe sous les cieux étoilés. Ses yeux et ses cheveux y devenaient d'argent. L'avait-il aimée ? A peine. Il s'en donnait l'illusion comme elle se la donnait aussi de le croire ensorcelé par elle. Eh bien, non : il ne l'était point. Il se disait qu'il s'éduquait pour l'amour comme il s'était éduqué pour la lecture ou le maniement des armes. Héluis s'abandonnait avec une sorte de résignation sans surprise. Ils se liaient et déliaient. Plus que leurs corps, leurs souffles se mêlaient dans une espèce de mensonge.

Ce soir, il n'aurait pas Héluis pour apaiser sa fièvre. Ni Anceline…

Il repoussa l'image d'Alix qui peut-être le croyait livré aux tumultes de fer alors qu'il ne combattait que sa déception, son humiliation et un courroux qu'il eût sans doute apaisé en hurlant à la lune.

— J'aurais dû demander à Bouchart et Garnier ce qu'ils pensaient de l'hôte de Clairbois. Ils ont certainement vu ce barbu… Ils ont ouï sa voix et ses propos…

Gui se consola de son inadvertance en se disant qu'il en savait suffisamment sur cet homme et ses intentions. Son passé lui échappait. Il enrageait de n'en rien connaître.

Il eût dû remâcher la menace d'Anceaux. Tout était possible entre

(1) Fatigué.

(2) Après la conquête de l'Angleterre (1066), Guillaume le Bâtard, roi d'Angleterre et duc de Normandie entreprit l'attaque du Maine. Il assiégea Hubert II, vicomte de Beaumont et maître de Sainte-Suzanne. Les Anglais établirent leur camp, de 1083 à 1086 sur les bords de l'Erve, au Beugi où l'on voit encore les traces de leurs retranchements. Après trois ans, Guillaume fut contraint de traiter avec Hubert II. Beugi est situé sur le côté gauche de la route d'Assé-le-Béranger, à 500 m de celle-ci.

eux comme tout était possible entre Roland et lui. Hedwige de Clairbois avait-elle vu celui qu'elle appelait parfois son nieps (1) lui porter le coup mortel ?

« Je saurai si c'est Roland. Il se peut alors qu'Anceaux, ce grand nicet (2), soit menacé par un compère qui convoite la hoirie de Clairbois… Raoul Segré, le tabellion, doit savoir quelque chose. Gilbert, qui peut-être est mon père, a dû lui faire part de ses volontés. »

Il n'en démordait pas.

Le chemin montait. Tout était sombre. Rien ne révélait une présence humaine. La lune versait son lait sur les graviers où les sabots de Beaubrun jouaient une musique grésillante. Passant sa dextre sur ses lèvres, Gui sentit l'odeur chair et foin d'Emma.

« Si je me doutais… Si je m'étais douté… »

C'était agréable, ce baiser, ces baisers, cet attouchement épuré de tout désir ordinaire. L'an passé, à la fenaison, ils s'étaient trouvés ensemble, le râtel sur l'épaule, derrière le chartil que conduisait Anceaux. Les bœufs, enjugués depuis le petit matin, allaient lentement, penchés l'un contre l'autre sans se soucier apparemment de l'aiguillon. Devant piétaient tous les meschins et meschines. Ils chantaient. Peut-être parce que la récolte avait été bonne, peut-être parce qu'Anceaux s'était montré désagréable envers tous et qu'en feignant une joie bruyante, ils le voulussent moquer.

« Emma et moi… Ah ! bon sang, si c'était à refaire… »

Songeuse, rieuse, il semblait qu'elle eût recouvré l'âme fraîche de ses enfances primes. Il se souvint de la préhension de sa main petite et tiède dans la sienne. Jamais ils n'avaient été si unis, si physiquement parents : un miracle de concorde tandis que le soleil rapprochait leurs ombres pour n'en composer qu'une. Ce soir, il lui savait bon gré d'être ce qu'elle était, de lui avoir demandé sans ambages d'accomplir sa volonté. S'il revenait un jour à Clairbois et qu'Anceaux était absent, il dérogerait aux principes…

Sa déception se changea en un soulagement, certes médiocre, mais précieux. La tiédeur de la nuit lui parut capiteuse – à cause d'Emma. Sans doute, bientôt, si ce n'était fait, se refuserait-elle à Anceaux. Il se pouvait qu'elle se rendît certains soirs sur le seuil de l'écurie pour se satisfaire d'un certain souvenir.

Sainte-Suzanne apparut, hissant vers les étoiles la tête et le torse de son donjon herculéen. La torche d'un regard (3) brillait au crénelage, couleur de lune et comme elle immobile.

« Tout dort !… Pourtant, il faut que je le voie. »

(1) Neveu.
(2) Niais, naïf.
(3) Garde, veilleur ou, dans le langage d'alors : vegile.

Gui franchit une porte vide d'archers – rien ne menaçait la cité. Il chevaucha jusqu'au grenier à sel près duquel s'élevait la demeure du fèvre. Petite, elle jouxtait une forge où Norbert avait ses aises. Une sorte de fantôme vêtu de blanc et de noir en occupait le seuil : frère Evrard, occupé à dénouer les rênes de sa mule en maugréant qu'elles se fussent emmêlées.

— Il est vrai qu'il n'y a ni flambeau ni lanterne…

— C'est toi !

Le clerc enfin libéra sa monture. Les brides tombèrent. Gui vit un regard écarquillé où peut-être s'étaient mal séchées quelques larmes.

— C'est moi, mon père.

— Tu viens de Clairbois, bien sûr.

— Bien sûr.

— On t'y a mal conjoui (1).

— Plus mal encore que vous l'imaginez.

— La disparition de la bonne Hedwige…

— Vous voulez dire son occision ?

— Oui… Je ne puis accepter l'idée de cet attentat. Prier Dieu, la lui recommander ne me procure aucune satisfaction… J'ai percé toute l'affaire. Je devine ce qui s'est passé. Ces malandrins voulaient prendre la dame de Clisson en otagerie, voire l'occire au besoin. Et c'est ta pauvre mère…

— Anceaux prétend que je ne suis pas son fils.

A s'exprimer ainsi, Gui ne souffrait qu'à peine. Son esprit soudain paresseux refusait de recomposer dans sa mémoire et la scène et les mots qui l'avaient éprouvée.

— Je te mentirais en disant que tu étais son mains-né… Mais devant Dieu qui nous voit à travers ces étoiles, je puis te rassurer : tu es un Clairbois parce que fils de Gilbert… Ah ! ça oui.

C'était sur une plaie un cautère acceptable. Gui soupira. Frère Evrard fit un pas vers Beaubrun. Gui se sentit saisi au mollet par une main rude : Frère Evrard ne se gênait point pour mêler le spirituel et le manuel, et s'acharner dans l'un et l'autre. S'il méprisait certains dignitaires dont la parure et les ornements semblaient une diversion sinon une compensation aux rigueurs sacerdotales, il admirait les pauvres qui, en bure souvent sale et les pieds racornis, prêchaient et, tenaces, sauvaient les âmes. Il aimait à regarder, écouter, questionner avec une acuité qui suscitait la confiance. Il n'était prisonnier d'aucun couvent : il avait trouvé à Clairbois une espèce d'antichambre du paradis.

— Descends. Nous allons piéter côte à côte, nos montures de part et d'autre… comme naguère.

Il émit un sifflement :

(1) *Conjouir* : accueillir.

— Viens, Lucrèce. Allons, ma belle, hâte-toi !

La mule s'avança lentement jusqu'au dominicain et Gui mit pied à terre :

— Norbert ?

— Dévié, mais il n'a point souffert.

— Je lui dois mon armure.

— Je sais. Ce brave fèvre… L'angoisse de son cœur m'a meurtri l'esprit. Je l'ai connu à travers ses faiblesses, ses revers, ses… tâtonnements pour réussir ce qu'il voulait devenir. Non seulement un fèvre mais un armurier, un heaulmier. Il a eu son aboutissement, comme chacun de nous. Il lui a fallu passer, comme nous, par bien des épreuves et le tourment né de celles-ci lui a servi, peut-être, à subir héroïquement celui de la mort… Mais parlons de toi. Tu es venu à Clairbois l'âme certainement légère. Anceaux s'est fait une joie de t'annoncer que notre bonne dame n'était pas ta mère.

— Hélas ! dit Gui, simplement.

Il lui semblait qu'il atteignait soudain l'âge d'homme – celui des souffrances profondes – et que jusqu'à sa rencontre avec le clerc, il avait été seul, englouti dans un passé où il ne reconnaissait plus rien ni de vrai ni de solide. Un passé ruiné par Anceaux. Or, contrairement aux affirmations de ce « frère », il n'était plus un *trouvé* mais un *bâtard* : son géniteur était Gilbert de Clairbois dont parfois il s'était dit qu'il possédait les goûts, les idées, la façon de comprendre la vie. Il saurait plus tard, preuves en main, – du moins il l'espérait –, justifier cette filiation. Qu'il ne fût qu'un demi-Clairbois lui suffisait. Alors qu'il avait cru à son effondrement, il pouvait se livrer dès maintenant à une conception nouvelle de l'avenir. Le dénouement viendrait, tranchant, inévitable.

— Dites-moi tout, mon Père. Ne me ménagez point.

Le dominicain toussota, cherchant sans doute par quel préambule entamer un récit peut-être abstrus.

— Je ne sais, dit-il enfin, si tu jugeras Gilbert sévèrement. Fut-il… honnête ? Ne le fut-il point ? Je ne puis, pour ma part, discourir sur le mariage avec équité : j'en ignore presque tout même si je préside aux cérémonies… Je crois qu'il exige avant d'être célébré, pour la femme comme pour l'homme, de la prudence car il n'est pas une liaison ordinaire… Cependant, les réciproques sentiments de tes parents, si tu veux bien accepter ce mot, me semblaient et me semblent encore avoir été de bonne qualité.

Gui acquiesça. Toute question lui semblait inutile. Frère Evrard continua :

— Tu le sais : l'Anjou touche au Maine. Tu sais aussi quels liens ont uni les Maisons d'Anjou et de Honguerie.

Ils allaient lentement. Parfois, Lucrèce bronchait et semblait encline à presser le pas. Le clerc la retenait au frein. Beaubrun, lui, respirait à pleins naseaux l'air sec et frais.

« Nous aurions dû cheminer de nuit depuis Chartres. Le roi s'en porterait mieux. »

Lentement, frère Evrard reprit ses révélations :

— Louis le Grand de Honguerie avait en la Cour de France d'excellentes accointances. S'il voulait fiancer une de ses filles – Catherine ou Marie ou Hedwige – à un représentant de la Maison de France, il n'en oubliait pas pour autant un prétendant puissant, Sigismond de Luxembourg, pour lequel on disait qu'il avait choisi Marie. De sorte que Charles V, qui voulait se montrer respectueux des Angevins (1) décida d'envoyer des ambassaderies à Bude pour que, dans ce tournoi politique, la France fut, si j'ose dire, la première servie. Je ne sais rien, évidemment, de ces négociations matrimoniales, mais ce dont je suis avisé, c'est que lors d'un de ces voyages, Gilbert de Clairbois fut présent. Il a dû, j'imagine, t'énarrer cette première délégation et son merveillement de découvrir Bude.

— Il l'a fait.

— Et c'est à Bude, à la Cour de Louis le Grand, qu'il connut dame Hedwige.

— Je le sais aussi comme je sais que sitôt mariés tout d'abord à Bude, puis à Sainte-Suzanne… et pas par vous, dame Hedwige devint à Clairbois ce que je pourrais appeler une sénéchale.

— En vérité… Anceaux leur est né, puis ton père est allé te concevoir ailleurs avec une autre.

Gui n'osa révéler qu'il souffrait de se découvrir, conjointement à sa bâtardise, un père moins admirable que celui qu'il avait cru connaître. C'était seulement ce soir où le bon et le mauvais se mêlaient étroitement qu'il pouvait juger de la complication d'une existence familiale que d'aucuns, de près ou de loin, n'avaient cessé de trouver parfaite. Parce que dame Hedwige l'avait voulue ainsi. L'épouse abusée avait-elle pardonné ? Le mari infidèle s'était-il repenti ? Ce couple avait vécu apparemment à l'aise en dissimulant un secret – et pourquoi pas plusieurs – aux enfants, à la plupart des soudoyers ainsi qu'aux meschins et meschines.

— Gilbert de Clairbois, – Dieu ait son âme ! – était bien l'homme que tu imaginais. Mais tout être humain a ses faiblesses, excepté ceux qui sont des saints et qui peut-être, avant de le devenir, se comportèrent comme moult autres mortels, voire d'une façon pire… Ne condamne jamais sans savoir.

Gui se sentit dévisagé. Les yeux dilatés du clerc reflétaient une espèce de soulagement : il livrait à son destinataire des événements

(1) Lire l'annexe N° I.

trop longtemps gardés sous sa tonsure et ces révélations le déchargeaient d'un fardeau qui parfois avait dû lui paraître aussi pesant qu'énorme.

— Je ne suis pas, Gui, homme de guerre. J'apprends les choses de loin et un peu mieux lorsqu'on me les rapporte. Sans doute sais-tu qu'en 1371 le Poitou fut disputé avec autant de forcennerie par les Anglais que par les Français. Mais peut-être ignores-tu que lorsque Bertrand Guesclin était en Espagne, auprès du Trastamare, il avait conclu avec l'Espagnol un traité sous les murs de Tolède (1). La France voulait reconquérir le Poitou tenu par un Anglais de grand mérite : Lancastre. Or, ce valeureux batailleur décida de revenir en Angleterre et assembla en la cité de Bordeaux tous les barons et chevaliers de son armée. Il institua et ordonna le captal de Buch, le seigneur de Mussidan et le seigneur de l'Esparre pour être gouverneurs du pays de Gascogne, et en Poitou Louis d'Harcourt et le sire de Parthenay, et en Saintonge, si ma mémoire est bonne, Geoffroy d'Argenton et Guillaume de Montendre. C'est ton père qui me conta cela. Pour ramener le duc sur la Grande Ile (2), il y avait bien soixante vaisseaux et du bon vent. Sitôt qu'il fut rendu, Edouard III nomma Jean de Pennebroch (3), gouverneur et souverain de tout le pays de Poitou. Le chevalier décida d'entrer sans tarder en son domaine. Or, des vaisseaux espagnols l'attendaient par-devers La Rochelle : quarante grosses nefs, seize barges bien pourvues et breteschées ainsi que les nefs de France. Je sais, par ce que m'a dit ton père, que les patrons et souverains de cette flotte étaient de vaillants hommes (4). Ce fut une bataille aussi terrible que celle de l'Écluse, jadis. On s'affronta sur l'eau, mais des nefs anglaises furent déportées sur le rivage. Elles y vidèrent des chevaux apeurés. Gilbert, ton père, affronta les Goddons avec quelques capitaines et soudoyers de La Rochelle. Ils eurent le dessous alors que la victoire appartenait aux Français et aux Espagnols. Gilbert fut emporté sur une nacelle venue d'un vaisseau qui repartait pour la Grande Ile et dut monter à bord.

(1) Le 26 novembre 1369.

(2) Quand Lancastre revint en Angleterre, son compagnon d'armes, Gauthier de Masny venait de mourir à Londres. Il fut enseveli aux Chartreux, un monastère qu'il avait fait édifier.

(3) Jean de Hastings, comte de Pembroke, avait épousé en premières noces Marguerite, fille d'Edouard III. Il se maria ensuite avec une roturière au grand scandale de la Cour.

(4) Froissart les nomme : Ambroise de Bouquenegre, Cabesse de Vake, Don Fernand de Pion, Radigo-le-Roux, c'est-à-dire :

Ambrosio Bocanegra, amiral de Castille, Cabeza de Vaca, dont un parent, don Juan Fernandez Cabeza de Vaca, doyen de l'église de Tolède, était un des prétendants à l'archevêché de cette ville, Ferrant de Piou est peut-être Ferrand Sanchez de Tovar, amiral de Castille, envoyé par don Henri avec l'amiral Jean de Vienne contre l'île de Wight, mais il se peut qu'il s'agisse de Hernando de Leon, Radigo de la Rochelle ou Rui Diaz de Rojas.

Cette bataille placée en 1372 par Pedro Lopez de Ayala et Froissart, aurait eu lieu la veille de la Saint-Jean-Baptiste, le 23 juin 1371 selon Eugenio de Laguno Amirola, son principal commentateur. Nous nous fions donc à lui.

Navré à l'avant-bras et à la hanche, on le laissa sans liens alors que sur une nef castillane, Pembroke, enchaîné, allait être mené en prison à Santander… Or, Dieu était avec Clairbois. Tandis que la nef goddone venait de passer au large de Granville, une tempête se leva. Les mariniers, trop occupés aux manœuvres de leurs voiles déchirées lors de la bataille, laissèrent Gilbert sans surveillance sur le pont. Il sauta dans la mer sans que nul ne le vît. Le flot le porta jusqu'aux abords d'un fort châtelet : Pirou. Ne sachant s'il était aux Anglais, Navarrais ou Français, Gilbert préféra marcher. Il était las, défaillant. Il ne savait où il allait. Dieu veillait à son sauvement car il fut abordé en chemin par un écuyer, Girauldon ne Montsurvent qui le prit en croupe et l'emmena dans son petit manoir. Il y vivait avec sa belle-sœur, Ermeline, qui avait survécu au pillage du château voisin, Gratot, par des Navarrais (1). Elle avait auprès d'elle une malheureuse dame, Luciane de Castelreng, qui ne savait plus son nom mais conservait en mémoire celui de son époux : Tristan. Lors de l'assaut, sa frayeur avait atteint une horribleté que tu peux imaginer… Cette dame de Montsurvent l'avait sauvée en l'entraînant dans la douve du châtelet. Elles y avaient passé une nuit d'angoisse, la tête hors de l'eau, à ouïr les cris des hommes et des femmes qu'on tourmentait et à attendre le départ des malandrins. Quand ils s'en allèrent, laissant les deux femmes transies de froid et de frayeur, la vue des morts, dans la cour, acheva de mettre en déraison l'esprit de la pauvre dame.

Gui demeura silencieux. Il avait tout reconstitué, tout éprouvé : l'expérience de la rue Sainte-Catherine avait développé ses capacités d'imagination.

— Comme notre malheureux roi, dit-il enfin. Sauf que lui…

Il n'osa poursuivre par « on l'empoisonne ». Frottant son visage embué de sueur, il s'enquit :

— L'époux de cette dame ?

— Un chevalier de la Langue d'Oc. Lors de cet assaut, il ostoyait en Espagne avec Guesclin. Il est possible qu'il y soit mort comme il est possible que, vivant et revenant à Gratot, on lui ait appris que toute la mesnie avait été occise et ensépulturée dans une fosse commune. Dans cette contingence, il serait reparti chez lui sans accomplir la moindre recherche.

— Pauvre dame !

— En vérité. Il y eut dans sa démence des moments d'émois auxquels Gilbert fut d'autant plus sensible qu'elle l'avait pris pour son mari. Selon cette Ermeline, le sire de Clairbois ressemblait à ton père… Cette pauvre dame était belle. Tandis que ton père se remettait de ses navrures, le mal de Luciane s'atténua, sans doute grâce à sa

(1) Lire les *Cycles d'Ogier d'Argouges* et de *Tristan de Castelreng* chez le même éditeur.

présence. C'est ce qu'il m'a dit et confessé et je n'ai point mis ses repentances en doute… Il avait été tenté de l'emmener à Gratot pour que son esprit y subît un heurt susceptible de raviver sa raison, puis il craignit d'obtenir un effet contraire. Il vécut donc à Montsurvent car la malheureuse, à coup sûr, guérissait. Il avait eu pitié d'elle. A cette bénignité s'ajouta une affection qui grandit et qu'il réprouva de moins en moins. Il était d'autant plus captivé que la dame reprenait goût à la vie en même temps qu'elle recouvrait des bribes d'entendement. Lui, ses navrures guérissaient lentement… Il me l'a dit : il s'efforçait de penser à sa femme, et plus il y pensait, plus douloureusement il s'éprenait de cette Luciane. Je crois qu'il a peut-être confondu son désir de la voir renaître à la vie avec un sentiment plus fort et que, sans doute un temps, la dame de Clairbois a été victime de cette méprise. De toute façon, il y avait entre ton père et cette malheureuse un attrait, une sorte d'enchantement que je ne saurais ni comprendre ni condamner, même au nom du respect que j'eus et conserve pour notre bien-aimée dame Hedwige.

Gui acquiesça. Incapable de juger un état d'esprit qu'il n'avait point éprouvé, il sentait fluer et refluer en lui une sorte d'agitation ou d'impatience qui jamais n'atteignait sa plénitude. Après avoir eu la sensation de tout perdre, il reprenait confiance non seulement en lui mais en un père plus sensible qu'il ne l'avait imaginé.

— Il vécut chastement, reprit le dominicain. J'insiste, parce qu'il me l'a dit moult fois : chastement. Or, cette affection pour une… malade, lui faisait peur. En décembre de cette année 1371, il s'enfuit de Montsurvent. Il savait dans quelle détresse il laissait la malheureuse, mais il avait besoin de reconquérir son bon sens et d'en finir avec… avec les désirs qui persécutaient son corps et son âme. Il revint à Clairbois. Il n'était plus le même homme. Cette belle Normande… égarée hantait son cœur. Certes, il craignait que son départ n'eût précipité un esprit fragile encore dans les ténèbres d'où il l'avait peu à peu extirpé. C'est alors qu'à la demande de Guichart d'Angle, passé à l'Angleterre, le comte de Canterbruge (1) et Lancastre vinrent en Poitou. La guerre y fut féroce. Un mandement du sire de Laval obligea ton père à partir pour l'ost. Il y retrouva les Grands du royaume (2). Ce fut une guerre moult félonneuse. Gilbert fut navré au siège de Mortaigne (3). Un carreau d'arbalète. Le bras dextre ne pouvant tenir une épée, les hommes qui commandaient lui enjoignirent de partir. Pour une fois, ton père obéit. Or, plutôt que de revenir à

(1) Canterbury.

(2) Clisson, le duc de Berry, le duc de Bourbon, le comte d'Alençon, le dauphin d'Auvergne, Louis de Sancerre, le sire de Sully, le vicomte de Meaux, le vicomte d'Aunoy, Raoul de Raineval, le sire de Laval, le vicomte de Rohan, le sire de Beaumanoir, la grand'baronnie de France : 3 000 lances et une vaste piétaille.

(3) Mortagne en Poitou. Date imprécise. A la fin de l'été 1372.

Clairbois Gilbert galopa vers la Normandie. Cent cinquante lieues sans doute. Il semble qu'il ait été pris d'une sorte d'attirance qu'il ne maîtrisait point.

— *Elie* l'attendait ?

— Sagement. Elle avait en lui une confiance extrême.

— Le prenait-elle encore pour son époux ?

— Je ne saurais te le dire. Elle l'appelait Tristan, mais il se peut qu'elle ait paré Gilbert des qualités du Tristan qu'aimait fervemment Yseult. Elle avait moult foi en lui et sa revenue à Montsurvent la récompensait de son espérance... Ermeline et Girauldon l'avaient attendu, eux aussi. Certes, ils le savaient marié, mais pour ces gens simples, il s'agissait de sollicitude et non d'un sentiment plus fort.

Gui s'efforçait de ne pas se laisser dominer par une émotion qui, à chaque propos du prêcheur, prenait de plus en plus de vigueur et d'attrait. Avec une sorte d'ivresse inconnue jusque-là, il se sentait guéri de l'amertume qu'il avait éprouvée en quittant Clairbois comme un intrus dispensé d'une huée et d'une lapidation. Il se savait le fruit d'amours illégitimes. Comment eût-il pu douter de l'issue d'une passion certainement extraordinaire et qu'il s'interdisait de juger, voire de condamner au nom des principes que, précisément, frère Evrard lui avait enseignés. La blessure qu'Anceaux lui avait infligée ne saignait plus. Que son père eût trompé son épouse ne le concernait en rien. Les éléments qu'il possédait désormais quant à une infidélité dont il était la tangible conséquence ne pesaient point dans la balance de son jugement. En certains cas, l'adultère ne pouvait être considéré comme un péché, même si celui qui défaillait n'avait aucune raison de faiblir et d'oublier les promesses faites à l'autel, les anneaux échangés et les premières liesses des sens. Qu'eût-il fait à la place de Gilbert de Clairbois ? Assurément, sans doute, les mêmes choses, assorties des mêmes battements de cœur et des mêmes désirs.

— Une nuit, reprit le prêcheur, Luciane entra dans la chambre de Gilbert... Oui, ce n'est pas lui qui se rendit dans la sienne. Tu es né de cette étreinte ou d'autres que je ne saurais condamner... ni toi non plus, j'espère.

— Comment le pourrais-je puisque je dois la vie à ce moment de...

Gui n'osa compléter sa phrase. *Amour* eût sans doute convenu de préférence à *folie* ou *égarement*.

Il avait désormais l'impression d'avancer dans un pays inconnu : cette Normandie qu'il ne connaissait point. Le récit du prêcheur le décontenançait. Frère Evrard s'exprimait d'une façon plate, avec une sorte de ténacité qui révélait une passion mal contenue envers une aventure qu'il ne pouvait réprouver, noire et blanche comme ses habits. Près de lui, Lucrèce piétait d'un pas ferme et Beaubrun, sur le bord extrême du chemin, secouait sa noble tête à l'œil d'or comme pour encourager violemment le prêtre à poursuivre.

— Gilbert de Clairbois partit en promettant à Luciane de revenir.

— Savait-elle qu'il était marié ?

— Je ne saurais te répondre. Cette femme avait-elle sur lui une influence amollissante ? Je ne saurais l'affirmer… puisqu'il s'en éloigna.

— Définitivement ?

— Non… Oye la suite !

Frère Evrard reprit son souffle : c'était sans doute la première fois qu'il s'exprimait aussi longtemps.

— Il eût pu descendre droitement à la Ferté-Clairbois, mais il fit un détour par Paris avec Girauldon qui s'était pris d'amitié pour ton père. Le duc d'Alençon séjournait alors dans la cité… Ils se connaissaient moult bien… Gilbert reçut de lui mission de cheminer vers la Honguerie. Je t'ai dit quels liens rapprochaient les Angevins des Hongres (1). Or, on venait d'apprendre que Louis le Grand devait fiancer une de ses filles, sans préciser son nom (2), à Sigismond de Luxembourg, le fils de Jean l'Aveugle qui avait péri à Crécy… Ton père apprit que la pucelle offerte en mariage à Louis d'Orléans par le roi de Honguerie serait Catherine. Il revint en France pour annoncer la venue à Paris d'une ambassaderie de Hongres (3). Hélas ! il y eut une embûche.

— Où ?

— A une lieue de Dijon… Des malandrins, résidus d'une route d'Arnaud de Cervole, à ce qu'il paraît. Un lieutenant de l'Archiprêtre, le petit Darby, les commandait… Girauldon de Montsurvent fut percé de deux sagettes. Il supplia ton père de ramener son corps en son pays afin d'être ensépulturé sous une dalle de la chapelle.

— Il le fit ?

— Gilbert disposait d'un chariot et de deux limoniers. Les guette-chemin, ébahis de la résistance de l'ambassaderie, s'étaient enfuis. On mit le corps du défunt dans une fardelle de cuir destinée à préserver une armure dont on cousit l'ouverture à petits points de chégros (4). Sans passer par Paris, les Français gagnèrent le Cotentin et Montsurvent. Une femme était là qui, deux fois par jour, allait prier… pour le retour de ton père.

— Dame Luciane.

— Elle avait accouché d'un garçon en son absence.

(1) Les habitants de la Hongrie (*Honguerie*) étaient alors des *Hongres, Hongueriens, Hongrès*.

(2) Ces filles se nommaient Catherine, Marie, Hedwige.

(3) Il avait été convenu qu'une ambassade française partirait en Hongrie pour mettre au point le traité de fiançailles. Les Français arrivèrent à Bude (Buda) en décembre 1374. Rappelons ici que les cités de Buda et Pest ne furent réunies qu'en 1873.

(4) Fil enduit de poix employé par les cordonniers.

Gui eût pu dire : « Moi. » Il s'abstint. Une question s'imposait à lui, qu'il formula en se demandant si le prieur allait lui fournir une réponse :

— Si Girauldon n'était pas mort, Gilbert de Clairbois serait-il revenu en Cotentin ?

Plutôt qu'un soupir d'embarras ou de lassitude, frère Evrard émit un bâillement sonore.

— Dieu seul le sait. Quant à moi, je crois bien qu'il y serait revenu. Non qu'il sût dame Luciane enceinte, mais il l'aimait... sans pour autant moins aimer dame Hedwige. Or, les choses du cœur ne sont pas de mon ressort... Ce que je sais, ce qu'il m'a... confessé hors la chapelle de Clairbois, c'est que dame Ermeline éprouva le chagrin que tu peux imaginer... Je crois que Girauldon avait, à l'insu peut-être de dame Luciane, remplacé son défunt époux dans son lit. Dieu me pardonne mais, disant cela, je ne pense pas médire d'elle.

Frère Evrard se permit un autre bâillement. Il était las. « Et moi ? » se demanda Gui. Non : il était lucide, attentif. Les amours de Gilbert de Clairbois lui prouvaient qu'au-delà de sa bachelerie (1), c'était un cœur sensible. A l'image du sien ? Il n'osa se répondre.

— Une sorte de veuve, poursuivit frère Evrard. Une étrange accouchée. Gilbert n'osa repartir pour Paris avec ses soudoyers dont aucun n'était de sa mesnie (2). Il distribua leur soudée (3) et les renvoya au duc d'Alençon auquel ils appartenaient.

— Il demeura à Montsurvent !

— Oui... Ta naissance avait eu sur dame Luciane un effet salutaire. Elle savait qu'il ne pouvait demeurer auprès d'elle éternellement. Elle savait aussi qu'elle ne pourrait te donner ce qui te convenait : un châtelet, l'aisance de l'esprit, un maître pour t'enseigner le métier des armes et c'est elle – tu peux à ce qui suit mesurer sa grandeur d'âme – c'est elle qui pria ton père de t'emporter. « *Tu diras à ton épouse que tu l'as trouvé au bord d'un chemin ou sur le seuil d'un moutier.* » Voilà ce qu'elle lui dit. Et il partit un jour, le cœur broyé... Il me l'a révélé... De sorte que fils de chevalier et d'une gentilfame qui n'est point dame Hedwige, mais qui en a les qualités, tu es d'excellente lignée.

C'était une déduction juste. Néanmoins, Gui l'accepta sans émoi. Les circonstances de sa naissance ne rétrécissaient point son mésaise. Être le fils d'Hedwige, il s'y était accoutumé. Il ne connaîtrait rien de cette dame Luciane sinon que son esprit, à la disparition de Gilbert de Clairbois, s'était peut-être égaré une nouvelle fois en des contrées où il ne la pourrait rejoindre.

(1) Vaillance et chevalerie.
(2) La maison et ses habitants.
(3) Solde.

— Il va de soi que lorsqu'il séjournait à Paris, ton père avait fait prévenir dame Hedwige qu'il repartait pour la Honguerie. Elle avait cru l'avoir perdu lors d'une échauffourée en Poitou, voire en Saintonge où il servait sous le double mandement de Guesclin et de Clisson. Or, il était sauf et s'éloignait pour de longs mois. Elle attendit… et vit revenir à Clairbois un époux affligé, un enfançon dans les bras.

Gui essaya de reconstituer la scène. En vain. Frère Evrard en avait-il été le témoin ébahi ? Rien n'était certain dans ce retour tout de même étrange. Il fallait les coups d'assommoir éprouvés en cette fin de jour pour ne pas s'en indigner. Un père adultère ramenant à son épouse l'enfant du péché ! Certes l'amour ignorait la morale et ses commandements extrêmes. Son bon sens chancelait.

— Pourquoi les jugerais-je ? dit-il. A quoi bon ! Il me faudrait une âme de clerc !… Et je suis bien certain que vous les absolvez !

Plutôt que de répondre, le moine usa d'un alibiforain (1) :

— Il te faut savoir qu'Anceaux, qui a un an de plus que toi, ne devina pendant longtemps le secret de ta naissance.

— Roberte d'Evron s'est chargée de le lui révéler.

— Sans doute guigne-t-il sa part de Clairbois… ou son entièreté si vous trépassiez l'un et l'autre… Mais j'en reviens à ton père. Il te présenta à son épouse comme un enfant trouvé sur le tour d'un couvent, alléguant que nul portier, nulle portière ne le manœuvrait. Hedwige t'accueillit… Tu sais le reste, sauf que c'est en mai dernier, lorsqu'il dut partir pour la Lombardie avec Jean d'Armagnac, que ton père confessa son péché à Hedwige. Elle pardonna : cette faute était si lointaine. Tu passais pour un Clairbois. Tu fus légitimé – ce qu'Anceaux, évidemment, ignore. Ta mère consentit au partage de la hoirie que ton père lui proposait. Raoul Segré, le notaire de Sainte-Suzanne, s'est chargé de tout.

— J'ai donc autant de droits qu'Anceaux à honorer le nom qui est mien.

— Je crois, le connaissant, que tu en as davantage.

— Tout de même…

— Tout de même *quoi* ?

— Gilbert de Clairbois a servi Clisson en Poitou et celui-ci ne m'en a rien dit !

La bienveillance du connétable à son égard s'expliquait-elle ainsi, ou bien ses qualités foncières étaient-elles, seules, la raison d'une sorte de sollicitude rugueuse à son égard.

— Je crois que cet homme passe pour cruel. Il t'observe. Il cherche sans doute à savoir si tu es digne de ton père. Tu es sous la protection

(1) Propos extérieur au sujet.

de Dieu et cela les vaut toutes… Tu ne t'es jamais senti de mauvais sentiments, de mauvais penchants. C'est, je crois, parce que ta mère, la vraie, est une espèce de sainte.

— Pensez-vous qu'Anceaux et Roland iront chez le notaire ?

— Certes. Mais ne voulant pas passer pour des gens avides, ils prendront leur temps. C'est à toi d'aller voir Raoul Segré sans tarder.

— J'irai aussitôt que possible.

— Ensuite, tu iras à Montsurvent.

La voix du clerc était nette, précise. Ce n'était ni un conseil ni une requête, mais bel et bien une injonction.

— Ne te regimbe pas ! Si ton cœur atermoie – ce que je conçois –, ta raison, demain ou un autre jour, t'enjoindra d'accomplir ce voyage. Il te faut connaître ta mère !… Si tu renonces, un jour, tu le regretteras.

La nuit s'encrait de plus en plus. A sa senestre, Gui ne distinguait que la blancheur de la coule du dominicain et la lueur de l'œil de Lucrèce. Le chemin trop connu se penchait vers Clairbois. Une douce pâleur embuait les toitures. Dans l'enceinte où le chêne se mêlait à la pierre, tout était figé comme en attente de quelque chose. Et la forêt, derrière, distillait dans ses brumes tant de mélancolie que Gui en ressentit l'atteinte.

— Tout s'endort, dit Frère Evrard à mi-voix, comme pour ne point éveiller quelque chose. Le temps nous a filé entre les doigts et je suis heureux que nous nous soyons vus.

— Moi de même. Vous m'avez tout dit. Vous ne pouvez imaginer à la fois mon bonheur et ma détresse. Oui, j'irai à Montsurvent… J'irai d'une âme pure.

— Elle l'est… Je te connais bien.

Le prêcheur s'arrêta. Lucrèce en fit autant. Gui se sentit serré entre deux bras solides et pressé contre une poitrine qui ne l'était pas moins : naguère, frère Evrard avait relevé un défi en Bretagne et vaincu son contendant à la lutte.

— Pars, mon fils… Point de galop : *ils* sauraient que je n'étais pas seul. Je vais prier pour le repos de Norbert. C'est lui qui nous a réunis. Que son âme resplendisse autant que ses armures !

Ils se séparèrent. Ils s'étaient tout dit.

* *
*

Assis sur un degré de l'escalier d'accès au *Chêne vert*, Jausselin, Juvécourt et Trinquier, chacun une chopine à la main, savouraient, outre la boisson, la fraîcheur nocturne.

— Te voilà ! s'étonna le tranche-tête. On te croyait heureux parmi les tiens.

— Que t'est-il advenu ? Tu sembles avoir reçu des coups.

La voix de Trinquier manquait de fermeté.

— Veux-tu goûter à cet hypocras ?

Gui refusa sans commentaire. L'archer devait être saoul. S'il ne l'était, il ne tarderait pas à l'être.

— Nous pensions te revoir demain de bon matin, dit Juvécourt.

— Un tençon (1) avec mon frère... Je suis parti.

— Alors, dit Jausselin, nous pouvons guerpir demain !

Gui fut gêné à l'idée de le décevoir :

— Partez si vous le voulez. Je dois, quant à moi, rendre visite au notaire de Sainte-Suzanne. Il me plairait que vous m'accompagniez... non point jusque dans son retret (2), mais jusqu'à sa maison. Il se pourrait, si certains me voient y entrer, que mon retour au Mans soit compromis.

— C'est à ce point ?

— Oui, Trinquier, à ce point.

Les deux autres compagnons se consultèrent. Juvécourt décida :

— Nous irons avec toi.

Gui quitta les étriers. Sitôt qu'il fut à terre, Jausselin lui montra un grand portail entrouvert d'où fluait un rai de lumière :

— L'écurie... Il y a encore un palefrenier.

Lorsqu'il eut confié Beaubrun à un vieillard aimable, Gui rejoignit le tranche-tête et les deux soudoyers.

— As-tu faim ? demanda Jausselin.

— Non... Tout ce que j'ai appris m'a noué le cœur et l'estomac.

Les trois hommes n'exprimèrent aucune des questions qu'ils se posaient. Les informer d'Anceaux ? A quoi bon. Gui pouvait cependant révéler ce qui lui paraissait et leur paraîtrait l'élément décisif de son retour auprès d'eux.

— Sitôt que j'aurai visité le notaire, je vous promets que nous ne nous attarderons pas. Il me faut prévenir messire Olivier.

— De quoi ?

Plutôt qu'un besoin de savoir, c'était une sorte de moquerie qu'exprimait la question abrupte du tranche-tête.

— Je ne sais pas par où nous passerons pour nous rendre en Bretagne...

— Laval et Rennes... à moins, Gui, que ce ne soit La Flèche et Angiers...

— Soit. Il faudra prévenir messire Olivier de se tenir aussi près que possible du roi.

— C'est ce qu'il ne cesse de faire... quand il peut se glisser à côté.

(1) Querelle.
(2) Cabinet de travail.

— Il faudra qu'il fasse en sorte de l'approcher…

Jausselin en convint d'un hochement de tête. Le long soupir de cet homme aux sentiments élémentaires prouva qu'il était de ceux qui doublaient leurs forces et leur énergie dans l'action.

— Qu'est-ce que tu sais ?

— Je crains que dès que le roi quittera Le Mans, il se passe quelque chose dont je ne sais rien… sinon que notre sire sera comme un bersail (1) à des malandrins…

— Faudrait, si tu dis vrai, que ces malandrins savent quels chemins nous prendrons. On disait, hier, que les ducs voulaient aller vers Sablé, d'autres au diable vauvert… sauf sur le bon chemin : celui de Laval…

— On dit, intervint Trinquier, que le duc de Montfort est à Nantes.

Les deux hommes savaient que les princes n'avaient point encore donné leur pleine mesure. Que le déséquilibre entre la protection du connétable et l'hypocrite sollicitude des oncles ne cessait de s'aggraver. Gui pensa que, tout comme lui, Jausselin et Trinquier savaient que les ducs auraient le dessus.

— Tu me parais hodé (2), mon gars, par ce que tu as subi en ta ferté… Une déception terrible ?

— Terrible en vérité, Juvécourt.

Gui hésita. Il regarda Juvécourt, puis Trinquier, moins ivre, soudain, avec sans doute, la même curiosité qu'ils lui consacraient. Une occasion lui était offerte. Elle éperonnait sa nécessité d'en finir avec tout ce qu'il savait sur sa naissance. Il se tourna vers Jausselin :

— Mon père s'appelait Gilbert de Clairbois. Le connétable vous en a-t-il entretenu ?

Sans trop se voir tant la nuit devenait épaisse, les trois fidèles du connétable se consultèrent.

— Oui, dit Jausselin. Il nous a dit que ton père était un prud'homme de grand mérite et que tu lui ressemblais.

— L'avez-vous connu ?

Gui vit luire alternativement deux regards.

— Un tantinet, révéla Jausselin. J'étais jeune quand je l'ai connu et entrevu dans les mêlées. C'est un lion, ami, qui devrait figurer sur tes armes.

— Je peux pas en dire autant, dit Juvécourt. Je ne l'ai pas connu.

Gui n'en demanda pas davantage. Il avait fini d'assimiler son passé. Il ne pouvait condamner son père pour un adultère d'où il était né. Il revint en hâte à un autre souci.

— Sitôt que nous serons au Mans, il nous faudra prévenir le connétable.

(1) Comme une cible.
(2) Fatigué.

— Nous le ferons, dit Jausselin. Aie confiance.

— Je crains qu'on ne veuille assener au roi un coup dont je ne connais pas la nature, mais que… que certains ont pourpensé longuement.

— Là, tu rejoins sire Olivier. Il pense à un embûchement. Des malandrins apostés, les cris et peut-être la mort…

Gui secoua la tête :

— Il est possible qu'il n'y ait pas des malandrins, mais un seul.

— Comment le sais-tu ?

Gui eut un mouvement d'impuissance :

— Je ne le sais pas. Je le redoute.

Il ne pouvait ni fournir et encore moins développer les raisons de cette inquiétude. Il y avait, à Clairbois, deux hommes de trop : Roland d'Evron et… Qui ?

Face à ces deux ennemis du roi, sans doute eût-il déployé cette fureur qu'il sentait recroquillée en lui par une incertitude irritante.

— On veillera nous aussi, affirma Jausselin.

Il était pour Clisson avant d'être pour le roi. Il l'était avec tous les germes des passions engendrées par l'admiration et les émois d'une dévotion qui sans doute remontait au temps où le connétable servait l'Angleterre.

— Si le roi doit subir un affront ou davantage, dit le tranche-tête, notre maître le subira aussi. Vous savez qu'il est mal vu.

— Oui, dit Trinquier, soudain désenivré. Tous les soudoyers le savent.

Par certains, Clisson était jugé inacceptable. La bassesse des ducs et de leurs suppôts se révélait dans le simple fait qu'il était contesté aux conseils. Jausselin flairait la curée. Bien que ce Breton pur sang – et non point un Gallo comme son prédécesseur à la connétablie – représentât militairement la France, son action quelle qu'elle fût se trouvait contestée. En se faisant l'ennemi de Pierre de Craon, l'ami des ducs, le connétable, Marmouset de surcroît, s'était coupé de toute retraite politique et ne pouvait compter que sur la bienveillance du roi. Il n'avait subi aucun revers dans ses batailles pour le royaume ; qu'il y en eût un, il savait qu'il se retournerait contre lui. Cet échec ne pouvait avoir lieu en Bretagne. Aussi, afin d'être plus certains de l'avenir, les ducs s'efforçaient-ils de condamner cette guerre. La fatigue du roi ne les inquiétait point. Ce qui les alarmait, c'était que Clisson et un malade vainquissent Jean IV de Montfort.

— Les ducs sont des saligots, dit Juvécourt.

— Clisson peut succomber sous le faix de cette alliance.

Gui se sentit approuvé par Jausselin davantage que par les deux autres hommes : ils ne voyaient le connétable que de loin.

— Nous veillerons, dit-il, au salut de sire Charles et par-delà à celui de Clisson.

— Sans qu'il s'en doute, dit le tranche-tête, car vous le savez bien, il est présomptueux. Pas vrai ?

Présomptueux, Clisson l'était. Gui n'en disconvint pas.

— C'est sans doute une qualité, dit-il, lorsqu'on est connétable de France. Or, si haut placé qu'il soit, il nous affectionne. Et pour dire le vrai : il a grand hâte de nous revoir.

— C'est pourquoi, dit Jausselin, une fois à Sainte-Suzanne, tu devras te hâter auprès de ton tabellion.

— J'en ai l'intention.

— C'est comment, cette cité ? demanda Trinquier. On m'a parlé du château…

— Il est énorme, s'empressa Gui. Le donjon est certainement un des plus grands du royaume. Tout devant, des parois solides. Les Goddons l'ont convoité pendant trois ans et le siège aurait pu durer trois ans de plus si le vicomte de Beaumont (1) l'avait voulu. Or, des deux côtés, on était las…

— Moi aussi, dit Juvécourt.

— Allons dormir, décida Jausselin après un long bâillement. T'inquiète pas, Gui : la plupart des chambres sont libres.

— Vides de toute femme, enraga Trinquier.

* *
*

— J'avais oublié que le lundi était jour du marché.

— Pourquoi, dit Jausselin, prends-tu ce ton contrit ? Nous achèterons, en t'attendant, de quoi manger en chemin.

— Et boire ! ajouta Trinquier.

Gui sourit :

— Quel est ton petit nom ?

— Chiquart.

— On aurait dû t'appeler Bacchus.

L'archer se garda de demander pourquoi. Il regardait, sur le chemin accédant à Sainte-Suzanne, les hananiers et leurs femmes, certains en charreton, d'autres le devançant, qui s'en allaient vendre les produits de leur terre. Il y avait aussi quelques moutons, çà et là un bœuf, une vache, un veau. Une sorte de tristesse pesait sur ces gens et ces bêtes : il fallait vivre et pour cela se priver. Tous savaient qu'ils vendraient à

(1) Le donjon est une bâtisse de 20 m x 15 m dont les murs sont épais de 3 m. Propriété de Hubert II de Beaumont au XIe siècle, il fit partie d'une ligne de défense érigée du XIe siècle au XIIe par les vicomtes du Maine. Assiégé par Guillaume le Bâtard, roi d'Angleterre et duc de Normandie, il résista trois ans.

perte. Il n'y avait qu'à Paris et dans quelques grandes villes, sans doute, que l'argent conservait une valeur convenable.

— Nous n'avons pas passé devant Clairbois, révéla Gui. Ainsi, les gens ne m'auront pas vu… Mon demi-frère, d'ordinaire, se rend au marché vers midi. J'en aurai donc fini avec le notaire…

— Heureusement, dit Jausselin. J'ai hâte de retrouver notre maître.

— Moi, également… Tenez, mes compères : voilà Sainte-Suzanne.

Gui vit se dresser sur leur promontoire escarpé les murailles devant lesquelles les guerriers du Conquérant s'étaient jadis usé les nerfs. Du haut de cette crête gréseuse qui dominait l'Erve, on avait une vue merveilleuse sur les hauteurs boisées du Tertre Gane, à l'est ; à l'ouest, sur le formidable donjon à la tête crénelée. Au sud-ouest, on découvrait les plaines angevines certainement cuites au soleil et au nord les collines d'Evron-Sillé et les hauteurs des Coëvrons. Une belle cité. La vue de son enceinte donnait confiance aux faibles autant qu'aux guerriers assemblés pour sa sauvegarde.

— Je ne croyais pas revenir de sitôt !

— C'est pour ton bien. Nous ne sommes, ce matin, guère autre chose que tes hommes liges.

— J'ai moult fois erré sur ces terres, soit à pied, soit à cheval. Je recomposais dans ma tête l'armée des Goddons qui s'acharnait en vain sur les parois de la forteresse…

S'il avait aimé s'éterniser la nuit dans leur logement (1) en compagnie d'Héluis, il avait erré certains jours sur ces terres. Il y avait trouvé un fragment d'épée – la prise et les quillons – et des pointes de sagettes. Il se tourna vers Trinquier, le plus proche de lui :

— C'est dans ce donjon que Henri II, roi d'Angleterre, père de Richard Cœur-de-Lion et de Jean-sans-Terre a senti la mort l'envahir.

L'archer ne l'écouta point, trop affriandé par la croupe d'une femme occupée à pousser un chariot dont la mule répugnait au moindre effort.

— Le mari ressemble au Bègue de Villaines, dit-il quand il eut dépassé l'engin où caquetaient des poules.

— La mule avance en bégayant, dit Jausselin.

— J'espère que ton notaire aura le verbe clair.

« Ils me tutoient », songea Gui. « Me considèrent-ils comme un ami ou bien comme un être comme eux : un soudoyer ? » Il n'appartenait pas à leur monde. La licence apparente, voire triomphante de Trinquier l'incommodait et le « métier » de Jausselin lui répugnait. Il se gardait de la moindre attitude de hauteur et de langage, mais il se sentait observé, comme si le tranche-tête et l'archer attendaient, espéraient peut-être le surprendre en état de faiblesse ou

(1) Campement.

physique ou spirituelle. Il s'appliquait moins à se dominer devant Clisson que devant ces deux-là. Leurs silences inattendus et la pertinence crue de leurs propos leur permettaient parfois d'imprimer sur lui leurs empreintes. Cependant, tout comme lui, ils préféraient la ligne droite à la torsade et la lumière brûlante ou glacée aux captieuses ténèbres où se mouvaient les Grands.

— Et voilà, dit Trinquier, nous allons franchir un postil (1).

— Aucun regard (2), s'étonna Juvécourt lorsqu'il eut dépassé la voûte. Dis donc : selon ce que j'en vois, il est grand, ce marché… Où gîte ton tabellion ?

— Là-bas, tout près de Dieu, dit Gui, une main tendue.

* *
*

Petite, érigée auprès de l'église, la maison du notaire semblait habitée par des bourgeois sans fortune alors que l'homme qui la hantait en compagnie d'une servante était, selon les rumeurs, un des plus riches de la cité.

— C'est là, dit Gui en confiant Beaubrun à Trinquier. Revenez devant ce seuil quand vous aurez fait un tour de marché.

— Avec les chevaux ! ricana Jausselin.

— Confiez-les au fèvre, là-bas. Il est honnête. Il vient de perdre son frère…

— Bon ! Bon ! maugréa Jausselin. Hâte-toi tout de même.

Gui regarda le heurtoir fixé sur la porte au-dessous d'un étroit guichet de fer forgé. C'était une tête de lion à la crinière abondante. Il différa l'instant de frapper de son museau l'écu de cuivre que les percussions avaient creusé en son milieu.

— Qu'attends-tu ? lui cria de loin Jausselin.

Ce qu'il attendait ? Il n'en savait rien. Il était retenu par la crainte de rompre une espèce de charme. Maître Raoul Segré lui divulguerait-il une ou plusieurs vérités ? Plutôt que de s'en satisfaire à l'avance, il se sentait envahi par une humilité qu'il finit par trouver inconvenante. Allons, il devait cesser d'entrevoir les événements d'un passé ou Anceaux n'avait eu sans doute aucun accès. Il devait balayer toutes ses incertitudes pour savoir enfin qui vraiment il était et s'il existait des documents authentiquant sa naissance.

Maître Segré lui ouvrit, la face éclairée par un bienveillant sourire qu'il devait adresser à tous ses visiteurs. Ensuite, ayant reconnu son client, il se montra débonnaire :

(1) Porte d'une enceinte.
(2) Garde, sentinelle.

— Gui !… Si je m'attendais !… On m'avait annoncé que tu étais parti vivre à Paris… Entre ! Entre !… Permets-moi de te tutoyer. Je t'ai vu si petit !

Bien qu'il eût été examiné comme une espèce de fantôme imprévisible, Gui se sentit en confiance. Avait-il donc tellement changé en quelques mois d'absence que maître Segré eût hésité avant de le reconnaître ? Peut-être, à son insu, avait-il pris le regard et la physionomie d'un homme d'armes et jusqu'à ses façons rudes. Lorsqu'il avait saisi sa main, le notaire avait compris qu'il s'était complètement affranchi des contraintes d'une existence sur laquelle il avait malheureusement tiré un trait.

— J'ai ouï le frai (1) des chevaux avant qu'ils ne s'arrêtent. Ces trois hommes sont des guerriers. Cela se voit tout de suite. Es-tu des leurs ?

— Certes… Je suis l'écuyer d'Olivier de Clisson auquel mes trois compères appartiennent.

Couvert d'une sorte de houppelande blanche, légère, Raoul Segré avait plutôt l'air d'un clerc que d'un notaire. Sa chevelure tondue dans la pâte un peu rose d'un visage gras complétait l'illusion. Ses yeux noirs, petits, étroits, étaient ceux d'un homme accoutumé à se pencher sur des écritures et à en pressurer la substance.

— J'ai abandonné le connétable avec sa permission. Nous allons en Bretagne.

— Pour punir le sire de Craon et guerroyer si possible contre le duc de Montfort ?

— Oui, messire. Nous allons lentement car le roi est malade.

— J'ignorais qu'il l'était. De quoi souffre-t-il par ce temps de fournaise ?

— Tout, messire : l'esprit et le corps.

Raoul Segré baissa la tête et ferma l'huis. La main sur la poignée de la serrure, il s'autorisa un commentaire :

— Un père outrément malade, une mère qui l'était aussi, bien qu'on eût essayé de cacher ses misères… Un mariage consanguin. On interdirait à d'autres d'épouser leur cousine sous prétexte d'inceste, mais on l'accepte des rois, et même on l'exalte et s'en félicite. L'Église n'est point hostile aux sacrements pervers. Le duc Guillaume de Normandie avait pourtant innové bellement quand il fit sienne une fille de la roture… Mais trêve de considérations oiseuses. Qu'est-ce qui t'amène ?

— Ma naissance, messire.

— Ah ! fit le notaire apparemment gêné.

Puis après s'être repris :

(1) Bruit, vacarme.

— Je me doutais qu'un jour viendrait où je devrais te faire part de ce qui fut, entre ton père et moi, une espèce de secret que nous sûmes garder bien au chaud dans nos cœurs… Viens.

Passant par une double porte, Gui entra dans un vestibule au fond duquel Raoul Segré poussa un huis aussi épais que s'il ouvrait sur une geôle. Un retrait (1) se présenta dont l'ameublement se composait d'une table et d'un faudesteuil, de deux chaises à tenailles, de deux coffres contenant certainement toutes sortes d'actes et de cédules. Sur la table, une plume de cygne trempait dans un encrier de porcelaine cerclé de lis et de quintefeuilles. Un rectangle de cuir noir faisait office d'écritoire. Tout était net, un tantinet poussiéreux en raison du temps et du vent. Le seul éclairage tombait de la rue par une fenêtre haute, assez large, défendue par des barreaux de fer dont la rouille n'empêchait point la solidité.

— Assieds-toi.

Gui obéit.

« Je vais, mes-huy, compléter mon histoire. »

Bonheur, malheur, il se préparait à tout. Les deux êtres si différents qu'il avait senti parfois s'affronter en lui avaient fait la paix. Tous deux craignaient des révélations douloureuses.

— Frère Evrard, dit-il, m'a enditté (2) sur… l'infidélité de mon père.

— Ah ! bien… Je ne savais comment te la révéler.

Raoul Segré soupira. Il y avait quarante ans, dit-il, qu'il avait fait ses débuts dans la vie notariale et il y avait appris moult choses étranges. Il était temps qu'il mît fin à une activité qui avait dévoré tout son temps. Il avait compté parmi ses clients, outre les châtelains de Sainte-Suzanne et les nobles familles du Maine, des gens dont la simplicité l'émouvait encore. Il ne songeait qu'à profiter d'une inactivité féconde : aller pêcher dans l'Erve, galoper de-ci de là, voir pousser les fleurs et les légumes de son jardin. Il semblait que la venue du fils de Gilbert de la Ferté-Clairbois lui parût de bon augure.

— Le hasard fait que tu as choisi le bon moment. En août, je ne reçois quasiment personne et cette année, l'infernale chaleur maintient les gens chez eux. Certains vivent la journée dans leur cave.

Une femme passa dans le vestibule. Par la porte ouverte, Gui entrevit une beauté blonde et opulente qui, plutôt que de l'exalter, devait nuire à la santé du notaire.

« A-t-il changé de servante ou bien s'est-il marié ?… Il était peut-être temps que je vienne. »

Dans cette pièce austère, réduite à l'essentiel, avec cette inconnue

(1) Ou *retret* : cabinet de travail.

(2) Informé.

qui pouvait tendre l'oreille à ce qui allait se dire, Gui se sentait soudain mésaisé. Le notaire comprit sa gêne et s'en alla clore la porte. Ensuite, il ouvrit un coffre et y chercha fébrilement une clé. Il l'utilisa pour ouvrir un bahut recouvert de cuir épais, clouté, dont il tira un petit bouge (1) en peau de truie. Il contenait une liasse de parchemins dont un sceau pendait au bout de ses lacs de soie. A la longue, le vermillon était devenu rose.

— Le sceau de ton père.

Lorsque Gui l'eut sous les yeux, il acquiesça, le cœur battant, comme s'il s'agissait d'une vénérable relique et tout ce qu'elle impliquait de grand et d'honorable.

— Tu vas être ébahi.

Gui s'y préparait. Une sorte de douleur lestée de crainte serrait un cœur où se mêlaient inextricablement le regret sans doute inaltérable de sa bâtardise et la mélancolie de ce qu'il avait été : un fils, tout simplement.

— Anceaux, dit-il, m'a traité d'enfant trouvé.

— Il n'est jamais venu me voir. Sais-tu s'il viendra ?

— Sans doute. Il n'est point sot et doit penser que notre… père avait songé à l'avenir de son épouse et de ses enfants s'il perdait la vie dans une bataille.

— C'est ce qu'il m'a dit lorsqu'il est venu… Anceaux viendra, j'en suis acertené.

Gui s'étonna qu'à la lisière d'une révélation qu'il augurait désagréable, l'ancienne indulgence qu'il avait parfois nourrie pour Anceaux ne fût point complètement extirpée de son âme. Il eût préféré une franche expulsion à la haine répulsive et malsaine que son « frère » lui avait manifestée tout en se délectant de son ébahissement. Il n'oublierait jamais ces coups orbes plus douloureux que des navrures au sang.

— Ta mère d'adoption était une noble dame, dit Raoul Segré. Sa bénignité était illimitée. J'ai appris – tout se sait – qu'elle a été occise par des guette-chemin.

Gui baissa la tête. Ne plus voir Hedwige de Clairbois, ne plus l'entendre, ne plus rien envisager de bon en sa présence comme en son absence, voilà les composants qui manquaient désormais à sa vie. Bien qu'ils se fussent quittés sur des paroles apparemment définitives, ils se seraient revus et pardonné une intempérance verbale dont, une fois séparés, ils avaient vergogné (2) l'un et l'autre. Quant à la bienveillance évoquée par le notaire, on ne pouvait trouver à l'entour de Clairbois aucune femme aussi courtoise et accommodante, aussi

(1) Sorte de valise.
(2) *Vergogner* : avoir honte.

pieuse et charitable. Non, il ne se résignait pas à sa perte, et s'il avait brisé en faveur d'Olivier de Clisson l'ascendant qu'elle avait exercé sur lui depuis son enfance prime, c'était bien parce qu'il s'était senti capable d'exploiter sa force et sa volonté en d'autres lieux que dans le Maine pour devenir un jour un chevalier dont elle serait fière, digne de ses vœux et de celui qui était mort en Lombardie.

— J'imagine, dit Raoul Segré, quelles ont été tes suppositions sur ta naissance après qu'Anceaux t'ait dit *trouvé*. Nouveau-né abandonné en lisière d'un bois, derrière une haie, auprès d'un arbre au bord d'un chemin… ou bien extirpé larrecineusement (1) d'un manoir ou d'un châtelet après une mise au monde clandestine, adoncques : naissance noble… C'est à ces conjonctures que ton esprit s'est livré ?

— Certes, messire… Frère Evrard m'a rassuré.

— Et tu as pensé, puisque l'occasion s'en présentait, que ta venue céans s'imposait. Que la remettre à plus tard ou y renoncer pourrait constituer une faiblesse que tu te reprocherais en repartant pour je ne sais où ?

— Oui, messire.

— Ne sachant où tu vivais à Paris, je me disais que tu reviendrais bien un jour à Clairbois, que je le saurais et pourrais alors te convoquer avec Anceaux. Tu es là, tu vas repartir, je me sens donc en rupture avec certaines coutumes… d'autant plus qu'il me paraît sage de t'éclairer…

Le notaire soupira et Gui s'attendit à ce que la déception redoutée fût immense.

— Apprends que, comme dame Hedwige, Gilbert te préférait de loin à Anceaux.

Gui ne sut dire un seul mot. Cette révélation réchauffait un sang qu'il avait cru vicié sans raison définie. S'il avait préalablement souffert d'être un enfant trouvé, il souffrait encore d'une incertitude :

— Ma mère… La vraie… Vous en a-t-il parlé ?

— Point trop, mais je sais qu'elle est noble, fille d'un prud'homme de grand mérite : Ogier d'Argouges, qui fut le champion de Philippe VI… Elle fut mariée à un chevalier de la Langue d'Oc mort en Espagne.

Le notaire hésita : la prochaine révélation lui coûtait :

— Gilbert l'a moult aimée. Je ne le saurais juger. Tu es le fruit de ces amours adultérines.

— Un bâtard.

Maître Segré émit le petit rire d'un homme accoutumé à avoir reçu, dans son retret, d'autres bâtards épris de vérité.

— Bâtard… C'est le mot qu'on emploie pour des gars de ton

(1) Furtivement.

espèce. Il n'est point cause de déshonneur.

— C'est ce que j'essaie de penser.

Gui se demanda s'il devait l'origine de sa sensibilité à sa vraie mère ou à dame Hedwige. Pourrait-il un jour se répondre ?

Le tabellion tira de la liasse de documents qu'il n'avait cessé de couver du regard un parchemin où se balança le sceau des Clairbois.

— Oye, dit-il. *A ceux qui ces lettres verront, moi, Gilbert de Clairbois, chevalier, et mon épouse Hedwige de Baráth, savoir faisons que nous avons promis, accordé et aconvenancé, et promettons par ces lettres en bonne foy, accordons et enconvenançons à messire Raoul Segré notre notaire en la bonne cité de Sainte-Suzanne que nous octroyons à Gui, notre fils, par ces lettres, la baronnie de la Ferté-Clairbois avec toutes les appartenances qui seront énumérées ci-dessous en quelconques choses et sous quelconque valeur ou estimation que elles soient...*

Gui soupira. Jamais il n'avait souhaité hériter de Clairbois. Jamais il n'avait spéculé sur une hoirie dont il connaissait l'importance. A l'inverse d'Anceaux, sans doute.

— Et mon frère ? dit-il en restituant à ce mot une part de sa valeur.

— Ton frère ?... Veux-tu que je m'exprime en un langage moins abstrus ?

— Je vous en prie... Je pense qu'à la relecture, il n'a guère passionné le testateur...

Gui n'osait dire « mon père ». Il attendait que tout fût net, dans sa tête, pour reprendre une appellation dont il avait été fier.

Raoul Segré eut un sourire de biais. Il s'adressait peut-être à cette femme qu'on entendait aller et venir et ouvrir une fenêtre.

— Clairbois te revient *par indivis*. Les terres attenantes sont tiennes. Anceaux se voit pourvu de la maison forte d'Evron où loge la sœur de Gilbert de Clairbois, Roberte, qui s'était désistée en faveur de son fils Roland lequel recevra quelques terres que je te dirai si tu y tiens. Anceaux, l'aîné, le vrai fils, si j'ose dire, recevra les manoirs, fermes, terres de Joué-en-Charnie, Vaiges, Sillé-le-Guillaume et les terres qui les jouxtent dont je possède les descriptions. Gilbert avait une ains-née sœur, Ermengarde, à Paris...

— Elle nous avait accueillis, Mère et moi.

— Elle a demandé en tout et pour tout un rubis serti de perles, lui-même enchâssé dans un pentacol d'or que ta mère lui a porté il y a quelques années, lorsque ton père fut mandé à la Cour par Charles V. Cette Ermengarde est pieuse. Sa maison de Paris doit revenir à je ne sais quel couvent de bernardines... C'est un partage équitable m'a dit ton père. Il eût aimé te favoriser davantage, mais Hedwige s'y est opposée : elle ne voulait pas que son vrai fils fût désavantagé, ce que je comprends.

— Je le comprends aussi. Je n'ai jamais convoité Clairbois…

— Étant donné qu'elle est morte, te voilà, *per obitum*, successeur de ton père. Vas-tu mes-huy, (1) galoper jusqu'à ton domaine pour en exclure Anceaux ?

— Non, messire. Qu'il en fasse, pour le moment, ce que bon lui semblera. Ce que je souhaite doresnavant, c'est de connaître ma mère.

Raoul Segré tira du bouge une lettre cachetée dont la cire rouge portait l'empreinte de l'anneau sigillaire de Gilbert de Clairbois.

— Tout est là-dedans. C'est une confession brève dont j'ai copie tout autant que de l'acte d'hoirie que je vais également te remettre. Je te recommande dès maintenant d'en prendre un soin extrême. Il existe des murs plus secrets que des bouches, des arbres au pied desquels on peut se confier, des clercs qui connaissent en leur moinerie des creux inviolables. Ce sera à toi de choisir. Il me plaît de t'assurer que tu es de noble naissance.

Penché en avant et les yeux humides, Gui ne put s'empêcher d'évoquer sa marâtre. Dame Hedwige avait pardonné à son mari, mais comme elle avait dû souffrir ! Cette souffrance le pénétrait à l'instar de l'injuste pesée d'une épée sur son cœur. Jamais, avant sa malheureuse rencontre avec Anceaux, l'idée n'eût pu lui venir que son père était capable de dénouer des liens conjugaux tels que ceux qu'il avait connus. Des liens encore plus étroits que ceux du sang l'unissaient à cet homme. Il avait compris, dès son plus jeune âge, qu'il était seul porteur de ses espérances puisque Anceaux semblait se désintéresser des armes qu'il maniait avec une répugnance peut-être hypocrite.

Le notaire tira de son coffre une custode qui semblait neuve. Il y introduisit, roulés, les documents.

— Que comptes-tu en faire ? Surtout, ne conserve pas ces précieuses pièces sur toi !

— Je vais mettre ce dépôt en ségurement.

— Il va de soi que j'en conserve copie. Les seings de ton père et de dame Hedwige figurent sur les tiens comme sur les miens, de sorte qu'Anceaux ne les pourra contester… Je vais sortir après toi pour confier mes parchemins à quelqu'un. Et toi ? As-tu une idée sur le dépôt de cette custode ?

Gui avait une idée. Il ne la révéla point. Une ombre venait de passer au-delà de la porte soudainement entre-close.

— Je ne le sais encore, messire. J'imagine la fureur d'Anceaux s'il apprend ma venue. Je suis d'ailleurs ébahi qu'il ne vous ait pas visité dès l'annonce de la mort de dame Hedwige, qu'il apprit le lendemain de son trépas… et peut-être le soir-même.

(1) A présent.

— Que veux-tu dire ? questionna le notaire à voix basse, penché.

L'ombre repassa, qui se voulait furtive. Gui fit le sourd.

— Anceaux ne tardera guère à vous interroger.

— Que me conseilles-tu ?

Était-ce à lui, Gui, de fournir ne fût-ce qu'une suggestion à un homme d'expérience ? Maître Segré semblait s'exagérer les qualités d'un jeune homme qu'il avait connu enfant et jugé peut-être écervelé. Plus doué, assurément qu'Anceaux, possédant une intelligence meilleure et une sensibilité plus fine, Gui se remettait mal des révélations qui l'avaient ébranlé. Aussi ne se sentait-il pas en état de livrer toutes ses pensées. Elles étaient trop nombreuses et trop enchevêtrées. Mais le notaire espérait une réponse.

— Ne dites rien à Anceaux sur ma naissance et mon adoption. Montrez-lui le testament si vous le jugez utile, encore que moi, à votre place, je lui dirai que Gilbert de Clairbois n'a point testé céans…

— Je vais y penser.

— Anceaux ne viendra pas seul. Roland d'Evron le compagnera. C'est un homme dur, sinon cruel… Je le soupçonne d'avoir occis dame Hedwige.

— Oh ! s'exclama maître Segré. Songe que…

Gui eut un maigre sourire tout en se disant que son vis-à-vis était convaincu. Peut-être Roland était-il venu le voir, bien que l'héritage de Clairbois ne le concernât en rien.

— Je soupçonne mon cousin – puisqu'il l'est – d'avoir des vues sur la ferté. Anceaux ne s'en méfie point. Il a tort.

— Je connais Roland, le fils de Roberte… Crois-tu…

— Je suis sûr qu'il contestera, tout comme Anceaux, la hoirie dont je suis dépositaire. S'ils parviennent à vous les ravir, ils brûleront vos pièces et chercheront les miennes… Défiez-vous de ces deux malandrins comme de deux vipères.

C'était une fin convenable. Gui se leva et glissa sous son pourpoint la custode contenant la confession de Gilbert de Clairbois et les feuilles qui le faisaient son hoir.

— Messire, je vous sais bon gré de tout ce que vous m'avez dit.

— La vérité.

— Je la proclamerai le temps venu.

Gui s'était exprimé sèchement, avec une véhémence qu'il ne se connaissait pas ; sans hésitation, à la façon non point de son père, mais d'Olivier V de Clisson.

— Que vas-tu faire orains (1) ? demanda le tabellion.

— S'ils ne sont présents, attendre mes amis qui s'approvendent au-dehors.

(1) Maintenant.

— Eh bien, d'où que vous veniez, bon retour.

Gui se retourna pour un dernier salut. Or, l'huis venait de se clore et une clé crissait dans sa serrure.

* *
*

La rumeur du marché demeurait inchangée. Gui avait tant de fois fréquenté ce grand rassemblement de hurons et de commerçants qu'aucun désir ne le poussait à errer parmi les étals. Cependant, il pouvait rencontrer Emma et apprendre ainsi quels événements avaient marqué son départ de Clairbois. Ce fut néanmoins l'envie d'apercevoir ses compagnons qui l'incita, sans plaisance, à entrer dans la foule.

Ainsi qu'il l'avait imaginé, les commères se pressaient devant les tables où se conjuguaient et se contrariaient les couleurs veloutées des fruits disposés en pyramides. L'incarnat des dernières cerises se heurtait au violet des prunes, et l'or terni des mirabelles accompagnait le carmin des fraises. Des mouches, des guêpes tentaient d'approcher ces régals et d'y festoyer à l'aise. Les vendeurs les éloignaient avec des palmes de fougère où, plus simplement, de la main. Çà et là, des viandes pleuraient leur sang. Il en détourna son regard, compatissant au sort des animaux sans défense alors qu'il pouvait voir un mort sans rien perdre d'une impassibilité qu'il attribua soudain, sans sourire, à la muisteur (1) des Normands ou des Normandes. Odeurs douces ou âcres, il avançait, sollicité par les marchands en bourgeron noir ou les marchandes aux vastes chapeaux de paille, heurtant parfois une jeunette un panier à bout de bras, un concile de fermières, toutes pépiantes, rieuses, tandis que les hommes claquaient leurs sabots et donnaient de la voix, certaines déjà envinées bien qu'on fût au seuil de la journée.

Emma viendrait. La seule en qui il eût confiance. A Clairbois, c'était la coutume qu'elle montât d'un pied léger à Sainte-Suzanne.

Il se prit à l'évoquer avec la toute puissance d'un désir qui n'avait rien de charnel. Non point belle, mais avenante, claire encore comme une jouvencelle avec ses cheveux de nuit, sa taille fine, ses seins purs et la suavité mousseuse de sa chair. Comment subissait-elle les étreintes d'Anceaux ? Répulsion ? Abnégation ? Supplice ?

Comme elle tardait à paraître !

Dans la cour du château la rumeur se taisait. Nul cri. Nulle vocifération. Les hommes d'armes semblaient avoir abandonné la place. Pour aller où ? Peut-être au Mans.

(1) Tempérament froid.

« Est-elle en danger ? Quelqu'un nous a-t-il vus l'autre soir ? »

Jamais il n'avait pensé à Emma comme à une conquête possible. Il n'avait cessé d'entretenir ce principe qu'elle était pour lui une sorte de sœur. Lorsqu'ils se retrouvaient seuls, il l'observait avec une espèce d'émoi, un ambigu de ferveur et d'envie d'en savoir davantage sur elle et ses sentiments à l'égard d'Anceaux. Sans jamais se regimber, elle semblait accepter qu'il la traitât ni plus ni moins à la façon d'une meschine.

« Mère l'aimait comme sa fille. Anceaux, qui aurait dû s'en réjouir, paraissait furibond de cette affection. Au lit comme en dehors, elle a dû subir et subir encore une grand'foison de sévices. »

C'était maintenant, seulement maintenant qu'il pouvait imaginer les humiliations qu'elle avait éprouvées. Anceaux avait-il deviné qu'elle en aimait un autre et qu'il s'agissait du « trouvé » ?

Gui regarda autour de lui ce marché trop familier dont les couleurs et les bruits semblaient l'inviter à piéter de nouveau entre les étals, parmi des gens qui le connaissaient et dont la plupart feignaient d'ignorer sa présence. Avait-il tant changé qu'ils ne le voulussent plus saluer même s'il les y invitait du geste ? Il était vêtu ni mieux ni plus mal que naguère. Cependant, certains manants l'ayant vu chevaucher entre trois hommes porteurs d'une livrée aux armes du connétable, il n'était guère étonné de leur gêne, sinon de leur méfiance.

« Viendra-t-elle ?... S'ils la soupçonnent d'avoir éventé leur forfait, se sent-elle épiée, menacée par Anceaux, Roland et cet inconnu qui sûrement séjourne à Clairbois avant de partir Dieu sait où ! »

Il craignit d'avoir compromis la jeune femme et s'estima indigne d'une amitié un peu trop fervente et d'un dévouement qui la préjudicierait si quelque malheureux propos lui échappait. En même temps qu'il ressentait contre son demi-frère les griffures d'une sorte de jalousie, le souvenir d'Alix vint occuper sa mémoire. C'était à elle qu'il devait penser. A elle quasiment seule à Paris, exposée à d'autres dangers qu'Emma. Si par ambition ou rancune Apilly la fiançait à quelque prud'homme au service de Louis d'Orléans, de Berry ou d'un autre haut personnage, il ne renoncerait pas pour autant à la chimère d'un bonheur qui pouvait être illusoire en ce moment même, mais qu'il bâtirait coûte que coûte. Il l'enlèverait – avec son assentiment. Idée absurde ? Il ne pouvait s'en défendre eu égard aux espérances et perplexités provoquées lors de son entrevue avec le notaire.

— Je l'emporterai. Nous nous musserons aussi loin que possible. Apilly ne nous retrouvera plus !... Si par malheur il nous rejoint, je l'affronterai.

Il avait traversé le marché. De retour sur le chemin accédant au château, il s'apprêtait à revenir devant le domicile du tabellion lorsque

Garnier, précédant une charrette attelée à une mule, s'immobilisa tout joyeux devant lui.

— Bonjour, messire. M'en veuillez pas si je me hâte.

Le hayon béa. Emma, un panier à la main, sauta, légère, sur le sol.

— Je savais que tu serais là !

Sa voix sonnait, claire et veloutée ; une voix de jouvencelle dont il fut ému. Garnier s'éloigna. Gui se félicita d'avoir à Clairbois deux alliés.

— J'ai peu de temps, dit Emma. Ils vont monter pour se saouler à la taverne.

Une pâleur altérait les traits de la jeune femme. Ce fut elle, pourtant, qui l'interrogea :

— Tu parais triste… Parce que tu vas t'éloigner de… Clairbois ?

— Oui.

— Et de moi ?

— Un petit…

— Tu as toujours été avare de louanges.

— Ne m'en veuille pas… J'ai mal à l'âme après ce qui s'est passé l'autre soir.

— Avec moi ?

— Pas seulement.

— Je te comprends.

Devait-il tout lui révéler ?

— J'ai songé au passé. J'ai cherché à démêler tout ce qui pouvait avoir fermenté dans le crâne d'Anceaux… et de Roland. Mais au fait : cette espèce de prophète dont tu m'avais annoncé l'existence… A-t-il quitté Clairbois ?

— Oui. Tout ce que je sais, c'est que Roland l'appelait *messire Richard*.

— Est-ce tout ?

— J'ai épié Roland et Anceaux… Tous les deux attendent une bourse bien pleine. Cet homme la leur a promise.

— Tu m'es précieuse.

— M'aimes-tu ?

— Certes.

— Comme on doit aimer ?

D'un mouvement léger Gui évinça ce propos :

— Ne pose pas de questions pareilles. Tu as été et tu demeures mon amie. L'autre soir, tu as été ma lumière. Grâce à toi j'ai su des choses qui nous dépassent.

Il la considérait avec une compassion qu'elle pouvait confondre avec un sentiment plus tendre. Ils demeurèrent muets sous une porte cochère en laquelle, prudents, ils s'étaient enfoncés. Bien qu'il fît sombre, Gui vit deux larmes rouler sur les joues d'Emma. Il les essuya d'un doigt. Puis il lui prit les mains, les porta l'une après l'autre à ses lèvres. Il frémissait autant qu'elle. Comprenant qu'elle était prête à fondre en pleurs, il la baisa sur la bouche, brièvement, afin qu'elle ne se méprît pas.

— S'aimer autrement serait déraisonnable. Tu es mariée.

— J'aimerais fuir Clairbois avec toi.

— Impossible. Nous allons quitter Le Mans et je ne sais où Clisson va m'emmener lorsque nous serons à Paris. Je crois qu'un jour je serai contraint de tirer Plaisance de son feurre (1). Contre qui ? Je n'en sais rien. J'aime que tu m'aimes autrement que comme un frère. En t'emmenant, je serais incapable de te donner l'existence que tu mérites. Je décevrais tes espoirs. De plus, le connétable me refuserait ta compagnie.

Emma baissait la tête. Devait-il lui dire brièvement toute la vérité sur sa naissance ? Lui annoncer que Clairbois lui revenait ? Non : il flairait une sorte de menace davantage fixée sur elle que sur lui.

— Oye, dit-elle à voix basse. Depuis la mort de dame Hedwige, Anceaux sait qui tu es.

— Que veux-tu dire ?

— Il sait.

Gui saisit les poignets d'Emma et lentement courba la tête jusqu'à effleurer des lèvres, l'une après l'autre, ses mains blessées par les lessives et les travaux des champs.

— Dis-moi tout.

Sous la tiretaine bleue, élimée, il entrevoyait sa poitrine. Il avait son front contre le sien et ne lâchait pas ses poignets si bien que poussée par une sorte de vaillance, elle le baisa au coin des lèvres.

— Dis-moi…

— La dame qui vit avec le tabellion, Yberte de Louverné, est l'amante de Roland… sans que Raoul Segré le sache. En l'absence du notaire, sans doute, elle a eu accès aux documents concernant ta naissance et le partage des biens de vos parents. Mais elle ne les a pu rober ou détruire.

Le premier tumulte achevé, Gui regretta de ne pouvoir se rendre à Clairbois pour y affirmer ses droits légitimes. Comme Emma le considérait avec cette passion tellement hardie qu'il lui avait connue la veille, il ne put que la prendre par les épaules et la serrer contre lui. Cependant, la certitude que *sa* ferté n'était désormais rien d'autre qu'un nid de malandrins éveilla dans son être une froideur d'où affleurait un besoin de bataille et de meurtres.

— Je te regracie, Emma, dit-il en se reprochant des gestes de ferveur qui pouvaient se confondre, dans l'esprit de la jeune femme,

(1) Fourreau.

avec ceux d'un sentiment plus fort. Pars. Il vaut mieux que tu t'en ailles… Je m'étais petitement défié de cette Yberte. L'huis du retret où le tabellion m'avait introduit n'était pas clos. Je crains qu'Anceaux et Roland ne le viennent trouver pour obtenir des documents qu'il ne possède plus puisqu'il me les a remis.

Gui tapota, sous son pourpoint, la custode dont il ne savait encore ce qu'il en ferait.

— Pars, maintenant.

Emma voulut demeurer. Il la repoussa : il fallait qu'il rompît ses amarres.

— Un jour peut-être.

— Tu crois ?

La voix tremblait, les yeux larmoyaient. Gui chercha en vain une réponse.

Il s'éloigna et entrevit dans une ruelle la belle Yberte et Anceaux.

« A en juger par la façon dont ils se regardent et se tiennent, le cousin et le notaire sont cornus l'un et l'autre ! Tous croient que je ne sais rien encore et que je chevauche loin de Sainte-Suzanne. Anceaux va exiger du tabellion les documents qu'il a soigneusement mussés… J'aimerais qu'il lui dise que je les possède… Tiens, les voilà ! »

Jausselin et Trinquier apparaissaient, menant leurs chevaux à la bride, Juvécourt s'avançait entre son cheval et Beaubrun.

— Es-tu prêt ? demanda de loin le tranche-tête.

— Je le suis.

— Par où passons-nous ?

Des hurons et leurs femmes piétaient vers le marché. Certains pouvaient s'étonner de voir devant eux des hommes dans une livrée qui n'était point celle portée par les gens de Pierre d'Alençon. Même infime, la méfiance s'imposait.

— Allons-nous-en, dit Gui. Je vous parlerai en chemin.

Il saisit les rênes que Juvécourt lui tendait, caressa la joue de Beaubrun et sauta en selle.

VI

— J'ai grande plaisance à vous voir de retour.

La satisfaction d'Olivier de Clisson allait bien au-delà de ce que Gui avait prévu. Tout comme ses compagnons, il s'inclina devant un connétable impassible mais dont l'œil brillait, à l'ombre de la tour Orbrindelle, avec une intensité qu'il ne lui connaissait pas.

— Que se passe-t-il céans ? demanda Jausselin.

— Rien, dit Clisson. Rien, à dire vrai. Je suppose que vous avez chevauché une partie de la nuit. Une nuit qui fut mauvaise : la chaleur, encore et toujours. Le roi, qui en souffre davantage que moi, est bien mal. Les médecins ont proposé une saignée. Il a refusé malgré les adjurations des princes. Il disait avoir la gorge en flammes. Alors, il a bu… Jean Durant et Mahieu Regnault se sont entretenus moult fois avec Louis d'Orléans. Je ne sais ce qu'ils se sont dit et suis dans l'ignorance de ce que le roi a entonné. Il boit, il boit sans parvenir à étancher sa soif.

— Il fait de plus en plus chaud, dit Gui. Chevaucher de jour serait une erreur.

— Je te l'accorde. Nous sommes tous indéterminés. Nous attendons les messages (1) que les ducs ont envoyés au duc de Bretagne, à Nantes, puisqu'il semble qu'il y soit… J'attends Arnoul Boucher, Mauvinet et leurs hommes. Le chemin est long du Mans à Jocelin et je pense qu'ils auront évité les embûches. Boucher et Mauvinet sont des gens de guerre et si je compte bien : voituriers, cranequiniers, archers, cela fait cent personnes ou peu s'en faut avec eux. J'espère que l'accueil de mon épouse les aura satisfaits.

La chaleur montait : il allait être midi. Beaubrun, à petits coups de tête sur l'épaule de Gui, lui fit comprendre qu'il avait faim, soif, et méritait un repos.

(1) Messagers.

— Allez rejoindre les autres, dit Clisson. Nous nous reverrons.

— Où allez-vous, messire, si ce n'est trop vous demander ?

— A la porte de la cité d'où l'on découvre le chemin de Bretagne. Je commence à m'inquiéter de la revenue du trésorier.

« Pourvu », songea Gui, « que cet Arnoul Boucher ait obtenu ce qu'il est allé quérir ! »

— J'aimerais tant, dit-il, que tout se passe bien.

— Et moi donc !

Le connétable ne refusait point qu'on interrompît ses pensées. Si le roi seul – et encore ! – eût pu influencer sa conduite, il consentait à écouter certains avis. Il allait entrer dans sa cinquante-sixième année. Son cœur et son esprit étaient parfaitement sains et libres. Sa bienveillance envers sa femme, pour toute sincère qu'elle parût, ne l'occupait guère, sauf en ces moments où il espérait la venue d'Arnoul Boucher et des sommes promises au roi. Dame Marguerite de Rohan (1) avait toujours été trop loin, sans doute, pour qu'il s'en souciât vraiment jusqu'au jour où Hedwige de Clairbois avait succombé à sa place. Elle était peut-être trop froide pour l'avoir retenu. D'ailleurs, il avait une maîtresse exigeante et impétueuse : l'armée.

« Un homme de guerre peut-il aimer ? Doit-il aimer ? Auprès de lui, rien n'est durable. »

Bien qu'Alix eût été soudain présente en sa tête et son cœur, Gui n'osa se répondre. La guerre, c'était l'endurcissement de l'homme. Sa dureté devait s'enforcir de bataille en bataille. La constante division entre l'esprit d'un chevalier et sa sensibilité native ne le faisait-il pas se cabrer, parfois, en présence, lors de jours heureux, des séparations et déchirements de la vie.

— Un coureur nous a annoncé pour mes-huy (2) le retour des messagers de Bretagne. S'il y a un conseil, tu y assisteras, Gui, près de moi. Je crois que Boucicaut n'y sera pas… Parti je ne sais où… C'est dommage : il me tardait de te le présenter. Ce sera pour bientôt, j'imagine… Dis à Galabert de me réserver une escabelle et une écuelle. Dans peu de temps, j'irai partager votre repas.

Dans la cour du château, bruyante, où les écuyers, garçons, soudoyers et palefreniers vaquaient à leurs coutumières besognes, le soleil frappait fort. Soudain, après avoir observé tous ces hommes plus ou moins aigris par un séjour sans limites, Clisson enjoignit à Trinquier :

(1) Le connétable avait épousé en premières noces, en 1361, Catherine (d'après certains auteurs dont Bourjolly : Béatrix) de Laval. Elle était fille de Gui, sire de Laval, et de Béatrix de Bretagne. Il épousa en secondes noces Marguerite de Rohan, qui testa le 14 décembre 1406. Si l'on ignore le caractère de ces deux femmes, on verra que la seconde n'était pas une compagne qui s'en laissait conter… ou compter !

(2) Aujourd'hui.

— Prends le cheval de Gui. Occupe-t'en. Je veux qu'il m'énarre ce qui s'est passé à Clairbois. Suis-le et aide-le, Juvécourt. Toi, Jausselin, tu peux rester.

Trinquier s'éloigna. Le tranche-tête demeura, menant son roncin au frein. Juvécourt, enfin, partit.

— Gui, reprit le connétable, j'ai flairé en toi de l'inquiétude. Qu'as-tu fait ou appris en revenant chez les tiens ?

— Mon frère m'a traité de trouvé. Ensuite, par le tabellion de Sainte-Suzanne, j'ai su que j'étais le fils que mon père eut d'une baronnesse normande et son hoir pour la Ferté-Clairbois. Mon père que vous avez connu.

— C'est vrai. J'ai ostoyé avec lui en Poitou et Saintonge.

Gui sentit sur son épaule une main tout à la fois ferme et légère.

— Cette guerre est loin de moi. Quant à Gilbert de Clairbois, c'était un bien bel homme et hardi chevalier.

— Pourquoi, messire, ne point me l'avoir dit après m'avoir pris à votre service ?

L'œil unique scintilla tandis que des lèvres serrées se disjoignaient à peine pour ce qui pouvait être un sourire :

— Il me fallait savoir si, en acceptant mon offre, tu n'agissais pas, comme tant d'autres, pour te tenir dans mon ombre et profiter d'une renommée qui se ternit ces temps-ci... Or, j'ai compris que tu ne souhaitais nullement d'être traité avec des égards particuliers parce que, jamais, excepté une fois, tu ne m'as parlé de ton père. En outre...

Gui se demanda ce qui allait suivre car le connétable prenait son temps pour achever sa phrase.

— En outre, tu m'as sauvé la vie sans jamais t'en vanter.

— J'ai agi, je crois bien, comme l'eût fait mon père.

Clisson était de ces hommes auxquels on pouvait s'adresser sans ambages. Pourtant, Gui n'osait trop user d'un langage qui l'eût mis au niveau de ce guerrier.

— Je ne saurais voir un homme, quel qu'il soit, assailli par une meute de malandrins.

— Même Guillaume de la Champagne ?

— Même lui.

— Tu es bien du sang de ton père. Mais dis-moi : es-tu désormais rassuré sur ce que t'a révélé ce tabellion ?

— J'ai de quoi prouver mes droits à la hoirie.

— Mets ce dépôt dans un lieu inviolable.

Gui se composa un visage tranquille. Il se sentait désormais libéré, dit-il, de toutes ses inquiétudes sans avoir accédé pour autant à l'honneur qu'il ambitionnait d'atteindre : la Chevalerie.

— Ne confie point ce dépôt à quiconque. Ni à un membre de ta famille ni à un ami. Ils pourraient être insoucieux de sa valeur. Et surtout, surtout, ne remets rien à ta bien-aimée.

Jausselin cligna de l'œil en direction du connétable :

— Nous avons fourré sa custode dans un carquois que Trinquier a marchandé à un archer de Sainte-Suzanne, alors que nous en partions. On l'a bouché avec des mousses bien sèches. Pas de danger que l'humidité y entre.

— Bien, Jausselin. Ensuite ?

— Nous sommes entrés dans la forêt de Saint-Denis-d'Orques et revenus sur la tombe de sa mère.

— Ensuite ?

Gui laissa parler le tranche-tête.

Ils avaient retrouvé la tombe sans difficulté, retiré maintes pierres à l'emplacement du ventre de la disparue et placé le carquois entre quatre quartiers de granit. Avant de refermer la sépulture, Jausselin avait déposé au-dessus un tranchelard à forte lame : « *Si un jour tu es dans la peine, désarmé, pourchassé par les veneurs de ton demi-frère ou prisonnier de ton ennemi qui voudra obtenir ces parchemins, tu pourras lui jouer un tour à condition que tu sois hable (1) et prompt... et qu'il t'autorise à ouvrir la sépulture.* » Ils avaient replacé les pierres. Ils en avaient ajouté d'autres ramassées à l'entour. Jausselin avait jeté sur elles quelques poignées de terre moins pour les jointoyer que pour permettre à des herbes d'y prendre leur essor. Ensuite, en revenant vers le chemin où Trinquier, Juvécourt et les chevaux les attendaient, ils avaient marqué au couteau quelques arbres près des racines afin que les entailles ne pussent être remarquées.

— Je me sens, désormais parfaitement aisé... grâce à Jausselin.

— Un conseil, Gui, pour en finir. Ne fais valoir tes droits que lorsque tu décideras de vivre en ta ferté la plupart de ton temps. Ainsi, après en avoir exclu tes ennemis au besoin par l'épée, tu pourras protéger ta chevance (2).

Gui s'inclina et s'enquit de la santé du roi.

— Plus il demeure au Mans, plus il s'enfièvre et s'angoisse. Selon Berry, qui m'a jeté cette somme à la face, notre reze en Bretagne a coûté déjà cent cinquante mille livres. Évidemment, il me reproche ce... trésor qu'il eût aimé déposer dans ses coffres. Il oublie que si nous gagnons cette guerre, il sera le premier à piller la Bretagne.

Jausselin s'éloigna sans un mot.

— Tu peux avoir confiance en lui.

— Je sais, messire.

— Il a bien fait de laisser Trinquier garder les chevaux.

Cela signifiait-il que Clisson se méfiait de l'archer ? Gui n'osa

(1) Habile.
(2) Les biens, la propriété.

poser la question. Il marchait en compagnie du connétable. Il ne sentait aucune distance entre ce grand homme et lui.

— Il y a deux jours que j'attends le retour d'Arnoul Boucher. Il n'est pourtant pas un homme à s'égarer en forêt et si quelques routiers ont tenté de s'emparer de son charroi, il dispose d'une petite compagnie d'hommes de valeur pour les bouter hors du chemin !

— Rien ne nous a paru suspect, messire. Il est vrai que nous avons chevauché de nuit.

— Continuons… Allons voir si mes messages ne pointent pas leur museau !

Ils n'avaient pas franchi l'enceinte qu'Arnoul Boucher apparaissait, précédant son charroi. Le chevalier Morice Mauvinet suivait, devançant quelque soixante hommes d'armes à cheval tous éprouvés par la chaleur.

— Ah ! messire ! messire ! s'écria le Trésorier des guerres. Quelle plaisance de vous trouver céans, loin du château… et quasiment seul.

— M'apportez-vous, Arnoul, de mauvaises nouvelles ?

Le Trésorier des guerres s'était attendu à une question de cette espèce. Pourtant, il ne savait que répondre. Ce petit homme enchaperonné de noir, à la face blette, aux paupières cillantes comme si la vue de l'or l'avait à tout jamais ébloui, semblait craindre pour son avenir. Il déchaussa les étriers et comme, une fois à terre, il lâchait la bride à son cheval, Clisson se pencha vers lui :

— Je vous vois inquiet. Mon épouse serait-elle malade ?

Arnoul Boucher, après une toux simulée, s'abandonna à une sorte de douleur qui n'était ni terrible ni feinte :

— Nenni, messire. Votre épouse va bien.

Et se déterminant à parler :

— Messire, pourrions-nous être seuls ?

Gui se sentit désigné d'un œil sans malveillance.

— Mon écuyer peut demeurer, Arnoul. J'ai en lui toute confiance et je le sais discret comme un prêtre à confesse.

Puis abruptement :

— Vous revenez contrit. Que s'est-il passé ? Avez-vous été victime des guette-chemin ?… Je ne le crois point vu qu'apparemment, vous n'avez pas perdu un homme.

Arnoul Boucher avait préparé le terrain en provoquant chez Clisson le doute et la suspicion d'une déconvenue à la hauteur de sa renommée. Les mots tombèrent, non point sonores mais étouffés tels ceux d'une repentance :

— Je ne rapporte rien.

— Rien ?

C'était à n'y pas croire. Gui se demanda contre qui le connétable enrageait. Son épouse pour un refus – ou plutôt une désobéissance – inadmissible ? Ce Trésorier dont la tâche consistait à rassembler de l'or et qui n'en rapportait pas une miette après un cheminement dont il connaissait la longueur, les difficultés et les dangers ?

— Rien !

Eu égard à ce moment stupéfaction, Gui s'était attendu à une admonestation des plus sévère après laquelle le Trésorier se fût trouvé d'excellentes raisons d'aller se plaindre au roi. Or, l'ébahissement ajouté à l'espèce de persécution dirigée contre ses desseins – donc contre sa personne – annihilait subitement la fierté sinon les forces du connétable. Ce qui le sauvait d'une vergogne que les témoins de cette rencontre eussent pu voir – et certains s'en réjouir – c'était plus que sa fonction dispensatrice de crainte et de respect, l'orgueil que la nature lui avait donné. Il avait subi le coup ? Il fit front :

— Faites signe à vos hommes, Arnoul… Qu'ils passent et partent s'installer ailleurs qu'aux abords du château. *Savent-ils ?*

— Hélas ! oui, monseigneur. Ils ont bien vu que je n'obtenais rien de la connétablesse… Rien d'autre que de la déplaisance (1).

Le charroi passa, puis les hommes, la plupart indifférents à la présence du chef de guerre que certains saluaient avec un respect sincère. Morice Mauvinet apparut le dernier. Il courba l'échine bien bas, le visage pétrifié par un sentiment que Gui ne put définir. Il s'éloigna, voulut presser son cheval, mais celui-ci, fortrait par un cheminement pénible, refusa le trot.

— Et lui, évidemment, *il sait !*

— Il était avec moi quand la connétablesse a refusé de nous fournir le moindre denier pour les besognes convenues avec le roi.

— Elle a pourtant lu ma lettre ?

— Deux fois, messire.

Il semblait qu'Arnoul Boucher rapetissait. Peut-être imaginait-il sur

(1) 15 août 1392, Le Mans. « *Morice Mauvinet, chevalier, chambellan du roy* » confesse avoir reçu d'Arnoul Boucher, Trésorier des guerres, la somme de 300 francs d'or pour l'aider à se « *deffraier* », lui, « *LX hommes d'armes et dix archiers* » conduits par lui « *de ceste vilie du Mans à Chasteau Josselin, pour conduire ledit trésorier, lequel le roy avait envoyé audit chasteau pour illeuc recevoir IIII xx mille francs que monsieur le connestable de France avoit promis de prester à icellui seigneur.* » B N. *Titres scellés de Clairambault.*

Comptes d'Arnoul Boucher, passim. « A Jehan de Rochefort, chevaucheur du roy, nostre sire pour avoir porté lettres closes du roy… du Mans au pays de Bretaingne par devers madame la Connestablesse de France estant lors à Chasteau Josselin. VIII francs. » Ibidem.

Ce voyage à Josselin dut être accompli entre le 4 et le 10 juillet : « *Pierre de Canteleu le Jeune, clerc du dit Trésorier* (Arnoul Boucher) *pour IIII jours qu'il a vacqué en alant de Paris au Mans après son dits maistre porter certain argent pour le veaige que le roy faisait audit lieu, c'est assavoir les XXIIe, XXIIIe, XXIIIIe jours de juillet CCC IIII xx et XII, à cause des dits II francs de gaiges par jour : VIII francs tournois. – Le dict Canteleu pour VII jours qu'il a demourez en la ville du Mans pour paier les gens d'armes qui estoient venuz au mandement du roy… et fut durant le temps que ledit trésorier son maistre, ala dudit lieu du Mans à Chasteau Josselin pour cuider avoir IIII xx mille francs que messire Olivier de Clisson, connestable de France avoit promis de prester au roy… c'est assavoir du IIIIe jour d'aoust CCC IIII xx et douze jusque au Xe jour ensuivant d'icellui moiz. » Comptes d'Arnoul Boucher.*

son dos les cinglons d'un fouet. C'était en l'occurrence Marguerite de Rohan qui les méritait.

— La connétablesse m'a dit de ne point compter sur la somme promise… et qu'elle n'avait nulle raison à nous fournir pour son refus.

— Mes bahuts sont pleins, vous le savez, Arnoul. C'est pourquoi vous me voyez iré contre ma femme et ahuri comme si je l'avais trouvée au lit avec je ne sais quel goujat.

Pour Clisson, ce refus signifiait un naufrage. Il allait devoir s'en expliquer auprès du roi, à la grande joie des ducs et de leurs suppôts. Si Charles VI était dans un bon jour, le récit de cette malaventure et la promesse de la remise ultérieure, dans les coffres du Trésor, des 80 000 francs convenus, ne serait qu'une sorte de contretemps sans gravité. Si Charles VI était malade, tout était possible : la déception se muant en fureur, il se refuserait à faire crédit au connétable de la sincérité des promesses qu'il lui avait tenues à Paris. Il se pouvait qu'il l'assortît, sous la pression des ducs, d'une sanction que Gui redouta : Berry et Bourgogne et peut-être Orléans voulaient pour un autre – mais qui ? – l'épée de France.

— Vous pouvez, Arnoul, rejoindre les vôtres. Sachez bien que mon épouse apprendra ce que c'est que de faillir au roi. Je vais aller demander à Charles non point son pardon mais de me consentir un délai pour que je puisse m'acquitter de ma promesse… Cet échec ne vous incombe en rien. La connétablesse ne vous a pas confisqué l'argent que j'ai promis solennellement. Disons qu'elle vous le réserve. J'irai à Jocelin (1) dès que possible et c'est de moi que vous obtiendrez satisfaction.

Arnoul Boucher remonta à cheval. Et comme il s'éloignait le dos à peine moins penché qu'un roseau sous le vent :

— Tu vois, Gui, combien il importe de se défier des femmes ! Elles sont…

Le connétable évita de révéler sa pensée. Une de ses espérances venait d'être ruinée par son épouse ! C'était une sorte de trahison doublée d'une navrure profonde dans la médiocrité d'une vie molle, affligeante, qui se prolongeait au Mans.

— Cette guerre s'annonce sous de pénibles auspices. Outre la mauvaise volonté de mes ennemis avérés ou non, voici que la Sainte Vierge s'en mêle. Un prétendu miracle s'est accompli en ton absence en plein chœur de la cathédrale : une statue de Sainte Marie s'est mise soi-disant à tourner sur elle-même. C'est signe de malheur, dit-on (2)… Et plutôt que de se reposer et de penser à l'avenir, le roi

(1) Orthographe alors la plus fréquemment usitée, donc maintenue.

(2) *Chronique du religieux de Saint-Denis.* – Le Corvaisier : *Histoire des évêques du Mans.* – Bondonnet : *Les vies des évêques du Mans.*

exempte du bourreau des criminels impardonnables (1). Il dicte des lettres de grâce et disserte de la Justice, de la Royauté… et de la saveur des hypocras qu'on lui propose et qui sont peut-être…

Clisson n'en dit pas davantage. Gui le suivit de quelques pas afin de ne point troubler sa méditation or, d'un geste, sans même se retourner, le connétable lui enjoignit de le rejoindre.

— Sais-tu où tu es né ?

— A Montsurvent, dans le Cotentinais, des amours de mon père et d'une gentilfame.

Gui avait tenu à cette précision afin qu'elle le rehaussât, s'il en était besoin, dans l'esprit du connétable. A y bien réfléchir, c'était faire preuve d'un orgueil naïf.

— Ta marâtre t'aimait bien pour t'avoir accueilli et suivi tout au long de sa malheureuse vie.

— Elle m'aima davantage que son vrai fils… Celui qu'elle eut de mon père.

— Et ton père ?

— Davantage aussi, je crois, que mon ains-né.

Clisson essuya son front de sa senestre. Il observa les ducs, sur le seuil de la tour Orbrindelle. Ils serraient de si près le roi qu'on eût pu croire qu'il était leur prisonnier, à tout le moins leur otage. Ensuite, le connétable se tourna vers une litière assurément neuve, portée par deux limoniers, l'un blanc, l'autre noir.

— On vient de l'amener. Elle est, évidemment, destinée à Charles. Ce n'est pas lui qui en a passé commande. Je suis sûr que, même malade, il refusera d'y entrer. Pourtant, ma crémeur (2) est grande qu'il y soit contraint.

— Les ducs ont-ils donc prévu un accident ?

— Il faut croire. En vérité, Charles est voué aux gémonies. Quant à toi, écuyer, si tes parents t'aimaient autant que tu l'affirmes, honore leur mémoire en toute chose.

Gui se sentit examiné avec une attention nouvelle. Peut-être parce

(1) Voici quelques uns des malandrins qui obtinrent des lettres de grâce : Perrot Jauffart, varlet, faiseur de cerceaux. Il avait tué d'un coup de couteau, dans la paroisse de Fruncé (canton de Courville, Eure-et-Loir) un nommé Denis Dubois.

Simon Boulent. Il avait blessé Simon Cochet, prêtre, dans une ruelle de la ville de Breteuil, diocèse d'Evreux.

Jean Le Maçon. Il avait participé, dans la ville de Houlme-en-Caux, au meurtre de Guillaume du Fresne avec le bâtard de Saint-Pierre et Cardin Bruidel.

Jean d'Alainville, 27 ans, Beauceron, coupable de meurtre.

Cardin ou Cardinet Bruidel, clerc marié, des environs de Rouen, « *prisonnier ès prisons* » de l'évêque du Mans, complice de Jean Le Maçon.

Pierre Le Fèvre, clerc du diocèse de Rouen, voleur, tout d'abord hôte des prisons de l'archevêque de Rouen, évadé, puis emprisonné à l'évêché du Mans.

Gaucher Le Choseux, chevalier. Trois ans auparavant, à son retour de Lorraine, il avait pillé un village avec ses compagnons.

Jean Chopin, geôlier d'Evreux, lequel, par sa négligence, avait été cause de l'évasion de plusieurs de ses prisonniers.

(2) Crainte.

qu'il n'était en tout et pour tout qu'une sorte d'orphelin pris en considération, pour une seconde fois, par un homme de guerre. Et le plus haut placé.

Cet intérêt lui fut doux. Tandis qu'il écoutait Clisson, il s'était merveillé de savoir qu'il comptait pour ce bataillard qui avait certainement ses faiblesses : la seule vue de la litière lui avait composé un nouveau visage. Une sorte de désespérance y affleurait. A cette face borgne ennoblie par l'anxiété, essuyée d'une paume lasse des poussières d'un été féroce, Gui opposa celles des princes dont les impuretés subsisteraient quelles que fussent la contention et la vigueur de leurs ablutions.

— Regarde, dit Clisson, à l'écart de tous ces nobles hommes à l'ébaudissement hypocrite, sans joie. Il y a un petit gros coiffé d'une aumusse vermeille. C'est Haincelicoq, le fou du roi. Près de lui, cet échalas, c'est Jacques Soiffart, son varlet. Ils sont tristes, en deuil de je ne sais quoi.

— Je crois, se permit Gui, que vous l'êtes aussi… et pour les mêmes raisons.

— Certes. Mais peut-être, en l'occurrence, vaut-il mieux être fou que connétable de France et manier une cliquette bruyante qu'une épée silencieuse.

* *
*

L'après-midi s'achevait lorsqu'un chevaucheur appartenant aux députés que le roi et les oncles avaient envoyés à Jean IV de Montfort apparut. Olivier de Clisson fut un des premiers à l'accueillir. L'homme venait à peine de mettre pied à terre que le connétable, d'un seul mot, révéla son anxiété :

— Alors ?

— Alors, rien, messire, pour la Bretagne, sinon que le duc ne veut pas s'en laisser conter. Ceux qui me suivent vous en diront plus.

— Je commence à en douter.

— Ce que nous avons appris, au retour, c'est que le château de Sablé, que le roi avait sommé, par lettres closes, de se rendre, a refusé d'obéir. Le capitaine qui commande à la garnison a dit que la place n'appartenait plus à Pierre de Craon mais au duc de Bretagne. Or, il paraît que Jean de Montfort est près de le restituer au roi (1).

— Grand bien leur fasse !

Clisson tourna vers Gui un visage illisible. Son œil unique y brillait d'un feu qui semblait près de s'éteindre.

(1) Dans une lettre du 24 octobre 1392, Charles VI reconnaît que « *son très cher et très aimé cousin le duc de Bretagne* » lui « *avoit naguères baillé et mis en sa main les ville, terre et châtellenie de Sablé* ». Gilles Ménage : *Histoire de Sablé*.

— Tu resteras, Gui, près de moi lors du prochain conseil, s'il y en a un. On t'admettra parmi la gent décidoire qui, tu le verras, ne décidera rien.

L'ambassaderie arriva peu après. Taupin de Cantemerle y précédait de cinq à six toises Châtel-Morant et les sires de Roye et de Garancières. Les arbalétriers et les archers entouraient les deux chariots de vivres et fourniments.

Quittant vélocement le seuil ombreux de la tour Orbrindelle, Clisson, le roi et les ducs s'empressèrent à la rencontre des députés. Les hommes s'immobilisèrent sous des arbres afin d'accorder un soupçon de fraîcheur à leurs chevaux tout aussi recrus qu'eux-mêmes.

Avant que le roi ou l'un de ses oncles eût posé une seule question, Taupin de Cantemerle tint à dire son mot :

— Le duc nous a conjouis bellement. Il nous fit très bonne chère. Il nous donna un jour à dîner bien et notablement et répondit à notre requête en disant qu'il ne savait où était Pierre de Craon. « *Et pourquoi*, dit-il, *le roi me veut-il faire la guerre ? Sauve soit de sa grâce et de son conseil, je ne cuide (1) avoir et ne voudrais avoir envers lui rien forfait, par quoi il ait cause de me faire la guerre.* » Voilà…

Gui, se détournant à peine, entrevit les sourires de Berry et de Bourgogne, la lippe dubitative d'Orléans – qu'on n'avait guère vu car la rumeur courait qu'il fréquentait les bordeaux de la ville –, les lèvres pincées d'Olivier de Clisson.

— J'essaierai, chuchota le connétable, de gagner cette méchante partie. Ah ! oui, j'essaierai.

Berry fit un pas. Son visage rond comme une citrouille et rouge comme icelle, était étiré de toutes parts par une plaisance pourtant secrète.

— Poursuivez, Taupin, dit-il.

Taupin de Cantemerle se rengorgea : il s'était attendu à des reproches ; or, il encourait presque des compliments :

— Le duc est disposé à la paix. Il nous a endittés (2) fort courtoisement : « *Fort me serait de vous livrer Craon, mais je ne sais ni où il est ni ce qu'il fait.* » Et de nous prier de l'excusancer.

— Où l'avez-vous trouvé ? interrogea Bourgogne, son menton galocheux en avant.

— A Nantes, mais il se peut qu'il n'y reste point.

Le châtelain de Gisors porta ses mains à ses reins comme pour comprimer les douleurs nées de longues journées de selle.

— Nous avons vu moult gens de guerre armés comme il convient, et des bombardes, intervint le sire de Roye. Point trop, mais en suffisance pour escarbouiller moult d'entre-nous.

(1) *Cuider* : croire.
(2) *Enditter* : informer.

— A la guerre comme à la guerre, fit Clisson, lugubre. Nous avons aussi des canons et boulets.

— Nous sommes pourvus en artillerie ! s'écria le roi sous les regards réprobateurs de son frère et de leurs oncles.

— Je n'en doute pas. J'ai vu ces bombardes, dit Taupin de Cantemerle.

Il s'employait à capter l'attention des ducs. Après avoir, d'un regard, blâmé sa précipitation, Regnault de Roye qui compensait la maigreur de son visage par une barbe touffue, leva la main comme pour jurer qu'il allait divulguer la vérité toute crue.

— J'ai reproché au duc de Bretagne de nous fournir une réponse trop aisée. Et lui de me répondre : « *Sans doute. Je sais depuis un an que Craon abomine Clisson de tout son cœur et qu'il lui voulait faire une guerre mortelle. Je lui ai demandé s'il avait signifié cette déclaration au connétable. Il m'a répondu :* « Oil, je l'ai défié et mettrai à mort là où je le rencontrerai. » Et je ne sais rien d'autre. Pas vrai ?

Dans l'attente d'une approbation de ses pairs, le sire de Roye s'était tourné vers Taupin de Cantemerle, Châtel-Morant et le sire de Garancières. Ce dernier s'empressa de fournir son apport aux commentaires de ses compères.

— Jean IV a pris soin d'ajouter qu'il ne savait rien d'autre et se merveillait que Monseigneur… vous, sire… voulût lui faire la guerre pour cette cause. « *Sauve soit sa grâce et son conseil* », a-t-il dit. « *Je ne pense avoir ni ne voudrais envers lui rien avoir forfait pour qu'il me fasse la guerre, ni les alliances et convenances, tant du mariage de nos enfants (1) comme d'autres choses. Jamais, s'il plaît à Dieu, je*

(1) Une succession de mariages avait eu pour résultat de mêler les amis et les ennemis par le truchement de leurs enfants. Marié en secondes noces avec Marguerite de Rohan, fille d'Alain VII et sœur de Jean 1er de Rohan, veuve elle-même de Jean de Beaumanoir, Clisson avait offert la main de sa fille aînée, Béatrix, à Alain VIII, futur vicomte de Rohan. Une des sœurs du connétable étant mariée au sire des Rieux, Clisson se trouvait apparenté aux plus grands représentants de la noblesse bretonne : les Rohan, les Laval, les Rieux.

Alain VIII était le fils aîné de Jean 1er de Rohan et de sa première épouse, Jeanne, héritière du Léon. En secondes noces, Jean 1er avait épousé Jeanne de Navarre, fille de Philippe III de Navarre (à ne pas confondre avec sa nièce, Jeanne, qui allait devenir l'épouse du duc Jean IV). La belle-mère d'Alain VIII était la petite-fille de Louis X le Hutin et la sœur de Blanche de Navarre (reine de France) et la sœur de Charles le Mauvais, roi de Navarre. Blanche qui devait épuiser Philippe VI au lit.

De la seconde union de Jean 1er de Rohan allait naître Charles. Du gendre et de la fille du connétable naquit, en 1381, son premier petit-fils, Alain, futur vicomte Alain IX de Rohan. Ajoutons que le duc de Penthièvre, marié à Marguerite de Clisson le 20 janvier 1388, intégrait d'une certaine façon les Valois dans le duché de Bretagne. Et voilà que le 24 décembre 1389, la troisième femme de Jean IV de Montfort, Jeanne de Navarre, épousée le 11 septembre 1386, donnait au duc de Bretagne, jusque-là sans héritier, son premier fils : Jean. La continuité du règne des Montfort paraissait donc assurée.

Ajoutons encore qu'Olivier de Clisson, en épousant en premières noces, le 12 février 1361, Béatrix de Laval et de Châteaubriant, fille de Gui de Laval, partisan de Charles de Blois, et de Béatrix de Bretagne, elle-même fille d'Arthur II (donc sœur du duc Jean III, de Gui de Penthièvre et de Jean de Montfort) consolidait sa position en Bretagne. Par cette alliance, Il devenait le cousin de Jean IV de Montfort, son ami d'enfance en Angleterre, et de sa concurrente, Jeanne de Penthièvre, femme de Charles de Bois, neveu du roi de France.

n'enfreindrai ni ne briserai nos alliances. » N'est-ce-pas, ?

Messire Jean de Châtel-Morant acquiesça faiblement. Avec son visage dur, précocement chargé de rides, le tout cuit au soleil, et ses chaperon, pourpoint, chausses, heuses noires, il semblait un suppôt du diable plutôt qu'un honnête homme. Comme ses compères, il était ceint d'une lourde épée de passot. Gui n'eût guère été ébahi que la lame en fût noire.

— Oui, sire, oui, messires, dit-il sèchement. C'est tout ce que nous avons pu obtenir du prince.

— Et vous voilà !

C'était une exclamation si violente que les quatre messagers tressaillirent. Supplantant leur componction vraie ou fausse, l'inquiétude apparut dans leurs regards soudain attentivement fixés sur leur suzerain comme s'ils en redoutaient quelque condamnation infâmante ou mortelle. Gui se sentit incapable de discerner, outre la déception et l'enragerie, quels sentiments composaient le courroux d'un roi qui jusque-là, bien qu'enclin à des nervosités, voire des exaltations outrées, lui avait paru dominer un comportement dû à la seule ardeur de la jeunesse. Quel émoi avait provoqué ce cri ? Son merveillement que ses députés fussent réapparus sains et saufs ? Son ire qu'ils ne fussent point parvenus à susciter les bonnes grâces du duc de Bretagne à son égard ? Le fait qu'ils eussent échoué dans une mission vouée précisément à l'échec confortait les oncles et Orléans dans leur opposition à la poursuite d'une chevauchée sans objet.

— Et vous voilà céans Gros-Jean comme devant !

Le roi baissa la tête, frappa du pied :

— J'eusse dû vous compagner !

Il s'apaisa le temps de rajuster son chaperon dont il jeta les cornettes par-dessus ses épaules. Puis sa fureur fit un bond :

— Non ! Non ! Non !... Il me faut Craon !... J'exige de le voir enchaîné à mes pieds avant que je l'offre au bourreau.

Et tourné vers son connétable impassible :

— Par Dieu ! je l'offrirai à votre Jausselin.

Le roi fut pris d'un rire clair, pointu : une espèce de hoquet lors duquel les princes et Orléans s'entre-regardèrent sans que Gui pût savoir ce qu'exprimaient leurs yeux.

— Vivant !... Je le veux vivant !

La fureur augmentait. Bras croisés, le chaperon de biais, une nouvelle fois, le visage aussi rouge que s'il avait été brûlé aux feux du soleil, Charles VI se mit à piétiner les herbes comme s'il les voulait réduire en poussière. Il lantiponait. Ni Gui ni Clisson, ni les oncles ne parvenaient à savoir ce qui sortait d'une bouche tantôt pincée, tantôt si grande ouverte qu'elle semblait capable d'avaler d'un coup un gros œuf de jante (1).

(1) Oie.

— Jamais je ne retournerai en France ! Oyez, tous : jamais je ne reviendrai à Paris tant que je n'aurai pas mis le duc de Bretagne à raison. Jamais ! Jamais !

Olivier de Clisson se pencha à l'oreille de Gui :

— Ce pauvre Charles, trahi par les siens, me fait songer à un ribaudequin. La corde se tend. L'arc ploie, archonne (1), archonne encore, et soudain, *crac* : on desclique et le trait promptement vole, défonce et tue.

Plus bas encore :

— Il me fait peur. Il m'angoisse. Je crains qu'il ne devienne…

— C'est ce qui me triboule (2), chuchota Gui. Or, voyez le beau Louis et sa compassion !

Orléans, lentement, s'approchait de son ains-né :

— Charles !… Mon bien-aimé Charles !… La reine d'Aragon détient Craon. Le duc de Bretagne ne l'a donc point. Que te faut-il de mieux pour nous en retourner ?… Isabeau se languit de toi et de nous tous.

C'était bien trouvé, se dit Gui. Si les oncles souriaient, Clisson grimaçait et son œil unique suivait la scène avec une attention forcenée. Les chevaucheurs avaient recouvré leur sérénité.

— Ces lettres de ma soi-disant cousine, dit le roi, en réprimant un sanglot, ces lettres ne sont ni plus ni moins que trahison. Craon doit être à Susenion (3) et Montfort doit l'y rejoindre. C'est là qu'il nous faut aller !

— Monseigneur, monseigneur, dit le duc de Bourgogne, pour apaiser ma nièce d'Aragon *qui vous a écrit* et pour délivrer le chevalier qui pris est, s'il n'est coupable d'aucun méfait, veuillez y envoyer…

— Nous le voulons bien, bel oncle, dit le roi. Qu'on y envoie… qui vous voudrez… Je ne veux point me courroucer, mais je tiens fermement et sûrement que le traître Craon n'est ni à Barcelone ni en prison, mais qu'il se tient coi chez le duc de Bretagne. Par la foi que je dois à monseigneur saint Denis, il nous en rendra raison !

Gui échangea un nouveau regard avec le connétable. Le duc de Bretagne, qui était informé de toutes ces besognes, devait être courroucé. Il savait que Berry, Bourgogne, Bourbon, Orléans et d'autres ne pouvaient influer sur les décisions du roi. Volontairement ou non, le sire de Garancières vint au secours des oncles :

— « *Si le roi, à ce qu'il montre* », nous a dit Montfort, « *et sa puissance entrent en Bretagne, je ne me hâterai point de lui faire la guerre. Et s'il est un jour au repos, je le réveillerai.* »

(1) *Archonner* : ou *arçonner* : faire l'arc, se courber.
(2) *Tribouler* : tourmenter.
(3) Ou *Suseniot* : Suscinio.

— Eh bien, qu'il m'attende grommela Charles VI soudain apaisé.

Il pâlit et pinça les lèvres. Dans le regard qu'il tourna vers son frère immobile et certainement dépité, brilla une sorte de haine. Tout d'un coup, il tressaillit et déclara d'un ton de défi :

— Vous me suivrez tous !... Vous êtes mes sujets !

Et retrouvant Craon au détour d'une pensée :

— Pour qui se prend-il ? Je suis le roi ! Il faudra bien qu'il vienne à repentance et me livre l'infâme de bon ou mauvais gré !

Sous le flotternel de soie bleu-clair, Gui entrevit une poitrine où un cœur battait avec furie comme pour résister à l'anormale oppression des poumons. Le roi, qui semblait brûler, frissonnait comme par temps de gel. Un muscle sautait près de sa bouche à la façon des chiens dont la langue s'apprête à pendre hors de la mâchoire. Un tumulte le hantait. Tout au fond de lui-même vacillaient des certitudes qui peut-être rendaient ses sommeils infernaux.

— Nous irons !

D'un index menaçant, il désigna ses oncles :

— Il m'en chaut que vous me suiviez !

D'un pas vif, il prit la direction de la tour Orbrindelle. Le frère et les oncles, interloqués, se regardèrent. Clisson adressa un clin d'œil à Gui avant que de lui dire :

— Les princes, évidemment, sont courroucés. Il les a traités comme des ragotins... En outre, il a fait preuve de poesté (1) alors que, sans doute, ils le croyaient faible, aisé à manœuvrer. Mais ils se vengeront... Hélas ! Hélas !

— *Hélas*, quoi ? s'autorisa Gui.

— Hélas ! je ne pourrai surveiller sa boisson et cette soupe au vin qu'il avale doucettement pour ressembler à Guesclin !

(1) Puissance.

VII

Le vendredi 2 août, après la méridienne, une rumeur se répandit à l'entour du château : le roi allait mieux. Il avait déclaré à ses médecins qu'il se trouvait en meilleur point en chevauchant et travaillant qu'en séjournant. Qui lui conseillait le contraire ne le connaissait point en sa plaisance et ne l'aimait pas bien. Charles VI trouvait qu'on avait trop attendu pour cheminer vers la Bretagne. Chaque jour, depuis le mercredi 24 juillet, il avait réuni son conseil. Selon Olivier de Clisson, toutes ces parleries avaient été inutiles. Elles avaient aggravé la fièvre du roi. Il se gardait de ses praticiens et des prud'hommes de son entourage. « Excepté de moi », disait Clisson. Il se pouvait que ce fût vrai.

En visite à ses soudoyers, le connétable ne leur dissimula pas son inquiétude : le roi voulait chevaucher bien qu'il fût d'une faiblesse patente.

— Il s'est déplu soudainement au Mans. Je ne sais s'il se sent vraiment apte à un cheminement que le soleil rendra pénible. Il nous a dit qu'il verrait quels barons, chevaliers et écuyers de France étaient de son parti. Puis il a supposé quelles villes et bonnes cités de Bretagne se clôraient à son encontre. Il bouterait ses adversaires. Il règnerait. Il mettrait dans ce duché un gouvernement pour les enfants du duc puis, lorsqu'ils en auront l'âge, il leur rendra leur hoirie.

Comme les hommes se taisaient, Clisson s'enquit brusquement :

— Sont-ce là les paroles d'un valétudinaire comme le frère et les oncles se complaisaient à en faire courir le bruit ?

— Certes non, dit Jausselin. Je l'ai vu ce matin en allant aux cuisines. Il avait un air… égaré.

Le soir, un conseil réunit dans le tinel de la tour Orbrindelle, Brisegaud de Coesme, capitaine du château, la Chevalerie et le connétable de France. Un grand feu illuminait la cheminée. Gui se demanda quel malveillant avait décidé d'enflammer tant de bois par une aussi chaude journée. Il reçut de Clisson la réponse qu'il avait devinée :

— Les oncles... Eh oui !

— Et qu'en disent les médecins ?

— Rien : ils ploient l'échine.

— Pourquoi moult chaleur ?

— Il paraît qu'avec sa sueur, le roi évacue la maladie.

— Quelle maladie ?

— Bah ! fit le connétable. Tu sais autant que moi ce qu'il en faut penser.

Le conseil se réduisit à une joute d'opinions quant au jour du départ. Ensuite, il fallut décider où l'on ferait la première halte. Une question se posa : quel itinéraire prendrait-on ? Il n'existait que deux cheminements possibles : droit sur Laval, un contournement de Rennes puis une avancée vers Suscenio ou une marche sur Angiers en passant par La Flèche.

— Les ducs prennent tout à rebours, dit un homme en s'approchant du connétable.

Il était grand, brun, les cheveux abondants coiffés à l'écuelle, le visage mat, osseux, le nez à peine arqué, les yeux clairs et les lèvres minces. Son pourpoint échiqueté de blanc et de vert tendre s'ornait, à l'emplacement du cœur, d'un écu à ses armes : d'*argent à l'aigle éployée de gueules*.

« Boucicaut », se dit Gui. « Je ne l'avais jamais vu de si près avant ce jour. »

— Que penses-tu, Olivier, de tout ceci ?

La voix était basse, et c'était à peine si Gui l'avait entendue.

— Nous avons un choix, Jean. Deux chemins. Nous prendrons sans doute le plus lent. Peu me chaut... Ce qui m'importe, c'est que nous arrivions en force devant Jean de Bretagne et son protégé... s'il est auprès de lui !

Gui se sentit examiné avec assez de bienveillance.

— Ton nouvel écuyer ?

— On t'en a dit du bien ?

— Certes... Les amis qui se trouvaient à Saint-Pol et qui ont su l'embûchement de la rue Sainte-Catherine.

— Holà ! messires, tonna Berry, son visage d'esteuf (1) soudain gonflé à éclater. Avez-vous ouï que j'ai proposé Saint-Denis-d'Orques pour première halte... si nous passons par Laval...

Et tourné vers Guillaume de la Champagne qui semblait revenir d'une mission lointaine, le flotternel et le chaperon poudreux, et le

(1) L'esteuf était une vessie de porc gonflée pour le jeu de balle.

nez embrasé par un coup de soleil qui s'achèverait en pelade :

— Que pensez-vous de ce chemin, Apilly. J'ai ouï dire que vous connaissiez cette voie.

Clisson se pencha :

— Et comment, Gui, qu'il le connaît !

— Je préférerais Joué-en-Charnie, dit le père d'Alix avec une espèce d'humilité due sans doute à de déplaisantes remembrances.

— C'est entre ces deux cités, murmura Clisson, que ta mère a été ensépulturée par Juvécourt.

— Non !... Pas Saint-Denis-d'Orques, décida Orléans. Je ne sais pourquoi, mais ce nom me dit rien qui vaille.

— Pourquoi pas Sainte-Suzanne ? suggéra Olivier de Clisson.

— Dites-nous en plus ! enjoignit au connétable le gros et rondelet Berry. Avez-vous au château un ami dans la place (1) ?

Sachant le Breton susceptible, le prince souriait en s'efforçant que son ironie, quelque plate qu'elle fût, prît une expression douce, affectueuse. Cette bénignité de surface – tel un fétu flottant au-dessus du pissat d'une porcherie, songea Gui –, fit sourire Bourbon, Bourgogne et, évidemment Orléans, sans oublier Apilly, lequel s'efforçait peut-être malaisément d'imiter ses maîtres.

— C'est certainement vous, monseigneur, qui avez des amis à Sainte-Suzanne. Vous en avez partout : dans les châteaux, les manoirs, les fermes et jusqu'à sur les chemins comme celui où nous devrions piéter.

Jean de Berry serra les lèvres certainement pour y écraser une injure. Froidement, toujours, le connétable poursuivit à grands coups de mâchoire comme pour dépecer le mécontentement du prince :

— Or, doncques, pour ne point lasser le roi... et nous-mêmes, nous sommes à dix ou douze lieues de Laval, selon qu'on passe par Sillé-le-Guillaume et Evron ou par Joué-en-Charnie, comme vous l'avez suggéré, nous prouvant que, tout aussi bien que messire Apilly, vous connaissez la route...

— Que signifie ? s'étonna Berry furieux d'une allusion dont tout comme Guillaume de la Champagne, soudain furibond, il rejetait l'impertinence.

— Rien que vous ne sachiez, poursuivit Clisson impassible tandis que Gui pensait : « *C'était bien dit, mais il paiera certainement cher son audace.* » Je ne démords pas de Sainte-Suzanne. C'est le refuge le plus digne d'un roi. Déjà, Henri II, après sa déconfiture d'Alençon... Mais vous le savez sans doute...

(1) En 1371, Pierre d'Alençon avait hérité de la baronnie de Sainte-Suzanne. Elle constituait la dot de Marie Chamaillard, fille de Guillaume Chamaillard qui l'avait lui-même reçue de son épouse, Marie de Beaumont-Brienne en 1364*. Pierre d'Alençon mourut en 1404. Son fils aîné et héritier mourut en 1415 à la bataille d'Azincourt. Son héritier fut Jean II que Jeanne la Pucelle tutoya et appela « Gentil duc ».

* Le frère de celle-ci, Louis de Beaumont-Brienne, périt la même année à la bataille de Cocherel.

C'était suggérer que le duc de Berry, qui se prévalait de tout, ignorait la destinée d'un roi victime de sa prépotence.

— Je sais ce qu'il advint de ce roi d'Angleterre (1). Allons à Sainte-Suzanne, puisque cela vous plaît. Vous ne pourrez prétendre, connétable, que je vous mets des épées dans les roues.

— Mieux vaut l'usage de telles armes, monseigneur, que l'emploi des tranchelards par les petits et grands guette-chemin.

C'était une nouvelle allusion au meurtre d'une innocente et des soudoyers affectés à sa protection. Clisson n'oubliait pas que dans cette embûche, il avait perdu des hommes.

— Allons, dit tout à coup le roi : il suffit. Nous nous arrêterons à Joué-en-Charnie et ensuite, mais point très longtemps, à Sainte-Suzanne.

— Sire ! Sire ! intervint d'une voix feutrée Taupin de Cantemerle, pour nous rendre à Nantes, il nous faut passer par Angiers.

— Eh bien, eh bien ?

Le roi parut lutter contre une douleur concentrée dans sa tête. Tristan songea qu'il était un homme aux sentiments élémentaires, aux pensées limitées. L'intrusion de Cantemerle l'avait déséperonné. Il semblait incapable de recouvrer ses idées. Le sire de Roye, entre haut et bas, se porta au secours de son compère :

— Pour aller en Angiers, il nous faut passer par La Flèche… Tout d'abord cheminer par La Suze, Mezeray et Malicorne…

Le roi eut un frémissement des joues et du menton. Il y avait des remous en deçà de sa figure.

— Il suffit ! Je vous mènerai où je veux, par où je veux…

Gui se demanda si Charles VI *voyait* la voie qu'il voulait emprunter. S'il saurait, une fois à cheval, où il irait. Il n'avait plus aucune créance en ce roi tour à tour maussade et fougueux, confiant et dépiteux. Clisson, qui l'observait obliquement, devait se dire qu'il aurait, lui aussi, du mérite à le suivre.

— Vous me compagnerez, messires… Tous !… Tous omniement (2)… A Nantes ! Oui, messires, à Nantes… Pourquoi aller

(1) Henri II, fils de Geoffroi Plantagenêt, né au Mans (1133), mort à Chinon (1189), roi d'Angleterre de 1154 à 1189, avait succédé à Étienne de Blois, fils de Geoffroi V Plantagenêt et de Mathilde. Duc de Normandie (1150), comte d'Anjou (1151) et duc d'Aquitaine par son mariage avec Aliénor, il augmenta l'autorité monarchique, rétablit l'ordre en luttant contre l'opposition féodale, organisa l'administration et créa des fonctionnaires. Il restreignit les pouvoirs de l'Église mais se heurta à l'opposition de l'archevêque de Canterbury, Thomas Becket, qu'il fit occire (1170) après qu'il eut été excommunié. La révolte de ses fils, Henri et Richard (1173, 1183, 1188-89) fut encouragée par Philippe Auguste. Père de Richard Cœur de Lion et de Jean sans Terre, il prit la fuite après sa défaite au Mans et blessé, chercha refuge à Sainte-Suzanne, ultime étape vers Chinon où il mourut le 5 juillet 1189, assisté de Geoffroi, son bâtard.

La fuite à Chinon figure dans l'Histoire de Guillaume le Maréchal, sorte de chanson de geste en vers (Éditions Renouard, 1893) datant du XIIIe siècle. On trouvera ce passage en annexe de cet ouvrage.

(2) Ensemble.

à Suscenio où il se peut que Craon ne soit pas alors qu'il se pourrait qu'il gîte à Nantes, dans l'ombre de Montfort ?

— Nous ne l'y avons point vu, intervint le sire de Roye.

— Cela ne signifie rien… Qu'en pensez-vous, Olivier ?

— Craon est comme un loup qu'il faudrait débucher.

— A Nantes ! insista le roi. Craon aime les plaisances et les vuiseuses. La cour de Jean IV est un vivier de jolies femmes… A Nantes !

— Soit, dit Olivier de Clisson. Qu'il en soit fait, sire, selon votre volonté.

Gui vit autour de lui des visages maussades. Il semblait que la plupart des chevaliers acquis aux ducs par simple intérêt ou par une détestation fondée ou non envers le connétable, eussent préféré une troisième solution : le retour dans leur fief aussitôt que possible.

— Par ma foi, dit Clisson, avant que d'affronter Craon seul à seul par les armes, je ne vous cèlerai point qu'il me plairait de lui crier ses quatres vérités !

Il y eut un silence. Ce n'était point celui d'un acquiescement.

— Il convient de passer par… commença le sire de Garancières qui, depuis son retour de Nantes, s'était tenu en retrait, comme s'il n'osait avancer sur un terrain spongieux.

— Par La Flèche, déclara, paisible, Enguerrand de Coucy.

Il s'était si complètement tourné vers Clisson que Gui l'avait reconnu à ses armes : *Vairé d'argent et de gueules*. Le connétable acquiesça de la tête.

— C'est la voie que nous avons prise, grognonna Châtel-Morant. Par cette chaleur…

Sur un clin d'œil du sire de Roye, il s'abstint de fournir son avis.

Le roi leva les bras. Il paraissait heureux. En dépit des difficultés nées de son état de santé, il se sentait capable de cheminer. Il semblait las non point de sa personne mais du temps qu'il passait à déchiffrer ses troubles. Avant que de s'enfoncer dans une des forêts qui ceignaient Le Mans de leur couronne épaisse, verdoyante, il avait semblait-il percé les mystères de ses forces et de ses faiblesses. Il ne vitupérait point les ducs et leur sabbat de bonnes intentions. Il ignorait ses médecins qui, pourtant, se trouvaient à proximité, le visage grave, les yeux bas, tels des coupables en proie à une anxiété lancinante. Gui fut près d'abominer leur tristesse nauséeuse. Au point où ils en étaient de leurs soins inféconds, seul une espèce d'exorcisme eût pu les soulager. Regnault Fréron lui-même semblait en disgrâce.

— Messires chevaliers et autres, je vous ferai les dons que vous méritez tous (1).

Le roi souriait. Tout allait bien « sauf lui », songea Gui. Après qu'il se fut concerté avec Berry, il parcourut du regard sa chevalerie comme pour évaluer sa puissance et se rassurer sur sa fidélité.

Soudain tourné vers le Bâtard de Polignac, le roi tapa des pieds :

— Qu'avez-vous à vous ébaudir avec Guillaume de la Champagne ?... Qu'ai-je donc dit qui vous ait fait rire ?

Charles VI avait recouvré cette voix que Gui qualifia de royale et qui suppléait, dans une fureur sans doute excessive, le ton chagrin qu'il avait jusque-là employé. Apilly, comme pris sur le vif, avait fait immédiatement un pas en arrière. Le Bâtard de Polignac, seul, arrogant, ne se démonta point.

— Je disais, sire, qu'au train où nous allons en Bretagne, nous serons face à l'ost du duc Jean à la Noël, de sorte qu'il sera...

Une rumeur naquit, signe de dissension.

— Silence ! hurla Berry. Silence !

— Gardez vos opinions pour vous, Polignac ! enjoignit Bourgogne au bâtard tandis qu'Orléans, fraternellement, d'un bras vigoureux, entourait les épaules de son ains-né.

« Où suis-je ? » se demanda Gui. La présence de Clisson, tout proche, lui donnait une assurance et une sérénité dont il se merveillait. Le roi ne disait mot, tout à coup fort loin de l'éclat dont il était l'auteur. Orléans le réconfortait d'un chuchotement quasi maternel. Cependant, comme il avait le teint brun, les cheveux obscurs et touffus au débord de son chaperon, les yeux sombres, étirés en amande, son sourire empesé lui donnait l'apparence d'un More occupé à rassurer une victime avant que de l'égorger.

— Viens, dit le connétable. Nous en avons assez vu et ouï.

Gui le suivit, sachant que ses méditations allaient prendre un tour de plus en plus sombre. Qu'allait-il advenir de toutes ces confusions ? Serait-on un jour en Bretagne ? Il y avait, dans les grand-salles qu'il traversait à la dextre du connétable, quelques femmes et damoiseaux endimanchés, l'air méprisant. La venue du roi et de son armée avaient compromis leurs us et comme dénaturé leurs ébattements et solas (2).

(1) « *Ce sont les parties de la somme de quatre mille cinq cenz frans receue par moy, Jourdan de Hors pour le roy pour mectre en ses coffres et en faire sa voulenté, pour le mois d'aoust l'an mil CCC quatre vins douze* (suivent les dons aux chevaliers de l'ost). *A un chevaucheur que le roy envoya hastivement du Mans à Paris pour y porter lettres et faire avancier certaines finances pour porter au Mans, VI frans XII sols... Aux pouvres pour Dieu en don par le commandement du roy, III frans IIII sols... Les parties de ce compte furent vues par le roy le tiers jour dudit mois l'an mil CCC IIII xx XII* ». (B.N. cité par l'abbé Ledru). Dans un autre compte de 10 000 francs vu par Charles VI, le 20 juillet 1392, figure entre autres dons : « *A Robin de Varennes... tant pour la brodeure d'une chapelle que le roy a ordonné estre envoyée à Jhérusalem... V frans* ».

(2) Jeux, plaisirs.

Gui méprisa, au passage, le rire étouffé des femmes et la hautaineté des mâles – ou soi-disant tels. Demain ou après-demain (rien n'était décidé quant au jour du départ), le soleil recommencerait à peser d'un poids de feu sur les hommes et les chevaux. L'idée de châtier Montfort ne les stimulerait plus. Son seul plaisir eût été qu'on renonçât une bonne fois à toutes ces parleries d'où le roi sortait dans un état fiévreux, le corps comme « perdu » et l'esprit frénétique.

Clisson partit sur un « Au revoir » proféré à voix basse. Gui rejoignit ses compagnons.

— Que s'est-il passé ? demanda Galabert.

— Rien, à vrai dire. Nous prendrons le chemin de Nantes.

— Quand ? demanda Jausselin.

— Nul ne le sait.

— Le roi ? dit en hésitant Bridoulx.

— Il combat mollement ses démons et ses oncles.

Gui l'imagina dans sa chambre, furibond, luttant de toutes ses forces pour recouvrer sa rectitude d'esprit et la paix d'un corps en lutte contre l'étreinte visqueuse de ses sueurs. Il crut nécessaire d'ajouter :

— Le Bâtard de Polignac s'est truffé du roi… Il se riait de lui avec Apilly.

— M'étonne pas, grommela Jausselin. Polignac est un ruin (1).

— Et Orléans ?

— Il demeure pour moi difficile à comprendre.

— On le dit sorcier.

— Sans doute pas, Juvécourt, s'empressa Jausselin, mais il a trempé dans une espèce de sabbat. Il a réuni trois personnages une nuit : un moine, un écuyer, un varlet. Il leur a donné mandement d'abhorrer trois objets au nom du diable : un long, un court, un rond. Une épée, une alfange, un anneau. Les trois hommes s'enfermèrent à la tour de Montjay, en Brie, où ils demeurèrent cinq journées et cinq nuitées. Le moine, expert en livres et formules, fit moult invocations et une nuit, deux suppôts de Belzébuth apparurent (2). Le moine leur remit les deux lames et l'anneau. Quand ils les lui rendirent, le plus âgé dit : « *Tu n'as plus qu'à mettre l'anneau sur la bouche d'un mort dépendu et d'estiquer son corps avec l'épée et le cimeterre.* » Ensuite…

— Vas-y, dit Trinquier, continue.

Il parut à Gui que le tranche-tête n'aimait guère à s'aventurer dans un aussi ténébreux récit. Or, c'était lui qui l'avait entamé. Il se devait de le poursuivre.

(1) Méchant, mauvais, d'où ruine.

(2) Ils se nommaient, paraît-il, Hermas et Ascramen.

— Le moine rapporta les… objets à Orléans ainsi qu'un sachet contenant une poudre composée à partir des … organes du pendu. Il joignit à son présent une branchette de corgnollier (1) trempée dans le sang mêlé d'un coq et d'une geline blanche de la même couvée. Ce bout de bois devait permettre à son possesseur de faire sa volonté de toutes les femmes qu'il toucherait. …Louis mit le sachet à son cou. Il paraît qu'il se confia à Craon, lequel arracha le sachet et le porta vélocement au roi sans lui dissimuler tout ce qu'Orléans lui avait confié, et ceci devant des gens de Cour.

— Je conçois qu'Orléans déteste Craon.

— Alors, Juvécourt, pourquoi est-il de ceux qui semblent s'opposer à notre avancée ?

— Pour ne pas, Jausselin, contrarier les oncles qui eux, sont pour Craon ! Mais je me demande, ajouta Gui, ce qu'Apilly peut bien faire auprès du duc Louis.

— C'est son grand veneur, dit Trinquier. Il pousse dans son lit les femmes qu'il désire… N'est-il pas son prochain chambellan ?

Gui acquiesça. Il lui suffisait d'entrevoir Guillaume de la Champagne pour essayer de recréer dans sa mémoire la brune et douce Alix. Or, comment eût-il pu oublier que son géniteur était tout bien pesé le meurtrier d'Hedwige de Clairbois ? Quelle que fût la plénitude et la constance de ses sentiments envers la pucelle, il trouvait toujours encloses en lui les tendances peut-être déraisonnables de la génération guerrière à laquelle il appartenait. Elles consistaient en un goût sans doute immodéré de la vengeance, sinon de l'aventure armée, sans oublier, même si la Table Ronde avait fait son temps, la quête de l'âme sœur. Pour certains, celle-ci consistait en une collecte de sensations d'amour assouvies de femme en femme. Ils en clouaient le souvenir dans leur mémoire comme ces papillons que certains enfants transperçaient vivants sur des planchettes, d'un pernicieux coup d'aiguille. S'il parvenait à l'épouser, Alix pour lui serait la seule. C'était spontanément qu'il lui avait attribué les qualités et les vertus qu'il désirait trouver chez une compagne éternelle…

* *
*

Panser, abreuver, alimenter Beaubrun ; soigner ses armes et son armure ; aider Galabert et Jausselin à fourbir le harnois et l'épée du connétable – non point celle qu'il avait reçue des mains du roi, mais la sienne faite de bon acier anglais. Ensuite ? S'allonger à l'ombre en attendant la mangeaille. S'y réinstaller après le repas. S'enfelonner

(1) Cornouiller.

à cause de la chaleur et des mouches. Se lever. Décider comme solution héroïque à l'ennui et à l'oisiveté de défier le soleil pour piéter en ville où sur la rive agreste de la Sarthe envahie de soudoyers, les uns nus dans l'eau, les autres nus sous les arbres. Voir de ces lieux la cathédrale où à l'abri de la fureur des cieux, un moine ou faux moine au visage inculte attendait peut-être la venue d'une haute personne.

Il advenait que Gui se sentît de trop, non point auprès du connétable et de ses gens, mais dans l'ost. Bien que lointaine, incertaine, la mort menaçait. Avant qu'elle ne les vainquît par une arme acérée, les hommes voulaient jouir de leur corps éphémère. Qu'ils fréquentassent une rue où il ne s'était pas aventuré, bien que Bridoulx et Guérard la lui eussent révélée, le rendait comme malheureux, non point à cause de sa continence mais par le souvenir encore net d'Anceline. Peut-être se fût-elle ébaudie de ce scrupule. C'était ainsi. En s'abstenant, il lui rendait hommage.

La boisson coulait aussi drue que la Sarthe en ses rives. La nuit, de son lit d'herbe, il entendait les soudoyers chanter, chanter encore et parfois vomir non loin de sa couche. L'œil las, il surveillait Beaubrun et sa main, comme d'elle-même, saisissait Plaisance.

C'était surtout de nuit qu'il voyait clair en lui. Il enrageait de se savoir hors de la puissance paternelle, hors de l'affection maternelle, livré aux lois de la destinée qui n'étaient que celles de la guerre et des usages de l'armée. Il vivait dans un temps où la lubricité, la débilité des Grands et les fortunes qu'ils amassaient pour les disperser sans remords épuisaient la santé des petits ; où la violence qui protégeait leurs liesses générait la bassesse des faibles. Et c'était pourquoi ces pauvres, ces humbles, ces méprisés – il y en avait au Mans comme à Chartres *et partout* – finiraient par se regimber un jour. Le sang poisserait le pavement et les cailloux des rues aussi noir, aussi répugnant que celui des champs de batailles. Le temps s'affolerait. La France se déchirait. Les Grands et leurs suppôts contre les petits et leurs meneurs. Certains, sans doute, se rallieraient à l'Angleterre et l'on revivrait des événements semblables sinon pires que ceux qui avaient, d'un sceau purulent, marqué les règnes de Philippe VI, Jean II et Charles le Cinquième. La Jacquerie renaîtrait. Et la Hérelle. Et les Tuchins… D'autres… Si le roi avait eu un brin de circonspection, il eût fait œuvre utile en nettoyant les abords du trône.

La tête lui tournait à l'idée que le règne d'un monarque continuellement malade serait peut-être celui de la démence populaire. Sans doute devrait-il traverser ce sabbat effréné en compagnie d'Alix. Saurait-il la protéger de la désespérance, de la peur et possiblement de la mort ?

« Elle est aussi belle que courageuse. »

Qu'en savait-il ? Le courage n'était point l'apanage des beaux. C'était fréquemment l'inverse. Les laids se disaient : « A quoi bon vivre tel – ou telle – que je suis. » Leur hardiesse naissait de leur disgrâce. Quoi qu'il en fut, pour lui, Alix avait de la vaillance. Il ne remettrait jamais cette certitude en question. Rien ne viendrait aggraver sa confiance.

« Elle sera mienne ! »

Il se sentait capable *et prêt* à transgresser les lois les plus communes et par-delà les devoirs de la Chevalerie tout en gardant bonne conscience. Il devait arracher la pucelle au bourbier de Saint-Pol, aux ténèbres feutrées des hôtels redoutables. Dessein absurde ? Cent fois non ! N'était-ce pas Clisson – un des tout premiers hommes du royaume – qui lui avait conseillé : « Enlève-la. » Eh bien, s'il le fallait, il passerait à l'acte.

TROISIÈME PARTIE

Le Gué-de-Maulny

I

Avant l'aube du lundi 5 août, des cors, des trompettes, araines et claronceaux (1) sonnèrent. Une multitude, à croire qu'une riole (2) avait rassemblé au Mans, subitement, les meilleurs sonneurs du royaume. L'armée au complet devait s'apprêter au départ.

— Cette fois, Gui, ça y est !

Olivier de Clisson était debout, vêtu en bourgeois, le chaperon noir penché sur le front comme pour, déjà, protéger son œil unique des lueurs d'un soleil encore invisible mais dont les feux rougeoyaient au ciel et enflammaient la Sarthe. Son épée pendait à sa hanche : une arme lourde aux quillons droits et pommeau sphérique enfoncée dans un fourreau de cuir noir aux solides viroles d'acier.

Il avait quitté le roi, les ducs, les chevaliers encore endormis pour errer parmi les pavillons et les trefs, les râteliers d'armes et les cuisines afin de stimuler les hommes. Derrière le connétable, ceux-ci démontaient hâtivement les logis, reprenaient qui son arc, qui sa guisarme, qui son épieu, les uns d'un geste lent, les autres vélocement comme si le grand logement du Mans allait être attaqué sous peu. Les écuyers sellaient les chevaux, les enfants perdus (3) emplissaient les chariots et charrettes et attelaient les limoniers. Sur le seuil de la tour Orbrindelle, des varlets en livrée bleu de France amenaient deux limoniers blancs et les enharnachaient entre les limons de la litière aux tentures semées de lis qui séparerait dorénavant, dans la procession guerrière, les nobles hommes du reste de l'ost. Maintes fois sollicité par les princes, le roi avait refusé de s'y intéresser.

C'était donc vrai : on allait partir. Le connétable jeta un regard d'une misérable indulgence vers le charroi royal. Ce faisant, il parut

(1) Petits clairons.
(2) Partie de plaisir.
(3) Valets d'armée au plus bas de la hiérarchie.

mesurer les événements qui éparpillaient les serviteurs des Grands et de Charles VI, et repris le cours de l'entretien d'une voix chuchotée :

— Jausselin m'a enditté (1) sur ce que tu as pressenti en ta ferté familiale. Nous ouvrirons l'œil et garderons notre épée prête à rougir.

Le connétable s'éloigna. Jausselin s'approcha de Gui :

— Il devrait se réjouir, lui qui a tant souhaité guerroyer en Bretagne. Or, il semble que ce soit le contraire.

— Nous allons bien à Angiers ?

— Oui... Des lieues et des lieues. Tellement que je ne saurais t'en dire le nombre.

— Et nous passons par où ? demanda Galabert, retour de la Sarthe.

Les bras musculeux de Jausselin se soulevèrent et tombèrent en un pesant mouvement d'ignorance.

— Ce que je sais, c'est qu'il nous faudra traverser, au lieu de celle de la Grande Charnie, sur le chemin de Laval, la forêt de Longaunay qui est moult spacieuse (2). Oh ! certes, elle nous fournira de l'ombre, mais peut-être pas de fraîcheur... Une ombre propice aux malandrins des ducs, qu'ils soient de Bretagne ou d'ailleurs... Va t'habiller Marcelin. Poilu comme t'es, on pourrait te prendre pour un satyre !... Et toi, jeune homme, te sens-tu en bon état ?

Gui acquiesça. Il était vêtu, coiffé du chaperon d'Anceline, prêt au départ mais s'accordait un délai pour seller Beaubrun. Il était inutile que son cheval supportât sa selle alors que personne encore – apparemment – n'était près de chevaucher.

(1) Informé.

(2) La forêt de Longaunay était vaste : 17 000 hectares. Il en est fait mention dans *Li romans de Berte aus grands piés* par Adenès Li Rois (XIIIe siècle). Elle couvrait jadis, au sortir du Mans, les deux rives de l'Huisne sous le nom de Bois du Gué-de-Maulny (on trouve ce nom dans un manuscrit du 7 septembre 1329). Elle s'étendait ensuite, en tant que forêt de Longaunay, plantée d'aulnes, de chênes, de châtaigniers et de landes, par la rive gauche de la Sarthe, sur les paroisses d'Arnage, Fillé-Guécélard, Parigné-le-Pôlin, Cerans-Foulletourte, Oizé, la Fontaine Saint-Martin, Courselles, Ligron, Saint-Jean-de-la-Motte, Mézeray, Malicorne, Noyen, Saint-Jean-du-Bois, La Suze et Roëzé. Sur son flanc est, au-dessous des châteaux des Perrais et de La Forterie, s'étendaient les landes du Grand-Bourray (2 273 arpents) converties ensuite en sapinières.

En quittant Le Mans, Charles VI avait l'intention nullement d'aller à Sablé, comme l'ont écrit certains, mais de se rendre à Angers par La Flèche. On lit d'ailleurs, dans la *Chronique du bon duc Loys de Bourbon*, par Jean Cabaret d'Orville : « *De la cité du Mans se voult partir le roy pour aller à Angiers, et s'en alla le mareschal de Bouciquaut devant à La Flesche pour faire le logis du roi, et de là à Angiers.* » Froissart écrit, lui aussi, que le roi ordonna à son armée de prendre le chemin d'Angers. A ces témoignages l'on peut ajouter celui d'Arnoul Boucher qui inséra dans ses comptes : « *A Robin Bourée, clerc dudit trésorier, pour V jours qu'il a vacquiez en alant de la ville du Mans à Angiers mener et conduire illec certaine somme d'argent pour ce que le roy notre dit seigneur, qui lors avoit fait son mandement audit lieu du Mans, avoit ordonné que toutes gens d'armes qu'il avoit mandés audit lieu du Mans, se traissent audit lieu d'Angiers, pour d'icellui argent faire paiement aus dittes gens d'armes, et d'illec lieu d'Angiers retourner audit lieu du Mans, pour ce que le dit seigneur et les dittes gens d'armes, pour certaines causes qui survindrent n'alèrent point audict lieu d'Angiers ; c'est assavoir du Ve d'aoust CCCIIII xx et XII jusques au IXe jour d'icellui moiz, tout inclus, à II francs de gaiges par jour : X francs tournois.*

— J'ai su, dit Jausselin, que Boucicaut et Robin Bourée sont partis à la nuit, l'un pour se placer en avant-garde de l'ost, l'autre avec la soudée (1) des hommes d'armes qui nous attendent à Angiers.

— Je déteste ce temps, grommela Galabert. Je hais ce soleil de hermi (2) qui semble issu de l'enfer.

— Va te sécher, Marcelin ! Nous sommes tous prêts. Garde-toi de rencontrer Clisson : il n'est pas d'humeur exquise... Si tu aperçois le roi, évite-le : il serait effrayé de savoir un singe dans son ost !

On sut que Charles VI sortait d'une mauvaise nuit. La chaleur en était responsable. Lorsqu'il apparut sur le seuil de la tour Orbrindelle, Gui lui trouva une pâleur d'hostie. Cependant le port de tête était celui d'un conquérant sinon d'un monarque absolu, fort et solide en toute chose. Il était entièrement vêtu de velours noir : pourpoint, chausses, heuses garnies d'éperons aux molettes discrètes comparées à celles des oncles et du frère, tout proches. Gui fut ébahi qu'il portât un chaperon d'écarlate vermeille au guleron saillant façonné en crête de coq. Dessus, innovation malvenue, scintillait un chapelet de grosses perles, don, certainement, de la reine.

— Il aura la tête comme dans un chaudron, commenta Juvécourt qui s'en allait chercher son arc au charroi.

Gui acquiesça. « La famille au complet, excepté les femmes », songea-t-il en observant les princes des Lis dont l'ombre de la tour endeuillait les visages. Il faisait chaud, âprement chaud. Et l'on était à l'aube.

— Les chevaux sont-ils prêts ?

— Évidemment ! dit Jausselin.

Le connétable s'était vêtu simplement. Sa chemise de lin, blanche, laissait entrevoir sur une poitrine nette, la cicatrice blême d'une navrure ancienne. Elle jouxtait celle un peu rose due à l'un des tranchelards de la rue Sainte-Catherine. Ses chausses rouges étaient légères, ses heuses également, dont la toile bise se renforçait à l'extrémité des orteils. Il portait un chaperon bleu de France et contrairement au roi et aux princes, il avait renoncé au port des éperons. Il complimenta son écuyer d'en avoir fait autant.

— Par ce temps, dit-il en suivant le regard de Gui, un cheval abroché malencontreusement peut se mettre à ruer ou à être pris de folie.

Et comme si un lien existait entre la chute de phrase et l'entame d'une autre :

— Veillons sur le roi d'aussi près que possible... à moins qu'il ne nous en dissuade ou que les oncles ne nous en empêchent.

(1) Paye des gens d'armes.

(2) Froissart écrit : « *l'on était en plein mois de hermi* », c'est-à-dire en août. Le mois ne faisait que commencer.

Et tourné vers ses fidèles, la voix brève et le geste large :

— Galabert, Jausselin, Bridoulx et les autres, ouvrez vos yeux. Je n'en ai qu'un, alors écartillez les vôtres… Je vous abandonne un tantinet : il me faut rejoindre les Grands.

Charles VI s'éloignait de la tour Orbrindelle. Lorsqu'il s'immobilisa, ce fut pour enjoindre à son frère, ses oncles, son connétable et ses chevaliers :

— Ordonnez-vous et faites ce bon matin toutes manières de gens d'armes et de routes. Nous allons prendre le chemin d'Angiers.

Olivier de Clisson revint vers ses hommes :

— Nous commettons peut-être une erreur, murmura-t-il entre Galabert et Gui. Enguerrand de Coucy vient de me dire que Craon serait peut-être à Breth (1)… De toute façon, nous allons prendre le chemin des escholiers.

— Il est vrai, approuva un homme tout proche et qui avait tendu l'oreille. Tout ceci se résume à du temps perdu.

— Qui est-ce ? demanda Gui.

— Hutin d'Aumont, chevalier, chambellan du roi.

A trente ou quarante toises, en plein soleil, le roi continuait, défiant du regard ses contradicteurs sinon ses ennemis :

— Nous ne retournerons jamais tant que nous aurons été en Bretagne et détruit ces traiteurs (2) qui nous donnent cette peine et ce travail !… A la messe, messires !… A la messe !

Gui entendit un profond soupir.

— Encore du temps perdu ! se lamenta Clisson. Or, je me dois de les y accompagner sinon les ducs me prendraient pour un suppôt de Belzébuth… Évidemment, nous laisserons les chevaux cuire à petit feu sur le parvis.

— Nous aurons perdu douze jours au Mans, dit Bridoulx qui venait de compter sur ses doigts.

— Et nous perdrons notre matinée à cause d'une messe dont je devine qu'elle sera longue afin que nous cheminions sous les fureurs célestes.

Le connétable se désespérait. Au-delà de ses familiers, il sentait sur sa personne des regards vifs, moqueurs et certains courroucés. Gui fut pris de compassion pour ce grand guerrier rabaissé, lors d'un discrédit absurde et immérité, à une fonction de « suiveur ». Le soleil commençait à « taper ». Il eût fallu partir, or, le chaperon rouge ne bougeait plus. Bras croisés, le roi se délectait des ultimes agitations de ses hommes d'armes.

— Pourquoi a-t-il troqué sa coiffe bleue contre celle-ci ? interrogea

(1) Brest.
(2) *Trahiste, traiteur, traitour, trahitour :* traître.

Jausselin qui amenait, lentement, le cheval du connétable.

— Orléans lui a suggéré vivement de la porter.

— C'est le seul chaperon rouge de la noblesse, releva Gui.

— Hé oui, grommela Clisson. Il ne peut pas plus distinctement signifier sa présence. Je lui ai déconseillé de porter ce couvre-chef. Il m'a dit que c'est un présent qu'Isabeau lui a fait juste avant qu'il quitte Paris… A bientôt, j'espère.

Clisson sauta en selle et rejoignit les quelque cinquante prud'hommes dont les chevaux trottaient vers la cathédrale. On voyait, au-dessus de leurs têtes, sursauter le chaperon rouge.

« Comme une méduse vermeille, parmi moult autres, au moment de la marée », songea Gui, inquiet et impatient de voir la fin de la journée.

La messe fut longue. Clisson l'avait prévue ainsi. La matinée en était à son milieu lorsque le roi, dans l'ombre de la tour Orbrindelle, vida deux hanaps d'eau présentés par son frère, et enfourcha son noir coursier qu'il allait réduire au pas.

— Moi, si j'étais notre sire, dit Juvécourt, je me serais reclus dans ma litière, à l'ombre et… à poil.

— Tu l'as dit ! approuva Trinquier. On peut dire qu'il sait pas bien vivre.

On avança. Le peuple, rare, observait et ne disait mot : l'armée, par le truchement de centaines de malandrins, s'était attirée le mépris des bonnes gens, sinon leur haine. On avait tué, robé, violé. Mais de cela, les Grands du royaume n'avaient cure.

Il suffisait de se laisser aller. On avait bonne conscience. Gui regardait parfois, lointain, le chaperon rouge. Il le savait au-dessus d'une face mélancolieuse et déjà suante. Le roi était malade. Son état paraissait angoissant. Se sentait-il acculé au désespoir ? Il ne le semblait pas. Dans ce qui était le déluge de sa raison et de sa lassitude, il restait l'arche : le trône qu'il voulait conserver. Peut-être s'évertuait-il, seul avec sa conscience, à un travail de purification des deux : esprit et corps. Avait-il quelque chance d'y réussir ?

Une fois hors du Mans, on ressentit les premières atteintes d'une chaleur plus âpre encore que les jours précédents. Le connétable se laissa glisser jusqu'à ses hommes :

— Soyez à l'aguet de toute chose. Déjà Charles souffre moult et se plaint. Nous eussions dû chevaucher de nuit. Plus les jours sont chauds, plus les nuits sont froides. Mais *on* a voulu piéter de jour et cette longue messe n'a rien arrangé… Ils voulaient tous acomminger (1) et les ducs plutôt deux fois qu'une ! Je pardonne au roi cette lente avancée. Je me merveille qu'il soit si bellement voulenturieux car en vérité, il est faible.

(1) Communier.

A moins d'un quart de lieue de la cité commençait le grand chemin mansais (1) qui se scindait en deux voies dont une passait par le Gué-de-Maulny pour se joindre à l'autre et ne former qu'un large chemin vers Arnage.

— Nous eussions dû passer par Coëffort et Pontlieue. C'est à peine plus long mais il semblerait, selon certains, que ce soit plus ombreux. Or, le frère et les oncles ont persuadé Charles de passer par le Gué-de-Maulny. Ce qui nous oblige à piéter dans des landes où les arbres, pour le moment, sont rares (2).

— Pour gagner La Flèche, dit un clerc monté sur une mule dont la seule parure consistait en des orbières qui semblaient d'argent, pour gagner La Flèche, il faut chevaucher jusqu'à Guécelard, Parigné-le-Pôlin, Foulletourte, La Fontaine-Saint-Martin et Clermont. Le chemin du Gué-de-Maulny est plus à l'ombre que celui de Pontlieue.

— Soit, dit le connétable. Il semble, mon père, que vous connaissez les lieux aussi parfaitement que les Saints Évangiles.

— Nous venons de passer Le Greffier. Bientôt, nous traverserons l'Huisne qui doit être bien basse par ce temps. Nous passerons devant le château où le roi Jean II a vu le jour (3).

Peu importait à Gui que le roi Jean fût né dans cette contrée, et même, comme le disait le clerc dont le vaste chapel de feutre noir ressemblait à celui de frère Evrard, que les fourrés où les chapelains établis par Philippe VI aimaient à tendre des collets, chasser et prendre des lièvres, des connils (4), goupils et perdrix fussent de ceux où il était recommandé de ne point giboyer (5) seul. Il avait chaud.

« Nous cheminons en une rôtissoire. Tout le jus de mon corps me coule de partout. »

Les oncles, soudain, laissèrent le roi aller de l'avant. Bientôt son frère qui l'adextrait (6) en fit autant. Gui vit mieux le chaperon rouge dodeliner, les épaules royales se pencher en avant. Charles VI était

(1) Suivant l'expression d'un aveu rendu au seigneur de Foulletourte le 24 avril 1404. Mais l'appellation semble bien antérieure (*Archives du château des Perrais*). « *Sur la rive gauche de la Sarthe, nous trouvons la voie du Mans à Angers. On la suit facilement et la tradition locale l'indique positivement jusqu'au bourg d'Arnage* » (Abbé Voisin : *Les Cénomans anciens et modernes*). Il semble qu'en 1380, les Anglais avaient emprunté cette voie : « *Or cheminoient li conte Bourquighem et ses routes, quant ils se partirent du Pon-Volain* (Pontvallain) *et passèrent la forrest del Mans et vinrent sous la rivière Sarthe* (...) *et virent che jour logier à Noion* (Nogent-sur-Sarthe). (Froissart). Les Anglais étaient passés par Courcelles, Ligron, La Fontaine-Saint-Martin, Mézeray, Saint-Jean-du-Bois.

(2) En passant par la métairie de Sablé, domaine du chapitre de Saint-Julien, sur le territoire de Couture. Cette « ferme » qui se trouvait sur le chemin de Sablé, ne concerne pas la ville. Charles VI n'avait que faire à Sablé, que Craon avait vendu au duc de Bretagne. Celui-ci avait fait dire au roi qu'il tenait la place à sa disposition. Sachant que ni Craon ni Montfort ne s'y trouvaient, Charles VI n'avait aucune raison de s'y rendre. En 1450, la métairie de Sablé fut affermée par le chapitre au chanoine Guillaume de Lorière.

(3) Jean le Bon naquit au château du Gué-de-Maulny.

(4) Connils : lapins.

(5) Chasser.

(6) *Adextrer* : accompagner (à droite).

seul, les chevaliers qui l'avaient hourdé (1) ayant, semblait-il, décidé d'imiter les ducs – à moins qu'ils ne leur eussent obéi.

— Il est seul, dit Clisson.

Il voulut rejoindre le roi. Les chevaliers et les ducs lui bouchèrent la voie. Il se laissa rejoindre par ses hommes.

— Pourquoi, dit-il, l'ont-ils abandonné ? Je ne crois pas qu'il veuille chevaucher de la sorte.

— Nous devrions nous arrêter, dit Gui, trempé, la bouche et les yeux secs. Ces lieux nous sont propices : il y a des arbres à moins de deux cents toises. Derrière, l'armée s'étire et l'on peut ouïr, parfois, les cris des hommes et les exhortations des capitaines. Il fait si absolument chaud que les gelines doivent pondre depuis ce matin des œufs durs.

Comme il s'inquiétait de l'état des limoniers attelés aux chariots du connétable, Galabert le rassura :

— Ils vont bien et les hommes aussi. On dit que le roi n'a rien mangé depuis hier au soir et qu'il est plus mélancolieux que jamais. Ses physiciens sont impuissants à le guérir… Je ne sais où nous sommes. Et toi ?

Gui eut une lippe d'ignorance.

— On est proches, dit un homme qui chevauchait torse nu et que des éperons d'or signalaient comme un chevalier, on est proches des châteaux de La Chevalerie, des Perrais et de La Forterie, sous un bois qu'on appelle le Bruon. On a dû couvrir quatre lieues (2).

L'inconnu s'éloigna.

— Pas même le temps de voir sa tête ! maugréa Jausselin.

— Quatre lieues ! soupira Gui. Il faudrait s'arrêter pour la santé du roi.

Il craignait d'avoir à cheminer dans une contrée semée de rochers, couverte de landes parsemées de boqueteaux et d'étangs morts aux vases putréfiées. En ces lieux maussades, les brûlures de l'air ne pourraient s'atténuer. Or, le roi avançait, toujours seul. Sous les sabots de son cheval s'élevait une poussière âcre, grisâtre, qui devait comme à tous lui piquer les yeux et enfariner ses narines comme elle enfarinait les naseaux de sa monture et de toutes celles qui suivaient.

Gui s'arrêta pour fixer aux yeux de Beaubrun des orbières tirées d'un bissac qu'il portait, depuis Paris, sur le devant de sa selle. Des émouchettes eussent été préférables. Il se promit d'en acheter ainsi qu'une muserole en tissu pour protéger son cheval des mouches autant que de la poudrière.

(1) Escorter.

(2) Ce bois couvrait un mamelon en face de Parigné-le-Pôlin, à droite du chemin du Mans à La Flèche. Dans la plaine qui s'étalait à ses pieds, du côté de La Suze, on trouvait, auprès de trois étangs, la ferme de L'Embûche (!) et un dolmen connu dans le pays sous le nom de Pierre-Couverte. Au temps de Charles VI, c'était un endroit d'une rare sauvagerie. Un lieu merveilleux pour un attentat.

— Il souffre de forfraiture ? s'enquit, rieur, Apilly tout à coup surgi de l'arrière.

Son genet sang-de-dragon semblait, lui, souffrir d'un mal plus inquiétant. Mieux valait l'en prévenir pour la santé du cheval.

— Messire, il est vrai que cette bête est lasse. La vôtre également, si je ne m'abuse... Vous feriez bien de voir ses fers à la prochaine halte. Il souffre d'encastelure (1).

— Êtes-vous un palefrenier ou un goujat (2) pour avoir décelé cela ?

— Je suis ce que je suis et vous ce que vous êtes.

— Et je suis quoi ou qui ?

« Un malandrin », songea Gui. L'image vivante, ô combien, d'Alix, s'imposa sous son front moite sans que, pour une fois, la chaleur en fût cause.

— Je vous le dirai un jour, promit Gui en remontant en selle.

— Pourquoi pas mes-huy (3).

— Parce que, messire, mon épée ne me démange point.

— Jeune coq !

— Vieux paon !

— Allons, allons, messires, grommela Olivier de Clisson en poussant son cheval entre ceux des malgracieux. Nous allons ostoier (4) contre les Bretons. Lorsque nous serons de retour à Paris, vous pourrez vous entre-occire à l'Hôtel Saint-Pol, devant la reine et toute la damerie... à laquelle il manquera malheureusement Hedwige de la Ferté-Clairbois, la mère de mon écuyer.

Apilly parut insensible à cette insinuation.

— Vous pouvez nous laisser, poursuivit le connétable. Je jurerais que vous connaissez les chemins de ce pays aussi bien que les Manceaux.

Sans paraître ébranlé par ces évocations promptes autant que précises, Guillaume de la Champagne s'éloigna sur son cheval boitillant, le torse droit, la tête haute, image parfaite du preux chevalier en voyage.

— Ne le titille point, conseilla le connétable.

— Je ne l'ai pas titillé. Je lui ai dit, simplement, que son genet souffrait d'encastelure.

— J'atteste de sa bonne foi, dit un homme.

Il allait à pied, menant son cheval à la longe, afin, dit-il, de lui épargner d'inutiles efforts.

— Par ce temps de fournaise, je piète, je remonte en selle, je

(1) Maladie du pied du cheval qui consiste en un rétrécissement des régions postérieures du sabot (talon) et du resserrement de la fourchette. L'encastelure se guérit par l'absence momentanée de ferrure ou la pose d'une ferrure adaptée à son handicap.

(2) Valet d'écurie.

(3) Maintenant.

(4) Guerroyer.

repiète… En tout cas, messires, ce que je puis vous dire au sujet d'Apilly, c'est qu'il n'est pas à prendre avec des pincettes. Lorsque nous sommes entrés dans cette contrée, Louis d'Orléans lui a reproché je ne sais quoi.

— Je baillerais une fortune pour le savoir, dit Olivier de Clisson.

— C'est donc un secret qui vaut de l'or ! conclut l'homme.

Il devait avoir trente ans. Glabre, son visage cuit jusqu'aux oreilles inspirait confiance. Il n'était vêtu que d'un flotternel de lin gris, de chausses et haut-de-chausses de coutil. On voyait ses pieds nus entre les lanières de ses sandales. Son épée seule, dans un fourreau de cuir écorché par les ans, attestait de son estoc (1).

— Guillaume Martel, dit-il, chevalier cauchois. *D'or à trois martels de gueules…* posés deux et un. Ma devise : *un seul coup suffit*. Souvenez-vous-en.

Le prud'homme s'éloigna d'un pas ferme tout en louant le courage d'un cheval qu'il devait prendre de loin en loin pour confident.

— Pensez-vous qu'il nous ait défiés, messire ?

— Nullement, Gui. « *Souvenez-vous-en* » signifie qu'en quelque bataille où nous serions engagés, nous le pourrions reconnaître… Mais faisons comme ce Martel : piétons !

Le chemin descendit une pente légère entre deux herses d'arbres à demi défeuillés.

— J'aimerais bien savoir où nous sommes !

— Je connais ces lieux, révéla le connétable. Nous sommes tout proches et à égale distance de la lèproserie de Saint-Lazare, au-delà de la Sarthe, et de l'hôpital de Coëffort. Nous allons atteindre le Gué-de-Maulny. Nous traverserons l'Huisne, mais avant, nous y abreuverons nos chevaux… Tiens, voilà Mahieu Regnault qui galope de l'arrière et… nous dépasse. Il va rejoindre son maître : Orléans.

Le mire semblait nu sous une bure humide de sueur. Le temps de son passage, Gui lui avait trouvé une barbe écourtée. Une aumusse de soie noire protégeait son crâne. Comme Bourgogne l'interpellait, Gui et le connétable entendirent :

— … une église. Le roi s'y rafraîchirait l'esprit et le corps.

— Il attraperait un chaud et froid… Quelle idée de votre part ! Êtes-vous un mire ou un manant ?

— Le roi est las de frioler (2). Messire Orléans lui-même…

— Il suffit !… Revenez auprès des autres qui, eux, ne nous incommodent pas !

La voix était d'une sécheresse tellement inattendue que Clisson, d'ordinaire prompt à commenter les faits, les gestes et les propos singuliers, demeura bouche bée. Gui pensa que pour ce duc au teint

(1) Race.
(2) Frire.

noirâtre, la puissance et le despotisme politique devaient se nourrir uniquement de richesses non point spirituelles, mais de ces trésors scintillants pour la possession desquels il était prêt à toutes sortes de malfaisances. La royauté qu'il semblait briguer par-delà son frère Berry et ses neveux n'était pour lui rien d'autre qu'un capital dont il eût aimé mésuser à l'infini.

— Messire duc, s'écria, inquiet, le connétable, le roi chancelle !

— Il suffit ! ai-je dit. Je veille sur mon nieps (1).

— Il semble, dit Clisson, que Bourgogne soit désormais notre conduiseur.

Gui acquiesça et observa le roi.

Charles VI semblait indifférent à tout. S'il pensait, c'était à quoi ? A qui ? Pourquoi prolongeait-il, au détriment de sa santé, l'aventure de Bretagne ? Pour complaire à son connétable ? Pour déplaire à son frère et à leurs oncles ? Qu'espérait-il ? La déception était dans l'air : ce roi-là n'avait pas l'étoffe d'un conquérant. Ce lundi, il semblait s'égarer sans souci des lendemains. Son temps se décousait ou partait en lambeaux. Son existence tout entière parut à Gui une espèce de malentendu. Il l'amènerait à quoi ? Peut-être n'était-il pas fait pour la couronne. Or, sans qu'il l'eût coiffée, eût-il cheminé en cet état ? La réponse était *non* car sans couronne, son frère et les ducs l'eussent en quelque sorte ignoré tout en lui permettant de vivre selon ses goûts et vuiseuses (2).

— Il s'est acharné à partir pour Angiers, commenta le connétable qui cessait rarement d'observer le chaperon rouge. Il subit, je crois, le délaissement et la désespérance. Qu'est-ce qui le soutient orains (3) ? Je ne saurais le dire. Peut-être, tout bonnement la foi. Ou Gui, si tu préfères, la certitude que la punition de Pierre de Craon doit être menée jusqu'à la mort… Mais fera-t-il une bonne fin ?

Et après un soupir :

— J'ai peur pour lui. Peut-être aurais-je dû l'adjurer de demeurer à Paris et d'entreprendre à moi seul cette guerre. Je dispose des hommes. Ils ont tous l'ose (4) que j'aime chez un guerrier. Or, il semble que Charles veuille vivre cette aventure jusqu'au fond… Il se peut qu'on lui ait dit : « *C'est le jour. Lève-toi et marche* » tout en sachant, par les mires, qu'il en serait incapable. Il marche… ou plutôt son cheval… Pourquoi a-t-il cédé aux voix de la déraison ?

— Ces voix l'ont encouragé à châtier deux complices. Même malade, il importe qu'on sache qu'il est le roi. Cet orgueil au moins est sain.

— Tu sembles avoir tout compris. En m'occisant, Craon eût navré

(1) Neveu.
(2) Choses futiles et vicieuses.
(3) Maintenant.
(4) Audace.

Charles profondément. Si profondément que, d'esprit fragile, il pouvait perdre la raison… Alors ses parents ont pourpensé autre chose. Mais quoi ? Voilà ce qui me tourmente.

On chemina. On avait, contrairement aux prévisions, dépassé, épuisé tierce (1) depuis longtemps. Il allait être none (2), l'heure où le soleil dardait ses rayons les plus féroces.

« La forêt de Longaunay », songea Gui. « Si ombreuse qu'elle soit, il fait trop chaud pour qu'elle nous rafraîchisse. »

Il flattait souvent d'une main l'encolure de Beaubrun pour le rassurer sur une fournaise qu'il supportait vaillamment. Le cheval ne donnait aucun signe de lassitude. Pourtant, sa robe était brûlante ; il secouait souventefois sa tête en signe de déplaisir.

« Nous n'irons pas loin. Moi-même, qui suis solide, je n'en puis plus de suer comme un quartier de bœuf enfourné dans l'âtre. Il fallait empêcher le roi de piéter dans cette flambe ! »

Le chemin montait, descendait. Au creux de ces ondulations, la chaleur devenait moins forte. Devant, le velours du ciel et des feuillages n'était qu'un frémissement. Herbes et arbres. Dans les replis de terrain grésillaient quelques cris d'oiseaux, et l'on avait envie de gagner d'un saut, les ténèbres verdoyantes. De s'enfoncer jusqu'aux genoux dans les hautes herbes, voire les buissons. D'échapper, devant, au voile des vapeurs ténues, fallacieuses qui s'effaceraient une fois atteintes. On avançait le cœur étreint d'une mélancolie chaude, la bouche aride, les yeux secs, dans une espèce de résignation, de renoncement vague et terrible à la sagesse. Comment se pouvait-il qu'au soleil rose et splendide du matin se fût substituée cette rondache d'argent scintillante bien qu'aucun nuage, depuis des jours et des jours, ne fût venu la fourbir ? On eût pu baisser l'échine, mais il fallait observer à dextre, à senestre, devant parfois puisque le roi, pour montrer sa foi, sa force et sa détermination, avait exigé de chevaucher seul, à la proue de son ost, ce qui, pour une fois, n'avait point mécontenté ses oncles. Son cheval était noir, noble, docile. On lui avait tressé la queue, de sorte qu'il pouvait malaisément chasser les mouches avides, elles aussi, d'humidité.

Jamais Charles VI ne se retournait. Parfois, d'une main lente, il éloignait les gêneuses trop hardies ; parfois, il redressait son buste auparavant ployé sous on ne savait quel fardeau. Il allait, distraitement ou non, vers cette Bretagne inaccessible pour beaucoup, au bon milieu de ce chemin décevant qu'un astre malicieux, au-dessus de lui, rendait aussi blanc que neige. Parfois, inattendu et perfide, un vent dessicant soulevait la poussière épargnée par les sabots, enfonçait celle-ci dans

(1) Entre le matin et midi.
(2) Midi.

les narines, les bouches par malheur ouvertes, les naseaux, piquant les yeux, poissant les gouttes sur les fronts et les joues. On ne s'en pouvait garantir. La soif brûlait les gorges.

Et toujours ce ciel vide, d'un bleu trop intense, au-dessus, de nacre au loin. Toujours ce soleil oriental dans sa splendeur meurtrière, car des piétons étaient morts sous ses dards enflammés. Toujours l'oppression des arbres enfleuris d'une attrayante lumière sur le devant du chemin, ténébreux ensuite mais dont certains, vieux et vigoureux encore, semblaient tendre au-dessus des hommes, ainsi qu'une chiche aumône, leurs bras maigres, haillonneux, jeteurs d'un soupçon d'ombre.

— Nous sommes tels que les Croisés, grognonna Galabert. Notre Jérusalem est quelque part en Bretagne. Mais où ?… Nul ne le sait.

— Nul ne le sait, dit en remontant vers l'avant sur sa mule, un presbytérien que Gui avait parfois entrevu. Nous allons vers les pierres debout. Quand je les vois, elles me font penser à cet étrange passage de la Bible où Moïse dit aux Hébreux : « *Dans le pays que le Seigneur, votre Dieu, vous donnera, vous élèverez de grandes pierres. Vous dresserez là aussi au Seigneur votre Dieu un autel de pierres, de pierres brutes, et non polies* (1). » Si nous n'avions ces arbres sur nos flancs, nous pourrions nous croire en Judée, en Samarie, en Galilée… Je ne sais… Mais voyez ma bure : elle était quasiment noire, la voilà chargée de poudre blanche et je ressemble à un dominicain !

Il talonna sa monture et s'en fut. Contrairement à lui, Guillaume Martel se laissa glisser vers l'arrière.

— Je me sens fondre, dit-il. On m'a dit qu'il n'avait pas plu ici depuis des mois. Il est vrai que les prairies que nous avons vues sont jaunes, mortes, les petites rivières à sec ou en basses eaux et certains arbres enrugnis (2) comme en automne. Tout se consume et se réduit en poudre. Jamais le roi n'aurait dû porter ce chaperon et ce pourpoint de velours. Je l'ai ouï dire, car il se parle à lui-même, que la Bretagne reculait de crainte de le voir.

Gui n'osait parler. Il observait le roi dans une petite montée.

« On dirait qu'une peur laboure ses entrailles. »

Bien qu'il voulût paraître droit et solide, Charles VI se tenait mal en selle. La sueur qui devait – comme à tous – rouler dans son dos et sur sa poitrine, avait atteint son séant. Elle le mouillait, mouillait sa selle. Elle le démangeait et il ne pouvait rien contre cet inconvénient. Derrière lui, Orléans et les oncles devisaient. Derrière encore, et seul, Apilly avançait sur un cheval ambleur, roux tacheté de blanc.

(1) Deutéronome, XXVII, 2, 5, 6.
Ce fut sur le Mont Hébal que Moïse prescrivit de dresser ces pierres, face au Garizim, de l'autre côté de Naplouse.

(2) Rouillés, couverts de rouille.

« Deux belles bêtes », songea Gui. « Il a soulagé son genet. »

Le connétable venait ensuite, entouré des grands prud'hommes où se distinguaient, par leur mise orgueilleuse, les messagers retour de Bretagne : les sires Regnault de Roye, de Garancières, de Châtel-Morant. Venait ensuite Taupin de Cantemerle. Après, le dos ployé comme des portefaix, mais reconnaissables soit à leurs armes cousues sur leur cotte ou à leur stature : Charles de la Breth, Philippe d'Artois – *de France au lambel de gueules chargé de neuf châteaux d'or* – Henri et Philippe de Bar – et leurs barbeaux d'argent sur le dos –, Pierre de Navarre, petit et le torse nu malgré la fureur du temps, le sire de Coucy – *vairé d'argent et de gueules*, Charles de Hangiers ou Hangest – *d'or à une croix de gueules* –, le baron d'Ivry – *d'or à trois chevrons de gueules* –, tous muets pour ne point avaler de poussière.

Tandis qu'il les observait, Gui évitait de songer à la déception qu'il avait subie à Clairbois. Si pesamment qu'il eût compté dans sa vie, Anceaux finirait par en disparaître. Et si ce forcené exigeait un combat, il le lui accorderait. Tout bâtard qu'il fût, il en triompherait. Éclairci par frère Evrard et Raoul Segré, le mystère de sa naissance avait cessé de le hanter. La révélation des amours du chevalier Gilbert et de dame Luciane l'eussent passionné si quelque livre les avait énarrées. Pourquoi, en ce cas, les eût-il condamnées ? Dame Hedwige avait pardonné au mari comme peut-être à la femme. Ce n'était ni à lui ni à aucun autre de réprouver les « coupables ». Le presbytérien de Clairbois s'en était bien gardé !

« Tout homme », songea-t-il encore, « appartient avant tout à soi-même. Ce n'est pas le mélange des sangs qui le fait ce qu'il est, mais ce qu'il a voulu devenir. Certes, j'ai ouï les leçons d'Evrard, nient-moins (1) mes mérites sont ceux que je me suis forgés. Ma mère d'adoption et mon père réel ne m'ont pas engendré, mais je me sens leur fils tout autant qu'Anceaux. Me sentirai-je le fils de cette dame Lucianne ? »

Ce qui le conduirait un jour à Montsurvent ne serait pas une curiosité légitime mais, tout simplement, le besoin de prouver à l'Inconnue que, bien qu'elle l'eût mis au monde, la défunte occupait en son cœur une place inaliénable.

Il essaya de déblayer son esprit des noirceurs qu'il y avait incluses. Qu'allait-il devenir s'il devait quitter un jour le service de Clisson ? Depuis toujours, il avait imaginé sa vie comme une aventure turbulente, riche d'émois, jonchée de hasards heureux et de satisfactions insignes dans cette France blafarde et amère du fait d'un règne tranché en deux parts inégales : celle de la jouissance chez les riches, celle de l'impuissance des simples. Il avait découvert Alix et

(1) Ou *nient-mains* : néanmoins.

avec elle l'envie d'un bonheur sans faille. Ce culte d'une beauté qui s'attachait à lui fortifiait son désir d'être fort, bon, loyal, généreux, compatissant aux malheurs d'autrui. Mais n'étaient-ce pas des joyaux de clinquant que ces qualités-là dans un monde d'injustices et de vices impunis ? Et pour cause…

Il en était là de sa méditation quand un homme fit irruption d'un fourré sis entre deux arbres. Il courut au roi et saisit son cheval au frein :

— Roi, si tu entres en la forêt, il te mésaviendra (1) !

Voix profonde, vibrante comme une corde d'arc après l'essor de la sagette.

— Ne chevauche plus avant… Retourne car tu es trahi !

Le palefroi du roi continua de piéter. L'homme en tenait toujours le frein. Il était tout deschaulx (2), vêtu d'une miséreuse cotte de bure blanche maculée de terre. D'emblée Gui comprit qu'il était l'hôte de Roland et d'Anceaux. Haute stature, longue chevelure, barbe de prophète, ce *perturbeor* était aussi, à n'en pas douter, le pèlerin de Chartres entrevu par Anceline, et celui du Mans : l'inconnu avec lequel Berry et Orléans avaient conversé.

— Noble roi, tu es trahi !

Les princes et le duc Louis n'avaient fait aucun geste. Charles talonna son cheval tandis que Jausselin, surgissant de l'arrière, tentait de faire lâcher prise au forcené. Mais l'homme tenait bon et marchait d'un pas vif :

— Tu es trahi, roi !… Trahi !

La voix grondait et disait autre chose que le roi seul entendait. Il eût pu s'écrier : « Qu'on châtie cet homme ! » or, il écoutait et hormis Jausselin, personne n'essayait de chasser l'espèce de presbytérien dont le mot *trahi* revenait fréquemment aux lèvres. Les princes semblaient frappés d'une espèce d'enchantement, – seul mot qui convînt à leur attitude.

— Trahi !

Clisson voulut se porter en avant. Gui vit Berry et Bourgogne se concerter d'un regard. Quoi ! la scène était belle et un connétable en disgrâce la voulait abréger ! Un moine, un fou, un lépreux ou quelque chose d'autre ; un roi effrayé, sans doute une buée d'horreur au front ; une procession guerrière qui s'immobilisait, ne sachant que faire alors que Charles VI tentait de se désencombrer du fol en jetant son cheval en avant.

Gui dégaina Plaisance au moment où le « prophète » tombait, se relevait et fuyait vélocement vers la forêt. Il y entra. Son fantôme

(1) « Il t'arrivera malheur. »
(2) Déchaussé, donc les jambes nues.

disparut dans des halliers. Bientôt on entendit le galop de deux chevaux. Gui, indécis, se tourna vers le connétable.

— C'était bien, dit Clisson, ce que tu prévoyais.

Il s'était exprimé à voix basse. Il haussa le ton :

— Il fallait pourmener cet homme !

Il allait s'élancer lorsqu'Orléans lui intima :

— Demeurez avec nous !

Et courtoisement – mais la bienséance lui coûtait :

— Cet ermite est fol ! Faites comme nous tous : entourez le roi de votre affection.

— Un fol ? s'étonna le connétable. Mais je l'ai reconnu, moi, *et peut-être vous aussi.* C'est Richard le Ménonval, ce chevalier du Pays de Bray (1) qu'on a bouté de la Cour *devant vous* parce qu'il guignait d'un peu trop près la reine.

— Il suffit, Clisson ! trancha Louis d'Orléans. Ce que je vous demande en tant qu'ami, c'est de veiller sur le roi.

Gui enrageait. Moins que le connétable, sans doute. Devant eux, Charles VI, immobile, frissonnant, essayait de rassembler ses esprits. La tête dans la main, voulant peut-être resplendir de force – comme pour défier le soleil –, il avait l'air d'un chevaucheur qui, après un pénible galop, eût hésité sur le chemin à prendre. Il s'était fourvoyé. Sa vigueur l'avait fui. Sa royauté l'avait abandonné. Il était desceptré. Combien faisait-il paraître stériles, en cet instant d'égarement, les sempiternelles fêtes d'une Cour où sans doute on l'avait oublié alors que d'autres étaient anxieusement attendus ! Pour lui, tous les jolis corps aux formes alléchantes, toutes les bouches sensuelles,

(1) Cette rencontre est relatée avec les mêmes mots notamment par Froissart, *les Grandes chroniques*, Juvénal des Ursins et l'Anonyme de Saint-Denis. On peut s'étonner que le perturbateur ne soit pas nommé et que les historiens modernes n'aient pas cherché à le connaître. Richard de Ménonval, chevalier du Pays de Bray, fut de toutes les perfidies, de toutes les vengeances et séditions. Il fut l'ami de Charles de Navarre. Dans sa jeunesse, indésirable à la Cour, il ne cessa de conspirer contre le roi. C'est ainsi qu'en 1381, il fut un des meneurs de la sédition de la Hérelle, à Rouen, et put échapper à la justice royale quand l'émeute fut réprimée. « *La jeunesse de Charles VI ne tempéra en rien la haine de Richard de Ménonval* », écrit l'un de ses biographes, l'abbé J. Busnel, professeur au petit séminaire de Rouen, dans son *Histoire du Pays de Bray* (1875). « *Il s'acharna à la perte du jeune roi comme il avait travaillé à la ruine de Charles V.* » Il fut le triste héros du drame de la grande « *forrest del Mans* », *connaissant bien la faible organisation morale du roi, il savait qu'il allait l'effrayer et peut-être le faire mourir de peur.* » Il est certain qu'il rôdait autour de l'hôtel de la reine Blanche lorsqu'eut lieu le bal des Ardents. « *En 1407, lorsque le duc d'Orléans fut assassiné dans la rue Barbette par Raoul d'Octonville* (un « pays »), *un des gens armés pour consommer cet assassinat regretta de n'avoir point été assez prompt pour porter le coup mortel. Cet homme, ou plutôt ce monstre, c'était encore Richard de Ménonval.* »

Ce chevalier ne cessa de nuire à son prochain. Il convoita, sur le territoire de Lucy, le Manoir-de-la-Montagne et fit en sorte de se l'approprier. En 1420, lorsque la paix de Troyes fut conclue, il distribua des fonds pour soulever la population de Neufchâtel. Il mourut dans la chapelle de l'ermitage de Saint-Antoine. L'abbé A. Tougard, docteur es-lettres (1875), l'abbé Cochet, de l'Institut de France, qui patronna l'ouvrage de l'abbé Busnel, et enfin l'abbé J.E. Decorde dans son *Essai d'Archéologie et d'Histoire* (1848) confirment les dires de l'abbé Busnel. (Voir *Annexe V*).

courtoises, avides, moqueuses à conquérir et dont le dessin variait, tentateur, au cours de propos sans âme, se rétrécissaient, se dissolvaient dans l'effroi d'être ce qu'il était présentement : un homme qui se savait trahi avant même qu'il eût traversé complètement la forêt, avant même qu'il eût quitté Paris, avant même, sans doute, qu'il eût été sacré.

— Le roi repart, partons ! hurla Berry quelque part.

Il eût hurlé sur le même ton : « *Le roi est mort, vive le roi* », et se fût alors tourné vers Louis d'Orléans.

— Allons, allons, messires !... Hâtez-vous !

Il eût fallu ne se point hâter. Laisser le roi reprendre son souffle et sa confiance. Or, justement, il importait, pour d'autres, qu'il les perdît.

Gui se retourna. Un cheval s'approchait. Berry. Le duc Jean à la tête d'esteuf, aux yeux caves enfouis sous d'épais sourcils qui semblaient foisonner d'autant plus que son visage était rasé avec soin, s'en allait rejoindre son neveu. Il ne portait qu'une chemise, mais du bas des manches au col, elle était illuminée d'un semis de bossettes d'or. Sa tête à l'épaisse encolure dodelinait, et débordant du chaperon, ses oreilles cuites au soleil semblaient deux gros rubis supplémentaires à l'espèce de couronne en tissu, brodée sur un velours d'azur piqueté de fleurs de lis.

— Il tient bon, lui, dit Jausselin quand le duc fut loin. Il est vrai qu'il n'a rien à perdre.

Une invincible enragerie gagnait Gui. Il avait prévu un événement dangereux. Il avait eu lieu. Maintenant peut-être, Ménonval et Roland d'Evron se dirigeaient au trot vers Clairbois. Anceaux guettait sans doute leur retour, innocent de toute participation à l'attentat. Mais le resterait-il longtemps ? Ménonval n'allait-il pas s'enorgueillir d'avoir effrayé le roi de France ?

— Vois, dit Jausselin.

Louis d'Orléans s'était approché du roi. Charles VI le repoussa violemment. Comme sortant d'un songe ou d'un dessein en son commencement, Orléans se redressa sur sa selle :

— Je ne voulais que te conforter...

Si sa voix distillait du miel, son visage exprimait une détestation malaisément contenue.

La mésentente parut gagner les chevaux. Celui du roi prit quelques foulées d'avance comme pour échapper au coursier du duc.

— Frère ! hurla le roi. Frère !... Va donc rejoindre nos tayons (1). Ils sont ta véritable famille.

Puis Charles VI porta sa dextre en visière à son front. Il était ébloui : la forêt se désépaississait. Il y avait çà et là des champs

(1) Oncles.

dépourvus d'arbres, des pâtures arides désherbées par les feux du ciel. La détresse de la terre s'accordait-elle à celle de son esprit ?

— Je suppose, dit Galabert, que nous franchirons bientôt le Gué-de-Maulny (1). Il paraît que Philippe le Sixième et Jean le Bon sont nés tout près et y ont fait moult séjours. Le château a été détruit et gâté par les ennemis du royaume, routiers et Goddons (2).

— Le seul bienfait que je demande, pleurnicha Trinquier, c'est de l'eau.

— Tu vas en avoir !… Si ce n'est pas dans l'Huisne, ce sera dans la Sarthe.

— Je me laisserai tomber dedans, Marcelin, mais après que mon cheval ait bu… Oui, j'y tomberai même si elle est peu profonde.

— Ne mouille pas la corde de ton arc, conseilla Gui à l'archer. Tu ne pourrais plus t'en servir.

A la faveur d'un alentissement, la procession s'était comme coagulée. Le gué tant attendu apparut après un coude du chemin, et Gui vit le roi franchir l'Huisne et continuer lentement sur la petite pente de la rive opposée.

Les princes s'arrêtèrent sans qu'aucun d'eux ne quittât la selle. Leurs chevaux se désaltérèrent – point trop – et repartirent : il ne fallait pas laisser le roi seul longtemps. Les chevaliers se hâtèrent à l'apparition de la litière royale dont les limoniers ne purent boire une seule goutte. Le connétable apparut et décida de demeurer parmi ses hommes.

— Comment, Gui, trouves-tu ces lieux ?

— Un beau coupe-gorge… Mais l'embûche a eu lieu…

On se serait plu en cet endroit, surtout par une chaleur furibonde telle que celle de ce lundi. Sans être abondante, l'eau tempérait les feux du ciel. Les arbres aux toisons épaisses distillaient, eux aussi, de la fraîcheur. Tout était paisible sous ce verdoyant lambrequin. On pouvait voir, sur les bords du chemin, des mousses, des fleurettes ; l'air ne sentait pas la poudre et les oiseaux pépiaient, joyeux d'avoir trouvé là un asile, un paradis où les présences furtives n'étaient point à redouter.

— Il y avait céans un ermite, dit le connétable, mais par Dieu, ce n'est pas lui qui s'en est pris au roi… Partons… Il y a des attardés.

Gui permit à Beaubrun de s'abreuver. « Dommage », songea-t-il, « que je ne puisse simplement me passer de l'eau sur le visage. Je me souviendrai de cette Huisne et du reste ! » Des chevaliers l'entourèrent mais Clisson vint chevaucher à sa dextre, ce dont il fut satisfait.

(1) Mauvais-nid.

(2) 9 septembre 1357, Paris. – Louis, comte d'Anjou et du Maine, fait savoir que les « *trésoriers, chapelains et clercs* » du Gué-de-Maulny, lui ont présenté qu'ils n'ont « *point de maison ou de lieux pour leur demeurance ou résidence* ».

— Nous allons cuire, gémit le bâtard de Polignac alors que les arbres se clairsemaient.

— A grand feu, l'approuva Guillaume de la Champagne.

Et tourné vers Clisson :

— Croyez-vous que l'homme qui a troublé le roi soit celui que vous disiez : Richard de Ménonval ?

— Je l'ai reconnu.

— Fourmelement ?

— C'est ainsi.

— D'un clin d'œil, connétable ?

L'outrageux souriait. Jausselin furibond intervint, bien qu'il cheminât une ou deux toises en arrière :

— Je l'ai reconnu aussi… Baron d'Apilly, ce n'est souvent point le nombre qui compte ou, si vous préférez, la paire de ce qu'on a : yeux, narines, oreilles, bras, jambes, seins… Tenez : messire Clisson n'aurait-il qu'un couillon qu'il pourrait enfourcher en une nuit plus de femmes que vous !

— Ah ! Ah ! s'enhardit le bâtard de Polignac. Faudrait voir… Que messire Apilly et le connétable aillent au bordeau sous surveillance ! Nous compterions les coups qu'ils ont traits (1).

— Vous les fréquentez, Polignac, à ce qu'on dit, observa Clisson. Or, çà, tous : puisqu'il s'agit de fourrer, fourrez-vous dans le crâne que c'était Ménonval. Ma main à couper, Apilly… Et de ma dextre ou de ma senestre seule, je tiendrais volontiers une épée contre vous ! Il eût fallu poursuivre ce malandrin que sire Charles le Cinquième délogea de la Cour !

« Ils s'entretueraient », songea Gui. « La chaleur les affole. Clisson flaire le complot… Arriverons-nous en Bretagne ? Nous en sommes à trois ou quatre jours. »

— Ce n'était pas un ermite, comme le bruit en court déjà. Certes, il y a au Gué un ermite (2), mais l'homme qui a tenu au frein le cheval du roi, c'était véritablement Ménonval, dit une voix qui, cette fois, venait de l'avant. J'en atteste comme j'atteste que je suis Guillaume Martel, chevalier cauchois.

— Oh ! Oh ! s'écria Polignac. Le chambellan du roi participe à la controverse.

— Certes, je suis Cauchois et je suis chambellan. Mon pays jouxte le pays de Bray. Oyez, vous tous : je suis acertené que les ducs et le frère ont reconnu ce faux ermite. Mais pourquoi l'eût-il fallu poursuivre, messire Clisson ?

(1) Tirés.

(2) Juillet 1377. Don fait par le duc d'Anjou à « *Guillaume Baillart, hermite du Gué-de-Maulny, près le Mans* » (Arc. Nat. KK 242, fol. 52).

Le connétable resta coi. Le mot *complot* eût peut-être suscité des rires.

Il y eut un silence criblé par le clapotis des chevaux qui piétaient dans la poussière. Gui se laissa glisser jusqu'au dernier rang des prud'hommes. Il y trouva Galabert.

— Nous traversons les futaies de la rive senestre de la Sarthe, mais la forêt de Longaunay ne nous quitte pas pour autant. Je suis sûr que le roi souhaite sa revenue.

Devant, Charles VI cheminait auprès d'un page. Derrière eux suivait un autre. Tous deux étaient coiffés du chapel de Montauban.

« C'est folie par ce temps », songea Gui. « Dessous, ils doivent avoir la cervelle qui bouille ! »

Le second page serrait dans son poing une lance vermeille, tout enfanonnée de soie, au fer large, clair, à l'extrémité pareille à la pointe d'une guisarme. Gui le plaignit : son arme était plus lourde qu'un gonfanon.

On traversa lentement Arnage sans voir un seul manant. Au-delà de Guécélard (1), on s'engagea dans le bois des Buffes (2) et dans la partie est de la forêt de Longaunay que l'on traversa plus lentement encore afin de profiter des ombrages. La fraîcheur dura peu : il fallut piéter dans la plaine et les sablonnis des landes du Grand-Bourray, entre le bois du Bruon, à dextre, et les villages de Parigné-le-Pôlin, La Forterie et les Perrais, à senestre.

— Nous avons dû couvrir cinq lieues, dit Galabert.

— Le chemin se poudre comme une vieille reine, dit Clisson, maussade. Je ne sais plus où il est écrit que la femme est plus amère que la mort, qu'elle est le filet des chasseurs, mais nous sommes sortis des rets de la Longaunay pour trouver, j'en ai peur, le malheur devant nous. Il fait moult et moult chaud !

Du menton, il désignait le roi précédé du page porteur de lance. Parfois, une sorte de fureur secouait Charles VI. Il agitait une main, une autre. « Les mouches », songea Gui. « Elles le tourmentent plus que nous. » Galabert s'adressa au connétable :

— On dirait qu'il est saoul !

— Saoul de poison, grognonna Clisson.

Bien qu'il en eut envie, Gui n'osa l'approuver. La présence d'Apilly, proche de lui, ne cessait de le hérisser. Elle l'obligeait à évoquer Alix, à comparer la diaphanéité de son caractère à la noirceur de celui de son père.

Devant, les ducs de Berry et de Bourgogne suivaient le roi. Louis

(1) Une tradition locale rapporte que Charles VI « *passa dans les environs de Guécélard lorsqu'il traversa la forêt du Mans, dont Le Bourray faisait partie* ». Abbé Poisson : Notice sur la commune de Guécélard (Le Mans, Monnoyer, 1882).

(2) Cf. *Histoire de la Maison de Broc.*

d'Orléans précédait une route composée de Jacques de Bourbon, Charles de Labreth, Philippe d'Artois, Henry et Philippe de Bar et Pierre de Navarre. Une autre route réunissait le sire de Coucy, Charles de Hangest, le baron d'Yvry et d'autres. Tous le torse enveloppé d'une chemise légère tachée de coulées de sueur.

Le soleil resplendissait. Aucun arbre. Aucun brin d'herbe verte. Qu'allait-on donner aux chevaux ? Où allait-on s'arrêter ?

— Il faudrait boire, dit le presbytérien que Gui avait déjà entrevu juché sur une mule plus docile qu'une haquenée.

— Boire où ? Dieu sait-il, mon père, vers quel abreuvoir nous piétons ?

— Je l'ignore, mon fils. Il paraît – dans mon esprit – que la Galilée est aussi aride que le pays que nous traversons. Mais il y a des sources extraordinaires. Flavius Josèphe dit que Capernaüm s'enorgueillissait d'une fontaine jaillissante en laquelle vivaient des poissons singuliers… Le « poisson qui crie », *Clarias macrocanthus*. Quitte à avaler des poissons de cette espèce et à les ouïr hurler dans mon ventre, je m'abreuverais bien à une fontaine pareille.

Ce clerc-muletier disert, maigre comme un tronc de pin, aussi basané qu'un revenant de Terre-Sainte, semblait las d'avoir à quémander à Dieu de la pluie. Sa voix parut enflammer sa gorge :

— Que suis-je venu me fourvoyer dans cet enfer ? demanda-t-il à Gui.

— Gagner votre paradis, sans doute.

— Personne ne vient ouïr la messe, chaque matin, sous la feuillée où je la dis… Pas même toi, mon fils… Pas même les mires qui ne doivent pas avoir… l'esprit sain. Le roi a exigé leur renvoi à Paris, mais les princes les en ont dissuadés… Le roi se méfie de je ne sais quoi !

Derrière, on entendit soudain une rumeur. Elle grossit. Qu'ils fussent à cheval ou à pied, les hommes commençaient à se plaindre de souffrir depuis trop de jours et présentement, de manquer d'ombrages. Des écuyers joignirent leurs lamentations à celles de la piétaille. La réverbération du chemin les incommodait. L'un d'eux qui, devant Gui, avait mis pied à terre, voulut toucher les graviers et se brûla.

— De la braise ! cria-t-il. De la braise !… Les sabots des chevaux doivent fondre sur ce grill !

— Il fallait chevaucher de nuit… commença Gui.

— Les princes s'y sont opposés, révéla le bâtard de Polignac.

Il ne s'étonnait point, lui, que les oncles du roi voulussent exposer celui-ci aux flamboiements du soleil.

— Tous sont mésaisés, dit le clerc. Et rien, rien pour sentir un peu de fraîcheur sur nos têtes. J'avais posé ma coule sur ma tonsure que je sentais rôtir comme une galette de… sarrasin… évidemment… Mais voyez le roi. Est-ce raisonnable ? Il a endossé par ce temps un jaque (1) de velours au lieu d'un flotternel (2) léger. Il a mis sur son chef ce chaperon d'écarlate vermeille qui doit lui peser moult… Et pourquoi, dites-moi, pourquoi porte-t-il à l'entour ce chapelet de grosses perles ?… Oh ! je sais bien que c'est un présent d'Isabeau, mais moi, à la place du roi, j'aurais chevauché nu sous une chemise. C'est ainsi que je vois les choses, aussi vrai que je suis frère Zéphyrin !

Gui approuva. Sous le chaperon d'Anceline, ses cheveux étaient « en eau ». Elle ruisselait sur son front, traversait ses sourcils, poivrait quelquefois ses yeux, contournait les ailes de son nez pour rejoindre et se mêler aux grosses gouttes de ses joues. Elle piquait désagréablement le devant de son cou, livré au rasoir de Galabert le matin même. Il se sentait « en nage » des épaules aux orteils. La robe de Beaubrun ruisselait, elle aussi. Bientôt, si l'on ne trouvait aucun ombrage, aucune source ou petite rivière où coulerait un filet d'eau, des chevaux mourraient.

Le roi chevauchait toujours seul. Il gesticulait souvent, combattant la Nature autant que sa propre faiblesse.

— Pour une fois, dit frère Zéphyrin, il vient de laisser les princes chevaucher devant lui. Cela ne saurait durer car ainsi qu'ils vont, ils ne peuvent surveiller leur frère et leur neveu.

« C'est bien observé », songea Gui auquel Clisson fit un signe d'encouragement.

— On a laissé les pages et les enfants (3) proches de lui.

— Ce sont ceux, mon père, de sa Maison.

— Certes… Il y a, aux esclots (4), tous ceux qu'il aime : le comte de la Marche, Bar, Hangest, Ivry… D'autres… Ils savent tous que le roi va mal. Comme sa tête maintenant, sa raison branle… Alexandre, César, Nabuchodonosor eurent, eux aussi, des troubles de l'esprit. Ce dernier a vécu sept ans de glands et de pommes sauvages. On parle encore de son règne comme on parlera de celui de Charles le Sixième.

— Puisse Dieu vous ouïr, souhaita Olivier de Clisson. Mais voyez le gonfanonier !

Derrière le roi, le porte-enseigne semblait lutter contre une lassitude extrême. Mandement du roi qui le devançait de trois ou quatre toises ? Il avait conservé son chapel de Montauban si pareil à celui des soudoyers anglais.

— Il doit avoir le crâne comme dans une lèchefrite, ricana Polignac.

— C'est un présent du sire de La Rivière, dit Apilly. Du temps qu'il était à Toulouse, il a profité de son séjour pour en faire forger douze par un haulmier de renom. Il en a offert trois au duc d'Orléans, trois au duc

(1) Pourpoint, casaque.
(2) Sorte de casaque.
(3) Serviteurs subalternes qu'on nommait aussi *les enfants perdus*.
(4) Sur les pas, dans le sillage.

de Bourbon, trois au roi. Je ne sais ce que La Rivière a fait des autres… Mais voyez, messires, comme les ducs prennent soin de sire Charles !

Le roi qui chevauchait en avant pour éviter la poudrière, venait d'être précédé, sur sa senestre, à deux arpents de terre devant lui. Derrière, au-delà des pages et des enfants, progressaient les Grands. Ils parlaient haut, de rien d'autre que du temps torride.

— Un soleil forcené, dit tout à coup Berry.

A qui, tel un écho, le roi hurla :

— Je brûle !

On entendit alors la voix de Regnault Fréron :

— Je l'avais prévenu. Je l'avais invité à chevaucher soir et matin. Dieu ait pitié de Monseigneur.

— Taisez-vous ! s'exclama Berry dont le courroux semblait se dilater sous l'effet de la chaleur.

Sans se soucier apparemment du roi, les seigneurs se mirent à converser à propos de Bertrand Guesclin et de la victoire qu'il avait remportée à l'extrémité des landes du Bourray, entre le château de La Faigne et le village de Pont-Volain.

— Il y a vingt-deux ans, dit le Bègue de Villaines. J'ai… j'ai biiien connu Bertrand… Je je l'ai suivi… en… en Espagne. Oh ! je je je n'ai pas la la pré… prétention d'avoir… et… été le seul (1) !

— Un bon… Un merveilleux connétable, dit Berry, haussant le ton pour être parfaitement entendu.

Gui se tourna vers Clisson et le vit sourire :

— Si Bourgogne, qui s'est arrêté pour pisser, avait été présent, il eût dit la même chose.

— Bourbon ?

— Sa réponse n'eût point différé.

— Le duc Louis ?

— Connais-tu des hommes qui diraient du mal de leur parrain (2) ?

(1) Plusieurs prud'hommes de cette chevauchée avaient dû accompagner le Breton à Pontvallain, en 1370. Ils racontaient leurs exploits pour passer le temps, comme c'était la coutume, et d'autant plus volontiers que Guesclin avait piété sur ce chemin. Selon Cabaret d'Orville, c'était en ces lieux que le « *conestable Claquin avoit jadis desconfi (les troupes) de messire Robert Canolle* ».

(2) On ne sait exactement quelles furent les relations de Guesclin et de Clisson lorsqu'ils combattirent ensemble. Leur alliance solennelle du 23 octobre 1370 ne prouve point qu'ils s'entendaient. Bertrand, qui haïssait les Anglais, devait reprocher à Clisson de les avoir servis. Après la victoire de Pontvallain (4 décembre 1370) où Robert Knolles fut contraint à la retraite, le nouveau connétable* fut accueilli, à la Cour, comme un libérateur. La reine étant récemment accouchée de son second fils, Louis (d'Orléans) choisit le Breton pour parrain. Du Chastelet rapporte dans ses *Preuves* l'extrait du registre de la Chambre des Comptes sur cette cérémonie, lequel mentionne en latin (que le nouveau connétable ne connaissait point !) les paroles prononcées par Guesclin lors de cette cérémonie : « *Tenuit eum supra fontes constabularius Franciæ dominus Bertrandus de Guesclin, qui post batismum ipsius Ludovici supra fontes ei nudo traditit ensem nudum dicendo gallice.* » soit : « *Monseigneur, je vous donne cette épée et la mets en votre main et prie Dieu qu'il vous doint tel et si bon cœur, que sous soyez encore aussi preux et aussi bon chevalier comme fût oncques roi de France qui porta épée.* »

* Guesclin avait été nommé connétable le 2 octobre 1370. Il prêta serment le 20 suivant.

Cette question pouvait se passer de réponse. Gui cessa de regarder alternativement les oreilles de Beaubrun. Ses yeux se portèrent en avant. Le roi s'engageait sur un nouveau sablonnis (1) qui le mécontentait. Or, pesamment, il devait avancer, toujours et toujours.

— Le page le plus proche appartient à la reine, releva Clisson dont l'œil scintillait. Il se nomme Hervieu.

— Je connais le second, dit Apilly. Il s'appelle Mansart. Il est au roi.

Mansart serrait de moins en moins vigoureusement, semblait-il, la hampe de la lance enfannonnée (2) aux couleurs de la France. La pointe d'acier, lors d'un mouvement, étincela tout autant que le chapel de fer du garçon.

Soudain, soit après l'incartade d'un cheval, la négligence d'un des pages ou encore, ce qui était possible par ce temps, le passage d'une couleuvre ou d'une vipère, la petite flote (3) se desraya (4). Mansart parut frappé d'un « coup de chaleur » pire que les autres. Son signal pencha et chut sur la barbute d'Hervieu. Les aciers entrechoqués tintèrent. Le roi tressaillit comme au sortir d'un songe qui, soudain, fût devenu quauquemaire (5).

— La prophétie ! hurla-t-il.

Son cheval à ce cri, se desraya aussi.

— On dirait, dit Clisson, que des ennemis l'assaillent.

Était-ce la fallacieuse vision d'un assaut d'Anglais ou de malandrins ?

— Ils me veulent occire ! A l'arme ! A l'arme !

Le roi tira son épée, se tourna vers les pages, si menaçant qu'ils guerpirent pendant que cerné d'une illusoire meute de sicaires, le malade agitait sa lame en hurlant :

— Avant ! Avant sur ces traiteurs (6) !

Tandis que les pages, voyant leur souverain éperdu de haine, retenaient enfin leurs chevaux que leur desroi (7) avait affolés, Louis d'Orléans se porta au-devant de son frère, lequel, l'estoc pointé, galopait droit sur lui.

— Charles !... Charles !

Le duc s'apeura et éluda la charge. Le roi réitéra son assaut. Les chevaux à l'entour s'éffrayèrent. Polignac, qui s'était lancé au secours d'Orléans, tomba sous un taillant forcené, porté à son col. Le duc de Bourgogne, l'épée nue, étincelante, reçut contre sa lame un coup puissant, sauvant ainsi son neveu.

(1) Chemin sablonneux.
(2) Garnie d'un *fanon* : drapeau.
(3) Petite troupe.
(4) Devint ingouvernable.
(5) Cauchemar.
(6) Traîtres.
(7) Panique.

— Traiteurs ! hurla le roi. Je ne sais ce que vous m'avez fait boire mais…

Il remonta la procession, donnant des coups çà et là. Frère Zéphyrin tomba de sa mule en poussant un cri – peut-être le dernier –. Ce fut ensuite le tour d'un écuyer, puis d'un autre.

— Haro ! messires… s'écria le duc de Bourgogne. Haro !… Le grand meschef ! Monseigneur est tout dévoyé. Pour Dieu qu'on le prenne… Fuyez, beau neveu Orléans, c'est vous qu'il veut occire !… Haro ! Dieu ! Qu'on le prenne !

Gui vit le beau Louis fuir à toute bride en hurlant : « A moi ! ». On ne savait comment s'opposer au roi, comment s'en saisir. Les chevaliers, les écuyers, l'arme au clair se réunirent pour lui empêcher la voie, le lasser, le décourager, mais il était doué d'une force extraordinaire et qu'on eût dit maléficieuse. Il abattait son épée sans relâche, sur du vide et sur des hommes qui, la plupart, se défendaient de ses atteintes.

— Tiens !… Tiens !

L'épée s'abaissait et se levait, furibonde. Une lame d'acier dans une poigne de fer. Le roi régnait seul sur le chemin, à l'avant d'un cheval fortrait, effrayé, les lèvres spumeuses tourmentées par un mors dont la pression ne se relâchait point, les jambes agitées de tremblements redoutables.

— Ce fol va m'occire ! grommela Gui, alors que Charles VI approchait.

Il éluda un taillant. Le roi passa, galopant vers des hommes qui n'osaient trop se défendre, voire attaquer.

— Apilly ! Vous… Vous qui êtes le suppôt de mon frère !

Guillaume de la Champagne n'avait point dégainé. Mandement du duc d'Orléans qui semblait se musser derrière lui ?

L'épée se leva, retomba et cessa sa chute mortelle : Plaisance l'avait arrêtée. Déçu et furibond, le roi partit ailleurs. Sa fureur grandissait. Un coup, un autre. Comment l'approcher ?

— Allons-y, dit Guillaume Martel à Gui. Il est bien lassé et travaillé… Son cheval bien foulé… Allons-y !

Martel assaillit le roi par derrière cependant que Gui se portait en avant. Le chambellan de Charles VI put saisir la main qui tenait l'épée tout en ceinturant son maître. On vit alors accourir ceux qui n'avaient rien commis d'autre que s'abriter : Henri et Philippe de Bar, Philippe d'Artois, Enguerrand de Coucy. On retira l'épée d'une main désormais molle ; on tint le cheval exténué au frein ; on tira le roi vers le sol et Regnault Fréron, présent, le ventila de son jaque afin de le rafraîchir. Vinrent alors seulement les trois oncles : Bourbon, Bourgogne et Berry, puis le duc d'Orléans rouge de vergogne ou d'une male peur inapaisée (1). Tandis qu'il quittait sa selle pour se saisir du chaperon de son ains-né et vérifier si le collier de perles était intact, Jean de Berry s'enquit d'une voix qui eût pu être celle de frère Zéphyrin :

— Il n'est poins mort ? Point navré ?

« Apparemment non », songea Gui. « Ô, duc, comme tu dois être déçu ! »

— Leur lenteur à s'approcher me semble... suspecte.

Gui approuva Galabert. Sans qu'il l'eût questionné, l'homme lige du connétable mâchonna entre ses dents :

— Poison... C'est pas sorcier, si j'ose dire. Vois leurs visages. Nulle inquiétude, ce qui signifie : satisfaction. Il ne peut se douter de leur jubilation : il a perdu connaissance d'eux et de tout.

Les seigneurs s'interrogeaient du regard. Berry abandonna son cheval à Mansart, ce qui semblait singulier.

— Il convient de retourner au Mans, décida-t-il. Prévenez, de bouche en bouche qu'on fasse demi-tour. Le roi est incapable de nous mener en Bretagne. Le voyage est fait pour cette saison.

— Ramenons-le tout souef (2) au Mans, dit Louis d'Orléans sans même jeter un regard à son frère, immobile, les yeux exorbités, la bouche emplâtrée de bave sèche.

— Il mourra, dit Clisson, si nous faisons maintenant ce voyage.

— On ne vous a rien demandé, connétable, dit Philippe le Hardi. Aussi vrai que je suis duc de Bourgogne, moult choses vont incontinent changer.

Puis, tourné vers Orléans :

— Beau nieps (3), tu me dois la vie.

— Clairbois, dit Apilly, je vous dois d'être...

Gui fit le sourd et s'éloigna. Bourbon, d'un geste, l'arrêta :

— Courez en avant, il y a quelques prud'hommes qui nous devancent. Ils n'ont rien ouï... Ramenez-les.

(1) Le dramatique incident du « coup de folie » fut scrupuleusement étudié par des historiens dont on peut dire qu'ils étaient sur place pour se livrer à des investigations sérieuses. L'abbé Ambroise Ledru publia 3 articles sur l'événement dans *la Province du Maine* (tome II, page 293 ; tome IV, pages 289, 321, 353 ; tome V, pages 1, 69, 112, 165 et 215). L'abbé Louis Frogger publia une étude : *Notes sur le séjour de Charles VI au Mans* également dans *la Province du Maine* (tome XXII, page 267). Enfin, le Dr Dupré étudia les circonstances de la folie de Charles VI dans la même revue (tome XIX, page 48).

Évidemment, puisque nul n'en sait rien, ces auteurs estimables ne purent décider du lieu où le roi devint ce que l'on sait. Dans *le Nouvelliste de la Sarthe* du 26 septembre 1894, l'abbé Ledru, sus-mentionné, déclara pouvoir préciser *le lieu de la rencontre* où Charles VI eut affaire au lépreux, moine, géant, prophète... qui n'était autre qu'un complice des ducs : Richard de Ménonval. Selon lui, et pour compléter un article des 23-24 septembre 1894, ce serait *dans le bois des Teillais, sur la route actuelle du Mans à la Suze (chemin de grande communication n° 11) à quelque distance des dernières maisons du faubourg Saint-Gilles.* Et de qualifier de « *fameux spectre* » l'homme qui détermina la folie.

Faut-il se fier à cette « découverte » ? On ne saurait répondre positivement ou négativement à cette question. Car les routes, alors, n'étaient point celles qui sont tracées au cordeau sur nos cartes.

(2) Tout doucement.

(3) Beau neveu.

Il fallait s'incliner. Clisson fit un bref mouvement des bras. Il signifiait : « *Obéis. Le vent tourne.* » Gui n'eut pas à forcer Beaubrun : devinant qu'il s'était passé quelque chose d'important dans leur dos, les prud'hommes s'étaient arrêtés.

— Que se passe-t-il ? demanda de loin Gui de la Trémoille.

— Le roi s'est pâmé, messire. Il a murdri quatre hommes et navré moult autres. Le duc de Berry vous mande auprès de lui.

Bureau de La Rivière et Jean de Vienne se consultèrent et tournèrent bride. Gui s'en trouva entouré.

— Un grand meschef, dit-il, indigné par la placidité de ces prud'hommes. Un acte de fureur perverse.

— Le roi n'est point pervers, dit Hutin d'Aumont, son chambellan. Mais d'autres le sont.

— Qui ? demanda innocemment Gui de la Trémoille.

— Tu ouvriras les yeux et le découvriras.

Comme ils s'apprêtaient à talonner leur cheval, Guillaume des Bordes leur intima, d'un geste, de n'en rien faire :

— Ne nous hâtons point. J'en connais qui sont autour de Charles pour vérifier s'il est bien avéré qu'il est fol.

Gui fit accomplir un petit trot à Beaubrun. Dans son dos quelqu'un dit à voix basse – comme s'il se faisait cette confidence à lui-même :

— On l'a empoisonné et ensorcelé pour détruire et honnir le royaume de France (1).

Qui s'était exprimé ainsi ? Se retournant, Gui n'entrevit que des visages fermés.

Lorsqu'il eut rejoint Clisson et les chevaliers demeurés autour des ducs, une controverse opposait Louis d'Orléans petitement navré à la main dextre à son oncle Bourgogne. Une discussion courtoise devant un corps dépoitraillé, immobile, les yeux grands ouverts et ne voyant rien. Le roi n'existait plus.

— Nous ne pouvons le rendre ainsi à Isabeau !

— La reine se pâmerait en le voyant ainsi.

— Hé ! Hé ! fit Coucy.

Clisson avait-il raison lorsqu'il prétendait qu'un complot permanent se tramait contre Charles VI et que la reine en était partie prenante ? Gui rejoignit le connétable en même temps que son tranche-tête.

— Oyez, si ouïr le voulez, dit Jausselin entre ses dents. Oyez, messire, qu'on médira bientôt en de nombreux lieux sur ceux qui ont

(1) Froissart. Le chroniqueur se tait sur la mort des quatre hommes frappés par Charles VI. Les *Grandes chroniques* confirment qu'il en tua quatre et l'Anonyme de Saint-Denis ajoute à ces quatre hommes le chevalier de Guyenne qu'on appelait le Bâtard de Polignac. La phrase : « *On l'a empoisonné, ensorcelé pour détruire et honnir le royaume de France* » est du chroniqueur de Valenciennes.

l'administration et la garde du royaume et la garde du roi. Dès meshuy, vous êtes menacé.

— Je sais, dit le connétable, que si le roi ne retrouve point la raison, je devrai, comme jadis Philippe le Hardi le conseillait à son père, me garder à dextre, à senestre, voire de toute part car ils sont quatre. Rien ne me sera plaint (1). Ils pourront même accuser tous les Marmousets d'avoir attenté sur la vie du roi.

— Ce serait monstrueux ! enragea Gui.

Clisson eut pour lui un sourire d'indulgence :

— Tu sembles éprouver l'amertume d'une mort qui, au-dessus de nous, ne sait sur lequel se poser. Je ne crains rien, mais j'ai peur pour Montagu, La Rivière, d'autres comme le Bègue de Villaines… Si les quatre compères accèdent au pouvoir, leur fortune grossira cependant que la France dépérira tout comme notre sire… Qu'as-tu à dire, Jausselin ?

Le tranche-tête parut aiguiser son propos avant que de le livrer :

— On dit, parmi les chevaliers – et cette sorte de renommée queurt (2) – qu'on a empoisonné, ensorcelé monseigneur… pas plus tard que cette nuit.

Jausselin reprenait à son insu les propos que Gui avait entendus sans en deviner l'auteur.

— D'autres prétendent, intervint Galabert en s'approchant, qu'on ne sait comment cela pourrait s'être fait. Et si c'est la vérité, quand et comment ce fut fait.

— Feraient mieux de se demander par qui ! grommela le connétable.

— Comment pourrait-on savoir s'il y eut poison ?

— Par un médecin peut-être, suggéra Galabert. Ils connaissent la nature et la complexion du roi.

— Voire, dit Clisson. Tous ceux qui nous compagnent se tairont. La menace est partout, ils n'y échappent pas. Les oncles sont puissants. Plus puissants que le frère. Il faudra savoir s'approcher, prêter l'oreille aux propos des serviteurs : queux, bouteillers… et j'en oublie.

Puis, désignant un corps sans vie dont nul ne s'occupait :

— Pauvre Polignac (3) !

(1) Épargné.

(2) Court.

(3) Hue, bâtard de Polignac, était un chevalier gascon de la troupe du comte d'Eu. Il avait donné quittance de gages au Mans, le 1er août 1392 pour lui, bachelier, un autre chevalier bachelier et six écuyers de sa compagnie. D'après Enguerrand de Monstrelet, le roi tua le bâtard de Langres ainsi que son valet et blessa Louis d'Orléans et le seigneur de Sempy.

Il existe une gravure de la folie de Charles VI qui appartint à la Maison Hachette. Elle représente le roi au moment où il est saisi par Guillaume Martel. Il paraît que le paysage qui l'accompagne répond assez bien à la réalité. On distingue la colline de Parigné-le-Pôlin et le château de La Forterie. Il dominait la route du Mans à Angers avec, en face de La Forterie, la butte du Bruon. L'auteur n'a pu hélas ! obtenir ce document.

A quatre ou cinq toises du corps sous lequel sinuait du sang, Bourgogne et Berry se disputaient :

— Je t'avais demandé que la litière nous suive. Tu ne t'en es pas soucié. Tu savais pourtant…

— Oui, je le savais ! Il fallait ménager les limoniers.

— Où est-elle ?

— La voilà ! dit Regnault Fréron.

La litière apparut. Les chevaux semblaient las. Deux hommes exténués eux aussi en assuraient, à pied, la surveillance.

— Approchez !… Vous allez nous aider à mettre le roi dedans.

Il y avait tant de chevaliers et d'écuyers autour de la boîte de bois peint à la couleur bleue semée de lis d'or que Gui ne pouvait qu'observer, parfois le chaperon noir de Berry, parfois le galeron gris de Bourgogne tandis que Regnault Fréron se prémunissait contre une issue funeste :

— Je ne sais s'il supportera le voyage ! Le Mans est au moins à six lieues d'où nous sommes. Par cette chaleur, ce serait un crime de…

— Nous allons revenir au Mans ! tonna Berry.

— Tous ? s'inquiéta Orléans.

— Tous ! vociféra le duc de Bourgogne après s'être épongé le visage avec un volet de soie. La tour Orbrindelle est moult fraîche…

Comme apaisé par la scène à laquelle il assistait, faussement impassible, le connétable commenta :

— S'ils avaient prévu d'emmener cette basterne, c'était bien dans l'intention de la voir occupée par Charles en l'état où ils l'ont mis.

Les curieux s'écartèrent.

Le roi demeurait allongé sur la poudre du chemin. Une ceinture maintenait ses bras le long du corps, bouclée au-dessus des coudes. Une autre serrait ses cuisses et ses poignets. Afin qu'il fût dans l'impossibilité de remuer les jambes, on les lui avait liées aux chevilles avec la corde que frère Zéphirin avait portée, nouée à sa taille.

— Ils ont respecté le chapelet du moine, dit Clisson dont le mépris ne cessait de croître. Ce pauvre clerc le porte toujours à son col. S'il était en or, il n'y serait plus.

— Le roi a trespercé le bâtard de Langres, dit Juvécourt soudain présent. Il paraît que le seigneur de Sempy est navré à l'épaule.

— Charles se serait piteusement conduit sur un champ de bataille.

Ce jugement donné, le connétable poursuivit :

— Voyez les ducs !… Les voilà satisfaits !… On ne saurait trouver le moindre émoi sur leurs visages. Dans le plaisir, celui de Bourgogne s'est enlaidi davantage : sa méchanceté en conquiert tout l'espace… La face malicieuse de Bourbon laisse entrevoir, outre de la lassitude, qu'il est un sot moins dangereux que les autres… Berry ?… Eh bien, il est céans le plus heureux des hommes : ses mains crochues le démangent déjà… La tête du beau Louis resplendit, bien qu'il se fasse une bouche amère.

Gui engagea Clisson à suivre son regard :

— Voyez, messire, comme ils examinent le roi !

— Ainsi qu'un cerf égorgé ou arbaleté à la chasse et que les veneurs vont porter sur l'épaule, lié à une perche.

Jausselin broncha.

— En dépit, dit-il, des efforts qu'ils déploient pour paraître émus, ils s'éliescent (1) tous autant. « Le roi est fol à lier ? Vive le roi ! » songe Orléans.

— Eh oui. Toutefois, il lui faudra composer avec les oncles. Ce sont eux les instigateurs du forfait dont il va bénéficier… Pour combien de temps ? On sait, à la Cour, que Bourgogne le hait !… Il n'échappe d'ailleurs point aux chevaliers qui entourent ces maufaiteurs que Bourgogne et Berry vont guider Orléans comme un coursier qui se montrera rétif. J'ajoute qu'ils vont s'employer à fournir au peuple une interprétation erronée mais bruyante de l'ablepsie (2) du roi. Nous sommes les témoins gênants d'une espèce d'homicide.

— Je me suis parfois demandé, dit Galabert, si cette litière toujours close, n'aurait pas protégé une femme qu'on aurait larreci-neusement (3) menée de fort loin à la tour Orbrindelle… pour voir le duc Louis.

— Holà ! fit Clisson sans rien perdre de son aigreur. Celle a qui tu penses est bien trop soucieuse de son cul pour ne point l'exposer aux rigueurs des grands chemins (4)… même allongée sur cent coussins ! Non, cette litière fut faite au Mans. Spécifiquement pour Charles.

— J'augure, dit Jausselin, que la dame n'est pas près de se faire besogner par notre malheureux sire.

— Bah ! fit Galabert, je ne me fais aucun souci pour elle. Si ça se trouve, orains (5), elle gémit de plaisance dans des bras musculeux…

— A moins, suggéra Galabert, que la grosse Catherine ne lui fasse moult choses ferventes (6).

Clisson regardait pensivement les jambes des chevaliers et des

(1) *S'éliescer* : se réjouir.

(2) Aveuglement de l'esprit.

(3) Furtivement.

(4) D'aucuns ont prétendu que la litière n'était qu'une simple charrette. Or, on lit dans les *Comptes d'Arnoul Boucher,* cet article : « *XXXVIII francs x sols tournois qu'il a fait délivrer à Colard de Tanques, escuier du corps du roi et maistre de son escuierie, pour une litière qu'il a faicte faire au Mans pour ledit seigneur.* » Étrange précaution : savait-on que le roi allait en avoir besoin ?

(5) Maintenant.

(6) Dame d'honneur d'Isabeau. Deux fois veuve et ne parlant guère que l'allemand, son troisième mariage, en janvier 1393, allait être à l'origine d'un drame.

oncles entre lesquelles il apercevait, comme Gui et ses compagnons, le corps du roi toujours immobile.

— Il ne pourra plus nous défendre, murmura le connétable.

Il songeait aux Marmousets. Gui se sentit lui aussi concerné par la précarité d'une situation dans laquelle, en tant qu'écuyer, la menace évoquée par le connétable ne tarderait pas à se préciser. Il pouvait augurer avec certitude que tout allait changer dès leur retour à Paris : les gens au pouvoir, les mœurs de l'Hôtel Saint-Pol et certainement la destinée de la France.

— Admirez cela, mes amis ! Il n'est pas que les oncles qui se réjouissent. Apilly, toutefois, semble s'innocenter de ce nouveau forfait auquel il m'ébahirait qu'il n'ait point pris part.

Gui songea : « Si je ne lui avais pas sauvé la vie, Alix serait mienne. » Voire. Apilly, prévoyant comme tout malandrin empesé dans sa suffisance, avait certainement remis un testament à un notaire de confiance. Le sort de la pucelle devait y être spécifié.

— Ils le mettent enfin en litière, dit Clisson.

— Sans la moindre précaution, s'indigna Jausselin.

— Comme un chien malade qu'on n'ose encore occire, acheva Galabert.

Les rideaux bleus semés de lis retombèrent. Le roi n'avait ni remué ni crié ni gémi. Un endormissement d'enfant. Muets comme au sortir d'un éveil douloureux, des chevaliers se remettaient en selle, l'œil sombre et le geste lent. La tristesse et la déception les accablaient, et ce qui subsistait de ces sentiments chez Gui s'abîmait dans une sorte de deuil, de désespoir inconsistant. Il regarda les corps des victimes étendus sur un bas-côté. Allait-on les abandonner au soleil ? Dans l'impuissance où l'on se trouvait de fosser le sol, il fallait ensépulturer ces malheureux sous des pierres comme Juvécourt avait ensépulturé Hedwige de Clairbois.

— Le roi savait estremir (1), dit Clisson. On l'eût admiré à la bataille comme on avait admiré son aïeul.

Gui acquiesça. Ce n'était plus la poudre du chemin qu'un vent sec et léger dispersait, mais des effluves de mort. Et le soleil chauffait toujours avec la cruauté d'une bête fauve. Ainsi, ce qui apparaissait en cette journée plus encore que dans la rue Sainte-Catherine, c'était, outre le meurtre et la haine, le poison et la cautelle (2). Il semblait qu'il en serait ainsi, désormais. Clisson sentait déjà commencer sa disgrâce. On chercherait à l'éliminer d'une façon ou d'une autre. Les Marmousets tomberaient dans les rets des princes. Pour autant qu'il y en eût, les vertueux deviendraient passibles (3). Le dévouement au roi serait considéré comme une faciende (4) contre la France et puni comme telle.

(1) Jouer de l'épée. *Estremie* : escrime.
(2) Ruse.
(3) Coupables.
(4) Intrigue.

— Partons sans plus tarder ! cria Louis d'Orléans d'une voix dont la sécheresse n'était pas complètement due à une gorge aride.

A cheval, la dextre sur les rênes, la senestre enfoncée dans le creux de la hanche, le buste droit, il se tressait déjà une couronne de lauriers à défaut de celle aux lis.

— L'armée va revenir au Mans pour s'y dissoudre, révéla Guillaume de la Champagne tourné vers le connétable et ses fidèles. Nous allons coucher Monseigneur à la tour Orbrindelle.

Gui scruta l'horizon en direction de Sainte-Suzanne.

Il n'était pas près de revoir Clairbois. Anceaux, présentement, y attendait l'apparition de Roland et de Richard de Ménonval. Bientôt, seuls autour de la table, un gobelet d'hypocras en main, les deux cousins écouteraient le faux ermite du Gué-de-Maulny leur énarrer la frayeur qu'il avait faite au roi.

« Et si je demandais à Clisson qui a reconnu ce malandrin de venir le cueillir au gîte ? »

En toute autre circonstance, le connétable eût accepté. Désormais, il ne pouvait rien décider sans le consentement des ducs.

« Attendons... Il faudra bien que la vérité apparaisse ! »

Il se tourna vers les victimes d'un coup de folie – « un coup de sang », songea-t-il plus précisément – sur les visages desquels s'enhardissaient des mouches.

— Et ces morts ? demanda-t-il. On ne peut les laisser ainsi !

Des corps sans vie abandonnés aux intempéries et aux bêtes de charogne, Clisson, Jausselin, Galabert et les autres soudain présents, tous en avaient vu certainement des centaines. Insensibles, ils devaient mépriser la pitié. Gui craignit de susciter quelques rires mais le connétable qui emmenait son cheval à l'ombre d'une compagnie de chênes et de frênes, se retourna et d'une main ébaucha un geste d'impuissance :

— Je conçois ta tristesse. Si je commandais qu'on les ensépulture, je suis sûr qu'on récuserait mes dires. Maintenant que Charles n'est plus ce qu'il était, je dois me prémunir contre tout. D'ailleurs vois, écuyer : les hommes de Polignac semblent avoir eu vent de ton émoi.

Ils étaient une quinzaine : chevaliers, écuyers, soudoyers. A pied, devant leurs chevaux immobiles, ils se penchaient en murmurant des commentaires.

— Qu'on approche un chariot ! cria l'un d'eux. On va les emporter tous, enfardelés dans les toiles de nos pavillons (1), hein Croquoison ?

(1) Hue, bâtard de Polignac, avait donné quittance de gages au Mans, le 1er août 1392 : pour lui, un compagnon chevalier bachelier et six écuyers. D'après Don Morice (*Histoire de Bretagne, Preuves*) ces guerriers étaient Jehan de Croquoison, Regnault de Hardenges, Jehan des Hilles, Perrot de Fontaines, Colas de Vaudricourt (Baudricourt), Robinet de Pierrecourt et Jacquet de Monceaux.

Clisson reprit sa marche, s'immobilisa encore et se retourna :

— Tu vois : les morts, il y a toujours des gars qui s'en occupent, ne serait-ce que pour les détrousser.

Nul ne rit. Sans doute des images de champs de batailles remontaient-elles à l'esprit de quelques uns tandis que d'autres se remémoraient certaines roberies : mailles, plates d'armures, gantelets, joyaux d'or ou de quatre sols.

Gui se détourna des corps et du lit d'herbes rouges duquel on les retirait. Prenant Beaubrun au frein, il l'emmena auprès de la monture du connétable. Adossé au tronc d'un chêne, l'œil clos, l'autre mort privé de son orbière afin qu'il profitât de la fraîcheur, Clisson cessa de mâchonner une feuille dont il faisait tourner la tige entre son pouce et son index.

— Es-tu satisfait ?

— Je le suis… Je m'inquiète pour vous, pour tout.

— Je t'en sais bon gré… Peut-être, si nous étions passés par Laval, rien de ce qui nous… ennuie ne se serait passé.

— Non, messire : ces gens… vos ennemis et ceux du roi auraient aposté ce Ménonval en un lieu bien choisi, et le roi aurait subi la même espèce d'agression… Seulement, nous eussions pu aller à Clairbois mettre la main sur Ménonval.

Clisson rabattit son orbière sur son orbite ceinte de rouge.

— Ce qui est fait est fait, Gui. Les ducs vont continuer leur injuste progression vers le trône. Leur cause est en marche. Ce qui est acquis est acquis et ne peut, je le crains, se reperdre… Il va y avoir des sacrifices propitiatoires… J'ai entrevu le Bègue de Villaines. Il est pensif… Tout comme Bureau de La Rivière. J'essaierai de trouver l'occasion de leur parler loin des regards et des oreilles béantes. Nous étions en pleine lumière ? L'on va essayer de nous noyer dans je ne sais quelles ténèbres… Je ne puis me… m'émanciper de ma connétablie pour revenir sur la Grande Ile. Certes, on m'y conjouirait avec moult plaisir, mais j'ai retrouvé ma Bretagne natale et ne puis ni ne veux la trahir. Je me suis cru parfois transcendant. Péché d'orgueil. Une chose est évidente : je vais devoir me battre.

— Je serai, messire, à vos côtés.

Gui vit dans l'œil unique un calme désespoir. Un cillement suffit pour qu'il disparut. Une lueur pétilla, presque gaie, et la bouche serrée s'ouvrit sur un sourire :

— Je te regracie, écuyer. Crois-moi : *ils* ne m'ont pas encore !

Du chemin, Galabert leur adressait un signe.

— Rejoignons nos amis, décida Clisson. L'armée s'en va, disons, à reculons. Quelle joie, bientôt, va inonder Montfort !… Quelle victoire, en vérité !

— J'en suis furibond, messire, enragea Gui.

Il était trop tôt encore pour qu'il sentît, à l'entour d'Olivier de Clisson, les preuves manifestes d'un opprobre que, comme ses compagnons, il estimait immérité. Il avait remarqué parfois, depuis Paris, des signes d'indifférence et d'autres, moins francs, d'hostilité envers le connétable, et s'attendait à ce qu'ils devinssent plus nombreux et patents. Si le Bègue de Villaines, Enguerrand de Coucy, Bureau de La Rivière et quelques autres lui avaient souri *comme avant* tout en se hâtant pour suivre les ducs d'assez près, la plupart des prud'hommes l'avaient ignoré, devinant que bientôt, le roi n'étant plus d'aucun secours à son ami, il leur faudrait honorer un autre connétable.

— Je crois, dit Clisson, que nous allons assister, au Mans, à moult changements qui ne seront rien auprès de ceux qui nous attendent à Paris. Tu verras, Gui, l'étoile d'Apilly monter au firmament de la truanderie.

— J'y ai songé.

— Pourquoi l'as-tu protégé quand le roi le voulut occire ?

L'œil infaillible de Clisson avait décidément tout vu !

— L'instigation… Je ne saurais vous dire ce qui m'a pris. Mais sachez que je ne pensais pas à sa fille.

Il savait se contraindre. S'il ne l'avait pas su, il eût profité de la confusion créée par la charge du roi pour obtenir définitivement, sur Guillaume de la Champagne, une vengeance singulière. Il jouerait à l'innocent. Il laisserait reposer sa détestation comme un mets délectable, mais trop brûlant pour être consommé.

— Plutôt que d'obtenir une vindication (1) médiocre, dit-il, mon bras et mon épée ont préféré s'abstenir.

— Toi, au moins, tu n'es pas esclave de tes émois !

— Il était menacé. Le temps d'une éclistre (2), j'ai accompli ce qu'il me fallait accomplir.

Galabert et Jausselin, qui chevauchaient devant, se retournèrent. Étaient-ils d'accord ? L'important était que Clisson le fût.

— Vois-tu, Gui, j'ai horreur des recommandations d'où qu'elles viennent. Je t'ai jugé une nouvelle fois en cette essoine (3). D'aucuns qui haïssent eux aussi Apilly se seraient bien gardés d'agir à ta façon. Continue et tu seras un preux !

— Ah ! oui, dit Galabert approuvé par le tranche-tête.

Ces guerriers qui, assurément, méprisaient toutes sortes de louanges, faisaient leur celle de leur chef.

— Je me demande, dit Clisson, où ils vont mener Charles. Il n'y a

(1) Vengeance.
(2) Éclair.
(3) Affaire.

que deux lieux : l'abbaye ou l'Orbrindelle. Il lui faut de la fraîcheur…

— Alors, les mires choisiront le donjon.

— Les mires, Gui, nul ne les voit. Ils chevauchent en avant. Les plus mauvais se disent qu'ils n'ont nulle coulpe (1) à se reprocher… ce qui n'est point mon avis.

Il faisait toujours aussi chaud. Certains, à l'avant, augmentaient l'allure dans le dessein d'en terminer, au Mans, avec une aventure sans lendemain. Des protestations des ducs les assagirent.

— Il en est un, ricana Jausselin, qui va en faire une tête en nous voyant reparaître !

— Qui ? demanda Clisson.

— Brisegaud de Coesmes que sa capitainerie a privé du reze (2) piteux qui fut nôtre.

— Ont-ils envoyé un coureur le prévenir ?

— Il ne le semble pas, dit Galabert.

— Et l'Isabeau ?

— Bah ! fit Jausselin.

Gui, peu soucieux de la reine, imagina l'ébahissement du capitaine du Mans incapable de fournir un accueil digne de leur rang aux princes des Lis. En deçà des ordinaires simagrées de mise en pareille occurrence, le courroux de Coesmes tomberait à la vue du roi.

La chevauchée dura jusqu'à la vesprée. Enfin, Le Mans fut en vue et chacun s'envigoura, même les chevaux : on touchait à un autre but que la Bretagne.

Le chemin s'élargit et devint insensiblement une voie large, conçue pour toutes sortes de triomphes. Et Berry, Bourgogne, Bourbon et Orléans ne triomphaient-ils pas ? La lumière du jour encore vif teintait de blanc les pierres grisâtres de l'enceinte après lesquelles des lierres accrochaient leurs broderies. Les oiseaux assoiffés pépiaient tristement et les manants, rares, écarquillaient les yeux et chuchotaient sans doute à la vue des bannières déployées depuis une demi-lieue : « *Le roi ! Le roi !* » sans imaginer – comment l'eussent-ils pu ? – qu'il gisait dans une litière suspendue aux limons de deux chevaux fortraits, les ducs ayant jugé inutile de les changer.

— Nous y voilà, dit Clisson. En l'état où nous sommes, jamais nous n'eussions pu atteindre Angiers sans avoir perdu des hommes et des bêtes. La vitaille allait manquer. Le fourrage et l'eau allaient faire défaut… Certes, nous aurions remédié à ces raretés. Mais où ? Il eût suffi que je propose un lieu, Berry se serait réjoui de me contredire… Tels que nous étions, je vais, Gui, te le dire : Jean IV de Montfort se serait ébaudi de nous voir l'approcher. Oh ! je plains les archers, les

(1) Faute.
(2) Voyage, expédition.

arbalétriers, les garçons du charroi et jusqu'aux capitaines. Qu'ils prennent tout leur temps : ils toucheront leur solde… Avec un roi en bonne santé, la Bretagne eût été nôtre. J'eusse veillé à ce qu'on la traitât en amie… Je ne sais quel poison fut instillé dans la boisson ou les mets que l'on présentait à ce pauvre Charles. Je n'ai pas pu veiller à tout. Parfois, lorsque j'étais avec lui, Berry ou un autre me faisait mander pour m'entretenir de choses inutiles ou me menacer tout net.

Le connétable leva la tête et parut défier la tour Orbrindelle.

— Combien de jours le roi va-t-il y demeurer ?

A l'aguet entre deux merlons, un regard emboucha son olifant et corna longuement. La bannière de France et celle d'Orléans, tenue par Apilly, rassurèrent l'homme. On entendit avec plus de force le piétinement des chevaux.

— Que se passe-t-il ? dit soudain Gui. Nous nous éloignons.

— C'est ma foi vrai. Où allons-nous ?

Clisson avait hurlé. Une voix non moins vigoureuse lui répondit. Gui la reconnut ; c'était celle du duc d'Orléans :

— A l'abbaye de Beaulieu (1).

— Nous ne saurons jamais la raison de ce changement, dit Clisson. Ils prennent une grosse plaisance à le secouer dans sa caisse. Nul ne s'est penché à l'intérieur pour juger de son état.

Gui ne put qu'imaginer le roi, le corps ceint en trois endroits, incapable de se mouvoir sur le flanc dextre ou senestre. Avait-il les yeux clos ? Les avait-il ouverts ? Pouvait-il deviner ce qui se passait et ouïr les voix à l'entour de la litière ?

— C'est à se déclarer las de tout, soupira le connétable.

— Hélas ! messire.

Depuis qu'il chevauchait, Clisson avait une bonne raison de se confier ainsi. Ses jambes si souvent repliées sur la grille de l'étrier devaient avoir des genoux de plomb tandis que ses cuisses le meurtrissaient de toutes parts.

— Je suis également hodé, messire.

— Je sais, écuyer, je sais… Que nous réserve l'avenir ?

— Je pressens, messire, des difficultés.

Cessant de penser à son corps, Gui essaya de sonder ses sentiments. Depuis l'attentat de la rue Sainte-Catherine, il n'avait cessé de vivre intensément. Aucun loisir ne lui avait permis de s'accorder un temps de réflexion convenable. Il ne savait exactement qu'une chose : il eût été heureux de revoir Alix. Cependant, à proximité de ces amours naissantes et déjà contrariées, combien d'énigmes persistaient. Celle de sa naissance. Quelle sorte de femme était sa mère ? Qu'allait-il

(1) Abbaye de l'ordre de Saint Augustin, sur la rive droite de la Sarthe.

devenir auprès d'un Clisson outrément et indûment menacé ? Quant à lui, Apilly d'une part, Anceaux et Roland de l'autre, ne songeaient-ils pas à sa disparition ? Roland savait qu'il n'ignorait rien de son forfait à Saint-Denis-d'Orques. Anceaux l'en avait peut-être loué.

Ces complications le hantaient. Il eût aimé, parfois, être d'une nature simple comme Jausselin, Galabert, Bouchart et Garnier, Nicole, Trinquier, Guérard et d'autres. Encore qu'il pût se méprendre à leur sujet et qu'ils eussent eux aussi des navrures et des espérances au tréfonds de leur cœur, si étroit qu'il lui parût. Il se partageait et se lassait de ne jamais rien ressentir qui ne fût combattu en lui par d'autres raisons, d'autres contingences, d'autres instincts. S'il épousait Alix, lui appartiendrait-il tout entier comme il était naturel qu'elle le souhaitât ? Non. Même s'il s'en croyait épris comme Lancelot l'avait été de Guenièvre, même s'il éprouvait la meilleure des plaisances à la rejoindre en pensée, sa présence immatérielle sombrait fréquemment dans de calmes résignations. Sans jamais résolument se l'avouer, il avait fini par assimiler l'idée qu'il la perdrait avant même de l'avoir *connue*. Conquise apparemment, elle pourrait s'évader sans un mot et sans pour autant vouloir retomber sous la domination de son père.

La procession franchit le seuil de l'abbaye. On mit pied à terre. Clisson s'éloigna, laissant son cheval aux soins de Galabert.

— C'est un coup terrible pour lui.

— Hé oui, Marcelin, dit Jausselin. Je pressens que nous sommes encore bons pour une longue halte.

— Trouvons un endroit au bord de la Sarthe, suggéra Gui. Les chevaux y auront l'herbe et l'eau.

Les bons endroits ne manquaient pas. Las et muets, les hommes s'installèrent dans un boqueteau paisible. Une fois le grand pavillon érigé, une fois Beaubrun abreuvé et soulagé de sa selle et de ses lormeries, Gui revint à l'abbaye.

Devant le porche d'entrée, installée sur ses béquilles, la litière elle aussi semblait au repos. Tout proches, Orléans et Clisson achevaient de converser. Le duc quitta le connétable après un geste d'évidente mauvaise humeur.

— Charles est là-dedans.

— Va-t-il plus mal, messire ?

— Je ne sais même pas si on l'a délié !

— On ne vous a point enditté (1) ?

Une moue rapprocha les lèvres du connétable. Moue de dégoût plutôt que de fureur.

(1) Informé.

— Jamais je ne lui aurais donné de l'ellébore (1) moi qui ne suis pas médecin. Désormais, les gens parlent plus haut entre eux, disant qu'Orléans et les oncles et tous ceux qui sont du sang du roi (2) ont voulu qu'il en soit ainsi. Je ne sais s'ils ont envoyé un chevaucheur à l'Isabeau.

Clisson n'avait aucun besoin d'en suggérer davantage : un complot permanent s'était bien tramé et se tramait contre Charles VI. Il se pouvait que la reine en fût partie prenante.

— Comment peut-on avoir confiance en ceux qui ont l'administration et la garde du corps du roi, puisqu'ils sont aux ducs ?

— Bonne question à laquelle tu peux répondre. Le bruit queurt (3) désormais assez fort qu'on a empoisonné le pauvre Charles.

— Vous vous en doutiez mais ne saurez jamais qui, quand et comment.

— Observons-les, moi de mon œil, toi des tiens... Surveille aussi Apilly. Avant que je ne me montre, il s'est longuement entretenu avec Orléans.

Le connétable soupira et abaissa son regard vers le sol :

— Quel dommage que tu te sois amouré de cette fille !

Gui préféra le silence à un « Hélas ! » pouvant susciter au moins deux interprétations. Il saurait définitivement, lorsqu'il reverrait Alix, s'il l'aimait ou si le sentiment qu'il éprouvait à son égard n'était qu'un leurre : celui d'un esprit solitaire enclin aux songeries et cherchant une présence selon son goût pour se confier et triompher d'une mélancolie née de la vacuité d'une vie trop longtemps fade. Présentement, il devait attendre. Non seulement pour décider du maintien ou de l'effacement de ses amours, mais également pour tout ce qui concernait sa destinée.

— Sache-le, reprit Clisson d'une voix mordante. La perfection d'un amour n'est pas le garant de sa réussite. Qu'elle soit belle, vertueuse, pétrie de qualités, la femme sera toujours peu ou prou ton ennemie.

« Parle pour toi », songea Gui. « A moins que tu ne veuilles me décourager. Mais il est vrai que la tienne a refusé d'ouvrir tes coffres à Arnoul Boucher. Elle t'a désobéi... Je conçois, même si tu t'égares, que tu en veuilles à toute l'espèce. »

— Il en est une qui va moult s'ébaudir de ma déconvenue.

— Qui, messire ?

— L'épouse de Bourgogne.

— Va-t-elle se soucier de la santé du roi ?

(1) Nommée selon sa couleur « pied de griffon » ou « rose de Noël », cette plante toxique, purgative, vermifuge, aurait permis au médecin Anticyrus de soigner la folie d'Hercule. Elle passait jadis pour guérir la démence.

(2) C'est ce que rapporte Froissart.

(3) Court.

— Comment le pourrait-elle ?… Il faudrait qu'elle le voie. Rien ne perce de son état. Il gît je ne sais où. Orléans m'en a interdit l'approche sous le prétexte mensonger que Charles a besoin de repos. C'est vrai qu'il en a grand besoin. Comment puis-je savoir si les soins qu'on lui prodigue ne sont pas une persécution ?

— Croyez-vous que les oncles et le frère vont lui demander de renoncer à la couronne ?

Cette diversion parut satisfaire le connétable.

— Ce n'est pas du roi qu'ils s'entretiennent, mais du partage du pouvoir. Le roi ? Ils vont le maintenir en état de chipe molle afin de régner selon leur bon plaisir à sa place. Lorsqu'il donnera des signes de guérison, ils le replongeront dans l'enfer. Ce n'est pas de Charles qu'ils s'inquiètent : il ne compte, pour eux, que dans la mesure où il peut recouvrer sa clarté d'esprit. Ce qui les assemble, vois-tu, loin des ouïes parfaites, c'est le sort qu'ils me réservent ainsi qu'aux Marmousets… Ils iront jusqu'à s'allier à Montfort et à pardonner à Craon.

Le connétable trouva la force de rire :

— Je crois que nous sommes plus ou moins menacés de mort.

Ils avaient marché. Ils atteignirent la rive de la Sarthe où des logements pointaient leurs pavillons et leurs trefs. Les hommes du charroi étaient allés se tremper dans la rivière. D'autres préparaient un foyer pour le repas. La nuit prenait de la noirceur et de la densité, mais la lune resplendissait. Bientôt, une flamme brilla au-dessus d'un amas de branchettes.

— Nul souci, commenta Galabert. Le bois est sec. Aussi sec que nos gorges, mais il reste dans un chariot de quoi boire…

— Du bacon et du pain, compléta Jausselin.

Et passant de la nourriture à l'armée :

— Je me demande ce que l'ost est devenu.

— Il chemine. Les hommes savent qu'ils vont être licenciés. Les capitaines veillent. Tous attendent la soudée (1). Arnoul Boucher fera le nécessaire.

Et Clisson poursuivit sombrement :

— J'aurais dû suivre les conseils de Boucicaut. Je n'aurais pas assisté à tout ce que j'ai vu depuis notre départ de Paris.

— Quels étaient ces conseils, messire ?

— De le suivre, Gui, à Tours, sa cité natale, là où, l'an passé, il reçut le bâton de maréchal de France (2). A cette date, Bourbon, Bourgogne, Jean de Vienne, Sancerre, étaient avec moi, circonstans (3), et le roi se portait à merveille. J'ai même assisté peu après au mariage

(1) Paye des gens de guerre.
(2) Le 23 décembre 1391.
(3) « m'entourant ».

du maréchal et nos liens se sont resserrés (1).

Gui se demanda où le connétable voulait en venir. Il avait aperçu de loin en loin le maréchal auprès des princes. Il avait pensé que c'était un homme digne qui se sentait traité, par ces affamés de pouvoir, avec une hauteur dont, s'il n'en souffrait point, il n'avait aucun souci. En revanche, il l'avait vu errer parmi la piétaille et recueillir maints signes de respect, de confiance, voire d'affection.

— Le jour où, au Mans, le roi honora le maréchal du gouvernement de la moitié de la Guyenne et du commandement de six cents hommes d'armes, Boucicaut me proposa de l'accompagner. « *Venez* », me dit-il, « *d'autres sont menacés. S'il advenait malheur au roi, on pourrait vous accuser de je ne sais quoi. Pour l'heure, il veut assaillir Sablé dont le gouvernement refuse d'ouvrir ses portes. Venez !... Les princes et Orléans en seront heureux.* » Or, si j'avais accepté, nous ne serions pas dans la merde. Nous serions actuellement auprès du maréchal, en la bonne cité de Tours, à ne tuer que le temps, ce qui ne lui fait pas grand mal puisqu'il ne cesse de ressusciter.

Sur la berge bruyante, les hommes allaient et venaient tandis qu'une douzaine de Manceaux et Mancelles les observaient de loin, le visage grave : ils savaient pour le roi et s'inquiétaient. Cette soudaine intrusion de guerriers désœuvrés en un lieu consacré au silence et à la dévotion apportait à leur curiosité, outre un renouveau dans leur vision des êtres et des choses, une espèce d'émoi qui, peut-être, touchait certaines femmes au plus profond. Il y avait, même parmi les palefreniers, de beaux hommes.

— Je te présenterai Boucicaut, annonça le connétable sans cesser d'observer les manants.

— Pourquoi, messire ?

Clisson ne baissa pas la tête. Gui se demanda si c'était pour éviter de croiser son regard avec le sien.

— Parce que si nos destins se délient par la force des événements et des hommes, le seul preux qui peut faire de toi ce que tu mérites de devenir, c'est-à-dire un chevalier de bonne renommée, c'est Boucicaut.

— Mais vous ?... Je veux demeurer près de vous !

(1) Le roi conseilla au nouveau maréchal – qui n'avait pas plus de 200 livres de rente – de demander la main d'Antoinette de Beaufort, fille de Raymond, vicomte de Turenne et comte de Beaufort en Anjou, et d'Eléonore de Comminge. Cette jeune fille, l'une des plus agréables du royaume, était la spectatrice assidue de toutes les joutes auxquelles participait Boucicaut. Il avait pour rival le prince de Tarente, fils de Louis de France, comte d'Anjou, roi de Naples, de Sicile et de Jérusalem, mais il l'emporta car à l'époque, les héritières les plus riches et les plus illustres préféraient quelquefois la gloire de la Chevalerie à toutes les autres grandeurs. Charles VI, lucide, avait insisté pour qu'il en fût ainsi, peut-être pour contrarier Anjou. Peu après (début juillet 1392, *donc lucide encore*), Charles VI avait pourvu son nouveau maréchal du gouvernement de la ville et du château de Tours.

Cette volonté, ce cri du cœur glissèrent sur le connétable dont le visage s'était durci. Son œil avait cessé d'examiner les Manceaux et particulièrement leurs femmes coiffées d'atours et de hennins.

— Je n'ai pas abaissé mes armes. Les ducs vont appeler *justice* ma déchéance et celle des Marmousets. Tout change. On n'aime plus la guerre : on la subit et sous la frénésie des coups d'estoc et de taille, il n'y eut jamais si peu de plaisance. La France va être gouvernée par une poignée de singes vicieux et débiles. Rarement, on ne verra autant de hideurs joyeuses et d'extrêmes misères, de bassesses dorées et de luxure putréfiées... La France humaine et généreuse est encore à naître. Naîtra-t-elle de cette boue pour devenir un corps parfait, un métal pur au fond de la retorte (1) ?... Je suis un résumé de cette guerre entre l'Angleterre et la France, la Bretagne et la France, mais je n'ai point pouvoir de les unir... Mon cerveau a parfois vu s'affronter la raison et le bon sens, le devoir et la lâcheté en des corps à corps aussi pénibles qu'inutiles. Si les ducs gagnent contre moi, je me dirai sans doute que j'ai été bien sot d'abandonner Edouard III et son fils, pour me consacrer à un malade (2) géniteur de malades qui vont contaminer la France.

— Pourquoi l'avoir choisie ?

Gui se demanda s'il n'outrepassait point les bornes.

— La vie nous pousse.

Ce n'était pas une réponse. A quoi bon insister. Sans doute un jour, dans un moment d'épanchement, le connétable serait-il moins concis.

Les manants regagnèrent lentement leur logis. On entendit un cri franchir une fenêtre. Fureur ? Douleur ? Indignation ? Répugnance ? Une tête apparut au bas d'une embrasure, bien visible sur le fond doré d'une logette.

— Berry, dit Clisson. Il vérifie si nous avons ouï ce cri. Eh bien, oui, nous sommes présents. Et si je n'ai qu'un œil, j'ai ma paire d'oreilles !

Jausselin et les hommes s'éloignèrent en direction du chariot devant lequel Galabert s'asseyait, recru de fatigue. Lourde et nerveuse à la fois, Gui sentit la main du connétable lui pétrir l'épaule.

— Je ne rendrai jamais l'épée de mon office. C'est un dépôt qui glorifie son porteur. Berry et Bourgogne avaient proposé Louis de Sancerre ou le sire de Coucy. Anjou avait suggéré de laisser la connétablie vacante. Mais le nouveau roi tint bon. J'ai rempli mes obligations le jour de son sacre (3). J'ai servi les plats à table monté sur un haut destrier couvert d'or. Les lettres m'instituant connétable ne furent établies que le 28 novembre... Ton père eût été heureux

(1) Cornue.
(2) Il s'agit, bien entendu, de Charles V.
(3) Le 4 novembre 1380.

d'apprendre cette élévation… Oui, je l'ai connu. Il nous est advenu de rompre le pain et de vider le vin ensemble. Il nous est advenu de courir ensemble sus aux Anglais et aux Bretons qui tenaient pour eux. Cette guerre de Bretagne, tu ne peux en imaginer l'âpreté, mais si tu peux faire apparaître en ton esprit l'aigle de Guesclin et le lion de Clisson, dis-toi qu'ils furent à la fête. L'un de nos grands succès fut la restitution de La Rochelle (1) par les Anglais. Ton père était proche de moi lors de ces batailles sans fin. Puis ce fut Thouars où les assiégeants et les assiégés usèrent leur patience (2). C'est là que j'appris la disparition de ton père… Je me suis informé. Il était tombé au pouvoir des Anglais. J'ai moult regretté son absence. Hé oui ! il m'a manqué, tu peux me croire… Et je me dois de te le dire fermement : c'était un preux… Sur ce, séparons-nous… Va manger : il te faut des forces. Moi, je vais aller aux nouvelles. Nous passerons au moins une journée chez les moines, sans peut-être en voir aucun. Cela te consterne-t-il ?

— Non, messire.

— Crois-moi, aucun des ducs, présentement, ne joint les mains pour la guérison du roi.

— C'est ce que je pense.

Le connétable semblait avoir perdu cette flamme intérieure qui l'avait soutenu dans toutes ses batailles.

— Peut-être, Gui, avais-tu imaginé notre retour à Paris. L'entrée dans une cité en liesse, le roi chevauchant à l'avant et portant sur son chef la couronne triomphale… Nous reviendrons dans le silence, la défiance, consternés d'avoir été toujours *inefficaces*… Rien de plus odieux pour des hommes de guerre.

Clisson émit un long et profond soupir d'orgueil blessé :

— Mais nous ne sommes pas vaincus !… Pour ma part, le temps n'est point venu de commander à un imagier un gisant à ma semblance !

(1) Le 15 août 1372. Le siège avait commencé le 23 juin 1371.

(2) Partis de Poitiers rendu à la France, les Français (1 000 lances, chevaliers, écuyers, 4 000 pavois et autant de piétons) finirent par se ranger à l'avis d'un chevalier français qui tenait pour l'Angleterre : Percevaux de Couloingne, lequel proposait une trêve de deux à trois mois. Clisson et Berry l'acceptèrent tandis que les défenseurs envoyaient subrepticement un messager au roi Edouard III. Il assembla ses troupes. Le duc de Lancastre prit la mer et arriva à Calais. Décidant de participer à la bataille, le roi d'Angleterre désigna Richard, fils du prince de Galles, pour son successeur. L'armée royale embarqua à Sandwich le 31 août, sur 400 vaisseaux que le vent déporta. Furibond, le roi revint en Angleterre. Les chevaliers de Guyenne se dirigèrent sur Thouars. L'effusion de sang fut évitée : Lancastre avait des difficultés en chemin. Thouars, comme La Rochelle, revint à la France. Parmi les défenseurs, donc les tenants des Anglais, on trouve Aymery de Rochechouart, Louis d'Harcourt, le sire de Parthenay, le sire de Tastre, Hugues de Vivone, Regnault de Thouars, le sire de Roussillon, Guillaume de Crupenac, Geoffroy d'Argenton, Jacques de Surgères, Jean d'Angle, Guillaume de Montendre, Maubrun de Lignères, etc.

II

A l'entour de l'abbaye de Beaulieu, comme la veille aux abords de la tour Orbrindelle, c'étaient des bruits, des appels, des jurons, des cliquetis d'armes inutiles maniées en des mouvements incessants. Parfois, incommodé par le charivari ou quelque cinglon de cuir, un cheval hennissait. Parfois, il renasquait à l'instar de Beaubrun qui avait broyé sa part de fourrage et la trouvait insuffisante.

« Mardi 6 août », songea Gui. « Hier, à cette heure, nous partions pour Angiers. Quand, désormais, irons-nous à Paris ? »

Il était possible qu'affriandés par un pouvoir maintenant vacant, les oncles et le frère du roi fussent enclins à regagner la cité en hâte. Il se pouvait aussi qu'ils voulussent s'accorder un laps de temps suffisant pour vérifier que le roi était bien fou avant d'effectuer à l'Hôtel Saint-Pol une entrée des plus lugubre alors que leur cœur se dilaterait de bien-être.

« Et l'Isabeau, dans tout cela ? »

Une antienne chère à frère Evrard lui revint en mémoire : « *J'ai reconnu que la femme est plus amère que la mort, qu'elle est le filet des chasseurs, que son cœur est un rets, et que ses mains sont des chaînes. Celui qui est agréable à Dieu se sauvera d'icelle, mais le pécheur s'y trouvera pris.* » Fallait-il se fier à ce jugement ? Dans une Cour irrévocablement livrée à des forces mauvaises, quel allait être le sort de cette dévergondée ?

Jausselin apparut, marchant à grandes foulées :

— J'ai rôdé aussi près que possible de ceux qui savent.

— Clisson ?

— Évincé... Mais je continue !... Le roi est demeuré moult longtemps sans connaissance, secoué parfois par des spasmes frénésieux. Il n'avait plus aucune force... Et il s'est soudain levé. Il a brisé tout ce qui lui tombait sous la main : jattes, écuelles, hanaps, aiguières, calices d'or et d'argent (1). Imagine la tête des clercs, des oncles, du frère et des chevaliers d'honneur qui l'ont en garde comme un prisonnier de haut rang !

— Qui sont ces prud'hommes ?

— Ceux que Clisson n'aime point.

— Mais encore !

— Regnault de Roye, Regnault de Trie, le sire de Garancière et Guillaume Martel.

— Ils sont tous acquis aux ducs ?

— Je le crains pour Martel. Sache que le roi avait voulu près de lui Bureau de La Rivière, Jean Le Mercier, Montagu, le Bègue de Villaines, Guillaume des Bordes et Hélion de Lignac.

— Et le connétable ?

— Il paraît qu'il l'a réclamé en premier…

— Verra-t-il le roi ?

— J'en doute. Ce serait peut-être une branle (2) pour tous les deux que de se voir… Ceux qui ont transporté Charles à la main, faute de civière, en ont été la plupart malades. Nous ne le verrons point mais nous verrons les ducs : ils ont décidé de nous enditter (3) sur tout. C'est pourquoi je suis venu te chercher.

— Le connétable y sera ?

Les joues de Jausselin se gonflèrent. Il expulsa un gros et bruyant soupir :

— Il parle de revenir à Paris et de prendre, en son hôtel, toutes dispositions pour l'imminente empainte (4).

— C'est-à-dire ?

— Vider les écuries de leurs chevaux, enfardeler toutes ses armes,

(1) Comme l'indiquent les sommes remises à Guillebin d'Abbeville, clerc de la chambre aux joyaux et à Perrinet Le Roy, orfèvre au Mans :

* « *A Gillebin d'Abbeville, clerc de la chambre aux joyaux du roy, notre seigneur qui fu despiécé la journée de la maladie dudit seigneur au Mans, c'est assavoir refait le fruitelet qui avoit esté brisé, pour ce pour or et façon VIII sols parisis. – Item pour avoir fait brunir et redrecier VI tasses d'argent blanc de la garde robe dudit seigneur, pour ce VI sols parisis, et pour avoir fait ressoudre le couvercle et lance d'une aiguière de la dicte garde robe, pour ce IIII sols parisis. Pour tout XVIII sols parisis* ». (*Comptes de l'Argenterie*).

* « *A Perrinet Le Roy, orfèvre demeurant au Mans, pour deniers à lui payez, qui deuz lui estoient, pour avoir rappareillé et mis à point la vaisselle du roy, notre seigneur, en la ville du Mans, dont les parties s'ensuivent, c'est assavoir : Pour avoir rappareillé et mis à point deux bacins d'or dudit seigneur et yceulx rebrunir et redrecier, pour ce XXIIII sols parisis* ». Réparations à « *plusieurs hennaps* », 6 sols parisis ; « *à la nef dudit seigneur appelée cuvecte* », 12 sous par ; à « *l'aiguière d'or dudit seigneur* », 24 sous par ; à « *une aiguière d'argent de la garde robe dudit seigneur et pour avoir ressoudé l'asperges d'un eaubenoistier* », 20 sous par ; au « *calice d'or de la chapelle dudit seigneur* », 10 sous parisis. « *Pour ce, pour toutes les dictes parties, par quittance dudit Perrinet, donnée le Ve jour d'aoust l'an mil CCCIIII xx et XII.C II sols parisis.* »

On peut imaginer l'immédiate colère du roi qui, sa « crise » passée, s'était vu placé sous haute surveillance.

(2) Commotion.

(3) Informer.

(4) Attaque.

confier ses meubles à des amis sûrs… Les soudoyers et le charroi le compagneront.

— Et nous ?

— Galabert, toi et moi resterons au Mans. Nous suivrons le roi jusqu'à Paris. Nous rendrons compte à Clisson de ce que nous avons vu… et ouï. Lorsque nous le reverrons, ce sera sûrement pour partir en Bretagne. A Jocelin.

En ondes aigres et lentes, la déception descendait en Gui. Un second cheminement vers la Bretagne allait donc commencer. Cette fois, la menace serait française. Et par où passerait-on ? S'il ignorait où se situait Jocelin, il savait que le connétable se hâterait pour l'atteindre, ne fût-ce que pour admonester son épouse d'avoir congédié le Trésorier des guerres.

— Viens, dit Jausselin. Allons voir si nous pouvons entrer à Beaulieu. Moi, je lui préférais la tour Orbrindelle.

* *
*

La poussée des curieux avait été si forte que les gardes apostés sur le seuil de l'abbaye avaient été privés de tout loisir de distinction. Gui reconnut des varlets, des soudoyers et des palefreniers parmi les nobles hommes sans que ces derniers en parussent courroucés. Ces gens de peu, se disaient-ils sans doute, avaient bien le droit de s'inquiéter de la santé du roi.

Pour échapper à une expulsion fort improbable, Galabert se tenait dans l'ombre d'un pilier du réfectoire exempt du moindre conventuel. On avait repoussé les bancs et les tables contre les murs afin que les indésirables pussent, quoique debout, se mouvoir à l'aise.

— Que sais-tu, Marcelin ? demanda Jausselin.

Galabert eut un geste d'ignorance.

— Rien, à vrai dire. Le roi va mieux. Il a demandé pardon à ses oncles.

— Pardon de quoi ? De n'être point mort ?

— Ce que nous supposions vole de bouche en bouche : le roi a été enherbé par une main ou des mains malveillantes. Toutefois, on parle aussi de sortilèges. Il paraît qu'on va prier saint Gildas qui guérit les esprits malades. Où est le connétable ?… Viendra-t-il ?

— Non, dit Jausselin. Il s'est vêtu de noir du chaperon aux heuses. Quand je l'ai quitté, il semblait prêt à partir avec nos gens et le charroi. Il se peut qu'il ne nous ait laissé que les chevaux et Bridoulx pour les garder. La joie de Craon échappant au châtiment lui échauffait le sang.

Le temps passa, noyé dans des murmures, des toux et parfois quelques rires. Les oncles et Orléans se faisaient attendre. Sans doute, s'il se portait mieux, étaient-ils réunis autour du roi et l'adjuraient-ils de ne se point montrer. Ils devaient l'étouffer de leurs exhortations, conseils et recommandations ainsi qu'ils l'eussent fait pour un enfant dont l'esprit égaré eût recouvré les voies de la connaissance.

Les mires se présentèrent les premiers devant l'ambon réservé aux lectures liturgiques. Leurs robes noires ajoutaient à leurs mines maussades quelque chose de funèbre et de définitif. « Des perdants », se dit Gui. Une maigreur extrême, une sorte de langueur dans la démarche et les expressions de leurs faces couenneuses : ils n'avaient guère eu le temps de songer au rasoir, tout occupés qu'ils étaient à rendre à Charles VI un soupçon de santé.

— Tu les connais, Jausselin ?

Comme le tranche-tête acquiesçait sans mot dire, Galabert le devança :

— Le grand, à senestre, c'est Regnault Fréron, moult connu à la Cour. Son voisin, c'est Jean Durant, qui est à Philippe le Hardi. A côté d'icelui, celui qui se penche et pince les lèvres comme un constipé, c'est Mathieu Regnault. Ensuite, cette espèce de corbeau qui se gratte le nombril, c'est le chanoine de Paris et de Reims, Jean de Monanteuil qui est lui, à la dame d'Orléans… adoncques au duc… On parle de poison et l'on dit que la Visconti y est experte.

— J'en doute, intervint Gui, mais continue, Marcelin.

— A côté, il y a Thomas de Voyenne. Il est au comte de Nevers. Près de lui se trouve Guillaume Touzé… qui est à tout le monde.

— Il doit bien, dit Jausselin, avoir quelques préférences. Or, s'ils doivent plaider, tous seront innocents (1).

Les ducs se montrèrent dans un ordre éloquent : Berry, Bourgogne, Bourbon, et à un pas derrière, souriant et concédant aux curieux des gestes amicaux : Louis d'Orléans vêtu comme pour une réception à quelque grand duc. Pourpoint bleu de France brodé d'or, chausses de soie rouge, heuses de daim. Gui ne put qu'imaginer Charles VI en chemise sur un lit où gisaient les ombres de ses gardes.

— Parlez, Fréron !

L'injonction, déjà, se faisait royale. Le mire s'inclina devant Berry avant que d'affronter un auditoire où bruissaient des étoffes et cliquetaient des armes.

— La chaulde maladie, messires, dit abruptement Fréron, la tête penchée comme s'il craignait une jouée (2) du duc à la face de lune. Il y a grand temps que le roi est atteint.

(1) Lire l'annexe N° VI.
(2) Gifle.

Jean Fréron se tourna vers Jean Durant dont l'impassibilité s'évapora. D'une voix rude et appliquée, le mire prit le relai :

— Hélas ! messires, grand temps ! Dans la jeunesse prime…

« Comment le peut-il savoir ? » s'interrogea Gui, une épaule soudée au pilier que Galabert avait abandonné. « A-t-il vécu à la Cour plutôt qu'en Bourgogne, ou bien récite-t-il ce que Philippe le Hardi lui a enjoint de dire ? »

— Nous savions, dit Mathieu Regnault, soudain déconstipé, que cette faiblesse de chef (1) travaillait le roi moult fort et qu'un jour, il la montrerait. Voilà qui est fait.

— Ils l'ont donc attendue et obtenue cette faiblesse… en faisant usage de ce que nous soupçonnons ?

Un « Chut » de Gui réduisit Jausselin au silence. Le duc de Bourgogne toussa pour s'éclaircir la voix comme si l'angoisse ou le désespoir l'étouffait. Ensuite, après avoir passé une main longue et plate sur sa face abominable, il s'exprima d'une façon si alerte que la conjecture du complot devint pour Gui une certitude.

Des mires ne s'étaient point encore exprimés. Le comble de l'indifférence avunculaire fut atteint lorsque le duc de Berry les congratula tous avant d'affronter les regards des prud'hommes.

— Messires… Nous nous débattons et travaillons pour néant car le roi n'a été empoisonné ni ensorcelé fors de mauvais conseil.

Cette réflexion s'adressait aux amis de Clisson, promoteurs avec le connétable, de la chevauchée malheureuse. Et Jean de Berry poursuivit en faisant cette fois visage (2) aux médecins :

— Vous vous êtes bien acquittés, messires. Mon nieps était prévenu que ce voyage serait redoutable en cette saison. Il n'a point voulu nous croire et a fait fi de la grande affection que nous lui portons. Il voulait aller venger Clisson en Bretagne. Il eût mieux valu pour lui et pour nous tous que celui-ci fût mort.

Le connétable étant absent, Berry en profitait pour évacuer son venin. Des murmures s'élevèrent dont Gui se demanda s'ils étaient scandalisés. Pour qu'il osât parler ainsi, il fallait que le duc à tête ronde se sentît investi d'un pouvoir extrême. Gui songea que messire Olivier avait eu grandement raison de décider d'une sorte de proscription volontaire. Et Berry se sentant désormais vainqueur d'une longue et ténébreuse dissension avec le seigneur de la guerre, enfonça le clou :

— Jamais, messires, le roi Charles n'aurait dû s'amourer de Clisson et de tous ceux de sa secte (3). Ce voyage a déshonoré le

(1) Faiblesse de tête, d'esprit.
(2) *Faire visage* : faire face.
(3) Rien de ce qui est dit ici ne ressortit à la fiction : la scène est dans Froissart et les mots quasiment les mêmes.

connétable et le roi. Mais au moins, nous vengerons le roi !

Gui sentit qu'une main saisissait sa ceinture et le tirait de biais. D'un mouvement du cou vers l'arrière, Galabert lui enjoignait de quitter la place.

— Ça commence à puer.

— C'est pourquoi je reste.

Philippe le Hardi invita Louis II de Bourbon à parler. Impassible devant des hommes que Gui ne voyait plus que de dos et dont les noms lui semblaient de peu d'importance, le frère de la feue reine Jeanne, épouse de Charles V, refusa de la tête. Affectionnait-il le connétable ? Berry, dépité, prit une voix doucereuse :

— Le roi est un beau jeune homme. Nous qui sommes ses oncles et de son sang, et qui l'avons à conseiller, sommes indignés que par cette petite vengeance en Bretagne, il ait couru si grand danger.

— Merdaille ! chuchota Galabert. Il ment comme un hérétique.

Et soudain, alors que les mires s'éloignaient :

— Messires ! Messires !... Demeurez.

Les médecins s'immobilisèrent, désagréablement gênés d'avoir été interpellés comme des gens de maraudaille.

— Dites-nous, messires, huy-matin (1) avant qu'il n'essaie de monter à cheval, fûtes-vous au dîner du roi ?

(1) *Ce matin.* Le roi, en effet, avait recouvré suffisamment de raison pour fonder dans l'abbaye même une messe quotidienne à l'intention des fidèles trépassés, spécialement pour le bâtard de Polignac, l'une de ses victimes.

« *Charles... avons ordonné et voulons une messe perpétuelle chacun jour pour estre dite et chantée en l'église de Nostre-Dame de Beaulieu près Le Mans, pour le salut et remède des âmes trépassées et espécialement du feu bastard de Poudignat* (feu Hugues de Pelignac, chevalier dans une autre pièce du 19 novembre 1392) *pour laquelle fondation avons commis maistre Hugues Blanchoit, chantre de Paris* » (Bibliothèque du Mans, *Titres de Beaulieu*).

Charles VI avait également décidé de faire sa neuvaine « *au glorieux saint Julian, patron d'icelle cité* ». (*Chronique du bon duc Louys de Bourbon*). Afin de se rendre favorable l'apôtre des Manceaux, il ordonna, par lettres du 11 août, d'offrir à son église 110 torches de 10 livres chacune et 4 cierges pesant chacun 25 livres, soit pour 240 francs de cire, auxquels il faut ajouter 100 francs en argent destinés à la reconstruction du transept nord de l'église*.

* « *C frans qu'il a offers à l'église Saint-Julien du Mans – XXXXVI escus qui valent X sols tournois qu'il a offers à l'abbaye de Tiron – C frans qu'il a offers à léglise Notre-Dame de Chartres. – LX frans qu'il a fait bailler à son aumonier pour donner pour Dieu en la dite église de Chartres...* »

« *A Colin Noble, varlet de chambre du roy... auquel le roi... mande aus gesneraulx estre baillé par ledit trésorier* (Arnoul Boucher), *la somme de IIe frans pour avoir CX torches pesant chascune X livres de cire, font XI^{el} de cire et IIII cierges de cire pesant chacun XXV I de cire, font C I de cire à XX fr le cent de cire, valent IIe XI fr, pour ycelles torches et cierges mettre en l'esglise de monsieur Saint Julien du Mans, si comme il appert par lettres dudit seigneur données le XIe jour d'aoust M CCC IIII xx et douze* ».

(Comptes d'Arnoul Boucher). Ces 1 200 livres de cire estimées à 240 francs, représenteraient, avec les 100 francs susdits, une somme monumentale en monnaie moderne. Une chose est sûre : pour ainsi décider, le roi n'était plus fou.

Avant de donner cette « conférence », les trois oncles et le frère étaient allés visiter Charles. Il ne desserra pas les lèvres « *mais les regarda très diversement et perdy cognoissance d'euls* ».

Le roi ne pouvait plus « voir » ses adversaires. Il est possible, par la suite, qu'il feignit d'être « en démence » pour échapper à leur emprise.

Le duc ne s'adressait qu'à Regnault Fréron, lequel se sentait immédiatement suspecté tandis que ses compères levaient les yeux vers les voûtes comme pour y chercher quelque secours divin.

— Fûtes-vous au dîner du roi, messires ?

— Oïl, répondit pour tous Jean de Monanteuil. Vous en étiez aussi, messeigneurs.

Cette précision déplut à Philippe le Hardi.

— Comment mangea-t-il et but ? continua Jean de Berry.

— Petitement. A peine rien. Il ne faisait que penser et muser, répondit, faussement paisible, Jean Durant.

— Qui d'entre-vous lui offrit à boire le dernier ?

Se sentant quasiment accusés de lèse-majesté, les mires s'entre-regardèrent, ébahis et apeurés qu'on leur imputât soit un « crime » qu'ils eussent perpétré sur commande d'un des ducs ou des quatre, soit une inadvertance dont, au lieu d'être congratulés, on les accuserait pour les conduire à Montfaucon ou dans quelque ergastule mortel.

— Lequel de vous deux lui offrit à boire le dernier ?

Les mires se consultèrent une nouvelle fois. « Qu'est-ce qu'il lui prend ? » s'interrogeaient-ils. « Il était si bienveillant ce matin même. »

— C'est étrange, souffla Gui à Galabert. S'il y a poison et s'il y est pour quelque chose, le duc va reporter son forfait sur un autre et sur ces médecins qui ne sont nuls que parce qu'il faut qu'il en soit ainsi.

Jausselin s'approcha et opina favorablement cependant que la voix de Bourgogne s'élevait d'un cran :

— Qui lui offrit à boire le dernier ?

— Nous ne le savons ni l'un ni l'autre, dit Jean Durant avec l'assentiment de ses pairs. Car tantôt la table ôtée, nous nous départîmes pour nous appareiller et chevaucher (1). Interrogez, monseigneur, les bouteillers et chambellans.

— Chambellans ! Pourquoi seraient-ils coupables ? s'indigna le père d'Alix.

— C'est vrai, messire : les bouteillers et chambellans, insista Mahieu Regnault.

Mais c'était du bout des lèvres.

On fit mander Robert de Teukes, un écuyer de Picardie, maître des échansons. Dès sa venue, on lui demanda qui avait servi le roi. Et Berry, soudain, prit la parole :

— Le dernier, dit-il. Qui le servit *le dernier* ?

Le regard de Regnault Fréron se tourna vers Apilly et s'envola, prudent, vers le plafond, tandis qu'Enguerrand de Coucy révélait :

(1) Les mires avaient-ils décidé de s'éloigner ? Les ducs avaient-ils décidé de quitter Le Mans ? Il semble que non pour ce qui les concerne.

— Le dernier, *il me semble* que c'est Hélion de Lignac.

« Qui est-ce ? » se demanda Gui. « C'est la première fois que ce nom-là m'est révélé. »

— Faites-le venir, intima le duc de Bourgogne au sire d'Apilly.

Guillaume de la Champagne quitta l'hôtel. Bientôt, on hurla au-dehors le nom du chevalier. Il se présenta, le dos courbe, flairant l'accusation avant même qu'elle lui eût été signifiée.

— Messeigneurs... dit-il simplement.

C'était un grand flandrin vêtu de velours sombre, les jambes enfouies dans des bottes à chevaucher. Son visage était rouge. Vin ou soleil ? Ses yeux clignés par le passage de la lumière à la pénombre s'agrandirent lorsqu'il vit enfin, complètement, disposé en « montre » devant les médecins, l'aréopage des ducs. Tous avaient adopté une mine funèbre sauf Louis d'Orléans qui lançait des regards à une statue de la Reine du ciel comme pour trouver, sur sa face blafarde, quelque ressemblance avec la reine de France.

— Evvous (1), le sire de Lignac, dit Apilly dont la servilité apparaissait dans une courbette inutile.

Les quatre accusateurs se concertèrent et Philippe le Hardi prit le relais du gros Berry dont la lassitude semblait croître en même temps que l'impatience.

— Où`avez-vous pris le vin que le roi a bu en sa chambre ?... Est-ce quand il dut monter à cheval... et n'y parvint pas ?

— Messeigneurs, dit Lignac impassible, adressez-vous à Robert de Teukes ici présent. C'est lui qui livra le vin et en fit l'essai... Et moi de même en présence du roi.

Teukes acquiesça, droit et soucieux comme un religieux sur le point d'évoquer le diable :

— Lignac a dit la vérité, messeigneurs. Et nul ne peut nous soupçonner car à ce que j'ai vu lors de notre arrivée, il y a encore du vin dans les bouteilles du roi. Nous en pouvons faire l'essai devant vous.

Louis de Bourbon fit un pas vers l'assemblée. « Pourquoi ? » se demanda Gui. « Pour, dans un complot des plus ignobles, représenter la figure innocente ? Lui ! » Il était gros, chauve et pourtant insignifiant. Le père d'Alix semblait l'avoir poussé en avant pour vaincre une timidité certainement hypocrite.

— Vous, Teukes et vous, Apilly, allez me quérir ces bouteilles.

Il y en avait trois. Dès leur retour, Teukes et Lignac vidèrent au goulot le reste des vins. Ensuite, on attendit. Il ne se passa rien. La fureur du duc de Berry cessa.

(1) Voici.

— Ses yeux d'esprohon (1) en perdent leurs lueurs malignes, murmura Jausselin à l'oreille de Gui. Le duc est vaincu… petitement. Moult petitement.

Vaincu, certes. Mais Philippe le Hardi enrageait. Berry lui conseilla de maîtriser son ire. Bourbon rêvassait, les yeux au plafond tandis que Louis d'Orléans touchait du regard la Reine des cieux et qu'une sorte de jubilation faisait frémir les commissures de ses lèvres.

— Nous nous débattons et travaillons pour néant, grommela Berry.

Il se répétait. Pendant qu'il hochait violemment sa tête ronde, des gouttes de sueur accrochées à sa barbe d'un jour, s'éparpillaient sur son plastron et ses épaules.

— Le roi n'est ni empoisonné ni ensorcelé fors de mauvais conseils…

Le duc parut chercher Clisson parmi l'assistance. Ne le trouvant point, il reprit, la voix douce – un sirop de douceur :

— Il n'est pas heure de parler de cette matière maintenant. Mettons tout en souffrance jusqu'à une autre fois.

Gui trouva la fin du propos magnifique. D'un geste, Philippe le Hardi congédia les curieux. Les chevaliers et les écuyers s'éloignèrent en silence. Teukes et Lignac, à l'instigation de Louis d'Orléans, se joignirent aux médecins.

— N'as-tu pas remarqué, Gui, dit Galabert, qu'il restait un pichet dans le panier aux bouteilles. Par Dieu qui a créé le monde, ces deux hobereaux n'y ont point touché.

— Nous aurions dû proposer à Apilly qu'il le vide.

— Il aurait refusé.

Sur le seuil de l'abbaye, des chevaliers se concertaient. Nul doute qu'il y avait autant de tenants du complot que d'autres pour l'innocence de ceux qui en avaient suggéré l'instance. Apilly apparut et annonça que quatre chevaliers d'honneur avaient été désignés pour veiller sur le roi.

— Oyez, messires, oyez !… Ce sont Regnault de Roye, Regnault de Trye, le sire de Garancières et Guillaume Martel.

Galabert eut une espèce de sursaut :

— On le sait. On sait aussi que ce sont de créatures à Berry, dit-il tandis qu'un olifant sonnait et qu'Apilly appelait à se réunir en la chambre du roi le seigneur de La Rivière, Jean Le Mercier, messire de Montagu, Pierre de Villaines, Guillaume des Bordes et Hélion de Lignac. Jamais, au cours du voyage, Gui n'avait approché ces Marmousets. Il s'étonna qu'ils eussent été si nombreux dans la suite royale. L'un d'eux, le Bègue de Villaines, suspendit son pas devant lui :

(1) Épervier.

— Jeune homme, vous qui qui… êtes à Cli… Cli… Clisson, savez-vous en en quel lieu il se trouve ?… Il n'a p… p… pas été nommé. J'ai crainte pour lui… Ça sent le soufre !

Il avait dépassé la soixantaine. Quelques cheveux blancs débordaient de son chaperon gris dont il avait enfoui la crête sur le dessus de son crâne comme pour amortir quelque coup. Il semblait prendre un plaisir extrême à se délivrer d'un souci concernant le connétable plus encore que lui-même. Gui admira ce visage un peu maigre dont il élucidait imparfaitement l'énigme. Des yeux secs et sombres, des lèvres goulues, un menton assez proéminent d'homme têtu et une expression signifiant qu'il avait tout au long de sa vie fait de son mieux. Quelle tristesse alors d'être mandé auprès des ducs comme n'importe quel varlet ou palefrenier de leurs écuries. Il n'avait guère bégayé, signe de crainte, certainement.

— Messire, je ne sais où est le connétable. Son souci est égal au vôtre. Ainsi que vous le dites, cela sent le soufre. J'espère un jour vous dire ce que je sais, mais il nous faudra être certains de n'être point ouïs.

— Je ferai en sorte que nous soyons quiets.

Disant cela, Pierre de Villaines touchotait le petit écu de velours portant ses armes : *d'argent à trois lions de sable au franc-quartier de Castille et de Léon*. Il avait servi le roi Jean II, son fils Charles V et le fils de celui-ci : Charles VI. Gui craignit que son dévouement à la Couronne lui fut aussi peu reconnu que celui d'Olivier de Clisson.

— On ne vous a guère vu, messire, tout ce temps, remarqua respectueusement Galabert, d'ordinaire peu enclin aux courtoisies.

— Je n'avais point intérêt à me montrer… ainsi que les susnommés. Nous savions… que que le roi se trouvait menacé. Nous savions… que s'il revenait en état où certains l'avaient vu vu… vu à Amiens, les Marmousets auraient à vivre des… des des jours difficiles.

— Les sorciers désormais commandent, dit Jean Le Mercier au passage. Viens-tu, Pierre ?

Comme tous ceux dont Apilly avait cité les noms, il avait la face pâle d'un homme qui se savait condamné avant même que son procès eût été instruit. Jean de Montagu le rejoignit, la mine faussement décidée :

— Ils ne peuvent rien contre nous, dit-il.

— Ils peuvent tout : ils deviennent les maîtres.

« Des vaincus avant la sentence », songea Gui, sans trop de pitié. « Ils sont comme désarmés alors qu'ils ne devraient songer qu'à se battre. Messire Olivier devrait leur servir d'exemple. A leur place, je sauterais sur mon cheval et partirais n'importe où. »

Bureau de La Rivière apparut, suivi de son très jeune fils et d'un écuyer que Jausselin nomma Symonet Petitmeny (1).

— Allons, allons, mes amis, dit l'ancien gardien du Trésor qui, jadis, avait si bien servi le défunt Charles V qu'il s'était fait maints ennemis. Que craignons-nous ? Nous avons toujours aidé au mieux le royaume.

Et tapotant l'épaule de Montagu, le « roi » de la finance :

— Dans quelques jours, ami, tu reverras ta femme et la Cassinelle (2) !

Ils partirent. Galabert soupira. Une sorte de compassion anima ses traits :

— Les Marmousets n'existent déjà plus… et ils le savent. Berry et Orléans les haïssaient. Ces deux larrons vont saisir les rênes du pouvoir et, dès meshuy, nous emporter au galop à la ruine. Clisson n'a pas été nommé. Il a bien fait de partir !

— Nous restons seuls au Mans, grogna Jausselin. Seuls comme si nous appartenions et souhaitions appartenir aux tenants des ducs.

A quelque dix toises de l'abbaye, les tailleurs et les imagiers avaient abandonné maintes grosses pierres où se lisaient parfois les marques de leurs ciseaux. Gui s'assit sur l'une d'elles. Galabert et Jausselin restèrent debout.

— Clisson absent !… Comme il a bien fait !

— Certains vont mettre son courage en doute. Il a flairé le danger. Il ne fuit point.

— Oui, Jausselin, approuva Galabert. Il s'apprête à combattre ces truands cousus d'or.

Gui acquiesça et allongea ses jambes. Qu'avait-il donc soudain ? Sans le connétable, se sentait-il désarmé ?

Sa tête lui semblait lourde. Ses cils laissaient passer la sueur et

(1) On verra, par la suite, quel fut à plus ou moins long terme, le sort des Marmousets. Qu'on sache dès maintenant que certains périrent. On lit, par exemple, dans le *Journal d'un Bourgeois de Paris* écrit de 1405 à 1449, à la date du mardi 17 septembre 1412, « *jour Saint-Cosme et Saint-Damien fut descendu par nuit du gibet de Paris, Jehan de Montaigu, jadis grant-maistre-d'hostel du roy, lequel avait eu la teste coupée pour ses desmerites ; et fut porté à Marcoussy, aux Celestins, desquels avait fondés en sa vie.* »

On lit encore : « *le dixiesme jour du mois de juin mil quatre cents treize, jour Saint-Landry, vigile de la Pentecoste, fut mené messire Jacques de La Rivière, chevalier*, et Symonet Petitmeny, escuyer, eux deux furent prins au palais du roy et de là traisnés jusques ès halles de Paris ; c'est à scavoir, Jacques de La Rivière, car il estoit mort, et se estoit tué d'une pinte pleine de vin, dont il s'estoit féru sur la teste si grant coup qu'il se cassa la teste et la cervelle ; et ledit Symonnet (**) fut traisné jusques à la Heaumerie, et là mis en charrette sur un ais assis, une croix en sa main, le mort traisné jusques ès halles, et là orent les testes coupées,* » etc.

(2) Charles V que l'Histoire décrit comme une sorte d'ascète, avait eu un « faible avoué » pour la belle Lucquoise, Biette Cassinel, épouse de Guillaume du même nom. Leur fille était considérée comme un des joyaux de la Cour.

* Jacques de La Rivière, seigneur d'Auneau, était fils de Bureau de La Rivière, légiste de Charles V.

** Simon du Mesnil, dit le Jeune, était l'écuyer tranchant du duc de Guyenne. Son nom est orthographié avec un *n* ou deux.

celle-ci picotait ses yeux. Les chevaliers, les écuyers, la valetaille qui s'agitaient à proximité cessaient de lui être familiers. Il les distinguait obscurément comme si, entre eux et lui, des arbres versaient une ombre légère. Or, il était assis, exposé au soleil et pris d'une sorte de vertige à l'idée que Clisson allait devoir protéger sa liberté de sorte que tôt ou tard, il serait lui aussi contraint de tirer l'épée du fourreau.

Jausselin se pencha :

— Ne te mets pas martel en tête. Dieu veillera sur le destin de Clisson. Il était à prévoir que le roi supplanté d'une façon ou d'une autre, le frère et les ducs s'empresseraient de recouvrer un pouvoir dont Charles les avait privés… Tiens, les voilà déjà. L'entrevue fut véloce !

Les Marmousets quittaient l'abbaye. Gui s'empressa de les rejoindre.

— Eh bien, dit-il, où en êtes-vous ?

— Congédiés.

Le Bègue de Villaines s'était exprimé d'un trait. Hélion de Lignac poussa un si gros soupir que Gui en sentit le souffle.

— Ils nous ont enjoint de nous départir sur-le-champ. J'ai été traité comme une sorte d'empoisonneur !

— Nous tous ! vociféra Villaines. Pas un mot sur Clisson ni sur ceux de sa mesnie.

— Ils avaient tenu, dit sombrement Gui, à ce que vous fussiez tous du voyage… C'était pour vous avoir sous la main… Peut-être pour vous occire si la bataille contre Montfort avait eu lieu. C'est une able (1) façon de supprimer les trouble-fêtes.

— Bien vu, dit Villaines… Vous êtes subtil, jeune homme… Vous… vous… n'étiez guèèère éloigné de moi à ce souper… chez chez Or Orléans… Proche d'une d'une… jeunette de bon aloi dondont j'ai su qu'elle… était la fille de Gui-guillaume de la Champagne… qui ne nous aime… point.

— Je suis certain, messire, qu'il me déteste.

— Si vous vous êtes amouré de sa fille, dit Bureau de La Rivière, c'est peine perdue.

C'était, semblait-il, le plus marri des réprouvés. Dans sa face légèrement barbue, la bouche exsangue aux coins tombants, les yeux las et surtout une sueur trop abondante dénonçaient une angoisse d'autant plus large et incurable que cet homme avait atteint, sous Charles V puis sous le règne commençant de son fils, les sommets du pouvoir. Il se savait jeté sur une pente qu'il ne remonterait jamais et dont le terme serait peut-être effrayant. Cependant, il ajouta gaiement tout en quêtant du regard l'approbation de ses pairs :

(1) Habile.

— Il aime par trop sa pucelle. Je crains qu'il ne la veuille lâcher… Elle doit avoir plus de huit robes (1), mais tel que je le connais, il ne serait point fâché de la voir nue.

— Oh ! messire… protesta Gui.

L'ombre d'un chêne, au-dessus d'eux, lui paraissait soudain aussi énorme que les propos de cet homme qui sans doute, pour se revancher de sa récente humiliation, voulait qu'on souffrît désormais à l'entour de sa personne.

— Il me fait songer à Amédée de Savoie. Il ferait bien garder par deux lions sa pucelle et son… écu s'il ne craignait qu'ils ne la dévorent (2).

Sa conclusion prononcée, Bureau de La Rivière, tout de noir vêtu, entraîna les Marmousets aussi loin que possible, sans doute, de l'abbaye.

— Pauvres hommes, dit Galabert. Ils se sont toujours efforcés de bien faire pour le pays… Ah ! certes, quelques uns comme La Rivière ont confondu le trésor du roi et celui qu'ils mettaient en leurs coffres. Mais c'étaient de petits coffres. Ceux des ducs et du frère sont cent fois plus grands… Où ces malandrins vont-ils trouver de quoi les remplir ?

— Dans les escarcelles du peuple.

— Les manants, les bourgeois, les loudiers (3) se mettront en furie.

— On coupera des têtes. Pas moi, mais Capeluche (4).

— On garnira Montfaucon.

Galabert désigna Bureau de La Rivière. Il semblait porter un monde infâme sur ses épaules. On eût même dit qu'il chancelait.

— Si j'étais lui, dit Jausselin, je galoperais chez ma fille à la Roche-Guyon, et je prierais Dieu pour ma sauvegarde (5).

Regnault Fréron, Mathieu Regnault et Jean de Monanteuil passèrent, tête basse. Ils se sentaient coupables d'avoir soigné le roi.

— Agar ! s'écria Galabert, la main tendue vers le chemin de Paris.

— Le Bègue de Villaines et son ami Guillaume des Bordes, s'en vont, commenta Jausselin.

Ils précédaient leurs lances, leurs cranequiniers et guisarmiers à cheval. Les sommiers et les mules bâtées suivaient, menés à la longe par des garçons taciturnes.

— Leur règne prend fin.

(1) Une demoiselle bien née devait avoir huit robes.

(2) Le 1er mai 1346, lors d'un tournoi célèbre, Amédée VI de Savoie fit garder par deux lions son écu attaché à un arbre.

(3) Paysans.

(4) Le bourreau de Paris. Il appelait le duc de Bourgogne « beau-frère ». Il fut décapité le lundi 22 août 1418, par son aide auquel il apprit comment s'y prendre. Il avait tué « *une femme grosse qui n'avoit aucune coulpe* ». (*Journal d'un bourgeois de Paris*).

(5) Perrette, fille de Bureau de La Rivière, premier chambellan des rois Charles V et Charles VI, avait épousé Gui IV, sire de la Roche-Guyon. Il mourut à Azincourt (1415). Elle décéda longtemps après (1475). Sa sœur puînée se maria en 1392.

— Hé oui, Marcelin. Il faudrait peu de chose… Tiens, que tous les vaincus des ducs prennent le pouvoir à Paris. Ils auraient le peuple, les marchands, la bourgeoisie, les nobles sains de corps et d'esprit avec eux… Que pourraient alors faire nos quatre malandrins ?

Gui trouva la démonstration de Jausselin pertinente. La France était malade, et si l'on acceptait sans broncher cette évidence, elle ne pourrait guérir – comme le roi. Pour lui, leur état ne pouvait être que désespéré sans qu'il fût, en ce qui le concernait, acculé au désespoir, à l'inverse d'un Villaines, d'un La Rivière ou d'un Clisson. La volonté de se maintenir hors de la boue qui s'annonçait animait le connétable. Qu'en était-il des autres Marmousets ? Lorsqu'il poussait à l'extrême l'examen de la situation, la santé, le courage plus ou moins chevillé au corps, la volonté de vivre de ceux que, sans nul doute, les ducs s'emploieraient à persécuter lui laissaient encore de l'espérance.

— Tout peut advenir dans l'union… hasarda Gui.

— Je crains qu'elle n'existe que sur les champs de bataille. Loin d'iceux, je n'y crois pas. Il faudrait un homme qui ne soit pas un guerrier…

— Tu songes, Marcelin, à Etienne Marcel ?

— C'était une crapule, intervint Gui. Il sut faire en sorte que le pouvoir tombe dans sa main. Moi, je songe à Clisson, à sa réputation. Il pourrait réunir ses pairs, ses armées…

— Il n'osera jamais. Il est trop loyal envers le roi de France. Pour qu'il purifie le royaume, il faudrait qu'il repasse à l'Angleterre. Or, il a donné sa foi à Charles.

Galabert s'assit auprès de Gui tandis que Jausselin, de l'extrémité de sa heuse, traçait on ne savait quoi sur le sol.

— Nous devons être observés. On doit se demander pourquoi nous restons. Nous coucherons sur l'herbe, près de nos chevaux. On nous demandera pourquoi nous demeurons. La réponse est pourtant simple : pour instruire notre maître de l'état du roi, son ami et soutien… Tenez, mes bons amis, voyez cette fenêtre.

On venait d'y accrocher un écu significatif.

— *D'azur à trois lis d'or au lambel d'argent à trois pendants.*

— Eh oui, Gui. Ce que Charles répugnait à faire – montrer ses lis hors des batailles –, Orléans le fait sans vergogne. Supprime le lambel et le frère est le roi… Il peut désormais se passer moult choses. C'est pourquoi nous nous maintiendrons au Mans, n'en déplaise aux quatre chevaucheurs de l'Apocalypse.

* *
*

En raison de « l'échauffement qu'il avait en soi », et bien qu'il eût pu cheminer en litière, on enjoignit au roi, lucide et apparemment rétabli, de demeurer au Mans. Gui, Jausselin, Galabert et Bridoulx firent en sorte de demeurer à proximité de l'abbaye de Beaulieu pour observer les mouvements des ducs et de leurs hommes liges.

Louis de Bourbon (1) força leur intérêt. Alors que Berry, Bourgogne et Orléans semblaient se maintenir à l'ombre, il profitait de la fraîcheur du matin pour piéter à l'entour du moutier ou galoper, sur un coursier blanc, dans les grands champs, les boqueteaux et les friches au bord de la Sarthe. On apprit un soir qu'il avait contraint ses parents à quitter leur aire pour accompagner le roi lors d'un court pèlerinage au tombeau de saint Julien, à l'abbaye du Pré. On sut, à leur retour, que l'abbesse, Marguerite de Courceriers, avait ouvert devant les descendants de Louis IX la châsse en argent doré contenant plusieurs reliques du saint. Le duc avait témoigné tant de piété pour ces restes vénérés que l'abbesse lui avait fait don d'une partie de son trésor : la phalange d'un doigt, un morceau de côte et un os du genou (2). Le duc s'était aussitôt déclaré « homme de corps de monsieur saint Julien ». Il avait promis d'offrir chaque année, à son autel dans la cathédrale, cinq florins en signe d'hommage. Il avait assigné au Chapitre 90 livres de rente annuelle et perpétuelle pour la fondation d'une messe journalière ; d'une messe solennelle le jour de la remise des cinq florins, et d'une messe solennelle du Saint-Esprit, le 18 août et, après sa mort, le jour anniversaire de son trépas. En sus de tous ces dons, il avait offert à la cathédrale une chasuble, tunique et dalmatique garnie d'étoles et de fanons avec une chape, le tout en velours rouge, d'une valeur de 150 écus (3).

— Il fait tout ça parce qu'il a du remords, conclut Galabert lorsqu'il apprit, par Jausselin, la raison d'un pèlerinage dont, à son avis, Charles VI eût pu se passer.

— Certes, il a du remords, approuva Gui peu soucieux de tant de piété. Peut-être fut-il tenu à l'écart des agissements des trois autres. Qu'il les ait devinés n'empêche pas qu'il les a laissés faire tout ce qu'ils voulaient.

(1) Louis II de Bourbon, comte de Clermont, de Forez, seigneur de Beaujolais et de Dombes, grand chambrier de France, époux d'Anne d'Auvergne, comtesse de Forez, mourut le 19 août 1410.

(2) Archives nationales. Original en latin, sur parchemin, muni du *signum* d'un notaire et scellé jadis de deux sceaux. Acte donné, le 21 août 1392, au monastère de Saint-Julien-du-Pré.

(3) Acte du 18 août 1392. Vidimus sur parchemin du 3 avril 1402, signé, jadis scellé. En mars 1401, Louis de Bourbon transporta au doyen et au Chapitre de Saint-Julien du Mans « *toute la terre de Montfaucon et autres choses assises en la paroisse de Saint-Pierre de la Court, au diocèse du Mans* », terre qu'il avait acquise le 17 mai 1399 ou environ « *de Gieffroy Babin, escuier, et de dame Marie de Loyre, sa femme, et de messire Jehan de Luyères, chevalier* », pour la fondation des 90 livres de rente faite en 1392. La dite terre de Montfaucon ne rapportant que 33 livres tournois de rente au plus, les 57 autres livres furent assises « *sur la comté de Clermont en Beauvoisis* » (parchemin jadis scellé).

— Orléans s'est senti piqué au vif. Il paraît qu'il ouvre son escarcelle à tous les coins de rues (1).

— Bah ! il la remplira aussitôt qu'il aura le pouvoir.

Jausselin acquiesça.

— Clisson me manque, dit-il. Nous ne faisons rien mais j'ai la chair aussi moite que lorsqu'on piétait vers la Bretagne.

— Je me demande, dit Gui, pourquoi nous demeurons au Mans puisque le roi est en bonne santé.

Un soupçon plissa les lèvres de Galabert.

— Voire, dit-il. On nous interdit de l'approcher lorsqu'il sort de l'abbaye.

C'était vrai : Charles VI, sitôt dehors, était entouré de ses chambellans, des oncles, du frère et d'une vingtaine de chevaliers armés, « tous ennemis de Clisson », selon le tranche-tête.

La chaleur se maintenait. Les bains dans la Sarthe ne soulageaient Gui que médiocrement. S'il s'allongeait dessus à moitié nu, l'herbe se trempait sitôt que sa chair la touchait. De midi au soir, l'air brûlait. Seules, hantées par des ombres grises, les nuits distillaient de la fraîcheur.

Il fallait passer le temps. Feindre de fourbir les armes, feindre de soigner Pendard, le cheval de Jausselin, d'un mal imaginaire. Fouler le pavé du Mans. Se fournir en mangeaille et observer si l'on n'était pas épié par quelque varlet, écuyer, chevalier appartenant aux ducs. Apilly semblait absent.

Le 16 août, onze jours après le « coup de sang » du roi en forêt de Longaunay, Bridoulx rapporta de la cité, outre du pain, du vin et du bacon, une nouvelle qui soulagea ses compères :

(1) *La vie politique de Louis de France, duc d'Orléans*, par M. L. Jarry (Paris, Picard, 1889).

Le duc d'Orléans était-il aussi tourmenté que son oncle Bourbon ? M. L. Jarry fournit des extraits de ses « bontés mancelles » :

« *Deniers bailliez à Monseigneur.*

*A mon dit s, comptant par la main de Denisot Maryete, varlet de chambre de mon dit seigneur, c'est assavoir en la ville du Mans le VIII*e *jour d'août dessus dit, pour aller aux poursessions avec Mons. de Bourgogne, à l'Ostel Dieu de la dite ville du Mans, pour offrir à sa messe, 1 escu.*

Item, *qu'il donna ce jour aux reliques du dit lieu, 1 escu.*

Item, *le IX*e *dudit mois d'aoust, pour offrir à sa messe qu'il fu aux poursessions avecque mon dit s de Bourgogne à l'abaie de Saint Vincent lez Le Mans, 1 escu.*

Item, *le X*e *jour dudit mois d'aoust, que fu semblablement aux poursessions en l'esglise de Beaulieu lez Le Mans pour offrir à sa messe, 1 escu.*

Item, *le XI*e *jour dudit mois d'aoust que mon dit s. fu aux poursessions aux nonains du dit lieu du Mans pour offrir à sa messe, 1 escu.*

Item, *le XI*e *jour dudit mois d'aoust qu'il fu aux poursessions en l'esglise de Saint-Pierre* en la dite ville du Mans, pour offrir à sa messe, 1 escu, et pour donner aux reliques du dit lieu, 3 escus.*

Donc, sans qu'il fut un modèle de religiosité, bien au contraire, Louis d'Orléans damait le pion à son oncle Bourbon. Chacun pour soi et Dieu pour tous. Le « tayon » était encore au Mans le 21 août 1392, et il en partit le lendemain ou le surlendemain. Le 25, il était à Chartres avec le roi. Orléans aussi.

* Il s'agit de l'église du Chapitre de Saint-Pierre-la-Cour.

— Bourgogne était à la tour Orbrindelle. Un varlet de Brisegaud de Coesme m'a dit que nous partions après-demain. Philippe le Hardi l'a décidé. Avant, il y aura une grand'messe (1).

— C'était à prévoir, dit Jausselin. Depuis la trempette de leurs chevaux au Gué-de-Maulny, les ducs baignent dans la religion.

— On parle, ajouta Bridoulx, d'envoyer le roi au château de Creel (2).

— Creel ou ailleurs, murmura Galabert. Quand on n'a pas sa tête, on est bien et mal n'importe où.

— Il paraît, dit Bridoulx, que ce châtelet a sa préférence parce qu'il peut chasser en forêt.

— Je doute, grogna Jausselin, qu'il soit en état de courre le cerf et la bête noire et encore moins de foutre Isabeau.

Les oncles et les seigneurs de la suite du roi avaient, disait-on, réparé autant que faire se pouvait, les dommages causés à la population mancelle par les pillages des hommes d'armes en favorisant le commerce et en s'adressant aux gens de métier, particulièrement pour la confection de leurs vêtements. Le roi lui-même et son frère avaient commandé des houppelandes et chaperons (3) ce qui n'effacerait pas pour autant les traces et les souvenances des sévices dont le menu peuple, surtout, avait souffert. Ce qui ne redimerait en rien les pécheurs.

— Qu'allons-nous faire ? demanda Jausselin à Gui.

— Suivre le mouvement. Le connétable voudra savoir par le menu ce qui s'est passé en son absence.

— Soit, dit le tranche-tête. Nous suivrons le roi jusqu'à Paris.

Gui s'étonna. Tout d'abord, Jausselin lui avait demandé son avis. Ensuite, celui-ci énoncé, il l'avait accepté sans broncher.

Il se délecta un moment d'une influence inattendue. Un frisson le parcourut. Allait-il être enfin affranchi du sentiment d'infériorité qu'il avait éprouvé fréquemment en présence du tranche-tête ? Dans la trame d'une aventure dont il était las et attristé venait de s'insérer un événement inopiné : Jausselin consentait à lui obéir.

(1) B. N. *Collection de Bourgogne*. On y trouve deux lettres du duc adressées à son trésorier, Gosset de Hale, datées des 10 et 15 août 1392. Ultimes recommandations avant le départ.

(2) Creil.

(3) A Gervais Ardois, tailleur de robes (Quittance datée du 20 août 1392).

A Jacquet du Temple, drapier, auquel Arnoul Boucher versa 97 livres 10 sous parisis de drap sanguin de Bruxelles, d'yraigne de Malines, de drap vert d'Angleterre et de drap vert de Rouen pour la fabrication de houppelandes et de chaperons (la quittance de Jacquet du Temple est du 20 août (*Comptes de l'Argenterie*).

Dans les *Comptes d'Arnoul Boucher*, on trouve encore une somme de 163 francs « *baillée à Charles Poupart* », argentier de Charles VI, « *pour achepter draps au Mans et pour en faire certaines robes pour icellui seigneur et monsieur le duc d'Orléans.* »

Le frère cadet profitait des largesses de son aîné, première façon de le « plumer » avant de plonger ses mains dans ses coffres.

III

Samedi 17 août. La chaleur était moins forte. Un vent léger apportait sur ses ailes la promesse d'un jour meilleur. Le bruit avait couru que Charles VI voulait ouïr la messe à Saint-Julien. Les ducs s'étaient inclinés. Cet accès de volonté avait réjoui Galabert.

— Il se sent mieux.

— Je crains donc que bientôt son état ne s'aggrave.

Ce répit dans un mal dont la malignité désespérait Gui laissait présager une atteinte aussi forte, sinon plus, que celle de la forêt de Longaunay. Après avoir laissé leurs chevaux à la surveillance de Bridoulx, les trois hommes attendirent le passage du roi. Comme ils l'avaient prévu, on l'avait couché dans sa litière.

— Allons-y, décida Gui. Les ducs seraient bien heureux s'il était à jamais immobile et qu'ils tenaient, plutôt que les rênes de leurs chevaux, les cordons du poêle.

En d'autres circonstances, peut-être, un choix se fût posé à lui entre la fureur avouée ou sourde. Il devait s'accoutumer au tragique, renoncer à la tentation des regards et des propos explicites, se désaffecter – s'il le pouvait –, d'une royauté où se passaient « toutes sortes de choses » contraires au Bien. L'époque était confuse, voire, en ce qui concernait le roi, franchement abominable. Sa vie à lui restait « intéressante » parce qu'il conservait sa liberté intérieure.

— Pauvre roi, dit-il, entre Galabert et Jausselin. Il a moult besoin d'une lumière et croit la trouver en Dieu. Mais Dieu, pour le moment, est du côté des ducs.

— Des diables veux-tu dire, soupira Jausselin.

— Je serai bien heureux lorsque nous partirons.

— Moi aussi, Marcelin, dit le tranche-tête. J'ai mal dormi, cette nuit. Le connétable est parti avec le charroi. Nous avons conservé son pavillon et les choses de cuisine. Nos habits de fer également.

— Et nous n'avons aucun sommier, termina Galabert.

— Nous sommes assez riches pour en acquérir un.

— Qui va s'en charger ? Toi, Gui ?

— Bridoulx qui veille aux chevaux me paraît un meilleur juge.

— Soit, dit Galabert, j'irai avec lui en ville. Il y a moult écuries.

Ils ne pensaient momentanément plus au roi. Ils le suivaient, pourtant, dans des rues envahies de curieux qui, parfois, se joignaient à la procession improvisée pour gagner la cathédrale. Aux flancs de la caisse fleurdelisée marchaient quatre brigandiniers coiffés de la barbute, l'épieu ou la guisarme au poing, la mine aussi rébarbative que celle des ducs.

— Crois-tu, Galabert, que Dieu lui viendra en aide ?

— Non. Même affamé d'hosties et l'estomac bourré d'icelles, Dieu ne pourra rien contre quatre escarbillats (1) assistés d'une kyrielle d'enfants de Bélial.

Ils avançaient sans difficulté, le regard effleurant parfois la basterne royale qu'on avait attelée à des mules soit pour amoindrir les secousses, soit pour laisser reposer les limoniers. Les curieux, nombreux de part et d'autre de la voie, tendaient leur visage en avant dans l'espérance de voir le roi, mais les courtines avaient été soigneusement tirées. De plus, à la jointure, des crevets (2) passés dans des œillets de cuivre et noués solidement empêchaient les rideaux de se déclore.

— Je me demande, grognonna Galabert, ce qu'Isabeau dira en voyant son homme incapable, désormais, de la foutre.

— Elle aura de quoi se consoler, si j'en crois ce que j'ai appris dès ma venue à Paris.

La foule grossissait. Savait-elle en quel état se trouvait le roi ? Des voix criaient, puissantes : « *Vive sire Charles !* » et prenaient une sonorité accrue lorsque l'intervalle entre les maisons devenait plus étroit et leurs façades plus hautes. Quelqu'un hurla :

— Il est malade !

Et les voix se persuadèrent qu'elles devaient s'élever davantage parce qu'elles portaient avec elles une vérité qu'on avait tue et couverte de ténèbres. Devant la litière, tous à cheval, les quatre complices devaient enrager. Sans doute baissaient-ils la tête comme des larrons prêts à subir sur leur cou le baiser d'un acier forgé en demi-lune.

— On y est, dit Galabert.

Sous les feux effrénés du soleil, la cathédrale se présenta, grise et forte, le portail géant grand ouvert, prêt à avaler les ducs, leurs

(1) Personnes d'une grande malignité.
(2) Lacets.

montures et le roi dans sa geôle fleurdelisée. Une agitation certainement inaccoutumée se répandit des deux côtés du parvis. Des femmes qui avaient assemblé quelques fleurs dans leur giron les lancèrent en direction de la basterne, immobile entre ses mules, ignorant les princes tandis que des enfants, se jouant des hommes d'armes, essayaient de percer le mystère de la grande châsse close et subissaient sans broncher des horions de bois d'armes d'hast.

— Même et surtout malade, on vénère le roi.

— Une fois sous les voûtes, Gui, mon compère, les ducs vont souhaiter que Dieu les absolve de leurs péchés.

— S'il recouvre l'esprit, le roi leur déclarera la guerre.

— Alors le peuple, qui est avec lui et qui ne cesse de honnir les suppôts de Satan, le soutiendra de tout son cœur !... Oye : ils viennent de mettre pied à terre et nul ne les applaudit. Nul signe d'allégresse. Aucun jet de fleurs. Ils flairent à plein nez le mépris qui les cerne...

Gui ne pouvait savoir si des représailles s'exerceraient contre cette foule dont chaque cri était un cri d'amour et chaque geste un envol d'espérance de guérison pour Charles VI. Eût-il été poussé sur le bas-côté qu'il eût pris part à la liesse pour l'amplifier.

— La revanche est petite mais elle est belle à voir.

Gui acquiesça et se demanda si ses compagnons éprouvaient la même satisfaction que lui-même. Une fièvre légère échaudait son sang. Son cœur cognait à grands heurts sa poitrine. Jamais il ne s'était senti envahi par une émotion de la taille de celle de ce samedi, par la contagion de l'exemple, par l'envie de hurler sa ferveur et sa féauté – même si Charles VI n'était point pour lui un parangon de vertus. Mais il était le roi, il incarnait la France et cela seul importait. Il avançait entre deux haies colorées, mouvantes, et qui étaient des hommes et des femmes adulant un condamné.

Après une hésitation, la litière s'arrêta définitivement à cinq ou six toises du seuil immense, peuplé de saints immobiles et d'un évêque et ses trois coadjuteurs de chair et d'os dont les chasubles, mitres et crosses scintillaient avec une espèce d'insolence.

— Toutes ces gemmes, dit Galabert, vont donner des idées aux princes. Je suis sûr qu'Orléans songe à les déchatonner pour parer l'Isabeau de ces merveilles.

Un triple rang de picquenaires entourait la lourde châsse où Charles VI ne reposait plus : Gui vit la main royale jaillir de l'intérieur et remuer à travers les courtines. A l'instigation de Louis d'Orléans, Apilly, soudain réapparu, dénoua les nœuds des crevets.

— Holà, messeigneurs, que faites-vous de moi ? Ne suis-je point en état d'ouïr la messe ?

Debout, apparemment en excellent état, le roi cependant s'agitait comme pour éloigner de ses vêtements une poussière tombée sur lui depuis son cheminement à travers la forêt mancelle. Gui se souvint avec déplaisir de l'espèce de frémissement d'âme qui s'était emparé du monarque lorsque Richard de Ménonval, faux ermite, faux mendiant, mais prophète authentique avait hurlé à la trahison et l'avait adjuré de tourner bride. Si le ressuscité frémissait ce jour d'hui de tout son être, c'était parce qu'il se sentait libre, vivant, *désempoisonné*. Son esprit s'était clarifié. Le peu que l'eussent entendue ceux qui la connaissaient, sa voix était plus nette, plus sonore. Une lueur violente illumina son regard tandis qu'il se tournait vers la foule muette : il se dégageait d'une oppression sournoise. Il rompait avec l'influence pernicieuse des oncles et du frère, et c'était un événement, un prodige de résurrection que de le voir là, bien ferme sur ses jambes, les bras croisés, le menton haut et conquérant.

— Entrons, mes bons tayons ! Entrons... Dieu nous espérait ? Nous voilà.

Paroles royales. Elles flamboyèrent dans l'esprit de Gui enclin à une espérance incertaine. Elles le subjuguèrent, le confondirent, le possédèrent. Elles affermirent une sensibilité qui n'attendait que quelques mots pour récupérer une créance évanouie.

Guidés et comme domptés par cette force souveraine, les oncles silencieux et mornes, et le frère ébahi suivirent cet homme qui recouvrait, après les ténèbres du chaos, cette vitalité peut-être extrême et dangereuse qui soutenait l'apparition de la clarté d'esprit.

— Allons-y, dit Galabert. Suivons les hommes liges. Ce qui va se passer mérite d'être vu.

Gui le suivit, puis Jausselin. A dextre, à senestre parmi la foule, des cris jaillissaient : « *Vive le roi !* » « *Vive Charles !* » Cependant, on était toujours sur le parvis et les cérémoniaires levaient et abaissaient leur bâton pastoral comme une arme d'hast d'hommes de pied impatients d'assaillir l'ennemi. Le roi suspendit son avance. Un grand émoi le secoua. Il se retourna pour considérer les fidèles prêts à entrer dans le saint lieu et son visage pâlit.

— Viens-tu, Charles ? demanda Louis d'Orléans tout proche. Et agacé.

Ils se ressemblaient à peine. Le roi, les traits durcis, les yeux mi-clos, comme tournés vers lui-même dans un effort de recueillement qui différait de sa précédente attitude. Le frère, attentif, le visage figé dans une inquiétude qui pour Gui signifiait : « Il craint que son ainsné continue de garder sa raison. » Et comme enfin Charles VI pénétrait dans la nef, une nouvelle ovation jaillit, le suivit et se prolongea sous les cintres.

Le roi marcha vers une chapelle sise au même endroit, sans doute, que celle où il s'était recueilli à Notre-Dame de Chartres. Il s'y agenouilla. Jean de Monanteuil, le physicien (1) de Valentine Visconti s'en approcha pour lui demander, peut-être, s'il se sentait à l'aise – ou pour rompre, sciemment, son recueillement. Orléans les rejoignit et murmura quelques mots à son frère. Aussitôt le roi se leva et remua les bras comme pour éviter la piqûre d'un frelon.

— Non ! hurla-t-il. Non !… Otez-moi ces épées que mon frère me boute au corps !

Il s'arracha à l'autel, défia Dieu comme un inconnu, comme il avait défié quelques jours plus tôt, mais silencieusement, Richard de Ménonval. Gui, le cœur gelé d'ébahissement, ne pouvait comprendre comment un homme si bien portant d'apparence avait pu tout à coup basculer dans la peur.

— Non ! vociféra le roi. Tuez !… Tuez cc frère car il me tue !

— *Il sait*, murmura Galabert. Dès lors, il se condamne au pire. Il n'est pas de force contre ces démons.

Cette répulsion d'un frère pour un autre laissait l'assistance hébétée. Le prélat et ses caudataires, immobiles, s'indignaient d'une horribleté sous laquelle, sans doute, ils décelaient Satan. Les ducs ne savaient que faire. *Leur neveu avait clamé la vérité*. Heureusement, il n'était question que de Louis : l'accusation avait glissé sur eux comme un savon sur une planche mouillée. La foule n'osait refluer. Les mitrés hésitaient à faire un geste. Agrippés des deux mains à leur crosse comme des picquenaires ou des vougiers affectés à la garde d'un monument, ils vacillaient et suaient sous leur chape. L'eucharistie avortée, Dieu les abandonnait en présence de ce roi dont l'esprit libéré momentanément des braises infernales retournait aux abîmes de l'épouvantement.

Charles VI s'affaissa sur le dos sans pouvoir remuer ses membres.

— Son sang se gèle, dit Jausselin. Va-t-il mourir ? Merdaille ! Les mires ne font rien !

Le roi reboulait des yeux, serrait les mâchoires sur des cris, des jurements que sans doute il ne pouvait proférer. Il se sentait capable de vivre or, tout craquait dans son être et à l'entour de sa personne. Aucun secours. Aucune sollicitude. Isolé. Abandonné. Inutile. Les oncles l'observaient comme ils eussent observé, près de la fosse toute fraîche, le cercueil qui l'allait engloutir.

Gui souhaita un sursaut de vie, d'énergie. Un homme tel que cet impotent aurait encore vocation de gouverner s'il recouvrait la santé !

— Viens, mon compère, dit Galabert. Laissons-les en famille. Pas vrai, Jausselin ? Nous ne pouvons rien pour *lui* et Berry, qui nous sait au connétable, nous a vus nous apitoyer.

(1) Médecin.

Écartant les curieux inquiets et chuchoteurs, ils partirent, Jausselin paisible, Galabert furibond et Gui tremblant d'émoi.

Ils dormirent de nouveau dans l'herbe. Le lendemain, tôt levés, ils apprirent que le roi avait recouvré la raison et supplié qu'on lui pardonnât les torts qu'il avait commis envers ses oncles.

— J'en doute, dit Galabert. Nous allons aller à l'abbaye, histoire de prendre le pouls de tous ces malicieux. C'est notre droit sinon notre devoir. Ensuite, nous partirons.

* *
*

Comme la première fois, le réfectoire contenait la plupart des féaux et satellites des princes. Tout au fond, les oncles et le neveu devisaient pour savoir, sans doute, lequel d'entre eux fournirait aux curieux des nouvelles de la santé du roi. Berry semblait le plus à l'aise. Par le naturel de son attitude et l'aisance avec laquelle il souriait à ses disciples, le duc confirmait qu'il était heureux. Près de lui, Orléans ne tenait pas en place. Une espèce de démangeaison parcourait ses bras, son cou et lui montait au chaperon : il ne cessait d'y porter les mains comme s'il y sentait une couronne. Plus laid que jamais sous son toquet de soie noire où scintillait une étoile, Philippe le Hardi observait ce neveu bien vivant, avide de poser son séant sur le trône et de prendre au lit la place de son ains-né. De petites grimaces rapprochaient de ses lèvres le nez camard de Louis de Bourbon. On eût dit qu'il priait pour son propre salut. Gui, repu d'indignation, imagina les pulsations de ces cœurs farouches. Le mensonge, le complot et l'espérance d'une mort encore incertaine scellait la méchanceté de ces falourdeurs (1) plus solidement encore qu'un mortier.

— Lequel va nous conter des sornes ? chuchota Jausselin.

Gui eut un geste évasif et se merveilla de la compagnie de cet homme dont il ne savait rien sinon qu'il appartenait au connétable. Entre lui et Galabert, il se sentait non seulement à l'aise, mais encore : en sécurité.

— Messires, dit soudainement Jean de Berry en faisant face à la chevalerie et à l'écuyerie, je dois vous révéler que nous ne savons que faire. Le roi est en très mauvais état. Nous le grévons (2) plus que nous le lui aidons.

C'était un aveu destiné à ruiner les rumeurs sur la néfaste tutelle dont on incriminait les oncles. En s'accusant, Berry se voulait disculper de la moindre forfaiture.

(1) Prétentieux.
(2) *Grever* : faire du mal.

— Le roi est enchu en frénésie, dit Louis d'Orléans. Nous l'avons recommandé à ses chambellans et à ses médecins. Ils le soigneront et panseront.

« Tiens, il est blessé... » se dit Gui. « Peut-être en tombant à la cathédrale ou de son lit. »

Il n'avait jamais vu un seul chambellan auprès de la personne royale. Il s'en trouvait toujours si éloigné qu'il n'avait pu observer ce qui se passait autour d'elle.

Le duc de Bourbon voulut dire son mot. Hochant sa face à la barbe inculte, les yeux baissés comme pour dérober son regard à l'examen de tous, la voix âpre, chargée d'une sorte de défi, il montra son poing comme s'il tenait à marteler ses paroles dès qu'elles fuiraient sa bouche.

— Or, pensons, dit-il, que le royaume soit gouverné car il faut qu'il y ait gouvernement et ordonnance ; autrement, les choses iraient malement.

C'était d'une telle évidence que Gui baissa la tête pour que son sourire fût inaperçu.

Le duc de Bourgogne se tourna vers Berry. Il ne s'appelait pas pour rien Philippe le Hardi : d'un geste, il intima de se taire à son frère qui acquiesça ; mais cette obéissance lui coûtait.

— Il nous convient, beau frère, traire vers Paris et ordonner que le roi soit mené et porté là, tout souef et coiement (1), car mieux nous nous entendrons au-delà d'ici, en cette lointaine marche. Et quand nous serons à Paris, nous mettrons ensemble tout le Conseil de France, et là sera ordonné comment on se chevira (2) au royaume de France et lesquels en auront l'administration et le gouvernement... Ou notre beau neveu Orléans ou nous.

« Ils ont tout pourpensé », se dit Gui. « Et parce qu'ils ont tout pourpensé, c'est évident qu'ils complotaient... Le beau neveu fait grise mine. Il se voyait roi en se levant ce matin et pressent que les oncles n'ont que faire de sa belle personne. Ils le laisseront courir les femmes et gouverneront. Pauvre roi ! »

Jean de Berry avait fait un pas en avant. Gui ne voyait plus que sa grosse boule de tête entre les merlons des chaperons de toutes couleurs.

— C'est bien, messires, dit le duc d'une voix que des inquisiteurs eussent pu lui envier. Or, il faut aviser et regarder en quelle place et bien on mènera le roi et mettra, qui lui soit bonne et propice afin qu'il retourne le plus tôt à la santé.

« Voire », songea Gui. « Tu es Berry, un tyran cupide et malicieux.

(1) *Souef* : doux. Tout doux et pour *souevement et coiement* : locution portugaise et espagnole où on ne met le signe adverbial qu'à la fin du dernier adjectif.

(2) *Chevir* : venir à bout de, aider. Cette aide allait se réduire à un effrayant pillage.

Tu ne t'es jamais soucié que de tes revenus. Tu as laissé une si horrible remembrance de toi en Langue d'Oc que les gens sont pris de tremblements au seul énoncé de ton nom ! »

Berry gonflait ses poumons. Sans souci d'être honni par ses complices, il s'instituait l'héritier de son neveu malade. Déjà, il commandait :

— Retournez en votre tref ou hôtel, messires. Donnez congé à tous les gens d'armes qui sont demeurés près de vous. Qu'ils ne fassent nulle violence sur le pays. Si des routes (1) le faisaient, on s'en prendra aux seigneurs pour amender le forfait et dommage commis par leurs gens. Oyez, Arnaud de Corbie…

Les oncles du roi et le chancelier de France, que Gui voyait pour la première fois, se concertèrent et décidèrent, à haute voix, de réunir autant de varlets qu'il serait possible pour les envoyer dans toutes les cités du royaume et en Picardie afin d'annoncer la nouvelle de la maladie du roi et de son impossibilité à régner. Tout cela s'accomplissait si vivement qu'une fois de plus, Gui flaira l'odeur d'un complot décidé de longue date – avant même, sans doute, que Charles VI eût ceint la couronne.

Et Berry, encore et toujours Berry, s'adressa aux chevaliers dont certains allaient franchir le seuil du réfectoire :

— Nous allons mener le roi à Creel, en la marche de Senlis et de Compiègne, sur la rivière de l'Oise. Des mires en quantité le médicineront (2).

D'un geste de tribun, il renvoya son auditoire. Galabert, sitôt dehors, ne put se retenir de cracher son fiel :

— Les monstres !… Jean de Montfort et Pierre de Craon vont s'ébaudir si la matière est bien ventilée (3).

— Hélas !

— Ils vont porter le roi à Paris en litière, puis ils l'emmèneront à Creel où ils prétendront que l'air est bon, mais où la boisson et la chère peuvent être mauvaises… Il n'y aura pas de guerre en Bretagne et Montfort, si ça se trouve, en regraciera (4) les ducs.

Comme ils passaient devant une fenêtre de la salle, ils purent entendre Philippe le Hardi :

— Je vais partir pour Paris. Il m'a été signifié par notre beau neveu de ménager la reine… Vous pouvez permettre à certains de visiter le roi… Qu'ils le voient de la porte de sa chambre… Il parle, quand il

(1) Compagnies.

(2) Creil s'orthographiait rarement *Cray*, comme l'écrit Froissart, mais *Craail* ou *Creel*. Comme par hasard, Creil était situé à proximité de Pierrefonds, appartenant à Louis d'Orléans et dont Jean le Noir avait entrepris l'érection. Ses successeurs allaient être Arnould Luilly et Donat de Poinzon.

(3) Ebruitée.

(4) *Regracier* : remercier.

est clairvoyant, de faire son testament... Nous pouvons lui accorder ce loisir (1).

Gui se tourna vers Galabert :

— Je jurerais sur un saint livre que ce testament sera celui qui convient aux oncles et au frère.

— Tu l'as dit !... Nul ne les pourra plus gêner. Ils ont l'argent, partant, ils auront les hommes. Ils s'achètent mieux que des garrotes au marché.

Il était impossible à Gui de n'être pas séduit par l'idée d'une immense assemblée de mécontents et d'imaginer les quatre ducs acculés à la désespérance ou mieux encore : réduits à une si terrible frayeur qu'ils en eussent trépassé à la seule vue de tout un peuple marchant au-devant d'eux. C'était un vœu si fragile eu égard à l'état de sujétion des Français qu'il n'osa le révéler à ses compagnons. Cette haine, il en convint, ne reposait sur rien car il n'avait à se plaindre d'aucun des quatre hommes. Leur condescendance s'adressait à tous sans distinction. Apilly lui-même en devait souffrir.

— Il n'y a pas de justice ! enragea Galabert.

— Il y a, répliqua Gui, des victoires justes et des défaites injustes..., Des victoires injustes et des...

Il sentit la pesante main du tranche-tête sur son épaule. Elle était inerte et comme lasse.

« Dans l'état où il est, il ne saurait trancher un haterel (2) ! »

— Nous ne sommes pas vaincus. Nous sommes du menu fretin pour ces quatre compères. N'est-ce pas, Jausselin ?

Le vieux serviteur d'Olivier de Clisson hocha la tête :

— C'est la fin des Marmousets, mon ami. Appareillons-nous et galopons devant Berry pour prévenir le connétable des menaces qui sont sur lui.

(1) Un public, évidemment trié sur le volet, put entrevoir le roi sur son lit. Certainement était-il inanimé car, se sentant l'objet d'un complot tramé par son frère, il l'eût dénoncé comme il l'avait fait dans la cathédrale. Trois jours après cette crise, il fit rédiger son testament (ce qui, évidemment, était une erreur). On y trouve écrit : « *tandis que nous sommes en possession de nos facultés mentales et que nous jouissons d'une saine raison malgré la maladie corporelle dont nous sommes gravement affligé* », etc. Mais ce texte est-il de lui ?

(2) Le cou.

QUATRIÈME PARTIE

« Je garderai l'épée. »

I

Olivier de Clisson allait et venait dans son armerie vide. Une sorte de larme semblait accrochée aux cils de son œil unique, la cavité de l'autre étant dissimulée par un bandeau noir noué sur sa nuque. Son visage était triste. Il savait ses grands jours en voie d'achèvement et se demandait quelle forme prendrait la vengeance des ducs.

— A Chartres, dit Galabert, nous nous sommes arrêtés pour la nuit. Ça, on vous l'a dit. Mais ce qu'on a omis – on avait tant de choses à vous rapporter –, c'est que Gui s'est rendu à la cathédrale. Eh bien, l'armure de fer que le roi Charles avait offerte à l'évêque après la victoire de Roosebeke pour qu'elle figure dans la chapelle où reposent le bassinet du roi Philippe et la brigandine du roi Charles le Cinquième, cette armure qui avait été retirée quand notre Charles partait pour la Bretagne, elle a été remise en place.

— Ils avaient deviné qu'il la voudrait voir et que son absence lui porterait un coup. Désormais, autant qu'ils le pourront, ils lui heurteront l'esprit.

— C'est ce qu'on craignait, dit Jausselin.

Il semblait qu'il eût toujours considéré la vie sans autre souci que de manger à sa faim et de dormir en suffisance. Son mépris pour les ducs avait pris du volume et du poids. Il savait, désormais, ce qu'était un émoi.

— On raconte, ajouta-t-il, que le roi a fait une neuvaine au Mans. Adoncques, il était sain d'esprit. Puis on l'a emmené à Chartres et il n'est point allé prier à Notre-Dame…

— Sans doute, intervint Gui, les oncles l'en ont-ils empêché.

Clisson, bras croisés, cessa de marcher :

— Ils l'ont amené à Saint-Pol. Il n'y est point demeuré longuement : deux jours peut-être. On peut se demander ce qu'il a fait avec Isabeau… Les oncles ont envoyé un message à Guillaume de

Harcigny, qui a son logis à Laon, afin qu'il gagne Paris à franc étrier. C'est un mire, un surgien renommé. Or, le renom ne saurait suffire à médiciner le roi. Cependant, ce que je peux vous dire, c'est qu'il aime Creel et son château (1).

— Cela, dit Gui, me paraît insuffisant pour recouvrer la santé. Si cet Harcigny est… libre, il se peut que le roi guérisse. S'il ne l'est point, il y aura aggravation…

Clisson acquiesça et parut s'enfoncer davantage dans sa maussaderie. Héritier d'une confiance dont la source s'était subitement tarie, il subissait, conjointement à l'égarement du roi, la perte d'une réputation dont il n'avait que faire, mais également la ruine d'une renommée qu'il avait toujours considérée comme légitime. Quant à ses fidèles, ils assistaient à la déchéance d'un maître de la guerre qui était aussi le leur. Le danger – mais de quelle espèce ? – les menaçait tous.

— J'imagine, dit-il, que les ducs se préparent. Ils prennent le pouls de leurs amis pour savoir quand et comment me frapper. Car je n'en doute point : je serai le premier.

— Notre sire peut recouvrer la mémoire !

Gui savait qu'il s'évertuait en vain. Pas plus que lui, le connétable ne croyait au renouveau d'une intelligence flétrie. Cependant, quelque amère que fût l'évidence, ne fallait-il pas espérer ?

(1) Charles VI avait pour le château de Creil (*Craail* ou *Creel*), qui subsiste en partie, la même prédilection que son père. Un an après son avènement, il y fit un long séjour (octobre 1381). Il y confirma le diplôme que saint Louis avait signé, au même lieu, en faveur de l'Hôtel-Dieu de Compiègne. Il est bon de signaler que le 16 juillet 1377, étant à Gouvieux, Charles V avait versé 2 000 écus d'or à son beau-frère, le duc de Bourbon, pour qu'il fît l'acquisition d'un hôtel dans la cité de Creil. Le malheureux Charles VI pouvait donc faire l'objet d'une surveillance rapprochée. Ce fut au château, le même jour, que voulant récompenser son fidèle auxiliaire Primauget, dit Gabriel, des services qu'il lui avait rendus pendant les guerres, Charles V lui fit payer 50 francs d'or afin qu'il fît l'acquisition d'un cheval pour mener une compagnie d'arbalétriers à Bertrand Guesclin (*Bibliothèque Nationale, Cabinet des manuscrits, Chartes royales, t. VIII*).

De Senlis, le 24 juillet, Jean Le Mercier (futur Marmouset) avait reçu de Charles V 2 000 francs d'or en reconnaissance des services que le roi avait reçus « *pour les faits de son armée et pour les pertes subies dans ses missions, nonobstant ses gages ordinaires de VIe liv. p. par an à titre de gouverneur de la ville, du château et de la châtellenie de Creil et les V francs qu'il prenait chaque jour de voyage pour le service du roi (Bibliothèque Nationale, Chartes royales, t. VIII, n° 374)*. Quelques jours après son mariage à Amiens avec Isabeau de Bavière, le 17 juillet 1385, Charles VI amena la princesse à Creil. Il l'y laissa pendant son expédition sur Gand dont les habitants s'étaient révoltés contre le comte de Flandre, leur seigneur. On l'imagine mal filant la laine en attendant son époux.

A cette époque, Creil était situé dans une contrée particulièrement salubre et la surveillance du roi apparaissait comme plus aisée qu'ailleurs. D'où le choix des oncles. Le malade fut tout d'abord gardé par Desrois, de Trie, Garancières et Martel et Guillaume de Harcigny intervint. Il déclara ce qu'il pensait de la complexion du roi qu'il se flattait de bien connaître : « *Cette maladie est survenue au prince par couple ; il tient du tempérament froid de sa mère.* » On savait alors que Guillaume de Harcigny était le médecin d'Enguerrand de Coucy, membre du conseil royal, un des intimes des oncles et de Louis d'Orléans. Avant que de se rendre à Creil, le mire fit un détour par Paris. Il fut présenté aux oncles et au frère qui l'accueillirent « *avec beaucoup de bonté, lui firent faire bonne chère* » et l'expédièrent à Creil sous escorte. Le soir même, il était auprès du malade. (*Histoire de la ville et châtellenie de Creil*, par le Dr Boursier, Picard 1883).

— Non, jeune homme, murmura Clisson, un soupçon de moquerie dans la voix. Le médecin attitré de Charles, Regnault Fréron, me semble avoir été évincé au profit de ce Harcigny.

— Connais pas, dit Galabert, le mépris aux lèvres. Je l'espère honnête.

D'une lippe, Clisson accueillit ce souhait :

— Qu'il soit à Coucy me rassure un tantinet. J'enrage qu'on ait écarté Fréron... Ce matin, – il faisait encore nuit –, Coucy, justement, m'a rendu visite... subrepticement. Guérard lui a ouvert. Outre qu'il m'a mis en garde sur les intentions des ducs, il m'a dit qu'il accordait sa confiance à ce Harcigny... Charles a été conçu par un père au sang pourri – il convient de se le rappeler – et une mère dont la muisteur (1) était bien connue. Souvenez-vous : toutes leurs filles sont mortes. C'est miracle que leur ains-né fils ait été pourvu d'un corps d'athlète. Par malheur, l'esprit n'a pas été si bien formé que le corps.

— Louis, en revanche, est solide !

— On ne peut accuser la reine d'avoir forniqué avec un autre, encore qu'on ait parlé du vicomte de Châtellerault, Louis d'Harcourt. Ça se comprend : son époux ne devait point l'esmouver (2). Louis ne périra point de maladie. Même s'il s'en va foutre les putains, il est trop circonspect pour ne pas les choisir. Il sera coutelé par un mari cocu (3).

Olivier de Clisson frotta ses mains comme pour les réchauffer.

— Que va-t-il se passer, maintenant, messire ?

Gui se sentit examiné de la tête aux pieds. Le connétable lui sourit :

— J'attends. Je sais ce qui se dit à Saint-Pol et ailleurs.

Clisson se tourna vers Jausselin – qui jusque-là s'était quasiment abstenu de parler :

— Notre tranche-tête a des amis. Adoncques, je sais que mon sort se décidera bientôt avec, évidemment, celui des Marmousets. Je ne les crains pas. Certains auraient fui. Je demeure.

Ils s'étaient réunis, après le déjeuner, dans l'armerie privée de ses armes, bannières et armures. Sitôt de retour à Paris, le connétable avait pris soin de les faire porter en Bretagne : il y tenait plus qu'à ses

(1) Tempérament froid. Dès 1373, la reine souffrit de « maladie mentale ».

(2) *Esmouver* : exciter.

(3) Louis d'Orléans n'avait aucun scrupule. Sans souci de l'opinion de son épouse, il avait accroché dans une pièce où il recevait les maris trompés, les portraits de leurs femmes. Lors d'un bal, il entreprit de séduire l'épouse de Jean de Nevers, le fils du duc de Bourgogne. Après l'avoir entraînée derrière une tapisserie, il tenta de « *l'induire au péché d'adultère* ». Comme elle refusait, Louis la prit de force – ce qui fut une performance eu égard aux accoutrements de ce temps-là. Si le degré de résistance varie selon les appréciations des chroniqueurs, l'acte est certifié vrai. Jean devenu « sans Peur » se vengea. Le 23 novembre 1407, à la nuit, le beau Louis qui sortait de l'hôtel d'Isabeau, rue Barbette, fut attaqué alors qu'il venait de monter en selle. Un coup de hache trancha la main qui tenait les rênes de son cheval. Il chut. Un coup de morgenstern (une massue hérissée de pointes) lui fit éclater le crâne.

meubles dont certains subsistaient. Ses serviteurs s'en étaient allés. Il ne restait qu'un palefrenier et deux vieilles vacelles (1) pour préparer des repas qui toujours étaient frugaux – comme à la guerre.

L'Hôtel qui, plutôt qu'un logis domestique, aurait pu passer pour un temple dédié à Mars, semblait désormais en grand état de somnolence, et la chaleur qui assommait Paris n'y était pour rien.

Clisson contourna son faudesteuil et s'approcha d'une fenêtre. Il jeta un regard sur la cour vide et se retourna brusquement. Sa voix jusque-là paisible prit une sévérité singulière :

— Ils sont infâmes et trament je ne sais quoi. De ce pouvoir qui leur est désormais échu, ils vont user, mésuser à outrance et répandre le sang et la misère. Voilà une semaine, paraît-il, qu'ils se concertent et se disputent presque toujours chez Orléans. Consuls, nobles, prélats, échevins, gens honorables des bonnes villes sont invités pour conseiller à ces malandrins lesquels ou lequel d'entre eux aura le gouvernement tant que le roi sera malade. Le frère et les trois oncles ne sont jamais d'accord. Je me demande si août, en s'achevant, les réunira en une même idée. Cependant, ce jour d'hui, lundi 26, Jausselin a appris qu'ils s'allaient décider. Parle…

Jausselin ne se fit pas prier.

— Voilà, dit-il de sa voix bronchante. Les oncles ont trouvé que Louis d'Orléans était trop jeune pour entreprendre un si grand fait qu'un règne.

— Un règne ! rugit Clisson. Ah ! comme ils se révèlent !… Ce ne peut être un règne car nous avons un roi. Il a reçu l'onction de la Sainte Ampoule !… Et je vais vous le dire, moi : chaque fois que les mires ne lui dispenseront plus leurs soins, eh bien, Charles recouvrera la sagesse et la santé.

— Tout se met en branle, reprit Jausselin. Berry et Bourgogne prendront le gouvernement – principalement Bourgogne dont la femme se tiendra tout coi chez la reine dont elle deviendra la seconde.

— Heureusement, dit Galabert, qu'elle n'a pas des mœurs… étranges.

— Qui sait, dit Clisson. La reine aime follement les mamours. Il se peut qu'elle soit provisoirement rassasiée des hommes. D'autre part, Bourgogne est si laid, si affreusement laid et puant que son épouse peut avoir envie d'autre chose.

Le connétable ne riait point. Après la félicité qu'il avait ressentie à l'obtention de l'épée de connétable, il savait que des rumeurs couraient selon lesquelles il serait sommé de restituer cette lame quasiment sacrée à Berry ou Bourgogne. Les languissantes mœurs qui eussent pu assembler sur un lit ou ailleurs Marguerite de Male et

(1) Servantes.

Isabeau le laissaient donc de marbre. Sans doute se souvenait-il avec une clarté non moins troublante que les mœurs qu'il venait d'évoquer, des œillades que lui avait adressées la femme de Philippe le Hardi – et qu'il avait feint d'ignorer – car il dit nonchalamment :

— Marguerite m'abomine. Elle doit pousser Bourgogne à m'abattre. La haine d'un homme, c'est peu. La haine d'une femme, c'est... redoutable. Celle-ci me semble en proie à la persécution d'une continence des sens plutôt qu'à une agitation de l'esprit. Une maladie qu'elle affine de jour en jour comme le fèvre l'acier dont il fait une épée.

Là semblait s'arrêter le pouvoir des mots. Ensuite, pour Clisson, c'était l'invisible, l'indicible, la vacuité d'un avenir que le connétable pouvait peindre de teintes sombres, sans crainte d'erreur. Il avait haï, lui aussi. Dans la négative, il eût été moins féroce à la bataille. Sans se sentir désarmé face à l'adversité, il se savait en grand état d'infériorité :

— Quatre contre un, mes amis. Sans compter les Apilly et autres malandrins. Il me faut attendre. Si je quittais Paris maintenant, ils me prendraient pour un couard... Moi, couard ?... Toute la cité en ferait des gorges chaudes... Ce qui m'afflige, c'est que sans doute je ne verrai plus le roi.

— Qui sait ? dit Jausselin sensible à une sorte de désespérance du cœur.

— Regnault Fréron me l'a dit en avril de cette année après que l'avertin l'eut pris en Amiens (1) : la maladie de Charles est curable *pourvu qu'on veuille qu'elle le soit*. Le roi l'a conçue et prise par faiblesse de chef et par incidence de coulpe. En Bretagne, les gens se réjouissent, à Rome, certainement aussi et sans doute en Angleterre. Je prierai chaque jour pour que le roi nous revienne (2).

1) La première crise eut lieu en cette ville. *Avertin* : maladie de l'esprit qui rend emporté, furieux ; sorte d'épilepsie.

(2) A l'époque du grand schisme, le Pape de Rome, Boniface IX, considérait le roi de France comme son ennemi, et celui d'Avignon, Clément VII, ne s'en souciait guère. Le peuple fut pris de compassion pour le jeune roi atteint d'un mal « étrange ». A Aspres, en Hainaut, entre Cambrai et Valenciennes, on modela « *un homme de cire en forme de roi de France* » et l'on supplia Dieu, tout autour, qu'il guérît le souverain. Même chose à Saint-Omer (Saint-Hermer) et à Roubaix (Rouais). Jean de Montfort fit dire des messes pour la santé de Charles VI, les Bretons remercièrent saint Yves pour être apparu au roi, dans la forêt du Mans, afin de lui déconseiller le voyage en Bretagne. Çà et là, on vit passer des processions de flagellants.

En Angleterre, Lancastre plaignit le roi en ces termes :

« Par ma foi, c'est grand'pitié, car il se montroit homme de grand'emprise et de bonne volonté à bien faire. Et me dit à Amiens au congé prendre :

— Beau cousin de Lancastre, je vous prie chèrement que vous mettez peine et rendez votre diligence que ferme paix soit entre nous et notre neveu d'Angleterre et nos royaumes ; parquoi nous puissions aller à grand'puissance sur Mora-Baquin** qui a conquis le royaume d'Arménie et qui se met en peine de détruire Chrétienté, parquoi notre loi soit exhaussée, car nous sommes tous tenus de ce faire. »*

Or, est, dit le duc de Lancastre, la chose moult retardée ; car jamais n'aura si grand crédence comme il avoit paravant. « C'est vérité, répondirent ceux à qui il en parloit ; mais est le royaume de France trop bien conditionné de cheoir en trouble » (Froissart).

* Richard II.

** Mourad-Beg, en français Amurat, mais surtout Bayézid.

Le lendemain, ils surent que le duc de Bourbon et Louis d'Orléans s'étaient rendus fréquemment chez le roi depuis son installation à Creel et que nul ne parlait à Charles VI et n'entrait au château.

— Fors ceux qui sont députés et ordonnés pour lui, dit Jausselin. Les ducs de Bourgogne et de Berry demeurent à Paris... à quelques toises de nous. Ils méditent sur les décisions à prendre.

— Ils atermoient, dit Clisson, avant de passer aux actes. Quand ils gouverneront, ce sera ainsi. La France sera tirée à hue et à dia. Il y a des grands mouvements de gens hors et en deçà de l'Hôtel Saint-Pol.

— J'y ai même entrevu Jeannin d'Arc, messire, avec lequel vous avez ostoïé.

— Je ne crains rien de lui, murmura le connétable. Mais qui l'a mandé... et pourquoi ?

Trois jours passèrent, désagréables. Jours de silence et d'incertitude où deux matinées de suite, Gui erra dans Paris dans l'espoir d'y faire une rencontre qui ne se produisit pas. Il préféra demeurer en l'hôtel de Clisson, soigner Beaubrun et le coursier du connétable, fourbir Plaisance et son armure que de s'exposer à de nouvelles quêtes décevantes.

A table et hors de celle-ci, il savait que Clisson l'observait. Les façons du connétable eussent sans doute été les mêmes s'il s'était trouvé à Jocelin, attendant l'ennemi au pourtour de sa chevance.

Ils ne vivaient point dans une permanente angoisse mais, tout bonnement, dans l'attente d'un dénouement dont ils ne pouvaient imaginer le jour, la forme et la teneur. Les événements qui avaient relégué le roi à Creel pouvaient être considérés, par les manants, comme une nécessité sans conséquence sur leur existence. Comment eussent-ils pu se douter qu'ils souffriraient de cette exclusion et qu'elle avait été préparée de longue date par quatre ambitieux sans scrupule. Dès le mariage de Charles VI et d'Isabeau, une sorte de maléfice avait corrompu la royauté. Clisson y avait échappé. L'amitié dont le roi l'honorait, son rôle éminent auprès des guerriers, leur admiration sinon leur fidélité avaient préjudicié cet homme solide et redoutablement beau en dépit d'une infirmité qui attestait d'ailleurs de son courage. Gui comprenait que la laideur complète – corps et âme – de Berry, Bourgogne et Bourbon eût contribué à nuire au connétable et que le duc d'Orléans, l'Adonis de la famille, eût subi et *accepté* leur contrainte : si son ains-né mourrait, le trône était pour lui. Quant à Clisson, dont le beau Louis se prétendait l'ami, il se fût méprisé de solliciter auprès de ce prince un soutien quelconque. Quel qu'il fût, il ne subirait pas son sort : il le combattrait.

Jausselin s'en allait chaque jour aux nouvelles. Au soir du vendredi 30, il revint à l'hôtel de Clisson la mine sombre.

— Je ne sais pas, dit-il, ce qu'ils font au roi et si c'est une idée de ce Harselli… ou Harcigny, mais il paraît qu'un marchand a porté au château de Creel un millier d'épingles (1). Pour quel usage ?

— Ce n'est sûrement pas pour lui piquer la peau, ni pour qu'il les avale, ricana Galabert. Il y a une autre raison. Nous l'apprendrons… grâce à toi. Est-ce tout ce que tu as appris ?

Une étincelle malicieuse scintilla dans le regard du tranche-tête.

— Non. Sire Charles a voulu se jeter de la fenêtre de sa chambre. Harselli l'a fait aussitôt agrandir d'une saillie munie d'une grille, de sorte que le… prisonnier peut se pencher sans danger et voir jouer à la paume dans le fossé où il a voulu choir… Des gens qui l'ont aperçu ainsi ont répandu le bruit qu'il était en cage, ce qui semble une fausseté.

— Qui sait… murmura le connétable.

Et Jausselin, après avoir acquiescé, poursuivit :

— Le roi ne cesse d'être furibond. Son mal semble avoir accru la force de ses nerfs et le pouvoir de ses muscles. Il a brisé le fruit (2) de son hanap d'or ; il en a fendu et despiécé un autre.

— J'aimerais le voir, dit Clisson balançant entre le courroux et l'angoisse. Que lui font-ils ? Me verrait-il qu'il s'apaiserait.

— Ah ! ça… grommela Jausselin.

Il y eut un silence, chacun méditant sur le sort du prisonnier. Gui ne savait que dire. Il partageait les opinions et les craintes de tous : une sombre menace surplombait une âme égarée. La solitude qui, sans doute, enveloppait le roi, n'était point de celles qui pouvaient favoriser sa guérison. Jausselin, d'un mouvement des bras, exprima son impuissance :

— Je serais bien allé à Creel. On m'en a dissuadé. Nul ne peut entrer au château dans la partie réservée au roi sans être muni d'un sauf-conduit accordé par Harcigny. Il paraît qu'il médicine si bien sire Charles, qu'il a vaincu ses fièvres et lui a rendu l'appétit… On dit qu'il l'emmènera bientôt randonner à cheval et chasser les alouettes.

(1) On lit, dans un registre consacré aux dépenses royales : « *A Jehan le Braconnier, espicier, pour un millier d'espingles communes acheptées de luy, le 28 août 1392, et baillées à Andriet le Maire, valet de garde-robe de la royne, pour hausser un pavillon vert, aux IIII évangélistes, et ung espervier qui est à ladite dame et qui ont estez tenduz au chasteau de Creeil pour la venue du roy, au retour de son voyaige au Mans… pour ce LXV s.* » (Archives nationales K K 28 B f 2.)

La reine avait été certainement prévenue en hâte, par un chevaucheur de l'un des princes, du malheureux événement du Gué-de-Maulny. Toute femme peu ou prou aimante – le mariage n'était pas si loin – se fût portée sous escorte à la rencontre de son époux. Or, Isabeau demeura dans les murs de Paris bien qu'elle n'eût pas risqué d'être assaillie en chemin. Il appert qu'avant même qu'on l'y eût claustré, la reine savait que Charles VI serait mis en sûreté à Creil. Subissait-elle *déjà* l'influence des ducs ? Sans doute. Le porte-parole des comploteurs fut certainement son beau-frère. Si le roi, à l'époque de l'achat des épingles, subissait des crises de folie furieuse et voulait se jeter de sa chambre au bas des murailles du château, n'était-ce pas par désespoir d'avoir été joué par les conjurés et par son épouse ?

(2) Gland de chêne soudé au couvercle et qui permettait de manœuvrer ce dernier par une simple pesée du pouce. Le roi, au Mans, avait brisé certains ustensiles lors d'une « crise ».

— Qu'il se contente de chasser son mal, broncha Clisson.

— Un jour viendra aussi, à ce qu'il paraît, où le roi pourra voir son épouse et le dauphin.

— Pendant tout ce temps, je suis certain que l'Isabeau ne jeûne point, ni le bel Orléans…

Il se pouvait que le connétable exagérât son ire envers ces deux êtres mais comment, libérée d'un mari à l'humeur instable, la reine n'eût-elle pas joui d'une liberté inespéré assortie de tous les biens de l'existence ?

— Cessons d'en parler, décida le connétable. La reine a le goût des lits bien remplis ? Nous sommes, nous, dans de beaux draps. Si seulement je connaissais par le menu les intentions des ducs, ma vie serait simplifiée…

Sous l'autorité des princes, l'effondrement de la royauté lui paraissait inévitable. Il semblait même qu'il eût prévu toutes les étapes de son déclin, d'où son envie de plus en plus pressante de se détacher du royaume pour retrouver définitivement ses terres bretonnes, dût-il y guerroyer contre Jean IV de Montfort.

— Je demeure fidèle au roi, dit-il. Mais il est si loin… Il ne peut rien pour moi, je ne peux rien pour lui…

Le geste qui suivit fut celui d'un bras levé qui semblait montrer à Jausselin et à Gui un oiseau planant au-dessus d'eux. C'était en fait l'envol d'une âme que le connétable désignait.

— J'ai eu mes belles et riches heures. Ce fut à travers mes batailles, mes revers, mes navrures, mes déceptions, mes amitiés, une vie bien pleine. Il est temps d'en changer mais je resterai le plus longtemps possible à Paris, contrairement à ce que mes ennemis espèrent. Ah ! non : je les déteste trop pour leur fournir cette joie.

« Il n'emploie jamais le mot *amour* », songea Gui. « Quel homme ! »

La démence du roi semblait pour ce batailleur le point d'aboutissement d'une vie ascendante. Il allait devoir passer par d'autres épreuves et il enrageait sans doute de ne pouvoir augurer quels tourments et déceptions celles-ci lui réservaient. A l'inquiétude qu'il tenait de sa féauté au roi, à la suppression de sa connétablie, à sa faculté d'augurer l'avenir s'ajoutait certainement la lassitude des combats de Cour plus féroces que ceux des guerres.

— Jamais je ne restituerai l'épée que le roi m'a remise. Oh ! non, jamais.

Puis recouvrant sa voix de toujours : forte et sentencieuse :

— Nous allons devoir mes-huy (1), demain ou je ne sais quand, abandonner cet hôtel en hâte… Prenez soin des chevaux et des sommiers. Qu'ils soient prêts, eux aussi, à quitter Paris vélocement.

Il n'y avait qu'à s'incliner. Il n'y avait qu'à attendre. Mais quoi ?

(1) Maintenant, aujourd'hui.

* *
*

Le dimanche premier septembre, Clisson se passa de messe. Ses méditations semblaient prendre un tour de plus en plus morne. Le soleil, l'oisiveté, l'attente lui tressaient, comme il disait, les nerfs.

— Ils commenceront par moi. Ils ne seraient point marris de m'envoyer dans quelque ergastule… Puis ce sera Montagu, l'amiral Jean de Vienne, Bureau de La Rivière, Le Mercier, Juvénal des Ursins, et tu verras, Gui, que destitué de l'office de connétable, celui-ci reviendra tout droit à Philippe d'Artois.

— Pourquoi ?

— Holà ! tu l'ignores ?… Mais parce qu'il est le gendre de Berry (1)… mais va : le temps est beau. Profite de ce ciel bleu et de ce soleil tendre. Tu as besoin, toi aussi, de te remettre les idées en place. Depuis la rue Sainte-Catherine, tu n'as fait que vivre des choses graves… et qui sait ? si tu la rencontres, peut-être sauras-tu ce qui se trame chez Louis d'Orléans.

* *
*

Sitôt dehors, Guy se hâta vers le quartier Notre-Dame où il s'était déjà rendu maintes fois, à des heures différentes, sans jamais rencontrer Alix.

Il s'inquiétait. La pucelle était-elle repartie pour Apilly ? Chez des parents ? Avait-elle été cloîtrée en quelque couvent par son père ? Il avait beau se dire que Valentine Visconti veillait sur elle avec constance et amitié, il ne se rassurait point.

Était-ce parce qu'elle semblait se dérober à ses recherches ? Alix lui paraissait désormais verrouillée hors de lui-même, insensiblement plus lointaine et inaccessible. Et pourtant il la voulait voir, ne fût-ce qu'une dernière fois.

Insoucieux des maisons, des échoppes et des passants, il marcha en regardant où il posait ses pieds tant les gros pavés souvent disjoints étaient glissants et sales. En fait, plus il piétait en ces lieux parfois putrides, dans un couloir de bâtiments pustuleux, plus il craignait que Paris, dont personne ne prenait soin, ne ressemblât bientôt à quatre ducs qu'il détestait autant que Clisson, bien qu'ils ne lui eussent jamais rien infligé de dommageable. Or, peut-être, bientôt, subirait-il

(1) La destitution date du 19 décembre 1392.

leur joug et partagerait-il avec le connétable, un opprobre auquel viendrait s'ajouter l'incertitude du danger.

Parvenu sur le parvis de la cathédrale et couvert de son ombre immense, il regarda partout, furieux de tant de présences dont aucune n'était *la sienne*.

A contre-courant des manants qui s'empressaient à la messe, il piéta jusqu'à la Seine. En vue du fleuve, il s'arrêta, hésitant à progresser encore de crainte que pendant ce temps, dans son dos, Alix ne fût à sa recherche.

« Attends. Laisse les gens entrer jusqu'au dernier. Tu surveilleras leur sortie. »

Le fardeau de son anxiété ne cessait de s'alourdir. L'eau coulait à peine, les arbres s'y miraient dans leurs moindres détails. Des pêcheurs avaient amené leurs enfants. Ils couraient en tous sens et parfois se menaçaient du poing d'une rive à l'autre.

Il y eut un clapotement. Des hommes allaient passer, à cheval. Une dizaine. Tous avaient aux talons des éperons d'or. Revenaient-ils de Creel ? Avaient-ils vu le roi ? Il connaissait le dernier d'entre eux.

« Le Bègue de Villaines ! Il semble moins triboulé qu'au Mans ! »

Le cheval noir du maréchal trottait d'une allure souple et légère. Évoquant les événements lors desquels il l'avait côtoyé, Gui éprouva pour ce prud'homme un sentiment composé d'autant d'admiration que de crainte. Ce vieillard illustre était lui aussi menacé. A le voir chevaucher droit, sévère et digne, on sentait ses muscles et ses nerfs en excellent état dans un corps plus souvent alourdi du harnois de guerre que paré des vêtements de coutil rouge et bleu qu'il portait ce dimanche. Pour ce chevalier, la vie, apparemment, n'avait aucunement cessé d'être normale. Or, c'était une fausseté. Sans doute, comme Clisson, se sentait-il mésaisé de n'être pas encore empoigné par des malandrins à faces de braves gens et confronté aux ducs. Traité certainement comme un ennemi du royaume, il n'accepterait jamais d'être un accusé mais s'érigerait en juge.

Otant son chaperon – celui d'Anceline –, Gui salua, mêlant à la courtoisie un respect bien pesé :

— Bonjour, messire le maréchal.

— Ah ! c'est vous.

Le Bègue de Villaines arrêta son cheval. Il n'en descendit point. Gui l'admira secrètement : il avait l'air si majestueux, si impassible. En dépit de ses ans, il tenait avec une fermeté juvénile son coursier fougueux et pimpant. Il avait commandé aux hommes, il savait commander aux bêtes. Bien qu'il eût une confiance absolue dans sa nature, moins bonne, sans doute, que farouche, quel qu'il fût et quel qu'il eût été, cet homme subirait, lui aussi, la tyrannie des nouveaux maîtres.

— Clisson va-t-il aussi bien que… que moi ?

— Je crois, messire, quant à la santé du roi, que vous partagez les mêmes soucis et les mêmes espérances.

— Bien dit, l'ami. Donnez-lui le bonjour… et di… dites dites-lui que c'est pour bientôt.

Pierre de Villaines n'avait guère hésité sur la prononciation d'un mot. L'anxiété lui forgeait un nouveau langage.

Gui, satisfait, revint muser devant Notre-Dame.

Alors qu'il l'avait trouvée souvent sereine et hospitalière, il jugea maussade, sans même l'avoir regardée, la grande façade peuplée de rois et de saints. Son ombre puissante versait sur lui une fraîcheur qui semblait empruntée au flot de la Seine. Les croyants la traversaient en hâte, affamés d'hosties plutôt que de pain tandis qu'à l'intérieur, les voûtes séculaires résonnaient aux furieuses invectives d'un prêtre contre, sans doute, la luxure, puisque les débordements des gens de Cour l'avaient exhaussée de la fange où elle croupissait à une espèce de rite consacré par la reine et ses disciples, et célébré par tous les affamés de volupté.

Il franchit le seuil parmi une vingtaine de fidèles que la curiosité poussait autant que l'élan mystique. Ils voulaient savoir à qui Dieu s'en prenait par le truchement de son intercesseur – comme s'ils ne le savaient déjà !

— *… et vous, les humbles enfants du Christ, vous qui peinez chaque jour davantage alors que tout près de vous, on s'enivre à satiété de toutes choses malsaines ou prohibées, vous qui pourvoyez à ces liesses alors que vos enfants ont faim, luttez par la prière contre la malignité des satans !…* Ô tempora ! Ô mores ! Ô pudor ! (1) *Le Seigneur vous voit tous et Il nous juge tous…*

« Parle ! Parle ! » songea Gui. « Tu n'éteindras pas le feu qui embrase la Cour. Tu ne guériras pas le roi par de saintes paroles. Tu devrais prononcer l'anathème contre quatre gobelins (2), mais tu ne l'oseras par nécessité de garder ta mitre, et dessous ta tête, et dessous encore, les joyaux qui t'illuminent ! »

Contrairement à l'accoutumée, la magnificence de la nef le laissa froid. Elle lui parut moins accueillante et les pierres taillées avec soin ne retinrent point ses regards. Tous les organes de l'édifice, plutôt que de l'exalter, rétrécissaient sa ferveur. Cependant, son indifférence cessa lorsqu'il *la* vit.

Agenouillée devant le seuil de la chapelle où ils s'étaient déjà rencontrés, le cou incliné sous la tourmente immobile des pierres, elle semblait interroger un Christ de petite taille dont les yeux de lynx

(1) O temps ! O mœurs ! O pudeur !
(2) Démons.

pétillaient aux feux des chandelles et des cierges. Sous la cornette de paille grise qui convenait à sa beauté sereine et nonchalante, il lui trouva le teint pâle et le front soucieux. Une gerbe de cheveux d'ombre ennuageait son épaule, assombrissant ainsi une robe couleur de ciel printannier ceinte de cuir blanc. Elle priait ardemment : ses lèvres remuaient sans trêve tandis qu'un songe inavoué mettait un peu de nacre sur un profil d'une pureté de neige. Gui douta soudain qu'Apilly fût son père.

Tandis qu'il s'approchait, il succomba une fois encore à une admiration qui jamais, sans doute, ne serait lasse. La souveraine frisqueté (1) de la jouvencelle eût transmuté, selon lui, les loques les plus grossières en vêtements décents. Et comme elle se levait après s'être signée, il s'ébahit du pouvoir qu'elle possédait de transférer en enchantement les mouvements les plus simples.

Il fut près d'elle sans mot dire. Trop occupée par sa dévotion, elle ne sentit pas sa présence. Il chuchota :

— Seigneur Christ, dites-lui que j'en suis amouré.

Cette fois, elle le vit.

— Oh ! mon Dieu…

Pour lui, Dieu ne comptait point : il avait sa déesse.

— Vous !… Je me désespérais. J'imaginais des choses… Votre mort quand le roi a meshaigné quatre hommes… Et puis j'ai su…

— J'aurais pu être occis.

— Mon père me l'a dit : vous l'avez sauvé…

Ils restèrent silencieux, n'osant ni l'un ni l'autre tirer des conclusions sur ce sauvement et y puiser des espérances. Dans l'état de dilection où ils se trouvaient, il leur semblait qu'ils eussent chevroté l'un et l'autre en prononçant un seul mot.

Ils se regardaient souffle à souffle, elle les mains encore jointes sur sa prière interrompue, lui n'osant les lui prendre pour les porter à ses lèvres. Ce fut elle qui s'exprima la première :

— J'ai appris pour le roi… J'en suis toute dolente.

Si elle n'ignorait pas qu'il avait épargné à son père une taillade mortelle, avait-elle deviné qu'un complot se tramait, qui parvenait sans doute à son terme après que le premier coup eut été porté au roi par un malandrin en penailles.

Gui chancelait un peu : elle était toujours aussi belle. Radieuse, à présent. Elle avait rosi, rougi sans doute. Dans l'ombre, il n'en pouvait décider. Elle était à la fois la fleur qui s'entrouvrait pour lui et dont il eût aimé respirer l'odeur, et le fruit succulent dans lequel il eût aimé mordre.

— Le roi a été trahi, m'amie. Bientôt vous saurez quels sont les

(1) Élégance.

traîtres. Vous les pourrez même costier (1) à la Cour.

Quelques gouttes de silence suivirent, pour s'accommoder à cette fragilité des corps et des âmes. Puis Gui saisit Alix par les épaules et la serra contre lui. Elle était sa fée avant que de devenir son bien. Il ne pouvait en aller autrement. C'était ainsi qu'elle figurait dans ses visions nocturnes et dans ses songes éveillés. Sous le frémissement de l'abandon, il percevait son bonheur.

— Si vous saviez...

Il n'avait guère envie de parler, tout entier requis par le plaisir de la voir, de la toucher dans un lieu qui, pourtant, ne se prêtait point aux effusions tendres. Non, vraiment, elle n'avait rien perdu de la distinction exquise, parfois naïve, parfois décidée, qui l'avait conquis lors de leur rencontre à l'Hôtel Saint-Pol. Le bleu de son regard était son paradis.

— Clisson est menacé... Ce n'est pas à moi de vous l'apprendre... Doncques vous l'êtes aussi et je tremble pour vous. On médit sans discontinuer du connétable, de sa famille et même de sa mesnie (2) dont vous êtes... J'ai peur.

Il l'eût pu rassurer d'un baiser sur le front. Il ne l'osa.

— La calomnie, dit-il. Point celle qui demeure entre quatre murs, comme accroupie et sans envie de s'éparpiller. Non. Celle qui est comme l'hydre. Celle qui a moult visages, bouches, membres afin de se répandre à travers le royaume pour préjudicier, noircir, salir, avant que de les abattre, tous ceux qui font de l'ombre à la haute vermine.

Ils allaient lentement vers le grand portail. Ils eussent pu se séparer là. Ils n'en avaient envie ni l'un ni l'autre.

— Vous êtes, Gui, du mauvais côté. C'est du moins ce que dit mon père.

— Ah ! tiens, il dit cela. Croit-il qu'il est du bon ?

— Il répète qu'il vous doit la vie.

— Il est sage qu'il le reconnaisse. Ma mère adoptive, elle, lui doit sa mort.

— C'était une effrayante méprise...

Gui observa les saints et les saintes, au-dessus d'eux, pour ne pas croiser le regard de la jouvencelle. Dominée par ces effigies de pierre, elle se détachait, immobile elle aussi, comme une déité dont leurs yeux vides contemplaient la beauté.

— Avez-vous vu comme ils vous remirent (3) ?

— Et si c'était vous ?

Ses mains crochetées à sa ceinture, Alix se renversait un peu en arrière. Gui ne put qu'admirer sa flexible cambrure, la belle attache

(1) Côtoyer.
(2) La demeure, les biens, y compris les gens.
(3) *Remirer* : regarder avec une grande attention.

d'un cou d'une blancheur liliale et la douce clarté qui, du front au menton, illuminait un visage pareil et pourtant différent de celui de ses chimères. Enclin à louer la beauté, il eût admiré, au-dessus d'Alix, les avortons et les matrones de l'enfer et jusqu'aux monstres des gargouilles.

— Je vous ai cherchée.

— Moi aussi... désespérément. Je vous savais de retour... Je me suis dit parfois que vous m'aviez oubliée... ou que vous en aviez rencontré une autre.

Il se refusait à prendre congé d'elle. Ils avaient tant à se dire encore, tant à s'entr'admirer, s'encourager, se révéler l'un à l'autre.

— Père refusera ce mariage. Disant cela, je ne vous apprends rien.

Alix frissonna. Il comprit qu'elle était prête à fondre en pleurs. La prenant par l'épaule, il se mit en devoir de la consoler pour se consoler lui-même.

— Ayez confiance. Vous êtes raisonnable, moi aussi. Nous tenons dans nos mains et dans nos cœurs un bonheur qui ne peut s'envoler comme un oiseau ou un papillon.

— J'ai peur, dit-elle encore. Peur pour vous.

Il abandonna le *vous* pour le tutoiement, le trouvant plus persuasif.

— Il ne faut pas t'angoisser pour moi... J'échangerais volontiers toutes mes chances de bonheur contre des déceptions profondes afin que le tien devienne vrai... solide... Afin que tu aies grâce à moi la plus belle vie du monde. On dit que le bonheur se mérite. Je me demande si j'y ai droit puisque ton père est mon ennemi.

Alix fit quelques pas pour le précéder et lui dissimuler son visage.

— Comment, Gui, pourrais-je éprouver le moindre plaisir de vivre si je te sais menacé du même péril que Clisson, affligé de je ne sais quelles déceptions aussi inguérissables que celle que tu dois au trépas de ta mère ?

Ils avaient réuni leurs amours dans la joie, ils les scellaient cette fois dans la crainte. Derechef Gui saisit Alix aux épaules et, les yeux dans les yeux :

— Est-il bien vrai, m'amie, que tu m'aimes aussi fort ? Que tu m'es attachée comme une fiancée ?... Je pourrais t'emporter pour t'emmener bien loin, mais tu te sentirais prisonnière. Pourrais-je, en cette occurrence, t'offrir ce bonheur auquel nous aspirons tous deux ?... J'en doute. Un jour tu te croirais en cage. Un autre, je me prendrais pour ton geôlier. Les belles fleurs écloses ont besoin de soleil, d'air, du vent qui les berce de jour et de nuit.

Il parlait dans une espèce de brume. L'avenir leur était indistinct. Alix murmura, la bouche contre une oreille que son haleine rafraîchit :

— Je t'aime et veux t'appartenir. Si Père m'accordait à un autre, je mourrais. Je ferais en sorte de mourir. J'en suis capable.

— Avant qu'il te… murmura Gui.

La douce et craintive voix d'Alix exerçait sur lui un prodigieux empire. Bien qu'une infinie tristesse eût envahi son cœur, il se délectait à distinguer en elle tous les sentiments d'une nature fière, entreprenante et généreuse ; toutes les gradations d'un amour dont il sentait, comme son corps à travers la robe légère, la volonté d'éprouver davantage.

— Je voudrais que tu n'aies plus une seule raison d'être anxieux…

— Je ne puis en avoir une seule puisque tu acceptes mon amour.

Gui souriait. Les aveux qu'ils venaient d'échanger avaient chassé les doutes de son âme. Cependant, il ne pouvait entièrement se réjouir, donner libre cours à sa joie, quoiqu'elle fût puissante et ardente. Hardie aussi, puisqu'il prit Alix par la taille, la serra contre sa poitrine et lui donna le long baiser qu'elle attendait.

— Si Père ne veut pas, nous nous retrouverons. Tu amèneras un cheval. Ne crains rien : je sais me tenir en selle… J'ai tant envie que tu me…

Il avait compris, bien que la vierge grave et pudique se fût, disant cela, interdit de le regarder. Quand elle l'osa, elle lui offrit un visage grave d'où le trouble s'était éteint.

— Resteras-tu à Paris ?

— Non. Le connétable est prêt à partir : la menace est trop forte et le sang peut couler. Comprends-tu ?

Elle ne répondit pas. Le danger les cernait diversement l'un et l'autre. La conscience de son acuité endommageait l'étroite communion née du dessein qu'ils venaient d'ébaucher. Fuir, certes. Mais quand ? Et quel lieu choisir pour une retraite sûre ? Le sérieux de leurs propos altérait l'innocence de leurs retrouvailles. Ils se sentaient les proies d'un destin malheureux. Leurs regards toujours aussi brillants prenaient désormais une signification différente. Leur loyauté, leur fidélité les rassérénait, mais l'avenir, quoi qu'ils eussent dit, leur apparaissait comme une longue et malicieuse épreuve.

— Si tu y consens, j'irai trouver ton père. Je lui ferai part de notre intention et, bien qu'il m'en coûte à l'avance, je lui pardonnerai la perte de ma mère… à la condition d'un *oui* sans obligations préalables.

Croyait-il vraiment à ses dires ? Non. Il espérait rasséréner Alix.

— Il te demandera de quitter Clisson.

— Si le connétable accepte que je m'en aille, ce sera selon certaines conditions. Je crains qu'il ne me reproche d'accorder ma confiance à un homme tel que ton père… et je devine que celle que tu éprouves depuis longtemps à son égard est aussi mince que l'ongle de ton petit doigt.

Elle n'en disconvint pas.

— Nous sommes seuls, m'amie, et privés de toute aide.

Gui sentait son front se glacer. Tandis qu'il considérait Alix d'un regard d'où, sans doute, filtrait son mépris pour le sire d'Apilly, son caractère inquiet éprouvait le besoin de se fixer sur des certitudes. Or, il n'en découvrait aucune. Il prévoyait, de la part de Guillaume de la Champagne, un accueil hautain et froid. Ce guette-chemin en habits de Cour avait tout d'un homme abominant la gratitude. Ce serait un *non* clair, cinglant. A moins que, courtois et artificieux, il ne trouvât prématuré un engagement qu'il avait depuis longtemps jugé absurde.

— Eh bien, dit Alix, allons-y !

Oui, décidément, elle avait du courage.

— Où est-il ?

— Chez Louis d'Orléans, bien sûr. Ils ne se quittent pas depuis leur retour du Mans.

* *
*

Elle lui avait dit : « Attends-moi : je vais lui annoncer ta visite. » Et il attendait.

Elle l'avait introduit sans un vestibule quasiment vide mais dont les dorures suppléaient la vacuité. Plutôt que de s'asseoir sur l'un des deux bancs au dossier incrusté de fleurs de lis d'or, il s'était mis à marcher. Ce qui s'était passé entre Alix et lui, cette confirmation, mieux encore : cette réverbération de leurs sentiments, plutôt que de le cuirasser d'une assurance qui valait bien une armure, l'avait déshabillé de toutes ses facultés. A la guerre, même nu, il se fût senti plus valeureux.

« Si c'était non, je le saurais déjà. Puisque le temps me dure, c'est que je l'intéresse. »

Voire. En raison de sa froideur et de sa hautaineté Apilly pouvait-il comprendre quelque chose à l'amour ? Le fait qu'il eût conçu un enfant avec son épouse ne signifiait pas qu'il eût aimé celle-ci. Il pouvait s'être marié par intérêt, pour satisfaire aux exigences de sa famille, pour sacrifier aux usages et mieux encore – si le *mieux* convenait –, pour profiter d'une dot conséquente.

« Moi, j'aime Alix comme on doit aimer ! »

Leur affection s'était embellie sans qu'ils se vissent, à mesure que s'écoulaient leurs jours de solitude. Leur entente s'était maintenue par l'esprit. Ils sentaient qu'ils n'étaient point seuls et leur rencontre à Notre-Dame avait été, dans leur réciproque émoi de se revoir, l'affirmation de leur unité. Ils s'étaient affranchis de tout, un bref moment, pour redevenir hélas ! lui, l'écuyer de Clisson, elle l'otage de son père. Néanmoins, leurs sentiments n'avaient jamais cessé de frémir, de forcir, de flamber. Tout ce qui subsistait en Alix d'un âge d'innocence s'était embrasé. En regagnant l'Hôtel d'Orléans par des ruelles obscures et détournées, elle n'avait cessé de lui tendre ses lèvres. Il n'envisageait pas un mariage à Notre-Dame. Cependant, le saint lieu avait été celui de leur baptême d'amour. Leurs aveux si pareils imprimés dans leurs cœurs leur permettraient, quoi qu'il advînt, d'affronter les adversités les plus farouches... Mais que le sablier s'épuisait lentement !

Le cœur gros et pour vaincre ses craintes, Gui songea non sans tristesse à Anceline. L'eût-elle moqué en le voyant ainsi : angoissé, marchant tout en effilochant des idées qui ne cessaient de s'assombrir ? Et Emma ? Pendant qu'il attendait, s'échangeaient tout près de lui des paroles décisives. Alix allait bientôt reparaître seule ou accompagnée. Apilly lui disait peut-être : « *Ce n'est qu'un petit hobereau du Maine. Je me suis informé.* » Ou bien : « *Il ne te convient pas. Il ne me convient pas.* » Ou bien encore : « *S'il passe de la mesnie de Clisson à celle de Louis d'Orléans, il est possible...* » Lorsque l'huis s'ouvrirait, il verrait aussitôt, sur le visage aimé, s'il avait gagné ou perdu. Mais il gardait quelques onces d'espoir : un refus intransigeant eût signifié un tête-à-tête bref. L'acceptation s'assortissait peut-être de conditions, lesquelles comporteraient les serments indispensables à une sorte d'allégeance... Au duc ? A Apilly ? A Berry et aux autres ?

Non, il se méprenait. Apilly était rien moins que bon.

« Peut-on dédaigner un homme et lui accorder sa fille ? »

Malgré les vertus qu'il ne cessait de s'attribuer afin de conforter son espérance, Gui savait que plus il exhaussait celles-ci, plus il se dévalorisait. Il tremblait de voir Alix apparaître.

De toute façon, il se refusait à ce que leur amour fût anéanti par un tiers, celui-ci étant justement Apilly. Cet homme-là pouvait tuer des gens dans une embûche ou en face, il ne parviendrait jamais à écraser le sentiment dont sa pucelle était hantée.

Gui baissa la tête et son front heurta la traverse d'une fenêtre qui s'ouvrait sur une rue vide. Quand il se retourna, l'esprit toujours morose, Alix était là, plus blanche que l'ivoire. Elle le contemplait avec une ferveur accrue et des larmes inondaient ses joues.

Il se précipita et la prit dans ses bras. Ils demeurèrent muets, infiniment malheureux, sans échanger le moindre mot. Puis Gui trouva en lui la force de parler :

— C'est non.

— Hélas !

— Pour que ce soit *oui*, t'a-t-il donné ses conditions ?

— Il n'y a pas de conditions. Il te hait d'autant plus qu'il est ton débiteur.

— Il a occis ma mère.

— Il ne l'a point occise. C'était une erreur.

— Erreur ou non, ses sicaires ont agi d'après son mandement.

— Ta mère est morte et tu lui as, toi, sauvé la vie. Or, il prétend que c'était dans l'ordre des choses. Il ne t'en sait même pas bon gré.

— Parce qu'il ressemble à ses maîtres : tout lui est dû.

Le temps s'était figé. Tout devenait sordide, mais eux, ils restaient propres. Leur amour étincelait. Ils prendraient patience.

— J'ai reçu permission de te raccompagner. Pas plus de dix toises dans la rue.

Alix parlait bas comme si, derrière l'huis, elle devinait son père l'oreille collée au chêne. Gui sombrait, lui, dans une sorte de lassitude où les paroles les plus tendres lui semblaient tout à coup sans valeur.

— Je te délivrerai. Je viendrai te chercher. Tant que tu seras à Paris, va le dimanche à Notre-Dame. Erre dans les lieux que nous avons connus. Si ton père t'exile, je te retrouverai.

Peut-être parlait-il à tort et à travers. Il refusait que le chagrin les terrassât. Somme toute, il n'avait point à se montrer trop ébahi : cette démarche des plus hardie, la jouvencelle avait eu raison de l'entreprendre. Elle avait, dans un champ d'ivraie, semé un grain qui germerait malgré les orages de la nature et des hommes.

Ils ne se disaient mot. Dix toises, c'était peu et ils se sentaient observés. Cœurs vaillants s'il en fût, ils se donnaient la main tels des fiancés heureux face à une existence prometteuse.

— Il va vouloir te marier pour en finir avec moi.

— Si c'est son intention, je me tue.

— Ne dis pas de pareilles sornes. S'il persiste, fuis.

— Où veux-tu que j'aille ?

Gui sourit à une idée simple :

— A Jocelin, chez Clisson. Nul ne viendra t'y prendre. J'y serai. Nous allons y partir.

— Le connétable…

— Il t'acceptera paternellement. Sa rudesse est comme un jaseran dont il revêt sa bonté.

— Seule sur les grands chemins…

— Habille-toi en homme. Par Chartres et Le Mans, la voie est paisible. Ou bien, envoie-moi un message (1) à Jocelin. Tu dois bien connaître, parmi les serviteurs de Valentine Visconti, un homme de bien… Préviens-moi : où et quand, je viendrai te chercher… Nous

(1) Messager.

prendrons les chemins les plus longs et les plus requois (1) ; nous galoperons dans les prés… Nous fuirons. J'aurai de quoi acquitter les péages…

Ils auraient à vivre des journées et des nuits parfois tendues, parfois lâches, alourdies de soucis, allégées de justes espérances avant que de savourer l'étroite intimité des corps et des âmes.

Il n'osait trop dévisager Alix de crainte de voir des larmes glisser sur ses joues. Comme il l'aimait, pourtant ! Comme il lui était acquis ! Comme il la voulait rendre heureuse ! L'idée qu'ils fussent un jour en désaccord, ne fût-ce que sur une vétille, lui était aussi intolérable que ce mariage auquel elle avait fait allusion. Alors qu'ils allaient devoir se séparer pour longtemps, il avait hâte, déjà, de la revoir.

— Je n'irai plus, Gui, à Notre-Dame. Je vais devenir une espèce de prisonnière. J'accepterai de l'être pour mieux fuir lorsque Père croira m'avoir assagie.

Il la regarda et découvrit une Alix sereine dont les cils battaient impatiemment comme pour éteindre dans ses yeux les dernières traces de l'affliction. Elle en avait fini avec ses attitudes parfois nonchalantes, sinon alanguies. Elle semblait contredire, peut-être inconsciemment, la jouvencelle qu'elle avait été, mais sa voix demeurait hésitante et bizarre.

— Oye, dit-elle en s'arrêtant, il te faut être prudent. Sous peu, Clisson va comparaître devant les ducs. Je vais te dire ce que je sais. Ensuite, brièvement, tu me baiseras et t'en iras sans te retourner car moi, je te le jure, je ne me retournerai point.

* *
*

— Ah ! Gui, te voilà.

Immobile sur son faudesteuil préféré, l'épée de connétable en travers de ses cuisses et les mains serrées sur le fourreau semé de lis d'or, Olivier de Clisson profitait des clartés du soleil dont les flèches tombaient de biais sur toute sa personne.

— Prends cette escabelle… Assieds-toi.

Gui obéit. Lentement, le connétable déposa l'arme sacrée entre eux.

— L'as-tu revue ?

— Oui, messire.

— Est-elle toujours…

— Toujours éprise de moi, messire.

— Séjourne-t-elle toujours chez les Orléans ?

— Oui. Son père y est aussi. Il refuse que nous nous voyions

(1) Secrets.

et comme elle me raccompagnait, elle m'a tout dit… A savoir que la menace pour vous se précise.

L'œil du connétable brilla plus intensément. Il frémit du séant à la nuque. Il essaya de sourire et n'y parvint pas.

— Alix a pu, avant-hier, ouïr une discussion qui vous concernait. Il en ressort, – mais nous le savons – que Bourbon et Berry ont à cœur de vous nuire. Berry répète que Clisson, La Rivière, Le Mercier, le Bègue de Villaines n'ont cessé de le préjudicier quand ils furent en Langue d'Oc et punirent son trésorier, Bétissac, par envie et mauvaiseté.

— C'est lui qui l'a trahi en ne le défendant point. Quand les flammes du bûcher commencèrent à le mordre, il a crié au secours à son maître. Berry n'a rien fait, rien dit pour sa sauvegarde.

— Il ajoute que lorsqu'ils étaient en Cour, lui et ses frères, vous ne cessiez de les contredire… La duchesse de Bourgogne assiste toujours la reine. Elle vous hait pour la cause du duc de Bretagne qui lui est moult prochain par le sang. Elle adjure son époux de vous porter des coups… Il l'approuve et dit que le duc de Bretagne est un grand seigneur et que toutes les querelles avec lui sont de votre fait. Il dit que la verge est toute cueillie dont vous serez battu et corrigé… Je sais même que Bourgogne et Berry ont eu un parlement secret ensemble.

— Ah ! tiens.

Clisson ne s'étonnait de rien. Il contemplait son épée comme il eût contemplé, à ses pieds, un enfant au sommeil paisible.

— Berry a dit qu'il fallait commencer à détruire ceux qui avaient déshonoré leur neveu et roi et qui avaient ouvré et joué de lui à entente et volonté. Berry, toujours, a dit ensuite : « *Nous commencerons par le connétable : c'est le plus grand, celui qui a le plus de finance car il mit en termes et fit testament, l'autre jour, quand il fut blessé, de dix-sept-cent-mille francs. Où diable en a-t-il tant assemblé ? Et s'il en a bien coûté, le mariage de sa fille à Jean de Bretagne, notre cousin, qu'il délivra hors de danger et de prison d'Angleterre, deux cent mille.* » Ils savent tout…

— Par des espies… Ils doivent les cher payer. Ores, un homme de ma trempe se déprécierait s'il refusait de les affronter. Je porterai à Jocelin cette épée qui m'est chère !

C'était net. Et Clisson hochait la tête avec une sorte d'indulgence : celle qu'on pouvait éprouver pour le fou rencontré dans la rue ; celle qu'il avait concédée parfois au rat subitement sorti d'un cloaque ou du terrier d'une écurie.

— Ils disent que vous n'avez pas soldé les hommes pour le voyage du Mans.

— J'ai envoyé les capitaines au chancelier de France, Arnaud de

Corbie, au trésorier des guerres… Voilà bien de fallacieux reproches.

Jausselin apparut :

— Messire, un message (1) des oncles est venu. Ils vous attendent en l'hôtel d'Artois.

— Quand ?

— A la relevée (2).

— Ce soir ?

— Oui, messire : ce soir.

— Ce sera un dimanche bien rempli : Qu'en dis-tu, Jausselin ?

Le tranche-tête fit un geste :

— Ben moi, si j'étais vous…

Le connétable se leva, puis se baissa pour saisir son épée dont il baisa la prise.

— J'irai. Tu n'es pas moi… Mais je te sais bon gré de me prévenir du… pire. C'est pourquoi je serai armé… Pas d'elle…

Il tendit l'épée à Jausselin qui la reçut religieusement.

— Une épée de passot suffira.

Et tourné soudain vers Gui :

— Tu viendras. Il convient que tu apprennes à vivre… Et cesse de faire cette tête : l'hôtel d'Artois n'est point une prison !

Puis, une larme dans son œil unique :

— Pauvre roi ! Sa démence en provoque d'autres. Jausselin vient de m'apprendre qu'à Dijon, douze hommes de bonne volonté furent, à plusieurs reprises, attachés à douze grosses chaînes scellées à un grand cercle supporté par des colonnes de fer. Ils se sont juré d'y demeurer un mois en faisant moult signes de croix !

— J'en ferai un dans ma tête, avoua Gui, avant de revoir les oncles !

(1) Messager.
(2) Dans la soirée.

II

— N'aie crainte, Gui : l'hôtel d'Artois n'a rien du Grand Châtelet ! Nous pourrons, s'il le faut, en sortir aisément.

Ils s'y étaient rendus à cheval : le connétable et Gui en tête, puis Jausselin et Galabert. Ils précédaient vingt hommes d'armes soi-disant empruntés par le connétable à des amis dont il avait tu les noms.

« Des gens de pendaille », s'était dit Gui en les voyant. « Jausselin et Galabert les ont convertis à l'honnêteté pour un soir… La soudée de ces piétons sera copieuse. L'essentiel est qu'ils inquiètent les ducs et leurs suppôts. Ils n'iront pas les voir de près ! »

Dans les rues, le silence leur avait paru de rigueur. Maintenant que le portier leur avait ouvert – et poussé l'huis immédiatement après, au risque de heurter quelques hommes – les regards que tous échangeaient valaient maintes paroles.

« Serions-nous à demi prisonniers ? » se demanda Gui.

Galabert, qui sitôt à terre, s'était mis à tapoter son épée, le rassura d'un clin d'œil :

« Ils n'oseront pas. Ils savent trop qu'en combat nous leur occirions des hommes auxquels ils tiennent. »

Il faisait clair. Le soleil semblait enclin à la douceur. Gui évalua la hauteur des murs à deux toises et demie. Ce n'était pas une prison, mais presque. D'ailleurs, le portier s'était contenté de rabattre le grand vantail dans son chambranle sans pousser le verrou. Partir serait chose prompte et aisée (1).

Clisson s'était vêtu de sombre, du chaperon aux heuses. Il avait engagé ses fidèles à l'imiter. S'ils devaient galoper cette nuit, le noir

(1) Froissart : « *Quand il fut venu à l'hôtel d'Artois, il* (Clisson) *et ses gens, plantés* n'en y avoir mie, ils entrèrent en la cour, car le portier leur ouvrit la porte ; et descendirent de leurs chevaux. Le connétable monta les degrés de la salle, lui et un écuyer tant seulement, et les autres l'attendirent bas en la cour* », etc.

* *Planté* ou *plenté* : abondance.

serait la couleur qui leur siérait le mieux dès qu'ils atteindraient la campagne.

— Faites parfois jouer vos épées dans leur feurre (1). Toi, Gui, compagne-moi. Affrontons ces coquins.

Côte à côte, ils montèrent les degrés menant à un vestibule où deux chevaliers du duc de Bourgogne semblaient les avoir attendus. Gui les avait entrevus à Chartres et au Mans. Clisson ne parut pas enclin à les lui nommer. Sans même les avoir salués, il s'enquit :

— En quel point le duc est-il, messires ?

Tous deux, l'un du doigt, l'autre du menton, désignèrent une porte, et le plus âgé, à face maigre et tendineuse, crut bon d'être précis :

— Le duc gangle (2) à un héraut qui vient d'une fête qui s'est tenue en Allemagne. Mais je vais aller prévenir monseigneur… Entrez-là.

L'antichambre où Philippe le Hardi faisait attendre ses visiteurs était une pièce d'étroites dimensions, aux murs ornés de bois précieux contre lesquels s'alignaient des chaises simples, mais recouvertes de cuir cordouan bleu de France, soutaché d'or, et dont le siège et le dossier portaient un écu où, plutôt que ses armes, figurait sa devise : « *Il me tarde* ».

« Une devise bonne pour un constipé », songea Gui dont l'inquiétude grandissait.

Les proportions modestes de la pièce lui conféraient une espèce d'intimité, bien qu'on eût pu suspendre des corps à la grosse couronne de lumière assujettie à la poudre maîtresse d'un plafond aux entrevous passés au bleu. La porte donnant sur un palier par lequel, sans doute, on accédait aux appartements ducaux, était déclose. En face, devant un huis fermé, veillaient deux picquenaires corsetés de fer. Ainsi, les impatients n'étaient-ils pas tentés d'enfreindre les usages inhérents au *decorum* et de franchir le seuil inconsidérément.

Il y avait, assis, deux requérants. Des bourgeois, consultants ou solliciteurs – sûrement des orfèvres, drapiers ou autres gens du négoce. Ils conversaient à voix basse et observaient parfois, d'un regard « en dessous », un évêque calotté comme un Juif et enlisé dans ses pensées. De stature élevée, l'œil prompt, il se tenait debout, farouchement à l'écart.

« Celui de Notre-Dame », se dit Gui. « Il va se faire tancer pour ses sermons ».

Sans surprise, il vit paraître trois hommes. Alors qu'en passant par le vestibule ils avaient échangé des paroles brèves, sonores, ils se turent, dévisagèrent les visiteurs, saluèrent Clisson et se présentèrent devant la porte gardée par les picquenaires. L'un d'eux poussa l'huis sans qu'un des gardes s'y fût opposé. Ses compagnons franchirent le

(1) Fourreau.
(3) *Gangler* : causer familièrement.

seuil et la porte redevint close. Gui, du regard, interrogea Clisson.

— Trois malandrins, murmura le connétable. Il va nous falloir attendre. Le duc commence à m'humilier.

Gui resta coi, observant les vegilles (1) immobiles, accrochés à la hampe de leur arme avec tant de vigueur qu'il semblait que c'était elle qui les maintenait debout comme un tuteur quelque arbrisseau.

Dans un bruissement de velours violet, le prélat s'approcha prudemment du connétable. Et dans un chuchotis qui ressortissait à l'usage du confessional :

— J'ai su en son temps, messire, quel monstrueux attentat l'on avait perpétré contre votre personne. Hélas ! je sais aussi que vous n'avez aucun pouvoir pour châtier l'essentiel responsable. De plus, il est en fuite on ne sait où…

— Le roi possédait ce pouvoir et je crains qu'il ne lui échappe.

— Dieu sait – lui seul – ce qu'il adviendra de notre pauvre roi. Quant à moi qui suis là pour qu'on m'y… sermonne, je sens que mon magistère ne s'éternisera point à Paris. On ne peut plus en chaire vitupérer les mauvais, les effrontés, les impudiques, les luxurieux… Je m'en remets à la sagesse divine…

L'évêque remua sa main gantée de chevrotin au médius alourdi d'un gros anneau d'or.

— Il advient, dit Clisson, que cette sagesse s'accorde mal avec la raison pure. Vous professez que Dieu gouverne le monde, châtie les criminels où qu'ils soient, quels qu'ils soient. Or, il me semble que l'Éternel ignore que le vice étouffe la vertu, que la lubricité prévaut sur la pureté, l'hypocrisie sur la franchise, l'amour faux sur l'amour vrai, l'adultère sur la fidélité… Oui, éminence, le Ciel reste paisible. Aucune effoudre (2) ne s'y prépare. Dieu a accepté que notre bon sire Charles soit… découronné.

Le prélat essuya, sur son camail, un brin de poussière ou de plâtre tombé il ne savait d'où. Sa lippe exprima une sorte d'incertitude.

— Qui sait, messire le connétable… La chaleur qui nous accable vient du ciel. Des hommes, des femmes tombent d'insolation, de poplésie et plus fréquemment de famine…

— Or, ceux qui mériteraient de comparoir au tribunal céleste vivent bien !

L'évêque acquiesça. Il était devenu craintif, soudain, et sa voix se réduisait à un souffle :

— Jamais nous n'avons vu tant de mouches. Leur quantité, leur voracité, leur… insolence pour tout dire, me font penser aux sauterelles de l'Ancien Testament. Je crois, eu égard à cette invasion,

(1) Gardes.
(2) Ouragan.

que des choses graves se fomentent. N'est-ce point votre avis ?

— Moi, monseigneur, affirma Clisson avec une superbe qu'il n'éprouvait certainement pas, je suis prêt à tout… Le malheur peut fondre sur moi dès ce soir.

Gui l'admira. Au lieu de voir un homme soucieux et dont la perte de l'épée royale serait comme l'amputation d'un membre, il avait auprès de lui un leude, un preux dans l'acception du mot.

— Vous faites bien d'être prêt à tout, dit l'évêque. Je le sais par le truchement de mes hautes ouailles : le palais fermente de discordes secrètes. Les Grands se lient et se délient depuis la maladie du roi… Mais vous savez cela ou vous le devinez.

La voix du prélat devint d'une onctuosité d'axonge :

— Du jour où Dieu mit deux frères en présence, chacun d'eux prétendit au règne sur une nature et des hommes, des femmes, des enfants qui, sans demander à être asservis, étaient prêts à courber le front…

Il murmurait, dans l'évident dessein de n'être ouï que de Clisson et de son compagnon qu'il dévisageait parfois d'un coup d'œil soupçonneux. Il se savait observé. Les deux bourgeois tendaient l'oreille.

— Charles est mis à l'écart et Louis trèpe (1)… Hélas ! les oncles sont présents et…

Une femme entra. Seule. Jeune, sans doute, bien que le voile qui tombait de son hennin dissimulât son visage. Elle boitillait, ce qui mettait du charme à sa démarche. Le temps de traverser la pièce, Gui entrevit une chevelure d'un brun foncé, brillant, et songea : « Est-ce *elle* ?… Si oui, que vient-elle faire ? » Le grand silence qu'elle avait répandu à l'entour de sa personne ne la gênait point. Au contraire, il semblait qu'elle s'en fût délectée comme d'une sorte de révérence. Quoi qu'il en fût, elle était à son aise sinon à son affaire dans cette assemblée d'hommes dont elle n'avait remarqué que deux d'entre eux, bien qu'ils fussent éloignés de sa trajectoire : le prélat et Clisson – surtout Clisson.

— Que vient-elle faire céans ? s'étonna le connétable.

— Vous l'avez reconnue ? questionna l'évêque.

— Elle est toujours assurée d'être admise sans retenue où qu'elle aille. Je ne sais si son confesseur suffirait à la rémission de ses péchés…

— Si c'est elle, dit l'évêque, elle devrait être à Creel.

Gui restait silencieux, se demandant quelle physionomie avenante ou rébarbative recouvrait le volet d'yraigne qui, sous un hennin des plus court, n'occultait aucun mystère. Il repoussa l'idée d'une visite

(1) Trépigne.

galante – surtout avec un homme aussi laid que Philippe le Hardi. De plus, il ne semblait pas que Louis d'Orléans fût en compagnie de son oncle.

Les picquenaires avaient hésité à décroiser leurs armes, mais elle avait écarté son voile et l'un d'eux s'était empressé d'ouvrir et de refermer l'huis promptement. Alors, tant chez les bourgeois qu'entre le connétable et l'évêque, les conversations reprirent, à voix toujours basse – peut-être plus basse encore – et les suppositions d'apparence insignifiantes repartirent bon train.

Clisson entraîna le prélat dans le chambranle d'une fenêtre pour un aparté à sa suite duquel l'homme d'église s'éloigna en acquiesçant, tout en tapotant de la dextre sa grosse croix pectorale.

Gui fut tenté de demander au connétable : « N'est-ce pas la reine ? » mais pourquoi lui eût-il fallu, si brève fût-elle, une confirmation ? Dans les mystères qui s'ébauchaient de l'autre côté de la cloison, Isabeau tenait-elle un rôle ou voulait-elle en jouer un ?

— Tu l'as reconnue ?

— Oui, messire.

— Cette créature qui, plutôt que de l'épurer, a transmuté la Cour en bordeau, est la femme la plus dangereuse que j'aie connue à ce jour… avec l'épouse du Hardi… Sont-elles alliées ?… Contre moi ? Contre mon épouse qu'elles veulent atteindre à travers moi ?

Gui se plut à imaginer l'entrée de la visiteuse dans la chambre du duc de Bourgogne. L'homme à face de singe les bras levés, heureux et désapprobateur, et lui reprochant, devant le héraut signalé par les chevaliers, d'avoir choisi sa maison plutôt qu'une autre et ce moment du jour où on la pourrait reconnaître. Elle avait remonté son voile afin qu'il vît son visage ardent, ses yeux aux flammes noires, décidés, voluptueux, mais au seul bénéfice d'Orléans. Fi de cet oncle aussi laid que son âme.

— Elle est vêtue de noir… Mauvais présage. Elle est venue lui demander quelque chose. Je gage mon épée que lorsque nous entrerons, elle s'en sera allée par une autre porte, peut-être hourdée (1) par ces trois loups à face d'hommes qui n'ont rien d'autre à faire que de me haïr.

Gui s'aperçut que ni l'évêque ni Clisson éprouvaient la nécessité de s'exprimer davantage. Les bourgeois chuchotaient toujours. Ils se méfiaient. Peut-être étaient-ils Juifs, encore qu'aucun d'eux ne portât la rouelle.

Alors qu'un silence presque complet venait d'envahir la pièce, un cri s'éleva, composé de fureur et de détresse, qui fit se retourner les deux picquenaires vers la porte close.

(1) Escortée.

— C'est *elle*, dit Clisson. Elle est irée contre le duc Philippe.

— Ah ? dit le prélat. Monseigneur sera de mauvaise humeur. Dirait-on pas qu'elle prend plaisir à jupper pour être ouïe de nous ?

La voix, rendue plus aigüe en raison du léger accent que la visiteuse avait conservé, traversa cette fois et la porte et le mur :

— Je le veux voir !

— Non.

— Alors, qu'il quitte Creel et revienne à Paris !

— Non !

— Je sais qu'il va mieux. Il est certainement guéri… Je le veux revoir. Il est mon époux tout de même !… Soyez miséricordieux pour lui et pour moi.

— Pour le moment, il est bien où il est… N'en tirez-vous point avantage ? Louis, mon neveu, va venir. Réjouissez-vous… Il vous consolera. Je sais qu'il en a coutume.

Il y eut ensuite une injonction :

— Sortez, je vous prie.

Et une demande :

— Clisson est céans… Est-ce vrai ce qu'on dit ?… Que vous allez…

— Halte, m'amie ! Tout ce qui concerne les Marmousets n'entre pas dans vos prérogatives… Sortez par cette porte. Je ne vais tout de même pas, quel que soit votre estoc (1) appeler à la garde afin qu'on vous congédie !

Il y eut un bruit, un « Oh ! » indigné de la dame consécutif à un geste audacieux et le bruit d'un huis vigoureusement rabattu.

— Il voudrait bien être à la place de son neveu, commenta Clisson, mais même affublé d'un faux-visage (2) et par une nuit ténébreuse, elle n'écarterait point ses cuisses.

L'œil du connétable scintillait d'une malice que le prélat eût pu réprouver. Au contraire, il souriait.

— Ces femmes-là, poursuivit le connétable, font les hommes frénésieux. Certaines pourraient fournir des leçons de fornication aux ribaudes. Des nasches (3) brûlantes et pour tout dire inaltérables. Avec son joli visage de biche apeurée, elle provoque non pas la passion, mais une sorte de fureur du désir chaque fois qu'elle fait un mouvement dont la mollesse appelle la… dureté des hommes. Et quand je dis dureté, tu sais, Gui, ce que je veux dire… Insatiable ! Si ce n'est avec Paul, ce sera avec Pierre. Si ce n'est avec Pierre, ce sera avec… Louis, mais pas avec Philippe !

Il allait ajouter, sans doute, un brin de lubricité verbale à son

(1) Rang.
(2) Le mot *masque* n'existait pas.
(3) Fesses.

discours lorsqu'un cri retentit, poussé par une voix grondante :

— Clisson !

Un picquenaire ouvrit la porte.

— Viens, Gui, pria le connétable. Il te faut t'instruire. Tu l'as vu de loin… L'approche est espoentable.

* *
*

« Il est d'une laideur à eshider (1) le diable ! »

Sous le mortier de velours noir orné d'une escarboucle enchatonnée d'or et que deux vastes oreilles étayaient sur le crâne, Gui vit un petit front droit, des sourcils rares, qu'on eût dit épilés, un gros et pesant nez qui tombait jusqu'au milieu des lèvres, un menton à peine fuyant, mais épais, sous lequel stagnait le bourrelet d'un goitre. Cette enflure était dissimulée par le col de petit gris de la robe, lequel col, pour rester en place, était soutenu par un large pentacol d'or criblé de bossettes d'émail bicolore – bleu et rouge. Le regard était pointu, aiguisé même, et sans doute aussi noir que l'âme – ou l'astuce, car l'homme était d'une malice et d'un flair d'usurier.

« Prince du sang », songea Gui, « mais le sang est pourri. »

— Monseigneur… dit le connétable sans le moindre soupçon d'émoi.

Il s'était incliné juste ce qu'il fallait. Gui davantage.

« Clisson n'aura guère d'aménité pour ce singe, mais il se tient sur ses gardes. »

Ils avaient tous les deux ôté leur chaperon. Comme à l'ost, Olivier de Clisson aplatit le sien et le coinça dans sa ceinture tandis que Gui le conservait dans son poing.

— Connétable… dit sobrement Philippe le Hardi en carence de hardiesse.

Il ne savait s'il devait s'asseoir ou se maintenir debout. Son escarboucle scintillait comme l'œil d'un cyclope, et cet œil-là exprimait davantage la présomption et la hauteur que les deux autres, en-dessous. Si la fortune souventefois robée, usurpée sans remords, avait développé l'outrecuidance de cet enfant de roi, elle avait présentement réduit l'acuité de sa pensée à la seule ambition du pouvoir.

— J'ai maintenant loisir de vous parler, messire Clisson.

Le Bourguignon semblait se repentir d'avoir convoqué le chef des armées. Le seul fait qu'il se fût adressé à celui-ci l'avait fait changer de couleur. De ténébreux, son visage était devenu blême.

(1) Effrayer.

— Monseigneur, dit Clisson, je suis venu par devers vous pour savoir de l'état et gouvernement du royaume comment on s'en voudra chevir (1), car pour mon office, je suis tous les jours poursuivi et demandé, et pour le présent, vous et monseigneur Berry en avez le gouvernement. Veuillez, je vous prie, me répondre.

L'injonction affleurait l'irrévérence. Le duc y répondit fellement (2) :

— Clisson ! Clisson ! Vous ne nous avez que faire d'ensonnier (3) de l'état du royaume, car sans votre office, il sera bien gouverné. A la mal heure, vous en soyez-vous tant ensonnié !

Clisson, debout, ne disait mot. A ses frémissements, Gui pouvait mesurer les efforts accomplis par le connétable pour étouffer la combustion d'une sérénité qu'il avait voulu parfaite.

— Où diable, Clisson, avez-vous tant assemblé et recueilli finances, que naguère vous fîtes testament en ordonnance de dix-sept cent mille francs ? Monseigneur et beau-frère de Berry ni moi, pour toute notre puissance à présent, n'en pourrions tant mettre ensemble !

— Messire, dit Clisson, superbe de froideur, j'ai le droit, à mon gré, d'user de ma fortune. Et je sais que je ne puis rivaliser ni avec la vôtre, ni, surtout, avec celle du duc Jean de Berry, qui passe pour prodigieuse.

C'était certainement la vérité. D'ailleurs, bien qu'il fît son modeste, la pièce où Philippe le Hardi recevait le connétable scintillait, du dallage au plafond, de toutes sortes de dorures. Le duc de Bourgogne était riche ; cependant, la richesse d'autrui donnait des démangeaisons à ses mains qui, toutes potelées qu'elles fussent, étaient aussi crochues que les griffes d'une bête de proie.

— Je ne vous permets point, Clisson, de me contredire.

Le duc avait croisé les bras sur sa poitrine. Dessous, un ventre bien gras s'arrondissait. C'était donc cet homme qui, en 1356, à Poitiers, était demeuré auprès de son père, au plus fort de la mêlée, en l'adjurant de se garder à dextre et à senestre – *si c'était vrai*. Il ne subsistait rien de cet audacieux – s'il l'avait été. Il avait tout d'un banquier, et même d'un usurier Juif ou Lombard, et c'était angoissant de découvrir soudain qu'il allait à nouveau régner sur la France avec pour unique dessein celui d'emplir ses coffres par tous les moyens, à commencer par l'extorsion des fonds amassés par le connétable. Bien qu'il eût peu parlé, il semblait reprendre son souffle.

— Non, je ne vous permets pas, Clisson…

Il y avait chez ce prince, plus encore que chez ses compères, quelque chose de farouche et d'impur : le resplendissement de la malignité dans la quiétude d'une force nullement personnelle, mais

(1) *Chevir* : venir à bout de, aider.
(2) Durement.
(3) Ou *ensoigner, enssoigner, essonnier* : embarrasser, prendre soin.

due à sa naissance à l'ombre d'une couronne dont il se fût volontiers coiffé si ses neveux, par bonheur, étaient morts. Sa face austère, plus laide ainsi que son profil, rayonnait sur la clarté du mur comme celle d'une espèce d'inquisiteur laïc aux prises avec un coupable dont il enviait la richesse, la complexion et la renommée.

— Butin de guerre, énonça Olivier de Clisson.

Sur le même ton, il eût pu s'écrier : « Putain de guerre ! » et tandis que le duc semblait tout à coup s'apercevoir de sa présence, Gui eut la vision immédiate d'un homme prêt à toutes les bassesses pour contempler un écu d'or – un seul. Dans son attitude souveraine, qui tenait du clerc et du coupe-jarret, il incarnait la promesse de ce malheur que l'éminent guerrier ne redoutait point, mais dont il avait défiance : quand, comment et par qui lui serait porté le premier coup ?

— Ah ! connétable… Connétable !

Contrairement aux prud'hommes barbus de son entourage, et comme ses frères et son neveu, Bourgogne avait la banlèvre (1) rasée. Cependant, à l'inverse de ses trois complices, il ne riait jamais, moins, sans doute, pour priver ses visiteurs du spectacle de ses dents crénelées ou gâtées, que parce qu'il détestait la gaieté. Il n'ouvrait la bouche qu'à bon escient : soit pour manger, soit pour parler quand c'était une absolue nécessité.

— Partez ! dit-il soudain en déployant ses longs bras en direction de la porte-aux-gardes. Issez de ma chambre ! Et faites que plus je ne vous voie… car si ce n'était pour l'honneur de moi, connétable, je vous ferais l'autre œil crever !

Le duc poussa une porte, peut-être pour rejoindre instamment sa visiteuse – si elle ne l'avait pas fui. Il disparut, laissant Clisson nullement ébahi, et qui portait la main au bandeau occultant son orbite creuse.

— L'honneur !… N'oublie jamais, Gui, que tous ceux qui s'en prévalent n'en possèdent pas une miette… Tu vas voir : nul ne nous fera convoi jusqu'au seuil de l'hôtel… Mais viens : retournons au mien et avisons…

Et la main derechef à l'emplacement de sa prunelle absente :

— Mon œil !… Mon œil !… Ce malebouche ne risque point de perdre le sien, mais je lui ferai voir *manu militari* au besoin, ce qu'est un connétable !

* *
*

(1) Le tour de la bouche.

Aussitôt de retour à son hôtel, Clisson s'interrogea bien haut sur ce qui convenait qu'il fît. Considérant un à un ses compagnons pour pénétrer leurs pensées, il leur déclara que désormais les événements prendraient pour lui un tour néfaste. Il ne pouvait même pas recourir à l'aide précaire de Louis d'Orléans puisqu'il était sans doute à Creel, auprès de son frère, contrairement aux affirmations de Philippe le Hardi, ce perfide n'en étant pas à une tromperie près.

— D'ailleurs, dit-il, maussade, même s'il se trouvait à Paris, Louis n'aurait nulle puissance contre Bourgogne... Je doute que de nuit celui-ci me fasse prendre et efforcer en mon hôtel, mais je ne puis attendre cette aventure.

— Si vous voulez encore mettre en sûreté quelques choses, nous pouvons...

— Non, Marcelin, grommela le connétable. Nous avons payé nos faux soudoyers. Nous allons vider cet hôtel de notre présence et partir en mon châtelet.

« Un nouveau reze (1) en Bretagne », songea Gui.

— Quand ? demanda-t-il.

— Orains (2).

— Par quelle voie ?

— La porte Saint-Antoine, Jausselin. Tu nous y conduiras discrètement. Tu connais les ruelles obscures...

— Et ensuite ?

— Nous passerons la Seine au pont de Charenton.

— Pour aller où ? demanda Gui.

— Aurais-tu oublié, écuyer – mais je te pardonne – que j'ai un mien châtelet à six lieues de Paris : Mont-le-Héry (3). Nous nous y tiendrons en attendant des nouvelles... Je crains que les Marmousets, mes compères, ne soient moins chanceux que moi... Si je pouvais prévenir le Bègue de Villaines... Mais non : il est trop tard.

— Qu'emmènerons-nous ? s'inquiéta Gui. Nous avons quatre chevaux et un sommier.

— Nous emmènerons nos épées. Il y a des armes à Mont-le-Héry et j'y ai aussi vingt compagnons fidèles.

Clisson considéra ses vieux compères. Empoignés par une nouvelle aventure, ils s'étaient exprimés sobrement, mais avec foi. Chacun de leurs mots avait laissé dans l'oreille de Gui une vibration dont l'éloquence avait le tintement d'une lame, la senteur du sang et la palpitation des chairs blessées. Que faisait-il là, présentement, lui dont la turbulence n'avait point été exposée, brassée, mesurée, épuisée dans l'ardeur des batailles ?

(1) Voyage.
(2) Immédiatement.
(3) Mont-Lhéry vers 1850, Montlhéry maintenant. Le château n'était qu'à 6 lieues de Paris, soit, actuellement, 24 kilomètres.

Une main saisit son épaule tandis que Clisson, familièrement, commandait :

— Allons, mes amis, préparez-vous et rescousez-vous (1) dans la cour... Que Dieu nous préserve de l'ire des malandrins couronnés !

* *
*

Comme ils parvenaient à la Porte Saint-Antoine, deux archers du guet s'approchèrent dans l'intention de les admonester : les chaînes étaient mises et la herse à demi baissée. Galabert se porta en avant :

— Holà ! Orderic... Laisse-nous le passage.

Clisson eut un geste cordial et protecteur qui parut à l'homme interpellé plus précieux qu'une bénédiction.

— Monseigneur, pardonnez, mais la nuit est étrange.

Effectivement, la vesprée, dominée par une lune pareille à un gros fromage, était d'une encre plus noire qu'à l'accoutumée.

— Où allez-vous ainsi, monseigneur ? se permit Orderic, le plus âgé des deux regards (2), un barbu dont la cervelière et le haubergeon eussent mérité d'être sablonnés.

— A la guerre, si Dieu l'exige.

— Il n'y a plus de guerre, dit le second archer, un jeunet dont la barbute semblait trop spacieuse pour sa tête. Il n'y en aura plus parce que le roi est malade.

— Garde-toi de te forger cette croyance ! La guerre renaîtra... N'es-tu point né pour la faire ?

On entendit le bruit d'une chaîne décrochée puis le couinement d'une herse qui, tout en remontant, crissait entre ses feuillures. Les archers reculèrent. Gui ne distingua plus, dans l'ombre, que la lueur de leurs coiffes et celle d'une guisarme tenue par un de leurs compères.

— Méfiez-vous, messire Olivier, recommanda Orderic au connétable. Paraît qu'il va y avoir une éclipse... C'est peut-être pour ça que la lune est malade !

— Une éclipse ? s'étonna Clisson en poussant son cheval en avant. Je l'ignorais... Il est vrai que le ciel se plombe (3). Nous allons, amis, devoir piéter à l'aveuglette... Jausselin et Galabert, devant... Toi, Jausselin, tends à Gui, au passage, la longe du sommier.

Bientôt la lune perdit sa luminosité. Une noirceur de plus en plus prononcée envahit la campagne où le chemin se distinguait à peine.

(1) Rassemblez-vous, réunissez-vous.

(2) Gardes, sentinelles.

(3) *En cel an, le premier jour de septembre, apres mynuyt, fut eclipse de lune par longue espace. Et mua la lune plusieurs couleurs et estaint toute noire plus que errement si que on en perdi la veue (Chronique des Quatre premiers Valois).*

Gui n'osait lever les yeux. Beaubrun piétait lentement et le sommier se fiait à son avancée. Le connétable ne disait mot. Les ténèbres semblaient de plus en plus opaques, pesantes. L'air froidissait. Un silence fluide, que ne troublait aucun bruissement, aucun cri d'oiseau descendait des hauteurs. Seul un chien lointain aboyait éperdument afin de prévenir qui le voudrait ouïr qu'il se passait quelque chose de singulier.

— Doucement, mes gars, dit Clisson tout à coup. C'est peut-être par cette étrange nuit que les ducs vont frapper… Qui en premier ? Sans doute Bureau de La Rivière… Moi, à sa place, j'aurais galopé jusqu'à Saint-Sauveur (1).

— Et de là, je serais passé à l'Angleterre, pas vrai ? suggéra Jausselin.

— Il est trop près de ses sous pour les vouloir quitter.

Le connétable émit un rire. Il était bref mais compatissant.

— Les autres, poursuivit-il, doivent autant que Bureau savoir ce qui les attend. Je ne doute point qu'à la Cour on me dise responsable de la démence du roi et m'attends, outre un second attentat, au grand procès auquel je n'irai point.

— Voici le pont de Charenton, annonça Galabert.

Au-delà du parapet, l'eau reflétait une lune tranchée en deux, frissonnante. On ne distinguait pas les berges de la Seine.

(1) Saint-Sauveur-le-Vicomte. Bureau de La Rivière, premier chambellan de Charles V, en avait reçu l'usufruit. C'est par erreur que Froissart a prétendu que le roi avait donné ce château à Bertrand Guesclin. Charles VI avait reconnu la concession faite par son père à son chambellan, lequel se faisait représenter à Saint-Sauveur par un bailli, Mathieu de Varennes qui contesta, en 1390, aux religieux de l'abbaye, le droit de « *peschier en la rivière l'Ouve* », sauf sous certaines conditions. Bureau de La Rivière s'était distingué à l'armée et dans les conseils de Charles V qui lui avait accordé l'insigne honneur d'être enterré à Saint-Denis dans la chapelle affectée à la sépulture des rois (Lettre du 15 mai 1374) et Charles VI avait accepté d'être le parrain d'un de ses fils (Lettre du 9 décembre 1388). Une telle faveur avait suscité la jalousie des ducs.

Une fois en leur pouvoir, Berry et Bourgogne accusèrent Bureau de La Rivière de trahison et demandèrent qu'il fût châtié du dernier supplice. Charles VI recula devant cette énormité. Cependant, trop faible pour protéger son ministre contre les intrigues des courtisans, il le déclara incapable de remplir aucune charge royale et le bannit de la Cour (*Chronique du religieux de Saint-Denis*). Conséquence de la disgrâce de Bureau de La Rivière, la baronnie de Saint-Sauveur fut perdue. Le 19 décembre 1392, Pierre de la Rocherousse en fut nommé capitaine aux gages de 800 livres tournois par an en remplacement de Thomas de la Luzerne (Lucerne). Le vicomte Jean le Noir fut maintenu dans ses fonctions par une lettre expédiée le 26 février 1393, émanant du roi. Charles VI y soulignait « *la bonne et commandable relation qui faite nous a esté par genz notables, dignes de foy, noz officiers et autres, du bon et notable gouvernement de la personne de Jehan le Noir, naguères vicomte de Saint-Sauveur-le-Vicomte ; que souloit tenir Bureau de La Rivière, chevalier, lequel chastel et la terre et appartenances d'icellui nous avons nouvellement pris et mis en nostre main* (copie du 5 mars 1393, nouveau style, à la date du 26 février 1392, ancien style).

Les domaines de Godefroy d'Harcourt changèrent d'occupant à la fin de l'année 1394. Charles VI les concéda à son chambellan, Charles d'Ivry (concession antérieure au 24 décembre et datant peut-être du 15 septembre). Le bénéficiaire porta le titre de seigneur de Saint-Sauveur-le-Vicomte jusqu'en 1414.

Les armes de Bureau de La Rivière étaient *de sable à une bande d'argent*.

— Sans toutes ces essoines (1), nous devrions être en Bretagne.

— Tu dis vrai, écuyer. Nous serions avant ou après une bataille. Jean de Montfort se frotte les mains. Rien entre nous n'est achevé. Sitôt en mon château, je lui ferai la guerre.

Clisson savait qu'il passerait alors par des courroux et des déceptions. Son père avait été un guerrier méritoire et sa mère, Jeanne de Belleville, une chevaleresse accomplie. Pensait-il à leur exil en Anglererre ? Aux jeux qu'il avait partagés avec son présent ennemi ? Gui ne voyait parfois, du profil du connétable, que l'éclat clignotant de l'œil. Au moment où il avait cru châtier ses deux adversaires – Craon et Montfort –, au moment où, plus que jamais, sa connétablie, louée par le roi, constituait comme la clef de voûte de ses hautes fonctions, voilà qu'il dépendait des hasards de la vie, de la jalousie des hommes – et quels hommes ! – de leur humeur, de leurs appétits, de leurs caractères fermement unis et décidés à sa perte.

— Votre présence, dit Gui, eût peut-être pu rassurer le roi… Le guérir, si sa guérison est possible…

— Je voudrais bien savoir ce qu'il mange et ce qu'il boit. Je voudrais bien savoir où gîte Richard de Ménonval. Je lui ferais avouer qui l'a circonvenu. Ensuite, par ma foi, je le trespercerais car il est moult coupable d'avoir troublé le roi…

— Et comment ! acquiesça Galabert.

— J'ai toujours été vif, ennemi des injustices et des turpitudes. Lorsque j'y mis les pieds pour la première fois, je pris la Cour de France pour le temple des Vertus parce que celle d'où je sortais m'avait paru souventefois être un bordeau… Je ne suis point marri de retourner dans mon fief. Là, au moins, l'existence est saine et les gens valeureux… Allons, mes gars, j'ai hâte d'être à Mont-le-Héry et ensuite chez moi pour y nourrir ma vengeance tout en fourbissant mes armes… Surtout, Jausselin, prends soin de *l'épée*… S'ils la veulent obtenir, il faudra qu'ils me tuent.

(1) Affaires.

III

Du haut de la colline où on l'avait bâtie, la forteresse de Mont-le-Héry défiait des lieues de campagnes. Commandée par un maigre donjon circulaire, l'enceinte, petite, était bien bataillie (1). Les hauts murs s'opposaient au moindre échellement. De loin en loin, sur les aleoirs (2), entassées en pyramides, des pierres attestaient de la volonté d'écraser toutes sortes d'assaillants. Clisson prétendait tenir à ce châtelet autant qu'à Jocelin, le joyau de ses possessions bretonnes.

Sitôt après son entrée dans la place, le connétable avait effectué maintes rondes destinées, disait-il, à se changer les idées. Il avait invité Gui à l'accompagner ainsi que deux sergents chenus heureux de sa présence et de l'intérêt qu'il leur témoignait. Le cœur sec du guerrier s'imprégnait de bonté. Autant il pouvait haïr, autant il pouvait aimer.

A l'entour des parois, dans des prairies d'ordinaire fertiles, mais brûlées aux feux du ciel, les boqueteaux foisonnaient. Cependant, des hauteurs, à l'apparition des étincellements d'une armée en marche issue de Paris, Chastres (3), Corbeil ou Etampes, on aurait tout loisir de s'apprêter pour la défense et infliger aux ennemis un lot de déceptions cruelles.

Sitôt qu'il le pouvait, Gui se réfugiait au pied du donjon. L'épée toute proche de sa main, il s'adossait à la pierre, fermait les yeux et se rongeait l'esprit en songeries oiseuses, éprouvant parfois jusqu'à lui la malédiction des ducs. Le grand phare au faîte duquel des guetteurs se relayaient dominait l'intérieur du châtelet où la vie s'alentissait dès midi. Les hommes observaient la giration de son ombre, plus épaisse ô combien, mais tout aussi précise que celle du style d'un cadran solaire.

(1) Bien défendue.
(2) Chemin de ronde.
(3) Ancien nom d'Arpajon.

Gui avait visité les tours d'angle aux rondeurs proéminentes, les salles voûtées, les sombres écuries où Beaubrun languissait. Il s'ennuyait lui aussi. Qu'attendait donc Clisson pour gagner la Bretagne ?

Souvent, le voyant méditer à l'abri des brûlures célestes, des hommes s'asseyaient auprès de l'écuyer – « Un nouveau. D'où qu'il sort ? C'est lui qui a sauvé le connétable ? » – Leurs propos n'incitaient guère à des entretiens serrés. Ces archers, pour la plupart, n'avaient rien connu d'autre que des batailles. Leur capitaine, maigre figure famélique au teint fiévreux, s'approchait quelquefois pour donner la réplique, et Gui craignait qu'un jour il ne devînt comme eux.

« Moi, un inlassable baveux (1) ? Jamais ! »

Le premier soir, un vent léger se mit à vivre. On le vit ondoyer parmi les arbres, éparpiller des jonchées de feuilles déjà mortes ou en devenir de l'être. Et la vesprée s'installa. Ce fut à travers le château la palpitation d'un grand souffle qui sentait encore le chaud mais dont les assauts multiples fraîchissaient les têtes suantes et les corps moites. Le souper pris, frugal comme Clisson, Gui accéda aux aléoirs. Son regard s'attarda droit au nord, à l'endroit où devait se trouver Paris. Donc Alix. Il se reprocha de ne pas avoir osé la revoir, de n'avoir pas rendu visite à sa taye (2) Ermengarde lorsqu'il le pouvait, de ne pas avoir essayé d'occire Roland d'Evron et d'avoir quitté trop vivement Emma. Dans l'obscurité naissante qui asséchait ses sueurs, il piéta de rue en rue jusqu'à Notre-Dame. La pucelle y allait-elle prier pour sa sauvegarde ? Que devenait-elle à présent ?

Tout proches, les soudoyers riaient. Ils avaient un langage dépenaillé, parfois complexe et signifiant pour le seul connétable. Ils imitaient ses gestes, encensaient Clisson, qu'il fût présent ou non et prenaient sans doute les troubles frémissements de leurs nerfs pour des actes reconstitués ou à venir, et les soubresauts de leur corps pour des atteintes d'acier.

Le second soir, alors que Gui s'attardait sur le chemin de ronde, Clisson le rejoignit. Sa main se tendit vers les hommes d'armes invisibles :

— Tu vois, écuyer, mes gens ne vivent que pour la guerre. Ils sont à ma semblance et j'en suis honoré.

Depuis qu'il séjournait à Mont-le-Héry, Gui ne s'était éveillé à aucun sentiment d'envie. L'intuition que le danger prenait forme et force contre Clisson et conséquemment contre lui éveillait parfois dans son corps des humeurs impatientes. Les mots, les verbes de ses voisins, l'acharnement de leurs discours l'incitaient à se demander s'ils auraient autant de forcennerie lorsqu'une armée se présenterait dans l'intention de se saisir de leur dieu.

(1) Bavard.
(2) Tante.

— Viens, faisons le tour du pourpris (1).

Gui obtempéra. Longtemps les conversations des soudoyers bruirent à ses oreilles pour y devenir des sortes de balbutiements infantiles. Mais ces hommes-là n'étaient-ils pas les enfants de Clisson ?

— Ce sont des lions à la bataille et cela seul importe.

Même dans l'ombre, le connétable dégageait une impression de force, de plénitude. Il était de la race des inflexibles dont l'orgueil se cabrait au plus minime affront.

— Quel jour sommes-nous, messire ?

— Mardi 3 septembre. Les ducs ont tergiversé. Je les connais mieux qu'ils ne me connaissent. Bientôt, nous verrons reparaître Jausselin.

— Je m'étais aperçu de son absence.

— Bientôt nous verrons au loin la poudrière d'un petit ost. Nous l'irons contempler du haut de la tour, puis nous sauterons à cheval. Quand ils s'arrêteront au pied des chaingles (2), nous serons loin. Par Alençon, Mayenne, Fougères et Ploërmel, nous gagnerons Jocelin.

— Quand pensez-vous qu'ils viendront ?

— Demain ou après-demain. J'ai demandé à Galabert de préparer les chevaux sauf, évidemment, le tien. Demain apprête-le dès l'aube. Nous pourrions, évidemment, partir cette nuit. Or, je veux voir l'importance de l'armée que Bourgogne va m'envoyer. Si elle est grosse et en bon arroi, il me fera honneur.

— Si nous partons, les soudoyers qui sont là…

— Ils ne leur feront rien : ils ne veulent que moi… et peut-être toi si Apilly les compagne !

— S'il m'assaillait, j'aimerais l'occire.

— Il se pourrait alors que sa fille t'en veuille. C'est ce qui s'est passé pour le Cid, en Espagne. En as-tu ouï parler ?

— Certes… Il a fini par épouser Chimène.

— Ce fut, à ce qu'on dit, un sombre mariage… Allons, viens… Va dormir. Je crois ouïr au loin des cliquetis d'épées.

Gui fit quelques pas et s'arrêta sur la première marche de l'escalier menant à la cour :

— Mes-huy (3), dit-il, j'étais inquiet pour Jausselin. Où est-il ?

La réponse sortit d'une bouche sombre :

— Il est revenu à Paris. Il y a des compains jusque chez les princes. Il en saura davantage sur les faciendes (4) dont je suis l'objet. Quand mon tranche-tête reviendra, les sicaires des ducs ne seront pas loin !

* *
*

(1) L'enceinte.
(2) Les murailles.
(3) Aujourd'hui.
(4) Intrigues.

Jausselin apparut le lendemain matin. Il confia son cheval à Galabert et monta les degrés de la tour au sommet de laquelle Clisson et Gui observaient la campagne.

— Ils viennent ? questionna Clisson sans se retourner.

— Oui. Lentement et sûrement.

— Sont-ils loin ?

— A peine une lieue.

— Combien d'hommes ?

— Trois cents lances (1).

Le connétable siffla, sans doute admiratif, avant de s'enfermer dans une méditation dont Gui et le tranche-tête devinèrent qu'ils ne le devaient point extraire.

« Trois cents lances ! » songeaient-ils en échangeant des regards dont ils ne pouvaient occulter l'inquiétude.

Trois cents lances, c'était d'une inégalité peu commune eu égard aux trente soudoyers de Mont-le-Héry. Qui avait prévenu les ducs que le connétable avait pris son châtelet pour domicile éphémère ? Qui avait aposté des hommes aux abords de son hôtel ? Qui étaient ces espies ? Étaient-ils ceux qui, en voyant la litière de la dame de Clisson quitter sa demeure parisienne, s'étaient mépris sur l'identité de la femme qu'elle transportait ?

Jausselin, statue de l'attente, regardait la campagne et y cherchait peut-être le chemin par lequel il allait falloir galoper. Quant à Clisson, quelque pourchassé qu'il fût, son visage exprimait la conscience d'une supériorité inaltérable sur les conduiseurs des meutes lâchées depuis Paris à sa poursuite.

— Ils me font grand honneur. Qui sont leurs conduiseurs ?

— Ils viennent au guidement du Barrois des Barres, de Jean de Châtel-Morant, du seigneur de Coucy et de Guillaume de la Trémoille avec mandement de vous ramener mort ou vif au duc de Bourgogne. J'ajoute que ces trois cents lances viendront à Mont-le-Héry par cinq routes.

Le connétable frotta son œil et l'écarquilla en direction de Paris.

— Trois cents lances !... Même quand il s'agit d'hommes, et d'hommes de guerre, les ducs ne regardent pas à la dépense !... Les verrais-je, de loin, que je leur crierais que leur générosité me touche.

« Nous devrions partir », songea Gui.

Ce n'étaient pas ces trois cents lances qui le souciaient mais le mouvement qu'elles allaient accomplir sur Mont-le-Héry par cinq voies différentes dans le dessein d'encercler le château et d'empêcher toute retraite.

— Nous partons, dit le connétable.

— Quand ? demanda Jausselin.

(1) Une lance comprenait entre six et dix hommes.

— Orains (1).

Si Gui l'avait osé, il eût applaudi.

Ce n'était pas qu'il eût peur de livrer bataille, mais elle eût été perdue d'avance. Ni les vainqueurs ni les vaincus – s'il en était resté – n'eussent pu s'en glorifier.

« Pourquoi tardait-il tant à s'éloigner ? »

Parce que Clisson savait sans doute qu'il ne réintégrerait plus son château, le seul qu'il possédait près de Paris.

Le connétable s'était réveillé de sa léthargie. Du haut de la tour, il hurlait ses mandements. Sa voix, d'une netteté insoupçonnée, – celle, sans doute, qu'il employait lors des batailles – ébranlait la campagne paisible. Comme épouvantés dans leur somnolence, des freux et des coulons fuyaient à tire d'aile tandis que dans le village voisin des chiens aboyaient autant qu'une meute en quête d'une noire bête ou d'un cerf.

— Allons, vous deux !... En bas !

Gui se sentit interpellé plus encore que Jausselin. Il leva les yeux sur le connétable. Son visage exprimait une détermination tellement âpre, exigeante, que le premier il descendit en hâte la spirale de l'escalier.

(1) A l'instant.

Les ducs de Berry et de Bourgogne s'étaient concertés longuement. Ce dernier dit à son frère comment il avait « *parlé et ravalé Cliçon* » lors de leur rencontre, et Berry répondit qu'il avait bien fait. Et de répéter que Clisson, Le Mercier, La Rivière et Montagu avaient « *dérobé* » le royaume de France. « *Le temps est venu* », dit-il, « *qu'ils remettront tout arrière et y laisseront les vies, qui m'en voudra croire.* »

Le soir où le connétable quitta Paris, Montaigu s'éloigna subrepticement par la porte Saint-Antoine et prit le chemin de Troyes « *en Champagne et de Bourgogne et dit qu'il ne séjourneroit ni arrêteroit nulle part, si se trouveroit en Avignon* » où il avait envoyé précautionneusement une partie de ses finances. Il en avait laissé à sa femme « *pour tenir son état courtoisement* ». Il savait, « *puisque le roi avoit perdu son bon sens, que les choses iroient mal* ».

Jean Le Mercier eût volontiers agi de même si on l'avait alerté à temps. Il avait, évidemment, mis de l'argent de côté. Il reçut commandement « *d'aller tenir son corps prisonnier au chastel du Louvre* », et le Bègue de Villaines, « *comte de la Ribedée* en Espagne* » fut aussi prié d'aller au Louvre. On voulut aussi arrêter Montagu en son hôtel et ne l'y trouva point.

On peut imaginer la fureur des ducs. Il leur fallait agir promptement car Charles VI allait mieux, qui pourrait, une fois lucide, anéantir leur règne.

Ils mirent deux jours, selon Froissart, à ourdir une action contre Olivier de Clisson. Ils envoyèrent évidemment des hommes à son hôtel. Ils n'y trouvèrent qu'un concierge qui leur dit ne rien savoir du connétable. Les seigneurs qui furent alors désignés pour sa capture furent le Barrois des Barres et messire Jean de Châtel-Morant, le seigneur de Coucy et Guillaume de la Trémoille. Ils se partageaient le commandement de 300 lances.

Bourgogne leur dit : « *Allez-en à Mont-le-Héry. Environnez la ville et le chastel, et ne vous partez point de là sans nous ramener Cliçon mort ou vif.* »

Or, les 300 lances ne se départirent « *non pas tous à une fois, mais par cinq routes afin que leur issue fût moins connue.* » Cependant, comme l'écrit Froissart, le connétable avait de bons amis et cette venue lui fut signifiée si bien à temps et à point « *que il ne y prit nul dommage, et chevaucha, par voies couvertes, par bois et par bruyères, hors des cités et en sus des villes fermées que il vint sauvement et sûrement en Bretagne ; et se bouta en un sien chastel bien garni et pourvu de toutes choses, lequel on l'appelle Chastel-Josselin ; et là se tint tant qu'il ouït autres nouvelles.* »

* Au moment de l'invasion de l'Espagne par les Grandes Compagnies, le Bègue de Villaines avait été fait comte de Ribadeo par Henri de Trastamare.

Lire en Annexe : *les ducs s'approprient le pouvoir.*

* *
*

Lorsque les chevaux furent sellés, les sommiers bâtés et amenés devant les tours portières, le connétable demeura auprès de son coursier, face au grand vantail renforcé de grosses pentures dont il semblait hésiter à commander qu'on l'ouvrît. Son immobilité révélait une humeur atrabile. Cette âme froide, exigeante, se sentait en instance de domination. Il était aigri d'avoir été désavoué, bafoué, iniquement privé de tout ce qui avait constitué son autorité. Il se parlait à lui-même. Il s'encourageait et se disait sans doute que son personnage comptait toujours autant que naguère et qu'il allait quitter Mont-le-Héry pour un château plus vaste, plus puissant : imprenable.

— Partons-nous ? demanda Trinquier doucement.

— Non… Pas encore… Je me demandais si je pouvais satisfaire ma curiosité de les voir venir… Qu'en dis-tu, Jausselin ?

— S'ils viennent par cinq voies différentes et que nous leur laissons le temps d'approcher de trop près, nous pourrons tomber dans une embûche. Ce n'est pas à moi de vous apprendre la nécessité des avant-gardes !

Clisson ne se retourna point. Peut-être imaginait-il la campagne au-delà d'un seuil qu'il allait devoir franchir irrévocablement. Il avait promptement fait ses adieux à ses hommes d'armes. Bien qu'il ne les eût vus que rarement, il lui coûtait de les abandonner.

— Cinq voies, dit-il. Le Barrois des Barres par l'une. Jean de Châtel-Morant, Coucy et La Trémoille par les trois autres… Tu ignores, Jausselin, qui est le cinquième ?

— Hélas !

Peu enclin à monter au faîte de la tour, le connétable, seul, accéda aux aleoirs (1). Il y consulta le ciel puis, sans doute, les chemins qui confluaient à sa forteresse. Ensuite, penché vers l'intérieur, il haussa la voix pour être entendu de ses proches et des soudoyers qu'il voyait se haier (2) devant l'écurie et l'échansonnerie, trop peu nombreux pour assumer une défense.

— Les uns viendront droit de Paris, les autres feront un détour par Marcoussis. Il en arrivera par Linas, Longpont et sans doute Saint-Michel (3).

— Nous ne pouvons, hurla Jausselin, nous laisser prendre en tenailles ! Il faut, messire, abandonner la place.

— Je veux assister à l'apparition d'une lance. Peut-être saurai-je qui la conduit.

(1) Chemin de ronde.
(2) Se ranger en haie.
(3) Saint-Michel-sur-Orge.

— Ça vous avancera à quoi ? interrogea Galabert, tout aussi impatient que le tranche-tête.

— C'est de la folie ! enchérit Trinquier.

Lui aussi se laissait envahir par l'angoisse.

Or, Clisson écoutait le silence. Ses oreilles étaient-elles emplies des rumeurs familières du passé ? Celui où sa présence, son élévation, sa renommée étaient incontestées. Qu'était-il désormais ou plutôt qu'allait-il être ? Rien d'autre qu'un fugitif.

Après avoir, derechef, interrogé la campagne, il eut un tressaillement.

— Les voilà !... Ceux de Paris, de Marcoussis... de Longpont.

En hâte, il descendit l'escalier menant à la cour. D'un geste, il en salua la garnison au complet.

— Amis, dit-il une fois en selle, l'armée qui s'approche est trop forte. Ce serait folie que de lui contrester (1). Il est inutile que vous mourriez pour moi et pour ce châtelet que j'ai moult aimé. Un vent pernicieux me pousse vers la Bretagne. Souvenez-vous de moi et, en toute occasion, soyez preux !

Le grand vantail s'ouvrit. Après qu'il l'eut franchi, Gui se tourna vers Paris.

« Ce sont eux, sans arroi... Plusieurs centaines. »

Sur le chemin moutonnait un léger nuage. Quelque chose de fragile, de crayeux où parfois, comme s'ils éclataient, de brefs miroitements dénonçaient des armes. A découvrir ainsi, répandue dans une étroite descente, la flote (2) punitive en marche, Gui sentit invinciblement monter en lui une crainte dont peut-être le connétable se serait ébaudi.

— Viens, écuyer !... De petits sentiers boisés mènent à Linas. Je pensais que ces justiciers nous auraient assaillis de nuit, mais ils ont hâte de se saisir de ma personne. Belle prise, en vérité... Louanges, battements de mains !... J'imagine les espérances qui fermentent sous ces bassinets et ces chapels de fer.

— Moi aussi ! dit Jausselin. Hâtons-nous.

— Je connais un chemin creux. Certes, les arbres commencent à se défeuiller, mais d'épaisses haies nous protègeront jusqu'à Linas. Il y a une forêt sur cette pente. J'y suis parfois allé chasser la noire bête.

Avancer. Le chemin s'étrécit pour entrer dans un autre. Les arbres enrugnis (3) versaient sur cette ruelle étroite, aux herbes hautes, une ombre dorée qui allait s'enténébrant. Les chevaux, ces grands innocents, marchaient d'un pas lent, feutré, comme las. Il faisait frais. Il fallait suivre sans entrevoir l'extrémité de ce tunnel. L'ombre, parfois,

(1) Résister.
(2) Petite armée.
(3) *Enrugni* : atteint par la rouille.

devenait extrême. Le sol mou transmutait le bruit des sabots en un clapotement qui peu à peu s'éteignait dans des herbettes bossuées de loin en loin par des jonchées de champignons. Beaubrun, qui sans doute eût voulu trotter, exhalait des soupirs de mésaise. L'épaisse odeur de cette crypte feuillue lui déplaisait.

Clisson chevauchait, attentif, le buste rejeté en arrière. Il n'avait rien d'un homme redoutant d'être découvert mais plutôt l'attitude qu'il avait adoptée lors des montres auxquelles il avait assisté. Un orgueil terrible l'animait. Lui, devoir fuir !... Lui, cherchant à se mettre à recueillette (1) comme un robeur pourchassé par des justiciers. Au-dessus, et presque en encorbellement, le chemin qu'allait sans doute emprunter une des flotes (2) des ducs resplendissait des clartés du jour. Personne n'y passait. Pourquoi ? Était-il si peu fréquenté d'ordinaire ?

Gui suivait le connétable sans se soucier de ceux qui le suivaient. La dangereuse hardiesse en laquelle il était inclus le passionnait et merveillait. Peut-être, un jour, tirerait-il un avantage de cette expérience. Aucun souci pour s'orienter : Clisson manœuvrait son cheval avec une sûreté qui ne pouvait que susciter la confiance. Insoucieux des ténèbres parfois piquetées de lueurs d'or ou d'émeraude, telles des fruits éphémères, insaisissables, il allait de l'avant dans cette nuit fallacieuse, semblable à celle qui avait précédé l'éclipse de lune, à Paris.

— Nous allons attendre en ce lieu, dit-il tout à coup. Nous pouvons voir le chemin entre les troncs des arbres. Ils sont si occupés de mon saisissement qu'ils regarderont sans trêve devant eux la tour de Montle-Héry. Tous commenceront à s'imaginer vainqueurs et maîtres de ma personne.

Moiteur, fraîcheur. Rien de maléficieux dans l'air, et pourtant Gui se sentait parcouru de frissons. Son désir de silence avait été exaucé lorsque les chevaux s'étaient immobilisés. Cependant, aucun bruit n'annonçait la venue des hommes d'armes. Il se demanda s'il devait mettre pied à terre, mais comme il déchaussait les étriers, Clisson, d'un geste, le lui interdit.

— Si l'on nous découvre, il nous faudra galoper sans rien attendre et même abandonner nos sommiers.

Douceur perfide d'une paix momentanée. Des oiseaux chantaient. Le vent piquant étrillait les branches dont les feuillages encore abondants frissonnaient. Parfois, Clisson laissait son regard errer dans ce qu'il voyait du ciel à travers les rameaux sur lesquels, bientôt, l'hiver s'acharnerait.

(1) A l'abri.
(2) Armée.

Soudain, abrégeant sa méditation, sa dextre se leva. Cela signifiait : « *Ils viennent.* » Gui entendit enfin les voix, piétinements et la fame (1) d'une armée en mouvement. Haussé sur ses étriers, le connétable dit :

— Je les vois... Un millier sans doute. Ils me font grand honneur.

Dans un éclair, Gui aperçut des brillances tandis que le bruit s'enflait, s'enflait pour devenir un ensemble de cliquètements, paroles, hennissements, rires, sabotements, toux, éternuements.

— Merdaille ! enragea Clisson.

Il avait reconnu quelqu'un. Un homme vêtu de sombre, richement, et son écuyer en armure de fer portant sa bannière. Ils parlaient. Même vue de biais, l'enseigne était aisée à déchiffrer : *écartelé : aux un et quatre de gueules à trois fasces de vair et aux deux et trois de gueules à la fasce d'argent.*

— Coucy !

Il n'y avait rien de singulier dans cette apparition : Clisson connaissait les noms des seigneurs désignés pour sa prise. Ce qui l'indignait, c'était les propos qu'il surprenait au passage.

— *Enfin, nous voyons la tour où nous nous saisirons de l'animal au gîte !*

Le front du connétable s'était penché.

— *Croyez-vous qu'il se rendra ?* demanda l'écuyer.

— *Il m'étonnerait qu'il se rende. Ce n'est pas une femmelette. Cependant, comme il ne peut nous résister...*

— *Vous eussiez pu refuser de nous mener à Mont-le-Héry.*

Un rire. Un rire que Gui détesta sans doute moins que le connétable.

— *Refuser !... Refuser alors que j'aurai de la plaisance à ramener le Marmouset à Berry ?... Imagine mon retour, Alain ! Imagine !*

Avec une irritante précision et une déception cruelle, l'esprit de Gui s'empêtra dans des pensées qui lui firent horreur. Clisson devait les éprouver au centuple. Quelque chose d'inattendu, quelque chose de pareil à une brusque lumière se glissait certainement dans l'âme du connétable : *il était seul.* Et c'était une sensation pire que les menaces accumulées sur sa personne. Coucy, qu'il avait cru son ami, se réjouissait à l'avance de sa capture ! Et en quels termes !

Gui devina qu'il devait observer le silence. Un de ces silences de deuil lors desquels le cœur se boursoufle ou se racornit quand on songe au défunt qu'on va perdre à jamais.

L'armée passait à pied, à cheval, bruyante et décidée, regardant la tour au-dessus de son nid d'arbres. Beaucoup d'archers. Il y avait même, en fin de procession, un chariot tiré par deux gros chevaux rouans cavecés de noir. Que contenait-il ? Sans doute une bombarde.

(1) Rumeur.

Rien, bientôt, ne subsista de ce flux d'hommes de fer. Un silence lourd et comme sombre remplaça le frai (1) des guerriers et des chevaux. Alors, ainsi qu'un embrasement qui, après avoir couvé, éclate sous un souffle impétueux, les humeurs de Clisson, ses aigreurs, ses déceptions, ses mépris et ses enrageries s'assemblèrent pour composer une haine définitive sur un homme auquel il avait accordé son estime.

— Le diable, s'exclama-t-il, me libère d'Enguerrand ! Je le croyais mon compain. Si je ne m'étais retenu…

Il s'interrompit, conscient que, d'une certaine façon, tout était pour le mieux et qu'il pouvait sans regret regagner la Bretagne.

— Avançons, dit-il. Le vent s'anordit (2). Nous aurons froid cette nuit.

Puis, furibond et brandissant ce poing dextre qui avait tant saisi d'épées meurtrières :

— Moi qui n'ai jamais fui au cours d'une bataille, me voilà dans la peau d'un couard !… Malheur à Coucy !

— Qu'il s'en aille, souhaita Jausselin, se faire empaler chez les Turcs !

C'était un souhait absurde. Gui ne fut pas seul à l'approuver.

Une semaine plus tard, il voyait se dresser devant lui le donjon immense et abrupt du Châtel-Jocelin.

(1) Bruit.
(2) « Le vent tourne au nord. »

IV

Le soir tombait. Une brume folâtre ondoyait sur les eaux de l'Oust et l'on eût dit, par ce premier froid, l'haleine de la rivière. Il ne subsistait du jour parvenu à son terme qu'une entaille rouge au couchant. Bientôt, l'ombre cicatriserait cette blessure. On percevrait, des hauteurs, l'immensité d'une campagne assoupie. Penché entre deux merlons, sur ce vide spacieux peuplé de tous les mystères et des vieilles légendes d'Arthur et de ses chevaliers, Olivier de Clisson redeviendrait nerveux et muet. Il se tournerait vers l'intérieur de sa forteresse comme pour juger de la fidélité et du dévouement de tous ceux, invisibles, qui la peuplaient : femme, soudoyers, meschins et meschines, chiens, chevaux et jusqu'aux oies qu'il laissait errer nuitamment à l'instar de celles de Rome. Il regarderait de son œil vif les bâtiments solides, le puits monumental surmonté d'une ferrure porteuse d'une poulie grinçante, elle-même surmontée d'un lion couronné. Peu à peu la vesprée pacifique et douce envahirait tout. Des chandelles çà et là fleuriraient aux fenêtres. Le connétable se retournerait encore pour sonder les ténèbres vertigineuses.

— Je me demande chaque soir, lorsque je piète sur ces aléoirs, quand et comment Jean de Bretagne m'assaillira... Dans nos solas (1), en Angleterre, lorsque nous étions enfants, nous n'étions jamais des ennemis. Au contraire : nous étions deux contre des Mores, des Turcs, des démons effrayants. Et voilà que volontiers nous nous saignerions à plaisir.

— Et si le duc de Bretagne renonçait, messire ?

Un rire. Les nuances en étaient paternelles :

— Non, Gui. Cet homme n'est point de notre espèce... de la tienne, surtout. Il a la vindication (2) aussi tenace que la mienne. Il

(1) Jeux.
(2) Vengeance.

sait que je ne suis plus soutenu par le roi de France. Il paraît – mais tu le sais – qu'en apprenant son coup de démence dans la forêt mancelle, il a dansé et ordonné des fêtes. Il me sait en mortel péril.

— Vous avez de quoi vous défendre !

— Il est vrai. J'ai les hommes, les armes et de grosses murailles. Ah ! ce n'est pas Mont-le-Héry…

Il aimait sa forteresse bretonne, son enceinte épaisse, les lignes puissantes des courtines, les fenêtres élancées disposées en files régulières et dont des moutiers eussent pu revendiquer les arcatures en plein cintre ou s'en inspirer. On était cependant loin, à Jocelin, de la maçonnerie de l'hôtel parisien si parfaitement agréable aux regards et si précieuse dans ses agencements. A l'apparat parfois subtil succédait l'ampleur du solide. Aucune parenté. Ni même intérieurement. Jocelin n'était pas une tanière comme certains châtelets entraperçus par Gui au cours de son cheminement vers la Bretagne mais un château trapu et sûr, inapte aux vuiseuses (1), réceptions et liesses prisées par la noblesse. Il s'affirmait comme un édifice capable de défier le temps, les éléments et les hommes.

— J'ai même, reprit Olivier de Clisson, des machines de guerre démontées dans cette grange qui jouxte les écuries… Tu les as vues. Évidemment, Montfort ne se doute point de ce surcroît de moyens défensifs.

Adossé à un merlon, Gui regarda l'intérieur du château tandis que le connétable se plongeait dans un abîme de songeries auxquelles son écuyer n'avait point accès. Ensemble, ils se tournèrent vers l'Oust désormais noir. La lune y mirait sa face pâle qui tremblotait sur l'eau, révélant ainsi le passage d'un cygne.

— Tout est pur à Jocelin. J'aimerais parfois, la nuit, m'engloutir dans cette rivière pour en connaître la fraîcheur… J'ai tant sué, cet été, qu'il me vient des envies de noer (2), de boire abondamment, d'être nu pour me mouvoir à l'aise. Et toi ?

— Je ressens cela également… Si seulement, sur le chemin du Mans, nous avions costié une rivière de cette espèce, le roi…

— Qu'il s'y soit trempé ou non, Gui, le mal était fait. Inguérissable et subtil, il chemine dans son sang. Oh ! je sais : féconde, désaltérante, l'eau d'une rivière aurait peut-être appauvri, dans le corps de Charles, l'effet du poison.

Le connétable leva vers le ciel un œil qui, du fait des ténèbres, semblait gagner en lueurs et vivacité. Quelques nuages livides s'attardaient. Parfois, un éclair crépitait sans pour autant annoncer un orage. Le ciel ne menaçait rien.

(1) Choses futiles et vicieuses.
(2) Nager.

— Dieu, Gui, vérifie l'état de son luminaire. Demain, il fera beau. Un léger froid, mais un temps par lequel cheminer est un plaisir.

Le connétable se pencha comme pour voir si, au-delà de l'Oust, la nature était moins charbonnée.

— De toute façon, j'en avais assez de Paris, de cette Cour qui tient de la banque et du bordeau. J'avais envie de revenir... Je sentais mon épouse lasse de m'attendre. Après l'avoir honnie, je l'ai regraciée d'avoir refusé de fournir à Arnoul Boucher les sommes que j'avais promises à Charles. Compte tenu de ce que nous avons vu et savons, quatre gloutons (1) dorés les auraient détournées à leur profit.

Gui ne sut que dire. En quelques phrases, Clisson l'avait introduit dans le secret d'une mélancolie toute nourrie, sans doute, de l'affection qu'il vouait à son épouse. Il n'avait vu Marguerite de Rohan qu'une fois : lors du repas consécutif à l'arrivée du connétable. C'était une femme douce, avenante, vêtue de sombre. Elle avait été l'épouse de Jean de Beaumanoir, le champion du Combat des Trente et semblait, ainsi habillée, porter toujours son deuil (2). Depuis, il prenait ses repas entre Galabert et Jausselin, parmi des hommes d'armes dont il connaissait certains, de même que leurs caractères. Il se sentait peu enclin à songer au passé. Pourtant, plus il le récusait, plus des remembrances revenaient hanter un esprit inquiet sans raison.

— Tu as peur, dirait-on. Peur non pas des hommes mais de ta destinée.

— C'est vrai... Je pense que ce que nous avons vécu ces derniers mois a infecté un caractère que je croyais...

— Pur ?

— En vérité... Je ne cesse de penser au Gué-de-Maulny ainsi qu'à ce Richard de Ménonval que le roi, qui alors avait l'esprit clair, aurait dû occire.

S'il songeait à la forêt de Longaunay, c'était qu'au nord de celle-ci, il y avait la Ferté-Clairbois... Roland et Anceaux... Emma qui

(1) Voraces mais aussi : canailles.

(2) Le combat des Trente eut lieu le 27 mars 1351 à proximité de Ploërmel, sur la lande de Mi-Voie, non loin de Josselin. Ce fut une boucherie où Jean de Beaumanoir se distingua. Chevalier, seigneur de Beaumanoir et régnant sur Evran, Merdrignac, La Hardouinaye, Saint Launeuc et Moncontour, capitaine de Josselin et maréchal de Bretagne pour Charles de Blois, il était fils de Jean de Beaumanoir et de Marie de Dinan-Montafilant.

Après le combat des Trente où les Bretons l'emportèrent sur les Anglais et quelques-uns de leurs mercenaires, il combattit à Mauron (1352) et fut l'un des ambassadeurs envoyés en Angleterre pour négocier la rançon de Charles de Blois. Il était gouverneur de Bretagne lorsque Lancastre lui remit par convention les clés de la cité de Rennes. Il représenta Jeanne de Penthièvre, veuve de Charles de Blois tué à Auray, au traité de Guérande (1365).

Il eut de Tiphaine de Chemillé, sa première femme (une Angevine) deux fils disparus sans postérité en qui finit la branche aînée de sa maison dont les possessions furent portées dans la maison de Dinan par le mariage de Jeanne de Beaumanoir, sœur consanguine des précédents, et fille de Marguerite de Rohan, avec Charles de Dinan, seigneur de Montafilant et de Châteaubriant. De la maison de Dinan, la seigneurie de Beaumanoir passa, par alliance, à celle de Laval.

l'admirait de ses yeux amoureux et naïfs. Clairbois : *sa* chevance (1). Peut-être, s'il était riche, devrait-il se faire assister, pour la conquérir, d'une douzaine de soudoyers.

— Jamais, dit Clisson, les gens de France ou les Bretons de Montfort ne soumettront ma forteresse. Elle est rude comme moi, haute comme moi, imprenable comme moi. J'y pensais quand nous cheminions au guidement du roi contre l'avis des princes. Je la voyais. Je suivais de mémoire les contours du chemin qui mène à ses entrées. J'aurais pu compter les ormes, les frênes, les chênes qui forment de part et d'autre d'icelui une garde attentive. J'apercevais mon donjon et je m'en trouvais fier… Au fond, bien que je ne veuille point me l'avouer, j'ai parfois dans le cœur des faiblesses de femme.

Le connétable eut un rire bref, silencieux, et Gui, derechef, tourna ses yeux vers la cour dont la vacuité lui parut étrange. Elle ressemblait à toutes celles des châtelets du royaume, mais elle était au moins d'une surface triple. Les bâtiments pour les hommes d'armes y étaient spacieux, les cuisines, les granges ne se pouvaient comparer avec d'autres. Quant au donjon…

— Je sens qu'il te plaît, dit le connétable. Pour mes bons services, le roi m'a donné la terre de Guillac (2), proche du lieu du combat des Trente. Deux ans auparavant, j'avais obtenu le titre de lieutenant du roi en Bretagne (3). J'ai décidé d'avoir une bastille à ma façon. Des douves, des chaingles (4), des tours : neuf alors qu'il y en a le double à Coucy, et un donjon aussi haut que celui, justement, de Coucy. Je crois même qu'il le domine car il a quelque deux cent-quatre-vingts pieds (5) à la base comme en hauteur, et mes neuf tours bien bataillies ont des toits pointus et pentus comme des fers de lance…

— C'est vrai…

— Des courtines hautes de plus de dix toises (6) au-dessus des fossés pleins des eaux de l'Oust et des murs épais de plus de deux toises…

Gui avait plusieurs fois contourné le château. Franchissant le pont-levis, entre deux tours portières plus puissantes que les autres, il avait eu accès à la cité, elle aussi bien défendue et par les cinq portes de laquelle on pouvait accomplir, contre un ennemi, des sorties promptes et meurtrières. Il aimait ce château pourtant si différent de Clairbois.

— Si tu allais à Blain, tu serais ébahi par ce que j'y ai fait. Et je ne fais que citer Moncontour, Jugon, Champtoceaux et… Clisson.

« Pourquoi, ce soir, me parle-t-il ainsi ? Il a eu, depuis notre venue,

(1) Les biens, la propriété.
(2) Le 22 mai 1373.
(3) Le 2 août 1371.
(4) L'enceinte.
(5) 91 mètres.
(6) La toise : six pieds : près de deux mètres.

moult occasions de le faire… Pourquoi ce soir plutôt qu'un autre, et pourquoi cette voix où je sens un émoi qui n'est guère dans ses façons ? »

Clisson se pencha pour contempler ses douves pleines d'une eau noire aux frissons argentés.

— J'attends… La menace est double : Jean de Montfort et des ducs pervertis qui n'oseront tout de même pas s'unir contre moi. Je suis prêt à me battre. Or, cette bataille n'est point tienne.

— Je la fais mienne, messire ! Je vous suis dévoué. J'aime votre terroir.

Gui l'avait parcouru parfois le matin peu après l'aube, quand il ruisselait de givre ou de rosée, parfois l'après-midi, sous un soleil d'autant plus beau que l'automne semblait l'appauvrir. Il avait apprécié la douceur des landes et s'était rendu sur le champ de bataille des Trente, entre Jocelin et Ploërmel, afin de mieux concevoir ce qu'avait été cet affrontement. Pour toucher de sa personne ce sol imbibé de sang, il avait laissé paître Beaubrun sous le chêne de Mi-Voie, et il avait marché, busné (1) tout en imaginant les hommes et les frappements de leurs armes.

— Nous avons passé un mois d'octobre quiet…

— C'est aller, messire, vite en besogne. Les deux oncles vous ont intenté un procès. Vous devez leur payer cent mille marcs d'argent… Ils vous considèrent comme faux et mauvais traître envers la Couronne.

— Si je ne l'avais défendue, cette monarchie, elle serait anglaise. Richard aurait son trône à Paris plutôt qu'à Londres. J'aurais dû déjà, et par deux fois, me rendre au palais et m'y présenter comme un coupable. C'est, en effet, la deuxième sommation – une tous les quinze jours… Ah ! ils trouvent encore quelques écus pour financer les chevaucheurs qu'ils m'envoient… A l'expiration de la troisième assignation, et après qu'un huissier m'ait appelé à la porte, et enfin sur les marches extérieures de ce monument où les vertus et les turpitudes se mêlent, un arrêt sera prononcé contre moi.

— La mort ?

— Qui sait ? Une chose est sûre : je serai destitué de mon office de connétable et mis en œuvre de rendre l'épée dont j'ai la charge… Eh bien, je la conserverai !

Gui ne voyait que l'œil d'Olivier de Clisson. Une lueur l'animait, vive et douloureuse.

— Je ne ferai jamais violence au destin. Je l'ai faite à des hommes qui, peut-être, ne la méritaient point. Cette épée, je l'ai reçue du roi. C'était celle d'un Breton comme moi avec lequel j'ai mené des combats. Les qualités qu'elle implique sont l'amour du pays et la vérité des opinions… Que me reprochent-ils au-delà de ma fortune ?

(1) Le verbe *rêver* n'existait pas encore.

De savoir agir. De ne craindre personne. D'être d'une sincérité absolue devant les menteurs et d'en assurer tous les risques. De n'avoir aucune faiblesse pour les mauvais car je leur sacrifierais les bons.

Le connétable parut reprendre haleine. Gui ne savait que dire. Il lui semblait ouïr des conseils *pour lui seul*. De s'entendre édicter une espèce de testament qui lui serait profitable.

— Ils bailleront cette connétablie à Philippe d'Artois.

— Pourquoi lui, messire ?

— Parce que ce mistenflûte est le gendre de Berry. C'est un guerrier médiocre. Un homme curial (1) qui n'a reçu d'autre don que celui d'exister… et de plaire à ce gros plein de soupe !… Ah ! tu ne peux savoir, Gui, comme je suis heureux à Jocelin. Point de festins comme celui auquel le duc d'Orléans nous avait conviés… Ces prétextes à mangeaille sont nuls. On y dissipe son temps. Meilleure est la communion du pain seul qu'on partage… Un repas de guerriers affamés est à l'image de la sainte Cène : ils ont souffert ou ils vont souffrir ensemble. C'est une cérémonie à laquelle j'ai toujours été un adepte fervent… N'oublie jamais d'être près des humbles…

— Je me sentais moult mésaise en l'hôtel d'Orléans.

— Artois y était… Tout proche de Berry (2). Il ne décide rien sans l'avis de son beau-père… Mais vois : condamné à mort par le duc de Bretagne et Pierre de Craon… Banni bientôt du royaume de France… Tu vas me dire qu'il me reste l'Angleterre… Je sais qu'on me pardonnerait d'avoir trahi en amitié des hommes de bien… Or, je suis las de la guerre. Pour que je la fasse encore, il faudra qu'on m'y contraigne… J'ai cinquante-six ans. Jausselin et Galabert ont beau me dire qu'à cet âge, il m'est aisé de tenir l'épée, la lance ou la hache, j'aspire à la paix.

— Je vous comprends…

— Mais qu'on m'assaille, je résisterai. J'assaillirai même à mon tour les assaillants… Toutefois le temps est fini pour moi des grandes batailles… Je ne te préconiserai pas une doctrine de faiblesse, ni de pitié. Base-toi sur la pitié : tu seras nécessairement faible. La loi de la vie comme la loi de la guerre, c'est d'être fort… Ne respecte jamais ceux qui t'ont fait du mal… La bonté jette dans le cœur une mollesse qui toujours te sera préjudiciable… Surtout, n'attends jamais un résultat satisfaisant de ce que tu entreprendras contre tes ennemis : tu seras toujours déçu.

— Pourquoi me dites-vous cela, messire ?

(1) Homme de cour.

(2) Philippe d'Artois reçut l'office de connétable le jeudi 19 décembre 1392. Une fois redevenu lucide – pour peu de temps –, Charles VI fit détruire l'arrêt prononcé contre Olivier de Clisson et toutes les pièces du dossier.

— Parce que le temps est venu de nous séparer.

Gui se sentit branler sur ses jambes tandis que son cœur faisait un bond. Il se reprocha une question imprudente. Cependant, quoi qu'il eût fait ou dit, il venait d'ouïr un arrêt qu'il savait définitif.

— Pourquoi ?... Déjà !... J'étais votre écuyer.

— Tu l'étais, en effet.

— Je suis heureux céans !... Je l'étais lorsque nous cheminions...

— Enfant !

C'était à peine une moquerie ; le ton, d'ailleurs, en était affectueux. Gui sut qu'il avait gagné ce cœur dur, aussi fermé que ce château où il avait savouré jour après jour les bienfaits d'une existence dont la tranquillité avait apaisé dans son corps et son âme les lassitudes des longs chemins et des dangers dont le connétable était menacé.

— Je sais bien, mon ami, que ce départ te navre. Nous avons moult appris l'un et l'autre, l'un sur l'autre. Or, tu es jeune. Tu mérites davantage que ce que j'ai pu t'offrir. Je ne puis te faire chevalier car excepté l'affaire de la rue Sainte-Catherine, tu n'as point valablement tiré l'épée.

A coup sûr, Clisson regrettait l'avortement d'une bataille en Bretagne.

— C'est vrai, messire. Je n'ai pas guerroyé. Je n'ai pas eu l'occasion de jouter une fois encore pour vous rendre fier de moi.

Gui se sentait devenir sombre et violent. Rejeté – vers quel rivage ? – comme une épave lors d'une tempête. Il lui était impossible de parler. L'espèce de docilité souriante qu'il avait toujours affectée en présence du connétable venait de cesser d'un coup. Il sentait son sang tourner à l'aigre.

— Tu n'es pas fait pour rester écuyer. Il te faut chausser les éperons d'or. Il faut qu'en des lieux religieux ou profanes où tu passeras, on te considère comme un preux... Il te faut connaître l'amitié des Grands – s'ils sont honnêtes – et le respect des ennemis ainsi que l'amour des dames. Oui, il te faut partir. En quelque sorte recommencer ta vie. Progresser de l'extérieur et de l'intérieur vers l'homme que tu dois être... Dépasser tes limites. Ce sacrifice dont tu te plains, tu m'en regracieras plus tard. Un sacrifice, quoi qu'il nous coûte, nous affranchit des autres et de nous-mêmes... Ce n'est pas se mortifier, c'est acquérir à plus ou moins longue échéance une plénitude qui fera de toi un chevalier parfait...

— Je ne sais... Je ne me crois pas si solide !

Clisson continua d'une façon plus sonore :

— Va au bout de ton chemin. Va toujours de l'avant, mais soucie-toi de ce qui t'entoure. Il se peut que ta destinée soit dure : plus elle le sera, plus elle sera féconde... Ne m'en veuille pas : dès demain, tu t'épanouiras.

— Je serai triste… vaincu…

— Non. Tu te diras que tu subis une injustice et ton sang bouillonnera. Tu maîtriseras ton humeur. Ce soulagement te rendra moins triste. Tu verras que ta solitude est incomplète car les oiseaux te le rappelleront. Tu souriras à leur vue. Tu souriras à la manante que tu croiseras. Tu souriras à la fournière chez laquelle tu achèteras du pain. Tu prendras confiance en toi sans pour autant faire confiance aux autres…

Il allait donc falloir rompre les liens au moment où les nœuds du respect et de l'amitié semblaient être devenus inextricables. Dans l'étourdissement de la stupeur et d'une sorte de douleur sans nom, Gui s'autorisa une faiblesse :

— Je croyais vous être une sorte de fils.

Il se sentait pâle. Ses yeux rencontrèrent celui du connétable qui se déroba sans qu'il sût pourquoi.

— Tu l'étais un peu.

Leurs prunelles ne se quittèrent plus et celle de Clisson avoua : « Oui, tu l'étais un peu », mais la voix suppléa le regard :

— Un fils !… Or, Gui, tu as une mère. Une mère inconnue qui vit certainement dans l'espérance de ta venue. Tu m'as fait l'amitié de me confier un jour, franchement et sans vergogne, l'origine de ta naissance. Tu as perdu dans une embûche une mère d'adoption ; il te reste la vraie en je ne sais plus quel lieu de Normandie.

Clisson parlait sans se distraire de l'intérêt qu'il portait encore et toujours sur les abords de son havre de paix et de méditation.

— C'est vrai, messire, j'ai une mère… que je crains de connaître après l'amour que j'ai voué à l'autre.

Gui regardait, autant que ce fût possible, cette face ou ce profil d'ascète de la guerre, dont le globe oculaire s'endiamantait de quelque chose d'autre qu'une larme de lune.

— Je t'adjure d'aller à…

— Montsurvent, messire.

— Abandonne le messire comme tu vas m'abandonner.

— Cela me paraît impossible.

— Soit… Eh bien, je t'adjure d'aller à Montsurvent.

Il l'adjurait ! Plutôt que de l'émoi, eu égard à ce dont Clisson l'adjurait, une sorte de langueur s'immisçait dans le cœur de Gui, pareille à cette peau fine et verte qu'il avait parfois fait apparaître au couteau, entre l'écorce de l'arbre et son bois tendre. Mêlée à du lait ou du son chaud, elle formait un bienfaisant emplâtre à toutes sortes de navrures.

— Il se peut que cette dame ait recouvré la santé… Qu'elle ait eu, en cela, plus de bonne chance que Charles. Alors, quelle joie de te voir !

Certes. Et même si elle était encore en état de faiblesse, la venue d'un homme ressemblant *aux défunts* pouvait améliorer son état.

— Et si, par malheur *pour nous deux*, elle est retombée en aliénation d'esprit ?

— Tu la verras tout de même. Elle doit avoir, d'après ce que tu m'as dit, quelque quarante années… C'est beaucoup. Songe qu'elle avait vingt-cinq ou vingt-six ans quand elle t'a mis au monde… Elle a souffert dans son esprit et dans sa chair avant que de connaître ton père… Infidèle ? Certes. Mais ce qui ressemble à l'amour ou ce qui en est – qui peut le savoir sauf elle, et encore ! – mérite le respect. Nul n'est à l'abri d'une défaillance… Alors, vas-y. Cette Luciane a besoin de toi… Si elle est encore ce que tu crains, si son esprit est celui d'un enfant, elle a besoin d'un lait sain et substantiel auquel abreuver sa raison perdue… Va !

Le ton était celui d'un chef. Gui s'en plaignit :

— Est-ce un commandement ?

— Ça l'est. Il faut que tu partes.

C'était dit sourdement, mais des échardes avaient cardé la voix du connétable.

— Tu feras comme si tu partais à ton gré. Je vais te pourvoir en tout : un sommier pour porter tes vêtements, ton armure, de la nourriture sèche pour si tu venais à manquer, plus, cela va de soi, une escarcelle rebondie. Il y aura aussi des pièces de réserve dans le double fond de ton bouge (1). Tu ne manqueras de rien.

— Je ne sais comment vous regracier.

— Surtout ne me dis rien… Lorsque tu auras vu cette mère inconnue et que tu l'auras confortée – quel que soit son état –, tu iras trouver Boucicaut. Jean II le Meingre est aussi preux que son père. A seize ans, je l'ai armé chevalier sur le champ de bataille de Roosebeke, une estourmie (2) qui m'est une remembrance hideuse car nous nous sommes conduits ainsi que des routiers… Comme toi, Boucicaut rêvait et rêve encore d'aventures. Tu connais ses armes, j'espère…

— *D'argent à l'aigle éployée de gueules.*

— Et sa devise ?

— Non.

— *Ce que vous voudrés.*

— Cherche d'abord Boucicaut dont l'hôtel est sis non loin de Saint-Pol. Vois-le évidemment de ma part. Je vais te recommander à sa bienveillance. Quand il aura lu ma lettre, reprends-la et déchire-la. Dis à Le Meingre que je ne suis plus une bonne caution. Ajoute qu'il fasse

(1) Sorte de valise.

(2) Mêlée. *Estour* : combat.

courir le bruit que tu m'as quitté parce que tu ne pouvais plus supporter de partager mon opprobre.

— Cela me sera dur !

— Tu y parviendras… Si Boucicaut t'emmène chez les Grands, ne te regimbe pas. Sois hypocrite comme ils le sont. Berry, Bourgogne, Béraud III de Clermont, dauphin d'Auvergne, sont ses amis. Je sais comment, foncièrement, il les juge. Si on me noircit devant toi, acquiesce. Tu n'as pas, après tout, à épouser mes querelles et mes aversions. Tu diras : « *Ah ! ne m'en parlez pas* », si on t'interroge. Ainsi, tu pourras clore des bouches emplies de fiel.

— Et Apilly ?

— Conserve-lui ta rancune et attends… Si tu peux approcher le roi, veille sur lui. Souviens-toi que nagère Louis d'Anjou, Jean de Berry, ce gros lard, Philippe de Bourgogne, cette vipère avaient voulu empoisonner leur père. Ils maîtrisent le poison comme autant de sorciers.

Le connétable soupira. Il semblait qu'il eût du mal à ajuster ses idées. Il ne savait que faire de ses mains dont la dextre, parfois, touchait sa hanche comme pour y sentir une épée qui n'était ni la sienne ni celle que le roi lui avait remise.

— Des sorciers (1) ! te dis-je.

— Et… Alix ?

— Si vous êtes vraiment épris l'un de l'autre, souviens-toi du bon ou mauvais conseil que je t'ai fourni naguère. Pars demain, dimanche 15 décembre. Tu seras pour Noël en Normandie… Je regrette ce que je fais, mais c'est pour ton bien.

Le connétable se rendait compte que la solitude à laquelle il condamnait son ancien écuyer engendrerait, dans son esprit, une mélancolie à laquelle il ne connaissait aucun remède mais qu'il avait connue sans doute lors de son enfance prime à la Cour d'Angleterre.

— Passe par Rennes, Fougères, Vire. Gagne de là Coutances. Informe-toi dans cette cité. Montsurvent ne doit pas être loin… Et si un jour tu passes par Gratot, souviens-toi qu'il appartint à un preux

(1) Au XVe siècle, le chroniqueur Zantfliet attribuait à un empoisonnement commis par les frères de Charles V, l'état du bras gauche du roi, celui de sa main droite, son hydropisie ainsi que son état cachectique. La « folie » de Charles VI n'était point due à des causes naturelles, bien qu'il fut l'enfant de parents séniles. Le Dr Jean-Claude Lemaire (*le Roi empoisonné ; la vérité sur la folie de Charles VI*, S P L) démontre que les crises coïncidaient avec le besoin de certains d'écarter le roi temporairement du pouvoir. Reste à savoir qui versait le poison : Orléans ? Bourgogne ? Berry ? Isabeau ? Le Dr Ravel (*l'Œuvre royale de Charles VI, Symbolique alchimiste et mystère royal*, le Léopard d'or) a complété les données du Dr Lemaire en attribuant l'empoisonnement du roi à l'ergot de seigle dont le principe actif, l'acide lysergique, n'est autre que le L S D. Avant eux, la folie du roi avait été étudiée par M. Chereau (union médicale, le 1er juin 1862), puis par Saltel (*la Folie du roi Charles VI*, thèse de Toulouse, 1907). En fait, Charles VI importunait son entourage : ses oncles qu'il empêchait de gouverner et de piller la France ; son frère qui « fréquentait » assidument la reine et profitait aussi de ses largesses ; la reine qui dépensait à tire-larigot !

que Calveley a bien connu et dont il m'a parlé : Ogier d'Argouges, qui fut champion du roi Philippe le Sixième. Ores, ne t'attarde pas : le baron qui en ce moment y demeure est un cousin d'Ogier… Philippe d'Argouges est l'époux de Marguerite de la Champagne, laquelle est la sœur d'Apilly… M'as-tu compris ?

— Oui… Vous verrai-je demain ?

— Non. Il nous faut une séparation nette. Galabert et Jausselin prépareront Beaubrun et Cyrus, le sommier… Allons, pars. Laisse-moi seul. Obéis, te dis-je !

Gui tourna les talons. Il était si étourdi d'émoi et de rancune qu'il faillit manquer la première marche de l'escalier et choir dans le vide.

— Il me chasse ! maugréa-t-il. Mais je le reverrai. Ah ! oui, je le reverrai !

Annexes

Au seuil de cette rubrique, je tiens à exprimer ma gratitude au Directeur de la Médiathèque Louis-Aragon du Mans, M. Rémi Froger, qui fort obligeamment m'adressa copie des études des abbés Ambroise Ledru et Louis Froger publiées jadis dans *la Province du Maine*. Ces enquêtes approfondies m'ont permis d'offrir à mes lecteurs des précisions exceptionnelles quant au séjour de Charles VI au Mans et aux funestes événements de la forêt de Longaunay.

Ma demande de documentation fut suivie par M. François Lenell.

Qu'il soit également remercié.

* *
*

Toute ma gratitude à M. Gilbert Perez grâce auquel j'ai enfin connu Richard de Ménonval, le perturbateur de la forêt de Longaunay.

* *
*

Je ne saurais oublier les aides que m'ont apportées MM. Charles Leemans et Jean-Yves Legoy, le premier Conservateur du Musée de Creil, le second archiviste à l'Hôtel de Ville de cette cité.

P.N.

Annexe I

Le mariage hongrois de Louis d'Orléans

Depuis l'an mille, des rapports dynastiques s'étaient établis entre la France et la Hongrie. Ils n'avaient jamais cessé de s'améliorer. La culture française portait un nom : *Anjou.*

Charles d'Anjou, frère de saint Louis, s'était si bien distingué lors de la septième croisade qu'il avait obtenu l'héritage sicilien de Frédéric II avec l'appui du Pape. De même que ses aïeux à l'époque de la conquête normande, – Foulque Nerra et Geoffroi Martel (1), – il se lança dans des actions dangereuses et ne put résister au désir de prendre une possession effective de l'héritage à lui transmis par Baudoin II, le dernier empereur latin. Décidant que la Hongrie servirait de plateforme à la réalisation de ses projets, il envoya des ambassadeurs à la Cour du fils d'André II, Béla IV (1235-1270) et demanda pour femme la princesse Marguerite, fille du roi. Or, la pucelle souhaitait entrer dans un couvent de Dominicaines. La Hongrie l'honora comme une sainte et elle fut canonisée en 1943.

Louis VIII, roi de France (*1223-1226*)

- **Saint-Louis** (*1226-1270*)
- **Alphonse** Comte de Poitiers
- **Charles**, comte d'Anjou et de Provence, roi de Sicile (*1226-1285*)
  - **Isabelle**, épouse de Ladislas IV roi de Hongrie (*1270*) frère de sainte Marguerite
  - **Charles II de Naples** époux de Marie, sœur de Ladislas IV (*1270*)
- **Robert d'Artois**

Charles d'Anjou persista dans son rêve grandiose de réunir Byzance et la Sicile sous une même couronne. Pour faciliter la réalisation de son dessein, il se rapprocha de Byzance et rêva de marier ses deux enfants avec ceux d'Étienne V (1270-1272) : Ladislas, prince violent qui allait devenir roi de Hongrie, et Marie, qui allait épouser plus tard Charles II de Naples. Cette union allait être féconde. Par son intermédiaire, elle permit à la culture française de s'épanouir en Hongrie.

Paradoxalement, les Anjou étaient considérés comme des Italiens tandis que

(1) Le premier, né en 972, comte d'Anjou de 987 à 1040, le second, Geoffroi II Martel, comte d'Anjou de 1040 à 1060.

dans la Péninsule, on les regardait comme Français. La princesse hongroise, quoique se trouvant en Italie, vivait dans un milieu essentiellement français.

La dynastie des Anjou apporta à la couronne française le comté de Provence. Une fois les Alpes franchies, ils convoitèrent, derrière les bastions de la Sicile et de Naples, l'empire latin d'Orient. Ils décidèrent que les possessions du roi de Hongrie, la Dalmatie et la Cumanie, formaient l'avant-garde de leur souveraineté future. Un jour, un arrière-petit-fils du frère de saint Louis, Charles Ier devait monter sur le trône hongrois, accession qui fut le « couronnement » d'une politique à la fois subtile et rigoureuse.

Parmi les petits-fils de la princesse Marie, Charles, sacré roi de Hongrie, put voir ses sœurs Béatrix et Clémence porter outre leur nom, le qualificatif *de Hongrie*. L'une des petites-filles de Marie devint la femme du dauphin Jean (1), l'autre, la princesse Clémence, épousa Louis X, roi de France.

Le voyage d'Isabelle

Une princesse allait affermir les liens noués entre la France et la Hongrie : la nièce de saint Louis, Isabelle, fille du comte Charles d'Anjou. Elle arriva en Hongrie lors d'une période tourmentée. Le haut clergé, « *gardien des bonnes mœurs et défenseur de la foi* », s'opposait au roi Ladislas IV (1272-1290), futur époux de la princesse angevine. C'était un passionné de vie nomade, un intempérant, héritage de sa mère, Elisabeth, fille d'un prince Cuman. Il n'était à l'aise que parmi les Cumans, nouveaux arrivés dans la plaine hongroise, grands amateurs de cultes païens.

Le « lys d'Anjou », transplanté en Hongrie fut près de s'y faner : Ladislas était un homme grossier, inculte, de mœurs impitoyables. La déception d'Isabelle fut compensée par l'affectueux respect que lui manifestèrent ses sujets et le Clergé. Il semble que la nouvelle de la vie déréglée de Ladislas IV, surnommé *Cuman*, s'était à peine répandue en France avant ce mariage. Saint Louis en était-il informé ? Sans doute, mais il ne semble pas qu'il se soit vraiment inquiété de l'infortune de sa nièce.

Charles II de Naples,
épouse Marie, sœur de Ladislas IV, roi de Hongrie

Charles Martel

Marguerite épouse Charles de Valois

Robert, roi de Naples

Saint Louis, évêque de Toulouse

(enfants de Charles Martel :)

Charles Ier, roi de Hongrie

Béatrix

Clémence de Hongrie, épouse Louis X le Hutin roi de France

Un rapport rédigé par Lodomér, archevêque d'Esztergom, est rempli de compassion pour la jeune souveraine sans cesse humiliée. Ce document fut

(1) Jean de Bohême, l'aveugle, fils de Henri de Luxembourg, avait été, en premières noces, l'époux de la reine Elisabeth de Bohême. Il était le père de Bonne, la femme de Jean de Normandie qui, de son vrai nom, s'appelait Guta. Le roi de Bohême devait ensuite convoler avec Béatrix, fille du duc de Bourbon.

adressé à la curie papale et reexpédié, ensuite, au roi de France. Dans le préambule, avec une ironie caustique, l'auteur souligne que le roi règne « *plutôt en vertu de la patience de Dieu que par sa grâce* ». La lettre, parsemée de traits d'esprit fit, paraît-il, grosse impression à la Cour de France où les gens subtils ne manquaient point. L'archevêque y dénonce l'entourage du roi et désapprouve l'attitude de la sœur du roi, Elisabeth, qui s'était enfuie du couvent. Il l'appelle en latin *antimonialis* au lieu de *sanctimonialis*, jouant sur le mot *sanctimonialis* concernant les religieuses vivant saintement.

Tout comme la malheureuse Blanche de Bourbon, allant de prison en prison avant d'être occise à Medina Sidonia, la jeune reine de Hongrie fut enfermée dans le cloître de l'Ile des Lièvres, sur le Danube, appelée désormais Szent-Margitsziget. Le Clergé indigné somma le roi de chasser sa maîtresse cumane qu'il n'hésita point à nommer la *vipère vénéneuse*. Si, à la Cour de France, on se souciait toujours peu de la reine de Hongrie, les Magyars se montraient de plus en plus hostiles à un roi dissolu. Voyant croître le nombre de ses contempteurs, Ladislas convint tardivement qu'il avait dérogé amplement aux traditions de la dynastie de Arpad, « *toute remplie d'ascétisme et de force imprimée par la grâce divine* » (1).

Ladislas IV mourut. Il ne subsista qu'un seul descendant des Arpad sur le trône de saint Etienne : André III (1290-1301). A sa mort, selon la *Chronique Enluminée* de Marc Kált, les Hongrois se lamentèrent « *comme Rachel pleurant ses enfants.* »

La branche des Arpad qui allait se dessécher par défaut d'héritier mâle, devait subitement refleurir : Marie, sœur de Ladislas IV, épousa Charles II le Boiteux, fils de Charles, comte d'Anjou. Cette union allait donner naissance à la branche hongroise de la Maison d'Anjou. Le blason magyar aux sept fasces de gueules et argent se trouva uni au lys d'Anjou. Il allait montrer pendant un siècle que les Anjou n'étaient pas venus en Hongrie comme une dynastie étrangère mais en tant que descendants de la branche hongroise de cette royauté célèbre « *fertilisée par l'esprit français* » (2).

Marie trouva dans son entourage de la Cour de Naples des Français auxquels elle put se fier. Autour d'elle, de son mari et de son beau-père se rassemblaient les familles Beaumont, Puy, Toucy, Moriher, Girard, de Lammenais, Merlotot. Tous allaient jeter les bases d'une alliance défensive contre Conrad de Hohenstaufen, alliance teintée d'une nuance anti-gibeline comme le révèle le texte scellant l'amitié des deux dynasties : *Contra Theutonicos et Theutoniæ adherentes et contra omnes existentes extra fidem Ecclesiæ.*

La reine Marie était « fertile ». Parmi ses 14 enfants, deux furent rois : Robert et Charles Martel. L'un d'eux devint un saint : Louis, évêque de Toulouse. Durant sa régence, pendant la captivité de son mari, Philippe III le Hardi, roi de France, lui envoya Robert d'Artois comme conseiller intime. Bien qu'elle fût sensible à l'intérêt que lui portaient les Français, Marie n'oubliait point les Hongrois avec lesquels elle avait accompli son voyage d'exil : deux juges Hugues et Pierre devinrent ses représentants à l'étranger. Elle donna l'ordre de construire le couvent de Donna Regina à Naples et les murs furent ornés des fresques consacrées à Sainte Elisabeth de Hongrie, sœur de son grand-père. Elle fit prévaloir son droit de succession au trône hongrois et investit son fils aîné, Charles Martel, d'après les coutumes féodales de Hongrie.

Charles Martel mourut en 1295. Après le décès d'André III en 1301, deux

(1) et (2) Asztrik Gabriel : *Les Rapports dynastiques franco-hongrois au Moyen Age*, Université de Budapest, Lycée français de Gödölló, juillet 1944.

souverains dont le règne fut bref se succédèrent sur le trône : Venceslas (1301-1304) et Otto (1305-1307). L'héritier présomptif fut alors Charles Robert (1307-1342), petit-fils de Marie. L'auteur de la *Chronique Enluminée*, plein d'admiration pour les Anjou, décrit l'arrivée de Charles encore enfant en Hongrie :

Parmi les fils et les filles d'Etienne V, lui-même fils de Béla IV, l'une s'appelait Marie qui a donné (1) en mariage au fils du grand Charles, Charles dit le Boiteux, par la grâce de l'Église, roi de Sicile. Ce Charles le Boiteux engendra de la fille d'Etienne V, Charles Martel. De son côté, Charles Martel engendra de Clémence, fille de l'empereur Rodolphe, un enfant qu'on appela tout d'abord sur sa terre natale Carobertus, c'est-à-dire Charles Robert, qui devint Charles à la suite du retranchement de Robertus en Hongrie.

La reconnaissance du titre de Charles Robert devenait un problème pour la politique napolitaine. A l'issue de diverses querelles, son grand-père, Charles le Boiteux, l'avait exclu de l'héritage du trône napolitain. Aussi voulait-on le dédommager en lui offrant la couronne de Hongrie. Après la mort de Charles, prince de Calabre, fils de Robert, roi de Naples, il n'existait aucune autre solution, pour s'assurer le trône napolitain, que de marier sa petite-fille Jeanne à l'un des deux fils de Charles Robert, André ou Louis.

Pour déjouer les plans de la branche napolitaine, Charles Robert voulait marier sa sœur Clémence à Jacques II d'Aragon. Ainsi, les Napolitains auraient-ils été pris en tenailles par la constitution d'une alliance hungaro-aragonaise. Mais Jacques II refusa de rencontrer le Pape qui soutenait les Anjou de Naples et voulait éviter une guerre. Le projet de mariage fut abandonné.

Peu après, Clémence fut unie à Louis X le Hutin. Charles Robert devint le nouveau beau-frère du roi de France (1315). Le mariage fut « stérile ». Clémence, veuve, se retira dans un couvent dominicain où elle mourut en 1328.

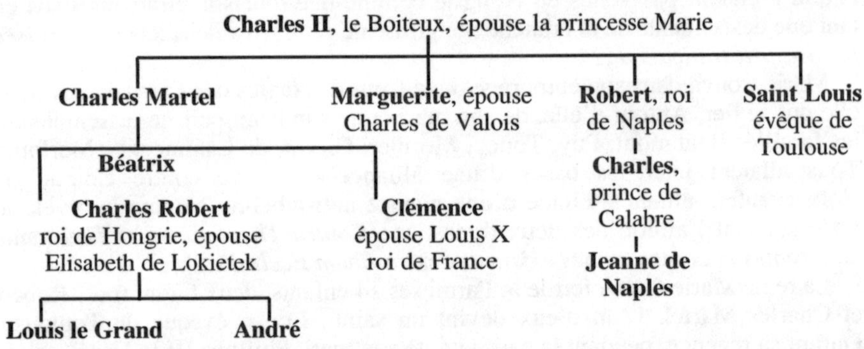

La grande coalition

Ce fut à cette période que se forgea une coalition qui réunit les branches napolitaine et hongroise d'Anjou, la dynastie capétienne et la maison tchéco-germanique des Luxembourg. Charles Robert eut à ses côtés, comme conseillère, sa femme : Elisabeth de Lokietek. Après la mort de son époux, en 1343, et durant la minorité de son fils Louis, elle gouverna le pays. Quand ce fils, Louis le Grand (1342-1382), majeur, put accéder au trône, elle envoya se recueillir à Marseille sur le tombeau de Louis, l'évêque de Toulouse, petit-fils

(1) Il faut lire : *qui fut donnée*.

d'Etienne V, une délégation porteuse de présents de grand prix. Elle voulait signifier ainsi qu'elle entendait s'attacher, dans les années à venir, au sort de la France. Elle offrit un séjour à Paris à des intellectuels hongrois nourris de culture française.

Elle apprit avec satisfaction le mariage de son fils puîné, André, avec Jeanne de Naples, ignorant que la politique napolitaine n'allait avoir pour but que l'éviction d'André du trône de Naples. Elle ne douta pas un seul instant, lorsqu'elle l'eut apprise, que la mort de son fils était l'œuvre de la reine Jeanne.

Les vies d'Elisabeth et de Marie, fille d'Etienne, toutes deux femmes belles, généreuses mais influençables, furent fertiles en déceptions.

Après l'assassinat de son frère, Louis le Grand décida de le venger. Deux expéditions avortèrent. Il remit tous ses droits au trône de Naples entre les mains du Pape Clément VI, sans renoncer à son intention de profiter des desseins de l'extension française, pour les intérêts propres de son royaume. Et de songer qu'une union matrimoniale serait plus productive que quelques sanglantes batailles. Il avait trois filles : Catherine, Marie, Hedwige. En 1372, il fiança secrètement l'une d'elles à Sigismond de Luxembourg dont l'aïeul Jean l'Aveugle s'était illustré à Crécy. En 1374, il offrit à Charles V une de ses filles pour la fiancer à Louis d'Orléans. La *Chronique des Quatre premiers Valois* indique :

En cel an vindrent ambaxadeurs de Honguerie à Paris pour traicter du mariage de Monseigneur Louis, le second fils du roy de France, et de la fille du roy de Honguerye.

Les plénipotentiaires se rendirent ensuite en Avignon pour y traiter de la question de la succession au trône de Naples, tandis que Charles V se réjouissait d'un mariage grâce auquel se réaliserait l'un des rêves les plus obsédants des Valois : l'adjonction du comté de Provence à leur couronne.

Louis le Grand, roi de Hongrie
(*1342-1382*)

Marie (*1370-1395*)	**Catherine**, fiancée à	**Hedwige** (*1373-1399*)
fiancée à • Sigismond de Luxembourg	Louis d'Orléans	épouse de Jagellon,
fiancée à • Louis d'Orléans après le décès de Catherine		grand duc de Lithuanie
mariée à • Sigismond		

D'après le traité de fiançailles, l'une des filles de Louis le Grand devait avoir la possession de la maison d'Anjou en France et hériter de la couronne de Naples. Au cas où l'union serait stérile, la couronne napolitaine reviendrait au roi de Hongrie.

Les ambassadeurs français arrivèrent à Bude en décembre 1374. Ils complétèrent le contrat de fiançailles entre Louis d'Orléans et Catherine, y insérant une nouvelle clause. Il fut en effet spécifié que si Louis d'Orléans mourait le premier, la princesse hongroise recevrait toutes les prérogatives dues à la belle-fille du roi de France. A cette occasion, Louis le Grand devait joindre aux cadeaux de fiançailles la *Chronique* de Marc Kált.

Catherine mourut. Le mariage ne se fit donc pas. Les vieux desseins de Philippe le Bel et de Charles d'Anjou ne furent point réalisés. C'en fut fait d'une alliance hongroise englobant Naples, les Balkans et la Pologne destinée à battre en brèche l'influence sans cesse plus forte de la maison de Luxembourg.

Louis le Grand indigné par l'indifférence et l'injustice dont furent accueillies les démarches entreprises après l'assassinat de son frère (1), s'inquiéta des rapports que Sigismond de Luxembourg entretenait avec la France. Il craignait que Jean le Bon voulût fonder une nouvelle branche « angevine » comme si les Anjou de Hongrie n'existaient plus. Il cessa de croire que son pays pourrait jouer un rôle prépondérant dans une alliance consolidée. La conception française d'une hégémonie mondiale se trouva amputée de l'apport hongrois des Anjou. Quant à Sigismond, il se disait qu'un mariage avec une des filles de Louis le Grand lui permettrait de recouvrer en Hongrie cet art de vivre « à la française » qu'il avait en vain cherché chez les siens.

Vrai ou faux fils ?

Louis le Grand continua ses relations avec la Cour de France, prouvant ainsi la solidarité des Anjou hongrois avec la royauté française. Sa tante, Clémence de Hongrie, qui avait épousé Louis X le Hutin, accoucha d'un fils peu après la mort de son époux. Ce fut autour de cet enfant que s'établirent les intrigues narrées par Maurice Druon dans sa série des *Rois maudits*.

Bien plus tard, un certain Giannino Guccio revendiqua les droits au trône français, prétendant qu'il était le fils de Clémence de Hongrie qui, pour le soustraire aux menaces de certains gentishommes de la Cour, avait prétexté sa mort en le substituant au cadavre d'un nouveau né. Les confidents de la reine auraient patienté longuement afin de le présenter comme prétendant légitime lorsqu'il serait en état de prouver que, physiquement, il ressemblait à son père. Guccio fit une courte visite à Bude, en 1357, afin de demander le soutien de son cousin Louis le Grand. Inquiet, le roi de Hongrie envoya des messagers à Paris afin de désembrouiller cette affaire. De retour, ceux-ci jurèrent « *sur Dieu et sur la Sainte Couronne* » pour donner foi à leur affirmation : Giannino Guccio avait bien dit la vérité :

Charles Martel,
époux de Clémence de Habsbourg

- **Charles-Robert**, roi de Hongrie
  - **Louis le Grand**, roi de Hongrie
- **Clémence de Hongrie**, femme de Louis X le Hutin
  - **Giannino Guccio**, prétendant au trône de France

Louis le Grand fournit au prétendant un sauf-conduit qui lui permit d'avoir accès aux grandes villes d'Italie où l'on commençait à l'appeler couramment *Re Giannino*. En 1360, il recruta des adeptes en Avignon dans l'espoir de consolider les arguments qu'il déployait pour justifier ses prétentions au trône. Cependant, il manquait de fermeté, d'arguments solides, de vigueur intellectuelle et morale pour affronter victorieusement les obstacles. Ses adversaires, y compris Louis d'Anjou qui l'avait un instant soutenu, en vinrent finalement à bout. Il périt dans une geôle de Campanie alors que peut-être il eût dû régner et restaurer, de ce fait, en France, la lignée non point éteinte, mais assoupie des Capétiens.

(1) Le mariage avait été célébré le 26 septembre 1333 alors qu'André avait six ans et Jeanne de Naples sept. Deux jours avant son sacre (20 septembre 1345), André fut étouffé au château d'Aversa. Jeanne, dit-on, avait tressé elle-même le cordon de la strangulation.

Des fiançailles nouvelles

Louis le Grand fiança Marie, sa deuxième fille, à Sigismond de Luxembourg, fils de l'empereur Charles IV. Le mariage devait faire passer l'héritage des Anjou sous l'obédience de la famille Arlo-Luxembourg.

Les désirs d'extension qui poussaient la dynastie française vers la conquête de l'Europe n'étaient point suspendus. La possibilité d'un mariage franco-hongrois subsistait. Devenue régente après la mort de son fils, la reine Elisabeth regretta les fiançailles de sa fille avec Sigismond de Luxembourg, trouvant qu'elles avaient été célébrées trop hâtivement, en 1379, à Nagyvárad. Aussi prépara-t-elle en secret, aidée par son conseiller, Nicolas de Gara, le mariage de Marie avec Louis d'Orléans, Marie occupant la place de Catherine prématurément décédée.

Ce projet fut accepté chaleureusement à la Cour de France bien qu'il n'eût plus le même intérêt que lorsque Louis le Grand avait voulu fiancer Catherine à Louis d'Orléans. Quant à Sigismond, fiancé évincé, il craignait de voir pencher le droit de succession au trône de Naples entre les mains des rois de France. Il fallait qu'il empêchât cette union.

Les négociations entre Paris et Bude commencèrent en 1384 et au mois d'avril de l'année suivante, Louis d'Orléans et Marie se marièrent par procuration devant Guillaume, évêque de Györ, partisan de l'antipape d'Avignon. Les Allemands, les Tchèques, les Napolitains en même temps que la majeure partie des barons hongrois étaient défavorables à ces accordailles. L'entourage de la reine et, en particulier, le voïvode Ladislas de Losoncz, le Grand Justicier Thomas de Szentgyörgy, Etienne Kórógyi, le ban de Macsó, Blaise de Forgách, Georges de Bebek, les Alsan et les comtes de Frangepan, heureux d'une alliance qui engloberait la dynastie des Valois et celle de Hongrie considéraient cette union comme le rajeunissement de la politique du défunt roi. Au mois de juin, le voïvode Ladislas de Losoncz, accompagné de Jean de Frangepan, tous deux escortés par 150 cavaliers arrivèrent à Paris et invitèrent Louis d'Orléans à les accompagner à Bude.

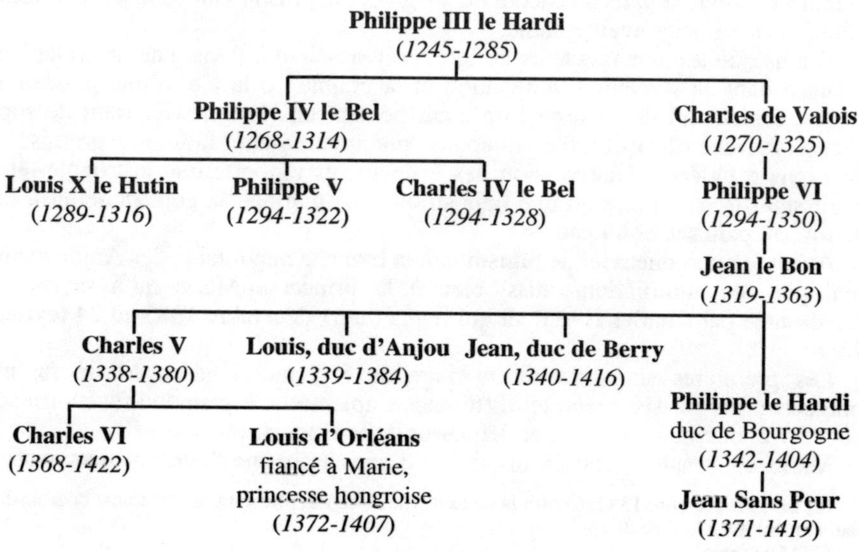

Charles VI était encore mineur. Ses oncles Louis d'Anjou, Jean de Berry et Philippe de Bourgogne régnaient à sa place. Cependant, lors de la confirmation du contrat de mariage, le roi de France nomma le Palatin Gara, francophile acharné, membre du Grand Conseil sans être contesté.

Les trois régents se réjouirent de voir un jour Louis d'Orléans accéder au trône de Hongrie, « promotion » qui, selon eux, contribuerait à lui conférer l'un des plus grands pouvoirs temporels de la chrétienté. Ils se dirent toutefois affligés à la pensée que le frère du roi se séparerait à tout jamais de la France. Froissart relate dans ses *Chroniques* :

Quand le roi de Honguerie fut mort (1), on envoia de grands messages (2) en France devers le roy et ses oncles en monstrant que la roine de Honguerie pour sa fille l'aisnée voulait avoir Louis le comte de Valois. Cette requeste sembla au roy et à ses oncles et aux barons de France moult haute et moult noble, excepté une chose que les comtes de Valois eslongeait trop sa nation et le noble roiaulme de France. Nequetant, tout considéré, on ne pooit veoir que ce ne fust très haulte chose et grans proufits pour le comte de Valois de estre roy de Honguerie, qui est l'un des grands roiaulmes crestyens du monde.

L'acier, le poison, la vengeance

Il convient, ici, d'apporter une précision qui met une tache vermeille sur ce tableau serein en apparence. Les nobles hongrois, las de la domination de deux femmes : Elisabeth, épouse et veuve de Louis, et Marie, sa fille, ainsi que celle de leurs favoris, avaient fait mander secrètement Charles de Duras. Négligeant les conseils de Marguerite, sa femme, qu'il laissa régente du royaume de Naples, il s'embarqua le 4 septembre 1385 pour Signa, en Esclavonie. Il fut unanimement proclamé roi par la noblesse dans une diète sise à Albe-Royale. Cependant, au mois de février 1385 (ancien style) ou en 1386 (nouveau style – l'année 1386 ne commença que le 22 avril dans le nouveau style), il fut surpris par des sicaires réunis à grands frais par les favoris de la reine, renversé d'un coup d'épée sur la tête et tous ses partisans massacrés. Il ne mourut point de ses blessures. Enfermé dans un cachot de Visgrade, le poison vint achever, le 3 juin 1386, ce que l'acier avait entamé.

Tandis que les ambassadeurs hongrois séjournaient à Paris, une nouvelle les plongea dans la stupeur, l'indignation et la crainte : à la tête d'une puissante armée, Sigismond de Luxembourg avait pénétré en Hongrie. Écartant de son chemin la reine Elisabeth, il avait épousé précipitamment Marie, la « promise » de Louis d'Orléans. Une version des événements rapporte que le trouble-fête avait signifié à la reine qu'une opposition à ce mariage la condamnerait à la prison, au pain sec et à l'eau.

Avant le couronnement de Sigismond, la branche napolitaine des Anjou avait multiplié les humiliations aussi bien à la princesse Marie qu'à sa mère, représentée par Charles II le Petit qui régna du 31 décembre 1385 au 24 février 1386.

Les premières semaines du mariage de Sigismond et de Marie furent orageuses. Progressivement, les différends s'aplanirent. Sigismond fut couronné en 1387 et devint « capitaine et défenseur de la Hongrie ».

Marie, qui venait d'avoir 25 ans, fit lors d'une chasse une chute malencontreuse.

(1) Le 11 septembre 1382. Contre la coutume de Hongrie, Marie fut secrètement couronnée par sa mère avec le titre de roi.

(2) Messagers.

Le 17 mai 1395, elle accoucha d'un enfant qui ne vécut point et perdit la vie. Sigismond la fit inhumer par l'archevêque Jean de Kanizsa, à Várad, près du tombeau de saint Ladislas.

L'aspiration des Anjou hongrois à une hégémonie mondiale s'éteignit avec la princesse. Sigismond recueillit les fruits d'une alliance qui ne s'était pas concrétisée. Né à Nuremberg en 1368, mort à Znaïm en 1437, ce fut un personnage des plus antipathique. Roi de Hongrie en 1387 et de Bohême en 1419, empereur d'Allemagne de 1411 à 1437, il fut à l'origine de la malheureuse croisade de Nicopolis. Il se déshonora en faisant brûler, au concile de Bâle, le réformateur Jean Huss en dépit du sauf-conduit qu'il lui avait lui-même accordé. Quant à Louis d'Orléans, il oublia vélocement sa fiancée hongroise dans le flot des plaisirs qui, finalement, allaient emporter sa vie le 23 novembre 1407 au soir, rue Vieille-du-Temple. Il sortait de l'Hôtel Barbette où il avait rendu visite à sa maîtresse, la reine Isabeau – qui venait d'accoucher de jumeaux dont un, Philippe était soi-disant mort-né – lorsque quinze sicaires mirent à mort cet être fantasque et inconséquent. L'instigateur de ce crime était Jean sans Peur. Étrange nom pour cet homme qui, le crime consommé, fut pris de panique et gagna ses états de Bourgogne à bride abattue en faisant rompre – dit-on, précaution sublime – le pont de Sainte-Maxence sur l'Oise !

Quarante coupe-jarrets n'étaient pas venus à bout de Clisson ; quinze suffirent pour que Louis d'Orléans fût expédié dans l'Autre Monde. On ne sait si son amante le pleura, mais un fait est certain : Richard de Ménonval figurait parmi les assassins. Le beau duc ne l'avait-il pas suffisamment rémunéré lors de l'affaire du Gué-de-Maulny ?

Annexe II

Olivier de Clisson

Les plus éminents personnages de France, d'Angleterre et de Bretagne ainsi que les gens du commun ont sans doute pu dire d'Oliver de Clisson :

— C'est un traître.

Il eût nié véhémentement cette appellation infamante car, nullement prédisposé à l'existence tour à tour sombre et flamboyante qu'il a vécue, ce furent, avant ses idées, les événements et les hommes qui le poussèrent à changer de camp sans que ses anciens compagnons d'armes le lui reprochassent, – même ceux qui, d'amis sincères, se retrouvèrent tout à coup ses ennemis. Des ennemis farouchement courtois, excepté Jean IV de Montfort.

Comme il est souvent dit par erreur, les *casus belli* de la Guerre de Cent Ans ne se bornèrent point aux « affaires de famille » entre la France et l'Angleterre et à la prétention justifiée d'Edouard III à la couronne de France. Différents litiges naquirent en Normandie et en Bretagne, duchés qui n'étaient point riches, qui souhaitaient gérer seuls leurs affaires et se soustraire à l'omnipotence française, génératrice de pauvreté et d'exactions infinies. Si le règne des Capétiens ne fut pas un modèle d'honnêteté, de justice et d'équité, celui des Valois fut celui de l'incompétence, du sang et de la misère. Que les Bretons et les Normands eussent voulu accéder à une liberté effective, c'est-à-dire à jeter aux orties le joug d'une royauté qui ne cessait de les affaiblir par tous les moyens, nous apparaît comme une revendication naturelle. Ce ne fut point le cas au Moyen Age.

Normands et Bretons eurent leurs autonomistes longtemps avant que ce mot existât. Pour combattre la France, ils firent peu ou prou hommage au roi d'Angleterre, Edouard III. Ils étaient insuffisamment puissants pour conquérir leur indépendance ; il avait besoin d'énergiques appuis pour s'installer dans un pays qu'il considérait comme sien. Il avait le courage, l'armée, et s'il manqua souvent d'argent – ce nerf de la guerre –, il sut toujours en trouver pour solder ceux de son camp.

Un Breton pur sang

On peut se demander ce qu'Olivier de Clisson serait devenu si son père s'était chargé de son éducation. Un Breton pur sang, certes, doublé d'un honorable chevalier qui n'eût cependant point accédé à la connétablie puisqu'il apprit l'art de guerroyer en Angleterre et non en France, royaume dont l'ost fut toujours condamné à la défaite par les absurdes initiatives d'une élite mesquine, pédante et pernicieuse. Elle ne sut jamais tirer une seule leçon des déconfitures que, précisément, lui infligea l'armée anglaise.

Né le 23 avril 1336 à Clisson, Olivier V eut pour parents des gens énergiques. Tout d'abord partisans des Blois dans la guerre de succession bretonne, ils se rallièrent solidement à la cause de Jean de Montfort, prétendant au trône ducal. Olivier IV complota-t-il contre le roi de France et s'allia-t-il secrètement au roi d'Angleterre ? La preuve formelle n'en fut point trouvée.

Après le traité de Malestroit – 19 janvier 1343 (1) – qui mettait provisoirement fin au conflit franco-anglo-breton (encore que Charles de Blois pouvait continuer de guerroyer contre la comtesse de Montfort dans certains cantons de Bretagne pourvu que ni Philippe de Valois ni Edouard III ne s'en mêlassent), le roi de France convoqua Olivier IV de Clisson à Paris sous prétexte d'un tournoi dans le but évident de le capturer. En effet, une rumeur courait selon laquelle, pendant que les armées anglaises et françaises étaient très proches l'une de l'autre, Olivier de Clisson, Godefroy d'Harcourt et plusieurs autres « *s'allièrent aussi au roi Edouard par dons et par promesses ; et fut faite une lettre de cette alliance où plusieurs d'eux avoient mis leurs sceaux ; et cette lettre avoit en garde le comte de Salisbury de par le roi Edouard.* »

Or, le comte de Salisbury ayant appris à son retour en Angleterre « *de par sa femme même qu'elle avoit été par force violée du roi Edouard III* (...) *se déssaisit de sa terre* (...) *et vint en France au roi Philippe et lui bailla des lettres de l'alliance qu'Olivier de Clisson et Godefroy de Harcourt avoient faites au roi Edouard ; et moult tôt après se partit le comte de la cour du roi Philippe, et depuis ce temps ne fut vu n'en France, n'en Angleterre.* » Était-ce la vérité ? Qui sait ? Salisbury fut fait peu après chevalier de la Jarretière. En raison du dommage commis sur sa femme ? Toujours est-il que Clisson, convoqué à Paris fin juillet 1343, se rendit au palais avec ses gens. Folle imprudence : il fut aussitôt capturé et décapité le 2 août sans que cette exécution eût été précédée d'un procès, même sommaire. Ses compagnons subirent le même sort le 29 novembre (2).

Une folie meurtrière s'était emparée du roi puisque, la veille de Pâques 1344, le sire de la Roche-Tesson, Richard de Percy et Guillaume Bacon furent exécutés (3).

Rapportant ces faits, Froissart note : « *Le sire de Cliçon avoit un fils, jeune damoisel qui s'appeloit Olivier ainsi que son père ; cil se traist tantôt au chastel de Hainebon avec la comtesse de Montfort et Jean de Montfort son fils, qui*

(1) Henri de Malestroit était conseiller et maître des requêtes de Philippe VI. La trêve fut signée dans son fief, au prieuré de Sainte-Marie-Madeleine, le 19 janvier 1343, en présence des légats du Saint-Siège, les cardinaux Pierre des Prés, archevêque d'Aix, évêque de Palestrina (Preneste) et Annibal Ceccano, archevêque de Naples, évêque de Fracasti.

(2) D'après Froissart, les accompagnateurs de Clisson se nommaient Geoffroy de Malestroit l'aîné (le père), Geoffroy de Malestroit le jeune (son fils), le sire d'Avaugour, Thibaut de Montmorillon, le sire de Laval, Jean de Montauban, Alain de Quédrillac, Guillaume des Brieux, Jean et Olivier, ses frères, Denis du Plessis, Jean Malart, Jean de Sevedain, Denis de Gallac. Jean le Bel donne le prénom de Raoulet à Olivier des Brieux. Ils furent décapités à Paris le 29 novembre 1343.

(3) Y eut-il une psychose de complot réunissant Bretons et Normands ? Les exécutions rapprochées le donnent à penser ainsi que, par exemple, la « variété » des juges devant lesquels comparurent les Normands :

« Le jugement des diz seigneurs de la Roiche, Guillaume Bacon et Richard de Percy fu faiz... presens le roy, le duc de Normandie, le conte de Blois, le seigneur de Mareul, le seigneur de Matefelon, le seigneur de Hangest, monseigneur Symon de Bucy, monseigneur Guillaume de Villiers, monseigneur Robert de Charny, monseigneur Jehan Hanière, monseigneur Jehan Sirot, monseigneur Hue de Ruylly, monseigneur Odart des Tables, monseigneur (ou maistre) Jacques Le Muisy, maistre Robert de Lorriz, maistre Guillaume le Bescot, maistre Thomas Vanin, qui touz furent d'acort au dit jugement... » (Cité par Léopold Delisle : Histoire du Château et des Sires de Saint-Sauveur le Vicomte. *Valognes, 1867).*

Pour juger ces trois hommes, la Cour du roi s'était réunie au château de Saint-Christophe-en-Halate, le mercredi saint 31 mars 1344. Ils furent mis à mort le 3 avril suivant, veille de Pâques, à Paris, tandis que le diacre Henri de Malestroit obtenait un sursis, l'évêque de Paris le réclamant en qualité de clerc. Philippe IV exigea du Pape sa dégradation, le fit élever sur une échelle et lapider par la foule, cinq mois plus tard. Les têtes furent envoyées à Saint-Lô et les corps pendus à Montfaucon.

étoît auques de son âge et sans père (1) *car aussi étoit mort au Louvre à Paris en prison le comte de Montfort.*

La tête de Clisson (et d'autres) fut exposée à une porte de Nantes. L'épouse du chevalier, Jeanne de Belleville, la montra à ses enfants et leur fit jurer vengeance pour leur père contre le roi de France. Ensuite, elle passa aux actes.

Les résistants de Londres

A la tête d'une troupe de 400 hommes, Jeanne partit au combat contre ses ennemis, attaquant les places françaises et n'hésitant jamais à faire égorger tous les prisonniers. Vendant ses biens, elle affreta une flotte et se fit corsaire. Nulle pitié pour les nefs françaises prises d'assaut. Alliée positive de l'Angleterre, sa renommée devint telle que le Pape Clément VI intervint auprès d'Edouard III pour qu'il mît un terme aux agissements de cette « tigresse ». Contrainte à se réfugier sur la Grande Ile avec ses deux fils, elle fut victime d'une tempête, dut abandonner son vaisseau pour une barque et parvint après sept jours d'errance à toucher la côte anglaise, mais son fils puîné mourut de froid et d'épuisement.

Olivier avait alors quelque douze ans. Les événements auxquels il avait été mêlé l'avaient profondément marqué. Edouard III prit la femme corsaire en estime et s'intéressa au damoiseau. Il fallait qu'il en fît un guerrier, un des meilleurs capitaines de ses armées. Il allait y parvenir.

A Londres, Jeanne de Belleville retrouva maints Bretons « résistants », en particulier Amaury de Clisson, son beau-frère (2), et Jeanne de Montfort, dite Jeanne la Flamme depuis ses exploits au siège d'Hennebont. Réfugiée à la Cour d'Angleterre avec son fils Jean (le futur Jean IV), elle était bien décidée à poursuivre coûte que coûte le combat contre les envahisseurs.

On ignore quels furent les rapports entre les deux Jeannes. Hostiles ? On ne voit pas pourquoi. Confiants ? Peut-être. En tout cas Olivier et Jean durent avoir les mêmes jeux guerriers avant de se séparer. En effet, Jeanne de Belleville, la veuve éplorée, se trouva un compagnon en la personne de Gautier Bentley, le commandant des armées anglaises en Bretagne. Le connaissait-elle déjà ? On l'ignore, mais c'est presque évident. Formé à la discipline anglaise, vivant dans une famille honorée, fortunée, le jeune Clisson n'eut plus qu'un objectif : la Chevalerie, et un grand dessein : venger la mémoire de son père.

Bentley reçut des dons d'Edouard III non seulement en France, mais en Bretagne : Beauvoir-sur-Mer, Ampant, la Barre, Châteauneuf, Villemaine, les îles de Noirmoutiers, etc. Olivier fréquenta la Cour et y retrouva son oncle Amaury. Simultanément à cette sorte d'élévation dans la société huppée de Londres, Jean de Montfort fut soudain précipité dans une solitude affective qui sans doute assécha son caractère : Jeanne la Flamme, atteinte de troubles mentaux, avait été exclue de la Cour et enfermée au château de Tykill (lettre d'assignation à résidence d'Edouard III datée du 10 juillet 1344). Plus encore qu'Olivier, Jean dépendit uniquement du roi d'Angleterre, lequel surveilla son éducation et pourvut à ses dépenses. Les deux caractères s'affrontèrent : Clisson peut être considéré dès son adolescence comme un battant au plein sens du terme alors que Montfort assimilait mieux que le maniement des armes, des leçons de politique. La mort de sa mère, en 1374, l'affecta d'autant plus qu'il aurait voulu

(1) Jean de Montfort était encore en vie.

(2) C'était le fils puîné d'Olivier de Clisson et d'Isabeau de Craon. Tuteur et gardien du jeune Jean de Montfort, il s'était rallié aux Anglais le 22 février 1342. Réconcilié avec Charles de Blois, il devait mourir, le 18 juin 1347, au combat de la Roche-Derrien.

la voir reparaître avec lui, vainqueur de la coalition Blois-Penthièvre, dans une Bretagne en liesse.

Le bel adolescent

Les Anglais s'engouèrent, paraît-il, pour Olivier de Clisson alors que Jean de Montfort était l'objet d'une considération nettement moindre. Dans le sillage de son beau-père, Olivier se distingua par sa beauté, ses façons, le prestige dont jouissait sa mère. Il s'était attiré la sympathie – pour ne pas dire l'amitié – d'Henry Grosmont, premier duc de Lancastre, un des meilleurs généraux anglais (1). Il mena une vie insouciante, atteignit vingt ans et se sentit prêt à guerroyer en Bretagne. Ce fut, cependant, trois ans plus tard, en 1359, qu'il mit les pieds sur le sol natal et combattit aux côtés du roi d'Angleterre.

Il semble certain qu'Olivier, qui sans doute s'était détaché de Jean de Montfort, devint le compagnon d'Edouard de Woodstock, le fils aîné d'Edouard III. Peut-être furent-ils éduqués ensemble au métier des armes. On ne sait rien de ce compagnonnage, de même qu'on ignore si, en 1359, le fils du décapité avait reçu les éperons – et par qui. Le 5 janvier 1357, il avait obtenu du roi la baronnie de la Roche-Moysan et il était capitaine, le 11 juillet 1359, lorsque, conduisant un corps d'armée, il affronta la garnison française du château paternel, Clisson, confisqué par Philippe de Valois après l'exécution de son père. Le 30 décembre de la même année, Edouard III commandait à son lieutenant Robert de Herle de faire le nécessaire pour que son protégé reçût les biens ayant appartenu à ses parents. Il fut ensuite nommé gardien du château de Pymmer avec de substantiels revenus, et en 1361, il se vit restituer tous les domaines familiaux. Conséquence du traité de Brétigny-les-Chartres (3 mai 1360), ces dons s'accompagnaient de la réhabilitation de son père.

Riche, et même comblé, Olivier ne tarda pas à épouser une riche héritière bretonne : Béatrix de Laval et de Châteaubriant (12 février 1361). Paradoxe : elle était fille d'un partisan de Charles de Blois, Guy de Laval, et de Béatrix de Bretagne, elle-même fille du duc Arthur II, donc sœur du duc Jean III, de Gui de Penthièvre et de Jean de Montfort. Par ce mariage où la politique, peut-être, suppléait l'amour, Olivier de Clisson devenait cousin germain de Jean de Montfort, son ex-ami d'Angleterre qui revendiquait le trône de Bretagne, et de son adversaire, Jeanne de Penthièvre, femme de Charles de Blois, prétendant, lui aussi, au gouvernement du duché, et neveu du roi de France. A 25 ans, Clisson pouvait évoluer richement entre deux familles rivales, oscillant de l'une à l'autre et sentant poindre en lui, sans en réprimer les pulsions, un orgueil que les commandements de la Chevalerie ne pouvaient contrarier. S'il pensait parfois à ses ancêtres, il trouvait parmi eux une Isabeau de Craon.

A la guerre comme à la guerre

Il est inutile ici de conter par le menu les événements souvent tragiques de cette guerre de succession bretonne à laquelle prirent activement part les Anglais et les Français. Tout comme son père et selon la coutume bretonne, Jean IV méritait le trône. Soutenu par les Goddons, il pouvait compter sur Clisson, lui aussi Breton de souche et ennemi du roi de France. Cependant, sa situation

(1) Il mourut lors d'une épidémie de peste noire. Sa fille Blanche épousa Jean de Gand, quatrième fils d'Edouard III en 1359, le faisant ainsi duc de Lancastre. Veuf, il épousa en 1377 la fille aînée de Pierre le Cruel : Constanza (1394) puis Catherine Swynford (1403).

« familiale » ne pouvait que le contraindre à certaines alliances apparemment contre nature, et il se fût satisfait, parfois, de voir Montfort mordre la poussière. Le jour de la Saint-Michel à Auray, où Charles de Blois fut tué (29 septembre 1364), il fut à son côté avec Knolles, Chandos, Calveley, tous bien décidés à la victoire, face à Guesclin, l'étoile montante de la royauté française.

Clisson fonça sans tenir compte de la réputation de ce Gallo qui se prétendait Breton et n'en parlait pas la langue (1). Il est piquant de remarquer, simplement, qu'avant la tuerie, Charles de Blois avait assisté à une « montre » de ses troupes à Josselin, à la suite de laquelle Beaumanoir l'avait adjuré de renoncer à la bataille. Or, qui la décida ? Guesclin qui eut au cours de sa vie beaucoup plus de déconfitures à son actif (ou son passif) que de victoires. Clisson se battit comme le lion de ses armes. Voyant tomber autour de lui Thomas de Cantorbery, neveu de Chandos, et *meshaigner* Gautier Huet, il entrevit Beaumanoir et hurla qu'il fît cesser la bataille. Paroles vaines. Peu après, il reçut sur le viaire de son bassinet un coup de hache qui en fit sauter les vervelles. Il perdit un œil.

Son ardeur redoubla. Cuvelier, le chantre de Guesclin qui n'assistait évidemment pas à la bataille, mais qui en entendit parler par des témoins, décrit Clisson tenant à deux mains un martel (marteau d'armes) *et se comportant comme un boucher*. Ce ne fut pas la seule fois et, pour la sauvagerie, il dut égaler Guesclin… sauf qu'on ne lui connaît aucune forcennerie à l'égard des Juifs. Ce marteau, le comte de Joigny rapporte que ce fut une hache. Il est vrai qu'elle était l'arme de prédilection des Bretons.

Blois tué, Guesclin captif : Montfort avait gagné son duché. Sa gratitude aurait pu s'exercer d'une façon simultanée. Or, ses congratulations allèrent tout d'abord à Chandos, indemne, et il lui offrit la forêt de Gâvre que Clisson lui avait demandée.

Première fissure dans une sorte d'amitié factice.

Un autre ami de jeunesse, Edouard de Woodstock, prince de Galles, invita Clisson à le suivre en Espagne au secours de Pierre le Cruel. Entreprise pénible car la traversée de la Navarre eut lieu par une froidure extrême. Cette expédition aboutit à la victoire de Nájera (3 avril 1367) où une fois de plus Guesclin fut capturé.

Clisson et le favori du roi de France échangèrent-ils quelques mots ? Certainement : ils commençaient à se bien connaître et entre guerriers de ce niveau, une certaine courtoisie était de rigueur.

Un homme, un roi, un traité

Olivier ne parvenait pas à digérer la préférence faite à Chandos quant à la

(1) On parlait le breton en Basse-Bretagne, à l'ouest d'une ligne allant de Plouha, au nord, à Billiers, en passant par Mur-de-Bretagne. A l'est de cette « frontière » se situait la haute-Bretagne. On y parlait gallo, un dialecte issu du roman. Les influences normandes et françaises y étaient évidentes.

Il serait fastidieux de décrire par le menu toutes les tentatives de conciliation qui furent entreprises au profit des deux compétiteurs tout aussi obstinés l'un que l'autre : octobre 1360 à Calais, Pâques 1362 à Saint-Omer, mais trêve jusqu'au 29 septembre 1363, Poitiers : (novembre 1363 – février 1364) et ne pas oublier la bataille de Bécherel, le 12 juillet 1363, où Charles de Blois fut vaincu et où il donna Guesclin à Chandos comme otage pour un mois. Le Breton était alors capitaine-souverain pour le duché de Normandie.

Clisson n'est pas cité comme participant à la bataille d'Auray dans la *Chronique des Quatre premiers Valois.* Contrairement à ce que dit Froissart, ce fut Guesclin qui engagea l'action, sûr et certain de vaincre, après avoir interpellé Charles de Blois en ces termes :

— *Sire, les veoiés vous, les ordoux gars ! Ilz seront desconfiz au jour d'huy. Je vous rendroy la duchié de Bretaingue nettyée de ces gars* !

forêt de Gâvre. Charles V qui ne manquait pas d'espions fut informé de cette rancœur. Le 22 mai 1366, le Breton vint à Paris avec l'Anglais Latimer comme truchement de Jean IV de Montfort afin de ratifier le traité de Guérande. Le duc de Bretagne fut à Paris le 13 décembre pour rendre au roi l'hommage simple – debout et armé – et non l'hommage lige. Que se passa-t-il en coulisse ? Charles V promit-il la manne à Clisson s'il passait à son service ? Il le savait avide de renommée et de richesse, orgueilleux comme un paon. Il lui promit maints avantages en terres, cités, or et argent, bien sûr, s'il commençait à le servir.

Cependant, l'Eborgné d'Auray s'installait à Josselin et renforçait ses positions en Bretagne par des échanges avec les comtes d'Alençon et du Perche. Le 21 juillet 1370, Clisson choisit la France. Le 23 octobre, il buvait ainsi que Guesclin, dans la même coupe, les sangs qu'ils avaient mêlés. C'était à Pontorson. Ils se jurèrent amitié. Plus tard, ils allaient s'apparenter : à peine la trop célèbre Tiphaine était-elle froide, à peine avait-il oublié sa maîtresse espagnole et leurs deux enfants que l'homme à l'aigle bicéphale, en 1375, convolait en justes noces avec Jeanne de Laval-Châtillon, cousine de Béatrix de Laval. Devenue veuve, Jeanne de Laval allait épouser son cousin, le sire de Laval, beau-père de Clisson.

L'Éborgné, de plus en plus célèbre tant en France qu'en Bretagne, se fit construire un château immense. Josselin achevé fut un défi de pierre à tous les importuns.

Le passage de son ancien ami au service du roi de France incita Jean IV de Montfort à se dire, bientôt, déchargé de la foi et hommage rendus à la Couronne. Charles V en eut prétexte pour mettre la main sur le duché (avril-mai 1373). Il y nomma lieutenant le duc d'Anjou, son frère, époux d'une Penthièvre, fille de Charles de Blois, cependant que Jean IV passait en Angleterre. Clisson se vit confier l'administration d'une partie de la Bretagne et y gouverna au nom du roi.

Jean IV voulut reconquérir son duché du printemps à octobre 1375. Nommé capitaine-général en Bretagne ainsi qu'Edmond, comte de Cambridge, cinquième fils d'Edouard III, il débarqua, le 25 avril 1375, à la Pointe Saint-Matthieu avec 6 000 hommes d'armes. Saint-Pol-de-Léon, Morlaix, Guingamp, Lannion, Tréguier, La Roche-Derrien tombèrent. Saint-Brieuc résista. Clisson, Rohan, Laval, Beaumanoir et Rochefort se retirèrent à Quimperlé. Le 26 juin 1375, la reddition semblait probable et Jean IV jubilait lorsque, le 2 juillet, une trêve fut signée par le duc d'Anjou en vertu de laquelle les Anglais devaient se « retraire ».

Un séducteur

Le 1er septembre de cette année 1375, Guesclin et Clisson « invitèrent » Jean IV à se retirer en Angleterre. Ce qu'il fit. Or, le 18 décembre 1378, violant le traité de Guérande, Charles V s'arrogea le duché de Bretagne. Les Bretons unanimes protestèrent, même Jeanne de Penthièvre et sans doute, *in petto*, le connétable qui venait d'épouser Marguerite de Rohan, fille du vicomte Alain VII de Rohan, sœur du vicomte Jean Ier de Rohan et veuve de Jean de Beaumanoir. Jean IV ne tarda pas à prendre la mer. Il débarqua le 3 août 1379 à Dinard.

Nouveau conflit : Jean IV et ses partisans très nombreux d'une part ; de l'autre Clisson, Laval, Rohan et Guesclin qui ne tarda pas à se dérober. Nommé capitaine du roi en Langue d'Oc, le connétable alla trouver une mort piteuse à Châteauneuf-de-Randon, le 13 juillet 1380. Le bruit courut, avec persistance, qu'il avait été empoisonné.

Charles VI succéda à son père. Le 28 novembre 1380, Clisson obtint l'épée de connétable contre l'avis des ducs d'Anjou, de Berry, de Bourgogne : ils lui avaient préféré Louis de Sancerre ou le sire de Coucy.

Le voilà commandant en chef des armées. Jean IV est furibond que son ancien « compain » serve assidûment le roi de France. Un nouveau traité de Guérande est signé le 4 avril 1381. Le duc de Bretagne s'engage à s'allier contre les rois d'Angleterre et de Navarre et accepte que le roi de France jouisse en Bretagne de ses droits royaux. Le 27 septembre suivant, le duc se résigne à rendre hommage au roi de France, mais la situation d'entente demeure précaire.

Jean IV de Montfort n'a pas d'héritier. Son successeur peut donc être Jean de Penthièvre, prisonnier en Angleterre. Des bruits se propagent selon lesquels Clisson aurait eu une aventure avec Jeanne Holland, la seconde épouse du duc. Elle était la fille de la célèbre Jeanne de Kent, femme du prince de Galles mais avant femme de Thomas Holland. Les rumeurs s'éteignent à la mort de la duchesse. Montfort ne tarde pas à se remarier. La nouvelle élue est Jeanne de Navarre, fille de Charles le Mauvais. Et les rumeurs recommencent : Clisson l'aurait séduite.

Vérité ou non, Montfort décide de capturer cet homme par trop chanceux. C'est l'affaire de la tour de l'Hermine, contée dans cet ouvrage, et le paiement versé à Montfort d'une rançon de 100 000 francs. Libre, Clisson s'affaire. Son nom apparaît rarement, pourtant, dans la *Chronique des Quatre premiers Valois* alors que Froissart lui fait la part belle.

En avril 1387, le connétable passe en Angleterre où il a toujours ses aises. Il en ramène, après trente et un ans de captivité, le fils aîné de Charles de Blois, Jean de Châtillon, comte de Penthièvre, héritier du duché breton. Le 20 janvier 1388, le dit Charles épouse à Clisson, Marguerite, la fille du connétable.

Jean IV est de plus en plus iré contre ce « traître » qui se rapproche des Valois puisque le duc d'Anjou est l'époux de Marie, une Penthièvre, sœur de Jean.

Acceptant les avis de ses conseillers, Jean IV se rend à Paris pour se réconcilier avec le connétable (juillet 1388). Ils dînent avec Charles VI, boivent dans le même hanap mais leur face à face et leurs protestations d'amitié ne sont que de la façade. Le 24 décembre, Jeanne de Navarre, que le duc avait épousée le 11 septembre 1386, accouche d'un garçon : le *hoir* que Montfort attendait désespérément. Le voilà « requinqué ». Sa situation sur le duché se consolide.

Et c'est l'attentat de la rue Sainte-Catherine, certainement « pourpensé » par le duc de Bretagne et Pierre de Craon. Tout s'y mêle : la politique et, vulgairement, la fesse. Et quelle fesse !

L'abbé Ambroise Ledru, dans son étude exhaustive sur les événements qui précédèrent le coup de folie de Charles VI, a mis en évidence, outre l'état de santé du souverain, « *la mauvaise volonté des principaux chefs de l'armée, la plupart ennemis de Clisson* » et la connivence des ducs qui fut fatale à leur frère et neveu. « *Une question se pose* », écrit-il, à propos du mystérieux importun qui apparemment n'impressionna guère le roi avant son passage du Gué-de-Maulny, « *Cet homme était-il fou ou soudoyé par les oncles du roi pour faire avorter l'expédition en effrayant le pauvre Charles VI ?* » Non, cet homme n'était pas fou ! Et l'indifférence des oncles et du frère mise évidemment à part, on peut s'interroger sur l'extraordinaire apathie des chevaliers et des écuyers de la suite du roi. Elle est *anormale* et démontre, si l'on peut dire, que les princes du Sang avaient le bras long. Et Clisson ? Il devait être fort entouré, incapable de briser les invisibles chaînes tendues, depuis Paris, autour de sa personne.

Puisqu'il en est question tout au long de ce récit, il est inutile de narrer, même succinctement, l'acheminement de Clisson vers sa disgrâce. Banni du royaume de France, condamné à mort par Jean IV, Clisson se réfugie dans sa place forte de Josselin. Le duc de Bretagne ne tarde pas à faire le siège du château. A la tête de son armée figure Pierre de Craon.

Averti par son gendre, Alain de Rohan, Clisson a pris le large dans la nuit du 29 au 30 avril 1393. Il a trouvé un sûr asile à Montcontour. Parsemée de trêves, la lutte continuera et Clisson redevenu connétable par la volonté de Charles VI lucide pendant quelques semaines, commandera éphémèrement les armées.

Le vengeur

Un jour, à l'issue d'une bataille, Beaumanoir participa aux exécutions d'une quarantaine de soudoyers ducaux. Clisson reconnut parmi ces prisonniers trois de ses geôliers de l'Hermine. Il les élimina.

Peu après, il fut mis en présence de deux autres gardiens : Yvonnet et Bernard. Le premier l'avait insulté et enchaîné « cruellement » au mur. Clisson le poignarda. Le second, le voyant étendu sur le « froid pavé », avait quitté son pourpoint pour l'en couvrir. Le connétable lui rendit sa liberté et le récompensa d'une forte somme.

Il faut dire que l'homme à l'épée fleurelysée avait une solide réputation de boucher. Dans son armée, on coupait bras et jambes et Jausselin s'occupait des têtes.

Les deux ennemis se réconcilièrent. Solidement. Sans doute en avaient-ils assez, l'un et l'autre, du sang versé. On maria le fils aîné de Jean IV avec Jeanne de France, fille de Charles VI. Le marié avait sept ans, la mariée (née le 24 janvier 1391), cinq. A la mort de Jean IV, Clisson veilla sur les enfants de Bretagne. Il s'éteignit à Josselin. Il était âgé de soixante et onze ans. C'était le 23 avril 1407, jour de la Saint Georges : le patron des chevaliers anglais.

Et Pierre de Craon ?

Pierre de Craon, « *le premier auteur de la folie de Charles VI* », selon l'abbé Ledru, n'avait pas perdu son temps à la Cour de Bretagne après son attentat contre Clisson. Dès les premiers jours de juillet 1392, il s'était rendu à Barcelone où, prisonnier, il demeura jusqu'en septembre. S'étant évadé, il revint en Bretagne et à la tête d'un corps d'armée, il participera au siège de Josselin (1). Cependant, il se trouvait en partie ruiné. Aussi le roi (lucide ou non) crut-il devoir lui accorder ainsi qu'à ses complices l'autorisation de séjourner en France. Le 15 mars 1395, (vieux style) il obtint des lettres de rémission à la requête d'Isabelle de France qui demanda cette grâce à son père le jour de ses fiançailles avec le roi d'Angleterre (2). Selon ce document, Pierre de Craon logeait alors dans l'abbaye de Saint-Denis après un voyage au Saint-Sépulcre

(1) Henri Courteault : *la Fuite et les aventures de Pierre de Craon en Espagne*, in Bibliothèque de l'École des Chartes, tome II.

(2) Isabelle épousa Richard II le 1er novembre 1396. Le dimanche des fiançailles de la jeune fille (mars 1395-vieux style), un écuyer nommé Guillaume de Fontenay, insulta et frappa l'écuyer Regnault Le Baveux « *environ heure de demi... en la sale* »... « *du palais royal à Paris, et peu devant heure de s'asseoir à disner à la feste* » ordonnée par Charles VI « *ledit jour pour les fiansailles* » d'Isabelle avec le roi d'Angleterre. (Arch. Nationales).

accompli par ordre du roi. Malheureusement l'ennemi de Clisson ne put obtenir du Parlement l'entérinement de ses lettres de grâce. Malgré ses instances, et après une longue procédure, il fut, par arrêt du 7 juin 1399, déclaré déchu, ainsi que ses affidés, du profit des lettres de rémission.

Charles VI accorda de nouvelles lettres de rémission le 22 novembre 1399 à Pierre de Craon et en avril, il supprima la main-mise sur les biens d'Adam d'Aveluis, de Bonabbes de Tucé, de Pierre Treffours et de feu Jean de Champchevrier, chevalier. Pour faire bonne (ou mauvaise) mesure, il donna à Craon, le 31 juillet 1399, la somme de 1 500 francs, à sa femme, Jeanne de Châtillon maintes autres sommes et aux deux époux, le 11 mai 1403, 50 000 livres tournois pour les dédommager de la confiscation du fief de la Ferté-Bernard !

On peut imaginer la fureur d'Olivier de Clisson aux récits des premières largesses. L'ancien connétable, qui avait fondé des messes à Saint-Julien du Mans ne dut point considérer le roi du même œil qu'autrefois. Craon le suivit de près dans la tombe. Il mourut soit le 7 janvier 1405, soit le 14 janvier 1409 (ancien style), date du mariage d'Amaury de Craon, fils de Jean, sire de La Suze et de Champtocé avec Marie d'Amboise (1).

Le fils unique de Pierre de Craon, Antoine, chambellan du roi et grand panetier de France, redima héroïquement les turpitudes de son père : il mourut à la bataille d'Azincourt, le 25 octobre 1415 (2).

(1) *Chartrier de Thouars*. Dans cette pièce, Jeanne de Châtillon est dite veuve de « *feu monsieur Pierre de Craon* ». Un érudit du XIXe siècle, Bertrand de Broussillon, a consacré un ouvrage au triste héros de la rue Sainte-Catherine : *la Maison de Craon*.

(2) Une première disgrâce avait frappé Pierre de Craon en 1391. Louis d'Orléans lui avait retiré la garde de son château de Tours de laquelle il l'avait investi le 8 mars 1389. Le disgrâcié était allé se lamenter auprès du duc Jean de Bretagne, lequel l'avait persuadé qu'il devait son infortune à Clisson. C'était une raison suffisante pour motiver la tentative d'assassinat du 14 juin 1392. Charles VI ne pouvait laisser impuni l'attentat dont avait été l'objet le chef de ses armées. Craon et ses complices avaient été assignés devant le Châtelet de Paris. Faute d'y avoir comparu, leurs biens avaient été saisis. L'homme qui profita de cette affaire fut Louis d'Orléans : en septembre 1392, il fut mis en possession de la Ferté-Bernard, dont le château avait été démantelé. On a lu, dans le récit du « voyage royal », qu'il avait été autorisé par son frère à le reconstruire. On peut mentionner l'achat que fit le frère du roi, du château de Sablé, que lui céda Marie d'Anjou, la reine de Jérusalem, et qu'il garnit aussitôt d'artillerie.

accompli par ordre du roi. Malheureusement, Florimond de Clisson ne put obtenir de Bavalan [illegible] de ses lettres [illegible] malgré ses instances, et après une longue procédure [illegible] par arrêt du 7 juin 1399 [illegible] Ocdin, ainsi [illegible] les lettres de rémission.

Charles VI accorda de nouvelles lettres de rémission le 22 novembre 1400 à Pierre de Craon et en tirant [illegible] contre la [illegible] sur les biens d'[illegible] de Bouchet de Dreux, de Pierre Trousseau, d'[illegible] Jean l'[illegible] Pour [illegible] son mauvais dessein, il [illegible] Craon le 31 juillet 1392, la somme de 4 500 [illegible] à sa femme Jeanne de Châtillon [illegible] et [illegible] deux [illegible] de [illegible] 50 000 livres [illegible] pour les [illegible] de la [illegible] de la Porte-Bernard.

On peut imaginer la fureur d'Olivier de Clisson aux récits des premières [illegible] L'[illegible] comparable, qui [illegible] des [illegible] à [illegible] au Mans [illegible] et au contraire [illegible] de [illegible] 1409 [illegible] le 7 janvier [illegible] soit le 14 janvier 1409 [illegible] d'Amaury de Craon, fils de Jean, [illegible] et de Champtocé avec Marie d'Assé... (1).

[illegible] de Pierre de Craon, Antoine, [illegible] Pierre [illegible] de Craon [illegible] les [illegible] ne [illegible] à la bataille d'Azincourt le 25 octobre 1415 (2).

(1) [illegible] de Thomas [illegible] Pierre de [illegible] est [illegible] 1419 de Bertrand de [illegible], a [illegible] la [illegible] de Milon de Craon.

(2) [illegible] Pierre de Craon [illegible] Louis d'[illegible] lui [illegible] et Pierre [illegible] mort le [illegible] 1409. Le [illegible] de [illegible] qui [illegible] Charles [illegible] l'[illegible] que [illegible] Paris. Pour [illegible] ayant été [illegible] qui profita de cette affaire [illegible] de la Porte-Bernard [illegible] un [illegible] qu'il aurait [illegible] On peut [illegible] le [illegible] roi de Jérusalem, et [illegible] à Marie d'Anjou, la reine de Jérusalem, [illegible] été [illegible].

Annexe III

Les Tuchins, le Tuchinat ou la Tuchinerie

Sous le règne de Jean II le Bon, captif en Angleterre, et la lieutenance de son fils, le futur Charles V, la Jacquerie avait eu pour cause, – en simplifiant –, d'une part l'extrême misère du peuple, d'autre part la présomption des prud'hommes qui s'en étaient allés, dans leurs armures resplendissantes, au-devant les Anglais, lesquels leur avaient fourni, à Poitiers comme à Crécy, une sanglante leçon de tactique militaire doublée d'une humiliation grandiose. Cependant, à peine subies ces déconfitures, ceux qui « en étaient revenus », intacts ou non, s'étaient empressés d'en oublier les affres et le déshonneur.

La Tuchinerie d'Auvergne eut à peu près les mêmes causes que la Jacquerie. Elles engendrèrent les mêmes effets. Les sources documentaires sont assez rares. Le Religieux de Saint-Denis consigna ces événements dans les *Annales du règne de Charles VI.* Voilà, en français de notre temps, ce qu'il rapporte :

« *Une énorme multitude des plus abjects individus qu'on appelait Tuchins à cause de leur vie dissolue (1) avait surgi tout à coup comme une nuée de vers et s'était montrée sur tous les points de la contrée. Abandonnant leurs travaux et la culture des terres, ils s'étaient rassemblés et engagés par des serments terribles (2) à ne plus courber la tête sous le fardeau des impôts, mais à rétablir les antiques franchises de leur pays et à essayer de secouer par la force le joug dont ils étaient accablés. Bientôt, voyant leur nombre s'accroître de jour en jour, ils se portèrent à de plus coupables excès. Comme poussés par le démon et agités d'une rage forcenée, ils se déclarèrent les ennemis des ecclésiastiques, des nobles et des marchands.* »

C'était, en fait, la raison majeure des « abusions » des Jacques, mais les Auvergnats pouvaient invoquer comme prétexte à leur indignation le peu de cas que la royauté du vaincu de Poitiers faisait de la charte qui leur avait été octroyée par Louis X le Hutin en 1316.

L'usage excessif des impôts avait pour origine le stérile accroissement des dépenses militaires. Les riches (bourgeois et nobles) bénéficiaient d'abattements et de dispenses iniques. Sans parler des exactions des agents du duc Jean de Berry, cet infernal gouliafre alors lieutenant du roi en Auvergne et Languedoc. Le peuple des cités exigeait d'être consulté pour voter l'impôt, le paysan refusait de payer quoi que ce fût afin d'assurer sa subsistance.

Les routiers, toujours

Le traité de Brétigny (14 juin 1360) avait eu pour désastreuse conséquence le licenciement des mercenaires entretenus par les deux souverains ennemis. Les Anglais occupaient une ligne de châteaux qui allait des confins du Rouergue aux rives du Rhône. Lorsque cette contrée fut dévastée, les aventuriers se répandirent au mieux de leurs intérêts. Seguin de Badefol *exila* (3) toute la sénéchaussée de Beaucaire. Il passa en Auvergne où sévissait une sorte de guerre civile. En effet,

(1) Ce qui, évidemment, est erroné. Ce serait plutôt « Tue-chien » : il advient qu'on sacrifie son chien lorsque la famine est horrible.
(2) *Terribilibus sacramentis.*
(3) Détruisit.

Thomas de la Marche, lieutenant du duc de Bourbon, oncle maternel de Charles VI, régnait sur les Montagnes (territoire du diocèse de Saint-Flour). Or, Bourbon ne s'entendait point avec son neveu : Berry. Usant des pouvoirs qu'il détenait du fait de ses hautes fonctions, Berry destitua Thomas de la Marche et ordonna la confiscation de ses biens. Thomas ne s'avoua pas vaincu : il recruta des mercenaires et ravagea la partie nord-ouest du diocèse de Saint-Flour. Tous les châteaux dont les nobles hommes ne voulaient point se joindre à lui furent pillés. Les paysans s'éparpillèrent soit dans les forêts, soit dans les cités, et les gentilshommes recrutèrent eux aussi des hommes d'armes. Le pays fut mis à feu et à sang.

Le 13 septembre 1363, Badefol entrait triomphalement à Brioude. La ville devint son quartier général et de toutes parts des aventuriers vinrent renforcer son armée. Une bande de paysans se joignit à eux. Ils avaient formé la confrérie des *compagnons de Tochis*, selon l'appellation des consuls de Saint-Flour en 1380. C'était une bande suffisamment forte pour attaquer des convois de vivres. A la suite de la pendaison de l'un d'eux pour vol (septembre-octobre 1363), ils disparurent, mais en 1364, ils s'étaient trouvés un chef, *le Cochi* (le coquin). Ils s'emparèrent d'un château dans la paroisse de Picherande (canton de la Tour, arrondissement d'Issoire). Une expédition militaire les anéantit aux environs de Bonnac. Ils firent des émules, lesquels trouvèrent à Saint-Flour un accueil chaleureux.

L'insurrection

A cette époque, la fièvre montait en Languedoc où, selon un mandement royal (acte de Charles V), les impôts avaient été considérablement amoindris. Berry n'en eut cure. Il lui fallait encore et toujours de l'or et de l'argent pour satisfaire une munificence qui n'épatait, somme toute, que les rares gens de son espèce. Nîmes protesta. Berry envoya deux aventuriers génois, les Grimaldi (1), pour rétablir l'ordre dans cette ville. Dans la milice que les Nîmois envoyèrent au-devant des hordes grimaldiennes figuraient des Tuchins. Ce fut la première mention de leur présence en Languedoc. L'affrontement eut lieu le 21 novembre 1381. Il s'acheva par la défaite de l'alliance tuchino-nîmoise et le châtiment des vaincus.

Trois mois après, les sénéchaussées de Beaucaire, Carcassonne, Toulouse-Albi regimbèrent au paiement d'un nouveau subside. Berry fit ruiner les villages et pendre les réfractaires.

En 1382, le nombre des Tuchins grossit. Leur hardiesse se développa. Les échauffourées se multiplièrent. On sut que les rebelles avaient des chefs dont le plus célèbre avait nom Copet. Le père abbé de Moissac, Aimeric de Peyrac, le décrit comme un nain (homunculus) borgne et malfaisant. Pour en venir à bout, Berry employa des routiers anglais et décida de nouveaux impôts.

L'audace des Tuchins se développa encore. Les châteaux de Caylar et Arpaillargues tombèrent en leur pouvoir. Ils conquirent Vézenobres et occupèrent la tour de Boucoiran (arrondissement d'Alès-Gard). Le 11 septembre 1383, Berry fit publier qu'en matière de justice, tout ce qui concernait les Tuchins serait soustrait à la compétence des juges locaux et qu'il s'arrogeait tous les pouvoirs. Tenant les Languedociens pour responsables de la prolifération

(1) Ils eurent les successeurs que l'on connaît !

des rebelles, il les frappa d'une amende de 800 000 francs or.

En Auvergne, le duc procéda autrement : des amendes individuelles frappèrent les personnes soupçonnées d'avoir quelque accointance avec le Tuchinat. Plutôt que de s'affaiblir, il se renforça.

Un nouveau chef apparut : Pierre de Brugère (ou Bruyère) auquel il fut reproché, lors d'un séjour chez son oncle, l'évêque d'Albi, d'avoir volé la mitre et les joyaux.

Son coup d'éclat fut l'interception d'un convoi qui transportait les objets personnels du duc de Berry. Il tua les charretiers, prit les chevaux, les armes, les objets précieux. Pour ce haut fait, la bourgeoisie locale excédée par les procédés du duc offrit à son « robeur » aide et protection. Un notaire, Bernard Tissier, lui offrit un asile sûr dans un de ses villages.

Brugère passa en Auvergne. Il y recruta des partisans, se fit appeler Pierre Brugère de Limagne et mena son combat sans discernement. Des crimes atroces furent commis.

Un Pol Pot médiéval

On ne s'aventurait plus sur les chemins que couvert de haillons. Et puisque Brugère en voulait autant aux bourgeois qu'aux manants, il fallait avoir la mine humble, piteuse. Cependant, pour déjouer les astuces, le Tuchin imagina un procédé que devaient employer plus tard, bien plus tard, Pol Pot et les Khmers rouges : tout individu appréhendé devait montrer ses mains. Si elles n'étaient point calleuses, si l'allure et le langage du suspect – mais suspect de quoi ? – paraissaient trop « distingués », il était aussitôt mis à mort.

Il est inutile de raconter les crimes de Brugère. Ils sont horrifiques. Le Tuchin périt dans un combat contre les hommes de Jean de Berry. Il eut immédiatement un successeur, Guillaume Garcia, qui s'entoura de prud'hommes d'Auvergne parmi lesquels figurait Jean de Dienne. Grâce à cet homme, les crimes régressèrent, mais le conseiller de Garcia se mit à rêver d'une Auvergne indépendante et de « tuchiner », ensuite, le Languedoc.

Pour entamer cette campagne libératrice, les Anglais et les Tuchins se concertèrent. Ils attaquèrent le château de Brossadol, à deux lieues de Saint-Flour. Le châtelain s'enfuit.

Or, Brossadol était un fief épiscopal. L'évêque de Saint-Flour y dépêcha une compagnie d'hommes d'armes. L'assaut fut donné. Les Tuchins se rendirent. Une cour martiale fut instaurée. Qu'advint-il des prisonniers ? On l'ignore mais on s'en doute.

Ce fut la fin des Tuchins. Pourchassés çà et là, ils furent torturés puis exécutés. Certains offrirent leurs services aux capitaines chargés de les anéantir. Ils avaient l'expérience de la guerre : on les accueillit à bras ouverts.

Annexe IV

Le chemin de nulle part

On demeure perplexe lorsque, connaissant « l'affaire de la forêt du Mans », on consulte une carte. Tout d'abord, le plus court chemin pour se rendre de Paris en Bretagne, c'était assurément de passer, soit par Alençon, Fougères, Rennes ; soit par Chartres, Le Mans, Laval et Rennes mais assurément pas, une fois au Mans, par Angers via Nantes.

Certes, Jean IV de Montfort séjournait à Nantes, *mais rien ne prouvait qu'après le départ des messagers que le roi lui avait envoyés, il y serait resté.*

On imagine les discussions qui surgissaient, incessantes, lors des stériles conseils qui jalonnèrent le déplacement de tous ces nobles hommes subjugués par les princes. Tendances diverses, *objectif imprécis*, chaleur insupportable et donc fureurs plus ou moins rétractées. Un roi malade de canicule et certainement de poison. Un connétable qui ne comptait guère d'amis dans la Chevalerie et l'écuyerie assemblées pour cette expédition punitive *décidée par le roi la nuit même de l'attentat de la rue Sainte-Catherine* et non par Olivier de Clisson (mais, évidemment, avec son approbation). Il ne fait aucun doute que le chef des armées se vit « contré » chaque fois qu'il émettait une opinion. On ignore donc qui décida du passage par Angers.

Au rendez-vous de Paris, on avait remarqué des retardataires. On dut constater au Mans certaines défections parmi ceux qui attendaient le roi depuis le 15 juillet (et même avant cette date). Rappelons ici que les princes furent en la cité mancelle le mardi 23 ou le mercredi 24 juillet. L'exactitude n'était pas leur politesse.

Déjà, au temps de l'abbé Ledru, on ne savait guère préciser la situation topographique de la forêt du Mans. Des auteurs régionaux avaient émis des hypothèses. M. Maulny l'avait située au bois de Pannetière, sur la route de Laval. M. Le Paige l'avait identifiée avec le bois de Teillais, à 2 lieues du Mans, sans préciser d'ailleurs où se trouvait ce bois de Teillais (1). M. Pesche chercha la forêt à la porte de la cité, sur la rive droite de la Sarthe, aux environs du bourg d'Allonnes, et fit partir Charles VI par le faubourg de Saint-Gilles et la maladrerie de Saint-Lazare. Il motiva son opinion en se basant sur un texte de Le Laboureur qui vivait au XVIIe siècle. Dom Piolin dans son *Histoire de l'Église du Mans*, se rallia à cette thèse, suivant l'exemple de dom Morice dans son *Histoire de Bretagne*. Renouard, sans ses *Essais historiques et littéraires sur la ci-devant province du Maine* (Le Mans, 1811) fit preuve de plus de perspicacité. Selon lui, la forêt du Mans était traversée par la route d'Angers. Il la déclara plantée de sapins alors que cet arbre avait été importé plus tardivement dans la région mancelle (2).

Le cheminement de l'ost dans la forêt de Longaunay a été suffisamment décrit dans le roman pour qu'on y revienne. Il dut y avoir un passage où, faute

(1) *Dictionnaire de la province du Maine*. Il existait un bois de Teillais aux environs de la forêt de Longaunay. Le 4 juin 1384, la duchesse d'Anjou donna permission à Jean Pelerin de chasser « *à toutes bestes ès forez de Taillayes, de Marhaing et de Roisé* ». A la même date, elle lui octroya « *un arpent de bois en la forest de Longaunoi près du lieu de la Suze* » (*Journal de Jean le Fèvre, évêque de Chartres, publié par H. Moranvillé*).

(2) D'autres auteurs ont voulu situer à leur façon l'endroit du drame : Monstrelet, le religieux de Saint-Denis, Froissart, Jean Juvénal des Ursins, Cabaret d'Orville, etc.

d'arbres, l'effet du soleil sur les hommes fut considérable. L'abbé Ledru écrit d'ailleurs :

« Le chemin du Gué-de-Maulny (…) se détachait du Mans par le Greffier, traversait l'Huisne devant les ruines du château où Jean le Bon avait vu le jour et passait sous bois non loin de la métairie de Sablé, domaine du chapitre de Saint-Julien, situé au territoire de la Couture. De Sablé à Arnage, la route courait sur la rive gauche de la Sarthe vers le moulin de Chahoué, ayant à gauche d'immenses landes de bruyères, d'ajoncs, de houx et de châtaigniers, et à droite d'abondants bouquets d'arbres composés de bouleaux et de chênes, avivés par l'humidité de la rivière. Au-delà d'Arnage, à Fillé-Guécélard, commençait avec le bois des Buffes la vraie forêt du Mans ou de Longaunay. Du côté de Parigné-le-Pôlin, le « grand chemin mansays » quittait la forêt pour traverser une partie des landes du Grand-Bourray, en contre-bas des bois du Bruon, en face des châteaux de la Forterie, de la Chevalerie, des Perrais et non loin du dolmen de Pierre-Couverte. C'est dans l'espace compris entre le Gué-de-Maulny, près du Mans, et le Bruon en forêt de Longaunay, c'est-à-dire sur un trajet d'environ vingt kilomètres, que se déroula le lugubre drame qui devait avoir des résultats si funestes pour la France. »

L'abbé précisa ensuite, dans *le Nouvelliste de la Sarthe*, le 26 septembre 1894, suite à un article publié dans la même revue les 23 et 24 septembre : « *ce serait dans le bois des Teillais, sur la route actuelle du Mans à la Suze (chemin de grande communication n° 11), à quelque distance des dernières maisons du faubourg Saint-Gilles, que Charles VI eût rencontré le fameux spectre qui détermina sa folie* ».

Le Gué-de-Maulny
A l'époque de Charles VI

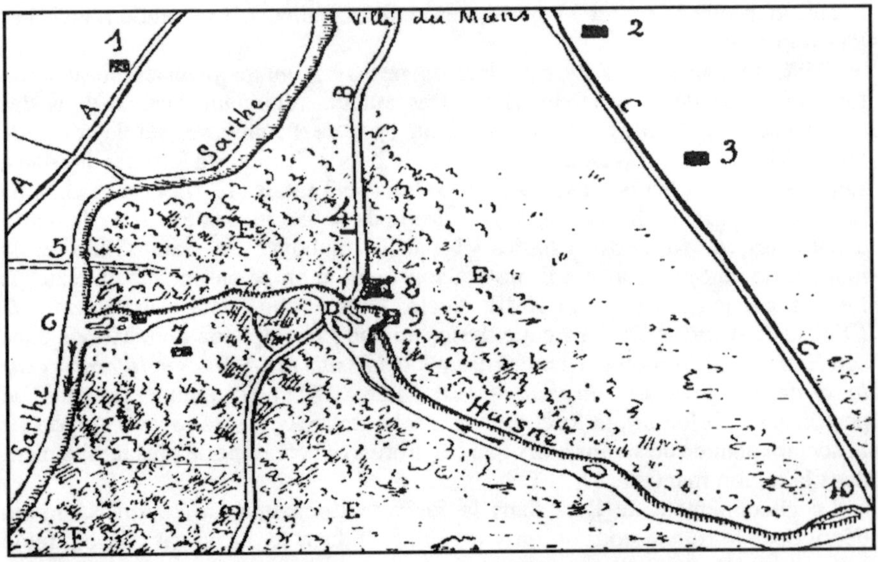

1. Léproserie de Saint-Lazare à Saint-Gilles.
2. Abbaye de la Couture.
3. Hôpital de Coëffort.
4. Lieu de l'apparition à Charles VI.
5. Gué du Sable-d'Or.
6. Bouches-l'Huisne.
7. Métairie de Sablé.
8. Ruines du château du Gué-de-Maulny.
9. Moulins du Gué-de-Maulny.
10. Pontlieue.
A. Route du Mans à Sablé par Saint-Gilles.
B. Route du Mans à Arnage par le Greffier et le Gué-de-Maulny.
C. Route d'Arnage par Pontlieue.
D. Gué-de-Maulny.
E. Bois du Gué-de-Maulny.

Quoi qu'il en soit, et toujours selon l'abbé, le roi et sa suite avaient franchi le Gué-de-Maulny où « *l'Huisne étalait ses eaux limpides entre de belles prairies, avant de se perdre dans la rivière Sarthe* ». S'il semble que ce gué (Mauvais-Nid) pesait comme une malédiction sur nos rois, au XIVᵉ siècle (d'après l'abbé Ledru qui prend pour référence les désastres de Crécy et de Poitiers), le château « royal » avait été détruit « *et gasté par les ennemis du royaume* » avant 1357. Il existait à proximité une léproserie de Saint-Lazare (à Saint-Gilles), un hôpital à Coëffort et un… ermite dont il est question dans certains comptes de 1377. Il se nommait Guillaume Baillart et le duc d'Anjou lui faisait des dons… ce qui rend impossible sa participation à un complot. Il ne se montra point ni avant ni après la traversée de l'Huisne.

Et le roi continua de cheminer seul « *sur les champs sur ungs très beaulx plains et grans sablonnys* » dans les landes du Grand-Bourray. « *Le soleil estoit bel et clair et resplendissant à grans rais et si plains de force et challeur que plus ne pouvoit estre, car il tapait de telle manière que on estoit tout tresperchié de sa réverbération, et avoit très grandement eschauffé le sablon.* »

Et c'est alors qu'un tintement de métal interrompit les songes ou les méditations du roi. Était-ce un commencement d'embûche ? Un homme l'avait prévenu : « *N'avance plus avant, mais retourne, car tu es trahi* ! » Il fallait se défendre. Charles VI galopa vers un traître qu'il connaissait : son frère Louis.

Fou ? sans doute. Mais réflexion faite, pas autant que l'histoire veut nous le faire accroire.

Annexe V

Le malade et le complot

Il est curieux de noter le manque d'informations de certains historiens dans la narration des événements qui précédèrent la crise décisive dont souffrit Charles VI, le 5 août 1392, tandis qu'il traversait la forêt de Longaunay qu'ils nomment, par méconnaissance ou facilité, la forêt du Mans.

Tous situent la première crise du roi à Amiens, au mois d'avril 1392, lors d'une entrevue de Charles VI et de Richard II d'Angleterre. En cette circonstance, le jeune roi de France fut pris, selon Froissart, de *fièvre et chaulde maladie*, autrement dit, pour l'époque, du mal comitial : l'épilepsie. Maladie très « angoisseuse » : le jeune homme y perdit ses ongles et ses cheveux comme jadis son père *après l'échec d'une tentative d'empoisonnement.*

Des médecins modernes ont pensé que cette maladie pouvait être une fièvre typhoïde, opinion écartée par le Dr Cabanès dans ses *Morts mystérieuses de l'Histoire* (Paris, Albin-Michel, 1930). Cet explorateur du passé a noté que la crise commencée en avril, le roi, à l'Ascension, revint à Paris *« en bon point et en bon estat »*. La convalescence, en cas de typhoïde, eût été plus longue. Selon ce médecin, la chute des ongles et des cheveux serait due à autre chose qu'un trouble de la nutrition. Alors quoi ? Poison déjà ? La crise suprême allait se déclarer après quatre mois d'incubation.

Qui la déclencha ? Les historiens de métier nomment l'homme qui saisit la bride du cheval du roi *un ermite*, un *moine* (hirsute, bien entendu), *un misérable couvert de haillons* (Joseph Calmette), un *miséreux* (Marcel Reinhard et Norbert Dufourq), *un druide à longue chevelure, barbe fournie, cotte blanche* (Pierre Gascar), *un malade échappé d'une léproserie* (Dr Lizé-1872), *un géant (!) à la souquenille blanche qui le suivit pendant une demi-heure* (!) etc. Tous ces gens n'ont pas cherché plus avant, sans quoi, ils eussent trouvé Richard de Ménonval.

Ce chevalier dévoyé, ami de Charles de Navarre, avait, à Rouen (1), participé à la révolte de la Hérelle, et sans doute était-il de mèche avec quelque homme de confiance des ducs. Il avait laissé des traces puisque cet homme du Pays de Bray est cité par trois abbés qui se sont penchés sur l'histoire de leur pays : l'abbé Busnel, professeur au Petit Séminaire de Rouen, l'abbé Tougard, Dr ès Lettres (1875), l'abbé Cochet, membre de l'Institut de France (qui patronna ces ouvrages), sans oublier l'abbé Decorde, qui, en 1848, publia un essai d'Archéologie et d'histoire.

La peur du diable

Amiens ne fut pas la cité où survint la première crise, *mais celle de la seconde*. La première eut lieu à Paris. Elle eut pour cadre le palais royal.

L'auteur de la *Chronique des Quatre premiers Valois* (Jean de Venette, selon l'historien Edmond Meyer (1898) qui n'a pas été démenti) raconte qu'en 1379, peu après qu'un « cousin » de Guesclin, Sevestre Bude, eut été décapité à Mâcon, le cardinal d'Amiens vint en visite à Paris, « *par devers le roy de France* ». Et voici la suite :

(1) Pas très loin de Ménonval.

« *aucuns de la court* ennorterent (1) *monseigneur le Daulphin que le dit cardinal avoit un deable privé qui lui disoit les choses passées et avenir. Dont il advint que, comme le dit cardinal vint une foiz devers le roy de France, Monseigneur le Daulphin y estoit. Et comme il vist le dit cardinal venir, il commença à seingnier par plusieurs fois et à dire : ''chassiés ce dyable, fuyés ce dyable'' De ce fut trop yrès et dolent à merveilles le dit cardinal. Et pria au roy qu'il feist tant à mon dit seigneur le Daulphin qu'il deist qui luy avoit dit que le cardinal avoit ung dyable privé. Monseigneur le Daulphin respondy : « Tout le monde le dit, » et que pour Dieu le roy n'aprochast point de lui, ne onc n'en voullu dire autre chose, ne pour beau parler ne pour menace ne voult oncques dire qui luy avoit dit. Tantost apres, le dit cardinal prist congié du roy de France et s'en retourna en Avignon pour demourer avec le pape Clement* ».

A cette date, Charles VI avait dix ans. Froissart n'a pas mentionné cette anecdote « *ou se voit si bien* », écrit Siméon Luce, commentateur de la *Chronique, « quelle fut toujours la crédulité et la faiblesse d'esprit du fils et du successeur de Charles le Sage* ». Et de poursuivre d'un jet : « *le rédacteur des Grandes Chroniques de France, le chancelier Pierre d'Orgement, qui vivait à la cour, dut avoir connaissance de ce fait ; mais il n'avait garde de lui donner place dans son œuvre. Le roi, son maître, fut sans doute surpris et péniblement affecté d'une telle aventure. Pour nous, elle est un présage à la tragique scène de la forêt du Mans, et nous y voyons poindre, treize ans à l'avance, la folie de Charles VI* (2). »

Le déclenchement du « coup de folie » a été diversement raconté, mais les faits se résument à ceci : l'ermite guenilleux saisit la bride du cheval du roi. Il l'adjure de faire demi-tour. Le roi se dégage. L'ermite disparaît (où et comment ?) et plus tard, un page fait tomber sa lance sur le chapel de fer d'un autre page : le tintement réveille le roi de sa méditation, il dégaine, se rue au galop sur ses suivants – particulièrement sur son frère – et tue quatre hommes.

Le heurt de la lance sur la barbute ou le chapel de Montauban a de quoi faire « tiquer » car par une chaleur féroce, rares devaient être ceux qui s'étaient coiffés de fer. Plus vraie semble la scène décrite par Jean de Venette :

Le perturbateur saisit le cheval royal au frein et s'écrie :

— *Roy, si tu entres en la forest pour aler au Mans, il te mesavendra* (3).

Pour aller au Mans ? Or, Le Mans est à dix ou douze kilomètres *en arrière*.

Et encore :

— *Si tu vas plus avant, tu es mort.*

Et voici la suite, selon la *Chronique des Quatre premiers Valois* :

« *Le roy se voult delivrer du fol, et vint à son page pour avoir son espée. Et le page oult paour, si fuy, et le roy après. Et prist l'espée, et, d'ire et de courroult, se marvoya ou desespera*, ou il fut empoisonné ou entaraudé, *comme l'en tenoit* (4). *Car comme il oult l'espée, il courut sus à ceulx d'entour de lui, et moult en navra. Et ne sceut ou oncques que le dit messagier ne le dit fol devindrent. Et à tres grant peine fut le roi prins – car nul n'osoit approchier de lui, et toutes voies fut prins par un chevalier cauchois, sire de Bliesmare*. »

Le sire de Bliesmare est introuvable. Ce serait Guillaume Martel, selon Froissart, qui aurait maîtrisé le roi. Il est à remarquer que les pays de Bray et de

(1) *Ennortement* ou *ennort* : conseil ; *ennorter* ou *enorter* : exhorter.

(2) La *Chronique des Quatre permiers Valois* fut éditée par Jules Renouard, à Paris, en 1862.

(3) Il te *mésarrivera* : il t'arrivera malheur.

(4) Déjà la quasi certitude du poison !

Caux sont proches et qu'il se peut que ce Bliesmare, s'il exista, ait reconnu Ménonval – déguisé en mendiant pour la circonstance. Sur le conseil de qui ? On s'en doute.

Le vieux français n'est pas d'une lecture aisée. Il convient de savoir que l'auteur de la *Chronique des Quatre premiers Valois* précise (il est le seul) que Charles VI, porté à Saint-Julien du Mans, « *fit sa neufvaine et commença à asouagier* ». De là, il fut porté à Chartres où il fit sa dévotion. Ensuite, après un fugace passage à Paris, on l'emporta à *Cray*, un château sur l'Oise, d'après les chroniques de Froissart. De toute façon, la crise de la forêt de Longaunay passée, il allait apparemment mieux.

Selon Jean de Venette (les *Quatre premiers Valois*), Creil s'orthographiait *Crael* ou *Creel*. Selon Froissart Creil s'orthographiait *Craail* ou *Creel*. Or, le chroniqueur de Valenciennes, oubliant ce lieu, précise que le roi fut mis à résidence à *Cray*.

Ce n'est pas la première fois que Froissart – ou un copiste – commet des erreurs de noms propres.

Questions sans réponses

Afin d'en finir une bonne fois avec les *ermites, lépreux, druides, géants en souquenille* (qui n'existait pas en tant que vêtement au XIVe siècle), on trouvera, en fin de cette annexe, les « bonnes feuilles » de l'*Essai historique et archéologique sur le canton de Neufchâtel* (en-Bray). La citation de l'abbé Oudin figurant sur la page intérieure de couverture est toujours d'actualité. Il suffira de lire le texte de l'abbé Decorte pour constater qu'il n'est point un raconteur de balivernes et que Richard de Ménonval est bien le triste héros de l'attentat de la forêt de Longaunay.

Ajoutons que Ménonval accompagnait les sicaires qui, le 23 novembre 1407, assassinèrent Louis d'Orléans, rue Barbette. Il regretta, paraît-il, que Raoul d'Octonville eût porté avant lui le coup mortel.

Pourquoi tant de haine ? Une hypothèse sera exprimée très ultérieurement.

Si le roi n'avait pas rencontré le soi-disant ermite, la « crise » presque immédiatement postérieure à cette interpellation eût-elle été évitée ? On peut en discuter. On peut se demander si, tour à tour apathique et fébrile, Charles VI écouta les « sages » conseils de Ménonval destinés sans doute à le mettre « en condition » ou s'ils furent impuissants à pénétrer un cerveau verrouillé sur des songeries plus ou moins profondes ou confuses. Mais lesquelles ? Peut-être, transpirant abondamment et le crâne surchauffé, le roi se disait-il qu'il était impropre à régner. Que sa souveraineté constituait un fardeau trop pesant et dangereux pour sa personne. Que s'il n'avait pas ceint la couronne, il eût été, ce 5 août caniculaire, à l'abri en quelque château, un hanap de fraîche cervoise à portée de sa bouche.

Le fait qu'aucun des ducs n'ait bougé ni hurlé : « *Sus à l'homme !* » et même : « *Tuez-le !* » fait évidemment penser qu'ils se régalaient d'une scène longtemps préméditée, une sorte de *one man show* de Ménonval qui ne suscita pas l'excitation dévastatrice qu'on en avait espérée. Ce fut sans doute parce qu'ils attendaient une réaction qui ne se produisit qu'ultérieurement qu'aucun des ducs ne galopa, l'épée levée, sur le perturbateur. La volte-face du roi chargeant ses oncles et plus particulièrement son frère prouve qu'il avait flairé l'imminence d'un « coup dur » perpétré peut-être à Paris et peaufiné à Chartres ou au Mans. On peut imaginer la réaction de cet homme qui aimait à chevaucher lorsqu'il découvrit une litière neuve, faite à son intention, à l'ombre de la Tour Orbrindelle. Le heurt de deux fers (arme et chapel) déclencha dans son esprit un signal avec, pour conséquence instantanée, la révolte contre ces « bons parents » qu'il avait, depuis son sacre, en défiance.

Plusieurs questions se posent :

Pourquoi aucun chevalier, aucun écuyer n'osa prendre l'initiative de châtier, pour lèse-majesté, l'ermite dépenaillé ? Pourquoi aucun d'eux lorsqu'il s'enfuit ne s'élança-t-il pas à sa poursuite ? Qui ou plutôt quel duc s'opposa à cette action *à l'issue de laquelle on eût identifié le « coupable »* ? Eût-elle un commencement ? Sans doute. Qui, alors, retint, en le menaçant, ce ou ces justiciers ?

Et Ménonval ? Où courut-il se réfugier ? Chez qui ? Il avait certainement un ou des complices à proximité. Il n'était sûrement pas venu à pied, mais à cheval, au Gué-de-Maulny !

« Pourquoi un seul homme ? » peut-on aussi se demander. Parce que plusieurs s'adressant au roi eussent rendu leur mise en garde suspecte. Une poignée de « fidèles » déconseillant à Charles d'avancer auraient certainement provoqué une échauffourée puisqu'on eût pu assimiler leur conduite à une astuce de guette-chemin.

Il n'y avait donc, en principe, rien à craindre d'une sorte de mendiant apparemment fou !

Voici, en regard, quelques pages de l'ouvrage de l'abbé J.-E. Decorde. Plusieurs autres concernent Richard de Ménonval. Elles ne seraient, ici, d'aucune utilité.

ESSAI

HISTORIQUE ET ARCHÉOLOGIQUE

SUR LE

CANTON DE NEUFCHATEL.

Par l'Abbé J.-E. Decorde.

L'histoire et l'archéologie se prêtent un mutuel secours, et souvent, de leur rapprochement, il est résulté les découvertes les plus précieuses qui, sans cela, auraient été perdues à jamais pour les sciences.

(L'abbé OUDIN, *Manuel d'Archéologie*, Introd., p. VII.)

A NEUFCHATEL,
Chez **BOUVET** et **MATHON**, Libraires-Éditeurs;
ET A PARIS,
Chez **DERACHE**, Libraire, rue du Bouloi, 7.

1848.

1

MÉNONVAL.

—

MÉNONVAL, qu'on écrivait autrefois Ménouval, est une commune de 258 habitants, qui se trouve sur la rivière d'Eaulne, entre Saint-Germain et Lucy. Selon un aveu de 1499 et un autre de 1686, l'hôpital royal de Saint-Thomas, de Neufchâtel, possédait, à Ménouval, un fief qui lui donnait le droit de présenter à la cure (1).

Disons un mot de l'église. Il y a deux ans, le clocher, qui était à l'entrée du chœur, était sur le point de tomber, et cependant l'administration locale ne voulait rien faire : alors, Monseigneur l'Archevêque, par mesure de prudence, interdit l'église. Grâce à ce moyen,

(1) *Description de la Haute-Normandie*, tome I, page 393.

les habitants de Ménonval furent amenés à démonter le clocher, qu'on réédifia au bas de la nef. Il est, dit-on, dix ou treize mètres moins élevé qu'auparavant.

En faisant le tour de l'église, nous avons observé, au chevet, une fenêtre bouchée : elle était primitivement partagée par deux meneaux, surmontés d'un *six-feuilles*. Cette fenêtre doit remonter à la fin du XIIIe siècle.

L'intérieur de l'église n'a rien de très intéressant; à l'entrée du chœur se trouvent deux petits autels à pilastres. L'on y voit des grappes de fleurs et de fruits bien exécutées.

Le tabernacle de l'autel du chœur est à colonnes torses et orné de statuettes. Parmi les statues, nous avons remarqué surtout saint Michel, qui tient une épée de la main droite et des balances dans l'autre main. C'était ainsi qu'on représentait cet archange, dès le XIIe siècle, sur le linteau des portes : les balances servaient au *pèsement des âmes*. Ici l'épée ne lui a été donnée que pour terrasser une espèce de dragon qui lui enfonce ses griffes dans les jambes et dans la draperie de ses vêtements.

En quittant l'église de Ménonval, nous demandâmes à la personne qui avait bien voulu nous y donner entrée, s'il n'existait point sur le pays, ou les personnes, quelque fait historique, quelque légende, etc. — Oui, nous répondit-on..... Et l'on nous raconta à peu près ce qui suit :

« En 1420, il y avait à Ménonval, auprès de l'église,

un vieux castel féodal dont on trouve encore les traces sur la propriété de Mme de Courcelles. Ce château était habité par Richard de Ménonval, homme dur et méchant, pétri d'orgueil et d'envie, et qui se moquait des lois divines et humaines. Sa vie se passait au milieu des perfidies, des trahisons, des vengeances et des séditions. C'était un de ces hommes dont le cœur donne asile à toutes les mauvaises passions. Incapable de briller par ses vertus, il travaillait sans cesse à se distinguer par ses crimes.

» Dans sa jeunesse, ayant échoué à la cour, il avait conspiré contre son roi, et recherchait toujours les occasions de lui nuire.

» En 1381, quelques séditieux excitèrent, à Rouen, un soulèvement populaire; Richard de Ménonval était à la tête de la sédition et fut assez heureux pour échapper à la justice royale, quand l'émeute fut réprimée.

» La jeunesse de Charles VI ne tempéra en rien la haine de Richard de Ménonval; il s'acharna à la perte du jeune roi, comme il avait travaillé à la ruine de Charles V. Quand il apprit la mort de Charles *le Mauvais*, avec lequel il avait eu de perfides relations, il pleura cette perte comme celle d'un ami. On sait comment mourut ce méchant prince : *Étant tombé malade, ses médecins ordonnèrent qu'il fût enveloppé d'un drap mouillé d'eau-de-vie; le valet de chambre qui le mit dans ce drap, s'avisa de le coudre, et, pour couper le fil, se servit, au lieu de ciseaux, de la bougie qui l'éclairait : le feu prit au drap, et, soit par négligence, stupidité ou méchanceté de ses gens, ce prince se trouva environné de flammes..... et en mourut trois jours après* (1).

» En 1393, par un jour *très asprement chaud*, le roi, *foible de sens et de chef*, traversait la forêt du Mans, lorsqu'un homme *teste nüe et tout deschaux, vestu d'vne cotte de bureau blanc*, saisit brusquement la bride du cheval de Charles VI, et, l'arrêtant tout court, lui dit : « *Roy, ne cheuauche plus auant : mais retourne-t-en, car tu es trahy.* » Celui qui prononçait ces paroles connaissait bien la faible organisation morale du roi; il savait bien qu'il allait l'effrayer et peut-être le faire mourir de peur..... Cet homme, ce fantôme, s'appelait Richard de Ménouval.

» L'année suivante, le roi ayant recouvré sa raison troublée par l'apparition de la forêt, il prit envie aux seigneurs de la cour de danser un ballet, habillés en sauvages. Le roi voulut être de la partie. En entrant dans la salle du ballet, le duc d'Orléans approcha un flambeau pour considérer de près le costume des danseurs, composé d'une toile enduite de poix et recouverte d'étoupes ; le feu prit aux vêtements ; quatre danseurs périrent, et Charles VI ne dut son salut qu'à la présence d'esprit de la duchesse de Berry, qui l'enveloppa dans sa robe, et éteignit le feu. Mais le roi *fut si outrément espouuenté* qu'il perdit de nouveau la raison et tomba dans la frénésie. Il se trouva un homme qui se réjouit de ce malheur : ce fut Richard de Ménouval.

(1) *Histoire de France*, par Châlons, tome II, page 19.

Avant le drame

L'écrivain qui a le mieux analysé les circonstances du drame qui survint après le passage du Gué-de-Maulny, est certainement Pierre Gascar (1). Selon lui, sitôt le mois de mai 1389, lors d'une fête organisée à proximité de l'abbaye de Saint-Denis, les premiers « débordements » d'Isabeau se produisirent. (Peut-être en avait-elle commis d'autres – on ne prête qu'aux riches – avant sa venue en France, puisqu'elle refusa de subir un examen prénuptial.

Au cours de cette espèce d'orgie (l'expression est un euphémisme), Louis d'Orléans et la reine n'auraient point contenu leur salacité (à ce stade de la débauche, on ne peut parler d'amour). Peu de temps, et peut-être le même soir, le fringant et insatiable Louis aurait « séduit » la femme du fils de Philippe le Hardi qu'on n'appelait pas encore Jean sans Peur. « *C'est en tout cas* », note Pierre Gascar, « *la première entrée en scène de ce garçon de dix-huit ans, laid, antipathique, qui n'a pas besoin que le frère du roi couche avec sa femme pour lui vouer une haine profonde : la rivalité politique y suffit* (2). » De son côté, le Religieux de Saint-Denis note que le roi et son frère donnaient l'exemple de la luxure. Il mentionne « *les appétits charnels* » auxquels Charles VI s'abandonnait contrairement aux devoirs du mariage. En fait, cet enfant-roi, cet adolescent couronné importunait les gens de Cour. Ils n'en voulaient point à la reine d'emplir l'Hôtel Saint-Pol de chevaliers bavarois et de jolies femmes aux mœurs éhontés. Ils n'en voulaient point à Isabeau d'avoir offert à un seigneur de son pays (en remerciement de quoi ?) une bague figurant un myosotis, la fleur du *vergiss mein nicht*, le symbole du « *ne m'oublie pas* ». Ils ne lui en voulaient pas d'avoir fait venir de Bavière son frère Louis pour la satisfaction duquel elle puisait à pleines mains dans le trésor royal sans que ni son époux ni les oncles ni leur neveu Orléans ne s'y opposassent : ces derniers laissaient faire et attendaient leur heure.

Le couple royal offrait aux observateurs des exemples de mésentente qui disparaissaient peut-être sur l'oreiller… car déjà Charles VI donnait des signes d'épuisement. Et Pierre Gascar de noter : « *On soupçonnait la reine, nouvelle Jézabel, d'avoir, à la faveur des étreintes conjugales, instillé dans le corps du roi une humeur pernicieuse qui avait altéré son esprit.* »

Les oncles, tous laids, étaient-ils excédés de voir leur *nieps* se détruire dans une lubricité déplorable, eux dont les femmes devaient redouter le contact ? Non ! Au contraire, plus Charles « couchait », plus sa santé s'altérait, plus son esprit se corrompait.

Et le frère ? Comment se fût-il inquiété puisque de jour en jour, à quelques exceptions près, le roi devenant un pantin aisément manœuvrable, il prendrait, croyait-il, les rênes du pouvoir tout en continuant ses « passes » avec sa belle-sœur.

(1) *Le Bal des Ardents, Charles VI*, Gallimard 1977.

(2) « *La liaison* (de Louis et d'Isabeau) *n'était pas récente. Certains ont avancé qu'elle remontait au temps même du mariage du roi*, écrit Pierre de Sermoise dans son ouvrage sur *les Missions secrètes de Jehanne la Pucelle* (Robert Laffont, 1970) *et le seul nom de Barbette* (l'hôtel qu'Isabeau avait obtenu de Montagu) *évoquait sinon l'orgie, du moins une grande liberté de mœurs au cours de « soupers joyeux »*. Et l'auteur d'ajouter, à propos de l'attentat contre Louis d'Orléans, le 23 novembre 1407, que la raison en fut « *le sanglant outrage que reçut Jean sans Peur lorsqu'étant dans le cabinet de Louis, celui-ci lui fit voir parmi les portraits des dames qui lui avaient accordé des faveurs, celui de la duchesse, sa femme, qui était regardée à la Cour, et partout, comme un modèle de sagesse, de modestie et de fidélité pour son époux.* »

Et Isabeau ? Le mari mort, n'espérait-elle pas étaler enfin ses secrètes amours – autant qu'elles le fussent ! – au grand jour ?

D'où l'idée, fort concertée, de hâter la dégénérescence du « pauvre Charles. »

Méditations sur un complot

Comme la plupart des historiens, Pierre Gascar s'égare lorsqu'il décrit le perturbateur de la forêt mancelle comme un lépreux échappé d'une léproserie voisine sise « *dans les parages* ». Double imprécision. Il note cependant que le vêtement des lépreux n'était point une cotte blanche. Et d'écrire :

Comment un de ces malades aurait-il pu savoir, si personne ne l'avait renseigné, quel jour et à quel endroit l'armée royale allait passer, et comment aurait-il pu reconnaître Charles VI parmi les personnages à cheval qui précédaient la troupe ? Le pourpoint de velours noir du roi n'était pas plus singulier, plus « royal », que le costume du duc d'Orléans, des princes et des hauts dignitaires qui composaient son entourage. Encore grossières, les effigies du roi, sur les pièces de monnaie, permettaient d'autant moins de l'identifier que Charles VI ressemble un peu à son frère.

L'auteur oublie le chaperon rouge et le collier de perles qui l'ornait !

Il est à noter que le pourpoint de velours noir n'était pas du tout de saison. *Qui avait recommandé à Charles VI de le porter ?* Un oncle ? Un mire ? Louis d'Orléans ? Et Pierre Gascar de continuer fort pertinemment :

Aussi est-on amené à penser à un « coup monté » destiné à troubler, à choquer mentalement le roi qui, relevant de maladie, paraît particulièrement impressionnable. Nourri de l'Écriture, comme tous les personnages de son temps, il ne manquera pas de reconnaître dans le personnage barbu au regard flamboyant, un de ces prophètes dont les apparitions sont relatées à cent endroits de la Bible. (...) Dans les légendes postérieures à l'Écriture, dans la vie des saints en particulier, la forêt est le lieu habituel des apparitions, comme est habituel le vêtement blanc qu'elles portent, afin de mieux se détacher dans l'ombre et d'y acquérir un rayonnement blafard (1).

En un mot, c'est une pièce du répertoire qui se joue, le 5 août 1392, dans la forêt du Maine. C'est du si bon théâtre, même, que personne, dans l'entourage du roi, n'ose interrompre la scène, en priant le barbu d'aller prophétiser plus loin. Qu'à une époque où l'on peut être soumis à la question et pendu pour un simple regard de travers lancé au roi, les gardes de Charles VI et des princes laissent un homme lui crier des insanités pendant « un quart d'heure » (2), et repartir comme il est venu est assez stupéfiant.

Dans son ouvrage, Pierre Gascar démontre la connivence des ducs profitant de l'état dépressif du roi. Il commet une erreur en supposant que le perturbateur put être éliminé. Car Richard de Ménonval vécut longtemps (3) ! De sorte que son long commentaire sur la lèpre et les lépreux est inutile. Il s'étonne que Charles VI n'ait point hurlé. Et spéculant, l'auteur écrit que l'aphonie du roi tient au fait qu'il avait reconnu l'*homme qui depuis longtemps se profilait dans ses rêves*. Et l'on peut sourciller de lire :

(1) L'ombre était rare, ce lundi-là !

(2) Un quart d'heure pour l'un, une demi-heure pour l'autre et même une heure et demie (tout compris !) pour un auteur récent. On se croirait sur un stade. La « scène du vagabond » dut être d'une brièveté extraordinaire, d'où le silence du roi complètement abasourdi par *l'apparition* et par les mises en garde qu'il entendait et qui justifiaient ses craintes. Préféra-t-il délibérément le mépris et le silence à la fureur et aux coups ? Ils allaient venir à retardement.

(3) Il était encore vivant lorsque la Pucelle de France entra en scène.

Voici la folie enfin rejointe. Les deux ducs peuvent avoir la conscience en paix : le barbu en cotte blanche, même s'ils l'ont recruté, est beaucoup moins leur complice qu'il n'est celui de Charles VI (1).

Pierre Gascar doute que le roi ait tué quatre hommes. Un fou est doué, certes passagèrement, d'une force formidable. De plus, contrairement à son père, mais tout comme son aïeul, Philippe VI, *Charles VI était un guerrier*, un passionné de Chevalerie. Un jour, à Bourges, ne créa-t-il pas d'un coup cinq cents chevaliers ?

La stupéfaction vraie ou feinte a figé tous les compagnons du roi, et le fait qu'il ait « foncé » contre son frère est un signe évident de rancœur envers son rival en amour et en politique. *Les oncles, eux, n'intervinrent que lorsque la crise qu'ils souhaitaient fut déclenchée.*

Étaient-ils satisfaits ? Il ne le semble pas. Un nouveau complot allait être perpétré contre le roi de France après que son état eut connu une rémission lors de laquelle il reprit une partie du pouvoir à son frère, à ses oncles et à son épouse. Cette conspiration allait trouver son apothéose lors de ce qu'on appela le Bal des Ardents.

(1) Ce jour-là, plutôt que dans ses rêves, Charles VI ne crut-il pas reconnaître le cardinal d'Amiens qui l'avait effrayé un jour ? N'eût-il pas envie de hurler : « *Chassez ce diable !* » sans que sa bouche pût exprimer sa panique ? A moins qu'il n'eût voulu se montrer « royal », donc indifférent, à ses compagnons et aux ducs dont il soupçonnait l'inimitié à son égard et les menaces qu'elle impliquait.

Annexe VI

Les médecins de Charles VI

Même bien portants, les rois avaient en quasi permanence des « mires » à leur service. Celui qui tout d'abord obtint la confiance de Charles VI se nommait Regnault Fréron. Il ne semble pas, du fait même de cette préférence, que ce médecin ait été consulté dès le retour du roi au Mans et il est peu probable qu'il ait accompagné de près son souverain lors du cheminement vers Paris : il n'est guère cité dans les chroniques.

Un moine, Jean Clément de Marle, chanoine à la Sainte-Chapelle et abbé des Prémontrés, qui exerçait également la médecine et que le roi estimait, semble avoir été évincé avant le départ de Paris.

Les ducs s'attendaient-ils à ce que le poison eût un effet si terrifiant sur leur neveu ? Il semble que la rage meurtrière qui secoua ce dernier lorsqu'il eut franchi le Gué-de-Maulny, les effraya. Leur surprise fut grande, sitôt leur retour au Mans, d'apprendre que le peuple *savait déjà* que le roi avait été empoisonné « *pour détruire et honnir le royaume de France* », écrit Froissart. Et d'ajouter : « *Tant multiplièrent ces paroles que le duc d'Orléans et ses oncles* (qui se sentaient peut-être silencieusement accusés) *et ceux du sang notèrent ces paroles et en parlèrent ensemble en disant : ''Vous et vous, oyez si ouïr le voulez comment on murmure en plusieurs lieux sur ceux qui ont l'administration et la garde du corps du roi. On dit, et commune renommée queurt* (court) *que on l'a ensorcelé ou empoisonné. On sache comment ce se pourroit faire, ni où, ni quand ce a été*''. » Les ducs ne pouvaient ignorer qu'ils étaient « ceux qui avaient l'administration et la garde du corps du roi ». Des médecins vinrent examiner le malheureux. Compétents ou incompétents, ils déplurent. Alors, en grand tragédien, Bourgogne hurla que ce voyage de Bretagne avait déshonoré son neveu et sa haine envers le connétable de France, éclata : « *Mieux vaulsist que Cliçon eût été mort et tous ceux de sa secte, que le roi eût conçu ni pris cette maladie, car il en sera partout très grand'nouvelle* ! »

En vérité, c'était attaquer pour se défendre.

L'esprit et le corps

Le roi avait impressionné les Manceaux. Il n'avait pas 24 ans et on le considérait comme un lettré. Ne l'avait-on pas vu, un mois avant son sacre (4 novembre 1380) méditer le *Livre des roys* (1) ? Ne l'avait-on pas vu, alors qu'il n'avait que 12 ans, entreprendre la lecture des *Chroniques de France* (2), du *Gouvernement des rois et des princes*, selon Gilles l'Augustin (3) et plus tard celle du *livre de Messire Guillaume de Maureville qui parle d'une partie des*

(1) Le *Livre du sacre des roys, en latin et en français, tous les mistères, vestures et officiers, figures et historiez*, couvert de drap d'or et fermoers d'argent. En marge : *Le Roi l'a prins pour son sacre, V^e d'octobre IIII xx* (Franklin : *les Anciennes bibliothèques de Paris*).

(2) « *Unez Croniques de France, en français*, couverte de veluyau à fleurs de liz et bouillons d'argent bien escriptes ». En marge : *Le roy les prints XVIe de décembre IIII xx ; il les a rendus* (Ibidem).

(3) « *Le Gouvernement des Roys et des Princes, selon Gile l'Augustin* ». En marge : « *Le roy le print XIIIIe d'octobre IIII xx et I* (Ibidem).

Merveilles du Monde et des pays (1) ? Ne le voyait-on pas lire fréquemment la *Bible* (2) ?

D'après le moine de Saint-Denis, sa taille, « *sans être trop grande surpassait la moyenne. Il avait les membres robustes, une large poitrine, un teint clair, les joues couvertes d'une barbe naissante* (en 1388), *des yeux vifs. Son nez n'était ni trop long ni trop court. L'ensemble de sa figure était embelli par une chevelure assez blonde que, dans l'âge mûr, il avait coutume de ramener au sommet de sa tête, sur le front, pour dissimuler une calvitie partielle. Aux grâces de sa personne, il joignait une grande force de corps (3) et la nature lui avait prodigué ses dons d'une main généreuse. Il n'oubliait jamais les services ou les offenses qu'il avait reçus, mais il n'était pas enclin à la colère, et ce n'était jamais sans graves motifs qu'il se laissait aller à des injures et des reproches. Son langage était plein de douceur et d'aménité.* »

Tel était approximativement l'homme qui fut ovationné par les Manceaux. Certes, à force de festins, il avait pris de l'embonpoint ; sa calvitie s'était aggravée. Tel un feu qui couve sous la cendre, sa nervosité attendait l'événement qui l'enflammerait.

Six médecins ou *physiciens* se relayèrent, au Mans, autour du roi. Leurs soins durèrent du 5 août au soir au 18 du même mois. Leurs noms nous sont fournis par les *Comptes* d'Arnoul Boucher. Ils se nommaient : Regnault Fréron, Jean Durant, Mahieu Regnault, Jean de Monanteuil, Thomas de Voyenne, Guillaume Touzé (ou Le Touzé), chanoine du Mans. Ils reçurent chacun la somme de 100 francs en récompense de leurs bons services (4).

Regnault Fréron, « *premier phizicien du roy* » était une célébrité à la Cour. Dès février 1387 (ancien style), date à laquelle le souverain lui donne ainsi qu'à sa femme « *une masure ou place vide séant à Paris, en la rue Saint-Christophe* », cet homme apparaît comme le médecin attitré du roi. Les années suivantes, il reçoit des gratifications en dehors de ses gages et des fourrures pour ses vêtements. Il avait épousé Jeanne, fille de Pierre de Châtel, maître des Comptes et chanoine de Notre-Dame de Paris. Le testament de celui-ci, du 28 juillet 1394, renferme ces articles :

« *Je lesse aux trois filles maistre Regnault Fréron, c'est assavoir : à Ysabeau, à Jacqueline et à Perrette, à chascune mil frans, pour leur mariage. Item, du résidu de mes biens meubles, héritages, maisons, moulin, rentes et revenues quelzconques séans à Paris, à Pierrefite, à Bonneuil et Eaubonne... j'en fais*

(1) « *Messire Guillaume de Maureville, qui parle d'une partie des merveilles du monde et des pays* », couvert de veluyau ynde, et le donna au roy (Charles V), maistre Gervais Chrestien, son premier phisicien. En marge : « *Le Roy l'a prins XX*[e] *de novembre IIII xx et XII* (Ibidem).

(2) « Une *Bible* historiée grant en un volume, et est en français à IIII fermoers d'argent des armes de la royne de Bourbon, couverte de cuir rouge à emprainte ». En marge : *Le roy l'a prise le XXIX*[e] *de décembre IIII xx et XVIII* (Ibidem).

(3) Il le prouva lors de son coup de folie qui, il est vrai, dut décupler sa vigueur.

(4) « *Maistre Régnault Fréron, premier phizicien du roy ; maistre Jehan Durant, phyzicien de monseigneur de Bourgogne ; maistre Mahieu Regnault, phizicien de monseigneur le duc d'Orléans ; maistre Jehan de Montnantheuil, phizicien de madame d'Orléans ; maistre Thomas de Voyenne phizicien monsieur le conte de Nevers, et maistre Guillaume Touzé, phizicien demeurant au Mans, ausquels le roy, notre dit sire a donné à chacun d'eulx C fr. pour considération des bons et agréables services qu'ilz lui ont fait en le visitant en certaine maladie qu'il ot au Mans, et des peines et travaulx qu'ilz y ont euz, par mandement du roy notre dit sire, donné le XX*[e] *jour d'aoust CCC IIII xx et douze* » *Comptes d'Arnoul Boucher*. Dans un travail intitulé *De la maladie de Charles VI, roi de France et des médecins qui ont soigné ce prince*, publié dans *l'Union médicale* (20, 27 février, 6 et 13 mars 1862, tome 13) le Dr A. Chéreau a oublié Jean Durant, Mahieu Regnault, Thomas de Voyenne et Guillaume Touzé. Manque d'informations ou exclusion délibérée ? L'étude parut en 1802.

mon hoir et héritière ma fille, damoiselle Jehanne, femme de maistre Regnault Fréron, premier phizicien du roy, nostre sire (1). » Regnault Fréron donna quittance des 100 francs qu'il avait reçus ainsi que ses confrères le 22 octobre 1392. L'acte fut scellé de son sceau *un écu semé d'étoiles avec un lion et une bande brochant sur le tout* (2).

Jean Durant, physicien de Philippe le Hardi, donna sa quittance le 20 octobre 1392. Un personnage en buste à longs cheveux tenant un soleil figure sur son sceau. Ce « mire » possédait un hôtel au cloître Notre-Dame de Paris. Le duc de Bourgogne y séjournait parfois lorsqu'il se faisait soigner de ses maladies et de ses douleurs de goutte (3).

Mahieu, Matthieu ou Mathieu Regnault, physicien du duc d'Orléans est signalé comme médecin du duc de Touraine (ce qui revient au même) dans un compte de l'hôtel de Charles VI de 1387-1388 (4). Sa quittance est datée du 20 octobre 1392. Le 11 mars 1392 (ancien style), le duc d'Orléans lui donna 60 francs « *pour soy vestir et tenir plus honnestement* » en son service.

Jean de Monanteuil, physicien de madame d'Orléans, Valentine Visconti, chanoine de Paris et de Reims, mort le 20 décembre 1406, donna quittance le 20 octobre 1392. Il fut l'un des exécuteurs testamentaires de l'archevêque de Besançon décédé en 1404 (5).

Thomas de Voyenne, physicien du comte de Nevers, reconnut avoir reçu 100 francs de même que ses autres confrères par acte donné le 25 octobre 1392.

Guillaume Touzé ou *Le Touzé* était probablement originaire de Vimarcé, dans le Bas-Maine, et fils de Jean Le Touzé et de Jeanne de Courbehier. Il entra dans la cléricature et devint « *maistre en médecine* », chanoine de Saint-Pierre-de-la-Cour et de Saint-Julien du Mans. Sa nomination à la « *chanoinnerie et prébende de Saint-Pierre-de-la-Cour* » date du 27 novembre 1384 (6). Le 7 août 1388, il se déclara homme lige du comte du Maine pour les choses qu'il tenait dans ledit comté et fonda son anniversaire en la cathédrale en donnant au Chapitre la tierce partie de la dîme de la paroisse de Vimarcé. Son père et sa mère, décédés en 1354 et en 1335, furent enterrés, ainsi que ses grands-parents, dans l'église de Vimarcé, où l'on put lire cette inscription gothique, privée de son couronnement : « *Ci dessous gisent feu Macé Le Touzé et Johenne de Villeoysel, sa famme, et Jehan Le Touzé, leur fils, et Johane de Courbehier, sa femme, lequel Johan trépassa l'an mil CCC L IIII et sa dicte femme trepassa l'an M CCC XXXV, et fut leur fils* mestre Guillaume Le Touzé, jadis physicien du roy et chanoine des 11 églises du Mans, *lesquels firent moult de biens à ceste église. Priez pour eux et pour tous autres* » (7). On ignore quand décéda Guillaume Le Touzé. L'abbé Ledru ne put retrouver à la Bibliothèque nationale la quittance

(1) Tuetey : *Testaments enregistrés au Parlement de Paris sous le règne de Charles VI.*

(2) *Titres scellés de Clairembault* : Regnault Fréron donna au Collège de Navarre où il avait été instruit, un beau missel in-fol. sur lequel on lisait : « Hoc missale dedit, eo vivente, magister Reginaldus Freron, quondam prothomediens domini nostri regis, huic collegio, quondam dicto de Navarra, nunc de Campania, quia in codem collegio nutritus et imbutus fuerat in annis suis pueribus et mediis ». (Franklin : *les anciennes bibliothèques de Paris*).

(3) Ernest Petit : *Itinéraires de Philippe le Hardi et de Jean sans Peur.*

(4) Douet d'Arq : *Comptes de l'hôtel des rois de France aux XIVᵉ et XVᵉ siècles.*

(5) Tuetey : *Journal de Nicolas de Baye.*

(6) *Journal de Jean Le Fèvre, évêque de Chartres*, publié par H. Moranville.

(7) Cette inscription où le mot *famme* devient *femme* et qui s'écrivait fréquemment *fame*, fut publiée avec des variantes orthographiques dans *la Semaine du fidèle du Mans* (1873-1874) et dans le *Bulletin de la Commission historique et archéologique de la Mayenne*. L'auteur de l'article de *la Semaine du fidèle* avait pressenti, sans pouvoir le prouver, que Guillaume Le Touzé avait soigné Charles VI au Mans.

des 100 francs qu'il avait reçus, tout comme ses confrères. D'après les *Comptes d'Arnoul Boucher*, cette quittance était du 23 octobre 1392. Les bâtiments de l'officialité et de la prison du Chapitre du Mans se nommaient La Touzée. Fut-ce en souvenir de cet homme ?

Le lent retour

On ignore dans quelles circonstances le roi malade revint à Paris. Il quitta Le Mans vers le 18 août. La mention *vers* est importante car Louis d'Orléans fut aperçu en ville le 21, et certains contemporains affirmèrent l'en avoir vu partir le 25… avec le roi. Est-ce vrai ? Il est possible que le fils puîné de Charles V, occupé par on ne sait quoi – quelque aventure ? – ait rejoint son frère à Chartres.

Le roi voyagea-t-il en litière ? C'est évident. En quel état se trouvait-il ? On ne saurait affirmer quoi que ce soit : s'il était calfeutré dans la basterne faite pour lui lorsqu'il séjournait parmi les Manceaux, personne, hormis ses médecins, ne le pouvait sans doute approcher.

Le 15 décembre 1910, dans la *Revue des Deux-Mondes*, le Dr Dupré tenta (comme le Dr Cabanès dans les pages qui précèdent) de faire le point sur la santé du roi :

« *En résumé, le diagnostic de la folie de Charles VI peut, dant l'état actuel de nos connaissances, se formuler dans les propositions suivantes : déséquilibration constitutionnelle de l'émovité et de la volonté. Psychose intermittente, à prédominance d'accès maniaques, avec états mixtes. Apparition épisodique, à la suite d'incidents infectieux ou* toxiques, *de crises confusionnelles et anxieuses de courte durée, dont les éléments se sont combinés à ceux de l'excitation maniaque. C'est par cette association morbide que s'explique, dans sa symptomatologie complexe et dramatique, la scène fameuse de la forêt du Mans.* »

La reine fut-elle prévenue par un chevaucheur ? Mystère.

Sur les conseils d'Enguerrand de Coucy, qui était du voyage punitif en Bretagne, les ducs se résignèrent à faire appel à Guillaume de Harcigny (ou Harsely, Harcelli, Harcelin, Haercelin). Il était originaire d'Harcigny en Thiérarche et demeurait à Laon. Il vint à Paris, descendit à l'hôtel du sire de Coucy et fut immédiatement conduit auprès des ducs, lesquels, après lui avoir servi un repas copieux, lui enjoignirent de partir pour Creil et de demeurer auprès du roi jusqu'à son complet rétablissement. Le mire quitta Paris sous bonne escorte et fut le soir même à pied d'œuvre – certainement en grand état de fatigue.

Un pèlerin de la médecine

Qui était-il ? Que savait-il ? Sans médire du personnage, on peut écrire qu'il était à la fois un pèlerin et un aventurier de la médecine. Alors que quelques uns de ses confrères n'allaient pas plus loin que Salerne, une « école » réputée où s'étaient très tôt distingués, en chirurgie, Ruggero et Rolando de Parma, Harcigny s'était rendu en Syrie puis en Palestine. Après la traversée de la mer Rouge, il avait fait halte à Alexandrie et s'était embarqué pour l'Italie sans doute afin de connaître les enseignements de l'école salernitane où l'on pratiquait la dissection alors réprouvée en France.

Il exerça à Laon et Noyon. Il y acquit une renommée considérable. A Creil, il demeura près du roi qu'il traita, peut-on dire, par la douceur alors qu'à l'époque on s'occupait sauvagement des aliénés, ce qui avait pour conséquence de les réduire à l'état de bêtes. Et l'on tue les bêtes enragées.

Une alimentation sage, un sommeil tranquille (obtenu on ne sait comment), des parties de chasse à l'épervier, des promenades, donc une vie des plus saine et paisible permirent à Charles VI de recouvrer à la fois un semblant d'énergie et de raison. Il voulut revoir son épouse et le dauphin. Ils vinrent à Creil « *avec de vives démonstrations de joie* ».

« *Quand maître Guillaume de Harcigny vit que le roi était en bon point, il en fut tout joyeux ; ce fut raison, car il avait fait une belle cure.* »

Et sitôt devant les princes, le médecin déclara :

« *Le roy, Dieu merci, est en bon état ; je vous le rends et livre ; doresnavant qu'on le garde de courrouces et mélancolies, car encore n'est-il pas bien ferme dans touts ses esprits ; mais petit à petit son cerveau se raffermira. Déduicts, oubliances et déports par raison (1) lui seront plus profitables que toutes autres choses. Mais du moins que vous le pourrez ne le chargez et travaillez des conseils, car encore a-t-il et aura-t-il en toute cette saison, le chef faible et tendre, car il a été battu et formené de très dure maladie.* »

Les princes durent jubiler : le « chef » était faible. Ils ne purent faire autrement que de féliciter Harcigny et lui proposèrent même (à contrecœur sans doute) de rester en permanence auprès de leur neveu (ce qui revenait à écarter habilement celui-ci du pouvoir). Harcigny refusa :

« *Je ne suis désormais qu'un vieil homme faible et impotent, je ne pourrais en conséquence supporter l'ordonnance de la Cour, bref, je veux retourner à ma nourriçon.* »

Il conseilla de fournir au convalescent quelques jeux de cartes. C'est ainsi que dans les comptes de l'Argentier du roi on lit :

« *Donné à Jacques Gringnonneur, peintre, pour trois jeux de cartes à or et à diverses couleurs, de plusieurs devises, pour porter devers ledit seigneur roy pour son esbattement... LVI sols parisis.*

Tandis que leur neveu jouait aux cartes, les oncles et Orléans faisaient des réussites.

Harcigny mourut à Laon en 1393 (donc peu de temps après les soins qu'il avait prodigués au roi.) Il devait être âgé de quatre-vingts ans, peut-être davantage. Il ne sut donc pas que ses remèdes avaient été sans lendemain.

(1) Jeux, oubli, « sport ».

Annexe VII

Comment les ducs prirent le pouvoir

Évincés du Gouvernement par le retour des Marmousets au pouvoir – retour décidé par Charles VI – les ducs de Bourgogne et de Berry avaient médité leur vengeance.

Tout d'abord, éliminer leur neveu, roi de France, pour lequel ils n'éprouvaient aucune sympathie. Laisser agir Louis d'Orléans auprès d'Isabeau de Bavière, de façon à les manœuvrer. Il semble que le duc de Bourbon n'ait point joué un rôle important dans cette usurpation de pouvoir par Philippe le Hardi et son frère Jean, tous deux personnages que l'on peut qualifier d'ignobles crapules aux mains crochues.

La capture du connétable à la tour de l'Hermine avait dû les affriander. C'était mal connaître ce seigneur de la guerre à la fois orgueilleux et cruel mais capable d'éprouver des sentiments dignes de considération. Flanqué de Jausselin – *qui n'est pas un personnage imaginaire* –, il ne manquait point de discernement et d'astuce.

Un siège inutile

Sitôt qu'ils furent parvenus à Montlhéry, le Barrois des Barres – qui commandait en chef –, ses compagnons et les hommes d'armes, cernèrent la ville et le château en une nuit. Au matin, proches des murailles, ils réclamèrent le connétable au capitaine de la garnison. Des varlets répondirent que « *le sire de Cliçon étoit départi de là passé quatre jours, et offroient d'ouvrir le chastel et quérir partout. Les chevaliers prirent cette offre et allèrent au chastel et toutes leurs routes, armés de pied en cap ainsi que pour combattre, et se firent afin que là-dedans ils ne fussent surpris de trahison ni de aucune embûche.* » N'ayant rien trouvé, ils revinrent à Paris.

Lorsque Berry et Bourgogne « *virent, et leurs consaux, que messire Olivier de Clisson leur étoit échappé, si furent moult courroucés ; et le duc d'Orléans et le duc de Bourbon tout réjouis (1) ». Or, dit le duc de Bourgogne « il a montré que il se doute ; pour ce, si il s'en est allé et fui, n'est-il pas quitte : nous le ferons traire et revenir avant hâtivement, ou il perdra tout ce où nous pourrons la main mettre, ni jà n'en sera déporté ; car il a sur lui plusieurs articles déraisonnables, qui ne demandent que jugement et punition ; et si les grands et les puissants et les mauvais, n'étoient punis et corrigés, les choses ne seroient point justement proportionnées, et se contenteroient mal les petits et les foibles ; et justice doit être loyale et non pas épargner ni fort ni foible, pourquoi tous s'y exemplient* (2). »

Évidemment, Froissart, en rapportant ces propos, ne fait qu'imaginer ce qu'ils furent. Il avait suffisamment approché les ducs, il avait suffisamment écouté les ragots pour transcrire les sentiments de ces deux hommes qui, tout au long de leur vie, ne furent animés que d'un double dessein : s'enrichir coûte que coûte et exercer le pouvoir.

(1) Si le duc de Bourbon fut heureux de la fuite du connétable, il est douteux qu'Orléans partagea sa satisfaction.

(2) Prennent exemple.

La répression

A peine le Barrois des Barres, penaud, était-il de retour à Paris, que Bourgogne lui ordonnait de partir pour Anveaux (Auneau) « *challenger le sire de La Rivière* ». Le lendemain de leur retour de Montlhéry, les hommes s'acheminèrent donc en direction d'Anveaux, « *une très belle forteresse séant auprès de Chartres* ». Ils y trouvèrent Bureau de La Rivière, sa femme et leurs enfants. Le Marmouset ne fut point surpris : il savait déjà que Jean Le Mercier et le Bègue de Villaines étaient en prison. Avant de fuir pour Montlhéry, Clisson lui avait fait remettre un message : « *Sire, sauvez votre corps car les envieux ont à présent contre vous règne pour eux.* » La défense de la Rivière fut noble :

« *Ici et autre part suis-je en la volonté de Dieu, je me sens pur et net. Dieu m'a donné ce que j'ai, et il me le peut ôter quand il lui plaît ; la volonté de Dieu soit faite. J'ai servi le roi Charles de bonne mémoire, et le roi Charles son fils à présent, bien et loyaument. Mon service a été bien connu d'eux et le me ont grandement rémunéré. Je oserai bien, sur ce que j'ai fait, servi et travaillé à leur commandement pour les besognes du royaume de France, attendre le jugement de la chambre du parlement de Paris. Et si on trouve en tous mes faits chose ou rien à dire, je sois puni et corrigé.* »

Le Barrois des Barres signifia au prisonnier qu'il demeurerait provisoirement dans son château. Il fut bientôt incarcéré au Louvre. Les ducs, qui n'avaient rien commis d'autre qu'un coup d'état firent courir sur les Marmousets les pires calomnies. Ils avaient même, dirent-ils, dans leur rapacité, alloué (aliéné) les héritages des pauvres chevaliers qui avaient exposé leurs corps et leurs membres ès armes. Montagu le fuyard se vit désigné comme une espèce de criminel. La Rivière et Le Mercier furent tirés du Louvre, livrés au prévôt du Châtelet et emmenés « *au chastel Saint-Antoine* » et le bruit courut qu'ils seraient « exécutés à mort ».

« *Pensez pour vos âmes car vos corps sont perdus ; vous êtes jugés à mourir et à être décolés* .»

Les bons amis du Bègue de Villaines intervinrent auprès des ducs. Il était « *un très grand chevalier et vaillant homme* ». Il lui fut conseillé de partir pour la Castille « *car là tenoit bel héritage et bon par sa femme, la comtesse de Ribedée.* » Le vétéran eut tort d'hésiter. Quant aux ducs, ils s'appropriaient tous les biens que Le Mercier avait dans et au-delà de Paris. Sa belle maison du Port-au-Louvien (diocèse de Laon) fut offerte au sire de Coucy.

On ôta tout à La Rivière. Il avait une jeune fille, « *belle damoiselle et gente en l'âge de dix ans, laquelle avait épousé par conjonction de mariage un jeune fils qui s'appelait Jacques de Chastillon, fils à messire Hue de Chastillon, qui jadis fut maistre des arbalétriers de France ; et estoit, ce fils héritier de son père, et tenoit de grands héritages et beaux ; et estoit encore taillé d'en plus tenir ; et là chevauchoit-il et avoit plus d'un an chevauché avec son grand seigneur, le seigneur de La Rivière ; mais, nonobstant toutes ces choses, et outre la volonté de l'enfant, on le démaria de la fille du seigneur de La Rivière, et fut remarié ailleurs, là où il plut au seigneur de Bourgogne et à ceux de la Trémoille, qui pour le temps de lors menoient la tresche* (1).

Point de sentiment. Point de « rouspétance ». Il fallait prouver aux nobles et au commun qu'on allait régner fermement. Peu importait que les Marmousets eussent servi de leur mieux la France. L'important était qu'ils fussent séparés de leurs biens, de leurs maisons, de leur famille et surtout, surtout, de leur or !

(1) Danse.

Un homme proteste, le peuple gronde

La Rivière avait un fils. Il était marié à la fille du seigneur de Dammartin qui n'avait plus d'autres enfants « *ni n'étoit taillé que jamais n'en put avoir* ». La fille était son héritière. Froissart rapporte :

« *On les voulut démarier et mettre la fille ailleurs plus hautement assez, mais le comte de Damp-Martin, comme vaillant prud'homme alla au-devant ; et dit bien et le tint que, tant que le fils du seigneur de La Rivière auroit vie au corps, sa fille n'auroit autre mari pour homme qui en put parler ou traiter ; et outre, si on faisoit à l'enfant violence pour abréger sa vie, sa fille n'auroit jamais mari ; et mettroit son héritage en si dures mains que ceux qui voudroient avoir son droit sans cause, par fraude ou par envie, ne l'en pourroient ôter.* »

On laissa ce noble homme et ses enfants en paix.

Le peuple grondait. Si les Marmousets n'étaient point populaires, il exécrait les ducs. Jeanne de Boulogne, duchesse de Berry, s'agenouilla devant son époux afin d'obtenir le pardon des captifs. Elle lui rappela que La Rivière l'avait délivrée de l'Angleterre où elle était au pouvoir de Lancastre qui la voulait avoir pour son fils, le comte de Derby. Berry demeura inflexible.

Clisson se sentait libre. Et Montagu. Le grand maître de l'hôtel du roi, virtuose des galipettes financières, avait trouvé refuge auprès de la curie romaine. Il se savait possesseur d'un capital de 100 000 francs quelque part dans le palais des Papes et de 100 000 francs à Venise. Il apprit l'arrestation d'un petit Marmouset, De Noviant, par les hommes de Philippe le Hardi. Il s'était attiré la vengeance du duc de Bourgogne parce qu'un jour, il avait refusé de lui *donner* 30 000 francs puisés sur le trésor royal.

Le Mercier devait regretter de n'avoir pas cherché refuge dans sa propriété de Saint-Georges de l'Espérance, en Dauphiné. Jugé en même temps que La Rivière, ils virent leur sort adouci par l'intervention réitérée de la duchesse de Berry et de Jouvenel des Ursins. Tout d'abord disgracié, Montagu dont on appréciait la… technique financière allait être rappelé au Conseil. Cependant, son crédit moral était écorné.

Les princes triomphaient et leur mansuétude n'était que provisoire. Olivier de Clisson pouvait dire :

— Il y a trois rois en France.

Louis d'Orléans devait compter avec Berry et Bourgogne. Louis de Bourbon toujours auréolé par son expédition tunisienne au profit des Génois, voulut bien arbitrer tous les litiges.

Ce fut l'époque où Louis d'Orléans apparut vraiment tel qu'il était : un Lovelace. Le type parfait du jouisseur sans scrupules… qui redimait ses péchés dans la prière, entre les murs de sa cellule aux Célestins. Ses oncles le laissaient batifoler – contre des profits substantiels – dans les plaisirs et le faste. Ils eussent pu le rabrouer pour les imprudences qu'il commettait en compagnie d'Isabeau car le roi étant absent, il fallait bien qu'ils profitassent d'une situation de rêve : fêtes, dépenses, le tout à discrétion pour ces deux indiscrets. Si, en 1389, Louis, d'après son livre de comptes, avait dilapidé en un seul jour 225 livres – au moins 100 000 francs lourds – pour des causes qu'il jugeait lui-même inavouables, il battit ses records.

Il s'était réjoui, prétend Froissart, que le connétable de France eût pu échapper à ses deux oncles. C'était certainement une gaieté de façade car il est probable que ce corrompu, égoïste et matois, guignait, lui aussi, la fortune immense d'Olivier de Clisson.

Selon certaines chroniques, les arrestations que Froissart situe quelques jours après le retour du Mans, auraient eu lieu en octobre. Bureau de La Rivière aurait été incarcéré le 23 octobre 1392. On aurait également prié Jean Le Mercier et Pierre, le Bègue de Villaines, de se constituer prisonniers, ce qu'ils auraient fait le 25 septembre. En cet automne des règlements de comptes, Villaines fut emprisonné au château de Crévecœur (1). Il en sortit soit le 15, soit le 16 mars 1393. Le 19, il ratifia au parlement les conditions de sa remise en liberté entre les mains du premier président : Guillaume de Sens. Ensuite, il partit pour l'Espagne.

(1) Le dimanche 27 octobre.

Annexe VIII

Le donjon des vaincus : Sainte-Suzanne

Vers 1172, la puissance d'Henri II Plantagenêt semblait à son apogée. Il avait repris à son compte tous les desseins de ses prédécesseurs, rois d'Angleterre, comtes d'Anjou, ducs d'Aquitaine. Il avait imposé sa loi aux Écossais, Gallois, Irlandais, Bretons. Il avait repris le Vexin tenu en respect par le comte de Blois et le roi de France, obtenu l'obéissance de ses vassaux et forcé les plus grands à se soumettre. Il avait remporté sur Louis VII des succès importants. Il procéda, sans consulter ses fils, à des partages. Henri le Jeune, s'estimant lésé, fit hommage au roi de France, Louis VII ; Richard, poussé par la célèbre Aliénor, se mit à la tête des barons aquitains. En Angleterre, de grands féodaux se soulevèrent et s'allièrent aux Écossais. En Normandie, Anjou, Maine, maints seigneurs prirent le parti d'Henri le Jeune.

Henri II sut les combattre. De 1175 à 1180, il s'imposa comme le maître de son vaste empire. Louis VII s'éteignit le 18 septembre 1180. Philippe Auguste lui succéda et avec l'aide de Richard, prit le Mans d'où Henri II s'échappa non sans mal lors de la destruction de son armée. Passant, lors de sa fuite, par Sainte-Suzanne où il prit du repos, le vaincu se retira à Chinon. Le 4 juillet 1189, à Villandry, presque mourant, il entendit les conditions imposées par ses vainqueurs. Il s'éteignit, le surlendemain, d'épuisement, de souffrance et de dépit.

Voici comment, dans l'*Histoire de Guillaume le Maréchal*, on peut vivre la dernière chevauchée de Henri II vers Chinon (1) :

Si'n alèrent a contenchon,
Aqui e(i)ns einz, a Alençon.
E li Mar. veirement
S'en ala par Kemandement,
O tote se conestablie,
Si com el li ert establie.
Bien out o lui, si n'en dout nus,
.L. compainnons ou plus.
Si trova qui se demoroient
& qui avant venir n'osoient,
Illeoc, qui menzonge n'en di(e),
Le barnage de Normendi(e)
Qui s'en venoient dreit al rei ;
Mais la grand force e le desroi
De l'ost de France redotoent,
Si que avant venir n'osoent.
Li rei treske a Seinte Sussane
Ala gesir, mais molt l'ahane
Sa menestrance & sa dolor
Qui lui engreignont chascun jor.
D'iloec s'en ala a Chinon ;
Noveles li aporta l'on
Que lis reis de France ert à Tors ;
S'ont pris la cité e les tors.
Lors manda li reis par son brief.
Al Mareschal, tot de richief...

Vu le coup de folie de Charles VI, qui fut immédiatement mis hors d'état de nuire, c'est-à-dire ligoté, il est probable que les ducs et Louis d'Orléans se concertèrent. Une tradition locale veut qu'après Henri II, Charles VI ait séjourné un reste de jour et une nuit dans le colossal donjon. Ce n'est, évidemment, qu'une tradition.

(1) *Histoire de Guillaume le Maréchal*, Éditions Renouard, 1893, page 321. Cote 8e NF 25/250 à la Bibliothèque de l'Arsenal.

Annexe IX

De l'oriflamme et de ce qu'il en advint

L'oriflamme était la bannière et l'enseigne ordinaire dont l'abbé et les moines de l'abbaye royale de Saint-Denis se servaient dans leurs guerres particulières, autrement dit : celles qu'ils entreprenaient pour la restitution de leurs biens des mains des usurpateurs ou pour s'opposer à leur enlèvement. Comme leur condition ne souffrait pas qu'ils prissent les armes, ils abandonnaient cette charge à leur avoué qui recevait cette enseigne et la déployait au combat.

On a évidemment cherché la provenance et la signification du mot *oriflamme*. La plupart des écrivains ont estimé qu'on le devait tirer de sa matière, de sa couleur et de sa forme. « *Quant à sa figure* », écrit Charles Grandmaison, archiviste paléographe (*Dictionnaire héraldique*, Migne, Paris, 1852), « *il est hors de doute qu'elle estoit faite comme les bannières de nos églises, fendues en divers endroits par le bas, ornées de franges et attachées par le haut à un bâton (!) de travers qui les tient étendües, et est soutenu d'une forme de pique. Ils ajoutent que sa matière estoit de soie ou de tafetas, sa couleur rouge. On a donné le nom d'oriflamme à cette bannière, parce qu'elle estoit découpée par le bas en figure de flammes, ou parce qu'estant de couleur vermeille, lorsqu'elle voltigeoit au vent, elle paroissoit de loin en guise de flammes, et en outre parce que la matière de la lance qui la soutenoit estoit dorée.* »

A son origine, l'oriflamme était donc l'enseigne particulière de l'abbé et du monastère de Saint-Denis, que les clercs confiaient à leur avoué afin qu'il la portât dans les guerres. C'était en effet la principale fonction des avoués qui, en qualité de défenseurs et protecteurs des monastères et des églises entreprenaient la conduite de leurs vassaux pour la défense de leurs droits. On les appelait porte-enseignes des églises, *signiferi ecclesiarum.* Les comtes du Vexin et de Pontoise avaient ce titre dans le monastère de Saint-Denis dont ils étaient les avoués et protecteurs. En cette qualité, ils portaient l'oriflamme dans les guerres décidées pour la justice ou le profit des moines. Il en résulte que cette bannière fut nommée le plus souvent *l'enseigne de Saint-Denis*, non parce qu'elle était conservée dans l'église de ce monastère mais parce qu'elle était la bannière ordinaire qu'on arborait lors des guerres livrées par cette abbaye. On peut en induire qu'elle ne fut portée par les rois dans leurs guerres qu'après qu'ils furent devenus propriétaires des comtés de Pontoise et de Mantes, c'est-à-dire du Vexin, ce qui advint sous le règne de Philippe Ier (1052-1108) ou de Louis le Gros, son fils. L'Histoire remarque qu'ayant décidé de se retirer au monastère de Saint-Claude, Simon, comte de Pontoise et d'Amiens, donna à l'abbaye de Cluny la ville de Mantes et ses dépendances et que le roi Philippe s'en étant emparé comme d'une place frontière nécessaire au royaume, sur les plaintes qui lui en furent adressées, en fit la restitution à ce monastère, par acte passé à Mantes, en 1076 (l'année où Simon se retira à Saint-Claude).

Il est vraisemblable que Philippe s'accorda avec les moines de Cluny d'autant plus que cette place devint une de ses possessions et qu'il en disposa comme d'un bien personnel. Orderic Vital (1) assure que le même roi voulut apaiser Louis le Gros, son fils, qui tenait à se venger de Bertrade de Montfort, sa belle-

(1) Historien français né en Angleterre en 1075, mort vers 1142, auteur d'une *Histoire ecclésiastique*. On y trouve de précieux renseignements sur l'histoire de la Normandie, la première croisade, etc.

mère qui l'avait voulu empoisonner. Philippe lui fit don de Pontoise, de Mantes et de tout le comté du Vexin. Suger (1) ajoute que Louis, à la demande de son père, « *consentit depuis que Philippes, fils du roi et de Bretagne, jouist du comté de Mante et ce, en faveur du mariage que le roy et Bertrade procurèrent à ce jeune prince avec l'héritière de Montlhéry* ». Le Vexin appartenant au domaine royal, des rois portèrent l'oriflamme de Saint-Denis dans leurs guerres. Ce fut donc Louis le Gros, en qualité de comte de Vexin, qui tira le premier l'oriflamme d'au-dessus de l'autel de Saint-Denis et la fit porter dans ses armées par un de ses hommes liges en tant que principale enseigne du protecteur du royaume. Il en invoquait le secours dans son cri d'armes, particulièrement lorsqu'il eut appris que Henri V, roi d'Allemagne, marchait sur la France avec ses troupes. Ensuite, les rois utilisèrent l'oriflamme dans les guerres comme étant la bannière qui portait le nom du protecteur du royaume. Ils la prenaient à Saint-Denis avec les mêmes cérémonies et les mêmes prières que l'on avait accoutumé d'observer lorsqu'on la confiait aux comtes du Vexin pour les guerres particulières du monastère.

Juvénal des Ursins (2) a décrit les cérémonies qui s'observaient lorsqu'on offrait l'oriflamme au chevalier qui la devait porter : « *Le roy s'en alla à Saint-Denys, visita les corps SS, fit ses offrandes, fit bénir l'oriflamme par l'abbé de Saint-Denys, et la bailla à messire Pierre de Villers, lequel fit le serment accoutumé.* » Et encore : « *Le roy alla à Saint-Denys et les corps de Saint Denys et de ses compagnons furent descendus et mis sur l'autel. Le roy sans chapperon et sans ceinture, les adora et fit ses oraisons bien et dévotement et ses offrandes, et si firent les seigneurs. Ce fait, il fit porter l'oriflamme et fut baillée à un viel chevalier, vaillant homme, nommé Pierre de Villiers l'ancien, lequel reçût le corps de nostre seigneur et fist les serments en tel cas accoustumez : et après s'en retourna le roi au bois de Vincennes.* »

Le serment qui était demandé à celui qui devenait porte-oriflamme était ainsi : « *Vous jurez et promettez sur le précieux corps de Jésus-Christ sacré, cy-présent et sur le corps de monseigneur Saint Denys et ses compagnons qui cy sont, que vous loyalement en votre personne tendrez et gouvernerez l'oriflambe du roi, monseigneur, qui cy est à l'honneur et profit de luy, et de son royaume, et pour doute de mort, né d'une autre avanture, qui puisse venir, ne la délaisserez, et ferez partout vostre devoir comme bon et loyal chevalier doit faire envers son suzerain et droiturier seigneur.* »

C'est sans doute une erreur de penser que l'oriflamme était tirée de Saint-Denis lorsque nos rois avaient des guerres à livrer à leurs ennemis qui avaient attaqué leurs états et pour les défendre contre les insultes « *et non mie quand on veut conquester un autre pays* », rapporte Juvénal des Ursins ; ou bien lorsque l'on entreprenait une guerre contre les infidèles, ainsi que Froissart l'a avancé. Sous Philippe le Bel, à la bataille de Mons en Puele (ou Pevèle, 1304), l'oriflamme fut portée par Anceau de Chevreuse qui mourut étouffé par la chaleur et la soif. Il perdit l'oriflamme. Prise par les Flamands, elle fut lacérée. La *Chronique des Frandres* rapporte que la nuit qui suivit le combat, elle fut à

(1) Abbé de Saint-Denis, moine et politique (V. 1081-1151), condisciple et ami de Louis le Gros, il fut son ambassadeur auprès de la Papauté. Il devint l'ami de Louis VII qui lui confia la régence du royaume lors de son départ pour la croisade (1147-1149). Il s'opposa à la répudiation d'Aliénor d'Aquitaine qui contrariait sa politique d'agrandissement du royaume.

(2) Fils du Prévôt des marchands de Paris qui s'était opposé aux Bourguignons et contribué à faire donner la régence à Isabeau de Bavière, Jean (1388-1473), archevêque de Reins (1449) participa à la révision du procès de Jeanne la Pucelle (1456) et fut l'auteur d'une *Chronique de Charles VI*.

terre et donnée. Mais à qui ? Guillaume Guiart, qui fut présent, assure que l'oriflamme perdue en ce combat n'était pas la vraie mais une oriflamme copiée sur l'authentique. Le roi avait commandé de la déployer ce jour-là pour stimuler ses guerriers.

De toute façon, une autre oriflamme parut aux armées en 1315, lorsque Louis le Hutin la fit porter contre les Flamands, et en confia la garde à Herpin d'Erquery.

Sous le règne de Charles VI, l'histoire ne mentionne plus l'oriflamme. Elle était donc perdue. Mais qui l'avait récupérée ?

Il faut signaler que l'oriflamme que l'on voit sur maintes enluminures n'a pas la forme décrite par Charles Grandmaison. C'est un long drapeau, une longue bannière à deux, trois et même quatre « langues ».

Cycle d'Ogier d'Argouges

Une fantastique épopée au nom de l'honneur perdu.

Les Lions diffamés

Après la bataille de l'Ecluse, en 1340, Godefroy d'Argouges, faussement accusé de trahison, est dégradé et les glorieux lions d'or de son blason sont diffamés. Pour venger cet opprobre, il envoie son fils Ogier apprendre le métier des armes auprès de son oncle, Guillaume de Rechignac, en Périgord. (TOME 1)

Le Granit et le Feu

Cinq ans ont passé. Ogier est devenu un écuyer solide. Au cœur de l'été 1345, les Anglais se répandent en Périgord. La forteresse de Rechignac a excité la convoitise d'un capitaine d'aventure : Robert Knolles. Le fier château sera t-il envahi ? (TOME 2)

Les Fleurs d'acier

Le 13 avril 1346, Ogier d'Argouges et ses compagnons contournent le champ clos de Chauvigny où des joutes vont rassembler les chevaliers du Poitou et quelques personnages fameux du royaume. Parmi eux, Richard de Blainville, l'homme qui a dégradé Godefroy d'Argouges. Ogier pourra-t-il, en sauvant l'honneur menacé de son suzerain, assouvir enfin sa vengeance ? (TOME 3)

La Fête écarlate

Le hasard favorise Ogier. Il apprend par l'ancien chapelain de Gratot, frère Isambert, (que sa couardise a conduit à servir Blainville) que les conjurés vont se réunir pour décider de la date à laquelle les Anglais débarqueront en Normandie pour conquérir Paris et installer sur le trône des Valois le légitime successeur de Philippe le Bel : Edouard III. (TOME 4)

Les Noces de fer

Henry de Lancastre vient de d'envahir les grandes cités de la Saintonge et d'en ruiner les édifices religieux. Il commande à son armée de se déployer autour de Poitiers. Ogier se rend en Poitou afin de demander au seigneur des Halles de Poitiers, Herbert III Berland, la main de sa fille Blandine. Chemin faisant, il doute que sa démarche aboutisse. (TOME 5)

Le Jour des reines

Blessé devant Calais assiégé, Ogier d'Argouges, prisonnier, est emmené en Angleterre. Mêlé à des aventures guerrières et sentimentales où apparaissent Catherine de Salisbury et Jeanne de Kent, le français est bien déterminé à refuser sa condition d'otage. (TOME 6)

L'Épervier de feu

1348, le jour de l'embarquement arrive enfin pour Ogier alors que la peste noire, sur le Continent, tue des milliers de personnes. Le fléau s'est-il répandu en Normandie ? Blandine et leur enfant ont-ils échappé aux ravages de l'épidémie ? (TOME 7)

Cycle de Tristan de Castelreng

Une chevauchée sanglante au temps de Du Guesclin.

Les Amants de Brignais

Fait prisonnier pendant une mission pour le roi Jean le Bon, le jeune chevalier Tristan de Castelreng s'évade et sauve une jouvencelle dont il s'éprend. Les deux amants sont capturés par des «routiers» qui les emmènent à Brignais. C'est là que l'armée royale est anéantie par ces malandrins. Tristan qui défendait sa vie parmi eux est considéré comme traître. (TOME 1)

Le Poursuivant d'amour

Tristan revient à Paris où le dauphin Charles le charge d'une mission en Angleterre : s'emparer du prince de Galles afin de l'échanger contre un otage royal : Jean le Bon. (TOME 2)

La Couronne et la Tiare

Tristan accompagne le roi vaincu, provisoirement libéré, en Avignon. A la suite d'une aventure, il est blessé. Soigné par son écuyer, il rejoint la Normandie. Sa rencontre avec Du Guesclin lui est fatale : le Breton l'entraîne à Cocherel où les forces royales doivent affronter une coalition anglo-navarraise. (TOME 3)

Les Fontaines de sang

Pour libérer la France des Tard-Venus, Charles V les envoie en Espagne. Sous le commandement du célèbre Bertrand, ils doivent livrer bataille aux armées de Pierre le Cruel et le remplacer par son frère bâtard, Henri de Trastamare, sur le trône de Castille. (TOME 4)

Les Fils de Bélial

Une chevauchée périlleuse commence. A l'issue de la bataille Nájera, Tristan sera confronté au vainqueur, le prince de Galles. Or, le fils aîné d'Edouard III a d'excellentes raisons de le haïr et de le destiner au bourreau. (TOME 5)

Le Pas d'armes de Bordeaux

Avec les prisonniers de la bataille de Nájera, Tristan est emmené à Bordeaux où le prince de Galles décide d'organiser un pas d'armes. Tristan et son écuyer s'y distinguent au grand dépit de leur vainqueur. Ils devront leur liberté à la cousine d'Ogier d'Argouges, Tancrède, qui les entraînera en Périgord. (TOME 6)

Les Spectres de l'honneur

Après un long et funèbre détour par le Cotentin, Tristan retrouve le Languedoc. Cependant, une seconde expédition est entreprise en Espagne. Elle s'achève tragiquement à Montiel et Tristan, repu de sang, fuit les Grandes Compagnies. (TOME 7)

CET OUVRAGE
A ÉTÉ REPRODUIT
ET ACHEVÉ D'IMPRIMER
SUR ROTO-PAGE
PAR L'IMPRIMERIE FLOCH À MAYENNE
LE 17 SEPTEMBRE 1999
SUIVI DE FABRICATION
ATELIERS GRAPHIQUES DE L'ARDOISIÈRE

DÉPÔT LÉGAL : SEPTEMBRE 1999
N° D'ÉD 90 - N° D'IMP. 46958

IMPRIMÉ EN FRANCE